世界文学评论

THE WORLD LITERATURE CRITICISM

第 17 辑

《世界文学评论》编辑部　编

長江出版傳媒｜长江文艺出版社

世界文学评论

电子阅读　扫一扫
（点开中国知网学术辑刊可下载。）

而今迈步从头越

江少川

Title: We're Ready to Start a New Stride

乘党的二十大胜利召开的东风，迎2023年涌动的春潮，经历半年辛苦而紧张的忙碌之后，《世界文学评论》克服诸多困难，终于穿过沉寂的岁月，在兔年春回大地之际复刊，欣欣然地呈现在亲爱的读者们面前。

回首过往，《世界文学评论》从2008年创刊到2019年，十年来共出版发行33期。从创刊到2013年，用王羲之行书体题刊名，2013年以后改用印刷宋体题刊名，由世界图书公司编辑发行，到2019年，由于特殊原因停刊至今。《世界文学评论》是一本专门性的文学评论刊物，定位为学术期刊，为国内外学者发表原创性学术论文的园地。研究对象以世界文学与比较文学、中国当代文学与文学理论研究（包括文学批评、文学研究方法论）为主体，还包括翻译学、华文文学等，主要面向高等院校人文社会学科的教师与硕士、博士研究生以及相关文化机构的研究者。

十年辛苦不寻常，本刊恪守学术性，坚持公开性，追求前沿性。有一支由各地高校学者组成的学术团队做强有力的后盾；有以高校师生为主体的老中青三代作者的大力支持；有精心策划的专业特色栏目做载体，为学界与读者搭建学术交流平台，为研究者提供发表阵地，在众声喧哗的文学评论之林发出自己的声音，引起学界重视，在海内外产生广泛的影响。

作为本刊一大亮点的专题栏目设计，依据世界文学评论为纲目做总体策划，展开思路。所谓世界文学评论要顾及世界各个国家，各个地区，各个民族，各个语种，各种文化，为此我们精心设计有中外学者作家访谈，以大洲、国家或地域为单元的文学研究，文艺批评方法论研究，海外华文文学研究或其他专题研究等。以2012年第一期为例，就设有中外作家与学者访谈、文学地理基因问题研究、地理空间问题研究、海外华人文学研究、英国文学研究、欧洲文学研究、北美文学研究、比较文学研究、“批评的力量”会议专栏、综述与图书书评等。从这一期栏目，我们看到：文学的地域性研究区分了洲和国家，文学批评方法论研究聚焦在文学地理学。

创刊至今，许多栏目深受广大读者的欢迎。如“中外学者作家访谈”，通过深度对话的方式，请著名作家与学者现身说法，为研究者提供了珍贵的第一手资料，这个栏目成为本刊的保留“节目”。还有出现频率很高的文学地理学和文学伦理学两个栏目在理论探讨方面做出了重要贡献，很多重要的论文有比较高的引用率与转载率，在同类刊物中也比较少见。世界文学的地域性研究与海外华文文学研究等栏目的很多优质论文被国内重要报刊、知名网络媒体转载、复印、摘引，在海内外文坛引起广泛关注，在学界与高校产生很大影响。窥一斑而知全豹，本刊栏目可谓特色鲜明突出、学术容量厚重、内容丰富多彩。

兔年来临，复刊号终于在春回大地之际面世，我们将继承本刊十年来的优良传统，认真总结办刊经验，不忘初心，以全球化视野考察、关注世界文学的发展趋势，以开放性的思维办好期刊。复刊，意味着而今迈步从头越，复刊也给文学研究者带来了机遇和挑战。

在人类进入地球村时代的新世纪，互联网高度发达，世界各国的文学传播速度空前，超过以往任何时代，各地文学之间交流互鉴更加密切，文学作品与理论著作的翻译也更加多样，各种新的文学现象纷至沓来。从这个意义上看，共同生活在地球上的人类的文学的生存发展也是命运与共。我们当以全球视野观照和研究世界各洲、各地域的文学，把各个不同地域、地区的文学视为一个文学共同体。

这种国际大环境，为世界文学评论提供了空前广阔的舞台空间，我们作为以世界文学评论为己任的学刊更是任重而道远，前景光明而开阔。这个领域的研究视野开阔，有许多新的问题值得探索，有许多生长空间值得开掘。为此，我们提出以下主张。

我们提倡讲真话的批评精神。讲真话需要一种勇气，敢于担当。对于文学作品，要敢于发一家之言，谈个人之见，好处说好、坏处说坏。文学“批评就是揭示文学作品的美和缺点的科学”（普希金语），鲁迅说，批评家对待作品就像对待苹果，要“把烂的剜掉，把好的留下来吃”。评价文学作品不能因各种关系一味唱赞歌讲好话而不敢指出问题之所在，要实事求是，有所发现，有所创造，只有对文本进行深度的阐释、广度的开掘，才具有说服力，显示批评的力量。

本刊需要有洞见的学术创新。本刊特别鼓励学术创新，特别期望能提出问题，发前人之未发，发现问题，提出新的话题。要有新发现、新观点、新思维，写出有创见的文章，同时要上升到学术的高度、理论的高度、哲学的高度来认识问题，这就是有创造性。不要老是去拼凑，老调重弹，炒现饭，重复人家的东西，因袭前人之观点。“须教自我胸中出，切忌随人脚后行”，即使是一家之言、一得之见也弥足珍贵。同时也欢迎补充前人之不足或纠正前人之谬误，深化已有的学术成果，在此基础上有所提升，有所发展，有所超越。

我们坚持开放意识，鼓励争鸣。我刊设置栏目公开，中外学者皆可投稿，有关外国文学、中国文学、文学理论、文学翻译、文学批评的稿件皆可容纳，包括国内学者的英文投稿。同时坚持开放、兼容，容纳不同文艺观点的争辩稿。持不同意见的作者可以平等对话，提倡各抒己见，不同观点的争鸣，如此才能激活、繁荣文学评论的园地。对于作者，我们坚持海纳百川、有容乃大的态度，胸怀五湖四海，不搞小团体，主张以文会友，既邀约著名教授学者赐稿，同时特别欢迎年轻学者、高校学子的来稿。

关注前沿、追踪文学发展趋势。在当今地球村大数据时代，文学的发展、海内外的文学交流、国内外的学术研究动态都胜过以往，因此与时俱进、关注学术前沿，掌握学术研究新动向，发现最新文学现象，追踪当代世界文坛发展趋势都尤为重要。如关注诺贝尔文学奖颁布、对新获得诺贝尔奖的作家的研究，对国内茅盾文学奖、鲁迅文学奖、华人华侨中山文学奖的关注与研究，关注外国文学、海外华文文学的发展动态，关注国内外重大文学活动、文学交流，以及对新近召开的重要学术会议的追踪等。

要特别重视培养提携新人。对于有志于研究文学、研究文学评论的青年人、年轻一代大学生尤其是研究生要给予特别关注。江山代有才人出，在校大学生，他们思维活跃，思想前卫，能敏锐接受新思想，新事物，在世界文学评论园地，可以显露聪明才思，施展才华，展现自己的研究成果。哪怕是“小荷才露尖尖角”，也是学术的训练，良好的开端。春华秋实，他们会逐渐走向成熟。有他们的加入，刊物才会充满活力，生机勃勃。扶持提携新人是本刊义不容辞的责任，我们将为青年才俊的新颖之作提供宽阔的学术平台。

创建品牌栏目，严格规范要求。对刊物栏目的策划与编排，是刊物的重中之重。我们要在原有栏目的基础上进一步加强栏目建设，优化栏目设计，突出特色亮点，创建有影响力的重点栏目，如中外作家学者访谈录、世界文学的地域性研究、文学地理学方法研究、文学伦理学发展研究等，使其成为本刊的品牌。

严格规范要求是提高刊物质量与可信度的保证，是刊物学术品格的外在体现。这里特别强调语言规范、格式规范、翻译规范。我们对文章从标题、摘要、关键词、正文到注释都有严格的规定和要求，标题、摘要、关键词和作者简介都要求有英文翻译。对来稿严格把关，认真审稿，一丝不苟。

倡导严谨求实又有文采的文风。我们要求来稿文风求真务实，同时也不要板着面孔写评论，提倡严谨务实又自由活泼的文风。要避免华而不实、一味追求华丽的趋向，拒绝剽窃抄袭之作。

兔年伊始，新征程的进军号特别嘹亮，复刊以后的《世界文学评论》，将一如既往坚守这块学术园地。我们将在全球化语境下，在文学评论的百花园中，发表自己的洞见，增强文化自信，用开放的眼光开拓思维空间，承继本刊的优良传统与鲜明特色，并在此基础上发扬光大，促进国内外的文学交流，加强与学界与高校和读者的联系，加强学术编委班子建设，组织好作者队伍，提高服务质量，办好刊，出精品，更上层楼。

2022.12.16

目　　录

复刊词

中外作家学者访谈

关于世界文学的争论

诺奖作家作品研究

欧洲文学研究

美洲文学研究

亚洲文学研究

中国古代文学研究

中国新诗研究

文学理论研究

比较文学研究

图书评论与研究综述

Contents

American Literature Studies

Asian Literature Studies

Ancient Chinese Literature Studies

Chinese New Poems Studies

Literary Theory Studies

Comparative Literature Studies

Book Review and Academic Trends

好的作家遇上好的翻译家，那是难得的艳遇

——朱振武教授访谈录

朱振武　王祖友

内容提要： 访谈中，朱振武教授首先回顾了自己的英语学习之路，提出学习英语要深入到目标语的文学文化中去，强调把自己的本民族语言文学文化学好是必不可少的，也是译者应该具备的最重要素养。在翻译认知、选择和标准上，朱教授认为，建立文化自信，构建话语体系是翻译界应该重视的一个问题。他特别倡导在翻译过程中既不要歧视地翻译，也不要仰视地翻译，更不要奴译。他还主张，我们应该重新审视世界文学的概念，重视非主流文学。结合自己丰富的翻译实践和创作实践，朱教授阐述道，翻译和写作是相辅相成，互相促进的，要知道文学翻译和文学创作都是为了繁荣中国的文学文化，要认识到文学翻译一如文学创作，是真正的艺术，好的作家遇上好的翻译家那是难得的艳遇，因此要重视翻译家的再创作。在访谈的最后，朱教授结合自己的经历，认为有志于从事翻译工作的青年学子应该树立正确的翻译理念，为中国文学文化繁荣发展和中国文学文化走出去作贡献。

关键词： 朱振武；文化自信；话语体系；文学创作；文学翻译

作者简介： 朱振武，博士，上海师范大学二级教授，博士生导师，博士后合作导师，外国文学研究中心主任，国家重点学科负责人，上海市世界文学与文明多样性创新团队负责人。主要从事翻译学、英语文学文化、中外小说美学比较和中外文学文化关系研究。王祖友，博士，江苏泰州学院外国语学院教授，博士生导师，跨文化交流研究所所长，主要从事美国文学、文学翻译研究。

Title: It is a Rare Encounter for a Good Writer to Meet a Good Translator — An Interview with Professor Zhu Zhenwu

Abstract: In the interview, Professor Zhu Zhenwu first recalls his own way of English learning and proposes that English learner should plunge themselves into the literature and culture of the target language, which is indispensable to master a good native language, literature and culture, and is also the most important expertise for a translator. In terms of translation cognition, selection and standards, Professor Zhu Zhenwu believes that the establishment of cultural confidence and the construction of discourse system are issues that should be paid attention to by the translation community. In particular, he advocates that the translation should not be done with downlooking or uplooking attitude, let alone be slavish in the process. He also argues that we should re-examine the concept of world literature and attach importance to non-mainstream literature. Professor Zhu Zhenwu uses his own rich translation practice as a translator and writer to explain that translation and writing are complementary and synergistic to each other. Literary translation and literary creation are aimed at the prosperity of Chinese literature and culture. He also expresses that as literary creation, literary translation is a true art, and it is rare encounter for a good writer to meet a good translator. Therefore, attention should be paid to the translator's creation. At the end of the interview, based on his own experience, Professor Zhu Zhenwu believes that young students who are interested in translation should establish correct translation ideal and make contributions to the prosperity and development of Chinese literature and culture.

Key Words: Zhu Zhenwu; cultural confidence; discourse system; literary creation; literary translation

About Author: Zhu Zhenwu, doctor, professor, doctoral supervisor, postdoctoral cooperative supervisor, director of the Center for Foreign Literature Research, Shanghai Normal University, director of key national discipline, director of Creative Team of

Shanghai World Literature and Civilizations Diversity. Mainly specializes in translation studies, English literature and culture, the comparison of Chinese and foreign novel aesthetics and the study of the relationship between Chinese and foreign literature and culture. **Wang Zuyou**, Ph.D., Professor, Ph.D. Supervisor, School of Foreign Languages, Taizhou University, Jiangsu Province, and Director of the Institute of Cross-cultural Communication, specializes in American literature and literary translation.

王祖友（以下简称“王”）：朱教授，您好！很高兴受编辑部委托，对您做个关于翻译和外语问题的书面访谈。您是教授，是著名学者和作家，但教育界之外的人很多是通过您的翻译认识您的，您主持译介的丹·布朗系列小说及相关研究书籍在国内引起很大轰动，并获多项奖项，中央电台、中央电视台、凤凰卫视等多家媒体对您有专门介绍和报道。您能先讲讲您的英语学习之路吗？

朱振武（以下简称“朱”）：说来也巧，我从小就对拼音感兴趣，对《新华字典》里的几种注音，特别是汉语拼音的注音从小学一年级就很关注。可能是看到过“我们也要走拼音文字的道路”那句话的缘故。没上几年级，就订了《汉语拼音小报》，很快，不论是阅读还是拼写，我都很自如，很流畅。

上了初中，正好恢复外语学习，当然主要是学习英语，我便跃跃欲试。但那时英语师资力量奇缺，受过正规英语训练、读过大学英语专业的老师更是少之又少，因此，开了一小段课后，学校决定分班，一个年级只允许一个班的学生学习英语，也就是把学有余力的学生集中到一起。当时考试分班，不知道为什么我竟然没参加考试，自然那个学习英语的班级名单就没有我。我虽然还很小，但似乎知道学习英语的重要性，便仗着胆子到教务处找主任，坚决要求去英语班。主任当时不同意，但我说出了一大堆我的优势，而最大的优势就是，我可以熟练地使用汉语拼音。因为我知道，汉语拼音是吕叔湘等学者借鉴了英语的拼写方法，因此我学起英语来有明显的优势。我顺手拿起笔在主任的教案上熟练地写起拼音来，用的是圆体，写得很规范。主任看后，很吃惊。我又强调说，我语文好，语法好，对学习英语肯定有很大帮助。主任想了想说，那你就去吧，好好学！我的确不负主任厚望，没给他丢脸。主任后来还时常关心我，不光是过问我的英语学习，还过问我的语文学习。他的作文功夫十分了得，我写一篇一千字左右的文章，他可以写上几千字的批改意见，方方面面，他都指导得非常细致。

事实证明，我当时的要求是对的，主任当时的让步也是对的。教我们英语的老师是正规大学英语系毕业的一对夫妇，基本功都很好，特别是丈夫，中文功底非常好，时常写诗填词，对我们大家影响很大。由于兴趣高，方法对，干劲足，特别是有好老师和好领导，我的英语学习果然一帆风顺。到了高一，学校发现有的同学由于学习英语影响了别的功课。别的课，就是数、理、化、语文和政治，当时叫主课，因为当时英语在高考中只做参考，除英语专业的考生都不计入总分，后来才逐年提高比例计入总分的。这样，便再次考试，让我们班的前十五名继续学习英语，单独上课，其他同学则不再学习英语。再后，学校则只让我们五个人学英语，上课就在老师的办公室，就像读研究生似的。这五个同学，可以说是改革开放初期步入社会的人才的缩影，有的进入房地产，有的进入医学界，有的做了工程师，有的进了政府机关，当然进入外语界的，就我自己一个。

王：您是如何走上翻译之路的？

朱：从小我就酷爱阅读，读了好多中文的经典名著。长大后接着读英语文学，这成了每日的功课。这样一来也打下了扎实的基础。以我在文科上的学习经历来看，一个人的阅读量关乎他的文科综合能力和整体素质，多读多思考，他就强。我的成长见证了我积极、主动、广泛的英语阅读的好处；阅读改变命运，使我成为一名博士后、教授和博导，成为一名大家眼里的“翻译家”。我国诗圣杜甫有“读书破万卷，下笔如有神”的著名诗句。培根在《谈读书》中强调读书有益于身心：“读书可以怡情，可以傅彩，可以长才。”美国作家丹·布朗也认为自己的成名归功于海量的阅读基础。

白驹过隙，现在回首这半辈子的时光我顿悟了许多道道。外语只是一个工具，单单学外语，学得再精，也只是技能而已。因此学习外语，是要运用到环境，但这还要有个前提，就是掌握我们本民族语言文学文化，只有民族的，才是世界的；这样才能有意义，才能在更高层次立足，为国外人所接受。正是扎实的双语基础才使我通往翻译之路。

王：您的翻译实践十分丰富，您能谈谈您的翻译认知和翻译选择和翻译标准吗？

朱：因为我是丹·布朗的《达·芬奇密码》等一系列文化悬疑小说的译者，所以很多读者认识了我；别人在介绍我的时候，往往就说我是翻译家，译著好多部。但实际上大家也可能知道我本职是一个教授，要搞研究，我既研究文学也研究文学翻译，可以说文学翻译只是工作中的一部分。我始终是立足本土，打造自己的话语体系。话语体系建构问题，实际上也是一个文化自信的问题。我们要善于反思我们自己的学习、翻译和研究方面的问题。这也许是我和许多人做翻译不一样的地方。

再说关于文化自信，十年前我已写文章探讨这个问题，文化自信不是要和国外的文化体系抗衡，而是指我们要扎根于自己的文化。我们把“Christmas”翻译成“圣诞节”问题也很大。“Christmas”没有“圣”的意思，没有“saint”的意思，为什么要翻成“圣诞节”？如果是基督徒，把这个词翻译成“圣”，可以。那我们普通人就没必要译成“圣诞节”。过去，许多老人将它译成“耶诞节”，我倒觉得是可以的。这说明什么呢？我们要不亢不卑地，既不歧视也不仰视地翻译，更不要奴译，像低人一等那样翻译，我们没有必要这样做。

王：您还是中国作家协会的会员，翻译和写作在您身上是如何相互作用的？

朱：这个问题问得好！大量的外国文学阅读、研究和翻译，使我的创作水平不断提升，而创作水平的不断提升又反哺我的文学翻译。二者相辅相成，互相促进。

王：我记得您曾在一本学术专著里把新西兰文学和加拿大文学放在一起研究，我觉得非常意外，您为什么这样选择呢？

朱：这就是我一直以来关注的“非主流”英语文学。我们这些年关注欧美的特别是英美文学过多，颇有点营养失衡的味道。我们都知道，现在教育部给我们外语学科的五个方向，其中最后一个就是区域与国别研究。这是我们都应该重视起来的一个方面。实际现在许多外语学院在这方面的工作都非常薄弱，像跨文化或者比较文学方面也很薄弱。我们应该敏感起来。刚才说了为什么提出一个世界文学新建构，同时提出一个世界文学多样性理论，就是因为现在的世界文学不是真正的世界文学，还不存在真正的多样性，所以我们从这个角度对世界文学进行一个新的阐释。包括我们说的对非洲文学进行研究，我们提出了我们的话语，异邦流散、本土流散、殖民流散，后来我们又提出异邦本土流散，等等，就是为了打造自己的话语体系，建构自己的学术思想和理论。2021年10月22日，我在《中国社会科学报》发表了一篇比较长的文章——《揭示世界文学多样性，构建中国非洲文学学》。这里面有一个系统的阐释，怎样去建构中国非洲文学学，怎样揭示世界文学多样性。我们是做外国文学研究工作的，不能再人云亦云或者从头到尾只研究一个小说、从头到尾就介绍一个理论。我们不要做这样无用的工作。

我们现在看到的、知道的、读到的世界文学严格来说都不能叫世界文学。包括我们自己编的世界文学或外国文学教材，里面的内容都是沿用西方人建构的世界文学的“布局”，无非就是欧洲的主要国家与美国，加上日本与印度的部分作家和亚洲的个别作家，再加上拉美的几个作家，最后加上非洲的一两个作家，这就等于世界文学了。但这怎会是世界文学呢？这最多只能是他们所说的主流文学。而主流文学是谁建构的呢？主流文学是由对话语有比较强的操控权的国家的学者建构的。他们的立场就决定了这不是真正的世界文学。这也是我们这些年提出“非主流”文学、“非主流”英语文学概念的原因。

我这三年在《中国社会科学》（中英文版，共三篇）发表长篇论文，提出我的“三大流散理论”和“非洲性理论”，引起了广泛关注。我一直在思考均衡吸纳外国文学文化精髓的问题，一直在思考“非主流”文学特别是非洲英语文学与文明互鉴和文明新形态关系问题。

王：在您的所有译作中，您最得意之作是《达·芬奇密码》。您能说说您是怎样翻译这本书的吗？

朱：2003年3月的一天，我拿到英文原版的《达·芬奇密码》，恰逢双休日，便一口气从头读到尾，读得酣畅淋漓，读得爱不释手！好久没有这种感觉了，那种拿起来就放不下，一页一页就想往后翻的感觉，那种就想知道“然后呢？接着呢？到底咋回事？到底是谁干的？原来是他！”的感觉，还有那种获取新知的感觉，以及密码破译和事件跟踪之中的感觉。那些年，意识流小说盛行，后现代小说盛行，各种戏仿、恶搞、拼贴等所谓的新的小说创作手法，搞得“说坛”远离了普通读者，好像进入了死胡同，读者越来越少。终于看到这样一部摆脱旧习、回归传统、让人能一气呵成读完的小说，怎么能错过！我当时就想，这样的书一定要译介进来，让中国读者放松一下身心，享受一下久违的阅读快感，同时也感受一下作品背后的文化蕴涵和危机意识。

投入翻译后，才发现这本书并不好译。其中关于建筑、艺术、符号学等诸多学科的专门知识的语言转换，需要做不少工作。后来翻译丹·布朗的《数字城堡》《天使与魔鬼》《骗局》和《失落的秘符》等都遇到了同样的问题。在《骗局》的序言里，我曾这样写道：

“读过丹·布朗小说的人都知道，系统专业的知识型是其主要特色之一。《达·芬奇密码》的读者就无不为作者广博的知识所折服。其实，《骗局》亦不例外。小说涵盖了海洋学、冰川学、古生物学、天文学、地质学、天体物理学、气象学以及航天科学和军事科学等领域的专门知识，同时还涉及美国国家航空航天局、美国全国勘测局、美国太空署北极科研基地、三角洲特种部队等多个美国政府高度秘密机构。”

丹·布朗的《骗局》是这样，其实他的每部小说都是如此。在我国，我们一下子能想到的可能就是鲁迅称之为“以小说见才学者”的清代小说家李汝珍的《镜花缘》，书中涉及诗词、音韵、谜语、医学等各类知识和马吊、象棋、双陆、斗草、酒令等娱乐形式，令人目不暇接。《数字城堡》就是这样的作品。文本中有大量的电脑、医学和航天科学等方面的知识。于是，翻译完全文后，我就去找电脑、航天和医学方面的专家来把关，确保理解准确，且不说外行话。翻译丹·布朗的每部书，我都是这样做的。

王：比较而言，翻译和文学创作哪个对您挑战度更高？

朱：很难说哪个挑战更高，只能说翻译和文学创作对我各自都有挑战。二者虽然创作手段和要求非常不同，但目的都是一样的，都是为了满足中国读者的阅读需求，满足中国大众的文化需求，都是为了丰富繁荣中国文学文化。文学翻译也存在引进来和译出去的双重问题。许多人认为，外国文学引进来，只需要逐字逐句照着翻译就行了，认为中国读者都能接受；而中国文学走出去则需要改头换面，尽力满足目标读者的阅读需求和审美情趣，否则外国读者不能接受。这显然都走向了极端，忘记了一个最基本的问题，那就是外国文学走进来和中国文学走出去，目的都是繁荣中国的文学文化。

王：有些外国文学作品在国外很红，译介进中国后并不走红。有的作品，比如您翻译的《达·芬奇密码》等丹·布朗的系列文化悬疑小说则一红就是二十年。您能说说个中原因吗？

朱：一部外国文学作品能否在中国语境下走红，因素颇多，但最重要的因素肯定是翻译。国外很多爆红的作品到了我国并未走红，除内容、文化和审美等可能不接地气外，最重要的原因肯定还是翻译。好的翻译成全原作，差的翻译糟蹋原作。实际上，被糟蹋的好作品可以列出一个长长的清单。有的作品在国外非常走红，但译过来后就泥牛入海，全无消息，这多数是译砸了。很多人认为只要在国外红的作品，引进后一定也红，结果频频失手还不知道个中究竟。

《达·芬奇密码》等丹·布朗的系列文化悬疑小说在中国的畅销，的确不是偶然的。这方面，我做过两个系列讲座，一个系列是关于其作品的翻译的讲座，另一个系列就是关于其作品与中国小说的创作传统、阅读传统及当下的文化消费理念暗合的讲座。我在讲座中强调，丹·布朗的书在中国畅销二十载，翻译是重要因素，但另一个因素就是这些书暗合了中国的小说传统及审美习惯。新奇的故事传统、娱人自娱的传统、知识传统和教育讽喻传统，都是中国小说的故有传统，也是中国读者的阅读传统，而丹·布朗的小说与这些传统恰相吻合。

这些年来，我做文学翻译，也研究文学翻译；我研究外国文学，也搞文学创作。因此，我对外国文学作品的翻译进行得也更顺利。

王：“好的翻译成全原作，差的翻译糟蹋原作。”您说得太对了！有的翻译家很红，但也会招致非议。您怎么看这个问题？

朱：翻译就像房屋装修，是一门缺憾的艺术。有的翻译家遭到攻讦，可能是因为其翻译存在一定问题，但攻讦者断不是翻译家，因为翻译家知道译事之难，知道人无完人，甚至认为那根本就不是错或讹，因为翻译的动机和目的左右着翻译的策略和理念。这是个十分复杂的问题，绝不是用错或讹两个字就能下定论说明白的。没有完美无缺的翻译，没有白璧无瑕的翻译。作为翻译家，我们都应该充满自信和满怀激情地去从事这个“爱的劳作”（labor of love），因为这是在为人类作贡献。

我曾在回复日语翻译家林少华的信中顺手写道：

> 多次提君不为他，只为真相有人瞻！
> 少林哪有村上树，无朱何来布朗丹！

是啊！没有林少华，村上春树的作品在中国就不可能那么受欢迎。同样没有把握得体、恰如其分的中文翻译，丹·布朗的作品也不可能红遍我国的大江南北，甚至一红红上二十年。丹·布朗的读者年龄跨度很大，从一二十岁的青少年到六七十岁的中老年，几代读者同时参与，这是不多见的。我每次下课，都会有学生等在教室门口，捧着《达·芬奇密码》等译著找我签字。当然，也有拿着我自己写的书找我签字并合影的。

王：现在机器翻译、翻译软件比较发达，有的人说文学翻译将会被机器取代。您说呢？

朱：一部好的作品，谁来翻译，怎么翻译，这些都太重要了。有的人说，翻译软件现在已经非常厉害，完全可以取代翻译家的工作。这话说得实在是很外行，因为人工智能已经能做不少翻译工作，但始终都无法取代文学翻译，这是译界公认的。

文学翻译家始终都是必要的，不会失业，不会被取代。优秀的翻译家更是如此。虽然好像懂外语的人越来越多，但真正能够顺利进行外国文学原著阅读的还是微乎其微，因为文学阅读本身就有门槛，阅读外文原版书籍就更有门槛，而且还是个很高的门槛。虽然文学翻译家们的稿酬甚微，多年来始终是蓬鬓荆钗，但没有这些人甘作嫁衣，色彩缤纷的世界文学和文化多样性又从何而来呢？

文学是永恒的，翻译家是永恒的，文学翻译和翻译文学是永恒的，因为阅读及阅读的主体，也就是人类，是永恒的！

王：重要媒体对您做过很多采访或专题报道。您能说说给您印象最深的是哪家吗？

朱：我从事外国文学翻译、研究和教学几十年，得过几十个有关奖项，接受过中央电视台、中央电台、上海电视台等一百几十家重要媒体和重要杂志的专访，但印象最深的还是2019年年末凤凰卫视为中国著名翻译家拍摄专题节目的事。平时说的翻译家，我们当然主要指的是文学翻译家。当时凤凰卫视和译林出版社的李景端等译界耆宿在全国遴选了五位翻译家，分别代表英、法、德、日和西班牙五个语种。英语翻译家比其他所有语种翻译家的总和都应该多得多，能够被选中，我感到十分荣幸。其他四人分别是浙江大学的法语翻译家许钧、四川大学的德语翻译家杨武能、中国海洋大学的日语翻译家林少华和北京大学的西语翻译家范晔。凤凰卫视制作这个节目的目的是要把翻译家们的翻译故事、人生阅历以及日常生活反映给观众。他们跟拍了我将近一周，除了上厕所以外，读书、写作、上课、开会、开车、讲学、打篮球、打乒乓、去图书馆、指导博士生，等等，干什么都拍，做了大量相关工作，制作周期达一年之久，最后形成了半个钟头的节目，叫“译者人生·笔尖下的文化奇遇：解码丹心”。最后五位翻译家的“译者人生”节目都相继推出，在国内外影响很大，反响很好。这个节目为翻译家正名，为翻译家树碑立传，充分肯定翻译家在广大读者中不可或缺的地位，充分肯定翻译家在文学文化传播与发展中不可替代的作用。

王：您翻译了丹·布朗的五部长篇小说，还翻译过《丹·布朗传》，您能说说您与丹·布朗的缘分和您对丹·布朗的印象吗？

朱：文学翻译的译者和原作者最好能够在出身年龄、教育背景和兴趣爱好等方面具有相似性，这样才能产生美国翻译理论家尤金·奈达所说的翻译对等的作品。我和当时的丹·布朗都是大学老师，专业背景和知识结构有诸多相似之处，都教文学和写作，都下过海经过商，他当过歌手，我卖过建材，又是同龄人，因此我翻译他的书可以说是实现了比较完美的翻译对等。美国人把丹·布朗的小说称作Erudite Fiction，即知识型小说，我则名之曰“文化悬疑小说”，因为他的小说不是在卖弄知识，也不是生硬地罗列或镶嵌知识，而是在趣味十足地传播知识，是在通过种种专门的知识讲故事，从而揭示社会普遍关注的现实问题，反映人类深层焦虑的未来问题。2018年5月，丹·布朗受“九久读书人”出版公司之邀来到上海。我俩一见如故，聊得很投缘，像老朋友，聊了好半天，聊完后才发现把在场的领导和嘉宾都晒在了一旁。记得有的领导还建议丹·布朗下一部小说写“太极”或“易经”，他笑而不答，其实也听不太懂，虽然口译员已经使出了吃奶的劲儿，变着法地往明白了译。丹·布朗问我翻译他的小说难点在哪里，我说一个难点是每部书都涉及较多的专门知识，给文科生的我带来了不少挑战；另一个问题就是《失落的秘符》等几部小说篇幅有些长，翻译时感觉没完没了，累得够呛。丹·布朗笑着说，下次一定写得稍短些。

那天很多领导、名人和读者拿着我翻译的书让丹·布朗签字，他都一一谢绝了，说手出了问题。我记得当时和他握手用的是右手，他还礼貌地用他的右手使劲握了握我的手，感觉他的右手好像没啥毛病，估计他是累了，想早些休息。丹·布朗是个讲故事的高手，也是个讲话的高手。那天酒会上，他虽然只讲了四分多钟的话，但给人的印象还是很深刻，他讲完话就走了，什么也没吃，什么也没喝，只是还没忘记跟我握手道别。

王：能谈谈您的翻译观吗？

朱：我在凤凰卫视做的这个节目中曾说：我们搞文学翻译的，就是要给读者带来快乐，就是要把文学作品中的形式、内容、文化、典故、智慧、美感、幽默、风格、节奏、韵律等尽量忠实地传递给读者。有的媒体说我是丹·布朗的“御用翻译家”，我不敢苟同，因为我不是丹·布朗的臣下，我的“皇帝”是中国读者，我的工作就是为中国读者服务的。有些博士生和硕士生研究我的翻译实践，研究我的翻译策略、翻译理念和翻译动机等问题，但得出来的结论往往都难以令人信服。有一篇硕士学位论文说我翻译《达·芬奇密码》等作品用的是美国翻译理论家尤金·奈达的功能对等理论，其导师问我对这篇学位论文有何评价，我说：“这篇论文资料翔实，论证有力，就是结论荒谬。”是啊！真正的文学翻译工作者，谁会套用理论做翻译呢？倒是中山大学的翻译博导邵璐教授从模糊话语角度对《达·芬奇密码》中译本的研究比较切中肯綮，但她的研究又过于学术了些，因为文学翻译的灵性问题、再创造问题、文本外因素和化学反应等问题都不是轻易能够说明白的，因为文学翻译一如文学创作，本来就不是科学，是真正的艺术。

王：并不是每个人都能欣赏文学翻译，都知道什么是好的文学翻译。有人说文学翻译在走下坡路，您认为是这样吗？

朱：好的作家遇上好的翻译家那是难得的艳遇。真正懂得欣赏好的文学翻译的，多数是同行。记得在“中国首届丹·布朗作品研讨会”上，著名法语翻译家余中先拿着《天使与魔鬼》笑吟吟地对我说：“振武，这个Hassassin翻译成‘黑煞星’真是太好了，音、形、义俱全，且紧贴原文，妙手偶得！”这是内行人才能说出的话，也是内行人才有的赏识。但许多人对文学翻译并没什么概念，甚至有的出版人对文学翻译也没有多少了解。记得有个很大的出版社的老总让我审一部译稿，一个月后问我对这本译稿的看法。我说这个人的翻译和原文没什么关系。这个老总很吃惊，说这个译者英文很好的，六级都过关了！这话让我们搞专业的人听后，多数会笑掉大牙，但行外人就不一定觉得有什么好笑。一般人都认为懂点外语或者会查字典或者会用软件等机器翻译或人工智能就能做翻译，认为文学翻译很容易，却不知道文学翻译对译者双语的语言文学文化的熟稔度和对双语转换的敏锐度有着很高的要求，不知道文学翻译有着很高的门槛！

近年的文学翻译虽然存在这样那样的问题，比如有的粗制滥造，有的连译带改，有的信笔发挥，有的错讹频出，有的抄袭拷贝，甚至有的译者从没有翻译过没有汉译本的书，但总体来说质量都较高，毕竟真正的翻译家都十分严谨，都秉持着信、达、雅的基本准则，秉持着对得起作者、对得起作品和对得起读者的起码原则，都有着真正的良心与操守，都下过“一名之立，旬月踟蹰”的推敲功夫。真正业内的人、真正的翻译家都懂得，要想成为文学翻译家，除了熟稔双语语言和文学文化外，你还应该是个作家，还应该是个评论家甚至理论家，有的时候还需要你是个杂家。《解放日报·思想者专栏》曾两次全文刊登我在北京大学关于文学翻译的演讲，其中一个题目是“文学翻译的职业操守”，另一个题目是“莫言为什么能获诺奖？真正的原因并不是人们通常认为的那样”。这两次讲座，一个谈文学的引进，一个谈文学的走出。我提出了自己的翻译理论，在自己的文学翻译实践基础上提出了“相似性理论”，认为由于中英语言文化差异较大，在文学作品的翻译上追求绝对对等既不可能也容易陷入机械对等，从而使译文枯燥呆板，佶屈聱牙，难以卒读，而应该在内容、形式、语境和意境等方面最大程度地追求其相似性；同时我把中国文学外译归结为“归异平衡理论”，也就是中国文学外译要在归化与异化之间寻求有机平衡，在哪方面都不过度不过分不失衡。这两个理论的提出还在于强调，往里译和往外译的性质不同，重心不同，策略和理念也都很不相同，强调了译者应有的主体性问题。

王：丹·布朗的小说充满各类专门知识，那翻译起来的确会有很大的调整。您遇到过什么挑战没？有什么感受？

朱：记得2005年夏，《新民晚报》的记者对我做了个专访，见报的题目就叫“译了密码，掉了头发”。我当时随口对记者说：“译了一部‘密码’，掉了多少头发；译了一部‘城堡’，少睡多少好觉；译了一部‘魔鬼’，平添多少皱纹；译了一部‘破解’，累得差点吐血。”这里依次说的是我翻译了《达·芬奇密码》《数字城堡》《天使与魔鬼》和《破解〈达·芬奇密码〉》之后的感受，当然这种感受也来自当时正在翻译的《骗局》和后来领衔翻译的《失落的秘符》。

《达·芬奇密码》的翻译刚刚完成初稿时，中央电台就安排了长篇联播。当时我在上海、北京、天津和南京等多地乘坐出租车，听到的都是《达·芬奇密码》的联播。的哥往往还跟我介绍这部小说，说非常好听，很吸引人，问我知道不。其实，最初很多人都不看好这部小说，报纸基本都不愿意刊登，几家连载都是熟人朋友帮的忙，倒是我随后翻译的《数字城堡》《天使与魔鬼》和《丹·布朗传》等作品得到了几十家重要报纸的连载。起初，我曾建议《达·芬奇密码》首印十万册，但出版社的老总说的话让我印象深刻：现在还有谁看书？还有谁看文学书？还有谁看文学翻译书？这种忧虑在当时不无道理，但现在看还是过虑了。《达·芬奇密码》首印三万册，紧接着就三万三万册地连着印，很快就印了几百个三万册。显然，人们还是需要文学，需要翻译文学的。

王：您对于有志于从事翻译工作的年轻学子有什么建议吗？

朱：我很赞成翻译了莫言等中国作家的大量作品的美国汉学家葛浩文的翻译理念。葛浩文在接受采访的时候说“如果我也和其他汉学家一样，把中国文学作品翻过去之后，让目标语读者看不出这是中国文学作品，和中国文学作品没有任何关系了”。他说：“如果我也这样做的话，那么我就像是一个文化殖民者了。好像在说我们的语言更好，不需要你们的语言中的任何表达法。”事实上葛浩文的确是按照自己独特的翻译理念去做的。葛浩文的这种做法给我们的话语建构以很好的启示。

我们的文学文化要走出去，不是要一贯地去迎合，不是一味地按英语世界的表达和思维方式。其实，随着中国的崛起，汉文化的传播越来越广，国外读者，特别是西方世界已经越来越希望看到原汁原味的中国元素。我们到了用我们自己话语体系的时候了，以我们自己的文化发展需求和国家交流为中心，从我们自己的目的出发，为我们自己服务。汉学家们翻译是要为汉学家们服务，是出于兴趣或是出于文化建构，等等。我们中国学者的工作重心当然是为了我们自己，而不是为了取悦和讨好别人，我们不阿谀奉承、不奴颜婢膝、不卑躬屈膝。我们就是要做自己。

就学习外语而言，简单掌握一门外语，根本用不了十多年的时间，这里关键是我们的教学模式出了问题。大家没有学以致用，当然也就不能立竿见影；只追求短期效应，疲于应试，当然也就人无远虑，必有近忧了。每天都用题海战术，其实，他们忘了，语言是用出来的，重在培养感觉和灵性，它不同于数、理、化等学科；这种简单的量的积累达不到质变的结果。其实，只要想一想，学了几十年的英语，最后是开不了口看不了英文报，这对于教与学都是硬伤。我经常对我的学生讲：“语言是工具，是拿来交流和传递知识的，因此请学以致用。而非光用来应试。换句话说，题海解决不了外语掌握问题。如何在我们汉语环境学以致用？阅读！只有阅读才是捷径。”英国著名作家毛姆曾说：“阅读应当是一种享受。”因此，我们只有在书海里去淘金。阅读可以全面提高能力，带来快感。

王：谢谢您抽出宝贵的时间回答我提的问题。非常感谢您的支持！

浅探世界文学的观念、关系和形态问题

彭姗姗

内容提要： 本文从对世界文学的界定入手，关注世界文学和民族文学之间的关系问题，探讨了世界文学观念中的“误区”，世界文学与民族文学关系中的核心，并初步论证了世界文学发展中的一种可能性形态：海外华文文学。

关键词： 世界文学；民族文学；海外华文文学

作者简介： 彭姗姗，武昌首义学院教师，研究方向为世界文学与比较文学。

Title: Exploring the Concept, Relationship and Form of World Literature

Abstract: This paper starts with the definition of world literature and focuses on the relationship between world literature and national literature. This paper discusses the “misunderstanding” in the concept of world literature and the core of the relationship between world literature and national literature. It also preliminarily demonstrates a possible form in the development of world literature: overseas Chinese literature.

Key Words: world literature; national literature; overseas Chinese literature

About Author: Peng Shanshan, Lecturer of Wuchang Shouyi University , focuses on world literature and comparative literature.

1827年德国伟大的诗人歌德，在他所生活时代的变迁中，意识到人类的进步促进了各民族文学的交流时，发出了“民族文学在现在算不得很大的一回事，世界文学的时代快来临了”①的预见。此后，贬低民族文学、标榜世界文学的观点开始出现。我们回过头来看，这个世界文学真的来临了吗？有一个具体的文学形态了吗？这个具体的文学形态已然成规模地出现，进而取代了民族文学吗？从现实来看，歌德的观点略显理想化。时至今日，我们既没有看到一种能称之为世界文学的具体的、边界清晰的文学形态的出现，更无法看到世界文学取代民族文学的局面。所以，将世界文学和民族文学对立起来的观点，是对歌德观点的断章取义和“误读”。甚至，完全忽略了歌德后面进一步的阐释。“从歌德有关世界文学的论述中可知，世界文学并不是指各民族应采取同样的思维方式，思考同样的问题，而是指他们应学会如何‘互相关注、互相理解……学会互相容忍’，并希望民族文学的独特性在相互交流和相互认知的过程中得以维持。”②歌德的世界文学观点与民族文学的关系从来不是对立的，甚至民族文学在其中是核心地位。但同时我们也无法否认全球化时代所带来的文学交流、对话和融合是存在的。文学交流、对话和融合的现实语境，使得我们势必对全球化语境下的文学要有一种发展性的认识。这种发展性的认识，决定了去寻求一个世界文学的终极形态是徒劳无益的。这种文学应当是永远“在路上”的一种文学模式。同时这种文学与民族文学绝对不是取代与被取代之间的关系问题。正相反，只有正视民族文学本身，这种全球语境下的文学，才能走得长远。

基于以上概念逻辑的梳理，对歌德所提出的经典的世界文学观念，我们不可断章取义地去创造一个世界文学的时代去膜拜，更为严谨的表达应该是：世界文学，是在全球化语境下，以民族文学为基础，交流、对话和融合性文学的时代，我们正在其发展的过程中。

一、讨论世界文学的观念时需要注意的“误区”

首先，从十九世纪末二十世纪初开始，世界文学的观念，就如星辰开始闪现。世界文学观念的出现，是和当时全球化的发展相呼应的，而彼时全球化还不叫全球化，而是全球殖民的一个过程。这个全球殖民的过程，客观而不带民族情感来理解，就是东方和西方真正意义上相遇和相互作用的过程。因为殖民的需求，除了开始的船坚炮利，紧随而来的文化殖民也是一种水到渠成。那么时至今日，我们看到了西方成功地将文化输出到全球。由此，我们可以看出这是世界文学观念产生的背景。但这样的一种文化相遇，产生的根源，很难说是世界的。而此语境下出现的文学很难说是世界文学。因为这里面有很严重的欧洲中心主义。面对这种文化的“相遇”，赛义德一类的学者们以东方主义对其进行了批判，也一再地提醒我们其中的文化殖民。而当下，后殖民主义的余波对文化的影响更为深广和致命。这完全不是文化的融合，而是文化的同化，是文化的“灭绝”。这绝不是真正意义上的世界文学，反倒是背离了歌德的世界文学观。所以，世界文学中首要的价值取向是文化的平等交流、对话。而不是文化的同化、征服。

其次，面对沉疴过往的历史，民族文学的书写大可不必谈全球化色变，竖起高高的壁垒，自筑藩篱。因为在当下全球化的语境中，搞所谓的民粹主义文学是不合时宜的，会走到文学自身的穷途末路。同时，任何民族文学本身的发展都已经是全球化中的一员，这是不可辩驳的客观事实，将自身一意孤行地进行隔绝，无异于“掩耳盗铃”的自我欺骗。

由此引申出下面要讨论世界文学时，势必要讨论世界文学和民族文学之间的关系问题——文化和文化之间的一场博弈。

二、关于世界文学与民族文学关系的两点思考

（一）否定民族文学的世界文学是不存在的

当我们回望张爱玲这位作家的时候，理论界有这样几个说法，文学史中最权威的界定：张爱玲是中国现代文学的作家，这一点没有争议。同时，因《小团圆》的出版，学界将其二十世纪七十年代的创作界定为海外华文作家的领域。我们发现讨论张爱玲的维度已经不是某个次元可以去划界的了。张爱玲的创作开始跨越时间、地域、文化，进入全球语境下的文学范畴。所以，当下以世界文学的语境来讨论张爱玲，在学界是形成共识的。而且，张爱玲能够进入世界文学语境的讨论，恰恰是由于张爱玲到美国之后英文创作的惨败。一般情况下，作家想要进入全球语境中进行文学创作，最先能想到的路径，是进行跨语言的写作。张爱玲二十世纪五十年代只身前往美国，也是抱着极大的热情想去延续自己的文学生命的。抵达美国后，张爱玲带着已创作的部分英文作品，开始与美国各大出版商进行会面。彼时，美国文学界的很多华人比如夏志清都有大力推荐张爱玲。但无论是《北地胭脂》，还是在中国现代文学时期被傅雷誉为“文坛最美的收获之一”的《金锁记》，在去到美国之后，张爱玲以此为基础改写的《粉泪》，都纷纷被美国出版界退稿。张爱玲是带着已有的成功和极高心性去往美国的，而最后的结果无异于惨败。张爱玲之后有很长一段时间一蹶不振，身心健康都受到了极大的影响。这一段时间也成为后来学界很多研究张爱玲的学者专家着重关注的一个时期。对这一段时期张爱玲英文创作失败原因的研究，总结起来主要且首要的原因是语言因素。张爱玲的英文功底是非常扎实的。张爱玲当年是以东亚第一名的成绩获得伦敦大学的入学资格，并且在中国现代文学时期就已经在上海和香港以英文发表了文学作品。可是，当张爱玲来到美国，以英文开始真正意义上的文学创作时，张爱玲文学中极强的语言优越性完全无法体现出来。并且，张爱玲的英文作品，被当时美国出版界的编辑频繁退稿的原因之一是“people don’t talk like this”。张爱玲的英文作品，在母语为英文的读者们读来，他们会说“我们从来不这样说话”。这无异于从两个文化语境上否定了张爱玲。一方面，以英文写作的张爱玲曾经所具有的母语中文的魅力尽失；另一方面，现在英文的创作根本无法再现张爱玲曾经有过的语言优势，甚至连基本的英文创作中语言的共情力都达不到。这种打击无疑是致命的。

那么最终是什么挽救了张爱玲的颓势并且最终让张爱玲的文学声望没有受到影响，甚至在二十世纪八九十年代形成了一场盛极一时并且延续至今的“张爱玲热”呢？这其中，非常关键的因素之一是张爱玲创作的再次转向。这次转向不是再去往其他的领域，张爱玲的这次转向可以称之为一种回归，回归到民族文学的根基之中。而正是这样一种民族性的回归，却以“以退为进”的姿态，不但挽回颓势，而且最终一举将张爱玲的文学创作送往了世界文学语境的高度。当所有英文创作的努力均告失败之后，张爱玲开始将原有英文创作的《北地胭脂》《粉泪》翻译成中文，在香港和台湾成功出版。“一个更适合张爱玲的母语语境。”③所以，我们可以看到对民族性的回归，是张爱玲晚期创作具有决定性意义的一次选择。而之后再次开始以中文进行创作，近年才得以出版的小说《小团圆》，让张爱玲的文学史地位进一步延伸。

回过头再看写歌德的这段话：从歌德有关世界文学的论述中可知，世界文学并不是指各民族应采取同样的思维方式，思考同样的问题，而是指他们应学会如何“互相关注、互相理解……学会互相容忍”，并希望民族文学的独特性在相互交流和相互认知的过程中得以维持。民族文学是作家安身立命的根本，也是进入世界文学语境的立足点。一味地融入某种假想的“世界文学”，最终可能会得不偿失，甚至会断送文学生命。

张爱玲想要融进美国文化、走向世界文学的路没有走通，转而深植民族文学里反而走向了世界文学。这再次让我们认识到，世界文学不是一个去个性化、去民族化的文学范式，否定民族文学的世界文学是不存在的。反而是保有个性与民族性，才能在世界全球化的语境中，获得自身独特性的优势，去进行文化间的平等交流和对话。张爱玲以失败的代价，获得更大意义上的成功。

（二）越是民族的才越是世界的

1979年之后的中国当代文学，在理清了文学和相关问题的关系之后，开始了黄金十年的发展。一脉的发展是延续着“五四”以来的现实主义传统，还有一脉则开启了二十世纪八十年代中国当代文学现代主义的道路。后一脉循着二战后西方现代主派思潮，在整个世界思想领域的影响力，二十世纪八十年代思想解放的那一代中国作家热情地拥抱了西方现代派：现代主义小说、朦胧诗歌、先锋小说相继出现并引发了热潮。但伴随而来的质疑也不绝于耳。比如，朦胧诗的“朦胧”一词一开始是对这个诗歌流派的揶揄，表明一般的读者对其诗歌的费解。从中我们不难看出，热情拥抱西方现代派的中国当代作家们，一边在现代派中汲取养分，一边也着实感到了“水土不服”。这种“水土不服”一方面是现代派思潮本身特性的原因，另一方面是中国作家在接受上总觉得有一层隔膜。这个隔膜不是技法上的，更多的是精神指向上的。西方现代派的终极虚无，到了中国作家笔下的再书写总有一种“言不由衷”之感。二十世纪后半叶，无论是西方还是东方都经历着自身信仰问题的激荡，而现代派以西方思想的模板书写中国的现实，实在是“言不尽意”。正在此时1985年的诺贝尔文学奖揭晓，获得者是哥伦比亚作家加西亚·马尔克斯。这一刻中国当代作家突然如梦初醒，有了醍醐灌顶般的顿悟。作为边缘的拉丁美洲文化，通过马尔克斯极具民族性的文学书写成功登顶世界主流文化的殿堂。同时，马尔克斯以其独特的民族书写，确立的魔幻现实主义文学，进入了后现代主义文学的主流话语圈。当中国作家还在想着怎么“玩通”西方的规则进入西方时，马尔克斯以其民族性书写，自己创造了文学主流话语的新风尚。西方开始向马尔克斯的创作“看齐”。当清醒地认识这一点之后，中国当代文学似乎一夜之间焕然一新，大家都被点醒了。“寻根文学”“新写实主义”，莫言、贾平凹的“乡土文学”相继出现，那叫一个精彩纷呈（当然中国当代文学之后的发展，以上的因素绝不是决定性的，重要的还是中国当代作家自身不懈的探索）。此时，西方现代派只是为我们提供参考的技法，其中的精神志趣和审美指向依然要回归到民族性当中去寻找。这是中国当代文学一次真正的“寻根”、回归之旅。多年之后，莫言诺贝尔文学奖的获得，也证明了这次回归之旅的价值。

三、世界文学形态的可能性探讨

美国学者大卫·达姆罗什在《什么是世界文学》一书中从三个层面详细界定了“世界文学”的所指，提出了具有三层含义的“世界文学”定义：其一，世界文学是一种流通模式，是对民族文学的全面折射；其二，世界文学是从翻译中获益的作品；其三，世界文学是一种阅读模式，一种跨越时空与世界交流的方式。其书正是对“世界文学”这三层含义的阐述与论证④。

从上段界定中，可以提炼出两个重要核心观点：一是“对民族文学的全面折射”，再次肯定了“民族性”。同时达姆罗什还提道一种观点，世界文学是“一种跨越时空与世界交流的方式”。这样一个界定让我们开启了对当代文学作品进入世界文学行列的可能性途径的思考。

白先勇的文学历程是很有意思的，由台湾文学向海外华文文学创作身份的转变更是能非常典型地说明“一种跨越时空与世界交流的方式”。本文以他近年出版的散文集《树犹如此》中所展现的“悲感”风格为例，来看看民族性、跨疆越域的华文写作是如何使得白先勇的文学创作进入了世界文学的行列。他本人是台湾大学外文系出身，在二十世纪六十年代是台湾现代派文学的先锋人物，但他将自己作品最高境界的位置毫无保留地给了中国古典文化的“沉郁”之境。

“‘沉郁’很要紧……我喜欢，比较欣赏的文学风格，最高的，应该是像杜甫的《秋兴八首》，像屈原的《离骚》那样的作品……可能还有一些李商隐的东西，他们的那个意境，我觉得是中国文学境界的顶点，我的最高分数给的是这些（作品）。我想我的风格可能在有意无意地追求那种境界。”⑤

这种选择当然和白先勇自身经历有关，但结合白先勇西文学习的背景，到二十世纪八十年代至近年他一直致力于的“姹紫嫣红牡丹亭”昆曲的再创作，不难看出其中的妙处。而这妙处就在于将中国古典中的“悲感”传统与西方现代“悲感”思潮相融合。

“沉郁”是中国古典文化中少有的以退一步出世之姿，体现入世却不至于被质疑的文人志向。最早被以名词化提炼出来是在对杜甫“沉郁顿挫”风格的概括之中。而杜甫无论是身世背景还是以此造就的经世文章，都被后世郁郁不得志之辈奉为圭臬。不得志不是闲云野鹤，是独善其身、悲感之余，仍不忘匹夫之责的典范，江湖之远仍心系庙堂之高的志向。

西方的“悲感”文化可以说来自二十世纪伊始，两次世界大战前后的西方现代派历程。当西方人站在二十世纪初叶，以为自己和这个世界蜜月般的关系将长长久久下去的时候，第一次世界大战降临了。我们从启蒙主义以来就秉持的“理性”，我们奉为信仰的“理性”，不但没有为我们带来持续下去自信而美妙的生活，反而是在这些“理性”的支配之下，用我们的智慧制造出分歧与战争，制造出生灵涂炭的战争武器。我们坚持了两百年的“理性”成了毁灭我们的工具。那一刻西方的价值信仰开始全面动摇，尼采的惊世之言重现“上帝死了，重估一切价值”。上过战场见过现代战争热武器的疯狂之后，再用现实主义的任何笔法来描摹现实都是苍白的了，一战之后人类心灵的创伤，任何现实描绘都是对痛苦的遮蔽和折损，而开始描写一种感受和状态，反而成为更接近这种真实的一种可能。现代主义诞生了。信仰失落了接下来就要找回，这是本能。这场本能的自救相隔几十年，西方人又找到了希特勒那里，像极了绝望之人抓住的最后一线希望，也成为压死骆驼的最后一根稻草。二十世纪初的每一个闪耀着自信光彩的西方人，都不会想到仅仅四十五年后的自己会成为贝克特笔下《等待戈多》里这荒诞虚无的世界下不知道自己在等待什么的游魂。西方开始反思这一场寻找信仰的本能之举：情急之下把信仰系在了一个人、一个信念之上，这是极度可怕的。后现代主义诞生了：破除权威，解构经典。不再是一言堂，不再是哪一个权威要我们相信什么我们就相信什么。由此文学也走向了后现代主义。至此现代派走过了由信仰失落—寻找信仰—警惕唯一信仰的历程。然而至今的结果是，西方理性的黄金时代再也回不去了，他们在一条寻找信仰的路上，前路看起来遥遥无期，而终点可能还是虚无。形式主义者开始以语言游戏的解构之姿，领着战后忧郁的西方人以游戏的态度，从一场迷雾带往了另一场迷雾。世人终于在形式主义的自我欺骗筑就的晦涩难懂的游戏迷宫中心生厌倦，形式主义者也最终走向了自己的穷途末路。从信仰失落开始，到半个世纪的生灵涂炭，再到不得其法的当下，这是西方的“悲感”。

正是这时，西方的“悲感”与白先勇以及台湾文学的“悲感”恰逢其时地相遇了。二十世纪六十年代台湾的社会生态：东方传统里，历史的沉疴太多了；西方的现代派，成为一套逃不脱的虚无宿命，反映在文学中亦是如此。而恰是白先勇以“沉郁”的悲感，将二十世纪后半叶华文创作从西方的虚无主义中拉回；又以西方现代派的终极之思的“悲感”浪潮，破除了东方“沉郁”悲感厚重的历史沉疴，抽取出纯粹而终极的价值指向，从而重新定义了“悲感”风格。所以白先勇的创作里面以“儿女之情，寄兴亡之叹”时，这个兴亡之叹的“悲感”阔达了，不仅仅是家国离愁之思，而是对人性内里灵魂的思考，又打上了浓郁的古典中国的烙印。

从白先勇的文学历程可看出，作为英语文学研究出身的白先勇，在自身的创作生涯中，牢牢抓住的命门不是西方的，反而是民族性的内核。他以民族性的内核为基础，再造了西方语境下的华文创作。白先勇文学创作的过程中，民族性是贯穿始终的。1963年来到美国之后，即使白先勇的身份发生了变化，但他从来都是坚持华文写作。从台湾文学的作家转变为海外华文文学的作家，身份发生了变化，但有一点从始至终没变，就是对民族性的坚持。这种坚持不但使得白先勇的文学生涯在海外再次迎来辉煌，而且，白先勇坚持的这种文学创作的价值取向，开始影响到一批当时刚刚去往海外的文学作家。大家纷纷在茫然地一头扎进英文创作的迷雾当中开始转向，认识到最适宜言说的方式还是华文，最适宜言说的语境还是民族自身的特性。由此，海外华文文学创作沿着这一条路径发展至今成为跨疆越域的“新移民文学”，已然蔚为大观。近年，多部海外华文文学的作品被改编成影视剧成功破圈，还成功入围国际电影大奖，具有了国际影响力。这诚然成为世界文学形态可以去往的一种方向。

注释【Notes】

①爱克曼：《歌德谈话录》，朱光潜译，人民文学出版社1982年版，第113页。

②④李滟波：《全球化语境下的“世界文学”新解——评介大卫·达姆罗什著〈什么是世界文学〉》，载《中国比较文学》2005年第4期，第167页，第168—169页。

③王攸欣：《张爱玲英文小说在美国发表的困境》，载《新文学史料》2022年第3期，第72页。

⑤白先勇：《树犹如此》，广西师范大学出版社2015年3月版，第235—236页，第380页。

“世界文学”何以存在?
——一个文学概念的起源、嬗变、边界及形态

蒋士美

内容提要： 目前学界普遍将歌德视为“世界文学”的首创者，但实际上，这一概念的诞生并非源于歌德，而是施略策。在两百余年的发展过程中，“世界文学”的内涵和价值标准一直在不断发生变化，并且形成了丰富复杂的话语体系。“世界文学”无疑是客观存在的，从根本上来讲，它包含了全世界所有民族和地方的文学，是所有民族文学和国别文学的集合。

关键词： 世界文学；起源；嬗变；边界；形态

作者简介： 蒋士美，博士，湖南理工学院中文学院讲师，硕士生导师，主要从事中国现代文学、中国新诗及文学地理学研究。

Title: Why does “World Literature” Exist？ — The Origin, Evolution, Boundary and Form of a Literary Concept

Abstract: At present, Goethe is generally regarded as the originator of “world literature” in the academic circle. In fact, the birth of this concept does not originate from Goethe, but from the strategy. In the developmental course of more than 200 years, the connotation and value standard of “world literature” have been constantly changing, and formed a rich and complex discourse system. There is no doubt that “world literature” exists objectively. Fundamentally speaking, it includes all the national and local literature in the world, and is a collection of all national and national literature.

Key Words: world literature; origin; evolution; boundary; form

About Author: Jiang Shimei, Ph.D., lecturer and master’s supervisor at the Chinese School of Hunan Institute of Science and Technology, mainly engaged in research on modern Chinese literature, Chinese new poetry, and literary geography.

作为一个历史悠久且广为人知的文学概念，“世界文学”自诞生之日起便聚焦着众多学者的目光。晚近以来，随着全球化不断深入，“世界文学”又重新浮出历史地表，成为学术热点。目前学界谈及“世界文学”，大多会在第一时间引入歌德1827年的一段谈话，并将其视为这一概念的首创者。可实际上，这种观点不过是被后人逐步建构起来并不断强化的，它并不符合历史真实。尤其是德国学者魏茨1987年发表的《维兰德是“世界文学”一词的首创者》和沙莫尼2008年发表的《施略策1773年首创“世界文学”概念》两篇文章，更是对“世界文学”概念起源的固有观念带来了剧烈冲击。而在国内，众多当代学者比如贺骥、方维规、高树博等人，在经过仔细考证之后也指出：“世界文学”这一概念的诞生并非始于歌德。与此同时，“世界文学”从来都不是一个绝对稳定、不容置疑的文学概念，其内涵自诞生以来便处于不断发展变化之中，特别是西方比较文学领域的学者，始终未曾停止对“世界文学”的责难与非议。可见，学界对“世界文学”的认识时至今日仍未达成一致。由于学术立场和思考模式的不同，学者们对“世界文学”的解读也是迥然有别。有鉴于此，本文主要探讨如下问题：“世界文学”究竟起源于何时，首创者是谁？它在200余年的发展过程中经历了怎样的

革新与嬗变？我们又该如何为这一概念科学合理地划分边界、确立形态？

一、“世界文学”的起源

长期以来，一提道“世界文学”，学者们几乎都会不约而同地将这一概念的首创之功归于歌德。毋庸置疑，歌德一生确实频繁论及“世界文学”。1827年1月15日，他在日记中第一次使用“世界文学”这一术语：“我向舒哈特口授关于法国文学和世界文学的论述。”[①]仅仅半月之后，即1827年1月31日，他便在与爱克曼谈论中国传奇《风月好逑传》等域外小说时说出了那个后来闻名遐迩的观点：“民族文学现在已经算不了什么，轮到世界文学时代了；现在每个人都应出力，促成其尽快来临。”[②]随后，他又在各种不同场合多次讲到“世界文学”。据统计，歌德一生总共提及“世界文学”不下二十余次，足见他对这一崭新文学领地的深切期待。但仔细分辨不难发现，歌德所提出的“世界文学”概念，并非指涉及全世界所有的文学。具体而言，他的“世界文学”观，既不包括当时已知的所有文学，也不完全涵盖各种民族文学的经典作品，基本上只涉及德、法、英、意等欧洲大国的国家文学。与此相印证，就在歌德提出“世界文学”概念的当年年底，法国《全球报》曾经援引歌德之说，不过将他的“世界文学”概念置换为了“西方文学或欧洲文学”，这种替换在很大程度上其实更符合歌德“世界文学”的原初意义。显然，歌德在畅想“世界文学”时代的到来时，是以德国的民族和国家利益为中心的，他最关心的是德国在未来“世界文学”格局中可能占据的位置及将要发挥的作用。概言之，歌德最初想象的“世界文学”，其核心无疑是欧洲文学。

由于歌德在整个世界文学乃至文化领域的巨大影响与显赫声名，学界普遍将其确立为“世界文学”概念的首创者，但事实果真如此吗？答案是否定的。

1987年，德国学者魏茨撰写了一篇名为《维兰德是“世界文学”一词的首创者》的文章，宣称自己发现了与歌德同为“魏玛三杰”之一的维兰德亲笔书写的一则手记，这则手记位于维兰德翻译的贺拉斯作品《书札》之中，其中明确提道“世界知识和世界文学以及成熟的性格培养和良好品行的高雅趣味”[③]。维兰德在手记中用“世界文学”指代古罗马时期的博学之士如贺拉斯、维吉尔等，表达的乃是一种“个人修为”之赞意，与歌德的“世界文学”设想有着显著区别。维兰德1813年1月20日于魏玛去世，而他本人在1790年版的《书札》样书中写下关于“世界文学”的手记时，并没有标明确切时间，故只能将其初提“世界文学”概念的时间圈定在1790—1813年这一区间。虽然我们无法从维兰德的那份手稿里获知他对“世界文学”的准确定义，但他比歌德更早使用“世界文学”一词是确证无疑的。

可如果据此就将“世界文学”这一概念的首创权由歌德转交给维兰德，似乎还是略显草率。因为就在魏茨发表《维兰德是“世界文学”一词的首创者》一文的21年后（即2008年），德国语言学家沃尔夫冈·沙莫尼发表了一篇石破天惊的文章——《施略策1773年首创“世界文学”概念》。沙莫尼在文中通过悉心考证之后指出，施略策早在1773年便在其著作《冰岛文学与历史》中提出了“世界文学”的概念：“在中世纪，冰岛有自己的文学，这对于整个世界文学也同等重要。”[④]施略策写作此书的目的在于唤起人们对冰岛文学的关注，对何为“世界文学”并未做出明确界定，如果结合文章语境及时代背景来看，应该是包含了全世界范围内所有的文学形式。虽然施略策本人没有过多谈论“世界文学”，但沙莫尼在自己溯源“世界文学”的文章中花费大量篇幅，从学理角度详细阐述了施略策所提“世界文学”概念的原因、含义及价值，最终旗帜鲜明地以1773年这一确切时间标示出自己对“世界文学”的最新发现。

综上所述，虽然歌德对于“世界文学”的确立和传播做出了最为重要的贡献，但他显然还不能被确立为这一概念的首创者，无论是维兰德还是施略策，他们对于“世界文学”的思考，明显都要早于歌德。结合现有材料来看，将施略策确定为“世界文学”的首创者，应该是真正符合历史实际的结论。

二、“世界文学”的嬗变

尽管歌德并非“世界文学”这一概念的首创者，但他还是以世界性的文化视野和深厚的文学造诣，给“世界文学”这一新型学术领地的发展提供了理论依据，同时也为它的发展奠定了“全球化”格局。

而在歌德之外，当我们讨论“世界文学”这一概念的时候，首先要提道的自然是马克思和恩格斯。倘若将歌德眼中的“世界文学”视为民族文学和国别文学汇聚而成的乌托邦，那么马、恩二人在1848年联合发表的《共产党宣言》中关于“世界文学”的著名论断，则从理论上为这一文学乌托邦的实现提供了支撑：“资产阶级，由于开拓了世界市场……于是由许多民族的和地方的文学形成了一种世界的文学。”⑤透过这段话可以看出，马、恩深刻地洞见了在资本主义的大幅冲击下，不同地域文学之间以往那种森严的壁垒必将被摧毁，进而慢慢组合成为关系紧密的“世界性文学”。“世界文学”作为资本主义肆虐之下的产物，渐渐成为资本主义国家文化扩张的一种手段。与此同时，随着全球化浪潮的疯狂席卷，政治、经济、文化、身份等固有界限被冲破，各地区、各民族之间的文化交流日益密切，甚至出现了如昆德拉、奈保尔、哈金这类具有多重身份的流散作家。这类作家的文学创作与传统意义上的民族文学、国别文学有着明显区别，体现出了极其鲜明的迁徙性与地方性特征，从根本上推动了“世界文学”的真正到来。马克思和恩格斯基于资本主义发展而提出的“世界文学”概念，在承续歌德“世界文学”设想的基础之上，科学预判了“民族文学”向“世界文学”过渡的发展趋势，同时也赋予了“世界文学”以崭新的内涵：一是超越了纯粹的“文学”范畴；二是打破了长期以来以欧洲国家为中心的文学传统；三是在世界范围内重构了“世界文学”的版图。

进入二十世纪，各国学者对“世界文学”的关注与日俱增，尤其是二十世纪90年代以来，国际学术界掀起了“世界文学”研究热潮，出现了诸如美国的大卫·达姆罗什、弗朗哥·莫莱蒂，法国的帕斯卡尔·卡萨诺瓦等众多知名学者。

在《什么是世界文学？》一书中，达姆罗什从三个层面界定了“世界文学”：“1.世界文学是民族文学间的椭圆形折射。2.世界文学是从翻译中获益的文学。3.世界文学不是指一套经典文本，而是指一种阅读模式。”⑥较之于马克思和恩格斯，达姆罗什将“世界文学”从之前那种民族文学集合的静态模式中解放了出来，其关注重点也转移到了文学作品的流通过程之中。达姆罗什的这一“世界文学”理念，使“世界文学”不再单纯局限于文本层面，而是被放置于一种新型的阅读和理解方式之中来观照。显然，达姆罗什帮助“世界文学”摆脱了文本的束缚，走向读者、批评家和消费市场，并将其建构成了一种双向互动的新型文学关系。

法国学者卡萨诺瓦在《文学世界共和国》一书中提出了另一种富有创见的“世界文学”理论。在她看来，“世界文学”是一个整一的、在时间中流变发展着的文学空间，这一空间有着自己的“中心”与“边缘”：“这些‘中心’与‘边缘’并不总是与世界政治版图相吻合。‘文学世界’犹如一个以其自身体制与机制在运作的‘共和国’。”⑦与这一理念相关联，法国文学自然就是卡萨诺瓦所说的“世界文学共和国”的中心。卡萨诺瓦通过构建这样一种世界文学共和国，采用文学生产和流通的方式，将长期以来互相隔离的民族文学和国别文学汇聚到了一起，共同组成“世界文学”的融合空间。但同时也要看到，卡萨诺瓦作为一个顽固的欧洲中心主义者，对亚非拉美等所谓的“边缘区域”的文学极为轻视，这在很大程度上限制了“世界文学”的空间延展。

美国学者莫莱蒂对“世界文学”的思考则更加特别，他在《世界文学猜想》一书中，借用国际资本主义模型来重构“世界文学”体系，在他看来，“世界文学”极度类似于“国际资本主义”，两者都处于不平等的体系之中：“有一个核心和一个边缘，它们被捆束在一个越来越不平等的关系之中。”⑧这个既有中心又有边缘的世界文学体系，看起来与卡萨诺瓦的“世界文学共和国”殊为相似，但莫莱蒂并非欧洲中心主义者，他更加关注来自“边缘区域”的文学。在他的视野中，边缘地区的文学会主动学习并吸收来自中心地区的文学形态，并结合自身特点努力建构新的文学样式。因此，莫莱蒂虽然承认“世界文学体系”中的不平等，但同时也非常重视“边缘区域”的文学在“世界文学体系”之中的巨大作用。

众所周知，歌德是在浏览了大量中国传奇小说之后方才提出了“世界文学”的设想，可见“世界文学”这一概念与中国文学有着天然的亲近感。所以我们绝不能忽略“世界文学”发展进程中的中国声音，研究此类问题比较有代表性的学者包括王宁、蒋承勇、方维规等。

王宁在《“世界文学”：从乌托邦想象到审美现实》一文中指出，“世界文学”是一个动态、开放的概念，在不同的时代和语境中会呈现出不同的形式和样态，他从达姆罗什对“世界文学”的定义出发，参照中国文学的发展历程，对这一概念做出了修正与重建。在他看来，当我们谈论“世界文学”的时候，不可避免都会赋予其以下三大内涵：全世界所有文学经典的总和；进行文学研究所依据的一种比较视野；借由多语种文学的生产流通所选择的一种文学历史演化⑨。不仅如此，在这篇文章中，王宁还进一步确立了“世界文学”的五项评价标准——是否把握了特定的时代精神；是否超越了本民族或本语言的界限；是否收入后来的研究者编选的文学经典选集；是否能够进入大学课堂成为教科书；是否在另一语境下受到批评性的讨论和研究⑩。显而易见，王宁对于“世界文学”的解读和阐释，意在消解身处统治地位的欧洲中心主义结构，从而走向不同地域及民族文学协调生长的“世界文学”梦想。

蒋承勇在《“世界文学”不是文学的“世界主义”》一文中对“世界文学”与文学的“世界主义”进行了区分，强调文学的“世界主义”不过是少数经济强国的文学的代名词，并非“世界文学”的应有之义，应予批判。他总体上承续了马、恩关于“世界文学是多民族文学相对独立基础上的多元共存，是民族性与世界性的辩证统一”的观点，并以此为基础，重点论证了在“网络化—全球化”持续演进的时代，各民族文化应该是一个和而不同的多元统一体，而不是“世界主义”所期许的“强国文化”之一统天下。“世界文学”应该是以“各民族文学都很繁荣，都创造经典，彼此不断学习，平等、相互依赖而又共同进步的文学盛世为目标”的“人类审美共同体”。⑪

方维规在《何谓世界文学？》一文中则从歌德的“世界文学”观念出发，指出歌德对于“世界文学”的态度异常复杂，同时系统梳理了二十世纪90年代以来西方“世界文学”理论的发展演变，重点分析了“全球文学”“世界文学”“世界的文学”这三者之间的联系与区别。方维规认为，在“全球化”的大时代背景下，绝对不能将“世界文学”这一概念简单理解为所有文学的整体，也不能将其概括为世界上全部文学经典之集合，“世界文学”应该是普遍的、超时代的、跨地域的文学。⑫

通过梳理“世界文学”200余年的发展历史，可以发现，由于首创者并未对“世界文学”概念加以严格界定，因而给后世学人留下了极为广阔的阐释空间，无论是从歌德到马、恩，再到达姆罗什、卡萨诺瓦以及莫莱蒂，还是从王宁到蒋承勇再到方维规，“世界文学”概念始终处于不断变化的动态进程之中。“世界文学”也经历了从“欧洲中心论”到“多元化”的转换过程，尤其是在当下的“全球化”时代语境下，“世界文学”的内涵及价值标准更是发生了急剧变化，与之相对应，国内学界对于“世界文学”的认知也是如此。那么，这样的现状是不是意味着“世界文学”没有固有的形态和边界，是一个无效的文学概念呢？

三、“世界文学”的边界与形态

一个显见的事实是，对于“世界文学”的概念探讨已然成为当前学术研究的热点，相关论说亦是百家争鸣。迄今为止，依然没人能够给出一个明晰且令所有人信服的概念界定，因此，有学者便提出了“世界文学并不存在”的说法。但这样的观点，笔者实在难以苟同。没有严格的概念界定，并不意味着“世界文学”就没有确定的边界和形态。

首先，我们应该正视，作为概念的“世界文学”在以往、当下甚或今后很长一段时间内，都只会是一种乌托邦式的美好愿景，我们目前在各种场合频繁提及的“世界文学”，本质上也只是“世界上占支配地位的国家的文学”。在目前这种西方发达国家拥有经济、政治、文化等方面绝对话语权的环境下，亚非拉美等边缘区域的文学要想挺进“世界文学”的核心圈层绝非易事。即便是像中国这样一个具有悠久历史底蕴的文明古国，其文学作品想进入西方学者编选的“世界文学经典”丛书亦近乎蜀道之难。

但与此同时，我们也欣喜地看到，随着全球化的发展，这样的现状正慢慢被改变。近些年来，虽然“西方文学”仍然是“世界文学”的主流和中心，但亚非拉美文学都迅速进入了“世界文学”的视野之中，有的甚至已经跻身“世界文学”的中心地带，比如拉美作家马尔克斯、略萨，亚洲作家川端康成、村上春树、莫言，非洲作家戈迪默、库切，等等，这些曾经处于边缘地带的作家们，随着全球化程度的日益加深，在世界范围内产生了深远影响。我们有理由相信，以这样的发展趋势，歌德所冀望的由所有民族的文学共同构成的“世界文学”指日可待。

那么，究竟如何才能明确“世界文学”的边界与形态呢？要解决这一问题，还得返回到对“世界文学”秉持相对客观态度的马克思、恩格斯那里。在马、恩的设想中，“世界文学”是由“许多种民族和地方的文学”共同构成的，这样的设想，即使在今天看来，依然不失为是一种科学合理的界定。既然名为“世界文学”，就理所应当是由世界上所有民族和国家的文学共同组成的，否则“世界文学”的概念便名不副实。即便近年来有学者（如达姆罗什、卡萨诺瓦、莫莱蒂等）试图从作家作品的经典性、阅读及流通模式等层面来重新界定“世界文学”，但其最基本的内涵（全世界所有民族和国家的文学）是不容置疑的，这便是“世界文学”的边界。由此，我们也能进一步明确“世界文学”的形态，既然“世界文学”是由全世界所有民族和国家的文学构成的，那它自然也就包括两种具体的形态：一种是民族文学，另一种则是国别文学。当然，在这两种博大的文学形态之下，还有诸如地方文学、流散文学、海外华人文学等众多小型的文学形态，但它们无一例外都隶属于民族文学与国别文学这两大形态。

无论“世界文学”的内涵在200余年的发展过程中经历了怎样的嬗变，时至今日又生发出怎样丰富复杂的话语体系，我们还是应该回到最基本的意义层面对其加以解读，否则就无法得出一个被大家广泛认可接受的“世界文学”概念。总而言之，作为概念的“世界文学”，是不同民族、国家之间进行文学交流的媒介，是世界各民族文学、国别文学的集合，自然就包含了全世界所有民族和国家的文学作品，特别是那些杰出的文学经典。当下，随着全球化程度的不断加深，越来越多的民族文学和国家文学将被纳入“世界文学”之中，“世界文学”的世界属性也必将得到更多的彰显。

注释【Notes】

① Goethe, Johann Wolfgang von, *Werke, Weimarer Ausgabe*, Abt. II, Bd. II, Weimar: Bhlau Verlag, 1919. p.8.

② 爱克曼辑：《歌德谈话录》，朱光潜译，人民文学出版社1978年版，第113页。

③ Weitz, Hans-J: *“Weltliteratur”zuerst bei Wieland*. In Arcadia 22, Berlin: De Gruyter, 1987. p.207.

④ 周启超：《外国文论与比较诗学》，浙江大学出版社2018年版，第14页。

⑤ 马克思、恩格斯：《马克思恩格斯选集（第一卷）》，人民出版社1995年版，第276页。

⑥ 大卫·达姆罗什：《什么是世界文学？》，查明建、宋明炜译，北京大学出版社2014年版，第309页。

⑦ 帕斯卡尔·卡萨诺瓦：《文学世界共和国》，罗国祥等译，北京大学出版社2015年版，第4页。

⑧ [美]弗朗哥·莫莱：《世界文学猜想》，转自《世界文学理论读本》，大卫·达姆罗什、刘洪涛、尹星编，北京大学出版社2013年版，第125页。

⑨ 王宁：《“世界文学”：从乌托邦想象到审美现实》，载《探索与争鸣》2010年第7期，第5页。

⑩ 王宁：《“世界文学”：从乌托邦想象到审美现实》，载《探索与争鸣》2010年第7期，第5页。

⑪ 蒋承勇：《“世界文学”不是文学的“世界主义”》，载《文学评论》2018年第3期，第31页。

⑫方维规：《何谓世界文学？》，载《文艺研究》2017年第1期，第13页。

记忆重写：安妮·埃尔诺《一个女人》的现代性叙述

沈欣婕

内容提要：安妮·埃尔诺凭借其作品《悠悠岁月》获得2022年诺贝尔文学奖，得到世界文学界的高度关注。《一个女人》是其较早期的一部自传体小说，出版于1987年。书写的是母亲去世后，“我”为母亲建构起的一整部人生回忆。安妮·埃尔诺在该书中所采用的回忆性叙述，人称视角变换灵活，时间与空间也被切割破碎，人物话语的虚实性交错出现，具有强烈的现代性特征。本文旨在从《一个女人》中的回忆性叙述方式，探寻安妮·埃尔诺笔下的现代性建构路径，走进其破碎的家庭意识与漂泊的现代灵魂。

关键词：安妮·埃尔诺；《一个女人》；叙述艺术；现代性

作者简介：沈欣婕，华中师范大学硕士研究生，研究方向为当代文学、民间文学。

Title: Memory Rewriting: A Modern Narrative of Annie Ernaux's *A Woman's Story*

Abstract: Anne Ernaux won the Nobel Prize in Literature in 2022 for her work *"The Years"* and has received high attention from the world literary circle. *A Woman's Story* is an autobiographical novels in her early days, published in 1987. The book is a whole life memory constructed by "I" for my mother after her death. The reminiscence narration adopted by Anne Ernaux in this book is characterized by the flexible transformation of personal perspectives, the fragmentation of time and space, and the interleaved appearance of imaginary and real characters' discourse, which has strong modernity characteristics. This paper aims to explore the modern construction path of Anne Ernaux from the reminismatic narration in *A Woman*, and to enter into her broken family consciousness and wandering modern soul.

Key Words: Anne Ernaux; *A Woman's Story*; narrative art; modernity

About Author: Shen Xinjie, Master student of Central China Normal University. Her research direction is contemporary literature and folk literature.

一、引言

《一个女人》，又被译为《一个女人的故事》，是安妮·埃尔诺1987年出版的一部中篇自传体小说。该小说的主要内容是记录在母亲去世以后，作为女儿的“我”对母亲生前事迹的回忆。安妮·埃尔诺用细腻、伤感的笔调，带领读者走进自己回忆视角下的母亲的一生。通过记忆书写，作者讲述了母亲这一生努力想摆脱现有的生存条件，如何挣扎向前的人生路径，也借自身家庭的缩影，映射了法国当代社会底层人民的痛苦、挣扎与迷惘。作者出身在当代法国普通的工薪阶层家庭，对社会有着细致的观察和真切的体会，下层人民精神的困惑、生活的艰难都被其收进了小说创作之中。因此，在这篇作品中，安妮·埃尔诺表现出了明显的现代性写作风格与艺术倾向。本文将从叙述视角、叙述时间和话语模式三个方面，论述安妮·埃尔诺通过记忆重写的叙述方式在其文学作品《一个女人》中搭建起的现代性建构路径。

二、叙述视角的融合性

视角指叙述者或者人物与叙事文中的事件相

对应的位置或者状态，或者说，叙述者或人物从什么角度观察故事[①]。安妮·埃尔诺是一个十分具有现代性思维的小说家，她在《一个女人》中采用的是一种融合性的叙述视角，通过视角的无规律变化，表现两代人的记忆差别与共性。同时，也折射出法国当代社会中，家庭伦理关系的异化和疏离的表象，以及现代人内心深处对温暖的家庭关系的渴望。

首先，叙述者“我”的视角与作家叙述情感是杂糅共存的。作家和叙述者之间并不一定是相对应的关系，往往会存在着“谁看”和“谁讲”之间的叙述视角与叙述情感的错位性和切换性。安妮·埃尔诺在《一个女人》中采用的大多是第一人称叙述视角和第三人称叙述视角，通过叙述者“我”的自述，引入“我”为母亲建构起的第三人称视角观察性回忆。叙述者所采用的叙述视角并不是纯粹客观的，而是融入了作家叙述情感的融合性视角。

“母亲于四月七日星期一在蓬图瓦兹医院的托老院谢世了。我是在两年前把她送到那里的。”[②]小说的开篇以第一人称视角切入，点明了小说的叙述者是“我”。“我”是这个故事的讲述者，而作为故事之外的、更高层次的事件观察者实际上是作者安妮·埃尔诺，作家的视角是隐藏在叙述者“我”的视角背后的、一个融合性的潜在视角。“在接下来的一个星期里，我无论身在何处都总是心里很难受，常常以泪洗面。”[②p76]这是叙述者“我”的第一人称视角叙述，也是作家叙述情感的确切表达，在此时叙述者是客观地叙述作家主观性的情感。“我希望我写出的是介于家庭与社会之间，神话与真实之间的事情。我的计划是写一部文学作品，因为我要通过文字在我母亲身上揭示一个真理（也就是说，照片与回忆以及家里人的证词都不能说明这个真理）。”[②p78]作者的写作目的——为母亲写一部回忆性的文学作品，通过第一人称视角的叙述者“我”传达出来，体现了安妮·埃尔诺作品中视角与情感的一种杂糅和变换，具有明显的现代性特征。

其次，小说叙述中的第一人称视角与第三人称视角是相互嵌套的。安妮·埃尔诺在《一个女人》中所建构的叙述空间并不是一个平面，而是一个层层嵌套的具有现代性美学特征的叙述场域。这部小说是通过回忆性建构的方式而叙述的一部关于母亲的人生回忆，正如作者在小说中直言“写我的母亲对我来说可不是件容易的事，因为我认为母亲没有什么故事，她总是同一副样子”[②p78]，可见叙述者是以第一人称的视角向读者阐释的。而这部小说的特殊之处正在于，在进行记忆叙述的时候，第一人称视角与第三人称视角交替出现，造成一种阅读的审美距离，体现出一种法国现代主义文学的美感。

“我只扮演一个记录员的角色。”[②p78]叙述者力图站在一个客观的视角来对母亲的一生进行回忆性的记录和书写，但有许多记忆被建构时，必须以母亲的视角进行切入。因而，作者为了达到回忆性叙事的全知效果，不得不穿插进一些第三人称视角进行补充性的叙述。“我母亲的童年可以说是这样的……她经常失眠，有时人们发现她站在院子里睁着眼睛就睡着了。”[②p81]这一段话呈现出一种视角的切换，从第一人称叙述者“我”的视角，切换成第三人称旁观者视角。这是“我”所不能知道的，母亲年轻时的失眠经历，只有处于故事之外的作者用第三人称全知视角叙述出来。同时，视角的切换并不是规律性的，而是具有现代性的融合特征。“对于一个女人来说，结婚是生死攸关的问题，是能否改变自己命运的关键，因此必须看准那个男人是否能够‘让女人幸福’。”[②p85]作者在“我”的第一人称和第三人称的叙述视角中，还时不时地插入叙述者的情感叙述，更加体现了视角融合的一种混杂感，客观与主观的交互性，是安妮·埃尔诺这种融合性叙述视角所达到的特殊的艺术效果。

最后，叙述视角的融合性其本质是跨越两代人的记忆重写。安妮·埃尔诺的写作初衷是对母亲的一生进行一种替代性的回忆，从而达到一种记忆重写的艺术呈现。那么在作品中，就自然而然地会出现“我”的第一人称视角及第三人称视角观察下的母亲生平叙述。这类多元叙述视角相融合的现象，本质上是因为记忆的归属者与小说的叙述者身份的一种错位。简而言之，这些不同视角的切换，其实是作者在进行记忆重写时，由于横跨两代人的记忆而产生的写作态度的一种变化，以及记忆差别和共性的结合。

“我的父亲在缆绳厂上班。他高高的个子，人长得很标致，算得上是个漂亮的小伙子。他不喝酒，一心存钱成家。”[②p85]这是“我”的第一人称视角下，对父亲形象的叙述，从安妮·埃尔诺的其他作品，如《位置》中对父亲的描写，我们可以得出结论：她对于父亲的记忆和情感是相当模糊和疏离的。叙述者“我”在这一段话中的叙述情感与作者是相一致的，这是女儿视角下的父母婚姻状态。而在作为真正的记忆主体“母亲”的记忆情感中，“母亲曾有一次微笑着红着脸对我说：‘不少小伙子追我，想和我成亲，可我只选中了你父亲。’然后接着补充道：‘你爸爸看上去可不一般’”[②p85]。在母亲与“我”的对话中，我们可以看出母亲对于父亲是有着与“我”不同的情感态度的，而这一层记忆只有通过第三人称视角，采用母亲的口吻才能够传达给读者，才符合小说写作与故事发展的逻辑。综上所述，作者采用的这种叙述视角的不断变化，是为了串联起跨越两代人的记忆重写，尽可能完整地重现母亲一生的回忆，用不同的视角对这一写作对象进行补充和增述。我们也可以由此看出安妮·埃尔诺对于法国当代家庭关系的一种反思，可以看出法国底层社会人们为了生计而忽视家庭关系造成的隔膜，这种反思社会进步下小人物命运的小说主题，无疑是极具现代性的。

三、叙事时间的主观性

“叙事文是一个具有双重时间序列的转换系统，它内含两种时间：被叙述的故事的原始或编年时间与文本中的叙述时间……叙事文的这种双重时间性质赋予了叙事文根据一种时间去变化乃至创造另一种时间的功能。”[①p63]在《一个女人》中，叙述事件是按照记忆重写的需要出现的，换言之，是作者有意设置的一种回忆标记。小说中的叙事时间具有强烈的主观性，其作用是帮助“我”串联起母亲的一生，真实性和准确性是难以界定的，具有现代主义文学的主观性美学特点。

首先，叙事时间的先后是叙述者记忆的呈现。在小说这种文体中，叙事时间并不是固定的，而是可以根据作者的写作需要而被设置、被打乱的。安妮·埃尔诺在《一个女人》中的回忆书写，并不是按照回忆主体“母亲”本人的记忆顺序进行展开的，而是由“我”来进行替代性的阐释，通过女儿的回忆来设定所需要的叙事时间。文本中两代人的记忆交错出现，其中产生的差异与碰撞，实际上是法国当代家庭关系的一种现实折射，被作者通过一种记忆重写的方式呈现了出来。

“到明天，葬礼过去已经整整三个星期了。”[②P77]“我”在母亲去世三个星期后，动笔为母亲建构起一部人生回忆，这是作品中叙述者开始回忆的时间。而时间在小说中并不是线性流动存在的，因为紧接着，叙述者就转入了倒叙的回忆时间：“母亲于1906年出生在那里。”[②p79]叙述者从自己的写作时间，突然转入母亲的生平，使得小说中叙事时间的先后具有了强烈的主观性色彩。“用她的话说：‘直到25岁时，我还能吞下大海和大海里所有的鱼！’”[②p81]叙述者在母亲的童年记忆的书写中，插入了自己与中年母亲的对话回忆，将小说中的叙述事件打乱，给人一种阅读时的距离感。更加值得注意的是，“到了1940年年初，母亲终于又怀上了孩子，那就是我。我于九月降生了。”[②p90]在对母亲的青年时光进行回忆书写时，叙述者“我”实际上是尚未出生的，而此前叙述中穿插进的“我”的话语和出现，实际上是安妮·埃尔诺有意造成的叙述时间的一种混乱，通过这种极具主观性的时间设置，来对母亲的人生进行一种再书写，是极具现代性特征的。

其次，叙事时间的真实性与模糊性相混杂。小说是一种虚构的叙事，这一性质也给予了小说中的叙述与时间极大的自由。《一个女人》中叙述者的叙事时间是相对固定的，是在母亲的葬礼结束之后。但在回忆中，叙事时间的真实性是存疑的。回忆中的叙事时间是根据叙述者的叙述需要与记忆时间而设置的，和真实事件的发生时间和顺序具有错位性。在这篇文本中，叙事时间的真实性与模糊性，是与叙述者的主观情感紧密相关的。

“我原以为自己会写得很快，可事实上，我用了好长一段时间来思考那些事情发生的顺序，选择哪些材料，使用哪些词汇，好像真的存在着一种理想的、能够真正地把我母亲的真实性表现出来的顺序一样。”②p90-91叙述者在文本中提道，对于母亲生命记忆重写的顺序，并不是客观存在的，而是要建构一种符合自己叙事需要的时间顺序。如何对不属于自己的记忆进行排序，如何将对应的事件放置到正确的时间中，是作者在叙事的过程中遇到的一大难题。因此作者采用的叙事策略，则是将确定性的真实时间和模糊性的叙事时间穿插在一起，根据叙事的需要来使其出现。“那些年里”“一个星期天”“一年夏天”“某个下午”这类没有精确指向性的叙事时间标志在文本中反复出现，反映出“我”对于母亲回忆的模糊性。而为了使叙事能够符合逻辑地进行下去，叙述者也不得不设置一些看似具有真实性的时间标志来进行适当的补充，“母亲四十至六十岁时的情况”②p93“在她快到五十来岁时”②p100在这些相对具体的母亲的人生时间的设置上，叙述者尽可能地给读者具有真实性的阅读感，增加可信性。综上，《一个女人》中的叙事时间其实是真实性和模糊性并存的，而如何去设置叙事时间，则是由作者的主观情感和叙事需要所共同决定的。这种现代性的非线性时间在文本中反复出现，在给读者造成阅读混乱感的同时，也传达出母女两代人身上映射出的当代法国家庭的一种异化，以及作者对家庭的向往和陌生并存的复杂情感。

最后，叙事时间的主观性建构起了跨代际的想象性回忆空间。小说的虚构性给了作者和读者很大的主观性发挥空间，使得文学世界的建构有了基础。表面上作者在文本中呈现的是根据需要和情感而设置的主观性的叙事时间，而实际上，则是为读者提供了更加宽阔的文学视域。读者可以根据自己的阅读体验和人生理解，在作者通过记忆重写建构起的想象性回忆空间中，获得独特的艺术感受并达到与叙述者的共情。

“人家不知道我在写她，的确，我也不是在写她。我只是想起同她一起在过去某一时刻或是某一地点一起生活。”②p105《一个女人》中的记忆重写，是女儿根据自己的回忆而进行的，叙事时间实际上是模糊性与真实性相交融的，时间先后顺序的颠倒，能够为我们提供一个更大的想象性回忆空间，这种叙事时间的主观性，给读者的阅读带来了更多的不确定性和可补充性。“有时，她把她面前的女儿看作是阶级敌人。”②p105这一叙述穿插在我与母亲共同的回忆之间，我们很难去界定这一想法产生的时间，甚至无法确切知道这一想法是母亲真实产生的，还是叙述者“我”所附加给母亲的。读者可以在自己的阅读体验里展开尽情想象，思考“我”与母亲之间到底存在着怎样的一种矛盾和情感，前后究竟有什么事件发生，这都是作者留给我们的想象性回忆空间。“起初，她所感到的并不像我想象的那么幸福。”②p110叙事时间的标志“起初”，并没有在文本中指向某个具体的时间，这是叙述者所进行的留白性叙述，时间的模糊性给读者更大的二次阅读的自由和空间。这种叙事时间的主观性，是一种融合了作者与母亲复杂的关系、个体与家庭的代沟与伦理的、具有现代性的记忆重写，这一现代性艺术在作品中可以通过叙事时间的设置而表现出来。

四、话语模式的流动性

“话语模式研究叙述与人物语言的关系，即叙事文中人物语言的表达方式。”①p89话语模式是人物语言在小说中的呈现形式，《一个女人》主要涉及的人物为叙述者“我”和母亲，在小说的叙述过程中，作者采用了十分多样的流动性话语模式，通过不同人物的话语穿插，对这一整部人生回忆进行更加丰满的书写。与此同时，这种极具现代主义色彩的流动性话语模式，能够使得这个文本的阅读空间更加灵活，并给予读者更广泛的文本交流潜能。

首先，直接引语和间接引语的相互流动。直接引语通常有着明显的引导标志，也就是我们所说的引导词或引号，通过这些方式来引出人物的对话或者独白。间接引语则是叙述者以第三人称进行表达的人物语言和内心活动。在《一个女人》中，直接引语通常是叙述者“我”对事件的视角和评价，而间接引语则一般是用在表达作者的个人回忆中，甚至是假设中的母亲的人生态度和生活语言。这两种话语模式在文本中的出现并没有十分确切的规律，而是根据记忆重写的需要相互补充，从而为读者呈现出更加完整的人生记忆。

“突然，我意识到：‘现在以及将来我将永远生活在她的眼皮底下了。’”[②p110]这是叙述者“我”的一段话语，是“我”或者说是作者对母亲卖掉商店后的生活的一种主观性想象与评价，采用的是直接引语的话语模式。而紧接着，安妮·埃尔诺插入了一段间接引语，向读者展现了同一个事件背后，“我”与母亲产生的不同感受和思考。“她在信里告诉我说她无暇寂寞，可事实上，她非常想搬过来和我们一起住，只是她不好意思。”[②p109]间接引语中所叙述的是母亲的人物话语，而叙述者紧接着插入了自己的评价与态度，这就使得读者对事件本身可能产生偏差性理解或误读。文本中也有同时对母亲的话语进行直接引语和间接引语的紧密流动性叙述的例子，如“可她说她不曾订阅过，她开始对她在伊夫多的娘家人表现出咄咄逼人的气势，说他们都觊觎她的钱”[②p117]。这是对母亲想法和话语的一段间接引语，是从叙述者“我”的第三人称视角中传达给读者的。“一天她给我打电话道：‘我讨厌透了这个鬼地方！’”[②p117]这是作者通过母亲的口吻所插入的一段直接引语，是对母亲病愈后对家人态度的一种相互补充性叙述表达。作者想尽可能完整地用话语模式的流动性来对事件进行多角度、多视点的叙述和阐释，就不得不让“我”的直接引语和母亲的间接引语同时出现。具有现代性的多种话语模式在文本中的交替流动出现，是安妮·埃尔诺对母亲的人生记忆进行重写的重要叙述方式之一。

其次，自由直接引语和自由间接引语的交替穿插。自由引语最大的特点就是省略掉了引导词和引号，以一种更加自由的叙述状态出现在文本中。与此同时，自由引语也更能够深入表达人物的真实情感和作者的写作态度。《一个女人》这一文本中的自由直接引语的话语主体是叙述者“我”，而自由间接引语的话语主体则是回忆的真实拥有者母亲。两种话语模式在文本中交替穿插出现，给读者提供了更加多的事件信息，便于读者去体悟、领会作品中的情感世界和艺术内涵。

“吃饭的时候，她问她的外孙们在这里干活老板付的工资是否还可以，她把自己想象成是在一家农场干活的工人，而他们也都和她一样是这里的雇员。”[②p120]在母亲生命的后半段，患上了失忆症，因此在小说后半部分的叙述中，自由引语的出现频率是显著增加的。母亲记忆的混乱使得家人与之相处的模式更加困难，“我”与母亲之间的矛盾和误解也逐渐积累爆发，在间接引语中其实穿插进了作者更强的主观性情感。“我常常安慰自己，认为母亲的失忆是她故意和我们装的，我常和一些不认识她的人谈起她，这时他们都会报之以沉默。我觉得自己快要疯了。”[②p120]在这一部分的叙述中，自由直接引语给读者直接呈现了叙述者，或者说是作者的内心世界。在母亲失忆以后，她的情绪变得更加不稳定，而“我”也因为自己家庭的琐事而心烦意乱，母女两代人背后的两个家庭因为现实和疾病而产生了分裂和破碎。小说后半部分插入的大量自由直接引语，实质上是为了满足作者的情感表述需要。综上，自由直接引语和自由间接引语的交替穿插，实际上是叙述者和回忆拥有者的一种记忆错位，通过自由引语的形式被作者表达出来，而这种自由引语所叙述的人物想法和独白，是极具主观现代性的，需要读者进行个性化的判断和解读，从而才能深入体会其所描述的法国当代家庭的复杂关系和代际矛盾。

最后，话语模式的流动性是两代人回忆视角的融合方式。我们一直在强调，安妮·埃尔诺在《一个女人》的文本中，采用的是一种跨代际的替代性叙述方式，即通过女儿的回忆来为母亲建构起一部生前的人生记忆。因此，必然会对客观存在的事情本身穿插进个人的主观情感，而这种叙述的主观性很大程度上是通过话语模式的流动性来实现的。通过不同的话语模式，在原本客观的引语中加入作者的主观情感，使得整部作品的真实性与模糊性失去了明显的界限。话语的真实讲述者和表达者，究竟是叙述者还是母亲本人，这是我们难以明确的。也正是通过这种话语模式的流动，融入了两代人不同的回忆视角，以及对同一事件不同的情感反应。我们可以很明显地感受到，作者笔下法国当代家庭两代人的隔膜与疏离，以及内心深处渴望家庭关系融洽的愿望，而这种朴实的需求被当代法国底层社会巨大的生存压力和社会规则不断压迫和异化，最终导致了文本中所呈现的母女两代人回忆叙述的差异与矛盾。因此从本质上来说，我们可以认为，话语模式的流动性是作者有意采用的，想要将两代人的回忆视角进行融合，从而达到完整的叙述效果的艺术选择。

五、结语

安妮·埃尔诺作为一个极具现代意识的作家，其作品中的情感和事件的表达方式也是十分独特的。在《一个女人》中，作者实际上是以一部自传性作品为基础的。然而，在这部自传性作品的创作中，她又不以作者自身为小说的主体叙述对象，而是通过为自己的母亲建构一部生前的人生回忆，依靠一种记忆重写来达到完成自传和他传的双重性目的，这一点是安妮·埃尔诺的作品中十分吸引人的艺术创新。安妮·埃尔诺在《一个女人》中的记忆重写，采用了极具现代性的叙述方法，通过叙述视角的融合性、叙事时间的主观性以及话语模式的流动性创造出了一个非线性的、立体的文学想象空间，将两代人的跨代际情感、法国当代家庭伦理的矛盾与异化，通过现代性的主观叙述方式融入作品中，表达的不仅是对母亲的一种怀念，更是对逝去的一种追忆。在这种迫于生活压力和种种障碍而异化的家庭关系背后，实际上潜藏的是最深层的母女之间的一种难以言表的情感，反映出作家对法国当代社会环境与家庭关系的一种进步性思考。安妮·埃尔诺的作品着眼的是现代文明中最为普遍的一种情感共性，这种兼具文学性和思想性的作品，对于当代人对人生、家庭乃至社会的思考，都是具有重要启迪作用的。《一个女人》中极具现代性的叙述方式十分独到，其中的艺术美学内涵也有待我们更加深入地挖掘和体悟。

注释【Notes】

① 胡亚敏：《叙事学》，华中师范大学出版社2004年版，第19页。以下只在文中注明页码，不再一一做注。

② 安妮·埃尔诺：《一个女人》，郭玉梅译，百花文艺出版社2004年版，第71页。以下只在文中注明页码，不再一一做注。

《所罗门之歌》中的物人关系

马丹丹 陈 尧

内容提要：莫里森在《所罗门之歌》中描写了物与人的三种关系。将人物化，麦肯因逐利而“白化”，斩断与亲人同胞之情，是“成功的失败者”；吉他因仇恨蒙蔽双眼，随意夺取无辜之人的性命，沦为复仇工具。将物人化，露丝过度依赖已故父亲之物，最终落得个被物所奴役的下场。达到物我平衡状态，派拉特不似麦肯为逐利放弃自我，用她精神上的强大弥补现实物质的不足；虽以耳环纪念逝去的父亲与过往，却不像露丝那般为物所奴役。奶娃也在其影响下以更健康的方式看待物人关系，找到自我。

关键词：《所罗门之歌》；托妮·莫里森；物人关系

作者简介：马丹丹，武汉科技大学外国语学院硕士研究生，研究方向为非裔美国文学。陈尧，武汉科技大学外国语学院副教授，文学博士，主要从事英美文学与当代西方文化方面研究、英汉互译理论与实践研究。

Title: The Relationship Between Things and People in *Song of Solomon*

Abstract: Morrison's *Song of Solomon* depicts three kinds of relationships between things and people. The characterization, Macon "whitened" by the pursuit of profit, cut off the love of fellow relatives, is a "successful loser". Guitar blinded by hatred, taking the lives of innocent people at will, reduced to a tool of revenge. Ruth is overly dependent on her late father's thing, and ends up being enslaved by it. To achieve a balanced state of things and self, Pilate is not like Macon who gives up himself for profit. She uses her spiritual strength to make up for the lack of material reality; although she commemorates her dead father and the past with earrings, she is not enslaved to things like Ruth. Milkman is also influenced by a healthier way of looking at the relationship between things and people and finding himself.

Key Words: *Song of Solomon*; Toni Morrison; relationship between things and people

About Author: Ma Dandan, postgraduate, is from School of Foreign Languages of Wuhan University of Science and Technology, specializing in African-American Literature. **Chen Yao** is an Associate Professor, from School of Foreign Languages of Wuhan University of Science and Technology, Doctor of Letters, specializing in the study of English and American literature, contemporary Western culture, and the theory and practice of English-Chinese translation.

《所罗门之歌》（*Song of Solomon*，1977）是诺贝尔文学奖得主托尼·莫里森的代表作之一。该作品自出版以来便是学者研究的热点。国内方面，已有学者分析过小说中的三位黑人男性（郭红①）、女性形象（张建群②）及中产阶级黑人形象（任海燕③）。也有学者从场所或空间的角度阐释小说，如曾竹清指出，南方和布鲁斯“所罗门之歌”是小说中的记忆场所④。赵莉华从种族和阶级的角度切入，探讨小说空间关系所蕴含的种族权利关系，揭示空间结构与意识形态之关联⑤。田祥斌则比较了《百年孤独》和《所罗门之歌》的艺术原则和艺术功能，指出这两部作品成功的原因在于奇谲多变的魔幻现实主义色彩⑥。

国外方面，小说人物的名字寓意是评论家所关注的点，如有学者分析吉他、柯林西斯安、露丝和哈格尔等人名的含义，指出这些人物在神话或圣经中有原型[7]。法西德·西玛（Farshid Sima）也指出，小说中的名字及小说标题是理解小说的一个途径[8]。另一学者则分析小说中的人名与圣经原型中的异同，指出该小说是莫里森对种族性别和宗教的重写[9]。有些学者将关注点聚焦在小说中的女性身上，如安德森（Anderson）指出派拉特这一人物与圣经或基督教有着千丝万缕的联系[10]。勒珀兹（Lepez）则聚焦小说中的另一女性瑟丝，分析其所具有的新女巫特征[11]。也有评论家指出莫里森的创作是对福克纳和乔伊斯的传承，因为她把两位先驱的主题甚至是语言融入一部关于普遍的人性和道德权威的小说——《所罗门之歌》中[12]。另一学者则将詹姆斯的《螺丝在拧紧》与《所罗门之歌》进行比较，指出两部作品中都有边缘化，前者是性别的边缘化，后者是种族和文化的边缘化[13]。

以上研究从不同角度揭示经典小说的意义，但小说中的物及其所体现的物人关系没有得到应有的关注。小说中的人被物化，在麦肯眼中，妻儿就如同别墅、汽车一般，是他展示自己成功的物件；吉他因所谓的“爱”与“平衡”将无辜白人看作物，随意夺取别人生命。露丝将物人化，过度依赖与已故父亲相联系的餐桌及墓碑，从中寻求精神安慰，最终为物所奴役。将人物化或将物人化都使得小说中的人失去自我，为物所役。为此，莫里森给出第三个选择，即在派拉特身上所反映的物我平衡。派拉特用精神强大弥补物质不足，虽以耳环纪念父亲却不过度依赖耳环。奶娃也在其影响下挣脱物质束缚，以更健康的方式看待物我关系。这一物我平衡状态虽具有一定理想成分，但也不失为一个对物我关系的探索。

一、人的物化

通常意义上物指的是相对于人来说，无生命的、看得见摸得着的物。《所罗门之歌》中的物大体分为房子、汽车、家具或手工制品等。但小说中的人也被看作物，这便是人的物化。刘森林指出，人的物化不仅仅是人格、尊严、个性的丧失，被物品和社会关系之物所淹没、替代，人的物化也表现在，身体日益被当作一个物件被看待、修饰、改变[14]。

人的物化这一特点在麦肯这一人物身上表现最为明显。他在追逐财富的过程中牺牲了自己的人格、尊严和个性。吉他曾向奶娃说道：他无法理解麦肯，在目睹自己的父亲被白人杀害后，麦肯竟然还能和白人一样思考行动。“在他父亲辛辛苦苦地积攒起来的一切被臭白人抢去之后，在他亲眼看见父亲让他们一枪打死之后，他怎么能一直卑躬屈膝地过日子？他怎么能如此爱他们？”[15]吉他的疑问，道出了麦肯为了利益出卖自己的尊严，这让吉他无法理解与接受，也让读者无法理解。

麦肯的物化不仅表现在丧失了人格和尊严上，还表现在他将人尤其是自己的同胞妻儿当作物来看待。首先他将黑人同胞看作摇钱树，是他剥削的对象。他对钱极度重视，钱的分量在他心目中远超过人。在吉他奶奶请求他宽限房租时他毫无怜悯之心，并威胁没有租金就将租客扫地出门；在波特发酒疯时，他所关心的不是波特的性命而是他的租金。“我不想收拾他，我要收拾我的钱。要是他愿意，他可以在那地方待到死。可是，要是他不肯付给我房租，我就要把他从那窗口里一枪打下来。”[15]p26在他眼中，自己的同胞只是带来租金的赚钱工具，他从不将他们当作人来看待。

将租客物化为剥削对象的麦肯，同样将妻儿看作他成功的展示品。马粉英认为，在麦肯眼中，妻子和儿女就像他手中的汽车和房产一样，是他拥有的物，是他炫耀和找到自我价值的资本[16]。每周日盛装打扮的全家人坐在那豪华的小汽车中从贫民窟缓缓驶向富人居住区这一仪式性的行为，“使他感到当真是一个飞黄腾达的人物的自满自足”[15]p33。在这一炫富过程中，麦肯将妻儿和自己的汽车一道看作是自己成功的展示品，他在向别人展示自己所拥有的物——豪华汽车、盛装打扮的妻儿——的过程中得到了极大的满足感。

小说中的另一人物吉他也是被物化的对象，在物化自己的过程中，他也将别人物化。他的物化首先表现为没有尊严的生活。挣扎在底层，没有基本的物质保障，父亲死后几乎到了忍饥受冻的地步。长大后他作为“七日”成员，也过着一种无爱、没有个性的生活，因为他不能结婚，不能有孩子。深陷仇恨旋涡当中的吉他，并没有意识到自己过的是一种非人的生活，而是始终坚信这是爱。在自己沦为复仇工具的同时，吉他也将复仇对象即白人物化。那些他为了复仇要杀死的无辜白人，在他眼中不过是一串数字，是一个在追逐过程中随意把玩的猎物。

麦肯和吉他身上都体现了人的物化，物化原因何在？黑白对立的种族主义是其根源。因为种族对立，麦肯的父亲惨死于白人枪杆之下，自此麦肯兄妹踏上流亡之路。本属于麦肯的“林肯天堂”农庄落入白人手中。于是，颠沛流离的麦肯坚信并践行这样一条信念：“掌握财产，用你掌握的财产再去掌握别的财产，这样你就可以掌握你自己，也就可以掌握别人。”[⑮p61]这一人生信条，也是他要教给儿子奶娃的。吉他的物化源于父亲的意外身亡。父亲惨死白人雇主锯木厂后没有得到相应的抚恤金，母亲也在父亲死后离吉他与姐弟们而去，这让本就艰难的生活雪上加霜，而这一切背后都源于种族对立使得黑人得不到公正对待。

于是物化后的麦肯，迷失在白人价值观主导的社会中，醉心于赚钱，最终变成一个冷漠无情之人。同胞将其看作吸血鬼，而家人在他身上得不到一点温暖。他那豪华汽车被人称作棺材，那宫殿般的别墅也被称作监狱，他虽在物质上优越于其他黑人，却是一个精神上的乞丐，因为没有族人与家人所给的温暖，他是一个“成功的失败者”[⑰]。物化后的吉他，靠着对白人仇恨的滋养，长大后踏上极端民族主义这条不归路，而他自己却坚信自己对无辜白人的复仇是“爱”，是“平衡”。为了复仇，他最终和奶娃因黄金发生分歧，兄弟反目，派拉特也死在他的枪下。麦肯和吉他两人将人物化这一做法，有其深层次原因。但两人丢掉自己，迷失在物与人的关系之中，可谓得不偿失，害人害己。

二、物的人化

麦肯和吉他将自我与他人物化，而露丝则将物“人化”。所谓将物件人化就是将对人的情感投射到具体物件之上，从物件中寻求与人的情感联系。玛丽·劳拉·瑞安指出，将物件进行人化有两种方式，第一种是将人类的特征投射到物件上，如拟人化的玩具可以说话；第二种人化形式依赖于物件与拥有、接触、制作使用或者喜爱物件的人类之间的转喻关系[⑱]。换言之，就是在某人使用过的物件上寻求与之相关的联系或者记忆。在此给出的例子是遗物崇拜、纪念品收藏和恋物癖等。将物人化的过程中，重要的不是物件，而是物件背后的人或者说与物件相联系的记忆。

露丝将物人化体现在她从与父亲相联系的物件当中寻求与之相关的记忆。与麦肯结婚前，露丝与父亲生活在那宫殿般的别墅中，过着公主般的快乐生活。此时的别墅，因为父亲的存在，因为父女之间的温情还是一个温暖的家，那餐桌每天都被装饰得优雅庄重。而和麦肯结婚后，尤其是父亲死后，醉心于挣钱的麦肯根本不屑观赏餐桌上的装饰，于是桌上只剩下那一圈水纹了。那曾温暖的家变成了一堆毫无温度的砖头，更像监狱而不是宫殿。在这冰冷的世界中，唯一能与父亲联系的则是那红木餐桌，更具体一点，是餐桌上的水纹。于是露丝每天都会看几眼那水纹，“她把这看作是一种支撑物，一个检查站，某些使她确信整个世界依旧如故的稳定的可见实体。这样她就可以相信，这就是生活而不是梦境。她在一个地方活着，仅仅由于她所熟知、倍感亲切的东西摆在那里，在她之外存在着，她的内心也就坦然地相信了她是确确实实地活着的”[⑮p11]。这一餐桌上的水纹，已不是一个简单的存在，而是露丝借此与父亲，与昔日的美好相联系的点，通过它，露丝能感知父亲的存在。同理，露丝在深夜长途跋涉前往墓地对着父亲的墓碑诉说这一行为也表现出露丝将墓碑看作父亲，向墓碑倾诉，企图从中寻求一丝安慰。

那有水纹的红木餐桌，承载着露丝与父亲

之间的“独家的记忆”。亨利·柏格森（Henry Bergson）在《物质与记忆》（*Matter and Memory*，1990）中曾论述到物质与记忆的关系，他认为，“物是最低程度的记忆。物质具有空间扩展性，它占据空间，但不等于空间。物质如同意识和精神一样，拥有时间，拥有绵延”⑲。拥有“独家记忆”的餐桌，“拥有独立于人类主体的时刻，可以影响其他物体，提升或削弱这些物体的力量”⑳。在此，因为露丝对餐桌的人化，使她对父亲的记忆绵延至今，餐桌发挥着一种积极的力量，让她还能感受到与父亲的联系。

露丝为何对餐桌上的水纹如此看重，甚至到了一种恋物癖的状态？母爱缺失，父亲去世，婚姻不美满是露丝将物人化，转向物寻求安慰的原因。小说中，露丝自幼丧母，父亲把自己所能提供的一切都给予她。但母爱的缺少是物质无法弥补的，于是露丝转向父亲寻求更多的情感安慰。直至16岁时露丝还坚持让父亲到自己房间道晚安且亲吻自己。这一行为多少有些不得体。但更为不得体的是露丝的前两个孩子都是父亲接生的，在父亲去世时，露丝还赤裸身体躺在已故父亲身旁。这一系列行为都表明露丝与父亲关系密切，甚至过于密切而有些许乱伦的意味。所以在父亲死后，露丝需要找到一个与父亲相联系的点，而那红木餐桌上的水纹便承担了这一使命。而因过于亲密的父女关系，露丝与麦肯婚姻受到威胁，最终在麦肯目睹赤身裸体的露丝与死去的父亲躺在一起时走向名存实亡的地步。自此，年纪轻轻的露丝开始了漫长、无性无爱的痛苦生活。

露丝将物人化更深层次的原因是露丝自己被物化。婚前她是父亲的附属品，是可以随意转手的物品，于是她被父亲转手给了麦肯。在麦肯那里，露丝是同汽车、房子等并无差别的物，都是麦肯成功的体现。自始至终，她都是父权制的牺牲品，她将物人化，源于她精神安慰的缺失，更源于她自己被物化。而将物人化的她，过度依赖物，反而忽视了人，终会迷失在自己与物的关系中。

三、物我平衡

麦肯和吉他将人物化，露丝将物人化，双方对物人关系的认识均有所偏差。小说中对物人关系达到一定平衡的是派拉特。这一具有神秘色彩的人物，历来是评论家的关注点。她的出生，她的名字，她的歌声，她消失的肚脐都使得她成为一个阐释性很强的角色，而她对待物的态度，也是一个待挖掘的丰富宝藏。

首先，派拉特不似哥哥麦肯那般如此看重对物的拥有，没有在追逐物质过程中失去人格尊严或将他人物化。她生活清贫，没有麦肯所拥有的豪华汽车、气派别墅、精美衣物。派拉特物质上的贫困，体现在她的衣食住行方面。派拉特的衣物可以用破烂来形容。在奶娃即将出生的冬夜，唱着歌的她头上戴着的是一顶手织的水兵帽，而身上没穿大衣，裹着的是一条被子。她的这一身装束，与露丝身上的外套、女帽及皮靴形成鲜明对比。奶娃出生后，派拉特在哥哥家不系鞋带，戴个丑帽子，戴着蠢耳环进进出出，这让身穿西装皮鞋，整日和白人打交道的麦肯无法接受，认为这样的妹妹令他蒙羞，兄妹两人因此不欢而散。派拉特祖孙三人的吃食也是过于简单，她们靠丽巴赢来的食品度过一个冬天，祖孙三人像孩子一样吃东西，从不准备正餐。而她们所居住的房子里的设备极其简陋：三把椅子，一张桌子，一个水池和一个炉灶，没有多余的家具，更没有水电等和现代生活联系的东西。她们也没有代步工具，更别说像麦肯那样拥有豪华轿车。

然而，派拉特却用强大的精神力量抵御衣食住行方面的物质缺乏。在奶娃眼中“她虽看上去和大家所说的那么穷，眼神中却不见一点能够证明她贫困的东西。她也不脏：虽说不够整洁，可是却不脏”⑮p41。而她那简陋的家虽不似麦肯的别墅那样豪华，却充满歌声与温馨，是疲惫的麦肯想去寻求安慰的地方，也是奶娃和吉他第一次去就感受到身心幸福的地方。由此可知，过着清贫生活的派拉特，远比以牺牲自我为代价获得物质满足的麦肯快乐得多。

派拉特也不似露丝那般将物人化，把所有感情投入到物件之上。她从那个鼻烟盒做的耳环中寻求与父亲的联系。但她不似露丝那般通过确认耳环的存在来确认自己的存在，她只是把它挂在耳垂上。最后埋葬父亲的尸骨时，她也扯下那耳环，与父亲的尸骨一起埋葬。派拉特没有因贫困或仇恨而失去自我物化他人，也没有将情感过度投放在物之上而将物人化，她达到了物我平衡的状态。

派拉特对物的态度，也在无形中影响着奶娃。从小物质生活富足的奶娃却是精神上的贫乏者。从他的名字奶娃（Milkman）可知，他还是一个没有完全长大的人，或者说是他的精神还不够独立。他生理上的跛足是他精神不健全的另一种体现。后来，在南下寻金过程中，他参与的狩猎活动被看作是一个迟来的成人仪式。狩猎活动后，奶娃所找的已不再是他心心念念的黄金，而是更加弥足珍贵的家族记忆和自我。家族记忆和自我都是派拉特精神强大的来源，在后来也成为奶娃的精神支柱，教会奶娃正确看待物与人的关系，不至于像麦肯一样为了追寻物而迷失自我。

在奶娃的寻金过程中，他逐渐摆脱了他旅途最开始所带的东西。他为了装黄金所携带的行李箱、剪裁良好的西装、精美的皮鞋及昂贵的手表，这些东西，正如孔雀的巨大尾巴拖累孔雀无法飞翔，阻碍着奶娃正确认识自己。逐渐摆脱物质束缚的奶娃，思考问题的角度不再以自己为中心，而是换位思考，最终他也理解了那些他一开始想拼命逃离的人。找到家族历史和真正自我的奶娃，懂得了怎样去爱。在寻找黄金的历程中，他达到了一种对物的超越，不再为物所困。

值得注意的是，派拉特这种用想象之物去弥补现实之物不足的行为，始终无法解决由于种族不公所导致的物质缺乏状态。并不是所有人都能像她一样精神强大到足以抵御物质上的不足。派拉特的女儿丽巴和外孙女哈格尔就是最好的例子。物质上的不足，导致丽巴转向男人寻求精神上的安慰，她将自己所有的东西献给男人，换来的却是自己孤独冷清。哈格尔则更甚，派拉特和丽巴满足她所有的要求，而在陷入与奶娃的不伦恋情之后，她将奶娃物化，企图拥有、占有奶娃。恋情无果而终的她最后也香消玉殒，令人悲叹。而正是这一理想性表明黑人族群所面临的种族现实问题之严重性，也表明改变之任重道远。

无论是麦肯与吉他的将人物化，还是露丝将物人化，所指向的都是一个物我失衡的状态。双方都是被物奴役的人。究竟该如何在物我之间取舍，是物化人还是人化物？还是努力找到物我的平衡？莫里森在此给出的答案是找到物我的平衡，虽具有一定的理想主义成分，但也是一个值得探寻的方法。

注释【Notes】

① 郭红：《〈所罗门之歌〉所表现的黑人男性》，载《学术交流》2004年第6期，第152—154页。

② 张建群：《女性的挣扎 心灵的呐喊——〈所罗门之歌〉女性形象剖析》，载《当代文坛》1998年第5期，第42—45页。

③ 任海燕：《论〈所罗门之歌〉中的中产阶级黑人形象》，载《湖南师范大学社会科学学报》2006年第5期，第122—125页。

④ 曾竹青：《〈所罗门之歌〉中的记忆场所》，载《当代外国文学》2015年第36卷第1期，第91—98页。

⑤ 赵莉华：《空间结构与权力关系：托尼·莫里森〈所罗门之歌〉的空间政治研究》，载《名作欣赏》2010年第6期，第88—90页。

⑥ 田祥斌：《南北美洲交相辉映的两朵艺术奇葩——论〈百年孤独〉与〈所罗门之歌〉的成功与魅力》，载《国外文学》1998年第4期，第85页。

⑦ Lee, Dorothy H. *Song of Solomon' To-Ride-The-Air + Morrison, Toni Afro-American Legends*. Black American Literature Forum. 1982, Vol.16(2), pp.64–70.

⑧ Sima, Farshid. *The Crucial Role of Naming in Toni Morrison's Song of Solomon*. Journal of African American Studies 2015, Vol.19(3), p.329.

⑨ Heather, Hathaway. *Rewriting race, gender and religion in Toni Morrison's Song of Solomon* and Paradise. (Article) Religions 2019, Vol.10(6), pp.345–357.

⑩ Anderson, Emily Paige. *Pilate Dead: Christian Love and*

Self-Sacrifice in Morrison's Song of Solomon. Explicator 2018, Vol.76(1), pp.14–16.

⑪ López, Ramírez Manuela. *The New Witch in Toni Morrison's Song of Solomon and God Help the Child. African American Review* Vol.53(1), pp.41–54.

⑫ Cowart, David. *Faulkner and Joyce In Morrison, Toni Song Of Solomon* American Literature 1990, Vol.62(1), p.100.

⑬ Susan, Savage Lee. *Speaking Horrors: Fantasy, Gender, and Race in Henry James's The Turn of the Screw* and Toni Morrison's *Song of Solomon*. Studies in the Fantastic 2021(11), pp.55–80.

⑭ 刘森林：《物与无：物化逻辑与虚无主义》，江苏人民出版社2013版，第238页。

⑮ Morrison, Toni.《所罗门之歌》，胡允桓译，南海出版公司2013年版，第249页。以下只在文中注明页码，不再一一做注。

⑯ 马粉英：《托妮·莫里森小说的身体叙事研究》，民族出版社2019年版，第117—118页。

⑰ 杨中举、王红坤：《黑色之书 莫里森小说创作与黑人文化传统》，中央文献出版社2007年版，第177页。

⑱ [美]玛丽-劳拉·瑞安：《人类化的物与怪异的物：论物在叙事中的主动作用》，唐伟胜译，载《江西社会科学》2020年第40卷第1期，第135页。

⑲张峰：《柏格森思想的生命华章》，中山大学出版社2016年版，第77—78页。

⑳Bennett, Jane. *Vibrant Matter: A Political Ecology of Things*. Durham and London: Duke University Press, 2010, p.3.

克里斯托夫·海因小说中的梦境研究①

潘 艳

内容提要：德国当代作家克里斯托夫·海因在他的多部小说中融入有关梦境的描写。梦作为文本叙述中的诗性成分与结构元素，在海因小说中有着重要的意义。梦境的运用在海因的作品中具有史学与美学意义上的双重价值。本文以海因的三部作品为例，分析海因小说中有关梦境的意象，探讨梦境的隐含意义及其在全书中所起到的重要作用。

关键词：梦境；克里斯托夫·海因；德国；历史

作者简介：潘艳，文学博士，广州商学院外国语学院讲师，研究方向为德国当代文学与文化。

Title: A Study on Dreams in Christoph Hein's Novels

Abstract: The contemporary German writer Christoph Hein inserts description of dreams into many of his novels. As a poetic component and structural element in the narration, dreams are very important in Hein's novels. The use of dreams in Hein's works has both historical and aesthetic value. Taking three of Hein's works as examples, this article analyses the imagery of dreams in Hein's novels and explores the implicit meaning of dreams and the important role they play in the whole book.

Key Words: dream; Christoph Hein; Germany; history

About Author: Pan Yan, Doctor of Literature, is a lecturer at the School of Foreign Languages, Guangzhou College of Commerce. Her research areas: contemporary German literature and culture.

克里斯托夫·海因（Christoph Hein，1944——）是德国当代知名作家。他于二十世纪七十年代步入文坛，创作了包括戏剧和小说在内的逾四十部作品，获得国内外多项重要文学大奖。相较戏剧，海因小说的美学成就更高，影响更大，被翻译成多国文字。海因在他的多部小说中融入有关梦境的描写，是其文学创作的一大特色。梦作为文本叙述中的诗性成分与结构元素，在海因作品的文本结构和情节铺排方面常常起到“草蛇灰线，伏脉千里”的作用，是作者精心打造的“游戏”。梦境的运用在海因的文本书写中具有史学与美学意义上的双重价值。

《简明不列颠百科全书》对“梦”有如下解释：“梦：入睡后脑中出现的表象活动。对梦的本质认识各异，或认为梦是现实的反映、预见的来源、祛病的灵性感受，或认为梦也是一种觉醒状态，或把梦视为一种潜意识活动（所谓弗洛伊德梦）。”②对梦的不同理解，反映了在社会发展的不同时期人对自身和世界的了解和认知。

梦是人与自身的对话，是记忆的再现，也是大脑的游戏。梦是人在睡眠时大脑的产物，是一种个体的现象。在弗洛伊德看来，梦具有双重性，是虚实的结合：在睡眠中梦是真实的，是确实的存在；在现实中梦则是虚幻的，与醒后的世界没有直接关联，是“一种非理性、荒唐、费解、无目的、短暂印象的任意集合”③。梦并非凭空而生，而是“生活的导引”③p47，梦中所呈现的内容通常源自现实却又与现实拉开距离，“既是异质的又是亲切的”③p54，梦创造的是一个陌生又熟悉的世界。

弗洛伊德认为梦是有意义的：“梦……不是

无意义的，不是荒谬的。它是一种心理现象……是由高度复杂的精神活动所建构的。”④梦是隐秘的欲望与恐惧的表达，有时会以欺骗或伪装的形式呈现，梦是一个隐藏着秘密的迷局。梦并非以成型的状态进入人的大脑，而是被制造的。想要揭示梦的思想动机需要回溯大脑为了梦的构建所进行的错综曲折的生成过程。在梦的构造中所利用的材料可能取自人在生活中各个方面的经验，从童年时期的经历到刚刚发生的事件，从纯粹的幻想到身体内部的感受。人生各个阶段的印象、记忆、感觉、幻想、情感，不管是有意识还是无意识的，都为梦提供了原始素材并在梦的构造过程中被有选择地加以利用。在弗洛伊德看来，梦的解析要从提取梦的个人意象或片段开始，追索梦由此形成的意义和情感。③p65-66梦是一种“记忆与遗忘、显现与伪装的游戏”③p90。但梦并不总能得到明确或唯一的阐释和解码，因而梦的意义是敞开的。

文学作品中的梦境通常会以现实生活或文本内容为依据，但经过作者艺术加工创作的梦境就像被加上了符码，不是读者能够马上领悟和参透的。但这部分的内容往往又特别重要，如同一条线索，为理解作品的核心思想和作者的创作意图提供有益的帮助，也为读者留下丰富的阐释空间。

在海因的三部小说《陌生的朋友》（*Der fremde Freund*）、《威伦布洛克》（*Willenbrock*）与《有父亲的幸运儿》（*Glückskind mit Vater*）中，梦境描写都被置于小说的起首。这三个文本中被灌注了意义的梦境就像是一个个未解的谜题，引领读者探寻藏匿于其间的历史真相。本文将以这三部作品为例，分析海因小说中有关梦境的意象，探讨梦境的隐含意义及其在全书中所起到的重要作用。

一、《陌生的朋友》中的梦境

海因的小说《陌生的朋友》由作为引子的梦境以及后面的十三个章节组成。“十三”这个数字因为宗教的因素在西方容易让人联想到不幸，小说在某种程度上可以说是“对不幸的描述”⑤，这种晦暗的基调在最初的梦境中就已奠定。引子中呈现的梦境犹如某些电影开篇时的一个“外预序”，让故事情节主线以外的片段提前进入读者或观众的视野。虽然预先叙述的内容超越了故事的叙事中心，却以一种暗示的方式预示了后文中主人公的命运。

全书以一句独立成段的“太初有景”⑥展开叙述，让人联想到《圣经·旧约》“创世记”的第一句“太初神创造天地”以及《圣经·新约》“约翰福音”中首行的“太初有言”（或译为“太初有道”）。在读者面前首先展现的是一片柏绿色的远景，自古时起，柏树就被看作是“哀悼之树”⑦。随着镜头的拉近，更多的景致进入读者的视野：深谷、沟壑、溪流与危桥。摄影机继续前移，焦点对准一座朽坏的木桥上的两个人物：在模糊不明的迷雾中，女主人公克劳迪娅要与一位看不清面貌的男性同伴穿过一座架设于深谷之上损毁严重的危桥。木桥长得似乎没有尽头，两人举步维艰，感觉随时会有生命之虞。克劳迪娅冻得浑身发抖，由于害怕不敢往下张望，却又希望挣脱同伴紧握她的汗涔涔的手。此时在苍翠的柏树丛中传来意外的响动，五个肌肉发达的年轻男子穿着白色短裤排成一列，以机器般一致的步幅匀速从克劳迪娅及其同伴身边跑过。年轻人的面容轮廓清晰可辨，长相相似，运动服上有鲁纳类型的符号。克劳迪娅想要说话和叫喊，却发不出声响。同伴紧紧抓住她，指甲掐入她的手臂。他们身体僵硬，进退维谷。

在克劳迪娅的梦中，或者说在她经过变形的回忆中，读者可以清晰地看到潜藏在她内心的不安与无助。关于梦中同行者的指代问题有不同阐释的可能。律克（Bärbel Lücke）认为，小说的故事在梦境中以寓言的形式被压缩地叙述。第一人称叙述者身上集合了两个人物的生活体验和感受，分别是成年后和童年时代的自己。女主人公梦中那个面目不清的同行者就是其童年的挚友卡塔琳娜。那时的克劳迪娅正处在人生的开端，就像在寓言中站在木桥的起始处，不敢迈出决定性的脚步。⑦p80克劳迪娅是无神论者，家庭没有宗教信仰，而卡塔琳娜则出身于一个虔诚的基督教家庭（Katharina在希腊语中的意思是“永恒的纯洁”，与其在书中的基督教教徒身份相吻合）⑥p233，在东德的政治社会环境中屡屡受到排挤与歧视。虽然两人曾如孪生姊妹般亲密无间并发誓对彼此忠诚，但不同的政治取向与来自外部各方的压力让两人最终形同陌路。卡塔琳娜后来随家人移居西德，两人此生再无交集。克劳迪娅视卡塔琳娜为此生唯一真正爱过之人，失去这份挚情是克劳迪娅一生最大的遗憾，对卡塔琳娜的情感成为克劳迪娅终生无处言说与无法抵达的思念，也让其丧失再与他人建立亲密信任关系的可能。

小说后文中叙述了克劳迪娅与两个异性——前夫欣纳以及男友亨利——交往相处中的一些细节，某些与梦境相关的场景在这些片段中浮现，因而梦中的同行者也有理由指向曾与克劳迪娅有过亲密关系的两名男性。克劳迪娅不甘成为满足丈夫欲望的“客体”⑥p91，在违背自己的意愿怀上孩子后决定堕胎。在手术中因为麻药作用导致的意识模糊让克劳迪娅的脑海中浮现出与开篇梦境中相似的场景：“森林，清凉的空气，乌云密布的天空，通往木桥的路，朽坏的残余。”⑥p93梦境中女主人公内心的惶惑与不安，企图摆脱掣肘的渴望，想呼喊却无法发声的无奈，似乎都在这段叙述中得到了解答。那在过桥时伸出的援手是一种钳制，正如在婚姻中以爱的名义对对方的操控与束缚。在与男友的交往中，克劳迪娅曾有过一次被施暴的经历，此时出现了与梦境相似的景物描写：潮湿的土地，绿叶的枝条，森林的暗影……泪水顺着克劳迪娅的面颊滑落，取代愤怒与绝望的是内心彻底的孤寂。梦境中女主人公所感受到的惊恐与无助，想要摆脱控制却徒劳的挣扎，在此处得到了解释。

小说梦境中出现的鲁纳符号作为象征神秘的记号，是一种最古老的日耳曼文字符号，多用于祭礼和占卜，也刻在武器和饰物上作为祛邪物，在纳粹时期具有象征意义⑤p65，不少评论家因此将五个跑步的青年与法西斯主义相关联⑥p221。五人相似的面目暗喻纳粹对于一致性的要求，比如对“日耳曼民族”的推崇，对“纯洁血统”的宣扬以及对异己的排斥和迫害。而男青年健硕的身形与矫健的姿态则让人联想到纳粹的“运动崇拜”⑧，女导演利芬斯塔尔为纳粹政权拍摄的著名电影纪录片《意志的胜利》就是典型的代表。小说中有一处叙述直接与法西斯主义相关。克劳迪娅心目中的“善人”格尔哈特伯伯被指控在二战期间协助纳粹出卖同志，她无法接受身边亲近之人的谎言和虚伪，在自己崩塌的世界中“失去了对暴行表示愤慨或对受害者表示同情的权利”⑥p132。日后只要涉及关于法西斯的话题，克劳迪娅总会回避与沉默。梦境中女主人公在面对迎面跑来的青年无法发出呼喊的缘由在此处得到了解释。

书中还有一处与政治事件相关的叙述。面对苏军坦克开进小城的武力入侵，大人们缄口不语，克劳迪娅也沉默不言，她害怕谈论这个禁忌话题会给自己招致不幸。在多重打击之下，克劳迪娅彻底失语了。少年时期的阴霾在克劳迪娅的心头无法散去，以“遥远的回忆”或“无法理解的图像”持续影响着克劳迪娅，梦境中女主人公所感受到的不安、恐惧和无助的感觉都在其早期的个人经历中找到源头。那座在梦境中出现的无法逾越的桥或许就意味着“过去与将来之间的联系”⑨。克劳迪娅无法走出过去的阴影，面对现实的人生。

梦因其碎片化和缺乏逻辑性，常被理性所排挤。但如果对梦中的元素进行拆解和探究就会发现，梦中会重现某些重要的记忆痕迹并将这些记忆更新。除了储存记忆，梦同时也在整理和修正记忆。《陌生的朋友》一书引子的末尾是女主人公克劳迪娅关于梦境的一段叙述：

后来，很久以后，我尝试去重构，将过程重建。希望可以接近。为了能够把握，能够理解。它的性质始终让人捉摸不定。一个梦，抑或是一段遥远的回忆。一幅我无法企及，终究无法理解的图像……最终愿望消逝了，过去了……只有惊恐，经受过的无助感，留存在心里，难以理解，无法磨灭。⑥p11

在克劳迪娅的这段叙述中，她希望通过重构梦境“接近”现实的本来面目与事实的真相，想要“把握”在梦境中传递的内心的信号，进而“理解”自己心底真实的情绪和受压抑的诉求。根据弗洛伊德的理论，所有梦境都反映了人在意识清醒时的经历和记忆：“构成梦境的一切材料都源自做梦者的经历，并以某种形式在梦境中被回忆和再现。”⑩克劳迪娅梦中出现的情景与她的记忆密不可分，梦境里面包含了久远的生活片段和与之相关的回忆。在梦境中，她过往的人生经历以变形的方式在潜意识中再现。克劳迪娅试图对自己梦中的内容进行重新建构，想要透过梦境理解自己潜藏的渴望，可她始终无法参透模糊的梦境中“捉摸不定”的意象的真实所指并为梦境解码。但梦境中的情绪在她醒来后依然分明，克劳迪娅无法驱散无助和惊恐的感觉，因为那种感受照见的恰恰是其内心最真实却被长久压抑的情感。

在民主德国，关于法西斯主义的过往是一个禁忌话题。小说《陌生的朋友》中的梦境描写，展现了这段纳粹历史对普通的德国民众，即便不是作为直接的受迫害者，所造成的持久深远的负面影响，描绘了女主人公在东德的政治体制和历史环境中所遭受的心灵创伤。文本中没有出现确切的历史年份和对政治事件的具体叙述，也没有直接的政治评论或道德判断，但作者通过在梦境中置入与政治相关的隐喻和符码，给读者提供了一个重返过去和反思历史的重要维度。

二、《威伦布洛克》中的梦境

与《陌生的朋友》相似，小说《威伦布洛克》也以男主人公的一个疑幻的梦境开篇。如果说《陌生的朋友》中的梦境更多是对后文叙述的女主人公过往经历的整合重构，那么《威伦布洛克》中的梦境除了具有相似的作用外，还对威伦布洛克未来生活中将要发生的改变做出了预示。

与《陌生的朋友》相似，《威伦布洛克》的梦境中也出现了一条长得似乎看不到尽头的桥。男主人公在一条架设于铁轨之上的人行铁桥上奔跑，他尾随在一名男子身后，却怎么也赶不上他。他不明白自己为何要跟踪此人，也不清楚此人是谁，彼此有何关联。无论他如何努力，始终无法参透脑海中那些指向不明的模糊影像。

威伦布洛克甚少对人谈起自己的过去，尤其是自己的感受和情绪。生活在东德的他原本有望成为一名优秀的飞行员，却因哥哥叛逃西德受到牵连而被学校注销学籍、吊销飞行执照和无限期禁飞。事隔多年威伦布洛克依然心意难平，无法对哥哥的自私举动释怀。哥哥从未为自己当年的行为感到过丝毫愧疚或抱歉，留给威伦布洛克的只有仿似梦境中那个无法接近的冷漠背影。而那条仿佛没有尽头的铁桥似乎就是横亘在过去与现实之间无法跨越的阻碍。对威伦布洛克而言，逝去的青春岁月与被彻底埋葬的人生梦想都已无法企及。

威伦布洛克的二手车工场经营得很成功，但接连发生的盗窃与袭击事件打破了他生活的宁静，威胁不断升级。在认识到常规的法律渠道已无法保障自身及家人的合法权益及人身安全后，威伦布洛克最终开枪自卫，击中了潜入家中犯案的入侵者。在此后很长一段时间里，威伦布洛克试图通过各种渠道了解入侵男子的生死和下落，但始终未果。不知所终的入侵者对威伦布洛克而言就像梦境中那名身份不明的男子一样成了一个永远无解的谜。

男主人公的名字“Willenbrock”在德语中的意思是“意志的破碎”。威伦布洛克曾经也相信司法系统与法律制度能维护文明世界的秩序，但在遭遇多次打击和多番失望后对从前的信念产生了深刻的怀疑，不再相信法律能够伸张正义。他已习惯将手枪带在身边，只有武器才能给他安全感。在小说的最后一章，威伦布洛克引用了尼采的名言：“当你长久地凝望深渊，深渊也会凝望你。”[11]这里的深渊不同于《陌生的朋友》梦境中真实的自然的深渊，而是具有象征意义的人性的幽暗。威伦布洛克在以恶抗恶、以暴制暴的道路上已越走越远，就像那条仿佛没有尽头的铁桥，不知道未来通往何方，但已没有回头之路。桥下的铁轨在这里似乎具有了与海因的另一部小说《探戈演奏者》（*Der Tangospieler*）中相似的象征意义，那是威伦布洛克无法走出的循环和困局。

《威伦布洛克》中的梦境呈现了过往生活在同名主人公内心投下的阴影。民主德国时期被至亲欺瞒背叛和遭同事暗中告密的经历一直盘踞在威伦布洛克心头。东欧剧变带来急剧的社会动荡，一再被外来者入侵和威胁的事件让他惶惶不可终日。梦境中人物的惶恐不安和安全感缺失是他内心世界的真实映照，是社会政治问题在个人生活中的投射，被压抑的感受和情绪只能在梦中找到出口。

三、《有父亲的幸运儿》中的梦境

与《陌生的朋友》相仿，在《有父亲的幸运儿》开篇的梦境里首先呈现的是一片自然景色。微风过处，幼小的桦树似乎在窃窃私语、彼此诉说，在幽静的树林里能看到从前修筑的营房所残留的痕迹。一名男子突然出现在叙述者的视野中，他身着气派的白色制服，姿态优雅地穿过桦树丛，银色的肩章闪闪发亮，仿如童话中的王子。男子手执黑皮鞭，有一种君临天下的架势，仿佛周围的一切都臣服于其脚下。他猛地抽打树丛，六棵小桦树应声倒下。男子露出满意的神色，从画面中消失。梦境的内容让主人公康斯坦丁感到紧张和不安，当天晚上他发起了高烧并伴有剧烈的寒战。未解的谜团引领读者进入小说故事的叙述。

梦境中出现的男子是康斯坦丁根据他人对父亲的描述而整合的有关父亲的形象。在康斯坦丁和当地居民眼中，父亲是一个神秘的存在。他曾是非常富有的实业家，为当地人创造了大量就业岗位，享有很高的威望。但在德国战败后，父亲突然成了被众人唾弃的纳粹罪犯。除了传闻，康斯坦丁对父亲知之甚少，父亲的形象只出现在他的梦魇里。梦中的父亲是一个无从辨认的无脸人，仿佛“幽灵般的黑色形体”⑫。

康斯坦丁一直生活在一种晦暗不明的不详感觉中，直到十一岁母亲才将父亲和家族的故事和盘托出。母亲详细描述了她在康斯坦丁出生两周后被苏军士兵强行带到父亲修筑的、壁垒森严的集中营的情景，目的是让她和其他同去的德国人亲证纳粹的罪行。母亲对这次参观痛苦而深刻的记忆显然通过语言影响了康斯坦丁，全书开头梦境中的桦树林就是父亲修建的集中营原址，小桦树彼此无言诉说的正是战争的残酷与人性之恶。作为没有经历过战争的“第二代人”，康斯坦丁从未见过父亲，但创伤记忆还是经由“第一代人”的母亲传递给了他。对于无从选择的出身，康斯坦丁深感愤懑，作为无辜的个体，他被动地来到一个有罪的家庭和民族中：“他（父亲）是我人生的不幸，他就像沥青一样一辈子黏在我身上。”⑫p88

埃尔认为，对于家庭内部的交际记忆来说，照片起到了重要的媒介暗示作用，通过叙述，照片成为记忆的媒介。⑬在《有父亲的幸运儿》中，两幅照片成为主人公构建内心父亲形象的重要来源。通过叔父寄给哥哥的信，康斯坦丁第一次看到父亲的照片。照片中的父亲站在一架飞机前面，手扶舷梯，仪表堂堂，气度不凡。他穿着一件双排扣的礼服，白色的衬衣，笔挺的立领，白色的背心和领结，戴着皮手套，黑色大衣上可以看到左右两边的肩章。不难看出，小说开头康斯坦丁梦境中的父亲形象很大程度正是源自这张照片和母亲的叙述。长期压在心头的诸多谜团被解开，康斯坦丁却没有因此得到解脱，他很难将照片上温文尔雅的父亲与一个十恶不赦的纳粹战犯联系起来。

一次偶然的机会，康斯坦丁在曾为法国抵抗组织成员的朋友撰写的回忆录上看到一张疑似父亲的照片，那名身穿党卫军制服的纳粹军官正在倾听下属的汇报。书上的一些细节描述表明父亲极有可能就是当年拘禁和迫害法国朋友的纳粹军官，朋友也正是因为这名纳粹军官的一记重拳导致耳朵永久失聪，险些丧命。书上的叙述让康斯坦丁对父亲凶狠残暴的一面有了更多的了解，这也在很大程度上解释了在康斯坦丁的梦中，父亲缘何会是手握皮鞭冷酷抽打树丛的暴虐模样。终其一生，康斯坦丁始终生活在父亲的阴影之下，梦魇一直如影随形：

> 我再也不能像从前一样对纳粹及其罪行感到愤慨。我也是他们当中的一员，尽管我是在纳粹垮台、战争结束、希特勒和党卫军都不复存在后才出生的，但这没有用。我是他的儿子。⑫p82

小说的梦境围绕康斯坦丁对自己从未谋面的纳粹父亲的想象构造而展开。伴随着故事情节的推进，梦境中的谜团被渐次解开。“父亲”这一“不在场的在场者”是其终生无法摆脱的重负，历史在每个个体身上留下印记。

在《有父亲的幸运儿》一书的结尾部分，主人公康斯坦丁从睡梦中惊醒，他又经历了一次与之前手术过后相似的梦境，一些纷乱无序的片段。“回忆纷至沓来，图像从遗忘的深渊浮现”⑫p527，一帧帧过去的画面不断闪现，妻子、母亲、女儿、姑妈、哥哥、老师、同学，还有一个和他有亲属关系的男人轮番在他脑海浮现。生命中各个阶段的人和大大小小的事，串联起他走过的人生轨迹。

梦是人对真实世界中的人物以及发生或经历过的事情的整合与重构，幼年时期和成年后的记忆会在梦中被唤醒并重现，在一定程度上是另外一种形式的回忆。梦境与梦境之间可能存在一定程度的关联，一些相似的元素会反复出现。梦通常反映了做梦者不能直接表达的愿望、尚未满足的欲求以及未被消除的焦虑和不安。梦境、记忆和现实是相互关联、紧密交织的。康斯坦丁梦境中的情景一方面隐含了分散在文本各处的记忆片段，预示或回顾了人物的生平经历，另一方面揭示了人物在面对个人回忆时的复杂情绪和郁积的情感。

正如尼采所言，“由于我们是从前几代人的结果，所以我们也是他们迷途、激情与错误，还有罪行的结果；要完全从这根链条中挣脱出来是不可能的”⑭。小说《有父亲的幸运儿》可以说正是对尼采这番话的一个文学阐释。

四、结语

在文学文本中，梦是借助语言文字的方式来展开的，因此也构成了文学虚构中的叙述性元素。在海因的上述三部小说中，梦境作为回溯或预设的元素被置入，让过去、现在和将来得以连接。海因作品中的梦境描写所呈现的记忆通常包含个体记忆和集体记忆，既是个人日常经历的再现，也反映出时代的政治历史事件对人产生的影响。海因叙述梦境的方式受其历史观念的影响，如同回忆和历史书写，梦也是对过往片段的修正、整合与重构。梦境中暗含了故事的矛盾冲突与人物的行为动机，反映的是主人公被压抑的未被满足的欲望或潜藏于内心的不安和恐惧，是情绪和情感的转移机制。梦常赋予文学作品以丰富的想象力与独特的幻化魅力，梦也因其象征意义的模糊性及含义的开放性而给读者带来审美上的体验与挑战。读者需要在晦暗不明的叙述中对梦境元素进行拆解和重组，追寻和逼近被遮蔽的历史真相。

注释【Notes】

①本研究获得中国外语战略研究中心——外教社2022年度“世界语言与文化研究”一般项目“克里斯托夫•海因新世纪小说创作研究”（项目编号：WYZL2022GD0007）以及广州商学院2021年度校级科研项目“克里斯托夫 • 海因小说中的历史叙事研究”（项目编号：2021XJYB17）的资助。

②姜椿芳总编：《简明不列颠百科全书5》，中国大百科全书出版社1986年版，第845页。

③[英]斯蒂夫 • 派尔：《真实城市：现代性、空间与城市生活的魅像》，孙民乐译，江苏凤凰教育出版社2014年版，第40页。以下只在文中注明页码，不再一一做注。

④Alfred Krovoza, Christine Walde (Hrsg.). *Traum und Schlaf. Ein interdisziplinäres Handbuch*. Stuttgart: Metzler, 2018, Vorwort VII.

⑤Rüdiger Bernhardt. *Erläuterungen zu Christoph Hein: Der fremde Freund/Drachenblut*. Hollfeld: Bange, 2006, p.48. 以下只在文中注明页码，不再一一做注。

⑥Christoph Hein. *Der fremde Freund/Drachenblut*. Frankfurt (M.): Suhrkamp, 2005, p.9. 以下只在文中注明页码，不再一一做注。

⑦Bärbel Lücke. *Christoph Hein: Der fremde Freund/Drachenblut*. 2. Aufl. München: Oldenbourg, 2002, p.81. 以下只在文中注明页码，不再一一做注。

⑧Phillip McKnight. *Understanding Christoph Hein*. Columbia: University of South Carolina Press, 1995, p.31.

⑨Astrid Köhler. *Brückenschläge: DDR-Autoren vor und nach der Wiedervereinigung*. Göttingen: Vandenhoeck & Rupprecht, 2007, p.135.

⑩Sigmund Freund. *Die Traumdeutung*. Frankfurt (M.): Fischer, 2009, pp.27–28.

⑪Christoph Hein. *Willenbrock*. Frankfurt (M.): Suhrkamp, 2000, p.317.

⑫Christoph Hein. *Glückskind mit Vater*. Berlin: Suhrkamp, 2016, p.56. 以下只在文中注明页码，不再一一做注。

⑬[德]阿斯特莉特 • 埃尔：《文学作为集体记忆的媒介》，吕欣译，蔡焰琼校，载冯亚琳、[德]阿斯特莉特 • 埃尔主编：《文化记忆理论读本》，北京大学出版社2012年版，第233页。

⑭Aleida Assmann. *Generationsidentitäten und Vorurteilsstrukturen in der neuen deutschen Erinnerungsliteratur.* Wien: Picus Verlag, 2006, p.23.

论“史前父亲”

李 唯

内容提要：“史前父亲”作为“前俄狄浦斯”阶段的概念，是法国精神分析学家克里斯蒂娃在弗洛伊德、维尼科特等前人研究的基础之上所提出的观点。“史前父亲”是想象界的成员，是关于爱的“父亲”，因具有“父性”机能但通过母亲进行发挥而产生了两义性特征，这种特征不仅可以帮助理解文学作品中的“雌雄同体”人物形象，而且对人类主体的确定具有重要作用。

关键词：克里斯蒂娃；“史前父亲”；两义性；主体

作者简介：李唯，江苏师范大学比较文学与世界文学专业在读研究生，研究方向为法国女性主义理论、西方文论。

Title: The “Prehistoric Fathers”

Abstract: “Prehistoric Father” is a concept from the “pre-Oedipus” stage, which was proposed by French psychoanalyst Kristeva on the basis of Freud’s, Winnicott’s previous studies. The “Prehistoric Father” is a member of the imaginary world, a “father” about love, which has a “paternal” function but is exercised through the mother and thus has a dualistic character. This feature not only helps to understand the “androgynous” characters in literary works, but also plays an important role in determining the human subject.

Key Words: Kristeva; “Prehistoric Father”; duality; subject

About Author: Li Wei, a graduate student majoring in comparative literature and world literature at Jiangsu Normal University, research interests including French Feminist Theory and Western Literary Theory.

二十世纪70年代，朱莉亚·克里斯蒂娃（Julia·Kristeva）作为第一批被邀请访华的学者，她与自己的老师罗兰·巴特、精神分析学家拉康等《原样》杂志的成员一起来到中国。因为这个契机，她认识了拉康，在《思考之危境：克里斯蒂娃访谈录》中克里斯蒂娃提道：“因为要组团前往中国，我们就碰了许多次面……当我准备投身做个精神分析师时，我也多次与他碰面。”① 再加上当时法国的学术环境，克里斯蒂娃被引领着从互文性走向精神分析领域，并创作了一系列有关精神分析学理论的作品：《恐怖的权力——论卑贱》（*Powers of Horror: An Essay On Abjection*，1980）、《爱情传奇》（*Tales of Love*，1983）、《黑色的太阳——抑郁与忧郁》（*Black Sun: Depression and Melancholia*，1987）、《反抗的意义与非意义》（*Sens et non-sens de la révolte*，1996）等。其中《爱情传奇》是克里斯蒂娃的西欧式论著，在书中她进一步发展了“abjection”（卑贱）的理论，提出了“史前父亲”（prehistoric father），又称为“想象的父亲”（père imaginaire）这一概念，这是克里斯蒂娃对“前俄狄浦斯”领域的研究，也是对弗洛伊德提出的“个人的先历时代的父亲”同义表述。

笔者通过研读关于“史前父亲”的相关论述看到了“史前父亲”具有基督教思维的两义性特征，从这一角度也能证实克里斯蒂娃所谓的“想象的父亲”就是“母亲发挥的父性机能”。因此本文通过梳理“史前父亲”的概念来源和特征，从文学作品中“史前父亲”的两义性出发，探讨这个存在于“前俄狄浦斯”阶段的第三者的意义。

一、什么是“史前父亲”

1981年10月，克里斯蒂娃作为法国政府文化使节第一次去日本访问，并在位于御茶之水的日法会馆发表了《爱的关系与表象——参照精神分析理论》的演讲，在这其中，她提出了“史前父亲”的观点，并成为她的著作《爱情传奇》的核心概念。所谓“史前父亲”，或称为“想象的父亲”指的是想象界的父亲，它不是俄狄浦斯的威吓的父亲，而是爱的父亲，它是“先于名、符号象征态以及镜像阶段的父亲机能的始源形态”②。克里斯蒂娃分析了弗洛伊德在意义生成这种“人类的高级本质”中的三种方式，这三种方式可以抵达人的精神分析体验，分别是：认同作用、理想化作用和升华作用。在认同作用中，克里斯蒂娃得出了“史前父亲”的观点，即在发生认同作用初期离不开的想象模式以及客体的欲望凝聚体——“史前父亲”③。

当婴儿处于心理机制的早期发展阶段时，作为主体已经开始准备脱离母亲/孩子的二元结构，走向“第三极”。此时的孩子虽然还在母亲的影响之下，却能够认得镜子中的自己，并和母亲做区别，因此镜子中婴儿的目光是其早期的自我边界，也是婴儿确证自我身份的载体。那么如何分离母亲/孩子这样一个自恋机制，答案就是通过“史前父亲”来促使演变，发挥作用，将自恋主体从“前=对象之母”中分离，成为走向俄狄浦斯主体的中介者，也使言说主体（speaking subject）得以进入象征界进行书写和建构自我。所以对于言说主体而言，“史前父亲”的内涵不仅包括前象征结构中的“第三极”，还需要承担起象征界秩序中的俄狄浦斯父亲的任务。因此克里斯蒂娃认为，“史前父亲”的存在可以阻止母亲和孩子之间的相互影响，避免乱伦禁忌，也使得孩子免受婴儿时期精神病的困扰③p79。

克里斯蒂娃将上文所说的演讲整理成一篇文章——《什么也别说——关于“表象禁止”》发表在1982年的《原样》杂志上，她认为“想象的父亲”和“abject”是相互交替的面孔，弗洛伊德所谓的同一化过程中的主体就是“史前父亲”，然后进行自我投射，将自己等同于想象出来的父亲并爱上自己，这种爱情就是自恋力比多。弗洛伊德认为“客体力比多转移成自恋力比多……无疑意味着此时的自我放弃纯性欲目的，这是去性化，是一种升华作用”④。

总之，“史前父亲”概念是主体能够安全通往社会象征秩序的关键，如果在主体进入俄狄浦斯阶段之前没有“史前父亲”，那么作为形成过程的主体就无法在想象中产生爱的对象，无法产生自恋力比多，也就无法确证自我。

二、“史前父亲”的两义性特征

克里斯蒂娃在《恐怖的权力——论卑贱》一书中围绕“卑贱”（abjection）来诠释和发展弗洛伊德关于“原始压抑”的观点，她的“abjection”理论是把令人讨厌的标志向无意识排出，通过母亲，诱发机制，把母子融合的亲密状态向母子分离进行推移⑤。在这个过程中，“abjection”就是“史前父亲”，由于“abjection”是一个从肉体融合到分离，并同时被暴力拉回到融合的过程，因此这种特征是两义的（Duality）。与弗洛伊德在《图腾与禁忌》（Totem and Taboo，2005）中所说的“父亲”因为拥有强大的能力而独占女性，心怀嫉妒的兄弟们联合起来杀害父亲，并把杀害的父亲作为图腾进行祭祀的观点不同，克里斯蒂娃追溯到禁止审判的“父亲”出现之前的状态，通过“杀害母亲”来区分自然与文化的界限，把乱伦的禁忌看作是最初他者的母亲与自己剥离的过程，这个过程中由于多种因素和差异构成了符号象征体系的内部与外部的两义性。比如在母系制度占优势的原始社会，把令人厌恶的东西（腐烂的尸体、粪便、经血等）抛弃被认为是“污秽的礼仪”，这些污秽之物因为被抛弃而升格为神圣之物，就体现了“abjection”的两义性。所谓“两义”指的是对“他者”和有欲望的异质性的东西，不是内部也不是外部，不是主体也不是客体，同时被要求又被抛弃，根源于人性神性同时存在的基督教思维，因此作为“abjection”的“史前父亲”也具有两义性的特征，包括同时存在于前象征界和象征界，以及同时具有两种性别。

首先，在讨论“史前父亲”的来源时就提道，虽然它处于镜像阶段之前的状态，但在促使主体形成和进入俄狄浦斯阶段的过程中发挥了重要作用，要想完成自我认同，就需要“史前父亲”承担象征界中俄狄浦斯情结的父亲功能。其次，由于“史前父亲”机能的发挥是通过母亲，所以“史前父亲”是“雌雄同体”（androgyny）的存在，是父亲和母亲的联合体，实际上相当于两性同时存在的双亲，也就是说对于婴儿来说，这时的“史前父亲”所发挥的功用没有男女的区别。凯莉·奥利弗（Kelly Oliver）也曾指出：“由于想象的父亲已经存在母亲中，对想象的父亲的认同为对父性功能的认同提供条件……想象的父亲是母亲和欲望的联合体，是‘母亲中的父亲’‘母性中的父亲’。”[⑥]最后，“史前父亲”的两义性特征确保了言说主体身份的确立，将主体从“母亲的身体”向“父亲的功能”之下进行过渡，这一切都被赋予了两义性的特征，也是克里斯蒂娃所谓的“意义生成过程”的另一种称呼。

通过分析“史前父亲”的两义性特征可以帮助研究者更好地理解人类在主体形成的过程、无意识阶段和无文字原始社会的心理状态，把非主体即客体、非理性即感性的二元认识论推向一个不稳定的三极境界，“史前父亲”的雌雄同体特征也恰是柏拉图所谓的始原人的本真状态。

三、“史前父亲”在文学作品中的表现

克里斯蒂娃认为，“在美学体验中，特别是基督教，多赞扬这个多情的父亲”[③p79]，也就是说在艺术作品中要想呈现“伯莎”一样的疯女人或者卑污的女性时，就需要一个比较的对象，这个对象就是一个完美的“想象的父亲”形象。在艺术体验中对“史前父亲”的美化可以弥补俄狄浦斯的悲剧发生，因为“史前父亲”的存在可以让主体逃避命运的捶击，陷入堕落的边缘，并去反抗。通过美化“史前父亲”并建立起一定的想象空间加以认同，这样，那些极富隐喻和想象的艺术形式，比如音乐、诗歌、绘画、小说等就可以从破碎瓦解的象征结构中回到这个想象的空间。克里斯蒂娃充分肯定了“史前父亲”在文学艺术中的作用，这也是欣赏和解读文学作品的另一种手段。

在一些充满雌雄同体人物形象的文学作品中，无法通过现存的道德体系和象征逻辑进行评价，就可以回到“史前父亲”构筑的想象领域，来看言说主体在审美体验中与他者的沟通和对话。比如古罗马诗人奥维德（Ovid）在《变形记》（Metamorphoses）中就表述了关于雌雄同体的双性人的内容[⑦]，提道古希腊神话中宙斯的儿子赫尔墨斯（Hermes）和爱神阿芙洛狄忒（Aphrodite）生下的赫马弗洛狄忒斯（Hermaphroditus）被水中仙女萨尔玛希斯（Salmacis）看到后爱上了他，被赫马弗洛狄忒斯拒绝后，萨尔玛希斯祈求众神把他们合二为一，身体融为一体，变成非男非女，是男是女的双性人。萨尔玛希斯在追求爱的过程中把爱的对象和自我合二为一，体现了自我的膨胀，爱他者就是爱自己，即自恋力比多的分泌。从上文分析可知主体通过“史前父亲”的自我投射而爱上自己，这样理想化和升华的过程是人与人之间情欲之爱的必经之路。像神话故事中“雌雄同体”的理想化人物形象在其他作家作品中也有出现：伍尔夫“双性同体”理论，英国作家珍妮特·温特森（Jeanette · Winterson）的小说《苹果笔记本》（The PowerBook）对“雌雄同体”神话的改写和发展，以及美国南方女性作家弗兰纳里·奥康纳（Flannery O’Connor）作品中所塑造的一系列“雌雄同体”的强势女性形象。对这些作品的分析都可以从“史前父亲”的角度入手，探索主人公的自我形成和发展阶段所面临的困难和欲望。

克里斯蒂娃非常重视自恋主体的形成，她通过“史前父亲”之爱发现了作为主体的自我可以有固有空间，而作为从事文学艺术生产活动的自恋者所创作出来的东西，被认为是在这个宗教失去力量的时代的替代物。在普鲁斯特的《追忆似水年华》中，克里斯蒂娃详细阐述了这部小说体现了克氏理论的各种主题，其中就有主人公马赛尔与母亲的融合/分离关系的两义性形式——对母亲的热爱和对母亲的罪责感[⑧]。在阅读和感受这部小说中，要体会文学存在与被压抑的时间的感觉和情动，这是一场逆向的旅程，是从主体出现的时间通过回想走向前俄狄浦斯的过程，找寻失去的“史前父亲”是普

鲁斯特小说的文学特征。像这样知觉与意识、感觉与语言所不可把握的状态存在于众多诗人、小说家中——马拉美、塞利纳、尤利西斯、卡夫卡等。

四、“史前父亲”的存在意义

弗洛伊德在《图腾与禁忌》中通过讲述一则兄弟杀死父亲的故事来分析俄狄浦斯情结为什么存在于人的身上，以及人类如何持续经历俄狄浦斯的变体⑨。而继承拉康所谓的父亲功能的克里斯蒂娃的“想象的父亲”，把主体的形成过程变得温和而充满爱。在母/子分离的过程中，也就是主体形成自我的过程中加入了第三者，通过“想象的父亲”让孩子发现自己，通过爱“史前父亲”来爱自己，产生自我，然后进入升华阶段，完成同一化的过程，成为一个完整的主体，这就是“史前父亲”存在的重要意义。

克里斯蒂娃本人也在自己作为精神分析师的过程中感受到，要想让病人在转移的爱的关系中构筑自我的固有形象，就必须让分析师扮演“史前父亲”的角色对其进行引导，一些边缘症、妄想症患者都认为“史前父亲”是不存在的，所以他们无法正常地跨入俄狄浦斯阶段，完成语言的转变，对他们来说，他们需要的是作为同一化结果的爱的“父亲”。因此分析师通过语言的引导，把患者的身体和意义联系在一起，让无意义、虚构的情动的语言发挥作用，释放一个想象的空间。所以，克里斯蒂娃认为“只有通过想象的自恋者们的新的创造活动，合理主义的现代的爱的危机才能被克服”[⑧p266]。和弗洛伊德充满暴力色彩的解读分析相比，克氏的“想象的父亲”加入了女性因素。用一个无性别之分的第三者来解释主体形成过程的原因，在母/子融合与分离、自我和他者、主体与对象、欲动和意义之间既相互结合又分离的原始父性机能，和英国精神分析学家唐纳德·维尼科特（Donald. W. Winnicott）的“良母”（good-enough mother）理论一起阻止暴力恐惧的出现和发生。从这个角度看，“史前父亲”的感念具有一定的实践作用。

最后，从个人的行为、言语出发，只有通过“史前父亲”这样充满爱的父亲机能，才能让主体把情动和意义相连接，并进行升华。作为初期认同作用阶段，“史前父亲”是一瞬间的闪现，如同列维·斯特劳斯提出的假设，认为语言的演变也是瞬间完成的一样。这样的瞬间早已内化到每个人的原始存在之中，进而影响每个人的日常生活。

五、结语

发掘于前俄狄浦斯阶段的“史前父亲”是一个超越母/子二元结构的概念，它作为一种想象的模式和客体的欲望凝聚体，可以帮助主体得以顺利进入俄狄浦斯阶段，获得象征语言的能力。“史前父亲”即是前象征结构中的“第三极”又在象征界承担“父亲”职能，因而具有性别上的两义特征。“史前父亲”是克氏理论中的“abjection”的另一种表达形式，也是“意义生成”过程的同义表现，所以在她的理论体系中扮演着重要的角色，作为承袭弗洛伊德和拉康的精神分析学家，克里斯蒂娃不仅把理论用于文学创作和解读上，而且还结合自己的人生经历去体验精神分析的过程。通过探讨“史前父亲”这一概念，了解它的产生过程和两义性特征，即主体经过“史前父亲”的分离后产生语言符号和象征体系，从而产生文化历史和社会关系。理解这一点，再去阅读文学作品或欣赏艺术作品也许会产生不同的体验和感悟。

注释[Notes]

①纳瓦罗访谈：《思考之危境：克里斯蒂娃访谈录》，吴锡德译，台北麦田出版社2005年版，第155页。

②[法]朱莉亚·克里斯蒂娃：《爱情传奇》，姚劲超等译，北京华夏出版社1992年版，第18页。

③[法]朱莉亚·克里斯蒂娃：《反抗的意义与非意义》，林晓等译，吉林出版集团有限公司2009年版，第77页。以下引文只在文中标注页码。

④弗洛伊德：《自我与本我》，车文博译，长春出版社2001年版，第199页。

⑤[法]朱莉亚·克里斯蒂娃：《恐怖的权力》，张新木译，北京三联出版社2001年版，第6页。

⑥Oliver Kelly. *Kristeva's Imaginary Father and the Crisis in the Paternal Function* . Journal of Diacritics, 1991, p.21.

⑦Ovid. *The Matamorphosis*, New York: The Viking Press, 1985, p.103.

⑧[日]西川直子：《克里斯蒂娃：多元逻辑》，王青、陈虎译，石家庄河北教育出版社2001年版，第332页。以下引文只在文中标注页码。

⑨弗洛伊德：《图腾与禁忌》，文良文化译，中央编译出版社2005年版，第152页。

论加缪小说《局外人》中的荒诞反抗与自由的幸福

李宇舒

内容提要：加缪发表于1942年的中篇小说《局外人》构建了一个与世界剥离的“局外人”默尔索形象。本文将主要阐释默尔索直面与反抗荒诞的方式，以及从中体现出的尊严与自由的幸福。

关键词：《局外人》；荒诞；反抗；自由

作者简介：李宇舒，复旦大学中文系2021级比较文学与世界文学专业博士研究生，主要研究方向为欧美文学与比较文学。

Title: On the Dignity of Resistance and Freedom in Camus's Novel *The Stranger*

Abstract: Albert Camus' *The Stranger*, published in 1942, constructs an image of Meursault as a stranger separated from the world. This paper will focus on the way Meursault confronts and resists the absurdity of life, as well as his dignity and his happiness from the freedom.

Key Words: *The Stranger*; absurdism; resistance; freedom

About Author: Li Yushu, doctoral candidate in Comparative Literature and World Literature, Class 2021, Department of Chinese Literature, Fudan University. Mainly engaged in European and American literature and comparative literature research.

加缪的《局外人》讲述的是主人公默尔索在母亲死去后反应平静，随后在一次正当防卫中杀了人，最终被法庭判处死刑。默尔索得到了众多读者和评论家的“麻木不仁”的评价：认为他在空虚迷茫中失去了尊严，也失去反抗世界的勇气。但笔者则认为加缪精心塑造的这个主人公在以自己的方式抵抗着这个荒诞（absurd）的世界，只是他诚实且温和，因此他的反抗是沉默的、难以观测的，但这仍然是一种顽强不屈的反抗。

一、直面真实与荒诞

许多读者认为默尔索是个可怜之人，因为默尔索看似对一切事物漠不关心，即便在常人看来重要的人生大事也无法使他内心激起波澜，他在书中一遍遍回答“我都行”“这毫无意义”，这不免使得读者感觉不适与焦急。若是一篇以传统期待视野建构的小说，主人公应符合平常人的喜怒哀乐，遵从社会集体普遍的处世之道，与阅读者共享认知的网络与规则，才能更加激起阅读者设身处地的共情。默尔索应该在母亲死去时痛哭守灵并拒绝抽烟和喝牛奶咖啡、对要结婚的情人说爱她、抓住工作升迁的机会、在死刑前对教父流泪忏悔……这样他才是一个常态认知中的“正常人”。但他看起来对生活如此随波逐流、对亲情如此漠视，不免使读者与书中的陪审团一样对他感到惊异与不理解，这种距离感便来自在共识与统一的集体中出现的陌生者（stranger）。若抽去主人公的特殊性格，《局外人》仅仅讲了一个老实善良的人在正当防卫后被法庭判处死刑的故事，以揭示看似理性公正的西方司法制度的不足与虚伪之处——虽然这也是小说想要表达的内容之一，但《局外人》的超越之处正是在于默尔索是一个荒诞的人，一个无视社会规则的异类。他不关心所谓人生大事的原因是他志不在此，或者说对于荒诞主义者而言，金钱、工作、婚姻和生活环境毫无意义，没有差别，这些都无法改变他的荒诞生存状态，他无法理解为何旁人愿意为这些琐事周转操劳。

人们在生活中或多或少地会感受到与所处世界的陌生与割裂，在现代社会中这样的裂痕越发明显。人们曾在过去的历史中努力地建设文明、寻求意义、发展宗教，然而进入20世纪，在残酷的世界级战争面前，传统的精神家园倒塌了，理想的泡沫破碎了，宏大叙事被解构了，庞大的终极疑惑盘旋在脑中难以解开，漂泊在世的存在者无从安放。虚无与荒诞在人们之中蔓延，人们发现之前信以为真的真理不过是强加给世界的意义，对世界的呼唤从未被给予回应。彰显人类文明的社会秩序与规则习俗是被人们所创造的，却同时反过来规训与异化人，不停地挤压人的生存空间，使人们丧失本真状态，满足于浮光掠影的享乐与不求甚解的闲言，人们不关心自我、不直视真实，成为内心麻木冷漠且空乏的行尸走肉。萨特评价《局外人》时称："他（加缪）不是对我们指出'习惯'和'娱乐'为人们掩盖了'他们的虚无、无依无靠、不足、无能和空虚'吗？"[①]生活是荒诞的，约定俗成的规则与娱乐是麻痹灵魂的安慰剂，让人们舒适地随波逐流。加缪将默尔索这样一个社会的错位者与离经叛道之徒放入小说中，向读者展现这人与世界间这道不协调的裂缝。当正视与理解这不和谐音后，读者会发现自己日复一日在虚无中消遣度过，重复着干枯且穷尽的陈词滥调，谨记社会常规，唯恐与他人相异，在特定的场合假装笑、假装哭、假装爱、假装在生活。"每个日子都丧失了自己的名字"[②]，或许读者这时便会突然理解默尔索，发觉自己与他一样是被抛弃在世上的，对这世界与周遭际遇只有错愕的陌生与孤独，似乎从未真实地活过。

默尔索不关心历史性与发展性，他的认知暴露在世界的荒诞与混沌使生活的一切显得虚幻和割裂。对于默尔索而言，他周遭的际遇失去了差别：周遭的人与事物彼此间也没有区别，甚至想要判处他死刑的检察官与极力维护自己的律师也没有区别；空间和时间也失去了差别：住在枯树或牢房和他平时的住处没有区别、现在和以后的日子没有区别，他只活在每一个割裂的、当下的瞬间，只能感受到自己即时的在场。

默尔索身上的社会属性被削弱了，自然属性被突显了，这也是默尔索的坦诚与真实的另一方面表现。他更多关注的是最基本的生活本能——吃、喝、睡和性，毫不迟疑地优先满足自己的生理需求，这使他更像一个未经世事的幼儿或顺应本能生存的动物。默尔索的自我表达中充斥着对身体体验的感官描述：饥饿、口渴、炎热、困倦、性欲等，这些原始的感官体验占据了他的思绪。他在母亲的葬礼上感觉很累，因此无法体会到葬礼的意义；他在守灵时坦然接受了门房的牛奶咖啡，并且抽烟；他见到玛丽时仅是葬礼的第二天，就与玛丽去游泳、看电影、发生性关系；他在法庭上被问到为何杀人时回答道"太阳起了作用"，炎热与头昏脑涨使他在被刀威胁时本能地开枪；即使在决定他生死命运的法庭，他也只觉得心情烦闷与天气炎热；他在监狱中常常想各种女人，未能纾解的性欲在内心躁动。默尔索从不压抑自己的生理需求，也不明白为何要去压抑。

传统小说的主人公充满激情、爱憎分明，沉默冷淡的默尔索看似与他们背道而驰，其实与他那些主人公拥有着同样敏感而真诚的灵魂。只不过传统小说中有充满意义与理想的人生舞台供主人公奋斗拼搏，而默尔索已透彻领悟了世界的冷漠和无意义。在美国版本《局外人（The Stranger）》的序言中，加缪写道："他远非没有感情，而是被一种因固执而深刻的激情所驱使，这是对绝对和真理的激情。"[③]萨特也评论："局外人就是面对着世界的人"[②p57]"荒诞既是一种事实状态，也是某些人对这一状态的清醒意识。"[②p55]默尔索认识到真实的人生是一种永恒的荒诞，因此他不愿说假话或空话，以此作为直面这荒诞世界的生活方式。他不愿在荒诞面前落荒而逃、自欺欺人，而是顽固且直率地正视荒诞，坚守着对真实的激情，这坦然的姿态便是对荒诞的轻蔑。

对社会常理与规则的漠视使默尔索显得不识趣且格格不入，他不愿撒谎说爱玛丽，不愿对母亲的过世假装悲伤。玛丽问是否爱她时他问答："这个问题毫无意义，但可以肯定我并不爱她。"[②p27]"（律师）问我是否可以说那天是控制住了自己悲痛的感情，我对他说：'不，因为这是假话。'"[②p40]他不愿说谎使自己的灵魂被虚伪与道貌岸然占领，即使谎言对他的判刑有帮助。默尔索在狱中看到一则报纸，报道一人时隔多年成为富翁回到家乡，为了给家人惊喜隐瞒身份，结果被不知他真实身份的家人谋财杀害，默尔索对此则丝毫不同情，觉得这富人是咎由自取，称："人生在世，永远也不该演戏作假。"[②p50]这句话也是默尔索的人生准则。

那些在母亲葬礼上哭泣的人、对结婚对象倾诉爱语的人、言不由衷却在做恰如其分的事情的人，即便他们是虚情假意，只要遵守世间的习俗规则，他们便能被社会群体接纳，变得合法与合理。社会共同体制定的规则以理所当然的面貌内化于人们的内心，甚至让人们认为这便是人性与灵魂应有的真实。正如福柯所言："一整套知识、技术和'科学'话语已经形成，并且与惩罚权力的实践愈益纠缠在一起。"[④]检察官着重强调默尔索将母亲送进养老院和没在母亲葬礼上哭泣的行为，以此作为默尔索谋杀的罪证。激怒人们的不只是谋杀，更是默尔索这蔑视社会规则的举止，不可控与无规则的"他者"的存在让他们感到威胁和恐惧，让他们坚信这是反社会、无共情、无人性的表现。因此人们相信默尔索的灵魂空无一物，最终将默尔索推向死刑台。律师在书中有时仿佛是作者的传声筒，为默尔索的善良诚实辩护，责问道："说到底，究竟是在控告他埋了母亲，还是在控告他杀了一个人？"[②p60]世间本无所谓"异常的人"，在社会共同体对"正常"进行规定之后，将不符合规则的人划为他者，称为异类、变态、疯子，对其加以惩罚，在监狱、医院或精神病院中监禁矫正，甚至如默尔索般被处以死刑，从而使得群体以观摩他者的方式塑造自身。归根结底，默尔索是"只因在母亲的葬礼上没有哭而被处决"[②p76]的。

在法庭上，检察官根据证词精心整理出一套污蔑默尔索为恶魔的解释，逻辑细密地"还原"出默尔索道德败坏的生活方式和蓄意杀人的过程。他大义凛然、振振有词，如同在进行一场文采飞扬的演讲，感染了所有观众甚至默尔索方的律师："一个在精神心理上杀死了自己母亲的人，与一个谋害了自己父亲的人，都是以同样的罪名自绝于人类社会"[②p63]，"我的判断是遵循着某种上天的、不可抗拒的旨意"[②p64]，最终庭长宣布要以法兰西人民的名义这样庄严而正义的理由处死默尔索；默尔索的律师每次谈到默尔索时，他自称"我"，设身处地地与检察官激烈辩驳，称默尔索是个老实善良的正经人。这一切都让默尔索感到陌生，仿佛检察官与律师在进行着一场精彩的辩论赛，而这场辩论无关默尔索本人。默尔索感到与这个场景的抽离，"（他们）把我这个人排斥出审判过程，把我化成一个零"[②p65]。他是任由人们揉搓扁圆的一个符号，一个因为超出了常规范畴因而需要被强行阐释的概念，默尔索感觉"我的命运由他们决定，而根本不征求我的意见"[②p61]。

在法庭上，所有人都投入了这场社会框架中的游戏，只有默尔索不了解游戏规则，"觉得我这个人纯系多余，有点像个冒失闯入的家伙"[②p52]。默尔索不仅是法庭的局外人，更是社会的局外人，是他所处的法庭机器和社会秩序的陌生人。围绕着默尔索热烈讨论的人们是社会的"局内人"，他们投入并生活在这个社会中，研习并遵循社会规则，争先恐后地代替不在场的默尔索发声。在默尔索看来他们仿佛在合谋演一场戏剧，或者跳舞狂欢的群众性节日。法庭的听众时而投以仇恨的眼神，时而哄堂大笑；律师们互相握手打趣，氛围轻松自在；记者大肆渲染这个案子以哗众取宠、煽动公众情绪，以弥补报纸的淡季。众人消遣着这个案件，如同消遣一场舞会。

二、反抗的尊严与自由的幸福

人们建构出上帝的先验概念，将其作为人与

世界的联系，并在宗教中加以心灵的寄托，但默尔索从未从上帝处得到回应，从未看到过上帝的脸，他日常所视之物如监狱那片空旷的石壁一般空空如也。萨特称荒诞者“对荒诞也有一种激情，荒诞的人不会去自杀，他要活下去，但不放弃自己的任何信念，他没有明天，不抱希望，不存幻想，也不逆来顺受。荒诞的人在反抗中确立自身”①p58。荒诞者不相信宗教与文化的安慰，但不绝望、不堕落，也不向荒诞妥协，默尔索反抗荒诞的方式便是漠然视之，这漠不关心正是默尔索对荒诞的轻蔑。

他的反抗方式虽不像同样作为蔑视荒诞的反抗者——尼采笔下的查拉图斯特拉一般激烈与高傲，却同样具有查拉图斯特拉的强力意志的风范。默尔索想：“反正是我去死，不论现在也好，还是二十年以后也好。”②P71这个存在者“我”便是默尔索立足于混沌世界的坚定根基，“我”的的确确在世界中存在着、生活着，去死的也是这个“我”。默尔索在世界中以坚定的自我意识包裹着主体，以此不受外界侵扰。因此他看似没有主见，却在被劝导说谎或妥协时顽固不化地说着真话、坚守着真实。默尔索认为“他们所确定的命运、他们所尊奉的上帝，对我又有什么重要”②p71？因为“注定只有一种命运选中了我”②p76。默尔索不知道自己的存在何在，但他知道是自己这个默尔索在生、在死、在经历自己的命运。他不愿迁就和伪装，成为面容模糊的芸芸众生中的一员，而是真切地感受着自己的存在。

在法庭上默尔索曾一度有发言的冲动，但在思考后又沉默了。默尔索拒绝使用众人团体共享的语码，知道自己以真诚说出的实话是得不到理解与回应的，长期被压抑的默尔索早已在社会层面上失语。众人不愿听默尔索的发言，连律师都对他说：“别作声，这样对您的案子更有利。”②p61因此默尔索常常欲言又止，以沉默的真实来对抗整个法庭乃至整个世界中众人心照不宣维系的虚假。

默尔索拒绝了超然之物的欺骗性援助，不愿接受基督教的救赎。在监狱中神父为默尔索祈祷，自称“父亲”，高高在上地怜悯他——默尔索。这激怒了默尔索，他向神父吼出内心的话语，这是他在书中唯一一次爆发式的反抗：“他（神父）连自己是否活着都没有把握，因为他干脆就像行尸走肉。”②p75神父掌握着基督教的一套宏伟的说辞，却以为自己把握住了真理与意义。神父内心被虚无缥缈而遥远的神学填满，不关心近在眼前的现实与自己的灵魂，满口圣经的话语不过是代人类虚构之概念“上帝”发言，散播着自欺欺人的谎言并沾沾自喜。默尔索说：“我对自己很有把握，对我所有的一切都有把握，比他有把握得多，对我的生命，对我即将来到的死亡，都有把握。”②p75默尔索一直坚守自己对生命的诚实、观照自己的命运与灵魂，他比空空如也的神父更为独立和真切。

默尔索与常人一样留恋生命，为自己的死刑感到紧张恐惧。对于默尔索而言人世万物已是荒诞虚妄，更不用提绝望与希望。他明白幻想自己逃脱死刑的可能性已是微乎其微，却仍然无法抑制地去想象。但默尔索在死前仍然拒绝上帝的救赎，坦然面对自己所经历的事情、所迎接的结局，“我是犯人，我就付出代价”②p74，如萨特所言，自由选择包括两层含义：一是人是自由的，二是承担自由选择的后果。默尔索从来没有为所做的事真正悔恨过，他对自己选择的事、活过的人生真切地感受并认可，因此他是幸福且自由的。默尔索在开枪时意识到：“我打破了海滩上不寻常的寂静，在这种平衡与寂静中，我原本是幸福自在的。”②p38他在临死前更确切地体会到了生活的幸福之处，并理解了母亲为什么在死前还要寻找未婚夫、重新体验生活。默尔索在被判处死刑的夜晚想道：“现在我面对这个充满了星光与默示的夜，第一次向这个冷漠的世界敞开了我的心扉。我体会到这个世界如此像我，如此友爱融洽，觉得自己过去曾经是幸福的，现在仍然是幸福的。”②p77默尔索的生活没有意义、没有目标，不论做什么都徒劳无功，终生在空虚中茫然无措地漂泊。默尔索将在经历一模一样的每一天后，某日迎接一模一样的死亡。即使如此，他仍然觉得活着是幸福的，仍然感受到了存在于这世界之中，感受到与宇宙与他人隐秘的同在。在《西西弗神话》中，加缪写道：“西西弗沉默的喜悦全在于此。他的命运是属于他的。他的岩石是他的东西。”⑤西西弗明白自己永远无法到达山顶，却日复一日地推动石头。西西弗的滚石对于他而言，是残酷与荒诞的根源，但也是他存在的痕迹与幸福的根源，“攀登山顶的奋斗本身足以充实一颗人心。应当想象西西弗是幸福的”⑤。西西弗与默尔索永远无法达到目标，也无法触碰意义所在，却能在反抗荒诞的世界、体会自己的命运中，获得幸福与充实。

注释【Notes】

①[法]让-保罗·萨特：《〈局外人〉的诠释》，见《萨特文论选》，施康强译，人民文学出版社1991年版，第55页。以下只在文中注明页码，不再一一做注。

②[法]阿尔贝·加缪：《局外人》，见《加缪全集（第一卷）：鼠疫》，柳鸣九、刘方、丁世中译，译林出版社2017年版，第50页。以下只在文中注明页码，不再一一做注。

③Harold Bloom(ed.), “Preface to the American Edition of The Stranger”, *Albert Camus's the Stranger (Bloom's Modern Critical Interpretations),* New York: Chelsea House, 2000, pp.19–20.

④[法]米歇尔·福柯：《规训与惩罚》，刘北成、杨远婴译，生活·读书·新知三联书店2010年版，第24页。

⑤[法]阿尔贝·加缪：《西西弗神话》，见《加缪全集（第五卷）》，丁世中、沈志明、吕永真译，译林出版社2017年版，第165页。

爱的回馈：小说《一个叫欧维的男人》的生成解读

袁明刚

内容提要：瑞典小说家弗雷德里克·巴克曼2012年创作的《一个叫欧维的男人》，讲述了在妻子死后决定自杀的欧维多次尝试未果，他放弃了死的念头。德勒兹哲学思想中的生成是指主体通过移情热衷对象物而从中获取力量的创造过程。本文通过用生成思想解读该小说，发现生成女人使欧维放弃了自杀的想法，生成动物使他更加顽强，生成不可知使他成为超级英雄。生成为欧维产生正能量，使其在平凡人生中取得非凡成就。

关键词：《一个叫欧维的男人》；生成女人；生成动物；生成不可知

作者简介：袁明刚，江苏师范大学外国语学院讲师，研究方向：英美文学。

Title: Repay of Love: A Study on *A Man Called Ove* from Perspective of Becoming

Abstract: *A Man Called Ove*, written by Swedish writer, Fredrik Backman in 2012, tells of a story of a man called Ove, who decides not to die after failure of many times of trying committing suicide after his wife's death. Deleuze's philosophical concept, "becoming" refers to the creative process in which one gets power from the object one is fascinated with. By studying the novel from perspective of becoming, the paper discovers why Ove gives up his idea of committing suicide by becoming woman, where he gets the power to fight, by becoming animal, and how he manages to convert his life from ordinary to extraordinary by becoming imperceptible. Becoming is a positive process through which mental power originates, which in turn causes him to be a superhero.

Key Words: *A Man Called Ove*; becoming woman; becoming animal; becoming imperceptible

About Author: Yuan Minggang, lecturer of School of Foreign Studies, Jiangsu Normal University. Research fields: British and American Literature.

一、引言

瑞典小说家弗雷德里克·巴克曼(Fredrik Backman)的代表作《一个叫欧维的男人》是2012年所作。这部小说出版后很快被译成25种语言，迅速成为全球畅销书。2015年改编成同名电影，获第89届奥斯卡最佳外语片提名。小说讲述了一个叫作欧维的男人，常有令人不可思议的行为。妻子是这个世界上唯一能够读懂他的人。安葬妻子后第二天欧维就去上班，结果工作了近四十年的单位突然通知他不要上班了。失去了世上唯一亲人和工作单位，欧维决定去死。可是每次自杀都鬼使神差般地被阻断。从第一次打扰他自杀的新搬进小区的伊朗移民帕尔瓦娜一家人开始，每次都是要他提供帮助。随着一次次自杀未遂，越来越多的人闯入了他的生活，以孕妇帕尔瓦娜为首的这些人编织了一张网，织入了他的生活，使他无闲暇时间去考虑死亡。四年后这些闯入者的生活都得到美好的安置之后，欧维先天性心脏病发作离开了人世。医院的人员将他的尸体抬走之时帕尔瓦娜对他说“谢谢她把你借给我”[①]。她感谢他的妻子索雅在天堂里等了他四年。

截至目前，关于该小说的研究还很少，国内学者张晓辉尝试探索小说中女性在引导、救赎男性方面的重要价值[②]。还有学者根据小说改编电影从认同缺失角度探究了欧维自杀的原因[③]。在国外，印度尼西亚学者Chintya W. Natalia在其会议论文《弗雷德里克·巴克曼小说〈一个叫欧维的男人决定去死〉的人物性格特征解读》[④]中解读了欧维性格的外向性和内向性特征，伊朗学者Fatemeh Beheshti和Amir Zafarghandi探索了小说翻译中的策略应用[⑤]。更多的是期刊对该小说或电影的评价和介绍，而文学批评方面的文章则极其罕见，这对于曾雄踞《纽约时报》畅销榜长达90周并销售280万册（Jen Doll，2020）[⑥]的小说来说很不相称。本文从法国后现代主义哲学家德勒兹精神分裂分析中的生成角度研究该小说。

二、主人公欧维的生成解读

德勒兹认为，生成有两个维度，即欲望（desire）和力（power）[⑦]。“生成”和“差异”是德勒兹哲学语料库的两个关键词，也是德勒兹哲学大厦的基石，他以此来对抗西方传统哲学对“同一性”的倚重[⑧]。在《对话》中德勒兹提道，生成绝非模仿，也不是“照着样子做”，更不是跟给定的模板一致[⑨]。德勒兹在《批判与诊断》中的“文学与生活”一文中主要探讨了文学创作与生成的关系。他认为文学创作与生成密不可分。在文学创作中主体生成了女人，生成动物，直至生成不可知[⑩]。生成指主体通过移情于热衷对象物而从中获取力量的借力增力过程。生成是一个在主观积极情感指向下，产生移情作用，从彼像看到此像，从自身体内感觉到彼像的力量，使主体飘忽于两极间的不由自主的忘我过程，只能感受而不能把控的中间性状态。生成过程主要从生成女人开始，经过生成动物，最后生成不可知。

（一）欧维之生成女人

“生成女人”（becoming woman）意味着超越父权制文化和以男人为中心的世界，也意味着超越男人所规定或想象的女人[⑪]。德勒兹声称，生成链条中的第一步是生成女人。通过这种生成，一切其他的生成都成为可能：“虽然一切生成都已经是分子的，包括生成女人，但必须说明的是，一切生成都从生成女人开始并且经由生成女人。这是其他一切生成的关键。”[⑦p277]生成女人涉及超越固定主体和稳定结构之外的一系列运动和过程，是逃离以牺牲女人为代价赋予男性以特权的二元系统的最佳路线[⑫]。小说中欧维的生成也是从生成女人开始。刚满十八岁那年，欧维在夜班客车上打扫卫生，在这里他认识了索雅，这个人注定要陪伴和改变他一生，成为他唯一知己和生活伴侣。欧维之生成女人随着他认识索雅开始。

欧维的这种不由自主的行为就是“感动”，“感动（affect）是生成”[⑧p267]。得知他的理想和志趣，索雅找来了一些建筑方面的书籍和宣传册子，他报名了建筑学函授，并在一家建筑公司找了份工作，从此三分之一个世纪都在这里工作。认识索雅，改变了他的一生。这才有他挂在嘴边上的话，索雅的行为感动了他。

依据保罗·帕顿对生成的理解，“生成是人或物不断地成为他者（同时始终保持原样）的行为”[⑬]。从西班牙回来的路上，酒后开车的大巴司机出了车祸，索雅失去了腹中的胎儿，也永远坐上了轮椅。欧维为此斗争了许久，各个部门都互相推诿，关键时刻还是索雅给了他鼓舞：“上帝把我的孩子带走了，我亲爱的欧维，但他又给了我一千多个。”[①p253]轮椅上的索雅非常乐观，非常热爱自己的本职工作。她无疆之大爱把一千多个学习困难的学生都当成了自己的孩子。他们在一起的四十年里，索雅辅导过几百个有读写障碍的学生，最后他们都能念莎士比亚全集。即便她发现自己得了癌症也没有停止工作，继续为她挚爱的孩子们工作，直到欧维必须每天把她推进教室里，因为她自己已经无能为力。索亚在孩子们身上所体现出来的奉献精神感动了欧维。

生成是不断改变个性边界和不断突破自我的行为。生成女人的欧维突破了自我。妻子敬业爱岗的奉献和牺牲精神对欧维有很大的鼓舞作用，尤其是妻子死后，生成女人的欧维无意识中成为另外一个索雅，延续着她的奉献和牺牲精神。他彻底改变了原来的自己，成了索雅的影子，继续活在这个世界上。

欧维渐渐从死亡的阴影中摆脱出来，把对索雅的爱迁移到帕尔瓦娜一家人身上，以及保护鲁尼，使他不被所谓的福利院的人带走。就像他在索雅墓前所说的那样："但现在情况是这样，你得在上面等我一阵儿了，我暂时没时间死。"[①p285]他忙得没时间仔细策划自杀的细节，他必须把身边闯入他生活的所有人的事情都忙完，就像索雅生命的最后那四年一样，索雅死后欧维又活了的四年和她的最后四年一样充实。他是索雅的影子。他死后把自己的1100多万克朗留给了帕尔瓦娜处理，后者将其设为"索雅基金"做慈善，这一定是乐善好施的欧维的意思，索雅也一定是这样想的。

生成过程是生产正能量的过程。它所涉及的是主体的内在领域。通过生成主体在精神层面从一种形态转化为另一种形态[⑭]。从帮助帕尔瓦娜家开始，我们看到欧维身上这种正能量的产生。在帕尔瓦娜身上我们也看到了欧维生成女人的延续。对帕尔瓦娜两个女儿的关爱，给大女儿买贵重的生日礼物。一生都始终舍不得花钱的欧维，能花8000克朗给她买个她钟爱的iPad。他一次次送帕尔瓦娜及其家人，还有邻居吉姆去医院，还帮帕尔瓦娜照顾孩子，把孩子为他画的肖像贴在冰箱上，那原本是粘贴索雅纪念物品的专属地。他耐心地教帕尔瓦娜开车，用自己的车，自己的油。特别值得一提的是，欧维在遗书中把爱车、房子，还有1100多万的存款交给了帕尔瓦娜全权处理（400万给她的三个孩子和吉姆的孩子）。

主体与生成对应物之间互投影像——我中有你，你中有我[⑮]。欧维用喊声吓跑了夜盗，心脏病发作，被送进了医院，帕尔瓦娜急得死去活来；欧维离世的那天早晨，帕尔瓦娜预感到了事情的发生，急匆匆赶到欧维家，用他给她的备用钥匙打开房门，送他最后一程。我们不难看出这种互为投影。她的一句"谢谢她把你借给我"完成了与索雅之间对欧维的交接。是她把他多留在人间四年，为她和邻居们做了许多好事。生成女人是欧维没有急于去死的原因。

（二）欧维之生成动物

生成动物是指主体在某种强烈的情感和力的作用下，在不知不觉中获取了这一生成对象物的某些积极属性。"生成动物"（becoming animal）意味着超越狭隘的人道主义或人类中心主义，把人看作是不断生成差异的存在[⑯]。生成是借力长力的过程。主体长期处于某一特定"景"所在的环境之下，这个"景"就会形成一种力。这一力有时会不断增强，它通过不断地牵引使这一特定主体不由自主地向它靠近，在其身上投下自己的影像，产生移情作用，从彼像看到此像，从自身体内感觉到了彼像的力量。一旦触景生情，主体不由自主地把自己引向这个力，这便是生成[⑮p157]。当人们移情于强烈吸引他们的"景"中之物，便已生成这一对应物，这一对应物是动物，人就生成了动物。欧维生活中的这一移情对应物是猫，他便生成了猫，并从后者身上获得了力。

索雅告诉欧维她的生活中其实只无条件地爱着三件事：书、她的爸爸和猫[①p146]。因为她特别喜欢海明威，所以就用海明威的名字命名了这只猫。恩斯特是世界上个子最大的杂种猫。索雅小的时候觉得它就像一匹小马驹。它在爸爸的房子里来去自如，但不住在那儿，没人知道它究竟住哪儿。索雅用海明威的名字为它起了名（海明威的全名是Ernest Hemingway，猫的名字是双关语，"恩斯特"是"Ernest"的译音。"Ernest"和英语中另一单词"Earnest"——"诚实"的读音相同）。索雅喜欢猫诚实的品质，索雅在欧维身上也看到了同样的诚实，这是她一生死心塌地爱着他的原因。

爱屋及乌。挚爱索雅的欧维在无意识层面对这只猫也产生了喜爱之情，尽管在口头上欧维总是不喜欢猫。不知不觉中，移情于猫的欧维在潜意识中对猫产生了强烈的积极情感，并且以猫为镜像照出了自己。索雅父亲去世的当天，恩斯特钻进汽车轮子底下自杀了。生成主体和生成对应物之间互为镜像，生成了猫的欧维也选择了卧轨这种自杀形式。

这只猫死后，尤其是喜爱这只猫的索雅死后，欧维开始移情于每天蹲在他家门口的那只流浪猫。

喜欢是生成的前提条件。在这只猫身上，欧维看见了他本人，和猫一样也有九条命。他努力地去死，死了很多回，但总是死不了。不过他也用了七八条了，如果他也有九条命的话。欧维有先天性心脏病，他不能过于激动，不过看见猫被弄成那个样子，他还是禁不住激动了起来。猫牵动着他的心，与他同命相连。

自从那天帕尔瓦娜把冻得奄奄一息的猫从雪堆里抠出来，抱它进屋里，和吉姆合力把猫救活之后，猫就以欧维家为家，开始与他朝夕相处，寸步不离。猫成为他家的新成员。晚上睡觉的时候，猫就和他睡在一起，睡在平日里索雅睡的位置上。他对猫的关心也无微不至，就是连策划饮弹自杀，都考虑到枪的巨大响声会惊醒熟睡的猫，所以他打开收音机。

在他留给帕尔瓦娜的遗书中他还念念不忘这只猫，“猫每天吃两顿吞拿鱼，它不肯在陌生人家拉屎，别逼它”①p320。猫给他陪伴，他给了猫爱心，他从猫身上看到了自己。生成动物是欧维生命力如此顽强的原因。

（三）欧维之生成不可知

“生成不可知”（becoming imperceptible）意味着超越实际存在的或可感知的世界，意味着试图去领悟不可感知的生成过程⑫p38。高级阶段的生成不仅包括生成动植物，也包括生成人类社会文化的衍生物。能够生成不可知，世间万物之间就默契相通，彼此交融⑮p171。

生成什么，生成主体是不知道的，正所谓当局者迷。有时，生成是旁观者清的过程，如主体生成女人或生成动物。但更多情况是旁观者也不清，这个生成阶段是主体生成了“不可知”，即人们不可得知主体借助什么力量实现其本人无法完成的壮举。

汤姆偷了钱，并且把脏水泼到欧维身上。尽管他因此被调换了工作也不肯说出事情真相为自己辩解。“自从这个男孩在铁道上工作两年来，这儿还没人听见过他一口气说这么一长串话。说老实话，欧维也不知道这些话是从哪儿冒出来的。他只是觉得应该说出来。”①p81是怎么样，又是为什么说出这样的话，他自己是不知道的，其他人更不知道。这便是德勒兹哲学中所说的生成不可知。

他自己重新大修了父亲留给他的房屋。他发现自己很喜欢房子，可能主要是因为房子是可以理喻的，可以计算并在纸上画出来。“不好好做防水就会漏，不好好做结构就会塌。房子是公平的，你付出多少，它就给你多少。很不幸的是，这些话很难用在人类身上。”①p91他对自己所从事的事业产生了强烈的喜爱之情，从自己的劳动成果中看见人生真谛，从他对这房子的深厚情感上看，他在悄然之间生成不可知。他热爱劳动，珍惜劳动成果；体会到公正的永恒存在，表达对现今社会上所存在的不公正的痛恨和不满；从房子迁移到人类，生成不可知后体验到万物之间的超然平等。正是借助这种超然力量，他从自己劳动成果中找到心理平衡和人生信念。

生成不可知意味着生成任何人或任何物（everybody / everything），从而造就一个生成的世界。换句话说，就是一个既近在眼前又模糊不清的世界⑧p280。德勒兹哲学思想中模糊不清的世界成为欧维思想中的这栋房子。一生从未从外部世界获得公平的欧维从自己劳动中得到它，也获得了心理平衡。

生成是借力长力的过程⑮p157。欧维洗浴时汤姆偷了他父亲留给他的唯一纪念物——手表。“欧维以意想不到的力量把汤姆的外套从他的手中夺了过来。然后欧维出手了，一击命中。汤姆沉重的躯体倒地的刹那，欧维已转身离去。”①p112不知哪里来的力量，让欧维在沉默中爆发。他终于反抗了，从此汤姆再也不敢欺负他。没人知道欧维是哪里来的力量，作者连续用了五个“或许”，因为他也说不清楚欧维是哪里来的这股力气，因为他生成了不可知。生成“不可知”给了他“不可知”的力量。生成过程没有主控机制。受尼采和斯宾诺莎唯物主义的启发，德勒兹认为生成过程不受任何机制操控，也不是主体的一厢情愿所为。更确切地说，生成超越其主体，它以其肯定的力量将主体置于生产性组合的一部分[⑰]。生成过程可以突然来临，也可以迅速消失。生成不是孤立的[⑱]，处于某种“景”的环境之中，特定主体会与该环境内的其他要素相互影响，与周边的各种因素产生互动，建立了不同的联系，并且主体的改变也同时会对周边要素进行改造，使其发生变化[⑯p142]。欧维生成不可知所带来的超然力量，使汤姆发生了变化，欧维甚至通过生成不可知使汤姆从此在他的生活中消失。

生成是一个不由自主的忘我过程[⑮p158]。那夜欧维带着他的猫照常巡夜，看见三个夜盗企图敲开邻居家的窗户，他一个箭步冲上前去，一辈子就这么的疾恶如仇。他忘记了自己59岁的年龄，也忘记了自己先天性心脏病不能激动，结果他一声怒吼吓走歹徒，自己却被救护车送进了医院。帕尔瓦娜冲过来的时候他却还记得救护车不能开进小区，因为他始终记得“社区内禁止车辆通行”[①p12]。

生成是生产差别的过程[⑮p158]。他精心策划卧轨自杀，人算不如天算，实施的前几秒，一个人误坠入站台，欧维奋不顾身地将其救了上来，从此被记者“盯上”，也成了超级英雄。“超级英雄”是许多年前去西班牙，妻子索雅给他起的绰号。妻子因怀孕而多觉，妻子在宾馆睡觉之时，他出门帮助周边人做了许多好事，所以索雅说：“不管别人怎么说你，欧维，你是我听说过的最稀奇的超级英雄。”[①p184]

那个穿黑色西装晕倒在火车轨道上而又被欧维救起的男人，那个女记者莱娜对欧维讲，医生后来诊断说是某种复杂的大脑疾病造成的，若不是发现及时，那个男人很可能活不了几年，“所以你其实救了他两回”[①p300]。

在生成过程中因与周边各要素的互动，生成者主体在自身得到改造的同时，也改造了这些要素[⑯p142]。生成不仅使主体周边环境发生变化，也使自身发生改变。他救了一个人两次，也挽救了一家人的幸福，本来打算自杀的他却造了七级浮屠。有心栽花无心插柳，他开始从索雅的世界中走出来，从以自我为核心的世界走向利他主义的世界。生成不可知使欧维发生了质变。一次次的生成使其重新认识了自我，真正找到了不去死的理由，这便是他对索雅所说的“我暂时没时间死”[①p285]。生成不可知是欧维成为超级英雄的原因。

三、结语

通过生成主体从移情对象物身上获取力量，走出自我，制造差异。决定去死的欧维在生成作用下，决定不去死，成为超级英雄。生成女人，借助女人孕育生命，生育生命和养育生命的超能，逃出以男人为核心的思考方式，打破长久以来一直禁锢人们思想的男性主导世界的藩篱，创造一个男女之间绝对平等的精神世界，借助人类性别中的另一半的力量从精神困惑中导出自己。通过生成女人，欧维从决定去死蜕变为决定不去死，因为他要成为索雅要他成为的人——超级英雄。通过生成动物，冲破以人类自身为核心的思维方式，在思维层面确立世间万物之间的平等关系，重新定位自己，以猫为镜像，欧维找出了自己不屈不挠与病魔抗争的力量。通过生成不可知，颠覆传统对个体的判定模式，用移动和变幻的眼光审视不断变幻和发展的世界，欧维这位59岁的老人将自己打造成为超级英雄。生成是其精神力量的正向生产过程，生成为欧维产生正能量，使其在平凡人生中取得了非凡成就。

流浪猫用自杀回报了主人，欧维也想用同样办法回报给他带来全部爱又带走了他全部爱的爱妻索雅，“欧维”（Ove）比“爱”（Love）少了一个字母“L”，爱妻索雅之死带走了这个“L”。但他也死不了，因为“Ove”比“死”（Over）少了个“r”，于是他以爱妻再世的方式延续着妻子索雅的生命——奉献与牺牲——索雅终生的执着和追求，欧维以这种变幻的方式回馈妻子给予他的爱；而得到他帮助的帕尔瓦娜等人又用回馈的爱为他编织了个大写的“L”，补全了他的爱（Love）；为回馈大家的爱，他将全部财产遗赠给了他们；为回馈他的捐赠，帕尔瓦娜用这些钱设立了“索雅基金”，回馈社会，这是一个完美的良性循环（Virtuous Cycle）——爱的回馈。生成解读出小说中满满的正能量——以爱回馈这个世界。

注释[Notes]

①[瑞典]弗雷德里克·巴克曼：《 一个叫欧维的男人决定去死》，宁檬译，四川文艺出版社2017年版，第321页。以下只在文中注明页码，不再一一做注。

②张晓辉：《精神困境与女性之光——评〈一个叫欧维的男人决定去死〉》，载《出版广场》2018年第5期，第92页。

③崔嘉美：《〈一个叫欧维的男人决定去死〉：认同缺失下的精神守望与救赎》，载《西部广播电视》2018年第1期，第83—84页。

④Chintya W.Natalia,Personality Traits in Fredrik Backman's Novel A Man Called Ove, KnE Social Sciences, the 1st Annual International Conference on Language and Literature,Volume 2018, p.142.

⑤Fatemeh G.Beheshti, Amir M. ZafarghandiStrategies Used in Rendering Humor in Translations of "A Man Called Ove" by Fredrick Backman, Journal of Literature, Languages and Linguistics, Vol.72, 2020.

⑥Jen Doll,People are strange: Swedish Best Seller Fredrik Backman Explores Anxiety, Interconectedness and Real Estate in His Latest, PUBLISHERS WEEKLY. JUNE 6 2020, pp.42–43.

⑦Deleuze, Gilles & Félix Guattari.*A Thousand Plateaus: Capitalism And Schizophrenia*[M]. Trans. Brian Massumi. London: University of Minnesota Press, 1987, p.272. 以下只在文中注明页码，不再一一做注。

⑧Parr, Adrian. *The Deleuze Dictionary*[M]. New York: Columbia University Press, 2005, p.21. 以下只在文中注明页码，不再一一做注。

⑨Deleuze, Gilles & Clare Parnet. *Dialogues* [M].Trans. Hugh Tomlinson and Barbara Habberjam. New York: Columbia University Press, 1987, p.2.

⑩Deleuze, Gilles. *Essays Critical and Clinical*[M]. Trans. Daniel W, Smith and Michael A. Greco. London: University of Minnesota Press, 1997, p.1.

⑪夏光：《德鲁兹和伽塔里的精神分裂分析学（下）》，载《国外社会科学》2007年第3期，第30页。以下只在文中注明页码，不再一一做注。

⑫陈永国：《德勒兹思想要略》，载《外国文学》2004年第4期，第25—33页。

⑬Patton Paul. *Becoming-animal and pure life in Coetzee's Disgrace*. http://ariel.synergiesprairies.ca/ariel/index.php/ariel/article/viewFile/3891/3828. Accessed 14 September 2010, p78.

⑭Andreja. *Becoming-Animal, Becoming-Detainee: Encountering Human Rights Discourse In Guantanamo*[J]. Law & Critique, 2011(22).

⑮康有金、韦喜凤：《精神分裂分析与文学批评》，武汉大学出版社2021年版，第154页。以下只在文中注明页码，不再一一做注。

⑯Colebrook, C. (2002). Gilles Deleuze. London: Routledge, p.140. 以下只在文中注明页码，不再一一做注。

⑰Rozmarin, Miri. *Thy Signet And Thy Bracelets Identity, Becoming, And Vulnerability In The Biblical Story Of Tamar*[J]. Indian Journal of Gender Studies, 2013(3).

⑱Buchanan, Ian, and Claire Colebrook . *Deleuze And Feminist Theory*[M]. Columbia University, 2000, p.35.

王者血气：论莎士比亚《冬天的故事》中悲剧向喜剧的转化

贾梦琦

内容提要：《冬天的故事》是莎士比亚的一部颇具特点的悲喜剧，它的前三幕是悲剧，后两幕转为喜剧。剧中西西里国王列昂特斯和波希米亚国王波力克希尼斯的血气、他们各自的血气所代表的正义诉求以及血气的平息，是廓清本剧从悲剧到喜剧的转向的重要线索。莎士比亚是一位兼长悲剧和喜剧的戏剧诗人，《冬天的故事》中悲剧向喜剧的转化问题，体现了莎士比亚兼有而又超越了悲剧诗人和喜剧诗人的哲人式人生理解。

关键词：莎士比亚；《冬天的故事》；血气；正义；悲喜剧

作者简介：贾梦琦，上海大学文学院，研究方向为古希腊文学。

Title: The King's Thumos: On the Transformation from Tragedy to Comedy in Shakespeare's *The Winter's Tale*

Abstract: *The Winter's Tale* is a characteristic tragicomedy by Shakespeare, its first three acts are tragic, and the last two acts are comic. The thumos of Leontes, the King of Sicily, and Polixenes, the King of Bohemia, the justice demands represented by their thumos and the calming of their thumos are important clues to clarify the transition from tragedy to comedy. Shakespeare is a poet who composed both tragedies and comedies. The transformation from tragedy to comedy in *The Winter's tale* reflects Shakespeare's philosophical understanding of life, which combines and transcends the understanding of tragic dramatist and comic dramatist.

Key Words: Shakespeare; *The Winter's Tale*; thumos; justice; tragicomedy

About Author: Jia Mengqi is from the college of Chinese Language and Literature, Shanghai University, specializing in Ancient Greek Literature.

一、引言　古典思想中的血气问题

纵观莎士比亚的创作历程，他既创作喜剧也创作悲剧，并且擅长在一部剧中将悲剧元素和喜剧元素融合在一起，成为所谓的“悲喜剧”（Tragicomedy），又称“传奇剧”（Romance），比如《泰尔亲王配力克里斯》《辛白林》《暴风雨》和《冬天的故事》。莎士比亚的大多数戏剧中总有一种因素是占统治地位的，比如在《李尔王》中，小丑全程都在旁边插科打诨，在李尔在暴风雨的旷野中流浪的时候，埃德加假扮的乞丐和小丑使这极度悲惨的一幕增添了荒谬可笑的色彩，这不妨碍《李尔王》整体上是一部悲剧。而悲喜剧的剧情常常会发生悲剧情节向喜剧情节的突转，比如在《冬天的故事》中，其悲剧的部分和喜剧的部分似乎是截然分开的，前三幕是悲剧，后两幕是喜剧，其中的戏剧时间相隔十六年，所涉及的主要人物也不同。第三幕以重要人物的死亡和分离为结尾，气氛如同冬季般阴郁冰冷，而第五幕的结尾，人物重逢、“复活”、冰释前嫌，年轻一代得以结合，气氛如同春季般充满了生命的欢愉。

如何理解《冬天的故事》中悲剧向喜剧的转化？一个古希腊文学和哲学中的概念——“血气”（θυμός，又译作心灵、灵魂、生命、精神、勇气、意志等）[①]为我们理解这部戏剧提供了一种路径。从古风时代荷马的《伊利亚特》和《奥德赛》，到柏拉图的《理想国》，再到亚里士多德的

《尼各马可伦理学》，θυμός一词的内涵和外延有所变迁。但总的来说，θυμός指的都是人类心灵或灵魂中的一部分或一个器官。θυμός一词大量出现在荷马史诗中，尤其是《伊利亚特》中，阿喀琉斯的血气左右着战局。当阿伽门农夺走了阿喀琉斯的礼物——女奴布里塞伊斯时，阿喀琉斯的血气就被激起了。因为古希腊的传统是要给作战勇猛的战士与其战功相称的礼物。《伊利亚特》中常出现的一句话是："他们的心灵不觉得缺少相等的一份。"这句话常用于描述人们祭祀后饮酒吃肉的情形，如《伊利亚特》卷1，602；卷2，431，等等。罗念生、王焕生译本将这里的θυμός译为"心灵"[②]。如果"缺少相等的一份"，就是对战士荣誉的侮辱。在荷马笔下，与心理相关的词语有很多，这些词在意义和用法上有很多重合，但有基本的功能区分，如φρήν（常译为"心灵"，多用于指深思熟虑），νόος（常译为"意念""心智"，多用于指洞察力），而θυμός一词的意义更为含混，功能也更广泛。苏利文（Sullivan）指出，在《伊利亚特》中，θυμός会被迷惑或受挫（confused or confounded），也可以抵制迷惑和挫折[③]。苏利文通过研究θυμός的修饰语得出，θυμός在荷马笔下泛指情感、意志、智力的器官，后来主要指情感器官，尽管也保留了其他功能。θυμός有时具有超出其情感器官的功能，是因为它在某些活动中分享了通常归因于φρήν（心灵，心智）的要素，即θυμός和φρήν是相关联的[④]。萨克逊豪斯（Saxonhouse）将荷马史诗中的血气概念定义为："所谓血气，就是人对何谓正确、何种东西带来尊严与荣誉的精神感受。"[⑤]由此可以看出，血气是一种源于个体的欲望，它是一个人在受到了不公正的对待后，意图寻求报复，来重新建立起理想的正义秩序的迫切渴望，因而是一种政治激情。血气往往诉诸暴力行动，比如血腥的同态复仇，因为它坚信一个行为能够补偿或抵消另一个行为。

在柏拉图的《理想国》中，苏格拉底更为完整地揭示了血气发生作用的机制，并且重新规定了血气的特性——他将人的灵魂分为三部分：理性-血气-欲望（非理性），理性最高，欲望最低。格劳孔认为人的血气属于欲望的势力，苏格拉底不同意，并举例说明："当一个人的欲望在力量上超过了他的理智，他会骂自己，对自身内的这种力量生气。"[⑥]因此苏格拉底认为，血气更倾向于与理性结盟，来抑制欲望。血气是受理性控制的"器官"，也就是说，一个人不够理智时，也会失去对血气的控制。尼柯尔斯（Nichols）指出《伊利亚特》和《理想国》中对血气的探讨共同点："由血气支配的行动力图维护正义和有序的世界，在这样的世界里，人获得应有的酬劳和惩罚。"[⑦]然而，个人的血气与人类的共同生活之间存在着张力，因为血气所维护的正义是私己的，而共同体的生活则需要其成员的共同意见来维系。尼柯尔斯认为，人类生活中具有无公度（incommensurable）的方面，而血气所要求的私己正义则将之当作可公度的东西。

亚里士多德在《尼各马可伦理学》中不止一处讨论了血气问题。他在第三卷"行为"第二节"选择"中称，血气（怒气）并非只有人有，而是为所有无理性（逻各斯）的动物所共有，"出于怒气的行为和出于选择的行为相去甚远"[⑧]，因为选择包含了理性（逻各斯）和思想，而血气没有。他在第八节"相似于勇敢的其他品质"中，指出血气虽然激发起勇敢，但必须加上选择或目的，出于理性或高贵，才是真正的勇敢；而像野兽一般，出于痛苦或惊吓激发血气，采取本能的行动，则不算勇敢。亚里士多德在第七卷"自制"中，讨论了血气的自制问题，把"血气的不能自制"和"欲望的不能自制"放在一起比较。此处，亚里士多德与柏拉图笔下的苏格拉底观点近似又有所不同。亚里士多德也认为血气"在某种程度上听逻各斯的"，但因为血气急躁热烈的天性，"不过没有听对……结果把事情做错了"[⑨]。

《冬天的故事》中的两位王者——西西里国王列昂特斯和波希米亚国王波力克希尼斯的血气，是影响剧中人物命运的关键因素。列昂特斯被血气蒙蔽双眼，行动偏执而过度，造成了戏剧前三幕的悲剧，而波力克希尼斯的血气差点使得两位有情人——弗罗利泽和帕笛塔无法结合，使得后两幕也成为悲剧。两位王者的血气状态左右了剧情向悲剧还是向喜剧发展，当我们廓清他们血气的差异和变化，就可以理解悲剧如何向喜剧转化，以及其中蕴含的莎士比亚对政治、正义问题和对人生的哲人式理解。

二、列昂特斯的血气（第一幕至第三幕）

《冬天的故事》第一幕第一场，西西里大臣卡密罗对波希米亚大臣阿契达摩斯说："两位陛下从小便在一起受教育；他们彼此间的感情本来就非常深切，难怪现在会这么要好。自从他们长大之后，地位和政治上的需要使他们不能再在一起，但是他们仍旧交换着礼物、书信和友谊的使节……"[⑩] 从两位大臣的言语间看，似乎两位国王情同手足，两国也亲如一家，友谊固若金汤。但卡密罗的话中却暗暗提示了两位国王友谊的脆弱之处，为日后反目埋下了伏笔："地位和政治上的需要"使他们分离了。他们俩不再仅仅是儿时玩伴，还各自成为自己国家的守卫者，国家利益横亘在了二人之间——有时国家间的利益与个人情谊会发生冲突，反之，王者的个人情谊也会影响国家间的关系。

在《理想国》中，苏格拉底设想中的城邦护卫者应当与城邦完全同一，通过对护卫者的特殊教育、财产公有制以及妇女和儿童的公有制，摒除了城邦护卫者的私欲和个人利益，如此，才不存在其个人利益与城邦的利益冲突，他的血气可以完全用于护卫城邦，以及维护城邦的政治秩序。然而现实中没有哪一种政治可以完全消除统治者个人与城邦之间的张力，统治者的血气不可避免地是一种难以控制的危险因素。波力克希尼斯访问西西里，逗留了九个月之久——正常的国事访问不可能有这么久，何况他称自己是"抛开政务、辞别御座"而来，说明他来访问且淹留数月主要是出于与列昂特斯的私人友谊。波力克希尼斯担心国中事务，向列昂特斯和王后赫美温妮辞行，列昂特斯坚持要再留他一星期，波力克希尼斯不同意，列昂特斯便让赫美温妮发言挽留他。列昂特斯没有聆听他二人的对话，只知道赫美温妮成功地留住了波力克希尼斯。自己留不住好友，妻子却留住了，这让列昂特斯顿生疑窦。但他嘴上还在称赞赫美温妮的舌头立过两次奇功：一次是答应自己的求婚，另一次就是成功挽留了波力克希尼斯。与此相对应的是列昂特斯眼中赫美温妮的两次"伸手"，第一次是"你伸出你的白白的手来，答应委身于我的那时候"，[⑩p203] 第二次就是他目睹赫美温妮伸手给波力克希尼斯，腹诽道："可是手捏着手，指头碰着指头。""还在弄他的手心！"[⑩p204] 在列昂特斯眼中，两次伸手的意义是等同的，他认为这是赫美温妮委身于人的表示——这激起了他胸中的血气。他在赫美温妮询问时掩藏起了自己的血气，说自己"真的没有什么"，不过他在话里夹带隐喻，说起自己小时候的事情："我的短剑套在鞘子里，因恐它伤了它的主人，如同一般装饰品一样，证明它是太危险的……"[⑩p205] 这里的隐喻或可做两种解释，一是他在警告赫美温妮和波力克希尼斯，他已经发现他们伪饰起来的、危险的私情；二是他的血气是危险的，可伤人的，而他将其暂时压抑住，以防伤到了他至亲的人——他的朋友和妻子。

波力克希尼斯注意到了列昂特斯的情绪反常，对列昂特斯的称呼改变了："西西里在说些什么？"[⑩p204] 列昂特斯在与卡密罗谋划杀死波力克希尼斯时，对他的称呼也变了："那个把她当作肖像一样挂在头颈上的波希米亚……"[⑩p209] 卡密罗在得知列昂特斯的猜忌，并被分派了毒杀波力克希尼斯的任务后，他对波力克希尼斯的称呼也变了："我相信您，愿意就去谋害波希米亚。"[⑩p209] 王者的名讳被国家的名称代替——私人的感情出现嫌隙后，几位政治人立刻从私人冲突上升到了国家层面。列昂特斯出于一己私情的血气毒杀波希米亚国王，王者的私人事件就上升为政治事件，并且不可避免地导致波希米亚的灾难，其结果很可能是国力更强大的西西里吞并波希米亚。卡密罗不愿执行列昂特斯的命令，因为他没有像列昂特斯一样被血气蒙蔽双眼，他知道波力克希尼斯是无辜的，所以他警告了波力克希尼斯，并与他一起逃往了波希米亚。卡密罗可以视为被列昂特斯所放逐的理性的化身，他拯救了波力克希尼斯，而一个失去了理性、为血气所主宰的君王逐渐走向了极端。逃亡的行动更增添了嫌疑，坚定了列昂特斯的想法：“卡密罗是他的同党，给他居间拉拢；他们在阴谋着算计我的生命，篡夺我的王位，一切的猜疑都已证实……”[⑩p214]他给波力克希尼斯和赫美温妮的罪名也从通奸上升到了篡夺王位，从个人私情上升到了国家政治危机层面。

在《理想国》中，苏格拉底称，城邦的护卫者需要具有两种禀赋：对自己人温和，对敌人凶狠。这种看似相反的禀赋在狗身上也可以找到，它们看到陌生人就怒吠，看到熟人就摇尾欢迎。[⑥P69]苏格拉底令人惊奇地将狗的这种禀赋称为“爱智慧的”，因为它能通过知与不知辨别敌友。狗即便受到主人虐待也不会敌视主人，人往往却不能，当人认为自己的尊严或利益受到侵犯时，血气就会被激发，要求伸张正义。这时，即使对方是处于一个政治共同体内的亲人、朋友或同胞，也会变成敌人，就像阿喀琉斯报复阿开奥斯人一样。在第二幕第一场中，波力克希尼斯逃走后，列昂特斯一腔怒火都发泄到了赫美温妮身上，他认为赫美温妮怀的是波力克希尼斯的孩子，并下令将赫美温妮收监。赫美温妮受到了这样的无端侮辱，内心的血气也被激起了：“可是我心里蕴藏着正义的哀愁，那怒火的燃灼力量远胜过涌出的泪水。”[⑩p215]很显然，列昂特斯的正义诉求与赫美温妮不同，是什么导致了正义的乖谬？是因为人类知识的不完善性——列昂特斯将自己个人的内在正义尺度推己及人，认为一个递手的动作必然意味着委身于人，并且在自己疑心二人奸情之后也逼着卡密罗相信，否则就是“说谎”“蠢货”“你要是还不相信，你就该死了”。他还认为大臣们也必然与他有着同样的正义尺度：“列位贤卿……你们嘴里刚要说：‘她是一个美貌的女人。’你们心里的正义感就会接上去说：‘可惜她不贞。’”[⑩p215]列昂特斯对他人的无知导致他所寻求的正义是完全私己的，他是苏格拉底所设想的哲人王的反面：哲人王由于是最有智慧的人，也就是最了解自己与他人的人，所以其个人的正义才能与城邦的正义等同。

然而，列昂特斯对赫美温妮的指控没有得到臣子们的支持，因为他自始至终判断的根据只是他的一些直觉感受：“除了不曾亲眼看见之外，一切都可以证明此事的不虚。”[⑩p217]他这时恼羞成怒，搬出了自己作为君主的绝对权力：“哼，我何必跟你们商量？我只要照我自己的意思行事好了。我自有权力，无须征询你们的意见，只是因为好意才对你们说知。”[⑩p218]安提哥纳斯之前的话一语成谶：“……您的判决变成了暴虐。”[⑩p218]此时血气已经成为主宰列昂特斯灵魂的强大暴君。安提哥纳斯说：“我也希望您当初只在冷静的推考里把它判断，而没有声张出来。”[⑩p218]他要求列昂特斯运用自己的理性，并且责怪列昂特斯将宫闱私事上升成政治事件，将王后当作政治上的敌人下狱审判。列昂特斯称自己已派人去德尔福的阿波罗神庙求神谕，但这并非一个真正虔敬的行为，因为他并非要求神意的裁决，而是确信神谕会证实自己的猜疑：“我虽然十分确信不必再要知道什么，可是那神谕会使那些不肯接受真理的愚蠢的轻信者无法反对。”[⑩p222]他的傲慢已经让他的自我认识逾越了人与神的界限。

在第二幕第二场中，赫美温妮在狱中产下一女，安提哥纳斯的妻子宝丽娜去探监，将小公主带出来，向列昂特斯求情。宝丽娜也是个极富血气之人，她出于义愤，敢于闯入宫禁，在列昂特斯面前慷慨陈词。可她的血气多过智慧，她同样从自己的正义尺度出发，申说自己的正直：“我是个正直的女人，正像你是个疯子一样。只要这个世界还存在，我敢说人们会承认这一点。”[⑩p228]这自然无法打动列昂特斯，反而激怒了他，让他当即命令安提哥纳斯将小公主遗弃在国境之外的荒野。

所有人都无法让列昂特斯意识到自己寻求的正义的错谬——他极为褊狭的私人正义成为极度的不正义，他的血气将所有人推向了一条通往悲剧的道路。在第三幕中，列昂特斯对赫美温妮进行了公开审判。他说："让我们尽力避免暴虐，因为我们已经按照法律的程序公开进行审判。"[⑩p230] 然而，这本就是由列昂特斯的灵魂中的非理性所产生、被血气所推动，安在赫美温妮头上的一项莫须有的罪名，赫美温妮除了要求他"自问良心"，是没法自证清白的。已然成为暴君的列昂特斯在此时已经把自己与正义等同了起来："……罪恶是在你的身上，现在你也该听受我们依法的判决，其中最仁慈的就是死刑。"[⑩p231]人已经无法让他认识到自己正义的乖谬，甚至神也不能，在他发现神谕没有证实自己的猜疑时，他竟然称："这神谕全然不足凭信。审判继续进行。这是假造的。"[⑩p231]这时，列昂特斯的血气不仅践踏了人的公义，还亵渎了神的正义，神谕上的惩罚须臾降临——倘已失者不能重得，王将绝嗣。列昂特斯话音刚落，仆人就来报告小王子玛密琉斯去世了。这时，列昂特斯才意识到自己的行为过度，激怒了众神。宝丽娜上来激愤地痛斥列昂特斯，因为赫美温妮也因受不了打击去世了。并且在第三场，她的丈夫安提哥纳斯受命去抛弃刚出生的小公主，被大熊所噬。悲惨恐怖的死亡最终平息了每个活着的人的血气，让列昂特斯和宝丽娜都意识到了自己的逾越之处。缺乏智慧和节制的正义诉求，让王者堕落为暴君，其本应用于保家卫国的血气成为伤害自己亲人和朋友，以及侵害别国的武器。列昂特斯的血气看来更像亚里士多德在《尼各马可伦理学》中所谓的缺乏理性的兽性的血气，他像一头由痛苦所驱动的暴怒的狮子，鲁莽地寻求报复。列昂特斯被妻子与朋友的亲密所刺痛，做出种种疯狂偏执的行动，这是一种本能的兽性，而非柏拉图笔下的能与理性结盟的血气。

三、波力克希尼斯的血气与卡密罗的智慧（第四幕至第五幕）

前三幕的悲剧正如小王子玛密琉斯讲的故事一样，像冬天一样凄凉肃杀，后两幕则充满生机勃勃的乡间牧歌场景，剧情整体的基调欢畅怡人。然而，后两幕的剧情并不平顺，另一位王者——波力克希尼斯的血气，让剧情发展过程中始终存在悲剧因素与喜剧因素的竞争。波力克希尼斯的血气是与列昂特斯不同的一种血气，一种柏拉图式的与理性结盟的血气。在第四幕中，波希米亚王子弗罗利泽近来不大在宫廷里出现，据波力克希尼斯的耳目报告，他被一个牧人的女儿所吸引，所以流连不归。与列昂特斯不同，波力克希尼斯并没有直接被激起血气，强令弗罗利泽回来，而是审慎地谋划，"我们化装，向那牧人探问探问，他的简单的头脑是不难叫他说出我的儿子所以到那儿去的缘故来的"[⑩p240]。他没有仅仅听信耳目的报告，而要去亲自探知儿子被引诱的原因，说明他愿意运用自己的理性去求取关于他人的知识。

在第四幕第二场，帕笛塔害怕自己与弗罗利泽的身份差距会引起波力克希尼斯的愤怒，而弗罗利泽劝她宽心，"天神也曾经为了爱情，降低了他们的天神的身份，而化作禽兽的样子……他们化形并不化得比我更美，他们的目的也并不比我更纯洁，因为我的情感和欲望绝不会超越我的荣誉和信义"[⑩p245]。弗罗利泽从神的爱情故事中为自己追求帕笛塔找到了正义性。他甚至说："要是我不能成为你的，我的美人，那么我就不是我的父亲的；因为假如我不是你的，那么我也不能是我自己的，什么都是无所归属的了。"[⑩p246] 弗罗利泽自比天神，显然已经忘了神人之别，把人间的礼法抛之脑后了——他与帕笛塔私自订婚，并没有征得父亲的同意，自然无法得到父亲的祝福。

在剪羊毛的喜宴上，帕笛塔作为女主人向来客分发鲜花。她根据来客的年纪，分发不同季节的花卉。她给乔装的波力克希尼斯和卡密罗的是在冬日香色不凋的迷迭香和芸香，她觉得其实应该给他们秋日的花卉，但她不喜欢人工杂交而成的斑石竹，它虽美丽却是自然界的私生儿。波力克希尼斯不赞同帕笛塔，他认为这种将良种植物与劣种植物杂交的技艺是一种改良天然的技艺。这似乎与他后来坚决不同意弗罗利泽与帕笛塔结合的态度构成了反讽。这或许意味着波力克希尼斯所说的这种技艺，仅仅指治邦之术，只能运用于人类生活的公共领域；而王子的婚事与他的私人爱欲相关，又因其作为未来治邦者的政治身份，其婚事不仅是其私人爱欲，而是微妙地处于私人领域和公共领域之间。帕笛塔称，她不愿在自己的花园里种斑石竹，正如她不愿在脸上涂脂抹粉而让少年爱上她一样。帕笛塔希望爱情建立在每个人自然天成之美的基础上，拒绝任何人为的矫饰，包括身份地位等人为确立之物。然而，波力克希尼斯是一个君主，他赞美人为的智慧是因为这是他的统治技艺所必需的，城邦中的等级秩序也是他的统治技艺所必须维护的。帕笛塔的态度显然是对他的理性秩序的拒斥，她和弗罗利泽出于自然的爱欲破坏了他所维护的统治秩序以及城邦的传统礼法。因此，当弗罗利泽要波力克希尼斯和卡密罗见证他向帕笛塔求婚时，波力克希尼斯拦住了他，问他的父亲知不知道，一无所知的弗罗利泽却说一定不能让他知道。波力克希尼斯这才勃然大怒，除去了伪装，痛斥这对情侣，命令他们不准再见面，否则他将用残忍的手法惩罚帕笛塔，废黜弗罗利泽。波力克希尼斯的血气类似于柏拉图设想的与理性结盟来反对欲望的血气。然而，柏拉图的与理性结盟的血气统治的是自身灵魂中的欲望，从而使灵魂中的三部分达到和谐状态，达到对自己的主宰，柏拉图认为这种内在的正义才是一种真正的正义[⑥P174]。波力克希尼斯的血气则要求统治别人的欲望。波力克希尼斯对于这种外在的正义的要求虽然出于理性，却像列昂特斯一样，将戏剧的发展推向了悲剧。

所幸，卡密罗再次意识到了王者的正义诉求的偏颇，十六年前他带波力克希尼斯出逃到波希米亚，象征着被王者逐出城邦的理性；他这次安排这对爱侣出逃到西西里，象征着被另一个王者逐出城邦的爱欲，或曰情感。可以说卡密罗是《冬天的故事》中促使悲剧向喜剧转化的关键性人物。他既不同于列昂特斯也不同于波力克希尼斯，在他那里，理性与情感应各安其分，不可偏废，当王者的血气走向极端乃至要消灭另一方时，他体现出一种节制的符合中道的智慧，让另一方得以保全，从而为戏剧向喜剧发展提供了可能。他不会与王者的血气产生正面冲突，否则就会像宝丽娜那样激怒王者，带来更为严重的后果。他在此剧中的作用，类似于《伊利亚特》中的贤明长者涅斯托尔——政治共同体的王者阿伽门农与最优秀的战士阿喀琉斯起了争执，象征着政治秩序与自然秩序的冲突，倘若双方继续被血气冲昏头脑，阿开奥斯人的共同体就要面临灭顶之灾。涅斯托尔守正执中，斡旋于两位将自己的要求推向极端的“王者”之间，劝导二人平复血气，共同御敌。正如耶格尔（Werner Jaeger）所说，涅斯托尔是“自制和适度的化身……是整场戏剧的平衡点”[⑪]。这一评价也正好适用于卡密罗，他也是平衡两位王者血气的那个“平衡点”，使得情节的天平逐渐向喜剧倾斜。

在第五幕，帕笛塔和弗罗利泽前往西西里谒见列昂特斯，随后波力克希尼斯和卡密罗也为追捕这对爱侣来到了西西里，并且带来了帕笛塔的养父和继兄——他俩带着帕笛塔被遗弃时的摇篮以及信物，为了向波力克希尼斯说明帕笛塔的出身不凡。在第五幕第二场中，所有旧日的线索和人物重聚西西里，揭开了帕笛塔的身世之谜——她就是十六年前被遗弃的列昂特斯的女儿。在第五幕第三场中，宝丽娜提出带大家参观赫美温妮的雕像，这雕像酷似赫美温妮，并且还带着十六年岁月给一个人带来的衰老痕迹。随后在众人的惊异中，宝丽娜让雕像动了起来，原来这就是赫美温妮，她当年并没有死，十六年来，她一直等着与自己的女儿重聚。

四、结语

在昔日亲朋团圆重聚的欢乐中，众人退场，每个人都盼着畅叙各自在分离的这些年来的经历。由于两位王者的血气已经平息，贯穿整剧的那种政治性的紧张消失了，人物们回到了亲人朋友之间的单纯关系中。《冬天的故事》是莎士比亚根据英国通俗戏剧家罗伯特·格林（Robert Green）的一部散文传奇《潘朵斯托：时间的胜利》（*Pandosto: the Triumph of Time*）改编而来。在《冬天的故事》中，喜剧对悲剧的战胜，正如这个散文传奇的名字一样，是一种“时间的胜利”。但准确地说，并非时间，而是时间给人带来的变化，使得悲剧得以向喜剧转化。两位王者的血气造成的悲剧因素，揭示了人由于缺乏对他人的认知，造成人与人之间正义诉求的悖谬与冲突。随着某些事实在时间中被揭露，使得由于无知而遭受不幸并给他人带来不幸的人变得不再无知。大臣卡密罗的智慧和节制，在剧情上起到制衡两位王者血气，推动剧情向喜剧发展的作用，在戏剧结构上起到串联和过渡的作用。正如尼柯尔斯所说："在《冬天的故事》中，悲剧与喜剧并非同等地混合在一起，而是喜剧战胜了悲剧。我们看到的不是一部低下的喜剧——不是对苦难和造成苦难的处境的掩盖，而是一部告诉我们悲剧遭遇并非必然的喜剧。"⑫人物从悲剧带来的教训中觉知了，他们之间心性的差异不再成为绝对的隔阂，因而他们可以走向一个喜剧的结局。

在柏拉图《会饮》的末尾，苏格拉底说同一个诗人可以兼长喜剧和悲剧，这里的喜剧和悲剧代表着对人生的两种透彻理解。苏格拉底并非要提出一种综合了悲喜剧的人生理解，而是两者之外的第三种理解，即"兼有而又超越了悲剧诗人和喜剧诗人的哲人式人生理解"⑬。莎翁在《冬天的故事》中传达出的对人生的理解就是这种苏格拉底式的理解，他结合了悲剧与喜剧，又巧妙运用时间和人的认知因素，从盲目而暴虐的血气导致的悲剧中拯救了主人公们，使这部戏剧成为一部"认识剧"，从而超越于悲剧和喜剧之上，成为一种哲人式的戏剧。

注释【Notes】

① 罗念生、水建馥编：《古希腊语汉语词典》，商务印书馆2004年版，第393页。

② [古希腊] 荷马：《伊利亚特》，罗念生、王焕生译，人民文学出版社2005年版，第25、第41页。

③ Sullivan, Shirley Darcus. "Disturbances of the Mind and Heart in Early Greek Poetry." L'Antiquité Classique, vol.65, 1996, pp.31–51.

④ Sullivan, Shirley Darcus. "Phrōn Epithets of Thumos." Glotta, vol. 55, No. 3/4(1977), pp.82–187.

⑤⑦ 刘小枫、陈少明主编：《血气与政治》，华夏出版社2007年版，第1页、第16页。

⑥ [古希腊] 柏拉图：《理想国》，郭斌和、张竹明译，商务印书馆1986年版，第171页。以下只在文中注明页码，不再一一做注。

⑧⑨ [古希腊] 亚里士多德：《尼各马可伦理学》，廖申白译注，商务印书馆2003年版，第65、第205页。

⑩[英]莎士比亚（William Shakespeare）：《莎士比亚全集：传奇卷 诗歌卷 上》，朱生豪等译，译林出版社1999年版，第199页。以下只在文中注明页码，不再一一做注。

⑪[德] 韦尔纳·耶格尔：《教化：古希腊文化的理想（第一卷）》，陈文庆译，华东师范大学出版社2021年版，第64页。

⑫刘小枫选编：《古典诗文绎读·西学卷·现代编（上）》，李小均、赵蓉等译，华夏出版社2009年版，第280页。

⑬[古希腊] 柏拉图：《柏拉图的〈会饮〉》，刘小枫译，华夏出版社2003年版，第118页。

倒置真实：《幕间》戏中戏结构研究①

张　乐　范家瑜　舒凌鸿

内容提要：《幕间》是弗吉尼亚·伍尔夫的最后一部作品。整部作品如一个寓言，具有高度的象征性。在《幕间》中，除了意识流技巧的运用，还呈现出在小说里鲜见的戏中戏结构。戏中戏结构指在一部戏剧中内置一个或多个层面的戏剧，《幕间》中的戏中戏结构具有两个层面：一层是外显的，由露天历史剧及波宅生活构成；一层是潜藏的，由言语和意识构成。戏中戏结构将人们观念中的真实与虚构倒置，这种倒置传达出伍尔夫的历史观：历史是不断循环的。

关键词：《幕间》；戏中戏；虚构

作者简介：张乐，云南大学文学院汉语言文学专业本科生；范家瑜，云南大学外国语学院英语专业本科生；舒凌鸿，云南大学文学院副教授，主要从事叙事学研究。

Title: Inverted Reality: A Study of the Play-within-a-Play Structure in *Between the Acts*

Abstract: As Virginia Woolf's last work, *Between the Acts* is a highly symbolic work as an allegory. In addition to the use of masterful stream-of-consciousness skills, *Between the Acts* also presents a rare structure, which is called the Play-within-a-Play, embedded with one or more layers of performance. The Play-within-a-Play structure in *Between the Acts* has two levels: one is explicit, composed of the open-air English history play and people's life in Pointz Hall ; the other one is implicit, consisting of words and consciousness. This structure inverts fiction and the truth accepted by the public. And this inversion conveys Woolf's conception of history: history keeps going in circles.

Key Words: *Between the Acts*; the Play-within-a-Play; fiction

About Author: Zhang Le is an undergraduate majoring in Chinese Language and Literature at the College of Literature, Yunnan University; **Fan Jiayu** is an undergraduate majoring in English at the School of Foreign Languages of Yunnan University; **Shu Linghong,** assistant professor, is from the School of Literature, Yunnan University, mainly engaged in narrate studies.

《幕间》（*Between the Acts*，1941）可谓伍尔夫（Adeline Virginia Woolf，1882—1941）最后一曲天鹅之歌——初稿完成后还未进行修改，她便投水自尽了。《幕间》的情节极其简单，在1939年6月的一天，英国乡下的奥利弗一家和村民们共同观看了一部历史剧。正如历史剧导演拉特鲁布女士所想："别管情节了，情节毫无意义。"②情节在伍尔夫的作品中并不是最重要的部分，这一点在其遗作《幕间》中表现得尤为突出。作为现代主义小说的代表作家之一，伍尔夫以描绘人的心理意识见长。一切人物形象、事物发展都通过人意识的流动展现出来，作者全面隐退，读者通过阅读书中人物的意识而不是作者带有偏向性的描述来认识人物和事件。在《幕间》中，人物形象的塑造趋向简单化、概念化，整部小说中充斥着象征、隐喻。在此意义上，《幕间》似乎更接近后现代主义小说的风格。瞿世镜先生认为"伍尔夫既是第三代的代表人物，又是第四代的先驱"③——即后现代主义小说的先驱。伍尔夫曾在其著名文论《论现代小说》中如此描述道："生活是与我们的意识相始终的、包围着我们的半透明的封套。"③p525所谓"现代小说"，在她看来，要寻求生活或称心灵的真实，而现代小说的题材则“很可能就在心理学暧昧不明的领域之中”[③p527]。伍尔夫在现代小说中追寻的是一种心灵的书写——所想即为真实。

在文论《狭窄的艺术之桥》中，伍尔夫盛赞伊丽莎白时代的戏剧，并尤其推崇莎士比亚（William Shakespeare，1564—1616），她认为伊丽莎白时代的诗剧能使人物在相互冲突的同时达到和谐。伊丽莎白时代的戏剧虽一去不返，但其中的表达工具仍能帮助小说家穿越那座狭窄的艺术之桥。“戏中戏”作为其中的工具之一，或可作为观照《幕间》的一个视角。

一、何为戏中戏

戏中戏，指在一部戏剧之中嵌入、包含、内置一个或多个层面的戏剧。戏中戏是戏剧创作中的一种惯用手法，在古今中外的大量优秀戏剧中都可发现其存在。文艺复兴时期，莎士比亚戏剧创作中对戏中戏结构的大量运用被视为戏中戏传统开创的源头，而伍尔夫本人也很看重莎士比亚。比较典型的代表有《哈姆雷特》（*Hamlet*，1601）中伶人进宫献艺，以及《仲夏夜之梦》中三个工匠排练的戏剧。二十世纪的现代派戏剧作家，如皮兰娄德（Luigi Pirandello，1867—1936），很好地继承了这一传统。在这种嵌入式的舞台表演中，外置层面的戏剧角色在观看次要层面戏剧表演时成为观众，而他们对次要层面戏剧的反应本身也构成了戏剧文本的一部分。表演者和观众的双重身份使主要层面的戏剧角色承担着两种功能：元话语中交际性的标志以及提醒真实观众的媒介[④]。作为内置层面戏剧的观看者，他们在心理上与真实观众贴近；而在表演“观看”内置层面戏剧的同时，他们也在向观众传递一种信息——即我们所表演的戏剧更为“真实”。“真实”和“虚假”通过戏中戏的创作手法在戏剧中被确认，从而使观众相信主层面的戏剧——也就是他们在观看的戏剧本身——是真实的。一般来说，外置层面的戏剧角色与其他内置层面的角色关系可以概括为三种：一一对应、截然不同和毫无关系。一一对应的角色关系最能诠释“人生如戏，戏如人生”，外置层面与内置层面角色在身份、地位等方面完全相同或极其类似；而截然不同的角色关系往往表现出一种因真实与虚假之间的混淆而产生的戏剧张力；毫无关系的角色设定则弱化了个人，更突出戏剧在不同层面中所展现的情节。

二、戏中戏结构的两个层面

在《幕间》文本的主要层面，它无疑是一部意识流小说，但作为小说，它所描述、展现的生活在某种程度上也是“表演”。何成洲从跨媒介视角评价《幕间》为媒介混合型的“戏剧小说”，认为在这部作品中戏剧与小说的融合是全方位的、根本的[⑤]。《幕间》的戏中戏结构具有两个层面，一层是外显的，一层是潜藏的。

（一）外显层面：露天历史剧及波宅生活

1.拉特鲁布女士导演的露天历史剧

露天历史剧构成了戏中戏内置戏剧。露天历史剧共分为四幕，分别展现了英国历史的不同时期：乔叟时代、伊丽莎白时代、理性的时代、维多利亚时代及现代。伍尔夫对伊丽莎白时代情有独钟。在《狭窄的艺术之桥》里，她曾盛赞伊丽莎白时代的戏剧。而在小说中，这一时代恰好也是其中一幕。

“‘开始演剧。’大伊丽莎下了命令。”[②p71]大伊丽莎演剧的命令一发出，“观众”和“演员”的身份在此刻被区分，而这也在提醒着观众，眼前的“历史”只是一场演出——这不是真实的历史，而是虚构的历史剧，是演员们对历史人物的拙劣模仿而非再现。不仅是演员，观众对历史剧的反应也在否定着历史剧的真实性。“因为用于固定白色硬领的别针开了，而且大伊丽莎还忘了台词。可是观众的笑声如此之大，也就没关系了。”[②p68—69]观众在笑的是村里的傻子艾伯特，他没有化妆，一切的表演都与他平素的表现差别不大。可以说，他并非在表演那个时代，而是在还原当下。一个本色出演的角色所产生的喜剧效果却是最鲜明的——显然，观众很难融入这部历史剧中，他们只能相信、理解自己所处的时代。无论是演员还是观众，他们的行为都表露出历史的不可信。

这场露天历史剧以“现代剧”收尾。“演现在，演我们自己”[②p144]拉特鲁布女士安排人们将镜子搬到舞台上，“一切照得见人的光亮的东西，大概是要反映我们自己吧”[②p149]？镜子向大家展示着各自本来的面貌，也昭示着，现在的生活就是将来的历史，每一幕历史剧的意义都指向当下。镜子里反映出“现实”中的观众，在映照的瞬间，所有人都是演员，生活就是当下的舞台。

2.以波因茨宅为中心的生活

《幕间》原定名为《波因茨宅》。作为全书最主要的一个空间意象，波因茨宅是联结现实与戏剧的一个重要纽带，百年来曾见证了英国的剧变的波宅便是露天历史剧的上演之处，琐碎的生活与宏大的历史在此交融。

小说中，《历史纲要》是斯威辛太太最爱读的书，书中对史前阶段的描绘令她十分着迷。“她感觉自己的目光分成了两半，一半看着沼泽里的野兽，另一半看着穿印花衣裙、带白尾裙的女用人。”[②p6]史前社会与现代社会在斯威辛太太眼前发生了重叠，不同历史阶段在同一空间下的叠合暗示着在人类文明的历史中，时间并非线性流动，而是在空间中不断流转、循环。小说结尾处，时间倒流回到史前时期。“从窗户看到的全是天空，没有任何色彩。波因茨宅已经失去了荫蔽功能。这是世界上还没有修路盖房时的夜晚。这是穴居先民从某个高地的巨石之中审视世界的夜晚。”[②p177]观众离去，整座宅邸再次陷入寂静与虚无，人与人之间的孤独感依旧。所谓“文明”与“社会”，不过是舞台上华丽的装饰，也是遮蔽。那些文明外壳下的野蛮，那些其乐融融氛围下人际间与日俱增的疏离感，却是更为真实的体验。

除却“剧目的间隔”与“世界大战的间隔”两个含义外，“幕间”亦是舞台戏剧与人生戏剧的交替。“然后大幕升起来了。他们说话了。”[②p177]小说的结尾，如戏剧般无时无刻不在“表演”的生活，在露天历史剧落幕处又拉开帷幕。看见“大幕”的升起意味着这是观众、旁观者的视角。波因茨宅的人们看着历史剧的演出，而我们和叙述者一起看着他们演出。叙述者刻意告诉读者：露天历史剧之外的生活，不过也是一出戏剧。

（二）潜藏层面：言语与意识

索绪尔在《普通语言学教程》里讨论了话语中天然存在着的两种关系：句段关系和联想关系。句段关系是一种在场的连接，而联想关系则将不在场的要素联合成为潜在的记忆[⑥]。换句话说，只有在言语行为中我们才能运用联想，包含联想成分的记忆依靠言语活动生成。作为现代主义文学的意识流小说以书面文字表现了这一点。戴维•洛奇将现代小说的特征概括为：“首先，它的形式上的实验或革新，明显地表现出文学与非文学固有模式的偏离；其次，它涉及人类心理的意识，也涉及人类心理的下意识与无意识活动。”[⑦]小说中对人类心理的细致描摹让我们得以“看见”言语行为中的联想活动是如何生成记忆的。《幕间》中若干回忆的穿插正是典型。以露西 • 斯威辛太太和她哥哥巴塞罗谬 • 奥利弗之间的一段故事为例：

“辛蒂——辛蒂。”哥哥在她关橱柜门时生气地喊。

妹妹露西比他小三岁。辛蒂（也可以叫“新蒂”，因为拼音是一样的）是露西的小名。小的时候，他就叫她辛蒂；那时他去钓鱼，她就跟在后面乱跑，还把草场上的野花捆成几小把，用一根长长的草梗缠了一圈、一圈，又一圈。她还记得，有一次哥哥让她自己取下鱼钩上的鱼。她被上面的血吓坏了——“妈呀！”她叫了起来——因为鱼鳃上全是血。他就生气地喊了一声“辛蒂！”那天早晨在草场的情景萦绕在她的心头，她一面想，一面把锤子放回原来的搁板上，把钉子也放回另一层搁板上，并关上柜门。哥哥还那么关注那个橱柜，因为他的钓鱼工具仍放在里面[②p15-16]。

“辛蒂”是引起整个事件回忆的言语。在意识流小说中，不同的人意识的交替叙述中往往不直接标明意识的归属者，然而从许多蛛丝马迹中还是可以推断出来。“妹妹露西比他小三岁。”[②p15]这显然是哥哥的意识。因为这个小名，哥哥开始回忆兄妹俩小时候钓鱼的事情。“她还记得……”[②p15]这里发生了意识的转换，意识的归属者变为妹妹，而事件还是钓鱼。在妹妹的回忆中，“辛蒂”跟吓到她的鱼鳃上的血有关。作为“辛蒂”的露西是在场的，橱柜里的钓鱼工具也是在场的——这是句段关系在发挥作用；而钓鱼、血显然不在场——它们的出现是由于联想关系。辛蒂、钓鱼工具、钓鱼、鱼鳃上的血如同一套符号储存于两人的记忆之中，因为言语行动中的句段关系和联想关系被调用出来，组合形成了整个事件。

若在现实生活中，我们只能听到“辛蒂”，而无从得知斯威辛太太和奥利弗所回忆起的这个事件。但小说让我们看见了全貌：言语以及二人的回忆。无论是言语还是回忆，它们的生成都是物理及心理机制相互配合的结果。某种程度上说，事件的生成并不单纯依靠言语的诉说，现实生活中的叙述并不“真实”，言语和意识的二重奏才能构成一个完整的事件。

在这一层面，以言语为可知的主要内容的现实生活中包含着意识的流动。如前所述，围绕波宅的现实生活本身便是读者在观看的一场戏。人们的意识流动是现实生活的组成部分，但对于戏中人来说，他们无法感知他人的意识。戏中人观看自我与他人的言语交流，读者观看戏中人的言语交流及意识流动——换言之，言语是一层戏，言语与意识又共同构成了另一层戏。这两层戏之间明显具有包含关系，表现出一种潜藏的戏中戏结构。

三、风景和历史构成真实的“现在”

在戏中戏结构的外显层面，露天历史剧作为内置戏剧，其真实性被否定；而小说结尾进一步揭示了波宅生活虚假；潜藏层面中，以言语为可知的主要内容作为内置层面，再次确证了现实生活的不可信。

否定之外，真实何在？在伍尔夫看来，“现实”“真实”具有相同含义。伍尔夫在1928年9月10日的日记里记述道，所谓“现实”，就是自己真切看见的东西。在她看来，“真实”或者说“现实”由她所看见的事物组成，它或许抽象，但仍属于客观世界。《幕间》中，斯威辛太太望着远处田野上的薄雾说：“‘风景会永远存在，’她望着远处田野上空细带般的薄雾点头说，‘即便我们不存在了’。”[②p42]联系伍尔夫所论之“现实”，我们可以认为，“风景”象征着人们所处的空间或空间中的状态，包括建筑、自然景观等。奥利弗家族在一百二十多年前买下了这幢宅子，对于波宅而言，一个世纪的时间并不算久；但对于个人而言，这也许比一生还长。而某条河流、某个山丘、某幢建筑，人们一生中所看见的它们，或许改变甚微，而人却要经历幼年、青年、中年再到老年的变化。一定时间内，人自身的变化远比自然的变化大得多。作为参照物的波宅、自然景观等相对于人们而言似乎是永恒存在的。

《幕间》的戏中戏结构将人们观念中的真实与虚构倒置，在对比的张力中使真实浮出水面。在宏观层面，伍尔夫所谓的“真实”“现在”或可描述为，在永恒的空间中，时间不断循环往复着的一种状态。在微观层面，具体到个人，现实生活与内心意识的拼贴构成了真实。对时间的看法也传递出伍尔夫的历史观：历史是不断循环的——时间在流逝，而人们的生活却不断重复着，永远也不能脱离时间之圈。在伍尔夫的作品中，这种对时间、历史的认知是一以贯之的。如《达洛维夫人》（*Mrs. Dalloway*，1925）中，理查德的意识：“不过精神之流仿佛潮汐，忽涨忽落。早晨同下午汇合了。恰似一叶扁舟，在深深的、深深的波涛里载浮载沉。布鲁顿夫人的祖先以及他的回忆录，连带他那些北美战役，都被人生的洪流吞掉、淹没了。”[⑧]《到灯塔去》也同样有迹可循：“因为，在那崎岖不平、充满波折的日常生活道路上，周围还有那些孩子和宾客，你会不断地有一种老调重弹的感觉——感到曾经有一样东西掉下去的地方，又落下了另一样东西，响起了一阵回声，在空气中振荡不已。”[⑨]这种循环的历史观使伍尔夫的作品带有一种特质：离散和重聚始终是她作品中绕不开的话题。在《幕间》里，“离散”（dispersed、 dispersing，dispersity）一词反复出现。它首先作为露天历史剧的背景音乐的一句歌词而存在，从第一次幕间休息开始播放，一直持续到整部历史剧结束。其次，它也在伊莎口中哼唱，在她眼里看见："伊莎透过这烟雾不仅看到了历史剧，而且看到了观众离散的情景"[②p172]。不断贯穿的音乐如同作者的呓语，使露天历史剧乃至整部小说笼罩着一种失落的、悲伤的情绪。这种情绪并不强烈，它淡淡地存在于字里行间，如波宅中人们的生活——每天都是普通的一天，聊天、看书、看戏剧，然后便到了晚上，一天就这么过去。缓慢的叙述节奏和平淡的内容相辅相成。而《达洛维夫人》中，克拉丽莎希望通过宴会使大家重聚；《到灯塔去》的拉姆齐太太如灯塔之光召唤着家人归来；拉特鲁布女士用一场露天历史剧让村民们聚集在一起。重聚的结果必然是离散，但离散之后总有人在努力重聚。在此意义上，这种循环并不是全然消极的，它让人们相信，重聚的努力并不会白费——即使重聚短暂，我们依旧抱有期待。

注释【Notes】

①本文系云南大学省级创新训练项目"伍尔夫对意识流文学创作的丰富与发展：以《达洛维夫人》《到灯塔去》《幕间》为例"（项目编号：S202110673062）的阶段性研究成果。

②[英]弗吉尼亚·伍尔夫：《幕间》，谷启楠译，人民文学出版社2003年版，第73页。以下只在文中注明页码，不再一一做注。

③瞿世镜：《伍尔夫研究》，上海文艺出版社1988年版，第8—9页。以下只在文中注明页码，不再一一做注。

④Lorraine Wynne, "The Poetic Function of the Stage Audience and Embedded Performance in Drama". Plenum Press, 1982, p.572.

⑤何成洲：《跨媒介视野下的"戏剧-小说"研究》，载《南京师范大学文学院学报》2020年第4期，第33—42页。

⑥[瑞士]费尔迪南·德·索绪尔：《普通语言学教程》，高名凯译，商务印书馆1980年版，第37页。

⑦[英]戴维·洛奇：《现代小说的语言：隐喻与转喻》，陈先荣译，载《文艺理论研究》1986年第4期，第72—79、第93页。

⑧[英]弗吉尼亚·伍尔夫：《达洛维夫人》，孙梁、苏美译，上海译文出版社2007年版，第106页。

⑨[英]弗吉尼亚·伍尔夫：《到灯塔去》，瞿世镜译，上海译文出版社2008年版，第244页。

追寻历史深处的力量：论《教师》中的物化现象

李敏敏 王成军

内容提要：和夏洛蒂·勃朗特的其他小说相比，《教师》缺乏一定的想象力和诗意，却描述了更加现实的东西，集中表现出十九世纪中叶英国社会的物化特征。小说主人公陷入了物化/被物化的矛盾冲突中，最终各自达成了一种暂时和谐的阶级共处关系。若要真正解决小说中的物化问题，必须以总体性辩证思维观照社会，发现历史深处的力量，肯定无产阶级对于历史发展的积极作用。

关键词：夏洛蒂·勃朗特；《教师》；格奥尔格·卢卡奇；物化

作者简介：李敏敏，江苏师范大学文学院比较文学与世界文学专业硕士研究生，研究方向为英美文学。王成军，江苏师范大学文学院教授，研究方向为中西小说叙事学。

Title: Tracing the Power of History: The Phenomenon of Reification in *The Professor*

Abstract: Compared with Charlotte Brontë's other novels, *The Professor* lacks a certain amount of imagination and poetry, but describes something more realistic, focusing on the reification characteristics of mid-nineteenth-century British society. The protagonists of the novel are caught in the contradiction of reification/objectification, and finally each of them reaches a temporary harmonious class coexistence relationship. If we want to truly solve the problem of reification in the novel, we must look at society with totality dialectical thinking, discover the power of history, and affirm the positive role of the proletariat in historical development.

Key Words: Charlotte Brontë; *The Professor*; Georg Lukács; reification

About Author: **Li Minmin**, is a master's student majoring in Comparative Literature and World Literature at the School of Chinese Language and Literature of Jiangsu Normal University, mainly engaged in English and American literature research. **Wang Chengjun,** is a professor at the School of Chinese Language and Literature of Jiangsu Normal University, mainly engaged in the research of Chinese and Western novel narration.

夏洛蒂·勃朗特（Charlotte Brontë）的小说深受读者们的喜爱，但《教师》（*The Professor*）似乎缺少应有的关注。小说讲述了主人公威廉·克利姆斯沃思（William Crimsworth）的个人奋斗史，夏洛蒂以英国工业革命后资本主义经济的快速发展为背景，揭示了社会中广泛存在的物化现象，其特征是“人自己的活动，人自己的劳动，作为某种客观的东西，某种不依赖于人的东西，某种通过异于人的自律性来控制人的东西，同人相对立”①。“物化”（Reification）概念出自格奥尔格·卢卡奇（György Lukács）《历史与阶级意识》（*History and Class Consciousness*）一书，其形成深受马克思“异化”理论和商品拜物教的影响，马克思认为异化可以看成是一种主客关系结构，那些原本属于人这一主体的事物或特性，在活动过程中逐渐获得了独立性，开始成为凌驾于主体的异己力量，商品就在取代劳动产品的过程中逐渐拥有控制人类的神力。此外，卢卡奇又吸收了韦伯的合理化理论和西美尔的货币哲学，从商品关系出发，强调物化产生的根源是资本主义商品形式的普遍化，对物化理论从多个方面进行了具体阐释。本文运用卢卡奇的物化理论探讨《教师》中的物化现象，指出在金钱和利益的驱使下，生产领域的物化渐渐冲击意识领域，处在各种关系中的人不可避免地被物化，揭露十九世纪中叶英国资本主义社会人们的生存境况。

一、物化现象的展现

“夏洛蒂小说基本都由三元结构组成：一位主人公、一位‘浪漫/激进分子’和一位专横保守分子。”②《教师》也是如此，但和夏洛蒂的其他小说相比，它的情节更为简单，叙事更为清晰，可以看作是夏洛蒂小说结构的某种经典提炼。因此，小说中对于物化现象的揭露和其背后原因的剖析也就更为深刻，尤其是对物化的人际关系的描写。

主人公威廉的母亲原是贵族小姐，因下嫁商人得罪了兄长，丈夫死后的她贫困交加，但哥哥们见死不救。金钱和地位既然可以让兄妹反目，自然也可以让手足交恶。在资本主义的发展过程中，人如何被物化，亲情如何一文不值在威廉的哥哥爱德华身上得到了淋漓尽致的展现，爱德华的工厂就是资产阶级世界的缩影，工人们在他“商业式的头脑”中完全是机械化的存在。因为资本主义的专业化生产要求劳动分工的精细化与合理化，劳动者从生产的总体性上被抽离出来而成为原子，所以工人劳动在爱德华的眼里只有时间上的量的差别，而没有质的差别，人的价值丧失了，他能对威廉说出“一人不事二主”也就不足为怪。对于爱德华而言，威廉不过是他资本主义王国里的一个小部分，生产机器的一个零件而已，一旦出了差错便可随意更换，甚至施以暴力。如果说威廉扮演了血缘关系中受压迫的一方，那么佩利特则在亲子关系中享有绝对的支配力量。佩利特的家务和厨房全由他的母亲操持和管理，但他从不和母亲一起用正餐。佩利特夫人有自己的交际圈，却不在厨房接待客人，多半是在厨房连着的肮脏的小房间。更有甚者，佩利特斥责母亲时言辞激烈，毫不留情，让佩利特夫人感到敬畏。叙述者威廉表面上似乎以一种平静的口吻描述了佩利特母子的冷淡关系，但隐含作者在背后辛酸地道出了威廉的家庭生活现状，佩利特夫人可以看作是威廉的反转镜像。同样，爱情在资本主义这面镜子的照射下也反映出其内里的冷漠和残酷。鲁特对威廉心生爱慕，但婚姻对她来说就像市场买卖，她想以自己的金钱和地位作为换取威廉年轻和才华的筹码，然而当她发现佩利特更有利可图时，便立马转投他的怀抱。在鲁特面前失去的男性尊严被威廉在弗朗西斯那里建构起来，他多次强调弗朗西斯对自己的重要性，甚至甘愿成为她的臣民，这看似让弗朗西斯在感情中处于优势，实则是威廉通过他者对自我进行观照的一种方式。鲁特将威廉和佩利特一比高下，威廉则将自己和弗朗西斯决一胜负。威廉对这场婚姻也采取目的合理性的行为方式，但更为隐蔽，也更具欺骗性和虚伪性。倘若鲁特和佩利特的结合是赤裸裸的金钱交易，威廉和弗朗西斯的婚姻则是披着情投意合外衣的绝对压迫。威廉“在跟亨斯登描述弗朗西丝时用了非常庸俗的物化比喻：她就是他的‘小野草莓’，‘充满了丰富有趣、激动人心’的‘小说’”②p68。过去对爱情的评判主要基于自我的主观经验感受，追求价值理性，而随着资本主义的出现和发展，这种基于主观感受的评判标准被更加“客观”“合理”的数字统计所取代，工具理性开始占据高地。

如希瑟·格林（Heather Glen）所言：“《教师》的世界没有对等和同情，而是疏离和憎恶。”③夏洛蒂把大量的笔墨投注于各种关系的展开上，亲人间的嘲讽虐待，情人间的精打细算，夫妻间的掌控臣服，都带有物化特征。

二、“物化”困境的摆脱

卢卡奇认为生产领域的物化发展到一定程度，最终会转向意识领域。意识的物化是一个自觉完成的过程，当人们发现社会生活的全面物化是一种既定事实而无力改变时，这个物化社会便会被人们接受，并且继续发展下去。威廉在亲情和爱情上认清了资本主义社会的本质，但他也被这个物化社会同化了，这一悲剧还将在维克多身上重演。

叙述者威廉向读者全面展示了自己清教徒般的生活，但亨斯登一语道破了他对于财富、名声和爱情的酸葡萄心理：“我坚信不疑，人世间所有值得追求的东西——财富、名声与爱情——对你来说将永远是高挂于架子上的熟透了的葡萄，你抬头看看，它们引诱着你贪婪的目光，然而却是可望而不可即，你没有地方找梯子，于是便悻悻而去，嘴里还喊着‘酸的，酸的’。”[④]站在不同于叙述者的立场上，亨斯登为读者呈现了一个不同的威廉形象，公开了叙述者有意掩盖的信息，并一针见血地指出了威廉的生命状态——匮乏。所以，威廉自工作之日起便辛苦工作，婚后更是如此，追求名利成为他持续不断的刺激，可以说，威廉眼中的金钱和上帝相似。在上帝的观念上，生活中的矛盾获得了统一，生命中不可调和的事物找到了和谐，在这种意义上，金钱变成了威廉的“上帝”，它们都具有一种抽象性，是其他事物及其价值的表现形式或等价物，统摄了一切事物的独特性和差异性，故而它可以收回亲情，换取爱情。更为讽刺的是，威廉夫妇借其实现人生价值的教育工作也只是以最合理的方式完成社会分工的部分职能，这些所谓的教育行家在卢卡奇看来就是在商品经济规律的制约下，将自身能力进行物化的商贩。威廉“开始时经历了诗性敏感与物质压力的冲突，尔后则完全按照其社会成就而存在，有时感觉他不过是作为实现社会成就的被动职能而已”[②p148]。

如西美尔所言，“金钱只是通向最终价值的桥梁，而人是无法栖居在桥上的”[⑤]，实现自主之后的威廉夫妇最终认识到“财神并不是我们的主人，我们也不愿意一辈子为它拼命”[④p213]。苦尽甘来的威廉对儿子寄予厚望，但如同白纸一张的维克多将在踏入伊顿的那一刻起便浸淫于这个物化社会。毕业于伊顿的威廉曾得到舅舅的拉拢，在伊顿学会的游泳技能让威廉收获了人生转折的机会。伊顿背后，是对利益的合理化计算，威廉像舅舅们一样将维克多视为物品，贵族阶层的组成部分，即使没有企图私占维克多作为“物”的价值，也忽视了维克多身上的自然本性。而这就是卢卡奇认为的资本主义社会形成的原因，资本主义社会的形成过程就是合理化计算的展开过程，随着合理性的扩张，手段将成为目的。小说写作的年代是英国历史上所谓的贵族时代，“实际上，强大富有的贵族是整个英国的所有……他们占有国内所有官职……只要他们在下院投票时伸出他们的壮臂，他们就可以拿走他们想要的一切”[⑥]。伊顿对维克多而言不仅仅是教育圣地，更是权贵的摇篮。

“Victor”代表成功，夏洛蒂有意将维克多塑造成可以摆脱“物化”困境的幸运儿，他的性格里蕴藏着一种惊人的热情和力量，就是所谓的“尚未”，一种可能性，动态的发展特质。为此，她将亨斯登安排在维克多身边，以帮助维克多保有自然界的纯净与热情，改写亚当的命运。遗憾的是，维克多将步父亲后尘，结局让人感到意外，却也在情理之中。

三、发现历史深处的力量

写于1846年的《教师》带有浓重的批判和预言色彩，夏洛蒂在小说中揭露了资本主义社会的罪恶本质，更将写作的笔触伸到社会各层的最深处，用总体性思维探索物化社会的突破点，肯定了无产阶级对于历史发展的积极作用，提出了依靠无产阶级力量摆脱物化困境的可能方式。

如何消弭物化带来的消极影响，夏洛蒂深知维克多只是一种美好的愿景，更不用说威廉、亨斯登和爱德华了。和简•爱一样，威廉的社会身份也不纯粹，是贵族和商人的结合体，徘徊于贵族阶级和资产阶级之间的悬浮地带，属于卢卡奇所说的典型人物，功成名就的威廉最终自行消解了贵族阶级和资产阶级两种意识形态之间的矛盾，开始维护自身利益；亨斯登跳出了自己的阶级立场，看到爱德华的蛮横粗暴，鼓励被压迫者威廉奋起反抗，甚至为其提供帮助，但这些进步之举无非是兼具两个阶级特性的他在弱者威廉面前玩起的控制游戏；而爱德华的身上只有资本家的利益至上和吸血本性。总的来看，无论是贵族阶级、资产阶级，还是两个阶级的结合体，他们都不是能对社会现状进行实际改造、消除物化影响的积极力量，自然也就不能担起改变物化社会的历史重任。

《教师》的情节虽简单，但夏洛蒂借人物的特殊身份将目光投射到资本主义社会的各个阶层：

贵族、资本家、中产阶级、工人和贫农。夏洛蒂通过凝练的三元结构关涉社会整体，反映现实本质，这正是卢卡奇关于现实主义文学所提倡的总体性辩证思维。若想真正走出物化困境，就要用整体性思维来认识资本主义社会的矛盾，在劳动分工、机械化生产、数字统计中关注到总体意义上的人，在物化之后发现人的存在。在物化社会被压抑的最深处，存在着无产阶级这一有生力量，他们是爱德华工厂里的工人，茅草屋里的穷人，蹲伏在炉边的饥民，赤身裸体躺在光板床上的病人，还有那些被淫荡的“无耻”戏弄的“无知”们……⑤p196夏洛蒂虽在前言中说明想要将威廉塑造成一个自我克制，靠自身努力终获成功的主人公形象，然而，亨斯登的帮助和范登赫顿的援手让威廉的人生之路走得更为平坦。或许，夏洛蒂不仅看到了威廉自身力量的弱小，更看到了被压迫阶级个体间的相互抵牾和漠视，同是秘书的斯泰格顿对威廉暗中监视，工人们像机器一样忙碌着。虽然他们人数众多、力量强大，但若一直以原子形式存在，缺少整体意识和组织性，可能会被长时间压抑在历史深处，或者以用局部力量对抗资本主义的失败收场。

四、结语

夏洛蒂在写作《教师》前曾多次试笔，到《教师》时，她已扬弃华丽冗长转而追求简单明了、朴实无华的文风了，这是因为她想要在作品中最真实地描绘出她看到的现实生活。可惜当时的出版商未能真正发现这本小说的价值所在，他们喜欢更富想象、更有诗意的东西。然而，“写诗这种活动比写历史更富于哲学意味”，⑦夏洛蒂小说为人诟病之处恰是其精妙所在。如果历史深处的力量可以自发组织起来，那么终有一天会走出物化困境，这是夏洛蒂透过小说想要传达的。文学艺术不仅要反映客观现实，而且要揭示社会发展的可能性。

注释[Notes]

①[匈]卢卡奇：《历史与阶级意识——关于马克思主义辩证法的研究》，杜章智等译，商务印书馆1992年版，第147页。

②[英]特里·伊格尔顿：《勃朗特姐妹：权力的神话》，高晓玲译，中信出版社2017年版，第120页。以下只在文中注明页码，不再一一做注。

③Heather Glen. Charlotte Bronte: The Imagination in History, Oxford University Press, 2002, p.36.

④[英]夏·勃朗特：《教师》，刘云波译，上海译文出版社2000年版，第167—168页。以下只在文中注明页码，不再一一做注。

⑤[德]西美尔：《金钱、性别、现代生活风格》，顾仁明译，学林出版社2000年版，第10页。

⑥闫照祥：《英国贵族史》，人民文学出版社2000年版，第198页。

⑦[古希腊]亚里士多德：《诗学》，罗念生译，上海人民出版社2005年版，第39页。

从空间到地方，从“非我”到“我”

——论艾丽丝·门罗《你以为你是谁？》中的自我身份流转

薛　琴

内容提要：《你以为你是谁?》是加拿大作家艾丽丝·门罗的第四个短篇小说集，一共有十个故事，发生在八个不同的空间。小说集描写露丝逃离家乡西汉拉提，而后在不同的空间里漂流，最后又回归家乡，来展现其身份的流转以及她探求自我身份的过程。但她所有向外的探求均以失败告终，这表明是凝结了深厚情感的地方而不是空荡抽象的空间才能为她提供稳固的身份认同，才能帮助她实现从“非我”到“我”的转换。换言之，她虽然可以离开家乡，但是永远无法摆脱它，因为家乡在她深层心理结构中早已将她塑形。她只有在心理上重回家乡以及那里浓厚的亲情依附，她才能找回真正的自我。

关键词：空间；地方；自我身份；“非我”；“我”

作者简介：薛琴，北京理工大学珠海学院外国语学院，研究方向是英语语言文学。

Title: From Space to Place, from “Not Me” to “Me” — On the Flow of Self-Identity in Alice Munro’s *Who Do You Think You Are?*

Abstract: *Who Do You Think You Are?* Is the fourth of Alice Munro’s story collections, containing ten stories, each happening in different space. This story collection demonstrates Rose’s flee from her hometown West Hanratty, her subsequent drifting in different kinds of space and her final return there in order to show the flow and exploration of her identity. But all her outer quests ended up with failure, indicating that it is the place infused with strong emotions instead of the abstract and empty space that can afford her a steady identity, helping her to realize the transformation from “not me” to “me”. In other words, she may flee from her hometown, but she can never get rid of it, because it has already shaped who she is in her deep psychological structure. She could only find her real self when she returned psychologically to her root and the heavy bondage there.

Key Words: space; place; self-identity; “not me”; “me”

About Author: Xue Qin, School of Foreign Languages, Beijing Institute of Technology, Zhuhai, specializing in English Language and Literature.

“地方意味着安全，空间意味着自由”[①]，华裔地理学家段义孚（Yi-Fu Tuan）在《空间与地方——经验的视角》之前言中如是说。换言之，地方是暂停和静止，给人安全感；空间是流动和开放，给人自由感。从地方到空间，就是从确定和安全走向不确定和开放；从空间到地方，就是从不确定和开放走向确定和安全。整个过程看似闭路循环，但如果具体到文学作品，则可能暗含着人物螺旋式的发展，在新的层面上向起点的回归以及在更高层次完成自我身份的确认。关于空间和文学作品阐释的亲密关系，罗伯特·麦克吉尔（Robert Mcgill）这样说：“文学阐释必须考虑小说的空间性质，它是怎样占据和配置空间，地理和小说怎样互动，怎样互相借鉴，以及空间对阅读有着怎样的基础性。”[②]本文拟从空间视域观照艾丽丝·门罗的短篇小说集《你以为你是谁？》。从地方到空间再到地方，是女主人公露丝实现自我确认的路径。

一、逃离西汉拉提

西汉拉提（West Hanratty）是露丝的家乡，依据它与露丝心理距离的远近，它在其人生旅程中经历了从空间到地方的变形，与此相应，她也经历了由“非我”到“我”的身份流转。西汉拉提贫穷破败，那里的人和事都让露丝瞧不起。比如年老的男人“脸色发黄、面容憔悴”，变态的故事在那里轮番上演。露丝自己家里也很困窘，“那扇门不合适，墙壁也都是硬建筑纸板做的。结果呢，你在里面撕一张厕纸，换一下蹲姿，在厨房里干活、聊天、吃饭的人都能听见”③。露丝家里不仅开着杂货铺，她父亲还做些维修家具的活儿，她家的生活尚且如此，那里普通人家的生活完全想象得出。西汉拉提的情况总体是这样的，“他们住在镇上比较穷的区域。镇上有汉拉提和西汉拉提，一条河在其间流淌。这边是西汉拉提。那边是汉拉提，社会结构从医生、牙医和律师到铸造工人、工厂工人和车夫；而在西汉拉提，有工厂工人和铸造工人、大批出来瞎混的赌徒，妓女和一事无成的小偷们”③p6。虽然露丝生于斯长于斯，但是这样的西汉拉提没法激起她的热爱，所以它于她更像是一个空间，粗鄙而有敌意。如此让她窒息的环境，她只想逃离。

露丝逃离西汉拉提的方法是想象或表演，这在前三个故事中表现明显：《庄严的鞭打》《特权》和《半个柚子》。在《庄严的鞭打》中，当继母弗洛说“你会得到一次庄严的鞭打时”③p1，她的反应不是害怕，相反，她在字词的表面反复把玩，“鞭打，怎么才叫庄严呢？她想到了树木排列两旁的大道，一群正经的观光者，一些白马和黑奴。有人跪在地上，那血汹涌而出，一如旗帜的颜色。这景象，野蛮又壮观”③p1。显然，一方面她可以把抽象的概念（“庄严”）用语言转换成生动的画面，为她后来向这方面发展埋下伏笔。另一方面，想象的过程也让她得以逃离鞭打本身隐含的恐怖。当“庄严的鞭打”真正来临，“她父亲追她，时不时用皮带抽她，随后把皮带丢在一边，直接上手。扇向一只耳朵，扇向另一只耳朵。反复扇，她的脑袋嗡嗡作响。给她的脸来一巴掌。把她推到墙上，又来一巴掌。他摇晃她的身子，推到墙上打，踢她小腿”③p25。换作普通的女孩，很可能要么求饶要么逃开。但是露丝不同，她把它当成一出戏，并且沉浸在其中好好地扮演了自己的角色。她父亲的鞭打，为她提供的只是表演的机会。她通过角色扮演，从思想上成功地逃离出鞭打现场。露丝对自己的不同颇以为傲，但弗洛却给她泼了冷水，“自作聪明、行为粗鲁、废话太多、狂妄自大……哦，别以为你有多了不起……你以为你是谁啊”③p19？“你以为你是谁”不仅引入了小说集的主题，而且奠定了这些故事的基本走向。再者，读者从中也可推测出弗洛在整部作品中的核心作用，她是露丝的“清醒剂”，也是让她最终回归西汉拉提的引路人。

《特权》描写了露丝懵懂的情感。她开始有了榜样，在自我寻求之路上迈开了第一步。同时，周围的环境和人在她眼里，愈加显得粗鄙。她无法忍受西汉拉提的厕所，“雪堆积在地板上，在每个蹲位上。似乎很多人都不愿意在蹲坑里解决问题。厚厚的积雪下面，是一层冰。那冰，是雪融化了又冻上的，是丰富的粪便之所在。有时它们是孤单的存在，像保存在玻璃之下似的，芥末般明亮，木炭般肮脏，每堆都形态各异”③p34。她无法忍受那里的女人们，“妈妈们都是各派别的争斗者，她们会在大门前示威、喊叫；有的甚至还会冲出去抓头发、挥砖块，亲自上阵。她们会在背后偷袭老师，然后送孩子上学，叫他们一句话也别听老师的”③p41。她也无法忍受学校里的老师，因为他们并不爱自己的工作，也不爱他们所教的学生。她把注意力转移到美的物和美的人身上以逃开这种种粗鄙。美的物比如教室里画片上的鸟儿，“在这儿，它们明亮而有力，这照片与周围的一切是如此的不同，看上去，他们代表的不是鸟儿本身，不是蓝天和白雪，而是另一个世界，这个世界有坚守的纯洁，有充裕的信息，有它独特的无忧无虑”③p44。鸟儿的世界，完全超脱于她当下所处的庸俗环境。但是那个世界虽然美，却是假的。美的人指科拉，她的每一个动作都吸引着露丝，她模仿她，渴望成为她。她对科拉的爱不可救药，她从弗洛的店里偷来糖果给科拉，结果被科拉退了回来，生生地掐灭了露丝的爱之火焰。但无论如何，她这短暂地对美的想象或模仿，让她逃离了当下不堪的环境。但是多少年后，科拉变成一个庸俗的“满脸愠怒的”女人。她曾经认为科拉是她想成为的样子，但是时间证明她是错的，就像画片中的鸟儿，看起来如此脱俗，却终究是假的。这是她逃离之路上的暗影，暗指逃离最终通向的并非正途。

《半个柚子》继续着露丝对西汉拉提的鄙弃。这个故事里，她逃离的方式是撒谎和阅读。已经读高中的她面临着新的尴尬，因为她不愿让新的同学和老师知道她来自那个破败之地，她竭力地想抹掉它带给她的印记，“她实在太想跟城里的同学一道，与自己原来的地方对立起来，跟那些吃华夫饼、喝咖啡的人，那些对早餐颇有见地的人扯上关系了”[③p57]。所以当老师问她早餐吃了什么，她编造出“半个柚子”。这谎言，这荒诞，这和家乡切割的用心，都让人看到她逃离的决心。也是在这个故事里，露丝被描绘得特别热爱学习和读书：拉丁文、代数、古代史、中世纪史、法语、地理，《威尼斯商人》《双城记》和《麦克白》等都在她的视野之内，这更加强化了她和环境的格格不入。她在家乡却有着异乡人的孤独，于是想象、模仿、撒谎和阅读等方式就成了她摆脱西汉拉提的途径。但是弗洛对她读的这些书充满敌意。弗洛是父权制社会希望塑造的那种女人，露丝的父亲认为，女人就应该是弗洛那种样子，“一个女人应该精力充沛、脚踏实地、心灵手巧、精打细算，会砍价、会指挥、会察言观色，还机灵能干。在读书上也钝些，孩子气些，该对地图和长单词或者书里的一切感到不屑，脑子里都是迷人的混沌想法，迷信神灵、笃信传统”[③p67]。不断重复的“会”和“不该”表明这是男权社会对女人的规训，据此，露丝不是“恰当”的女人。在这里，在科拉之后，露丝并没能找到新的引路人把她带向新的征程。她的父亲在故事结束时将会离开家去威斯敏斯特医院，在象征的层面上，露丝暂时摆脱了“父亲之名”的管制，在某种程度上实现了自由。

二、在空间里漂流

接下来的五个故事，讲述了露丝在离开西汉拉提后的在外漂流。这五个故事是《野天鹅》《乞丐新娘》《淘气》《天意》和《西蒙的运气》，它们以时间为序，以空间为轴，连缀起露丝整个的漂流经历。《野天鹅》的故事发生在露丝坐火车前往多伦多的途中，在结构上，它也像过渡，这头是她身体的苏醒，那头（后面那几个故事）是她在爱情之路上的艰难跋涉。她独自坐火车去多伦多，从落后的小镇到大城市，开启了她第一次在陌生空间里的穿越。陌生的东西在等待她；她的身体即将苏醒。她要去多伦多买衣物，来好好地包装它，“露丝还打算买些镯子，还有安哥拉山羊毛衣。她对银镯子和深蓝色的安哥拉羊毛衣满心期待。她觉得这些服饰可以让她变个人，可以让她变得安详、苗条、头发柔顺，腋下干燥、神采奕奕”[③p86]。可见，女性气质是她现在所关注的，说明其身体的欲望将很快被唤醒。此外，她之所以有钱旅行，是因为其论文为她赢得了奖金，这预示着她的思想和身体的欲望紧密地缠绕在一起，并将贯穿她一生。在火车这个流动的空间内，她遇到一个联合教会的牧师，给她讲野天鹅的故事。但这个看起来诗意盎然的男人，借着睡觉的工夫，在她身上肆意摸索，打开了她的欲望之门，“那手移上了她的腿，越过了她的长袜，来到她露出的皮肤上，然后又移得更高，在她的吊带之下，到达了她的内裤和肚子下方的那个部分。她的两腿仍然是合上的，并拢在一起……她的双腿永远不会张开。但是它们张开了。张开了”[③p92]。欲望，在她宁静的表层下，沸腾地喧嚣着。像《特权》里的科拉，学校画片上的鸟儿，露丝又一次感受到表层和内里之间的鸿沟。只是，她对这鸿沟并不失望，相反，她和一群野天鹅认同了，飞翔，觉醒，对欲望的探知，“你甚至可以看到一群鸟儿——一群野天鹅，在这大大的穹顶之下觉醒、爆破，然后向天空进发”[③p93]。露丝决意飞翔，表明她正大踏步地走在向外探索的路上。

《乞丐新娘》的故事发生在西安大略大学。露丝在那里遇到了亨肖博士和她未来的丈夫，来自不列颠哥伦比亚的帕特里克。这两人将成为她新的人生向导。亨肖博士有掌控欲，她总对露丝说：“露丝一定要去读读这个，一定要读读那个。”[③p99]在其影响下，露丝对过去生活和成长的环境感到更加难以忍受，“亨肖博士和弗洛的房子表现最突出的地方，就是在互相怀疑。亨肖博士那迷人的房间总是会带给露丝一种关于家的原始认知，华丽得无法消化，现在回到自己家里呢，她在别处和在那些从来没有感觉过自己贫穷的人身上感受到的秩序和整洁感，就会暴露出这个地方尴尬又令人悲伤的穷酸”[③p100]。“尴尬”和“令人悲伤”表明西汉拉提在露丝心中是不能触碰的让她感到耻辱的痛点。帕特里克是富家子弟，他幻想成为浪漫骑士。他把露丝看作“落难少女”；他想成为她的“救世主”。露丝是“奖学金女孩”，所以她在经济上的脆弱和依赖可想而知，这也是她成为“乞女”的主要缘由。她把自己表演成落难少女，来满足他做骑士的幻想，以此来勾引他，实现在经济上依赖他的目的。按照周怡的说法，这其实内在于“加拿大民族性中的妥协传统”[④]。在这里，“妥协”尤其是指一个人为了达到某种目的，和自己妥协。后来，露丝发现帕特里克之所以爱她，就是因为她满足了他的幻想，“很高兴，你是个穷人。你这么漂亮。你就像乞丐新娘”[③p111]。“乞丐”暗指这段关系是她“乞求”得来，是帕特里克的施与。只是，露丝对任何形式的压制最后都会逃离，无论是父亲，还是西汉拉提，无论是通过表演、想象、谎言还是读书。她对帕特里克也不例外。再者，露丝在帕特里克家感到巨大的压抑感，无论是他们居住的地方还是他的家人都是如此。他的父母住在“西德尼附近的温哥华岛上。半亩修剪过的绿草坪沿着石墙、窄窄的卵石沙滩和海水倾泻而下——现在已是隆冬，那草地仍然是绿的；而在露丝那儿，三月看上去就像隆冬”[③p123]。它开阔而美好的空间和露丝所在的西汉拉提构成何其鲜明的对比！但这里令她极为压抑，“这里到处都会让人注意到尺寸，特别是厚度。毛巾的厚度，地毯的、刀柄的、叉子的厚度，还有沉默的厚度。这里的奢侈和不安都是厚重的。一两天之后，露丝已经气馁，因为她的手腕和脚踝都觉得没力气了”[③p123]。加勒东·巴什拉在《空间诗学》中认为，家应该有一种母性气质[⑤]，但是露丝在帕特里克家中丝毫没有感到爱和温暖。他的家看起来美好，但对于露丝它只是陌生而充满敌意的空间。帕特里克对她的爱也一样，看似深情实则狭隘，他不喜欢她的朋友、家人，他只固执地爱着她的幻象，“他仍然直面着她，穿过所有她制造的障碍，去爱那个她自己都看不见的、乖巧的形象”[③p122]。她同样并不深爱他。帕特里克家和亨肖博士所代表的，最初是露丝拼命追逐的，但是当她真正地接近他们时，她看到的只有幻灭。

在《淘气》里，露丝和帕特里克夫妻二人来到了温哥华并试着融入当地的社交，这个城市向露丝展现出危险的诱惑力。在一次聚会上，她因为无法忍受丈夫的高谈阔论，离开聚会，来到房间的一个角落。男主人兼有妇之夫克里夫德也恰巧来到这里，露丝本来并不喜欢他，她“不想和他说任何话”[③p161]。但是鬼使神差地，他们竟然相爱了。换言之，克里夫德的出现安慰了此时心情低落的露丝；他是她的“救星”。这本容易理解，因为据前所述，露丝和丈夫本就有很多冲突。露丝天生具有艺术倾向，喜欢幻想，扮演和广泛的阅读，而克里夫德是音乐家，两人秉性相投。可以说，她爱上克里夫德，包括之后的汤姆和西蒙，都是她自恋的表现，杰勒德·林奇（Gerald Lynch）教授在《一和许多》（*The One and the Many*）中曾指出这一点，“性欲，作为露丝第一次恋爱的结果，对于她而言，具有决定性的自恋意义”[⑥]。克里夫德之妻乔瑟琳和帕特里克都很保守，他们都希望自己的配偶能够顺应传统，扮演好他们应该扮演的角色。在女性解放和传统之间，门罗似乎倾向于后者，因为她并不打算让他们走得太远。门罗曾经在一次采访中，说起自己“非常传统”。[⑦]因此虽然露丝精心计划他们在一起的第一夜，“洗澡、擦油和粉，把避孕的子宫帽和润滑剂放进钱包里”[③p170]，门罗还是给露丝的欲望之火狠狠地泼了冷水。一是她误把洗甲水作婴儿润肤油来涂抹身体；二是她坐车去鲍威尔河汽车站找克利夫德，作为最后的准备，她为自己喷了香水。但当她终于等到他时，他并不打算和她过夜。她孤零零地被扔进旅馆，他却轻描淡写地解释说："只是淘气而已。"③p181露丝炽热的渴望被"淘气"无情地吞没；她的温哥华之梦以幻灭告终。

《天意》延续了露丝在《淘气》中的幻灭。空间继续流转，这次是在一个山腰上的小镇。已经离了婚的露丝有了相对舒服的房子和体面的工作，获得了经济和精神上的自由。尽管如此，门罗依然谈到家庭破裂对孩子的影响，"然而对于安娜来说，她父母建立起来的这该死的家庭，这错误的、不匹配的结构，在任何人看来都已经撕毁、抛弃，对她仍然是生活真正的织网，仍然有父亲和母亲，仍然是开端和庇护"③p199。从中也可以看出，置身于女性解放洪流中的门罗，是何其清醒。在这个故事里，露丝寻爱的渴望依然在；这次的对象是汤姆。他写的情书充满智慧、用词考究。显然，她依然是在找寻自己。他们在一起度过了一些美好的和不美好的时光，"她能非常清晰想起来的东西，就是他们在维多利亚的那段时光相处得不是很完满，她能想起那件事情里有咒骂，有道歉，差点就滑向失败的悬崖"③p216。种种不美好为他们关系的走向蒙上了阴影。在他们预定好见面的日子，天开始下大雪，去往汤姆那里的班车取消，这场计划已久的会面也成为泡影。奇怪的是，狼狈回到家里的露丝和安娜，却感到了前所未有的轻松，"它是突如其来的奖赏，那遗失的旅途，这捡来的幸运。在这少有的一段时光，这少有的几个小时里，露丝能够发自内心地说，她并不处于过去或者未来，处于爱情或者任何人的掌控之下"③p122。她终于又一次地成了自主的自己。随着安娜的离开，这个小镇对露丝失去了最后的吸引力。

《西蒙的运气》里，露丝又来到了一个新的空间。在金斯敦的一次聚会上，她邂逅了大学老师西蒙。他也是在这次聚会上把露丝从尴尬当中拯救了出来，然后他们就陷入了爱情的旋涡。当他提议帮她整理出一个新的花园，她像以往那样，又开始为会面精心准备，"她想要新鲜蔬菜、牛排和进口的黑莓，卡门贝尔奶酪和梨子。她还买了酒，一套床品，上面印着的是蓝花和黄花的时髦花环"③p244。不仅如此，情感上，她也在他身上投入太多；她视西蒙为她生命中的男人。只是以往每当她精心为欲望准备的时候，结果都是幻灭。这次又是如此；她没有等到西蒙。后来她才知道，他死了。为此，门罗感叹道："又有什么比露丝这样年龄的女人，在厨房里坐了整晚，就为等待她的爱人更绝望的呢？此情此景，就是她所创造的，是她一个人造成的，她这样子好像之前都没挨过什么教训是的。她已经把西蒙当作她挂靠希望的木桩，而且她再也不能把他变成他原来的样子了。错就错在买酒，她想，错在买床单，买奶酪、买樱桃。这些准备功夫招致了灾难。"③p247一切都是命定，是天意。她悲叹自己愚蠢地把感情和希望挂靠在男人身上，悲叹自己在求爱之路上栽下的那些跟头。她只有拼命地开车去往某一个地方，才能摆脱她心底的绝望，"她往前开着，仿佛在远远的前方某处，她和这车会摆脱这股力量的控制，她会重新回到刚刚开走的那个瞬间"③p251。返回。返回和最初的联系，是她接下来需要和能够做的。

三、回归西汉拉提

在《拼写》里，弗洛回到了读者的视野当中，这表示露丝又和过去，以及她出生成长的西汉拉提建立了关联。空间在一次次的轮转后又回到了故事开始的地方。她现在已经成为名人，时而演出话剧，或者在电视上举办朗诵会。但是一个人时，"她就常常发抖、呻吟，好像被一场高烧侵袭一般。她觉得这是精疲力竭所造成，或者是因为自己快要到来的绝经期"③p262。越是那样，她越是思念弗洛，因为之前提道，弗洛是她的"清醒剂"。似乎通过重新建立和过去的联系，她便可以寻得心灵的安顿。所以有一次，她不顾暴风雪，回到弗洛身边，"对弗洛她情感杂陈，满满的思念、焦虑和欣喜"③p263。她会花时间为弗洛准备吃的东西，

"有浆果、桃子和蛋奶糊的糕点，打上奶油和甜雪莉酒"[③p267]。除了弗洛，露丝也和她同父异母的兄弟布莱恩和弟媳菲比建立了联系，她重新感觉到爱又在他们当中流动。亲情一旦有了连接，露丝的心就变得踏实了。她不再漂泊无依，不再需要追逐虚无缥缈的爱情幻象来挂靠自己。她在养老院中碰到一个有拼写特长的老太太，她拼写出的字母已经不代表任何意义了。具体到露丝，她终于不再追逐外在于生活的一切，不再在生活的深处挖掘意义。当她回归到弗洛身边，她也就回归到了生活的表层本身。就像门罗在一次采访中承认的那样，"生活的表层让她非常非常兴奋"[⑧]。这个故事里，不再有爱情的任何阴影，有的只是亲情的回声以及露丝感到的宁静和满足。所以，家乡是她在孩童时候极力想要逃离的地方，却是她在翻越千山万岭之后极力渴望回去的地方。

《你以为你是谁？》是小说集的最后一篇。在这里，露丝回忆起了她在西汉拉提和布莱恩以及弗洛一起度过的时光，回忆起了精神不正常的弥尔顿·荷马。弥尔顿是个无足轻重的人，也同时是个有着极高模仿天分的人。成年露丝之所以会回忆起他，是因为他身上有她自己的影子，那个从小就擅长表演的露丝。弥尔顿·荷马，这个名字是两个伟大诗人名字的结合，但是一旦结合，只能和异类、迟钝以及被人们取笑相关联。所以名字只是文字在表层的游戏，是随意的符号，和人本身并无任何必要的关联，这和《拼写》中老妇人所拼出的字母一样。但是，迟钝异类的弥尔顿·荷马被很好地安顿在他两个姑姑的爱中，"她们还会帮他熨洗衣服、缝缝补补，给他拿雨衣雨鞋，给他戴织好的帽子和围巾，视天气情况而定"[③P287]。露丝还回忆起了童年的伙伴拉尔夫·吉莱斯皮，他模仿弥尔顿·荷马。这个模仿的链条，使得源头本身成为问题，这为露丝通过向西汉拉提回归来确立最终的身份打上了一个大大的问号。赫贝尔（Heble）也认为，门罗的小说世界中没有什么是确定的[⑨]。既然如此，露丝回归西汉拉提之后，她是否能够找到确定的身份认同，还是一个未知数。那么，生活里让人不安的暗流依然还在。但是，如果把关注的目光投向生活表层，这一切还是确定的。露丝通过弥尔顿·荷马、拉尔夫·吉莱斯皮、弗洛、布莱恩这些和她有着各种关系的人，最终回到了西汉拉提这个地方。她回家了，在记忆里，也在精神上。家是安顿，是养育，是最亲密的地方。露丝还回忆起弥尔顿·荷马的一个姑姑海蒂·弥尔顿对她的教训，"不要以为你会读诗就比其他人好到哪儿去。你以为你是谁呀"[③P289]？弗洛给露丝这样的教育，是在开头，而海蒂·弥尔顿的这个教育则出现在最后，地方都在西汉拉提，首尾呼应，很好地回应了小说集的题目《你以为你是谁？》。露丝走过了少女时代，恋爱，结婚，离婚，不断地恋爱等各个阶段，除了事业可算成功外，好像每一个阶段皆以传统意义上的失败结束。而读者只要想起她是如何鄙视她出生并生长的环境，就知道她自以为是个人物，而"血淋淋"的现实却告诉她，她只不过和其他人一样，甚至和被众人瞧不起的怪胎弥尔顿·荷马也有几分相似。所幸，拉尔夫·吉莱斯皮死后，露丝醒悟了，"除了说，她感觉他的生活很近，比她爱过的那些男人还要更近一条缝的距离，除了这，她还能说什么呢"[③p304]？她终于决定沉默，不再表演，不再用话语构建想象世界，而是回到生活的表层，而这是西汉拉提教会她的。

加勒东·巴什拉在《空间诗学》中所说，"我们诞生的家屋，已经在我们身上留下了各种居住的作用和层次，我们就是那间特定的屋子，我们就是居住作用的图解，而其他所有的家屋，只不过是一个根本主题的变奏罢了"[⑤p40]。人无论如何都无法摆脱家乡在自己身上刻下的印记，只有在和家乡以及家乡亲人的连接中，在除去自恋的幻影后，在爱中，人才可以真正地认识到自己是谁，获得心灵最终的安顿。如果人主动地切割了和根的联系，只念及向外扩张自身，无论是名利还是以爱为名的欲望，他都会走向一个又一个失败，像露丝一样。只有当她意识到这一切，重新返回原初家庭，重新寻求用爱来维系和亲人和故乡的关系时，她才和这个世界真正地建立起牢固的关系，这种关系才会让她感觉宁静，踏实和安定。再者，从故事发展的脉络中也可看出，没有亲人，没有用情感深度浇灌过的地方，不管是时髦的大城市也好，还是偏远的小镇也好，都只能是冷漠而充满敌意的空间，人生中暂时停靠的车站，终究无法变成地方。那一个个空间，仿佛中了魔鬼的诅咒，合起力量来反对她，阻碍她。这很像门罗自己在离婚后回到西安大略温海姆镇的感觉，“离开温海姆镇后这些年的生活都像梦一样”⑩。西汉拉提是露丝在年少无知时急于逃离的地方，却是她在走过漫长的征程后，渴望回到的地方，回到那里的人和事中去。“你以为你是谁”，人不可能是无根的浮萍，人是从根上长出的花和叶，根永远是那个最初的家园。

注释【Notes】

① [美] 段义孚：《空间与地方—经验的视角》， 王志标译，中国人民大学出版社2017年版，第1页。

② Mcgill R. *Where do you think you are? Alice Munro's open houses*. *Mosaic*, 2002 (35), pp.103–119.

③ [加] 艾丽丝·门罗：《你以为你是谁》，邓若虚译，译林出版社2018年版，第5页。以下只在文中标注页码，不再一一做注。

④ 周怡：《艾丽丝·门罗：其人·其作·其思》，花城出版社2014年版，第62页。

⑤ [加] 加勒东·巴什拉：《空间诗学》，龚卓军、王静慧译，世界图书出版公司2017年版，第32页。

⑥ Lynch G. *The one and the many*. Toronto: University of Toronto Press, 2001, p.167.

⑦ Awano L. D, An interview with Alice Munro. *The Virginia Quarterly Review*, 2013 (2), pp.180–184.

⑧ Dahlie H. The Fiction of Alice Munro. *Ploughshares*, 1978 (3), pp.56–71.

⑨ Heble A. *The tumble of reason: Alice Munro's discourse of absence*. Toronto: University of Toronto Press, 1994, p.98.

⑩ Thacker R. *Alice Munro: writing her lives: a biography*. Toronto: McClelland & Stewart Ltd., 2011, p.277.

论《杧果街上的小屋》中埃斯佩朗莎的“同一性”

高喆昕

内容提要： 针对当下社会青少年面对同一性失衡危机产生的不良情绪，本文从心理学家埃里克·埃里克森提出的“青少年同一性失衡”这一概念为切入点，着重分析墨裔美国女作家桑德拉·希斯内罗丝的作品《杧果街上的小屋》中的女主人公埃斯佩朗莎面对文化和性别身份同一性失衡危机而产生的不良情绪以及应对这两种同一性失衡而采取的相应措施。对于以埃斯佩朗莎为例的青少年们来说，同一性失衡不单单为他们带来焦虑和迷茫的情绪，同时也可视为他们人生中重要的转折点和决定性的时刻。

关键词： 青少年；同一性失衡；《杧果街上的小屋》；埃斯佩朗莎

作者简介： 高　昕，河北省邯郸市人，英国爱丁堡大学文学院文学与社会硕士，研究方向为英美文学。

Title: The Analysis on Esperanza's Identity in *The House on Mango Street*

Abstract: The essay entries from the concept "identity crisis" put forward by the psychologist Erik H. Erikson, takes the heroine Esperanza in *The House on Mango Street* written by Mexican-American female writer Sandra Cisneros as an example and focuses on analyzing the negative emotions of the youth when they face cultural and gender identity crises and the corresponding measures taken to deal with these two kinds of crises. For teenagers such as Esperanza, the identity crisis does not just cause anxiety and confusion, but can be regarded as "a necessary turning point, a crucial moment".

Key Words: youth; identity crisis; *The House on Mango Street*; Esperanza

About Author: Gao Zhexin is a postgraduate in the School of Literature of the University of Edinburgh and majors in British and American Literature.

“同一性”是西方文化研究的一项重要概念，但同一性失衡的难题普遍存在于不同国家、不同文化的各年龄阶段的人群中。心理学家埃里克·埃里克森在其于1968年出版的《同一性：青年与危机》一书中创造了“同一性失衡”这一概念，用于解释在某段时间内无法建立一个稳定的身份而产生的焦虑和失落的情绪。然而，埃里克森认为，“同一性失衡”并非仅仅是一项危机，而可以被认为是“一个必要的转折点，一个决定性的时刻”[①]。他还认为同一性通常在青少年时期或成年人早期觉醒。据埃里克森所说，“在任何时期，青少年首先意味着各民族喧闹的和更为引人注目的部分……在年轻一代最为生动的部分中，我们目击了一种日益加剧的‘同一性意识’”[①p13]。由于缺乏社会经验，青少年“可能多少受着潜意识同一性的折磨”[①p13]。美国墨西哥裔女作家桑德拉·希斯内罗丝创作的《杧果街上的小屋》一书为典型的成长小说，这部带有自传体色彩的小说记录了小女孩埃斯佩朗莎从“女孩”变为“女人”的成长历程。在美国芝加哥的墨西哥裔聚居地“杧果街”上长大，12岁的埃斯佩朗莎主要遭受了来自文化和性别两方面的双重“同一性失衡”危机。本文通过探索埃斯佩朗莎的成长和发展过程，试图分析她的这两种同一性危机以及面对危机所做出的应对措施，从而探索青少年在青春期所遭遇的不同身份危机。埃斯佩朗莎最终形成了墨西哥-美国混合文化身份并成长为一位走出杧果街、拥有“一所自己的房子”的独立自强的女性。

一、“同一性失衡”危机

（一）文化同一性失衡

作为在美国生活的墨裔女性，奇卡纳女性的生活暴露出难以磨灭的难处与艰辛，她们不仅面临着来自种族和文化上的压力，身为弱势群体的女性，她们还面临着性和性别上的压迫。这种复杂的身份剥夺了小埃斯佩朗莎“一种丧失了主动的、选择角色的感觉”①p298，“而这种感觉正是联系主动的过去和预见未来的同一感的主要因素”①p292。根深蒂固的种族偏见让人们认为“棕色皮肤的人”“会很危险……会用亮闪闪的刀子袭击他们”②，这种白人强加于奇卡纳人身上的角色和身份让埃斯佩朗莎陷入文化同一性的失衡中，她因为自己是“棕色皮肤的人”而感到自卑和羞愧。埃斯佩朗莎随着年龄增长而加强的自我同一性意识与白人强加给奇卡纳人的贫穷且危险的角色身份之间的冲突是导致她产生文化同一性失衡的主要原因，这种矛盾使她产生了“病态的自恨情绪”①p292。在并不友善的大环境里，埃斯佩朗莎产生了一种“想要迅速重组同一性元素的焦虑”①p298，她被迫察觉到“‘包容’和‘排斥’的界限”③，开始思考如何整合自己的文化身份并调节自己因为同一性失衡而带来的消极情绪。

“移民生活的居无定所和社会地位边缘化，使得作家桑德拉·希斯内罗丝与她的主人公埃斯佩朗莎经历相似的成长之苦，作为成功走出族裔社区的人，作家深谙边缘社群之痛”④，幸运的是，虽然这些少数族裔遭受了边缘化的命运，但边缘化的文化身份也被转化为一种战略资源，处在美墨文化融合处的杧果街可以被看作是“一个创造力和权力的场地”⑤，希斯内罗丝也正是在这样的环境里，“将族裔经验播撒进主流社会话语，混杂传统的中心地带”④p276，以积极的态度面对自身的文化同一性失衡危机，尝试建立起新型美-墨混合文化身份。

（二）性别同一性失衡

如果说种族、文化同一性失衡是奇卡纳人共同面临的难题，那么生活在父权社会中被压迫和限制的奇卡纳女人则还面临着性别同一性失衡的困境。几乎所有的奇卡纳女人都无法摆脱父权社会强加给她们的刻板印象：她们要么充当贤妻良母的角色，要么是被世人所唾弃的坏母亲、背叛者和妓女。因此生活在父权社会压迫下的埃斯佩朗莎也面临着性别同一性失衡带来的迷茫与焦虑，她的成长之路也更为复杂和艰辛。“中国人和墨西哥人一样，不喜欢他们的女人强大”②p30，由此可见，无数的奇卡纳女人生活在父权社会的限制和压迫中。除此之外，小说中几乎所有的女性角色都遭受过来自男性的虐待、骚扰或压迫。而埃斯佩朗莎作为一个居住在美国的墨裔小女孩，从童年时起就遭受过来自不同国家、不同年龄的男子的性骚扰，这让小埃斯佩朗莎过早地意识到身为女性的不利与被动地位。父权社会施加给女性的压力和男性给女性强加的角色身份与埃斯佩朗莎自身想塑造的女性身份之间产生了极大的冲突，这让她陷入性别同一性失衡的危机之中。在“第一份工”中，埃斯佩朗莎遭受了来自一位年长陌生男性的未经允许的亲吻。这个来自陌生异性的亲密举动引起了埃斯佩朗莎强烈的厌恶与反感，她强烈地感受到了作为一个墨裔女性身处男权社会中的无力感，同时，她也意识到自己想要在强大的父权社会中建立起一个独立自主的女性性别身份的艰难。而在嘉年华上遭遇的性侵犯更是打破了埃斯佩朗莎对童话般浪漫的爱情和性的幻想。在“红色小丑”一章中，埃斯佩朗莎在嘉年华会上遭到了来自陌生男人的粗暴亲吻：“他不让我走。他说我爱你，西班牙姑娘，我爱你，然后把他酸酸的嘴唇按在我的嘴唇上面。”②p167这次带有暴力色彩的性遭遇及其产生的负面影响使埃斯佩朗莎完全暴露在残酷且压抑的男权世界中，小女孩关于浪漫爱情的憧憬和向往完全被打破，现实世界的残酷让她不得不直面来自男性的压迫和侵犯，但她同时也坚定了打破父权社会强加在女性身上的枷锁和刻板印象、建立独立自主性别同一性的决心。

二、同一性失衡危机的化解

（一）化解文化同一性失衡的方法：建立美-墨双重文化身份

埃斯佩朗莎的文化同一性建构过程主要受到以语言为主的美国文化的影响。在以主要语言为英语的美国，奇卡纳人被迫要求学习英语和讲英语。英语作为一项工具成为他们生存在美国主流文化社会的必要条件。在埃斯佩朗莎的学校，英语也作为第一语言被教授给学生们。以语言为代表的美国文化作为主流文化入侵了奇卡纳人原本信奉追随的墨西哥文化，而墨西哥文化却被边缘化。事实证明，大多数奇卡纳人不甘于被美国主流文化所排斥的“他者”文化身份，他们积极构建全新的美-墨混合文化身份，而埃斯佩朗莎也是其中之一。小埃斯佩朗莎早早意识到学习英语的重要性，她不仅仅满足于自己复杂的西班牙语名字，而是给自己取了一个更像她自己的英语名字“泽泽×”，这个新名字展示了她想通过重新解读美墨两种文化来消除不同文化之间的差异与误解并重建一个新的文化身份。另外，除了接受美国文化带来的语言上的改变，埃斯佩朗莎也受到强烈美国文化氛围的影响并逐渐内化了美国的文化价值观。在“吉尔的旧家具买卖”一章中，埃斯佩朗莎在店主那里买来了美国的典型标志——一尊自由女神像；当她与朋友进行模仿游戏时，她也喜于模仿一些美国名人，诸如神奇女侠、玛丽莲·梦露等。这说明美国文化已深入小埃斯佩朗莎的日常生活，而她也乐于接受美国主流文化的影响及其带来的改变。

然而，奇卡纳人虽然深受美国主流文化的影响，他们却没有完全放弃自己的民族文化，他们仍然保留着自己的传统语言、宗教和习俗。例如，“塌跟的旧鞋”一章描述了奇卡纳人在圣血教堂举行的洗礼晚会，“玉米肉粽”作为墨西哥的传统食物出现在晚会上，奇卡纳人在洗礼仪式上跳舞，这是一种墨西哥人庆祝仪式的方式。对于寄居在美国的奇卡纳人，家乡的传统文化抚慰了他们，治愈了他们因在美国主流社会中受到的歧视和处于被边缘化的位置而受伤的心灵。一方面，奇卡纳人保留了自己家乡传统的墨西哥风俗和生活方式；另一方面，为了更好地在美国社会里生存下去，他们积极应对美国文化带来的一系列冲击和变革。奇卡纳人最终用和谐融合两种文化的方式解决了美墨两个国家、两种文化之间的冲突，而小埃斯佩朗莎也成功以建立美-墨混合文化身份的方式化解了因文化同一性失衡带来的焦虑和自卑，最终成长为一名走出杧果街、用英语书写小说的墨西哥裔作家。

（二）化解性别同一性失衡的方法：形成独立自主的性别意识

埃斯佩朗莎首先在这个复杂的男权世界里明晰了自己被“救赎”的方向：她决心要依靠自己的力量走出杧果街并决定做一个新女性：“她不愿身陷家庭事务的牢笼，不愿做一个传统乖顺的妻子。因为诸多的见闻使她深刻感受到处于美国文化边缘的西语裔，尤其是其中女性的困境、挣扎与无奈，她决意改变自己的命运，冲破阶级和性别的藩篱，成为作家。”[⑥]埃斯佩朗莎没有像玛琳一样在脸上涂抹劣质的化妆品，穿上好看的衣服，渴望在地铁里遇见一个和她结婚并带着她走出杧果街的人。在埃斯佩朗莎看来，这种幻想就像“等着一颗星星坠落”[②p55]，是非常不现实的，并且依靠男人走出杧果街并不能作为一生幸福的保证，埃斯佩朗莎的另一个朋友萨莉就是一个活生生的例子，萨莉嫁给了一个有钱的丈夫，但她没能过上她想要的生活，萨莉的丈夫“不让她朝窗外看”[②p169]，“她坐在家里，因为她不敢没有他的允许就出门”[②p170]。萨莉虽然走出了杧果街，但并未获得独立、自由和快乐。从萨莉和玛琳的身上，埃斯佩朗莎明白了一个道理，女性只能依靠自己的力量去实现经济独立、政治独立和思想独立，从而建立一个完整稳定的性别身份，依靠任何人都是行不通的。在这种情况下，小埃斯佩朗莎决定努力学习文化知识，通过提升自己的能力走出杧果街。

另外，埃斯佩朗莎确定了帮助自己走出杧果街、实现独立自由并建立稳定性别身份的工具——写作，她早早发现自己在写作方面的天赋并一直在努力提升自己的写作水平。埃斯佩朗莎常去图书馆借书来看并坚持写作，在“生辰不吉”一章中，埃斯佩朗莎给病重的卢佩婶婶读《水孩子》的故事还有她自己创作的诗，卢佩婶婶对她说“埃斯佩朗莎，你一定要写下去，那会让你自由”[②p109]。埃斯佩朗莎最终理解了卢佩婶婶这句话，对于她来说，写作不仅是她的兴趣爱好，还是她的工具、她的武器、她无限力量的源泉。她不停地讲故事、编故事、写故事，小女孩埃斯佩朗莎最终成长为女作家希斯内罗丝，带着她写下过的故事走出了杧果街、拥有了一间属于自己的房子。她的故事帮助她打破了父权社会强加给女性的刻板印象，化解了性别同一性失衡的危机。

三、总结

总而言之，《杧果街上的小屋》中的女主人公小女孩埃斯佩朗莎在青少年时期主要面临着文化和性别身份同一性失衡两方面的危机，但埃斯佩朗莎在积极接受美国主流文化的同时，也保留了传统的墨西哥文化，最终形成了全新的美-墨混合文化身份。另外，埃斯佩朗莎也通过自己的不懈努力，树立了独立自主的性别意识，在他人的鼓励下，最终“以笔为马”，勇敢地走出了杧果街，并用她的故事救赎了千千万万跟她一样的面临着同一性失衡危机的青少年。正是埃斯佩朗莎在青少年时期经历的同一性失衡危机，“成就了希斯内罗丝独特的创作题材，也让她发出自己种族、文化和性别的独特声音”[⑦]。希斯内罗丝也在创作《杧果街上的小屋》之后称，“这样我就能成为一个他者——一个女性，一个工人阶层的人，一个墨西哥的后代发出我的声音，宣告我的身份”[⑧]。另外，这位勇敢的女性也在书的结尾处说“我离开是为了回来，为了那些我留在身后的人，为了那些无法出去的人”[②p182]，这样的展望为无数青少年留下光明的尾巴，就如陆谷孙先生为《杧果街上的小屋》所做的中文序言一样“忧乐未知，陌阡不识，死生无常，人生如寄”[②p19]。

注释【Notes】

①埃里克・H. 埃里克森：《同一性：青少年与危机》，孙名之译，浙江教育出版社1998年版，第2页。以下只在文中注明页码，不再一一做注。

②桑德拉・希斯内罗丝：《杧果街上的小屋》（中英双语版），潘帕译，南京译林出版社2012年版，第56页。以下只在文中注明页码，不再一一做注。

③Bloom, Harold. *Sandra Cisneros's The House on Mango Street*. New York, N.Y. : Bloom's Literary Criticism, 2010, p.29.

④李道全：《逃离与复归：〈杧果街上的小屋〉的移民社区书写》，载《东北大学学报（社会科学版）》2010年第3期，第273页。以下只在文中注明页码，不再一一做注。

⑤Hooks B. Yearning. Race, *Gender and Cultural Politics*. London: Turnaround, 1991, p.152.

⑥石平萍：《奇卡纳女性主义者：作家桑德拉・希斯内罗丝》，载《外国文学》2005年第3期，第16页。

⑦王海燕：《一所自己的房子：阶级、族裔和女性身份的追寻——评希斯内罗丝〈杧果街上的小屋〉》，载《西安电子科技大学学报（社会科学版）》2010年第4期，第117页。

⑧Thomas, Carol. *Contemporary Women Poets*. Detroit: St. James Press, 1998, p.63.

奇卡诺文学《杧果街上的小屋》中的身份认同与共同体形塑

李 岚

内容提要：《杧果街上的小屋》是美国当代奇卡纳作家桑德拉·希斯内罗丝的美国国家图书奖作品，作家将个人经验与社会现实投射于小说中，书写了美国拉美裔族群女性的性别、族裔、阶级等多种身份下的多重困境，聚焦杧果街上奇卡纳的流动性体验与身份建构过程。本文拟从奇卡纳的身份视角，以身份的脆弱性、社区关系的互联性及建构家园共同体的责任三个方面，探讨奇卡纳身份的自我迷失、自我觉醒与自我跨越，主动探寻作家对于家园共同体关系建构的深切关注与思考，倡导人与人之间的共情体验与平等友好的沟通关系。

关键词：桑德拉·希斯内罗丝；《杧果街上的小屋》；身份认同； 共同体

作者简介：李岚，河海大学外国语学院外国语言文学专业研究生，主要研究方向为英美文学。

Title: Identity and Community Shaping in Chicano Literature *The House on Mango Street*

Abstract: *The House on Mango Street* is an American Book Award-winning work by contemporary American Chicana writer Sandra Cisneros. The writer projects her personal experience and social reality into the novel, and writes about the multiple dilemmas of Latino American women in multiple identities of gender, ethnicity, and class, focusing on the mobility experience and identity construction process of Chicanas on Mango Street. From the perspective of Chicana's identity, the paper intends to explore the self-loss, self-awakening and self-transcendence of Chicana's identity in three aspects: the vulnerability of identity, the interconnectedness of community relations and the responsibility of constructing a homeland community. It explores the deep concern and reflection on constructing a homeland community, and advocates the empathetic experience and equal and friendly communication among people.

Key Words: Sandra Cisneros; *The House on Mango Street;* identity; community shaping

About Author: Li Lan is a graduate student at College of International Languages and Cultures, Hohai University. Her research interest is British and American Literature.

一、引言

美国当代奇卡纳①作家桑德拉·希斯内罗丝（Sandra Cisneros）的代表作《杧果街上的小屋》（*The House on Mango Street*，1984，以下简称《杧果街》）发出了有色人种女性的心声，展现了美国拉美裔女性的性别、族裔、阶级等身份危机。小说以埃斯佩朗莎在杧果街不断成长后离开家园，并决心重返故园为叙述主线，聚焦杧果街奇卡纳的流动性体验与身份建构过程。作家让底层和边缘群体发声，通过描绘奇卡纳在美国主流环境中追寻主体身份的动态过程，展现奇卡纳不同人生阶段独特的身份建构，也从深层反映了作家对塑造共同体的深切关注。

本文拟探讨《杧果街》对形塑命运共同体的呈现，从身份的脆弱性、社区的沟通互联性及建构家园共同体的责任三个方面考察奇卡纳的自我迷茫、自我觉醒与自我跨越，主动探寻希斯内罗丝所展现的杧果街社会景观和奇卡纳身份危机，考察作家在表层展露奇卡纳身份脆弱性时，深层反映社区互联性和重建家园的责任，呼吁社区人与人间真正的共情与交流，展现共同体形塑的积极方案。

二、身份的脆弱性：奇卡纳的自我迷茫

美籍墨西哥人在面对复杂的社会文化和生活困境的挤压下，身份认同会产生矛盾、动摇甚至变形，导致族裔群体身份不断复杂化。奇卡纳希斯内罗丝的身份流动同样使她感受到了异于自己原有身份的“他者”的存在，在书写《杧果街》时，她生活在一个阶层和文化背景完全有别于其成长之地的艾奥瓦城社区，她感到异常焦虑、痛苦，甚至几乎处于失语状态。她将曾经的无措与个人经验融入《杧果街》之中，展现奇卡纳身份在杧果街乃至美国社会中的迷茫，表达对主流社会话语的反叛，意在唤醒奇卡纳的自我意识，帮助建构主体身份。在《杧果街》中，奇卡纳的迷茫来自家庭的父权至上、爱情中的婚姻关系、友情里的朋友关系、陌生人间的交往、社会中的种族阶级等多方困境，这些都在一定程度上体现了奇卡纳族裔女性身份的脆弱性。

墨西哥的父权社会传统话语禁锢和规训着杧果街上的女性，在“男孩和女孩”一节中，对埃斯佩朗莎的弟弟们有这样的描写，“男孩在他们的天地里，我们在我们的天地里”②。在父权社会，房子作为隐私空间与公共空间对立，女性“常常被比作‘港湾’‘家园’等静态场所和私人空间”③，且社会活动也受限于此。在呈现出男性空间表征的公共空间中，奇卡纳的身体成为“物”的符号，隐藏的性危险也成为阻碍女性身体移动的因素，女性身体一旦进入公共空间便被进行道德检视，进入夜晚的街道或小巷，会被贴上“不道德”的标签。“小脚之家”章节中，埃斯佩朗莎和露西、拉切尔各自穿着颜色艳丽的高跟鞋踮着脚在街上游走，埃斯佩朗莎发现“男人的眼睛无法从我们身上移开”②p53。

杧果街上多数奇卡纳受困于婚姻关系中配偶的背弃和婚姻暴力，她们已将男权主义的伦理规范内化为自我压迫的法则。喜欢写诗的密涅瓦面临着家庭暴力的身体危险；罗莎的丈夫离家出走，抛家弃子；貌美的拉菲娜几乎一直被丈夫锁在家中，只有在星期二丈夫晚归时，才能在家的窗边请埃斯佩朗莎和同伴们给她买木瓜汁和可可；漂亮的萨莉长期被锁于家中，并因和男孩说话被父亲施以体罚，无奈之下嫁给推销员后仍未逃脱男权主义家庭生活的严格控制。而实际上，种族和阶级的差异更使奇卡纳无法追求身份的独立性，无法融入当地社会。跟着丈夫来到杧果街的玛玛西塔因不会说英语，断绝了与杧果街居民乃至社区以外生活的所有联系。帝国主义的主流文化没有给移民提供足够的机会和空间去保持自身的独特身份，只是将他们边缘化为低等和替代者，这是玛玛西塔追求身份失败的外部原因，也揭示了共同体形塑中种族歧视及阶级差异的极大阻碍性。

《杧果街》中，奇卡纳身份的脆弱性是强势者向边缘群体施压和规训的真实表达。女性被控制的身体和不可控的命运加剧了其身份的脆弱性，这揭示出男权至上的家庭及社会矛盾单纯依靠奇卡纳个体无法解决，体现了建构共同体的必要性与紧迫性，即奇卡纳须通过一种更普遍的、团结互联的共同体来获取身份认同的安全感。

三、社区的互联性：奇卡纳的自我觉醒

滕尼斯提道，“共同体主要是以血缘、感情和伦理团结为纽带自然生长起来的，其基本形式包括亲属（血缘）共同体、邻里（地缘）共同体和友谊（精神）共同体”④。小说以埃斯佩朗莎的视角将杧果街上人物的故事、命运关联起来，构建起社区内部相互沟通、共享记忆的共同体，这也符合滕尼斯所讲的“心灵的生活的相互关系”⑤。小说中美国移民的生活环境，使奇卡纳既面临民族内部的性别压迫，又面临来自民族外主流社会的种族压迫。因此，有必要构建起一个互爱的共同体，这需要杧果街的奇卡纳自我觉醒、互诉情感，共同开启寻求精神家园的旅程。

诚然，女性共同体会让女性于集体获得力量，

是面对性别、阶级等压迫和剥削时反抗的有力形式，实现价值共享和自我解放的重要路径。然而，“姐妹情谊和女性共同体又是脆弱的、不彻底的、不牢靠的”⑥，“妇女整体的认同必定建立在全人类普遍认同的基础上”⑦。因此，奇卡纳追求身份认同不仅需加强女性群体的交流，还需加强社区的互通互联性。“别说英语”中，玛玛西塔拒绝沟通和融入主流社会，不出家门也不下楼，以极端的远离社会的方式与自身的孤独和孤立感作斗争，却被排斥在主流社会之外。“共同体的一个根本前提是人与人之间的深度沟通”⑧，被边缘的人若一味拒绝文化交流和融合、盲目远离主流社会是不明智的，即是不自觉地打上了种族主义的标签。

社区互联不仅需要内部交流，也需要社区间的相互联结。在社会强势集团的划分下，多种空间上的隔阂将弱势群体边缘化。在“猫皇后凯茜”中，杧果街成了拉美裔移民的专属表征，当白人女孩凯茜一家决定搬出杧果街时，埃斯佩朗莎说，“他们要从杧果街向北搬迁，离开这里一点路，在每次像我们这样的人家不断搬进来的时候”②p16。这种白人逐渐搬离、移民不断搬入的行为揭示了二元对立的种族空间结构以及社区间的隔阂，勾勒出一个由白人掌控的社会空间图景，这必然影响着奇卡纳的身份认同。

族群认同的丧失以及种族和阶级的歧视使拉美裔美国人处于游离于两种甚至更多文化间的困境，加剧了身份认同焦虑。男权至上、与外界的隔离、种族间的相互排斥等都暗示了共同体岌岌可危且面临瓦解的命运。当今社会，是开放沟通的社会，奇卡纳身份的独特性使希斯内罗丝渴望达成主流社会所普遍缺乏的跨越性别、种族、阶级的认同和共情，这折射出作家渴求和谐的真切愿望：奇卡纳通过互联抵御身份脆弱，人们学会尊重和包容不同的性别、种族阶级、社会地位、文化等多方差异。

四、建构家园的责任：奇卡纳的自我跨越

身份认同与共同体形塑不仅需要社区互联所提供的群体保障，也需个人建构的努力与责任感。随着埃斯佩朗莎在成长中对杧果街不同女性的观察，她注意奇卡纳移民的归属感及不归属感，将奇卡纳的迷茫与痛苦深刻内化为自身生存体验，走向自我跨越。她的民族意识大致经历了从对民族的无知、民族意识的觉醒到民族身份的构建，这呈现了她民族身份认同全景。她逐渐意识到性别、种族等问题与身份认同的需要，渴望超越界限，追求具有独立性和创造性的自我身份定位，获得发展的空间。

面对生活的重重压迫，如何在困境中建构身份，成为主人公成长过程中的难题。靠教育、自我奋斗改变命运的女孩艾丽西娅给予了埃斯佩朗莎极大的鼓舞，妈妈和姨妈也为她指出了接受教育和写作的出路，“你要写下去，那会让你自由”②p80，她最终通过写作表达自己的声音，完成身份构建与自我超越。她梦想成为兼具自主意识和社会责任感的女性，以作家的身份激励奇卡纳的觉醒与跨越，呼吁社会的包容与沟通。她意识到，她的声音不仅可以肯定自我意识，还可以激励千万奇卡纳摆脱身体和心灵束缚，开辟生存新空间，并且通过书写让主流社会听到他们的话语，构建更和谐的共同体世界。在小说结尾，埃斯佩朗莎说，“我离开是为了回来，为了那些我留在身边的人，为了那些无法出去的人”②p150，她不仅谋求个人命运的改变，更希求帮助和拯救还处于困境中的人们，这使其作为奇卡纳的形象得到了升华，身份的构建被赋予了深刻社会使命感。

实际上，奇卡纳作家与埃斯佩朗莎的经历有许多契合之处，希斯内罗丝同样在拉美裔社区移民家庭长大，被主流社会边缘化，最后成长为一位面向族群写作的作家。她在大学期间发现奇卡纳自身异质的“他者性”或许能成为某种写作力量，于是写作有了更多自主性，主动寻找来自工人阶层、奇卡纳独立的声音。正如她叙述的那样，“我就不再羞愧或是沉默”，“我会赞颂我的独特性，作为一个妇女，作为一个劳动阶层成员，作为一个墨西哥血统美国人的独特性”⑨。希斯内罗丝通过书写，表现了少数族裔女性等边缘女性挣脱束缚的强烈愿望。她视本族裔同胞尤其是女性同胞命运的改变为

己任，承担社会使命和责任，这从深层反映出她对共同体建构的深切关注与思考——在完成奇卡纳身份认同的基础上，构建社区集体互联的家园共同体，每个人需要为他人承担相应的伦理责任，实现共同的现实关怀。

五、结语

《杧果街》中，家庭与社会生活展现了“强化男性与女性，公共空间与私人空间的对立”[10]的图景，加之阶级隔阂与种族歧视等，奇卡纳身份认同出现严重危机。身份危机实质源自共同体的隐形，共同体的建构以及自我主体意识的把握，是加强奇卡纳身份认同、重构身份的有效手段。

作家桑德拉·希斯内罗丝的多重身份深受美国文化、墨西哥族群的传统文化甚至印第安文化的影响，她关注奇卡纳的生存发展，通过写作塑造了杧果街上埃斯佩朗莎这一有力量的女性角色，指引着成千上万渴望实现自我价值的女性，加强身份认同，打破男权社会的枷锁，成为自己的主人。笔者认为，希斯内罗丝努力背后的实质是主动关注全人类命运的共同体情怀。她关注人类作为一个整体所面临的不和谐挑战，倡导对抗女性个体脆弱和社会阶级分化，强调家庭内和种族间的理解互联，这不失为建构西语裔共同体家园的可行途径。真正的共同体乐园是“承认他性，包容万物的人间家园”[11]，博爱理解的心灵气质、互联沟通的联结合作、融合接纳的重建勇气，这些都是身份认同与共同体形塑的必需因素，也是奇卡纳作家希斯内罗丝共同体情怀的主要意义所在。

注释【Notes】

①奇卡纳（Chicana）：美国墨西哥裔女性。小说中杧果街社区移民包括墨西哥裔及来自其他拉美国家和地区的移民，故本文主要采用“拉美裔”这一称谓。

②桑德拉·希斯内罗丝：《杧果街上的小屋》，潘帕译，译林出版社2006年版，第8页。以下只在文中注明页码，不再一一做注。

③刘英：《流动性研究：文学空间研究的新方向》，载《外国文学研究》2020年第2期。

④张志旻等：《共同体的界定、内涵及其生成——共同体研究综述》，载《科学学与科学技术管理》2010年第10期。

⑤[德]斐迪南·滕尼斯：《共同体与社会》，林荣远译，商务印书馆1999年版，第65页。

⑥张莉：《美国左翼女性文学的共同体书写》，载《当代外国文学》2018年第4期。

⑦蒋欣欣：《西方女性主义理论中的“身份/认同”》，载《文艺理论与批评》2006年第1期。

⑧殷企平：《西方文论关键词：共同体》，载《外国文学》2016年第2期。

⑨桑德拉·希斯内罗丝：《杧果街，我自己的小屋》，程应铸译，南海出版社2017年版，第122页。

⑩Cresswell, Tim. Gendered Mobilities. Routledge, 2016, p.249.

⑪封金珂：《家园·乐园·共同体——〈乐园〉中的共同体形塑》，载《当代外国文学》2018年第1期。

《坠落的人》中的“坠落”隐喻

葛晓男

内容提要：在《坠落的人》中，德里罗通过“反叙事”的书写方式表现了对政府及主流媒体所炮制出来作为“爱国主义奇观”的“主流叙事”的反抗与消解。他拒绝清晰的道德表达与对事件意义的声明，而是将焦点投射到经历了“9·11”事件的美国普通民众身上，试图以文学的方式呈现普通民众的心理创伤及对他们的深切悲悼与关怀之情。而在这种“创伤书写”的背后，德里罗通过莫兰迪的静物画、“坠落人”的行为艺术、赌博与阿尔兹海默症三重“坠落”隐喻，更流露出了对后“9·11”时代的世界的“末世焦虑”情绪。

关键词：唐·德里罗；《坠落的人》；“9·11”文学；隐喻

作者简介：葛晓男，南京师范大学文学院比较文学与世界文学专业硕士研究生，主要从事二十世纪英语文学与文化研究。

Title: The “Falling” as a Metaphor in *Falling Man*

Abstract: In *Falling Man*, by using the writing method of “counter-narrative”, DeLillo rebelled against the “mainstream narrative” of the “patriotic spectacle”, which was created by the government and the mainstream media. He refused clear moral expression and declaration of the meaning of this event, but focused on the American ordinary people who experienced the “9/11” event, trying to express the psychological trauma of ordinary people and show his deep sorrow and care for them in a literary way. Behind the “trauma writing”, DeLillo pays more attention to reveal his pessimism and anxiety about the post-9/11 world through the three “falling” metaphors: Morandi’s painting, the performance art of “falling man”, gambling and Alzheimer’s disease.

Key Words: Don DeLillo; *Falling Man*; “9/11” literature; metaphor

About Author: Ge Xiaonan, a postgraduate student in the College of Chinese Language and Literature, Nanjing Normal University, specializing in 20th Century English Literature.

2007年，“9·11”事件后的六年，唐·德里罗（Don DeLillo，1936—）发表了小说《坠落的人》（*Falling Man*，2007），成为“9·11”文学的经典之作。不同于《天秤星座》（*Libra*，1988）、《地下世界》（*Underworld*，1997）等前期作品对美国政治事件的直接观照，《坠落的人》中，德里罗并非意在表现对“9·11”事件的反思，而是将视角投射到经历了这场灾难的纽约普通民众身上，表现了该事件对普通民众造成的心理创伤，似乎“并没有揭示较为宏大的文化思想”①。然而，透过这种创伤书写，德里罗巧妙地通过三重与“坠落”相关联的意象隐喻，进行了更为深刻的思索。

一、“坠落”隐喻与消解主流叙事的意图

“9·11”事件“将美国文明中长期遏制的邪恶力量暴露无遗”②，它所展现的启示录般的毁灭性令美国在新世纪的前十年始终处于深邃的恐惧之中。对于遭受了这次恐怖主义冲击的美国普通民众来说，追溯这场事件的“确切答案”，并不能帮助他们排遣难以言说的恐怖主义的阴影，他们“难以接受眼前的悲剧，感到语言无法再现现实中的恐

怖，给外界造成了一种‘集体麻木’的表象”③。

不同于这场事件带给普通民众心理创伤的真实状态，出于对外宣传与自我欺骗的目的，美国政府与主流媒体将这场悲剧炮制成了一场“爱国主义奇观”，融入了官方叙事，进而掩盖了“9・11”事件作为一场灾难的本质。它们将发动袭击的原因指向恐怖分子对美国自由民主制度的憎恨——这场极端的恐怖行为是一场“战争”，美国则是这场“战争”的“无辜受害者”，承受的仅仅是无妄之灾。受政府操纵，新闻媒体的舆论则与官方口径一致。一方面，它们支持这种“民族主义”的叙事，并高度认同官方对这场事件的定性，“绝大部分引用的资料都是经官方许可允许透露给普通市民的”④。另一方面，为了表现美国并未因“9・11”事件变得脆弱，美国报纸“通过叙事性描述采取了相当程度的自律，而没有走向煽情的极端”④p138，这反映出美国官方的一种自我掩饰：它们试图压制受害者的图像与镜头，通过新闻报道制造的这种“乐观的假象”，对外宣扬美国并未由于这场袭击而陷入困境，对内则用来维持普通民众对美国实力的信心。

对于对美国政治事件保持高度敏感的德里罗而言，他深知美国政客与媒体将这场悲剧转变成奇观的欺骗性，而《坠落的人》也并不是他对“9・11”事件的唯一回应。早在“9・11”事件后两个月，他就曾撰文表达自己的思考。在他看来，“9・11”事件的发生标志着“叙事在废墟中结束，留给我们来创造一种反叙事”⑤。“9・11”事件之后，任何对事件本质的探寻都是无意义的，而关注普通民众的心理创伤、思索国家的未来何去何从才更为重要。在《坠落的人》中，其重点并未聚焦对“未来”的展望上，而更多地立足于“当下”，流露出一种深深的不安感。而与小说的题目相呼应，他选取了三重具有颠覆性的、与恐怖主义和创伤记忆直接关联的“坠落”意象，以隐喻的方式重构了这场美国普通民众的悲伤记忆，从而暗示了“9・11”事件后美国社会丧失信心、深陷“恐怖主义”氛围之中的精神状态。

二、“坠落”隐喻的三重表现

（一）乔治・莫兰迪的静物画

对大多数美国普通民众来说，“9・11”事件的恐怖主义氛围造成的与日俱增的仇恨情绪使他们深感困惑与不安，处于“过度警觉”的状态之中。正如朱迪思・赫尔曼（Judith Herman）所言，“意外的刺激会使他们极度惊恐，而与创伤事件有关的特定刺激亦会造成强烈反应”⑥。对于他们来说，即使是日常生活中的物件都会因某种缘由形成刺激，唤起悲伤的记忆。因此，德里罗在小说中反复设置的意大利现代画家乔治・莫兰迪（Giorgio Morandi）的静物画就成了贯穿整部小说的第一重“坠落”隐喻。通过莫兰迪静物画的隐喻，德里罗将其画作的原意加以拓展丰富，形成了强烈的张力，从而将这场恐怖事件对美国普通民众心灵的冲击形象地展现出来，表现了他们在集体恐惧的“坠落”状态中难以解脱的现实。

首先，莫兰迪静物画与人物身份交织在一起。小说中，这些静物画是由丽昂的母亲妮娜的情人马丁・里德诺赠送的。马丁的身份具有双重性，他不仅是对艺术有着高超鉴赏力的艺术品商人、收藏家、投资者，而且还是一名政治激进人士，曾在二十世纪60年代的德国从事恐怖活动。这种艺术与恐怖分子身份的交织暗示了德里罗对“9・11”事件的认知：它是一场恐怖主义制造的、具有强烈视觉冲击感的“奇观”，它显得“如此明亮而宏大，甚至一些人说它是不真实的”⑤，言外之意即这场灾难的场景太真实，以至于令美国普通民众难以接受。通过这种人物身份的联系，德里罗对这场事件的真实性质进行了剖析。

其次，从画作本身来看，莫兰迪静物画的构成元素看似非常简约，由瓶子、水罐等日常物件构成，却十分讲究形式、色彩等要素的搭配，在空间平面性和深度的结合上保持了一种自然协调，形成了强烈的真实感。而在经历了“9・11”事件的丽昂眼中，这些画作却带给她一种不祥的预感，她觉得“作品的笔法隐含着某种东西，一种她无法言表的神秘感”⑦。她将莫兰迪静物画的这种真实感代入到自己身上，从而“超越了愉悦状态，进入某种吸收状态。她试图把眼前所见的东西装进脑子，带回家里去……让自己睡在它中间”[⑦p228]。当她将自我与画作融为一体时，画面中的日常物件也由于这种强烈的主观情绪发生了扭曲，她发现两个深色的物品外形变得模糊，变成了双子塔楼。此时，这幅莫兰迪的静物画已然不是一件艺术品，而是“9·11”事件的代名词，充满了不祥之感。可见这场恐怖主义事件并未随着双子塔“归零”而消失，它制造出的这种恐怖而不祥的氛围依然在纽约民众的生活中蔓延，对其心灵造成持续而潜在的冲击。

（二）“坠落人”的行为艺术

“9·11”事件对美国民众造成了两方面的影响。首先，它造成了难以平复的心灵创伤。民众原本对恐怖分子及其居住国一无所知，沉浸在幸福生活中，当事件仿佛毫无预兆地发生时，他们遭到了心灵的巨大冲击，处于一种过度警觉的状态，“感知能力可能已麻木或受到扭曲，伴随着某些感官功能的部分麻痹或丧失”[⑥]。《坠落的人》中，幸存者弗洛伦斯就陷入了一种失神状态，“身上有一种总是接近于某种情感苦恼的东西，对无法摆脱的伤痛或持续不断的丧失的一种记忆”[⑦p97]，而见证者丽昂则觉得自己时刻“生活在准备应对随时出现的事件的精神状态中”[⑦p230]；此外，“9·11”事件使得人们“在国家意识形态之外丧失了悲悼的主体自由”[⑧]。经过媒体筛选后的照片与影像在电视上以图像画面的形式反复出现，使得已经在精神上遭受创伤的普通民众强制性地接收着官方打造的这场“乐观的假象”。他们认定电视画面所呈现出来的东西远比事件本身更为真实，无形中由“9·11”事件的亲历者、见证者，变成了“观看者”“旁观者”，以至于失去了共情能力。丽昂“每当看见那些飞机的录像，她都会把一个指头移向遥控器的电源按钮。然后，她会看下去”[⑦p145]，她关于这场恐怖事件的记忆已经悄然变成了电视画面的震撼。对此，德里罗指出，“我们必须要接受现实中的震惊和恐惧”[⑤]，要对抗由于电视画面的冲击而日渐淡去的悲痛记忆。为此，他建构了小说的第二重隐喻，设置了行为艺术家——“坠落人”戴维·雅尼阿克的形象，试图在政府与媒体建立的边界之外重新想象与再现这场恐怖事件的袭击。

在小说中，德里罗淡化了雅尼阿克的真实身份，也没有向读者展示他的个人经历，只是象征性地描述了他的每次现身的情形。当官方还在试图压制“9·11”事件的本质、在电视上制造“爱国主义奇观”时，雅尼阿克以他的行为艺术直接现身于美国普通民众的现实生活，随时在他们眼前上演着“坠落”的情景，再现事件发生的瞬间。通过一次次重现这种“创伤记忆”，雅尼阿克试图鼓励人们勇敢地面对创伤，回归亲历者、见证者的姿态来反思这场恐怖事件。当丽昂在雅尼阿克去世后主动上网查看他的消息时，她意识到“她就是照片，就是那光敏面”[⑦p243]，这意味着她逐渐恢复了自己的感知，重新看待这场事件，并准备勇敢地生活，使一切重回正轨。

遗憾的是，雅尼阿克并未完成他的艺术理想，也无法实现其终极“坠落”的效果。他在最后一跳中并未计划使用安全带，似乎想用自我坠落的震撼结局来实现行为表演的最终目的，却随着他的自然死亡（罹患心脏病）而破产。赋予雅尼阿克这样的结局，似乎表明了德里罗本人的悲观与怀疑情绪，即雅尼阿克这种鼓舞人心的力量并不能真正减轻人们的精神创伤，无力对抗现实。

（三）赌博与阿尔兹海默症

《坠落的人》以居住在纽约曼哈顿的基思一家作为叙述主体，从亲历者与见证者两条线索出发，构建了一幅经历恐怖主义后陷入惶惑状态的美国普通民众的精神图景。在构建这两条线索的过程中，德里罗以“赌博”和“阿尔兹海默症”的意象分别对应于每条主线，设置了第三重隐喻。

第一条是亲历者基思的线索。作为在“9·11”事件中侥幸逃生的幸存者，基思并未因自己的幸存感到释然。他目睹了同事鲁姆齐的死亡，昔日牌局的两名玩家也因此丧生。当他下意识地出现在前妻丽昂的家门口时，他的精神已经由于强烈打击而涣散麻木。即使他渴望与丽昂恢复家庭关系，一起渡过难关，这种可能性也是渺茫的，只能“越走越远”。

基思沉溺于扑克牌的赌博，想以此来填补精神上的虚空。玩牌吸引他的已经不是下注过程的刺激感，而更像是一种精神逃避：“在玩牌的时候，他脑海里通常不会无意中闪现出历史，闪现出回忆”[⑦p245]。在此，德里罗通过“赌博”这一意象，暗示了“9・11”事件后亲历者们的精神状态。赌博意味着偶然性与随机性，它带来的只有一瞬间的安慰，而不具有永恒性。即使在堆放筹码的过程中，基思找到了心理慰藉，好像能够抓住一丝模糊的意义，然而，这最终只能导向虚无，使他继续迷失方向。正如德里罗借牌友特里・成之口表明的：“在太阳出来之前，得回到自己的棺材里去。”[⑦p250]对于像基思这样的亲历者来说，偶然与短暂的安慰对他们来说是无助的，他们无法真正摆脱创伤的困扰，只能深陷在“坠落”的过程中，最终走向“自己的棺材”。

另一条线索是见证者丽昂与她的故事小组。她将罹患阿尔兹海默症的老人召集在一起，帮助他们找回个人记忆的碎片，改善他们的心理状态，从而成为“9・11”事件的另一种隐喻。这些老人们经历着语言的丧失、精神的裂痕与记忆的空缺，建立联系变得越来越困难。在故事小组的活动中，他们试图以书写的方式找回昔日记忆与温情。恐怖主义造成的创伤让历史与记忆渐渐从美国民众脑中消逝，正如丽昂意识到的那样，“他们并不像这些护照持有者那样……而是慢慢衰退，进入着色的雾霭中去”[⑦p153]，面对这种消逝，他们无力看到未来，唯有通过不断地“书写”，试图留下些什么。

然而，不仅亲历者基思与弗洛伦斯沉溺于记忆碎片中，不能完整地回忆这场事件，而且唯一试图讲述、“书写”这场事件的人，恰恰也是这个由阿尔兹海默症患者组建的故事小组，他们的回忆也是支离破碎的。由此看来，对于以“书写”方式找回记忆的可能性，德里罗也是表示怀疑的。

三、“坠落”隐喻下的“末世焦虑”

通过这三重相互联结的“坠落”隐喻，小说呈现给读者的仿佛是处于当下的一种被无限延长的“暂停”状态，“是一幅由捕捉的瞬间组成的马赛克，一幅画的静物，一幅记忆的浮雕”[⑨]。小说中，一切都在“坠落”，像基思一样的亲历者们在赌博过程中短暂地逃避精神创伤，却只能获得虚无；像丽昂一样的见证者们看似通过“写作”与讲述找到力量，而对于未来是否能够“以可靠的态度独自镇定生活下去”[⑦p258]，却依然是未知数；像雅尼阿克一样的行为艺术家的这般鼓舞人心的力量并不能真正减轻人们的精神创伤，它无法对抗实际的精神“坠落”状态。

在医院的急诊室，医生告诉基思，自杀爆炸实施者身体的细小碎片会因巨大力量嵌入幸存者们的身体，形成肿块。而对于美国普通民众来说，又何尝不是如此？“9・11”事件之后的美国社会，每个人都是行走的伤员，在被恐怖主义的“有机弹片”所造成的心理创伤后遗症中生活，无法解脱。

而贯穿这幅“坠落”图景的，是德里罗的复杂心境。一方面，他选择直面被压抑的记忆，试图用“反叙事”的方式来为“9・11”事件中“坠落的人”（美国普通民众）表示哀悼，赋予深切的人道主义关怀；而另一方面，他也用“坠落”一词隐喻了后“9・11”时代美国民众乃至整个人类的精神状况，对看不到的未来表现出深深的忧虑与恐惧：“9・11”事件之后，随着美国发动伊拉克战争，人类面临的挑战与威胁并未得到任何缓和与消减。全球性的经济危机、区域性的领土争端、政局动荡仍在不断上演，整个世界仿佛都在“坠落”。因此，在德里罗、约翰・厄普代克（John Updike）、乔纳森・萨福兰・福尔（Jonathan Safran Foer）等美国作家的“9・11”文本中，始终贯穿着这种“末世焦虑”与“坠落”之感。

面对后“9・11”时代的世界状况，我们将何去何从，德里罗在2007年提出了他的疑问，而在“9·11”事件20周年后的当下，面对愈加严峻复杂的国际形势，以《坠落的人》为代表的一系列经典的“9·11”小说所提出的疑问与思考，仍然具有重要的借鉴意义。

注释【Notes】

①M. Hagen, W. Review, *World Literature Today*, 2008(1) , pp.59–60.

② 罗小云：《超越后现代：美国新现实主义小说研究》，北京大学出版社2012年版，第128页。

③ 陈俊松：《重构“经历过的记忆”——〈坠落的人〉与“9·11”的文学纪念》，载《国外文学》2019年第4期。

④ [印]S．温卡塔拉曼主编：《媒体与恐怖主义》，赵雪波译，中国传媒大学出版社2006年版，第137、第138页。

⑤ DeLillo, Don. In the Ruins of the Future: Reflections on Terror and Loss In the Shadow of September , *Harper's Magazine* (December, 2001)，pp.34, 38, 39.

⑥ [美]朱迪思·赫尔曼：《创伤与复原》，施宏达、陈文琪译，机械工业出版社2015年版，第32、第39页。

⑦ [美]唐·德里罗：《坠落的人》，严忠志译，译林出版社2010年版，第13页。

⑧ 但汉松：《“9·11”小说的两种叙事维度：以〈坠落的人〉和〈转吧，这伟大的世界〉为例》，载《当代外国文学》2011年第2期。

⑨ Kauffman, Linda S. World Trauma Center, *American Literary History*, 2009(3), p.652.

《伤心咖啡馆之歌》中的“阈限之人”①

唐姬霞

内容提要：美国女作家卡森·麦卡勒斯的中篇杰作《伤心咖啡馆之歌》在人物塑造方面体现了典型的“阈限”特征。作品塑造了三位主要“阈限人物”：强悍的男人婆艾米莉亚小姐、俊美的恶棍前夫马文、畸形罗锅李蒙表哥。他们处于矛盾的身份阈限和爱情阈限之中，既无法自拔，又不能逾越阈限的樊笼。分析《伤心咖啡馆之歌》中的阈限之人，反映了人类永恒、普遍的爱情和孤独主题，体现了人对于自我和他人认识的局限性和盲目性，以及人与人之间交流的必要性和迫切性。

关键词：卡森·麦卡勒斯；《伤心咖啡馆之歌》；阈限；阈限之人

作者简介：唐姬霞，桂林航天工业学院外语外贸学院，讲师，硕士，研究方向为英美文学。

Title: The Threshold Characters in *The Ballad of the Sad Café*

Abstract: Carson McCullers, American woman writer, whose novelette masterpiece *The Ballad of the Sad Café* represents typical threshold characteristics in the shaping of characters. The work models three threshold characters: tough, masculine Miss Amelia, handsome wastrel ex-husband Marvin Macy and deformed hunchback Cousin Lymon. They are in contradictory identity threshold and love threshold, they can neither extricate themselves nor escape the cage of threshold. Analyzing the threshold characters *in The Ballad of the Sad Café* reflects the themes of human eternal, universal love and loneliness, and represents the limitation and blindness of people's understanding of themselves and others, and the necessity and urgency of communication between people.

Key Words: Carson McCullers; *The Ballad of the Sad Café*; threshold; threshold characters

About Author: Tang Jixia is from the School of Foreign Language and International Business in Guilin University of Aerospace Technology, lecturer, master, specializing in British and American Literature.

“阈限”最早广泛应用于心理学和人文社会科学研究。阈限（Liminality）一词源自拉丁文“limen”（英语threshold，意思是极限），指“有间隙性的或者模棱两可的状态”。苏巴·穆克赫吉（Subha Mukherji）认为，阈界（阈限）具有如下基本特征：不确定性（the indeterminate）、过渡性（the transitory）、犹疑性（the uncertain）和不安全感/诱惑性②。文学领域里，阈界现象大量存在，例如，哥特小说喜欢探索阈界，如生与死之间，现实与非现实之间，清醒与做梦之间，理性与疯狂之间，善与恶之间，因而成为一种代表性阈界文本③。阈限阶段指一种既不在原状态也不在新状态的过渡阶段。英国人类学家特纳进一步提出了阈限地点、阈限人等概念（Turner，1969）。他认为，阈限阶段是既不在此也不在彼的中间地带，囿于此空间的人被称为“阈限实体”或“门槛人”。在他的理论中，阈限人处于“无结构”过程，显现出居间性、异质性和矛盾性。霍米·巴巴也在阐释阈限空间这一概念时，强调了阈限人“介于之间”的身份困境：既非此，也非彼，而是“之外”之物，阈限人无法超越种族、阶级、性别和文化的差异，他们彼此混杂，跨越边界，处于一种居间的状态（Homi Bhabha，1994）④。

一、《伤心咖啡馆之歌》梗概及其“阈限”

卡森·麦卡勒斯（Carson McCullers，1917—1967）是二十世纪美国最有名的作家之一，二十三岁即享誉纽约文坛。凭着婉转的风格和细腻入微的人物心理描写，她被誉为“南方文艺复兴第二代作家的杰出代表之一”。其作品中流露出真切悲怆之情，在美国文坛上也别具风格。她擅长描写孤独、孤立和疏离等主题，被众多评论家称为“孤独的猎手”。《伤心咖啡馆之歌》（*The Ballad of the Sad Cafe*）是麦卡勒斯于1951年5月出版的小说集，共收录7篇麦卡勒斯最优秀的中短篇小说杰作，其中最重要的篇目《伤心咖啡馆之歌》被一致公认为麦卡勒斯最出色的作品之一，也是美国南方文学发展过程中一部具有划时代意义的作品。描写了荒诞的故事和人们之间疏远的关系，在她的描述中，主人公总是缺少爱或是缺少爱的能力。对于这部小说， 她称为是“自己的神秘小说”。这是一首属于她和她的南方的伤心之歌⑤。在《伤心咖啡馆之歌》中，卡森创作的三位主要人物都有明显的阈限特征，属于“阈限之人”。强悍的男人婆艾米莉亚小姐、俊美的恶棍前夫马文、畸形罗锅李蒙表哥都处于矛盾的阈限空间中，在身份阈限和爱情阈限之中煎熬、徘徊和挣扎，最终也没有跨越阈限之樊笼。

二、阈限之人

（一）艾米莉亚小姐

1.艾米莉亚小姐的身份阈限

艾米莉亚小姐“出生时黑不溜秋、面容怪异，自幼丧母、性格孤僻，十来岁就长到普通女孩没有的一米八几的个头”⑥，她“长得黝黑高大，有着男人般的骨骼和肌肉。留着短发，从额头往后梳着，晒黑的脸庞透着严峻粗犷的神情。要不是那双斗鸡眼，她还算得上一个长得端正的女人”⑥p4。“她的生活一成不变，每一天都过成前一天的样子……直到她三十岁那年的春天。”⑥p5她中性的外貌形象和她有悖常理的生活方式是她成为“阈限人”的第一步。虽为女性，她不仅长得像男人，连思维方式和行为举止都偏男性化，而且比男人更会赚钱，她是小镇上最有钱的人。她事事在行、无所不能，凡是靠双手能成功的事情，她都擅长。她经营着一家杂货铺，开酿酒坊，开锯木厂，做庄家和财产抵押，会做各种腊肠、糖浆，会看病……艾米莉亚小姐作为一个女性，但她骨子里并不认可自己的女性身份。她跨越性别边界，不仅构建了一个“男人形象”，还借此击溃其他形形色色男性，登顶小镇权力巅峰⑦。她精明能干、独立专行、无所畏惧、自食其力，这一切让她充满了优越感，自信心不断膨胀。她唯一不在行的就是跟人打交道，这是她的致命伤，她内心孤独无助，没有亲戚朋友。她与众不同，活在自己的世界当中，与小镇上的其他人格格不入，很难融入集体，她自始至终都逾越不了身份的阈限。

2.艾米莉亚小姐的爱情阈限

或许是为了排解孤独，艾米莉亚小姐将精力全部倾注于各项工作，让忙碌填满所有的时间和生活，完全忽视了自己的感情。她每天重复着一成不变的生活，平时几乎都是与孤独为伴。她遇到的两个男人打破了她惯常生活的轨迹和内心的平静，她对两位男人的态度和行为则完全改变了她自己的人生。

对待前夫马文，艾米莉亚完全漠视，甚至无情践踏，虽然稀里糊涂地答应了他的求婚，并和他结了婚，但她从来都没有把马文当回事，拒绝和他一起生活，对他拳脚相向。她得到了马文拥有的一切财产，但根本就没有爱过他，甚至还让他在小镇上颜面丢尽，丝毫没有顾及他作为男人的一点尊严。她的所作所为最终把他逼上了违法的道路，蹲了监狱，他在给她留的信件中威胁一定会向她讨个公道，这也为她后面的悲剧埋下了可怕种子。

对待罗锅表哥李蒙，艾米莉亚小姐的态度则截然相反，她的爱意终于萌发，甚至爆发了。虽然李蒙长相丑陋，一无是处，甚至让人恶心或唾弃，她却如获至宝，并深爱着李蒙。在与他朝夕相处的六年里，她对他事事迁就、体贴入微、柔情蜜意，就像照顾自己的孩子一样照顾他，不惜打破各种禁忌和避讳，愿意与他分享一切，除了她短暂的十天婚姻之外。她完全习惯了与他生活在一起的日子，已经离不开他，到了无法自拔的地步。他的一举一动、一言一行都牵挂着她的神经，她的心。“她对他的宠爱已经到了不可理喻的地步……”⑥p30“每天上午他们都待在咖啡馆里，经常一起坐在楼上客厅的火炉旁，一坐就是好几个钟头。罗锅一到晚上就会犯病，害怕躺在床上与黑暗为伍。他对死亡恐惧至极，而艾米莉亚绝不会看着他遭受这种恐惧而置之不理。有人甚至推测，开咖啡馆的主要原因就是为了罗锅，因为咖啡馆可以为他带来陪伴和快乐，帮他度过难熬的夜晚。”⑥p31“艾米莉亚小姐好像跟以前不大一样了……她经常大笑，笑声豪放爽朗，吹起口哨来，哨音也是轻快悠扬的……当她扭头看他时，一脸的柔情蜜意，当她喊他的名字时，声音也是饱含爱意。”⑥p58艾米莉亚小姐终于陷入了爱河，只是她的爱得不到大家的接受和祝福。因为“艾米莉亚小姐孔武有力，身材高大，超过了一米八，而李蒙表哥却身体虚弱，身材矮小，仅仅齐她的腰”⑥p32。在镇上的人们看来，这两个极不相称的人住在一起是有罪的，他们的结合极不般配，令人怜悯。

对于这份不被看好的爱情，艾米莉亚小姐一直处于追求者的位置，可以说是罗锅李蒙表哥的出现唤醒了她长期以来深埋内心的情感，触发了她对爱情的憧憬和渴望，让她这个男人婆开始变得像个女人般地去生活、恋爱。不管他是畸形、残疾，身患重病，还是身无分文、无家可归。她为了李蒙表哥竟然还答应让前夫一起住进自己的家，三个人一起生活起居，过起了荒唐的三人生活。她“常常让自己深陷窘境。但她仍然没有把前夫马文赶出去，因为她害怕这么做会让自己孤苦伶仃，孑然一身。一旦你跟别人一起生活后，再独自一个人生活，会是一种莫大的折磨。当时钟的嘀嗒声渐渐听不见了，点着炉火的房间一片死寂，空荡荡的屋子里只剩让人心生愁绪的影子——与其直视独自一人生活的恐惧，还不如让自己的死对头住进来”⑥p78。艾米莉亚小姐为了爱和自己爱的人忍受着各种煎熬和挣扎。她倾注了所有的情感，不计后果地一味付出，并乐于其中。然而她对李蒙表哥的爱却永远逾越不了世俗的偏见和获得应得的回报。她爱的李蒙表哥并不爱她，最终还被他和马文联合欺骗和无情离弃。她被彻底击败、身心俱疲，失去了生活的信心和勇气，把自己关在门窗被木板封死的房子里与世隔绝，艾米莉亚小姐最终没有逾越爱情的阈限，她郁郁终生，成为一名真正的“阈限之人”。

（二）马文·麦希

1.马文·麦希的身份阈限

马文·麦希从小生活凄惨，被父母抛弃，后被好心人收养。长大后成为“一位织布机维修工，是数一数二的大帅哥——一米八五的个头，肌肉发达，温柔的灰色眼眸，卷卷的头发。他日子过得不赖，薪水高，戴着块金表。但他品行不端、声名狼藉，跟郡里的小混混相比都有过之而无不及”⑥p34。“他的心灵因童年的凄惨不幸而变得扭曲。他麻木不仁，内心如同一枚桃核，坚硬冷酷，布满凹痕。”⑥p36“他干过的缺德事可以说不胜枚举，但除此之外，他全身上下，似乎每个毛孔都透着种莫名的邪恶气息。”⑥p67马文就是这么一个放荡不羁、飞扬跋扈、暴戾恣睢、臭名远扬、遭人嫌弃、无情无义的阈限之人。马文的身份和名声导致镇上的人见了他就像见了瘟神，都远远地躲开他，不敢靠近。

2.马文·麦希的爱情阈限

马文·麦希22岁的时候，爱上了艾米莉亚小姐这个性格孤僻、瘦长难看、有着一双斗鸡眼的女孩。他爱她不是因为其他原因，而是完完全全出于爱，纯粹的爱。爱情真是一个奇迹，它彻底改变了马文。“他默默地爱着艾米莉亚小姐，两年了都不敢表白。他待在艾米莉亚小姐杂货铺的门口，眼神温顺、期许又闪烁迷离。他像变了一个人似的，对弟弟和养母也好了起来，还学会了存钱和节俭。他变得有礼貌起来：学会了起身给女士让座，不再讲脏话、打斗或亵渎神灵。两年来，他一直努力改变自我。”⑥p37对待这次爱情和婚姻，马文是认真的，他渴望与所爱的人在一起过上幸福的生活，他倾注了所有的情感和精力。然而，婚后的事实却让他心灰意冷、大失所望。婚后的几天，他承受着巨大的煎熬和折磨。他的新娘子压根没把他当回事，他没有享受到作为丈夫的一点待遇。尽管他还抱有幻想地把自己名下的全部财产转给了她，渴望她能对他心生好感，他却因喝醉酒被艾米莉亚小姐狠狠打了一顿，连门牙都打掉了。结果他颜面丢尽地离开了镇子，为了发泄和报复变本加厉地干坏事，成为一位名副其实的罪犯。在这场爱情和婚姻里，马文自始至终都是追求者的角色，他享受着爱一个人的滋味，沉浸在美好和喜悦之中不能自拔，从来没有想过会遭到拒绝和失败。然而当他一旦遭到失败和打击，便陷于深渊，不可救药。他自暴自弃，最终没有逾越美好的爱情和成为一个好人的阈限。

（三）李蒙·威利斯

1.李蒙·威利斯的身份阈限

罗锅李蒙“估计只有一米二，穿着件破旧的外套，脏兮兮的，顶多盖过他的膝盖。两条畸形的腿，似乎细得无法支撑他的大鸡胸和肩膀上隆起的驼峰。他的脑袋出奇地大，两只蓝眼睛深陷，嘴巴又小又尖。他的脸看上去既怯懦又粗鲁，暗淡的皮肤此刻在灰尘的掩盖下泛着黄色，眼窝处有一圈浅紫色的阴影”[⑥p7]。他身体畸形、长相丑陋、无家可归、一无是处，骨子里透着圆滑、阴暗和坏心思。长期行走江湖、流浪社会的李蒙圆滑世故、信口开河、胡诌乱谤。他深谙处世之道，善于捕捉心思、搬弄是非。涉世未深的艾米莉亚小姐完全被他迷惑和掌控。“他在镇上四处打探，知道每个人的秘密，每天只要醒着，就会各种嚼舌根。”[⑥p51]李蒙的形象不禁让人心生怜悯，又难以接受，还让人望而生畏，不敢接近。他在身体和精神上的畸形使他成为一位典型的阈限之人。

2.李蒙·威利斯的爱情阈限

在艾米莉亚小姐面前李蒙善于示弱和利用。他孤苦伶仃、凄凉无助的柔弱形象得到了艾米莉亚小姐的爱和垂怜。在大多数人眼里，这种形象不会对任何人构成伤害和威胁。艾米莉亚小姐素来以男人婆的形象出现，父母的去世让她既独立又孤独，她需要的不是马文那样高大英俊、大男子主义的男人，而是像李蒙这种弱小的人物：既不会摆布她，也不会对她造成威胁或麻烦，甚至需要依靠她的保护和呵护。李蒙正好契合了她的期盼和要求，她是生来就是去照顾别人而不是被别人照顾的，她需要这种优越感。

具有讽刺意味的是，对于艾米利亚小姐的百般宠爱、细心呵护，李蒙不但没有丝毫感激和回馈，而且视为理所当然。当他面对马文时却彻底沦陷、丧失自我。尽管马文对他的一举一动都嗤之以鼻、毫不在意、无情奚落，他却不惜把自己降到尘埃里，使出浑身解数百般讨好和乞求。他最终和马文联合，残忍欺骗和背叛了艾米利亚小姐，将她彻底击垮。然而李蒙对自己的所作所为没有丝毫愧疚感和负罪感，他最终没有突破成为一个好人的阈限。

三、小结

《伤心咖啡馆之歌》中的三位各自怀揣私心的“阈限人”相遇，演绎了一个荒诞诡异又可悲可叹的三角爱情故事。萨特曾断言：“爱的本质是占有。”施爱者的不顾一切对被爱者来说是难以忍受的，甚至会让“被爱者恐惧并痛恨施爱者”[⑧]。三位阈限人都是施爱者，他们渴望在喜欢的人身上找到爱和慰藉，摆脱孤独和寂寞。马文爱艾米莉亚小姐，艾米莉亚小姐爱李蒙表哥，而李蒙表哥却拜倒在马文脚下。无论他们多么努力，一切都无济于事，事实证明，他们爱的对象都不爱他们。麦卡勒斯在《伤心咖啡馆之歌》中塑造的三位阈限之人陷于身份阈限、爱情阈限及孤独中无法自拔、相互伤害，反映出人类对自我和他人认识的局限性和盲目性，工业社会中人与人之间关系的冷漠、疏离和异化。人类对未知命运的思考、担忧，以及自我身份丧失的内心恐惧，表现了现代人在彼此疏离的孤立环境中交流的迫切需要[⑨]。

注释【Notes】

①本文系广西高校中青年教师科研基础能力提升项目“加拿大英语女作家小说中的‘南安大略哥特’风格研究”（编号：2019KY0806）的阶段性研究成果。

②Subha Mukherji: *Thinking on Thresholds: The Poetics of Transitive Spaces*. New York: Anthem Press, 2013, pp.xvii–xviii.

③Nicole Burkholder-Mosco, Wendy Carse: “Wondrous material to play on”: Children as Sites of Gothic Liminality in The Turn of the Screw, the Innocents, and the Others, Studies in the Humanities, Vol. 32, No.2, 2005, p.201.

④冯志丽、刘玉红：《〈达洛维夫人〉中塞普蒂莫斯的阈限处境阐释》，载《当代外语教育》2021年第1期，第97页。

⑤杜增辉、成汹涌：《寻求依靠的现代人—从精神分析角度解读〈伤心咖啡馆之歌〉》，载《作品评析》2019年第6期，第24页。

⑥[美]卡森·麦卡勒斯：《伤心咖啡馆之歌》，张文明译，民主与建设出版社2020年版，第4页。以下只在文中注明页码，不再一一做注。

⑦吕琛洁、黎敏：《〈伤心咖啡馆之歌〉：生态女性主义视域下的人类挽歌》，载《绥化学院学报》2021年第41卷第12期，第57页。

⑧康利荣：《〈伤心咖啡馆之歌〉的人性异化分析》，载《散文百家(理论)》2021年第8期，第28页。

⑨刘鑫：《小说〈伤心咖啡馆之歌〉中的咖啡馆意象及其审美价值分析》，载《新纪实·理论新见》2022年第9期，第38页。

犹太文化困境及其空间隐喻
——解读索尔·贝娄《只争朝夕》中的文化身份书写

张　燕　吴晓梅

内容提要：索尔·贝娄作为在美国的第二代犹太移民的代表，其作品对犹太后裔在美国的生存空间以及犹太文化的传承尤为关注。本文结合文学空间理论和文化身份理论，对《只争朝夕》的社会空间和家庭空间进行分析，认为小说中二十世纪三十年代和五十年代的纽约城市空间并置以及纽约城市空间和罗伯斯伯里乡下寓所的平行并置，隐喻了犹太文化面对强势主流文化的侵袭面临传承危机，犹太移民面临文化身份迷失的困境。小说中异化的家庭空间隐喻了看似是文化卫道士的犹太移民实则早已抛弃本民族的文化信条。在异质文化背景下犹太移民的文化身份日益淡化，这种尴尬的文化身份处境也暗示着在当代美国社会中犹太文化逐渐式微的存续危机。

关键词：索尔·贝娄；《只争朝夕》；文学空间理论；文化身份理论；犹太文化危机

作者简介：张燕，北京工业大学文法学部外国语言文学专业硕士研究生，英美文学方向；吴晓梅，北京工业大学副教授，硕士生导师，博士，英美文学方向。

Title: Jewish Cultural Dilemma and Its Spatial Metaphor: An Interpretation of the Writing of Cultural Identity in Saul Bellow's *Seize the Day*

Abstract: Saul Bellow, as a representative of the second generation of Jewish immigrants in the United States, pays particular attention to the living space of Jewish descendants in the United States and the inheritance of Jewish culture in his works.This paper combines the theory of literary space and cultural identity to analyze the family space and social space in *Seize the Day*. The juxtaposition of New York City space in the 1930s and 1950s and the juxtaposition of New York City space and Robesbury's country apartment in the novel are metaphors that Jewish culture is experiencing a crisis of inheritance in the face of the invasion of strong mainstream culture and Jewish immigrants are facing the dilemma of losing their cultural identity. The alienated family space in the novel is a metaphor for the fact that the Jewish immigrants who seem to be the guardians of culture have already abandoned their own cultural creed. Under the background of heterogeneous culture, the cultural identity of Jewish immigrants is increasingly weakened, and this awkward cultural identity situation also implies the survival crisis of Jewish culture in contemporary American society.

Key Words: Saul Bellow; *Seize the Day;* literary space theory; cultural identity theory; Jewish cultural crisis

About Author: **Zhang Yan,** a postgraduate student in the faculty of humanities and social sciences, Beijing University of Technology, specializing in English and American Literature. **Wu Xiaomei,** an associate professor of Beijing University of Technology, specializing in English and American Literature.

索尔·贝娄（Saul Bellow）作为一名犹太裔美国作家，他的作品尤为关注犹太移民在异质文化中的生存状态。小说《只争朝夕》中的主人公威廉作为第二代犹太移民，他依然是美国的客居者，融于其血脉的犹太文化在与美国主流文化的交流与冲突中遭遇了同化，导致其“文化边缘人”身份的形成。学界对于这篇小说的探讨主要集中于现代主义元素的展现、物质消费主义对家庭关系的侵袭以及从文学伦理学视角出发探讨人与社会、他人和自我之间的关系。而人与空间在某种意义上是一种互相建构的关系，考察人与空间的辩证关系是确认个人身份的方式之一。因此通过探究《只争朝夕》中的多重空间建构以及威廉所处空间的文化表征，可以洞察犹太移民在他乡的文化身份变迁历程。本文通过还原以威廉为代表的犹太移民所处的美国社会空间以及家庭空间，探析犹太民族性在现代美国社会中的生存困境。

一、社会空间：移民出走与文化身份迷失

当少数族群进入了异文化所主导的国家之后，主体文化的模式和准则逐渐与之交融，主流群体“同化”少数族群文化的结局应运而生①。小说主人公威廉生活在二十世纪的纽约城市空间，经济繁荣的社会空间虽然为他提供了自由选择的机会，时空的变换也让他陷入了自我身份选择的旋涡之中，最终威廉在双重文化之中撕裂了自身的身份认同。

贝娄将二十世纪三十年代、五十年代的城市空间内部并置，同时也将纽约城市空间与威廉在罗伯斯伯里的乡下公寓空间并置。地理空间的并置清晰地呈现出威廉由犹太后裔逐渐被美国文化吸引成为文化边缘人的过程以及他的身份认同倾向。小说中二十世纪三十年代的纽约城市空间与五十年代的纽约城市空间平行展演。二十世纪三十年代的城市空间是诱惑威廉割裂犹太身份认同的起点。二十世纪五十年代的纽约空间是威廉身份认同危机的爆发之地。空间性是身份形成的关键维度，身份则与特定的地方有关②。在美国资本主义生产的社会空间中威廉遇到了自称能够将他打造成超级明星的伪星探莫里斯：

> 这是你的机会。现在你还在上大学。你可能要苦干五十年才能有所成就。这条路，一跳，全世界都会知道你是谁。你会成为名人的，像罗斯福、斯旺森……③

时空的迁移以及美国主流文化的同化作用是导致威廉文化身份变化的直接因素，文化在场与缺场的差异也会导致主体文化认同的差异。莫里斯向威廉发出的邀请是当时整个美国社会吸引犹太族群的缩影。二十世纪二十年代初美国政府为了促进外来移民融入美国社会的举措逐渐发展为政府强制性干预的政治运动。它要求移民必须立即切断与母体文化之间的一切联系④。受到这种极端历史化背景的影响，犹太裔后代的民族身份逐渐淡化。接受莫里斯的邀约是威廉迈向主流社会的第一步，“那时候，威廉也采用了新的名字。在加利福尼亚，他变成汤米•威廉”⑤。名字是指代个人身份的重要证据，能够识别一个人的文化背景或者宗教属性。威廉抛弃犹太化名字，渴望脱离犹太文化身份。他对身份的追寻实际上也是对其文化属性的一种确证。主体在不同的时间里获得了不同的身份，包含相互矛盾的身份认同，处于不断变动之中⑥。

移民所在的地方与家园之间的关系是高度建构的。移民往往从所在地方的体验中想象自己的家园。贝娄通过语言文字的中介作用建构出了一幅现代都市的文化图景以及充满情感色彩和象征意义的都市表征空间。现代建筑与设施都成为纽约的空间隐喻：

> 附近的安森酒店看起来就像布拉格或慕尼黑的一座巴洛克式宫殿，只不过放大了一百倍，有塔楼和穹顶，有铁浮雕和帷幔，还有巨大的金属脊和气泡，在阳光和雨水的照射下呈绿色。⑤p10

个人所属的社会群体的文化身份建构是基于地方常规实践。移民在流散的动态环境下对于处所的体验体现出移动的人群在流动中对身份认同的固定性和安全性的渴求。对文化身份的想象就体现在对于其所处地方的想象之中⑦。他“不再适应纽约的生活，也未能从来没有像现在这样吵闹，没一件微不足道的小事都让你紧张”。威廉对父亲哭诉着“再也受不了都市的生活，我想念乡下的生活。住在这里压力太大了。这里太容易让人激动”⑤p24。对二十世纪五十年代纽约城市的消极反应是威廉心情的映射，此时已经破产的威廉对于纽约的反应由积极转为落寞。由喜转哀的情感变化暗示了威廉抛弃犹太文化身份转寻美国身份的危机。

威廉追求文化身份归属的过程也投射在空间意义上的城市与乡村。生存空间的稳定是身份确定的象征，而不稳定的生存空间则会导致自身价值的

退化以及身份的焦虑。纽约城市空间诱惑与冷漠的推拉暗示了移民融入主流社会的不确定性。正是由于地域文化的介入，使得地理空间与主体的关系组合发生了变化，主体无法与目标文化顺畅地建立联系。而空间兼有执行社会秩序的监管职能与社会秩序紧密相连⑧。每个人都有各自所属的社会空间，一旦逾越就会付出代价。威廉出于对主流文化身份的渴望，盲目进入大城市打拼，最终一无所获，沦为双重文化夹缝中的边缘人。

借助两组地理空间的并置，贝娄在《只争朝夕》中塑造的边缘人威廉的形象映射出犹太移民在美国社会空间中的生存状态：初入美国社会时犹太移民向往美国文化身份，面对强势美国文化的同化，弱势的犹太文化却并未完全丧失话语权。这种尴尬的身份处境背后也隐喻着犹太文化的困境：地理空间的置换易让主流文化积极同化少数族群，越来越多的犹太移民主动选择美国身份，最终形成了移民出走犹太文化的局面。

二、家庭空间：同化冲突与犹太文化陨落

文化地理学认为对家的构建与创造是文学中的一种地理构建，是文学空间中的一个重要场所。对家的描写可以视为文化地理景观的一部分⑨。家宅是让人免于流离失所的存在，但是在纽约格洛丽亚旅馆这个非传统意义上的家庭空间中，美国文化盛行的个人主义价值观取代了犹太文化重视家庭的传统。中年时威廉所处的家庭空间暗示了威廉重塑犹太身份失败，同时也隐喻着犹太文化传承的根本不在于表面的姓氏更改，更值得关注的是在面对强势的主流文化的同化压力下，犹太后裔能否坚守本民族的文化信条。

犹太裔美国人面对犹太人和美国人两种身份的冲突，他们既将美国身份意识内化，又可以通过美国身份来定位自己的犹太身份。然而在后现代语境下，不同民族和文化之间的交流日益频繁，即使有共同的祖先和共同的历史，群体之间的差异也无法消除。以美国文化为代表的强势文化通过构想出相应的空间语言符号系统干预和控制现实空间的建构，由此形成了独特的美国式空间表征。在小说中美国式空间表征又影响着人物的空间实践。这种影响表现为美国个人主义价值观对阿德勒医生个人行为选择的操纵。伴随着威廉的破产，小说关注的空间转移到以父子关系为主的家庭空间之中。威廉抵达旅馆后，阿德勒医生在寒暄之后只是说："为什么你要和我一起在这里住旅馆，不和你的妻子以及两个儿子住在布鲁克林的家里呢？你把你的所有的困惑都带给了我。你指望我为你的状况做些什么呢？"⑤p21作为犹太文化核心的"人性"在阿德勒医生的身上已经丧失了地位，情感的磨灭即是美国化过程的一部分，美国化的犹太移民往往将情感视为一种坏的影响⑩。第一代移民表面上仍坚守着犹太文化传统，另一方面他们为了尽快地融入主流社会早已接受了美国式的处世之道，从穿衣打扮到饮食习惯皆努力效仿美国人。阿德勒医生看似是犹太传统的"卫道者"，实则是犹太性被磨灭得最为彻底的人，这是物化的美国社会空间所导致的必然结果。

倘若脱离美国价值观的影响，家庭在犹太人的观念中本应至关重要。根据犹太教最早的祈祷文《阿勒努》的记载：人们必须以广大的胸怀去热爱和帮助自己的同胞⑪。显然阿德勒医生的态度已经背离了这一犹太信条和犹太式的空间表征。身处家庭这个情感单元中，一个人的情感与家庭中其他成员的情感是相关联的⑫。在这样一个支离破碎的家庭中，作为一个社会的疏离者，他只能在两个文化群体之间进行抉择却又始终游离于二者之外。人存在即意味着拥有空间。而人类生存的焦虑则来源于空间的匮乏。对空间的占有是人们安定生活的前提，因此他在社会和家庭空间中对于身份的追求无果也最终导致心理层面的无所依的焦虑状态。此时身份认同主要指的是某一文化主体在强势文化与弱势文化之间进行的集体身份选择，由此产生了巨大的精神磨难，这种精神痛苦主要表现为一种焦虑和希望并存的主体体验，这种独特的身份认同状态我们称之为混合身份认同⑬。

处于混合身份认同状态的犹太族裔群体在犹太

文化与美国文化激烈交锋的时候才会意识到本族文化的深刻影响。“在他的心目中，阿德勒是物种的明证，而汤米则是人的自由。然而威尔基却是他不可逃避的自我。”⑤p20阿德勒作为犹太姓氏明晰了威廉的犹太身份，他为自己取的汤米这个美国式的名字是他对于美国文化的向往，自小父亲称呼他为威尔基，这是威廉永远无法抛弃的出身。工业革命以来，西方社会在消费、城市改造等方面发生的革命性巨变已经把空间和实践的客观品质“革命化”了，历史感和未来感削弱，文化和社会生活都产生了方向错失和颠覆性的影响。在文化空间中这种明显的断裂感则表现为族裔群体在继承先辈文化方面所遭遇的危机。

落魄的威廉无法通过修复与父亲之间的亲情关系获取身份认同。犹太文化在与强势的美国文化的交流中不断碰撞，本民族的文化属性遭遇削弱，这正是在同化进程中不可避免的结局。威廉主观上将自己视为美国人的选择意味着他选择附属于美国文化，而反犹主义的真实历史表明主观上放弃自己文化身份的犹太人永远无法真正融入美国社会。威廉在“犹太”与“美国”两种身份选择上的困惑正是弱势文化与强势文化的冲突所造成的结果。父子二人关系的冲突隐喻着犹太文化所面临的困境由表面的移民出走美国主流社会演变成文化信仰层面的价值观更迭危机。

三、移民的结局与文化身份书写

文化空间生产指的是作者利用文学的象征、隐喻等手法对空间进行重新阐释，赋予空间具有社会和历史意义的表征性空间建构。贝娄借助文学媒介，以现实景观世界为对象，以思想意识为内涵，对纽约城市空间以及犹太移民的家庭空间进行了重新组构，威廉成为贝娄的化身，其所处的空间隐喻着犹太文化所经历的生存困境。

文学空间论认为文化空间的现实性反映在主体的文化视野与文化行为两个方面。正是这两个方面形成的文化记忆的集合，构成了主体文化空间观的现实体验。贝娄所拥有的犹太文化视野与犹太文化记忆奠定了他能够书写犹太文化身份的基础。作为犹太裔美国移民，贝娄四岁开始在家庭的影响下学习犹太经典。他曾在访谈中阐述对身份的理解：“出身为犹太人这是生活中的一个事实，我就是如此看待我的犹太身份的，这就是它伟大力量的源泉。”贝娄个人所经历的时代奠定了他为流散的犹太后裔发声的基础。他也提道了自己曾经遇到过很多从波兰和俄国的大城市来的犹太人，华沙的犹太人和莫斯科的犹太人。他们在吃非犹太教食品的时候完全将犹太教的规矩置之脑后⑭。客居他乡的犹太人一边缅怀着犹太文化传统，另一边又或多或少地在外部文化的影响下改变了自身的犹太属性。正是这种不确定性让界定犹太身份产生了新的挑战。同化作用极大地改变了犹太人的信仰和价值观。在双重文化的夹缝中，犹太人无法彻底脱离犹太文化传统却又在美国文化的影响下淡化了本民族的文化属性。

文化身份远非固定在本质化的过去，而是受制于一个持续不断的关于历史、文化和权力的游戏。贝娄再现了威廉的身份危机，并在小说结尾发现流浪者不仅面临生存的压力，而且成为一种试图摆脱精神错乱的“精神流浪者”，而摆脱“精神流浪”则应该珍惜本民族的文化积淀，也只有这样才能够书写好犹太文化身份。身份并非只有人们主动的选择，更多的是在不为人知的时刻悄悄脱离了民族文化的轨道而被社会中的强势文化所同化。这种犹太精神在美国都市世界中找到了自己新的美国声音，找到了一种新的悲哀⑮。犹太移民寻求身份的认同感不仅仅是找寻地理空间意义上的“迦南-应许之地”，更是在孤独冷漠的世界中他们潜在的对于理想家庭和社会的渴望。移民在构建新身份的同时，不应该毁坏由过去的历史所搭建的基石。贝娄意识到犹太人似乎与他们所生活的国度有种奇妙的单方面的联系。他们可以欣赏那些生活方式、那些语言和那些人物。这是种非犹太人或者主流社会不会予以回报的褒扬。理想的世界其实存在于日常生活空间之中，它并非是虚幻的天堂中的耶路撒冷，而是回归大地的耶路撒冷⑯。美国正处在一个文化的十字路口，这种强势的主流文化可以选择以盎格鲁-撒克逊为导向的同一性强加于少数族群上，也可以鼓励少数族群去发展或者巩固自己本民族的文化遗产。威廉在教堂陌生人的葬礼上的痛哭让他的犹太文化身份得到了真正的洗礼与觉醒。也许终有一日，像威廉一样回归的犹太人不再是脱离现实世界的幽魂，而是能够正视自身民族文化身份，摆脱在美国社会中陷入的身份危机并且延续犹太民族文化，这也正是贝娄力争重新书写犹太民族文化身份的终极意义。

四、结语

贝娄作为第二代犹太裔美国移民，他借助小说这类文化表征呼吁移民关注在流散之地的身份归属以及文化存续问题。文学空间生产的表征性建构是一个赋予空间意义的过程，正是文学表征的参与产生了不同的空间象征含义。贝娄通过书写威廉的个人故事，重新发掘犹太民族的想象与记忆。流散者无论是否离开家园都应该繁衍出富有生机的文化，流散的真正价值是离散者在世界中发现家园，或者在家园中发现世界。

注释【Notes】

①[美]康拉德・菲利普・科塔克：《人性之窗——简明人类学概论》（第3版），范可等译，上海人民出版社2014年版，第231页。

②James, M. Identity.In David Sibley (eds).Cultural Geography[C]. London: I.B.Tauris & Co Ltd. 2005, p.32.

③Bellow, S. *Seize the Day*. New York: Turtleback Books, 2003, p.57.

④李爱慧：《论东欧移民在美国的文化适应》，载《世界民族》2007年1月，第56—62页。

⑤Bellow, S. *Seize the Day*. New York: Turtleback Books, 2003, p.13. 以下只在文中注明页码，不再一一做注。

⑥Hall, S. Minimal Selves. In Lisa (eds). The Real Me: Post-Modernism and the Question of Identity[C]. London: The Institute of Contemporary Arts, 1987, pp.44–46.

⑦⑧陈丽：《空间》，外语教学与研究出版社2020年版，第47页，第61页。

⑨Crang, M. Limited by Imagination Alone: Research Methods in Cultural Geographies .In Cultural Geographies, 2015(22), pp.211–215.

⑩[罗]诺曼•马内阿：《索尔•贝娄访谈录》，邵文实译，中信出版社2015年版，第72页。

⑪李杰：《人文经典书系犹太人的文明》，新世界出版社2015年版，第218页。

⑫Nita, N. Triangling Bellow's *Seize the Day*. In Journal Pendidikan Bahasa dan Sastra. 2015(3), pp.123–126.

⑬陶家俊：《身份认同导论》，载《外国文学》2004年第2卷，第44页。

⑭[罗]诺曼•马内阿：《索尔•贝娄访谈录》，邵文实译，中信出版社2015年版，第41页。

⑮Kaithal. India Quest Motif in Saul Bellow's *Seize the Day*. In Intenational Journal of Reseach. 2014(1), pp.125–136.

⑯乔国强：《索尔・贝娄学术史》，南京出版社2014年版，第135页。

论《同情者》中幽灵形象的超越性

苏荣芳

内容提要：《同情者》是美国越裔作家阮清越的长篇处女作小说，小说中蒙冤而死的幽灵重返现实世界且充分展现了自身形象的超越性特点。本文通过论述桑尼和酒仙少校幽灵跨越二元的边界身份、超越人类的非自然性和批判现实的道德教诲功能，构造了独立于二元世界之外并且赶超人类认知和道德水平的幽灵形象，展示了《同情者》中幽灵形象的超越性以及小说幽灵叙事高超的艺术化效果。

关键词：《同情者》；阮清越；幽灵叙事；超越性

作者简介：苏荣芳，大连外国语大学英语学院硕士生，研究方向为美国文学。

Title: A Study of the Ghost Images' Transcendence in *The Sympathizer*

Abstract: *The Sympathizer* is the first novel written by Viet Thanh Nguyen, a Vietnamese American writer. The ghosts who die of injustice in the novel return to the real world and fully demonstrate the transcendence of their own images. By discussing the ghosts' boundary identity which breaks up binary, their unnaturality which transcends human beings, and their moral function of criticizing reality, the paper portrays the ghost image that is independent of the dualistic world and surpasses human cognition and moral level. Therefor, it further shows the transcendence of the ghost images in *The Sympathizer* and the superb artistic effect of the novel's ghost narrative.

Key Words: *The Sympathizer*; Viet Thanh Nguyen; ghost narrative; transcendence

About Author: Su Rongfang, a postgraduate in School of English Studies of Dalian University of Foreign Languages. Her research field: American literature.

2016年，阮清越凭借其长篇小说处女作《同情者》一举斩获普利策小说奖，《同情者》集历史、政治、间谍、惊悚等元素，呈现了一个双面人的辛辣独白，一个横跨越南、美国两个世界的声音。国外学者对《同情者》的研究最初始于2015年，目前国内外对该小说的分析研究总体呈现多样化的上升趋势，已有研究大多从主人公的视角出发，因而涉及了越战及难民书写、后殖民主义、跨国主义、叙事策略、女性书写、身体暴力等主题。然而目前尚未有国内学者关注到几乎贯穿小说全文的幽灵形象和小说幽灵叙事的特点，以及研究作家阮清越如何借用幽灵的视角反映、批判现实。《同情者》的主人公从越南逃往美国后成为一名北越密探，为了保证自己的秘密身份不被发现而不得不杀掉酒仙少校和新闻记者桑尼。二者被杀死后化作"幽灵"，其出场方式跨越了在场与不在场、现在与过去之间的二元对立，因而幽灵的边界身份具有与人类相对立的不充分性和不确定性；此外，桑尼和酒仙少校的幽灵形象具有打破自然定律的不可能性出场和超越自然的全知视角叙述，幽灵身份充满了神秘性和非自然性；与此同时，小说中的幽灵还具有一定的道德教诲功能，《同情者》以主人公的自白方式呈现，主人公与幽灵的对白不仅揭示了战争背景下人类相互残杀，畸形且痛苦的现状，引起了读者对生命价值的重新思考，幽灵意味深长的对白还构成了“显意”与“隐意”的内在张力，达到了曲径通幽的艺术效果，进而深化了桑尼和酒仙少校幽灵形象的超越性。

一、跨越二元的边界身份

（一）在场与缺席之间。“幽灵”是一种在场与不在场，生命与非生命之间无处不在又无所不知的精神存在，是对人类二元世界的解构。由于本体论无法表示幽灵的状态——既活着又死去，德里达的幽灵学发展成为一种阐明在场和缺席的方式。德里达的幽灵学挑战了我们对现实世界的共同认知，将我们暴露在幽灵的充满不确定性的世界中，在他看来，幽灵代表了“看不见的可见性”①。此外，幽灵“提醒人们注意在场的短暂性，并将幽灵视为既非存在也非不存在、非活着也非死亡的终极概念和文化悖论”②。在《同情者》中，小说主人公杀死了酒仙少校和新闻记者桑尼，二者化作幽灵萦绕于主人公的现实生活，阮清越采用幽灵叙事的形式把人们的注意力从在场与现在转移出来，使人们看到了在场与缺席之间、生者与死者之间、现在与过去之间的缝隙，因而幽灵的边界身份跨越了二元对立逻辑，体现了幽灵自身异于人类认知经验的超越性。

《同情者》中的幽灵时而以现身的“肉体”体现其在场性，时而只让读者通过听觉感受到它模糊、不确定的存在，主人公也意识到被鬼魂缠身的体验就是注意到在场中的缺席，识别到其中的裂缝、缺口和交叉点。例如，小说中被杀死的酒仙少校化作冤魂多次入侵主人公的生活，当他在开车时，主人公清楚地看到死去少校“他肥胖的身躯就在副驾驶座位上，肉多得快溢出来”③，并且他额头上弹孔所形成的第三只眼睛瞪得很大。这一切并不是他的幻觉，主人公此时对幽灵的在场十分肯定。可是他不得不承认的是酒仙少校已死，幽灵的这种存在方式不过是介于在场与不在场状态之间的矛盾产物，所以主人公认识到此时不过是“已死的他”继续用三只眼睛盯着自己。因此，我们很难对桑尼和少校的幽灵性概念化，它在挑战我们已知限域的边界空间之中运作，通过此种方式，“它有效地提醒人们注意这些本体论范畴的局限性和标准感知的局限性”②p6。此外，当指挥官说“那两条可怜虫的命还抵不上我们女特工受的伤”时，少校和桑尼的幽灵不仅会有“愤愤不平”的面部表情，还对接下来政委说的话摆出“竖起耳朵”③p413的姿势去听，此时幽灵的肉体现身弥补了在场与不在场之间的缝隙。然而，主人公时而又只能通过听觉——幽灵微弱的笑声，感受到它们在场的不充分性。在拍摄电影《村庄》期间，主人公跪在母亲的墓碑前面与她话别，这时传来了酒仙少校的笑声，“我听到酒仙少校空空之音，他在笑”③p210；当主人公行军跨过边境时，他已经“全身冻得发抖”，而此时两位幽灵却在一边望着我，他俩的“笑声隐约可闻”③p209。因而我们对幽灵的感知形式总是被幽灵介于在场与缺席之间的摇摆所影响，鬼魂或幽灵是一种独特的在场形式，“通过这种形式，某些东西丢失了，或几乎看不见，或在我们训练有素的眼睛看来似乎不在那里，当然，以它自己的方式，让我们知道或看到它自己”④。所以酒仙少校和桑尼幽灵的边界身份打破了在场与不在场，生命与非生命之间的二元对立，体现了其身份和存在的不确定性，这是对现实世界的超越与解构。

（二）现在与过去之间。幽灵携带着过去的记忆重返于当下，并且有目的地入侵现实，其身份也跨越了现在与过去之间的清晰界限。在德里达的幽灵学中，幽灵代表了对时间本身的解构主义解读。幽灵质疑“由与自身相同且与自身同时代的当下的连续联系所构成的普遍暂时性”①p70，他们挑战过去与现在，生与死状态之间的界限，就如同解构主义一样，幽灵拒绝任何对过去的固化理解，并通过发出在当下回归过去主题的信号，打破了暂时性的观念。因而在幽灵对历史、身份和本体论的攻击中，他们“打破了意义的固定性，开辟了新的理解和可能性”⑤。在《同情者》中，桑尼和酒仙少校是主人公为了保全自己秘密身份的牺牲者，两位幽灵携带着自己死前的秘密重返世界，并要求为自己的前世伸张正义，填补过去的裂痕。因此桑尼和酒仙少校的幽灵也是“一个时间上不合拍的实体”[⑥]，他们的边界身份不仅打破了现在与过去之间的二元对立，甚至把当下指向了未来，而作为被幽灵侵扰和萦绕的主人公，也久久在现实与记忆的交织之中煎熬。幽灵跨越现在与过去的边界身份正是对现实世界中线性时间以及固定认知的超越性反叛。

《同情者》中的幽灵穿梭于现在与过去的时间线中，桑尼和少校冤死的鬼魂每次出场都带着为自己过去正名的使命，因而幽灵的当下性并不像它声称的那样自给自足，在特殊情况下幽灵跨越二元的边界身份极有可能会背叛我们对时间的认识。在主人公知道桑尼意图破坏光复计划而引起将军对他的杀意之后，他开始对是否杀掉桑尼而挣扎纠结，同时也对自己已经杀死的酒仙少校倍感愧疚，而此时少校的幽灵出现了。幽灵少校清楚地知道自己的故事又将在桑尼的身上重演，他笃定“不过，我已经知道它会怎么收尾了。难道你不知道”[③p287]？幽灵少校的这一番声讨开启了作者不愿回顾的记忆大门，幽灵并不是漫无目的地入侵现实世界，“只有哀悼及其特有的失败和不满——或者最好说，只有忧郁症本身——打开了一个脆弱的空间和入口，幽灵可能会通过它出现”[⑦]。之后，在重返越南的旅途中，主人公与其他士兵一同为死去的中尉哀悼，这时酒仙少校的幽灵也冒出头来，质问道：“瞧我现在，除了脑袋上的洞，完完整整，不是一摊恶心的烂骨腐肉。为什么会这样？你解释一下，唉，上尉？你无所不知，事事精透，不是吗？”[③p350]过去总是通过萦绕的形式存在于幽灵的当下，酒仙少校的幽灵也必然是“一个时间上不合适的实体”，作为从过去浮现到现在的东西，幽灵必将质疑历史的线性发展。与酒仙少校幽灵的交往和联系会“改变并重构主人公所在的社会关系”，这种与幽灵的对话“让生活回到那些费心去看的人只能看到模糊记忆或赤裸裸痕迹的地方”[④p22]。总而言之，从时间的角度，即从一种重复返回过去的冲动的角度，或许可以最好地解释幽灵的“悖论”，正如《同情者》中幽灵时刻提醒人们注意过去在当下始终存在的作用。

二、超越人类的非自然性

（一）不可能性之存在。当我们从叙事角度来解读少校和桑尼幽灵的出场时，我们发现《同情者》这部小说叙事最有趣的一点是，它不仅再现了我们周围的经验世界，它还常常包含在现实世界中根本不可能实现的元素。对于文本中出现的不可能性元素，鲁斯·罗南写道：“小说可以构建不可能的对象与其他和现实世界明显不同的对象。”[⑧]而有关幽灵等非自然事物不可能性的论述，我们可以参考简·阿尔贝在其著作《非自然叙事：小说与戏剧中的不可能世界》中的论述：“在我看来，我们居住的世界是由物理定律、逻辑原则和永久稳定的拟人条件所支配的。因此，我认为，像会说话的动物、生机勃勃的尸体、共存的时间流和飞岛这样的现象在过去和今天一样不可能发生。”[⑨]酒仙少校和桑尼的幽灵恰恰处于一个违背现实世界规则的非自然世界中，以其独特性和不可能性丰富了叙述方式，给文本的阅读增加了新鲜的体验感。

在《同情者》中，酒仙少校和桑尼作为非自然世界的代表，成为摆脱日常经验之“此”而直达反常超验之“在”的叙述者。例如，在主人公杀死酒仙少校之后不久，他收到了一封婚礼请柬，而就在婚宴上大家频频举杯时，他突然看到了少校的“头，像被砍了下来，此刻成了我们餐桌中央的饰物”。突然出现的“头”是幽灵入侵现实世界的不可控性和不可知性的一种体现，它完全打破了我们对于自然的认知，即关于时间、空间和其他人类的非常基本的知识形式[⑩]。在婚宴这样一个美好而又充满祝福的场合，突然出现的这颗头与之形成强烈对比与反差，似乎在告诉主人公他生命中每一个阳光的日子都必将被诅咒。后来在主人公知道要暗杀桑尼的计划后，此时他“像在一个鸡尾酒会，只想自言自语”，可是酒仙少校这个“幽灵”又跳出来，“像讨嫌的客人，对我要他滚开的暗示视而不见，一个劲插话”。桑尼和少校幽灵跨越二元的边界身份打破了人类对现实世界已有的认知，他们以不可预料的方式出现在主人公的生活中，幽灵的“自言自语”“视而不见”和“插话”均为反常之在，超越了人类的生理和心理极限，充分展示了自身的不可能性，产生强烈的艺术效果。

（二）全知视角之叙述。从生到死，从有限到无限，幽灵世界得以目睹人类世界的局限性，表现出超越人类智慧和道德、跨越种族和文化差异的无限能力，这正是人类的局限所在，也是幽灵对人类认知和经验世界的反叛。在《同情者》中，既有以主人公为中心的第一人称视角，也有以幽灵为中心的全知视角，这种混合叙事视角将叙述者身份的真实性和被叙述者的虚幻性相结合，使得整个故事亦真亦假，充满了神秘与荒诞色彩。《同情者》中的第一人称叙述者总是受到人类局限的约束，并且无法超越这种拟人化的框架。多丽特・科恩认为第一人称叙述者“被呈现为具有人类局限性的人类，包括无法感知同伴的思想，无法感知他人的感知”⑪。而以桑尼和少校的全知视角切入的叙述则“涉及经验个人无法获得的他人的内部知识”，因此这些叙事包含“没有人能够知道的他人内部状态的东西”⑨p93。

小说中被杀死的酒仙少校前额上有一个明显的弹孔，而每当主人公联想到自己所杀的无辜者，少校的鬼影就会出现，那个弹孔如同他的“第三只眼睛”直勾勾地盯着他，好似来自黑暗里的一只能够洞察内心罪恶的眼睛。从客观真实的角度来说，有些视角是“当事人叙述者(也就是生者)根本无法完成的，它超越了叙述者的客观视域疆界，因此只有幽灵才能办到”⑫。对主人公来说，“他不仅是鬼魂，而且是旁观者”。这两位幽灵正因为置身事外，才冷静而又理智地看待上尉经历的一切磨难，并体会到第一人称叙述者永远无法触及的经验世界。在政委帮助主人公逃往西贡时，领航员说从公海成功逃出去的概率只有五五开，并问叙述者他怎么看。此时叙述者竟然向天花板上酒仙少校和桑尼的鬼影求助，而它们齐声道：“想想，人最终要死，这个概率可是百分之百。你们活着逃出去与死在海上的概率各占百分之五十，可是相当理想。”③p435此时主人公与幽灵之间的对话突破了读者的认知阈限，幽灵的全知视角以及客观果断的言辞让主人公顿时有了信心，似乎使他顿悟到为了获得稳定的生活，就必须踏上漂泊之旅，小说的神秘氛围之感得到展现。此时，幽灵和主人公皆为这世界上居无定所的难民，“难民和其他生命一样，没有自由、稳定和来自异国的接纳根本无法在这世上生存”⑬，然而幽灵对生存似乎有着更为敏锐的洞察力。因此桑尼和少校的幽灵成为小说中的全知叙述者，因为，“无所不知的叙述者是一个虚构的代理人，这个代理人具有与能够心灵感应的第一人称叙述者和叙事中的其他叙事声音相似的常规能力：他知道其他角色的思想”⑨p93。幽灵作为全知叙述者更能抵达和言说人类心底那片幽闭的山谷，那里是理性话语无法抵达，更无法再现的。阮清越之所以在小说中加入了幽灵叙事，是因为这些非自然的神秘叙述表面背后藏着对现实世界最直接的反叛和最深沉的反思。

三、批判现实的道德教诲

（一）对生命之逝的哀悼。小说中的幽灵——酒仙少校和桑尼是主人公道德和伦理的污点，幽灵的出现一直提醒着主人公曾经对生命的残害和对生者幸福的剥夺，而幽灵死前的记忆也不断萦绕着他，幽灵这种对死亡的不甘跨越了主人公的心理防线，其对生命价值的独特思考也超越了战争背景下人类大众的道德认知。“即使是最奇怪的文本，在某种程度上也是关于人类或人类的关切以及我们生活的世界。”⑭而小说中的幽灵正是带着为自己伸张正义的伦理要求游荡于人类世界。正如博斯曼所说：“《同情者》中的幽灵象征着记住自身遭遇和他人侵犯的伦理要求，以及他人遭遇和自身侵犯。幽灵强迫叙述者回忆他宁愿忘记的事情。”⑮在小说当中，幽灵作为一个跨越生死界限的存在，作为一个带着前世记忆并无法再次拥有生命的逝者，其对生命的留恋和渴望与人类之间的残忍厮杀形成鲜明对比，是对错乱和失常现实世界的反击与超越。

在主人公杀掉酒仙少校和桑尼之后，终于获得了将军的许可踏上了重返越南的旅途，而这几十个小时的飞机旅途对主人公来说是完完全全的“不眠之旅”，因为两个幽灵时不时出现在他的身边，提醒着他曾犯下的罪恶。“我昏昏沉沉，感觉酒仙少校与桑尼紧挨我坐在左右两侧，很不舒服。”甚至在主人公“从行李传送带上拎起背包时，我感觉他比之前重了。是的，毕竟背包又加进了我的罪孽、恐惧和焦虑”[③p325]。社会学家戈登·艾弗里认为：“幽灵的出现在口头和书面叙述中都表明了对正义的要求。在这样的叙事力量中幽灵让观众问自己‘（他们）怎样才能对那些似乎在历史和公共记录中都没有出现的人负起责任来’？”[④p187]《同情者》中的幽灵正是诞生于一个脱节、混乱的时代，因而他们的复活带着正义的使命，要为死去的自己讨回公道。主人公返回越南后，在集中营里饱受折磨，而酒仙少校和桑尼的幽灵又总是同时出现，以旁观者的姿态对主人公的经历表现出冷漠和嘲讽，并联想起自己已被抹杀掉的生命。幽灵少校说：“难道你不认为，你若不杀死我，原本可过着完全不同的生活？”接着桑尼也抱怨道：“你知道吗，索菲亚还在为我伤心流泪？我试着去看她，安慰她，让她过上安宁的生活，可她看不见我。”在看到主人公饱受折磨后，这也算是大快人心的结果，他们评论道：“不过，我得说，看你现在这样，确实多少开心宽慰。公道终归没亡啊！”[③p377]幽灵此时的困境是死前回忆的萦绕所造成的，而主人公的困境，则是幽灵对自己践踏生命的指责所造成的。因此，纠缠主人公的不是死者，而是幽灵的神秘在他内心所产生的精神分裂，是幽灵的道德教诲所带来的潜意识中的恐惧和不安。

（二）对战争之恶的反思。《同情者》中桑尼和酒仙少校作为战争的受害者，以幽灵的视角表达了自己对战争的痛恨与反思，在主人公的心中激起了愧疚的涟漪。在阮清越的访谈中，他本人直言不讳地解释“美国梦”的悖论：一方面他承认自己的成功部分得益于美国提供的机遇，另一方面他却抵制将自己阐释为“美国梦”的代言人，因为他尖锐地指出，相比“移民”，他更是“难民”，一切苦难抑或成就的源头都是美国这个始作俑者在越南发动了战争，因此，《同情者》讲述的“不是移民故事”，而是“战争故事”[⑯]。酒仙少校和桑尼死后一直游荡在人世间，并且客观地审视每个人物的遭遇，不仅对越共女特工遭人迫害的事实倍感同情，还对施暴者表现出赤裸裸的讽刺。在越共女特工被南越警察俘虏后，她的四肢被绑在桌子上，那三个年龄不一的警察对她进行残忍的施暴，他们丝毫不顾及女特工的恐惧与求助，丝毫不忌惮自己警察的身份。如此残忍的场面被主人公以回忆的方式完整地呈现出来，而在呈现的过程中幽灵始终在场，他们的反应表现出了对女特工遭遇的同情与对施暴者的憎恶。“‘别说了！’酒仙少校用手遮住眼睛，喊道，‘简直看不下去!’”[③p406]这些连死者都看不下去的残暴手段，竟然被活着的人用在迫害同胞上，这是以幽灵视角切入对人类世界的莫大讽刺。在对越共女特工施暴之后，这些南越警察竟然把一瓶黏的饮料泼到女特工身上，而后来用清水冲洗女特工的身体竟然还是酒仙少校提出来的。此时幽灵少校邀功道：“当时，是我命令他们用清水洗的……我可以告诉你，要他们干完那事后清洗，他们可老大不乐意呢。”幽灵少校的话中充满了对施暴者的讽刺与不屑，因为这些幽灵极为渴望的生命却被人类如此肆意践踏，这是幽灵对人类由于战争而相互残害的批判与嘲讽，也是幽灵道德和认知的超越性所在。

除此之外，在返回越南的行军途中，主人公不仅被酒仙少校和桑尼的鬼魂纠缠，在埋葬冷漠中尉的那片树林里，他还看到了形形色色的鬼魂。“无论死的形形色色植物，还是死的形形色色动物，与死前一样，仍不消停，你争我夺，想在死后世界里占得一席之地。整个树林是上演一出搞怪戏的剧台，死亡负责搞笑，生命负责严肃。”[③p352]主人公看到的“你争我夺”的形形色色的鬼魂，不过是他凌乱破碎的内心世界的真实写照，这里“仍不消停”的鬼魂或暗指南越与北越，或是美国与越南之间的争夺与冲突，这些争斗在生与死的背景之下都显得十分“搞笑”，作者此处借幽灵形象表达了对战争的憎恶和讽刺。

四、结语

阮清越在《同情者》中运用幽灵叙事策略生动且深刻地展现了幽灵较之于现实世界的超越性存在。阮清越通过呈现桑尼和酒仙少校幽灵的出场、退场和再出场，表现了幽灵跨越二元世界的独特身份以及作为非自然之物的不可能性特点和全知视角叙述，这正是对人类经验世界和自然逻辑的解构，并且作者论述了幽灵超越人类认知水平的道德教诲如何产生反响与共鸣，以及小说中幽灵叙事背后所隐藏的对人性的审视和批判。简言之，阮清越借助小说中不同凡响的幽灵形象，通过描述战争给人类与非人类世界造成的困境和失落，号召人类珍爱和平，为所有生命的福祉付诸行动。

注释【Notes】

①Derrida, Jacques. Specters of Marx: The State of the Debt, the Work of Mourning and the New International. Trans. Peggy Kamuf. New York: Routledge,1994, pp.70–125. 以下只在文中注明页码，不再一一做注。

②Shaw, Katy. Hauntology: The Presence of the Past in Twenty-First Century English Literature. London: Palgrave Macmillan, 2018, pp.2–6.

③[美]阮清越：《同情者》，陈恒仕译，上海译文出版社2018年版，第210页。以下只在文中注明页码，不再一一做注。

④Avery, G. Ghostly Matters: Haunting and the Sociological Imagination. Minneapolis: University of Minnesota Press, 1997, pp.8–187.

⑤Buse, P. and Stott, A. Ghosts: Deconstruction, Psychoanalysis, History. London: Palgrave,1999, p.2.

⑥Weinstock, Jeffrey Andrew. “Introduction to The Spectral Turn”, in The Spectralities Reader. Eds. Maria del Pilar Blanco and Esther Peeren. London: Bloomsbury, 2013, p.62.

⑦Jameson, Frederic. “Marx’s Purloined Letter”, in Ghostly Demarcations: A Symposium on Jacques Derrida’s Specters of Marx. Ed. Michael Sprinker. London: Verso, 2008, p.43.

⑧Ronen, Ruth. Possible Worlds in Literary Theory. Cambridge: Cambridge University Press,1994, p.45.

⑨Alber, Jan. Unnatural Narrative: Impossible Worlds in Fiction and Drama. Lincoln: University of Nehraska Press, 2016, pp.6–93.

⑩Fludernik. Towards a “Natural” Narratology. London: Routledge, 1996, p.2003a.

⑪Cohn, Dorrit. Signposts of Fictionality: A Narratological Approach. Poetics Today, 1990, 11(4), pp.775–804.

⑫陆薇：《写在客观真实与叙事真实之间——张岚的中篇小说〈饥饿〉中的时空叙事与幽灵叙事》，载《外国文学》2011年第5期，第82—89页。

⑬Chandran, K. Reality behind the Vietnam Refugees in Viet Thanh Nguyen’s *The Sympathizer*. International Journal of Recent Advances in Multidisciplinary Topics, 2021(6), pp.301–303.

⑭Herman, David. Story Logic: Problems and Possibilities of Narrative. Lincoln: University of Nebraska Press, 2002, pp.28–200.

⑮Bosman, J. Nguyen’s Ghosts in *The Sympathizer*: Collapsing Binaries and Signaling Just Memory. Scrutiny 2, 2020(1), pp. 3–12.

⑯孙璐：《同情的困境：〈同情者〉中的世界主义伦理与反讽主义实践》，载《外国文学研究》2017年第3期，第112—121页。

《在耶稣脚下》中的医学伦理解读①

王　璇

内容提要：海伦娜·玛丽亚·维瑞蒙迪斯的代表作《在耶稣脚下》讲述了墨西哥裔美国移民劳工（奇卡诺人）的艰苦生活和反抗精神，从而揭示美国南方社会所存在的种族、阶级、性别、环境等一系列问题。本文将探究小说中少数族裔的工作和生活环境恶化，以及美国社会体系下的医学伦理失范等问题，从而讨论在当时医疗体系下，少数族裔和底层人民遭受的医疗不公现象，以及在面对不公平待遇时如何进行反抗和追求自我价值。

关键词：《在耶稣脚下》；医学伦理；墨西哥裔美国移民劳工

作者简介：王璇，北京语言大学外国语学部英语语言文学专业博士研究生，研究方向为英美小说。

Title: The Study of Medical Ethics in *Under the Feet of Jesus*

Abstract: Helena Maria Viramontes's literary work, *Under the Feet of Jesus* depicts the hard life and rebellious spirit of Mexican-American migrant workers (Chicano), thus revealing a series of issues such as race, class, gender and environment in southern America. This paper will explore the degradation of ethnic minorities' working and living environments in this novel, and criticize the issue of medical injustice suffered by ethnic minorities and people at the bottom of society at that time. What's more, this paper aims to prove Chicano's resistance and pursuit of self-value in the face of unfair treatment.

Key Words: *Under the Feet of Jesus*; medical ethics; Mexican-American migrant workers

About Author: Wang Xuan, a doctoral student in English Language and Literature at the Faculty of Foreign Studies, Beijing Language and Culture University. Her research fields: English and American novels.

墨西哥裔美国小说家及女权主义者，海伦娜·玛丽亚·维瑞蒙迪斯，致力于在其文学作品中揭示奇卡诺人所遭受的种族、阶级和性别歧视。其代表作《在耶稣脚下》主要讲述了埃斯特拉（Estrella）一家在加利福尼亚州的艰苦生活，以及在面对阿力乔（Alejo）的疾病时所做出的伦理选择。该小说通过讲述奇卡诺家庭的悲惨遭遇，表现了生活在美国边境的墨西哥裔移民劳工面临的生存危机，强调了处在边缘话语中人物的反抗精神。

美国医学协会指出，医学伦理涉及“道德原则或实践的事项和医学实践中的道德问题的社会政策事项”②。近年来，伦理批评以及医学叙事的发展让文学作品更多地关注医学伦理问题。本文将采用跨学科的角度来探究这部小说中所涉及的医学伦理失范现象，揭示墨西哥裔美国移民劳工所遭受的医疗不公正待遇，呼吁美国社会体系下的医疗平等，强调构建团结公正的共同体的必要性。

一、歧视：医学伦理的失范

医学伦理学关注日常医疗实践中应遵循的伦理准则，即“人们生活中的医疗，以及普通生活中的伦理问题”③。总体而言，医学伦理包括不伤害、利他、尊重和公正原则，从道德上约束医疗工作者的行为，要求医疗服务应该通过支持性措施来减轻痛苦和治疗疾病，培养其在医疗保健中平等对待他人的意识。

医疗和健康公平是贯穿美国历史的主要问题。健康涉及身体、精神和社会健康状态，是“每个人的基本权利之一，不分种族、宗教、政治信仰、经济或社会条件”[④]。医学伦理强调医务工作者应提供相应的医疗服务，保障病人的健康权利。但实际上，医学伦理失范在少数族裔群体中凸显，小说中奇卡纳劳工并没有享受到应有的健康权利。医疗非正义包括少数族裔易感疾病和遭受医疗歧视，小说中，佩特拉（Petra）由于长期劳作患上白内障、静脉曲张等各类疾病，但没有多余的钱来得到及时治疗，只能每天吃“五瓣醋腌的大蒜来放松她的血液和缓解她的静脉曲张”[⑤]；阿力乔因无差别的农药喷洒而患病，这是对奇卡诺劳工歧视的极端表现。奇卡诺劳工在美国边境不断经历着被剥削和歧视，承担着患病的风险，但并没有享受健康和医疗支持的权利。

该小说批判了当时美国医疗体系的弊端和种族歧视现象。当埃斯特拉一家想要给阿力乔治病时，他们的第一选择是私人诊所。但是，由于种族和阶级分化，“为移民者建造的诊所可能或不提供晚间/周末服务，并且通常远离移民营地”[⑥]。条件简陋、资金缺乏、护理疏忽、态度歧视，这是少数族裔居住区内小诊所的特点。此类诊所无法提供及时的医疗保障，违背了医学公正的基本标准。除此之外，诊所中的护士并不专业，带着“红色唇膏……还有康乃馨香水的浓浓香味……还有Timex腕表”[⑤p95]。在阶级和种族歧视下的美国医疗体系无法保证少数族裔群体的医疗公正，从而造成医学伦理的失范。

《在耶稣脚下》中最显著的医学伦理失范在于以利益为导向的美国医疗体系将特定群体排斥在外，违背了病人至上的原则。医学伦理指出医疗服务应当遵循“有益、无害、尊重患者自主权和公正”[⑦]等原则，医疗工作者应将对病人的责任放在首位，指导明确的治疗方案，将病人的利益看作医疗实践基本准则，表现出充分的人文关怀。小说中埃斯特拉一家希望阿力乔得到平等的治疗，但是当护士注意到他们到来时，十分“惊讶和心烦意乱”[⑤p95]，惊讶于这些移民劳工是否有足够的钱来看病，心烦于他们的到来推迟了自己的下班时间。因此护士仅仅在简单的检查过后“草草记下”“溜了”和“不想违反诊所的医疗协议”[⑤p97]，并“挥手让她（Estrella）离开”[⑤p100]。护士说得最多的句子是“我很快就要上锁了”[⑤p101]，这种冷漠违反了病人至上的伦理原则，凸显了美国医疗体系下存在的医疗歧视的问题。

小说中医学伦理失范的另一方面是医疗收费。美国医学协会规定“医疗服务费用应基于医生向患者提供的服务价值”[⑧]，因此，医疗服务不应收取非法或过高的费用。而在小说中，护士只是对阿力乔进行基础检查，却收取10美元的高额费用，超出了埃斯特拉一家能够承担的标准，违背了医疗公平的伦理原则。医疗人员的冷漠让埃斯特拉意识到对墨西哥裔美国劳工的医疗不公和种族歧视一直存在。

尽管医学伦理强调医疗公正，但医学伦理失范现象在美国少数族裔群体中仍然存在。墨西哥裔美国移民劳工被边缘化为他者，其劣势地位是基于性别、种族、阶级等社会因素而形成。他们无法得到医疗公正，甚至进一步扩展为种族疏离和社会环境的不公。

二、疏离：社会环境的不公

医疗公正与社会环境密切相关。墨西哥裔美国移民劳工受新奴隶工作体制的压迫，被迫从事高强度、低收入的工作，难以享受职业健康和社会支持。职业和社会歧视导致了医疗非正义，少数族裔的健康问题与社会服务失范、社区疏离等因素密切相关。

影响奇卡诺人工作健康问题的主要因素是新奴隶工作制度，其特征是：“1.强迫劳动；2.长时间工作；3.工作条件恶劣；4.欠雇主债务，从而被用任何方式限制行动。”[⑨]在小说中，移民劳工（piscadores）不论男女老幼，都跟着卡车到加利福尼亚州的不同果园里工作，不受基本劳动法保护，没有医疗保险来保证他们的健康权利。工头“制作一个由表格和数字列组成的平板，完成了潦草的行列、名称，并擦除了计算结果”[⑤p45]，从而对劳工进行监督。该雇佣关系是以阶级剥削为基础，雇主“歧视弱势群体，导致大量本可避免的死亡、受伤和疾病”[⑩]。炎热、疲惫和不安全等农业环境给劳工带来了严重的健康问题，他们在美国社会中的生存是以牺牲自己的健康为代价。

社区隔离和歧视是医疗不公正的原因之一，导致特定人群“不成比例地暴露于环境风险因素……对健康产生不利影响”[⑪]。小说中埃斯特拉一家居住在废弃的房屋中：倒塌的墙体、松动的谷仓门、生锈的铰链、动物的尸体、满屋的蛛网都展示着他们恶劣的居住环境。墨西哥裔美国移民劳工生活在隔离的社区中，没有稳定的工作和居住环境，只能靠卡车从一片田地漂泊到另一片果园，“像口袋里的零钱一样撞来撞去……到达牧场的远端”[⑤p52]。种族隔离导致族群联系减少，因此承受环境压力或恢复健康的能力降低。

恶劣的农业环境影响劳工健康，其中最主要表现之一是杀虫剂的滥用。在十九世纪和二十世纪的美国，主要的杀虫剂和除草剂是DDT（双对氯苯基三氯乙烷）、PCBs（多氯联苯）、二噁英等。农药可以进入食物链并在人体内积累，从而导致直接或间接中毒。毒理学研究农药对生物系统的有害影响，指出“有毒物质威胁人类肺功能……农药威胁神经功能，有害影响从轻度皮肤刺激到肝损伤、出生缺陷，甚至死亡”[⑫]。毒物主要来源包括农业废弃物和杀虫剂等，可在田地、水或空气中累积数年，并引发健康问题。小说中，埃斯特拉意识到了饮用水被污染后带来健康问题：“我们的宝宝出生的时候会没有嘴或什么的。”[⑤p32]少数族裔社区成为有毒废物处置的目标，每天通过食物摄入、饮用水和吸入空气等方式接触各类化学物质，导致了遗传疾病，比如兔唇、生殖缺陷，甚至是永久性残疾，反映了他们遭受着阶级、种族、收入、性别的不公。

小说中最直接反映健康非正义现象的是阿力乔因农药喷洒而患病。无差别的杀虫剂喷洒使田地受到污染，有毒物质主要通过皮肤表皮层进入血液，对健康的不良影响从轻度过敏到死亡。阿力乔在接触到农药喷洒后症状十分严重：发烧、窒息、无法呼气，“喉咙里的唾液感觉像粗糙的沙子球……他的皮肤吸收了化学物质……全身开始抽筋”[⑤p58—59]。由于身体免疫系统的不成熟，阿力乔在接触化学品时更易受到伤害，暴露在相同剂量的化学环境中会加重其患病概率。除此之外，少数族裔女性和儿童是更脆弱的群体，“从事农业的妇女，尤其是混合使用除草剂或杀真菌剂的妇女，增加了生育问题的发生概率”[⑬]。小说中，杀虫剂的长期影响是妇女流产和唇裂儿童。农业机械化导致了生态恶化，被边缘化的奇卡诺劳工没有获得机械化和经济发展带来的红利，而是陷入贫穷、疾病和生态破坏的恶性循环。

墨西哥裔美国移民劳工的健康非正义问题是阶级剥削的结果。疾病与环境恶化交织在一起被纳入医学伦理学的范畴。当与资本主义经济发展相冲突时，边缘化群体的家园和工作场所处于被污染的危险中。医疗公正关系到人们在特定环境条件下的生活质量，医学伦理的失范与社会不公相关。该小说抗议美国上层阶级剥削和污染其他种族的生存和环境，影响其身体健康、生活方式以及未来发展。医疗和环境的问题是由种族和阶级压迫造成的，需要通过社会共情和互助进行修复，从而追求医疗和社会正义。

三、共情与互助：医学伦理的修复

医学伦理关系的修复在于改善医患和社会关系。共情和互助“以情感为纽带，将自我与他者联系在一起，切身感受他人的苦难”[⑭]从而修复受损的伦理关系。共情是尊重他者的特殊性和差异性，在情感上关心他人，在实践上帮助他人。

环境健康心理学表明环境污染是产生心理问题的刺激因素，环境疏离以及无法共情使阿力乔无法与朋友和社区分享自己的病情。病耻感是阿力乔的另一方面的心理表现：当佩特拉要给他洗澡时，“在昏睡、疼痛和孤独中……当他感觉到大腿之间抚慰的温水时，他才意识到他弄脏了自己”⑤p72。医学伦理强调病人的免责，而阿力乔却对自己的疾病产生心理上的负面影响，但是佩特拉一家的帮助让阿力乔感受到他人的善意。

无法共情是指“认为亲友将要抛弃我们(身体上的抛弃)，或并不真正关心我们(情感上的抛弃)”⑮。小说中，在阿力乔被感染后，劳工们“面面相觑……他们从他身边挤过去，仿佛厄运像任何疾病一样会传染”⑤p61。除此之外，帕法可图（Perfecto）更是说服其他家庭成员放弃对阿力乔的照顾，护士的冷漠话语让阿力乔更加产生被抛弃感和孤独感。在医院中，阿力乔请求埃斯特拉能够留下来，身体和心理上的脆弱让阿力乔需要他人陪伴和共情。

对于患者来说，情感慰藉和医学治疗一样重要。小说中，埃斯特拉对阿力乔情感上的支持在很大程度上给予了他心理安慰。只有当埃斯特拉回来的时候，“他（阿力乔）才振作起来，漱漱口，擦眼角的黏液”⑤p87。这种精神上的支持能够战胜恐惧，使他在病痛中支撑下来。面对医疗不公正，他人的共情与帮助在一定程度上是一剂良药。

伦理关系的修复在于关怀和互助，意味着不仅仅了解对方，同时也要对他人付出自己的帮助和关爱。小说中佩特拉不计回报地收留阿力乔，倾其所有带他到诊所治病，并将其送到医院中。尽管帕法可图不断提醒照顾阿力乔不是这个家庭的责任，但佩特拉坚持认为：“如果我们不互相照顾，谁来照顾我们呢？我们必须照顾好自己……把人丢下不好。”⑤p70人际间的互助是铭刻在佩特拉骨子里的善良和互助精神，也是伦理关系修复的关键。

健康和幸福是环境和人之间相互支持的结果。在医疗非正义的情况下，共情和互助有助于呼吁和建立良好的伦理关系。社会学和环境心理学指出，邻里关系“在个人的身心健康和生活质量方面发挥着重要的意义”⑯。患者被排除在外意味着疾病的边缘化，而实现共情需要认可并接纳对方。人们对疾病的漠不关心揭示了伦理困境和社会疾病，而医学伦理关系的修复需要共情和互助。作者希望墨西哥裔美国移民劳工之间互相支持，建立一个强大的共同体来呼吁医学伦理的修复和社会的公正。

四、结语

墨西哥裔美国移民劳工追求的伦理公正需要社区的支持和更大的社会帮助，共情和互助以及可持续性是解决当前环境医学伦理困境的方式。本文以《在耶稣脚下》为例，采用了医学伦理学、毒理学、环境正义、心理分析等跨学科的知识，从不同的角度考察了墨西哥裔美国移民工人遭受的压迫，包括医疗和社会非正义。本文探究个人疾病的医疗、环境和社会影响，通过讨论身体和健康权利等问题来寻找抵抗医疗和社会压迫的方法。作者呼吁人与人之间的爱和互助，通过相互善意与帮助来抵制医疗不公，修复伦理关系，追求健康平等。

注释【Notes】

①本文系北京语言大学研究生创新基金（中央高校基本科研业务费专项资金）项目(项目编号：22YCX021)成果。

supported by the Fundamental Research Funds for the Central Universities, and the Research Funds of Beijing Language and Culture University, No. 22YCX021.

② ⑧Madara, James L. and Bernard L. Hengesbaugh, et al. *Code of Medical Ethics of the American Medical Association: Council on Ethical and Judicial Affairs, Current Opinions with Annotations*, 2014–2015 edition [M]. American Medical Association, 2015, p.1, 202.

③ Hope, Tony. *Medical Ethics: A Very Short Introduction* [M]. New York: Oxford University Press, 2004, p.2.

④ World Health Organization, “Protection of the Human Environment”. http://www.who.int/phe/en.

⑤ Viramontes, Helena Maria. *Under the Feet of Jesus*. New York: PLUME, Penguin Group, 1996, p.48. 以下只在文中注明页码，不再一一做注。

⑥ O’Brien, M. “Reaching the Migrant Worker” [J], *American Journal of Nursing*, 1983, p.895.

⑦ Beauchamp, T. L. and J. F. Childress. *Principles of Biomedical Ethics* [M], 6th edition. New York: Oxford University Press,

2008, pp.42—50.

⑨ Garreto, Gairo, João S. Baptista, Antônia Mota and A. Torres Marques, "Occupational Hygiene in Slave Work as a Potential Indicator for Typifying the Neo-Slavery", in *Occupational and Environmental Safety and Health*, ed. by Pedro M. Arezes, João S. Baptista, Mónica P. Barroso, Paula Carneiro, Patrício Cordeiro, Nélson Costa, Rui B. Melo, A. Sérgio Miguel, Gonçalo Perestrelo. Switzerland: Springer, 2019, p.182.

⑩ Light, Donald W. "Introduction: Ironies of Success: A New History of the American Health Care System" [J]. *Journal of Health and Social Behavior*, 2004 (45), p.2.

⑪ ⑬Levy, Barry S., David H. Wegman, Sherry L. Baron and Rosemary K. Sokas, *Occupational and Environmental Health: Recognizing and Preventing Disease and Injury* [M]. 6th edition, New York: Oxford University Press, 2011, p.88, 449.

⑫ ⑯ Frumkin, Howard. *Environmental Health: From Global to Local* [M]. 2nd edition, San Francisco: A Wiley Imprint, 2010, p.50, 147.

⑭ Slote, M. *The Ethics of Care and Empathy* [M]. London & New York: Routledge, 2007, p.13.

⑮ Tyson, Lois. *Critical Theory Today: A User-Friendly Guide* [M]. 2nd edition, New York: Routledge Taylor & Francis Group, 2006, p.16.

另一种大连的城市书写

——清冈卓行《槐花盛开的大连》中的城市叙述

王春蕾

内容提要：作为日本返迁文学中的代表作品，清冈卓行的《槐花盛开的大连》从个体视角还原历史现场中的殖民二代心理，使其兼具文学和历史意义。在同一城市空间下，《槐花盛开的大连》将日本殖民者享乐与中国劳动者苦难的双重生存境遇并置，使大连殖民历史与中日居民身份凝结在建筑、洋槐林等城市意象空间中。伴随日本战败，大连地区的权力结构和意识形态也发生转变，以清冈卓行为代表的一批殖民二代对于大连的“地理定位”“政治定位”“情感定位”在个体层面发生错位，从而使他们产生对“大连”从“故乡”到“异乡”的人地情感撕裂。文中以洋槐为代表的风景描写隐含其个体情感，使其在展现洋槐之美的同时，倾诉个体与城市的情感纠缠与战争伤痛。

关键词：《槐花盛开的大连》；城市空间；清冈卓行；返迁文学

作者简介：王春蕾，武汉大学文学院写作学硕士研究生，主要研究方向为写作学。

Title: Another City Writing of Dalian — The Urban Narrative in *Dalian Under the Acacia Trees*

Abstract: As a representative work of Japanese repatriation literature, Takuyuki Kiyooka's *Dalian Under the Acacia Trees*(1969) restores the psychology of the second colonial generation in the historical scene from an individual perspective, making it of both literary and historical significance. In the same urban space, *Dalian Under the Acacia Trees* juxtaposes the double living conditions of the enjoyment of Japanese colonists and the suffering of Chinese laborers, so that the colonial history of Dalian and the identity of Chinese and Japanese residents are condensed in the urban image space such as architecture and acacia forest. With Japan's defeat, the power structure and ideology in the Dalian area is changed. The "geographical positioning", "political positioning" and "emotional positioning" of Dalian were dislocated at the individual level by a group of the second generation of colonies represented by Kiyooka Takuxing, which made them tear the human and local emotion of Dalian from "hometown" to "foreign land". The description of the landscape represented by acacia implies its individual emotion, which makes it express the emotional entanglement and war pain between individuals and cities while showing the beauty of acacia.

Key Words: *Dalian Under the Acacia Trees*; urban space; Takuyuki Kiyooka; Japanese repatriation literature

About Author: Wang Chunlei is from the College of Chinese Language and Literature, Wuhan University, specializing in writing.

日本返迁文学是日本昭和文学的组成部分，也是研究抗战时期中日关系、个体心理的重要文本依据。由于文化殖民政策的实施，以满铁为代表的日本军政商界把控了大连地区教育、出版大宗，中国作家的大连城市书写在日据时期处缺位状态。其间大连地区的社会生活情况现下大多只能从当时日本机关出版物、回忆录，以及社会工人运动的记录中获取片段。而建立在个体经验之上的日本返迁文学，区别于宏观的城市书写和事件描述，提供了观察这一时期历史、社会、战争体验以及中日关系的独特视角，其中清冈卓行的《槐花盛开的大连》就是具有代表性的作品。

获得1969年第62届日本文学芥川奖的《槐花盛开的大连》（《アカシヤの大連》①，1969年），

取材于清冈卓行的真实经历。小说以第三人称行文，记叙“他”在经历1945年3月东京大空袭之后，“由于按捺不住的乡愁”，他从东京大学申请休学，历经波折返回大连。以生活片段细述日本战败前后，他在大连的所见所思所感，直至1948年遣返回国。本文以文本中呈现的个体与城市关系出发，从“空间”“地方”和“风景”三个角度剖析这个“身份与情感”含混的回忆性文本，以研究清冈卓行在对大连这座城市描绘中无意识流露的意识形态观念，及其在上述三个层面产生的不同文学效果。

一、大连的城市“空间”：以殖民者身份生活

“空间”作为一个“被实践的地方”，与个体身份和日常经验联系，成为一个被行动、活动、叙述和符号激活的地点[②]。作为殖民二代的清冈卓行，他的殖民身份与生活经历使他笔下展现的大连城市空间纠缠了中日两国人民的生活现实，从而呈现出独特的面貌。

小说中大连空间书写以他居住的私密性空间向外延伸，并在其中隐匿了政治与身份性的叙述：小说中的“我”在日本人聚集的南山麓住宅街长大，居住在从山顶眺望“像撒下彩纸一样的华美”的日式洋风的砖制二层建筑中。从私人住宅向外，是“宽广的柏油马路”，“两旁有宽敞的人行道”，“种植着柳树、杨树、洋槐等街道树……干净、整洁的，基本上看不到纸屑等垃圾”[③]。作为仿照巴黎而设计建设的现代化国际都市，城市的美感和愉悦感集中体现在殖民者的生活当中，大连——是一个如此“安静的”“无忧无虑的”“优雅的”[③p235]“梦中伊甸园”[③p245]。与此相对，文中也提道了作者六年级时看到的“接近恐怖感觉”的“凄惨”的“中国式普通家庭”——有“像要从悬崖上掉下来的小屋，有像挖出来一样的小屋”，有“马上要坍塌的小屋”等“象征着贫困的住宅”。而与之相关的公共空间则是“汗臭味与精力充沛但有些大蒜味儿的苦力混合在一起”的，“乱涂乱写着‘打倒日本’的字样”的旱厕。[③p234—235]从小孩子片段式的记忆中，读者以近似“蒙太奇”的方式将一个个画面拼凑成日据时期的大连：有日本殖民者享受着的“东方巴黎”国际化都市的恬静安宁，而这“梦幻家园”式的背面是被压抑的民族情绪和中国人民苦难恶劣的底层生活遭际。当这片土地的原来的主人在僻壤用血汗交换粮食，勉强生存，移民二代即使在战争最紧要的时候也可仍然享受着“没有饥饿的氛围”，“富有”和“和平的风貌”[③p239]。尽管清冈卓行已经觉察到在底层人民中民族认同的对抗，觉察到日本殖民带来的苦难，但对于个体而言，作为一个在事实上获得日本殖民红利的殖民二代，他对中国人民的同情也止步于反思，而未对殖民本身进行批判，于是产生了一句可视为审视过去之后的“开脱”——“他出生并度过了年幼和少年时代的地方，除了那片殖民地以外别无他所。”[③p236]

“洋槐林”作为城市公共空间，一方面成为“大连的”“爱情的”与“故乡的”象征，另一方面也含混着身份、文化与空间的张力。在第七章描写盛夏正午洋槐林一角的片段中，清冈卓行写出这一空间成为“把在山上开凿出的岩石搬到城市的建筑工地”马车夫，以及“各种各样的中国劳动者”午饭之处。文中写到“中国式碟子、碗中大概有看起来很漂亮也很好吃的朴素的食物和其他吃的东西。在旁边午睡的话，也感觉心情大好吧”[③p240]。将清冈卓行是否有美化殖民地中国劳动者生活的嫌疑悬置，读者从上述文字中读出的是异于集体记忆和仇恨叙事的生活描写：清冈卓行将中国劳动者置于代表“美和安逸”的“洋槐树”的场域之下，将“愉悦”赋予“沐浴着”盛夏正午室外进餐的马车夫——这种凝视背后的“权利和权威”意味，已然显示了身份意识已加诸主体的观看方式中。于是，即便清冈卓行从个体经验出发，“不是从根本上相信中国人在生活上的悠闲自得”，但仍然将从苦难中糊口的马车夫联想到出世的“道教意味”，联想到“那远离尘世的仙风骨道的样子，总觉得与现在的生活感觉相同”，“就像老子出乎意料地出

现在那里，对于他来说，那也并不是什么不可思议的事儿”[③p240]。身体经常会被认为是“诗意的来源”[④]，但这种“远离尘世”的“诗意”却既不符合生活实际，又不相应社会特征。这些同时产生的“与现在的生活感觉相同”和“不是从根本上相信”的幻想，“出乎意料”，与并非“不可思议”的心理感受，几近于“荒诞”的联想。这种事实上对苦难叙事的改写，一方面是源于其殖民身份对“殖民”问题的规避心理，另一方面也暗示着读书人—劳动者、殖民者—被殖民者，以及中日底层民众之间情感维度的割裂。

二、被视为“地方”的城市：从“故乡”到“异乡”的情感选择

“地方是一个特定的场所。”比起政治、历史、种族、建筑等诸多元素共同构成的纷繁复杂的“空间”，“地方”更适合于标记一个确定的位置，并使个体得以选择与这个位置的亲疏距离。在地图上，用经纬线标记为东经120°58′—123°31′、北纬38°43′—40°10′之间的“大连”这个地方，在中国近代史中含混着中华版图、日本殖民地、俄国“达里尼”。而在情感上，“地方”则表达出个体对地方的情感定位以及对土地的深深认同，并与一定时期中历史、政治等外力作用构成合力，促使个体成为“想象的共同体”的一部分。在《槐花盛开的大连》的记叙中，“大连”既被移民二代视为“故乡”，也成为日本战败遣返后的遥远他乡。同一个地方，被人为地介分占据、被赋予国别和所属。于是，与这个“地方”相关的个体，也因此被规定、认定和限定。“地方”成为权力话语和意识形态机器的象征，个体情感的归属也不再具有事实上的合法性，从而导致“地理定位”“政治定位”“情感定位”三者在个体层面发生错位。

类似于当代人的“焦虑和无根性的危机”，清冈卓行敏锐地捕捉到殖民二代在故乡认同上的困惑和迷茫，而这种对于“故乡”的模糊感的根源不在“遣返”经历，而在于这群移民二代的身份政治和认同问题。他们无法用情感定义“地方”——因为“无论主观上多么感到是‘真实的故乡’，在客观上也可能变为‘虚假的故乡’”[③p236]。他们的地方的困惑不仅仅来自身份“合法性”的突变，也来自与大连历史的虚无联系。殖民一代虽然在大连居住，但是“很珍重自己在日本内地某处的故乡，即使当变成一堆白骨时也想要埋在那里”[③p236]。殖民二代在发现他们“不是通过思考，而是通过肉体深深地感受到只有这个地方才是真正的故乡”[③p236]并试图在大连寻找“祖辈”时，却只能发现“原住民的墓地”[③p236]。这种“祖辈”虚无，让这种“家乡的感觉”限于“风土上的故乡”，并“为自己在日本的殖民地大连的一角有了家乡的感觉而感到自卑”。当“像没有根的草一样”的失落、茫然和不安的殖民地新一代面临故乡和母国的冲突时，面对身份的割裂，他们大多还是会如小说中的“他”一般，以“故乡是可以忘记的”为自己寻求痛苦的解脱。王中忱与川村凑针对《洋槐树下的大连》的分析中认为，“植”之民的“故乡”与“祖国”的裂隙与两难，可能产生殖民冲动从内部瓦解的可能性[⑤]。但从以清冈卓行为代表的殖民二代的文字与历史现实而言，尽管犹疑彷徨，但是他们的殖民行为事实上终止于外部的战败结局，且复归故国而非留守故乡才是这群殖民二代的多数选择。当地图上找不到大连这座城市[⑥]，“他”也无法涉足这个记忆中的地方，那么乡愁应该如何消释呢？或许如文中所言“没有任何夹杂物的广阔的孤独，是他曾经深爱着的东西”[③p231]。

对于大连从“故乡”到“异乡”的情感选择，侧面折射出移民二代主体身份的变更。从战争机器的暴力掠夺中获得的土地，也会随着战败而失去。而生活在大地上，用地方标记自身存在、个体身份的人，也因虚幻的“故乡”而失去他的精神家园。清冈卓行痛苦于“令人怀念的大连”的永远失去，但他也应该明白流离失所的更有在这片土地上本来安然生活、安居乐业的中国人也因他们的殖民行径而受“故土分离”和殖民之痛。

三、大连的城市“风景”：洋槐与个体命运的交融

风景是距离与美的体验，而“处处风景的”大连则与两个“造梦”故事有关：俄国工程师萨哈罗夫成为达里尼第一任市长后，以广场为中心，街道向四面八方辐射，从零开始建造“东方巴黎”，欧洲城市建筑风情和法国洋槐构成这个城市国际化的底色。日俄战争后，日本“大东亚”的梦继续，日本规划者延续了沙俄的规划，并在旧城的西侧建造了东亚棋盘风格的“怀乡所”，梦想着把东京也复制到大连。于是诸多来连日本人描写大连的中国风情、日本气息，离不开多元文化与观念下形成的“内地看不到的”⑦“城市景观”。在观赏的过程中，风景以他者形态存在于“我”之外，这种距离与体验间的张力催生了“陌生化”效果，使游客在一种近似“仪式”的游览过程中获得“诗与美”。

但与来连游玩者的赏玩、猎奇心态下的“风景”体验不同，生长在大连的清冈卓行之于大连、之于洋槐，总免不了染上他个人的气质和情愫。在林立的“洋槐”树组成的风物空间，他笔下的“风景”呈现以他的视角和经历深度介入并产生互动的“有我之境”。从这一角度再看“盛夏正午洋槐林”下中国劳动者的片段中，炎炎夏日中国劳动者在路边“对付”午饭的行为，成为日本青年眼中几近“天人合一”的日常风景。“一个劳作的乡村几乎从来都不是一种风景”⑧。除去权力的凝视外，我们也反观并意识到一个超脱于劳动阶层的日本青年的存在：他自动与中国马车夫的苦难生活和苦难叙事拉开距离，将忙碌于生计的中国大众视为风景，冷漠地观赏，“视为平常”。与此同时，进入到“他”视野中的在路旁树林的露天午饭的中国车马夫也成为“身体景观”。

另一方面，风景通过“在其观者与其作为景色和地方的既定性的某种关系中对观者进行质询”，因此得以空间的形式再现，在其中“我们”（被表现为风景中的“人物”）“找到——或者迷失——我们自己”⑨。当个体经验将风景“包裹”成隐喻的符号，风景成为含义丰富的媒介——它不再单向度地影响人的感受；个体以无意识的方式参与到认知世界的建构，掺杂其中的记忆也重新建构了我们脑海中的风景，成为流动的叙事。于是清冈卓行笔下的洋槐，有了色彩、有了哀乐：当战败的危机尚未到来，正适逢洋槐花季——置身于雨后黄昏、红色砖墙、洋槐花香，与之相联的是闲适安乐、心动、纯洁的梦，乃至“几乎用全身来嗅这种”“令人烦恼的浓郁醇香的味道”③p236。将生活感知为“纯粹的”风景体验。当小说进入第九章——美军在广岛投下原子弹之后，文章中的“洋槐”不见了。秋去春来，一直到遣返回国，小说中再也没有描写“洋槐”的风景。战争的失败使清冈卓行清楚地明白，“洋槐”不再是他的情感寄托，往日“诗与美”的风景终将逝去。于是在小说结尾，当洋槐花以一种“此恨绵绵无绝期”的方式出现，仿佛暗示着风景的隐退也意味着风景中个体的离开：“在洋槐花还未落之前，在南山麓长长的甬道上，他想着远处模模糊糊曾浮现的自由港的黄昏时分。”③p259

四、结语

清冈卓行小说里，空间、地方与风景问题所反映的对于大连的复杂的感受，实际源于其政治身份与主观情感的纠葛。他眷恋的空间、眷恋的生活，不是他归属的地方。中国读者在出于人文主义的同情，与殖民历史事实下的仇恨情绪的双重视域下，实则赋予了作品新的张力，并为作品增添了新的阐释空间。以战争加害一方的殖民身份，清冈卓行在文中从个体角度出发对日本的殖民与侵略行径有所披露，但显然其个体体验性的展现重于其历史反思性。在当下，中日经济愈加紧密，但基于历史伤痛的政治、社会与文化冲突，尤其在关键时间节点愈显尖锐。通过返迁文学，回顾一代人、两个民族因战争而产生的痛苦记忆、情感撕裂与灵魂创伤，或许会对当下中日关系带来文化上的思考。

注释【Notes】

①《アカシヤの大連》的中文译名，一个为本文所采用的

《槐花盛开的大连》，另一个为《洋槐树下的大连》。

②[法]米歇尔·德·塞托：《日常生活实践1 实践的艺术》，方琳琳、黄春柳译，南京大学出版社2015年版，第43页。

③ [日]清冈卓行：《槐花盛开的大连》，载《和风汉韵：日本文人写中国》，刘振生译，吉林大学出版社2019年版，第234—235页。以下只在文中注明页码，不再一一做注。

④参见[法]亨利·列斐伏尔：《走向享乐的建筑》，汪民安、郭晓彦主编，载《建筑、空间与哲学》，江苏人民出版社2019年版，第15页。

⑤董炳月：《茫然草》，生活·读书·新知三联书店2009年版，第169—170页。

⑥原文表述为："不过即使在如今，在地图或地球仪上仍找不到大连这座城市。只能在以前印着大连这个城市的附近找到旅大这个名字。"（[日]井上靖：《和风汉韵：日本文人写中国》，吉林大学出版社2019年版，第219页。）在清冈卓行写作本文期间，大连地区在地图上被写为"旅大市"。1905年日俄战争后，日本取代沙俄侵占大连，2月改俄称"达里尼市"为"大连市"。1949年后大连市名几经改变：1951年起使用"旅大市"，至1981年2月旅大市改称大连市。

⑦[日]小林爱雄、[日]夏目漱石：《中国印象记》，李炜、王成译，中华书局2007年版，第165页。

⑧[英]雷蒙·威廉斯：《乡村与城市》，韩子满、刘戈、徐珊珊译，商务印书馆2013年版，第120页。

⑨[美]W.J.T.米切尔：《风景与权力》，杨丽、万信琼译，译林出版社2014年版，第2页。

语言·触觉·在场
——读韩东《生命常给我一握之感》

刘彦池

内容提要：《生命常给我一握之感》是韩东创作的一首4节15行的自由体诗，收录于诗集《奇迹》。通过细读，可以看出韩东极其敏感地捕捉了“短暂的、易逝的、偶然的”——现代性的触觉经验，以在场写作的姿态传达了对生活现实和个体存在的深切体悟。触觉，表现着一种积极的、真实的“在场”，也成为韩东诗歌中拒斥“世界的现实”的“希望所在”。

关键词：韩东；《生命常给我一握之感》；语言；触觉；在场

作者简介：刘彦池，华中科技大学人文学院中国现当代文学专业研究生，主要从事现当代文学研究。

Title: Language, Touch and Presence — Close Reading of Han Dong's *Life Has a Real Touch*

Abstract: *Life Has a Real Touch* is a 4-stanza, 15-line free-form poem written by Han Dong and included in the poetry collection *Miracles*. Through close reading, we can see that Han Dong has captured the "fleeting, fugitive, and occasional" — the touch experience of modernity, conveying a deep understanding of the reality of life and individual existence with the writing in "Presence". Touch, which expresses such an active and real "Presence", also becomes the "hope" in Han Dong's poetry that rejects the "reality of the world".

Key Words: Han Dong; *Life Has a Real Touch*; language; touch; presence

About Author: Liu Yanchi is a graduate student of Chinese Modern and Contemporary Literature of College of Humanities, Huazhong University of Science and Technology. Her research interest is Chinese Modern and Contemporary Literature.

2022年8月，第八届“鲁迅文学奖”公布，韩东，当代新诗诗坛上最具影响力的诗人之一，凭借他的最新诗集《奇迹》收获了一个新称号——“鲁迅文学奖”获奖诗人。《生命常给我一握之感》是韩东创作的一首4节15行的自由体诗，收录于诗集《奇迹》。韩东曾在《五万言》中说“具体的诗人与语言共舞创造出真实之诗歌”[①]，《生命常给我一握之感》正是这样一首诗人“与语言共舞”而成就的“真实之诗歌”。

一、

诗的标题和首个诗行相同——“生命常给我一握之感。”在他的“讲述”的开始，韩东也给我们带来了疑问，“生命”指向什么？这常给“我”的“一握之感”又是怎样的“一握”、怎样的“感”？暂且让我们将这些疑问存而不论，留待后文解答。先看第一节——

> 生命常给我一握之感
> 握住某人的小胳膊
> 或者皮蛋的小身体
> 结结实实的。

“握”，当然地指向身体体验中的触觉体验，一个具体的“握住”的动作将“一握之感”落到“实”处，将诗歌拉回日常生活的语境，落在真实的身体的触碰上。触觉，是最亲密无间的身体经验之一，相比视觉、听觉、嗅觉等可以在一定距离之外捕获信息的感官，触觉则是打破距离的、弥合间隙的。那么，这里与“我”发生触碰的“某人”是谁？“皮蛋”指示什么呢？

我们首先来解决后者——“皮蛋”指示什么。这个问题我们可以轻易地在书的注脚寻找到答案：“皮蛋，作者喂养的小狗的名字。”我们知道了“皮蛋”不再是具有强烈特色的、“甲之蜜糖，乙之砒霜”的中国食物的一种，而是韩东小狗的名字。韩东不止一次地在诗中写到动物，在诗歌中多次使用骆驼、黄鼠狼、猴、马、老虎、蛇、狗等动物意象。在这之中，“狗”是出现频次最高的意象。他在诗里写偶然遇见的“狗”，如《嬉戏》；但写得更多的是作为动物伴侣的、与自己日常生活关联更为紧密的“狗”。然而，在这些写了“狗”这一动物意象的诗里，韩东仅在《生命常给我一握之感》和《孤星》两首诗里使用了具体的、口语化的称呼——“皮蛋”“小皮蛋”（“愿孤星永恒，我的小皮蛋常在”，《孤星》），而非概而述之的“狗”。相较“狗”“小狗”“我的狗”等表达，采用“皮蛋”无疑是更日常、更口语化、更生活化的表达，是对韩东一以贯之的“口语写作”的承续；另一方面，通过这个具体的、有明确指向性的词语，我们能够轻易联想到真实生活中诗人对这只可爱的小狗“皮蛋”亲昵呼唤的场景，在这个意义上，它是在场的。我们可以在博纳富瓦对“arbre”（树）和“cetarbre”（这棵树）的差异性论述中明了这种鲜活的“在场”。

博纳富瓦在《语言，动词，parlar cantando》一文中以一棵树为例，对比了作为普遍性形象的“树”与具备“特殊性”和“绝对性”的“树”，他认为，即使是同一棵“树”，在它与我们的生活或你们的生活没有关联的时候，此时诗人仅仅念出“arbre”（树），那么这个词拥有的只是概念性表征，只表现为思想中树的形象、词典中树的定义，它只是知识的或理念中的“树”；另一种情况是，诗人“一边说着‘cetarbre’（这棵树），一边向你们指出一棵树，一棵特别的树”，此时，即使词语相同，这棵树却不再是想象中的形象与模式，而是“真实存在的树”，“arbre”代表的这一种“在场”，且在之后也能保留“关于某个存在的记忆，关于它与众不同的在场的记忆，关于存在本身的记忆”。通过“树”的例子，博纳富瓦指出：“我们语言中的一切词语，或者至少是某些字词，拥有在事物中指明某个现实即某个存在的能力。”②

回到这首诗，“握住某人的小胳膊/或者皮蛋的小身体”，有所指但“敞开”的“某人”，韩东的小狗“皮蛋”等词语所指称的事物，都是在这段直接的触觉经验中真实存在的、与“我”的生活关联的事物，而不是“知识”和“定义”中普遍化和概念化的事物。他们拥有这样一种力量，能够指向“某个场所”“某个时刻”。“皮蛋”区别于共识的词语“狗”/“小狗”，是“完完全全地在场”。

其次是，“某人”是谁呢？是某个确切的人吗？还是泛指的她、他、朋友、爱人、亲人呢？“某人”当然可以是任何人，但如果追问，“爱人”或许是那个更可能的答案。“握住某人的小胳膊”，这个诗句本身即带有浓浓的亲密爱侣的意味。而韩东也在许多诗歌中用“手”意象或“抚摸”的书写来表达爱欲。如《你的手》《抚摸》《两只手》等，这三首诗中，手的“抚摸”所指向的触觉与“爱情”直接相关。故而，我们大可认定“握住某人的小胳膊”这个诗行里存在这样一个隐而不言的、模糊对应的“爱人”。

此外，我们不应该略过在第一节出现了两次的“小”字。首先，试比较“胳膊”/“小胳膊”、“身体”/“小身体”这两种表达，不难发现，“小”符合诗歌的诗情表达的需要，是隐含了爱意的表达。其次，我们知道，当诗歌中出现“小”的时候，就已经自然生成了“大”，这首诗存在两个层面的“小”与“大”，表层的“小”与“大”是物理体积上的“小”与“大”，相较于“皮蛋”“胳膊”，后一节的“马”自然是“体积较大”的；在深层含义上，从此处的“我”推进到后面诗节中的“我们”，“小”与“大”又隐含了个体与群体、“小我”与“大我”的关联意义。

第四行——“结结实实的。”“的”而非

“地”，韩东并不是写“结结实实”地“握”住了“小胳膊”和“小身体”，即不是写牢固地、严实地“握”这个动作，而是“一握之感”，他感到了“小胳膊”“小身体”是“结结实实的”。“结结实实的”与“感”又是悖论的。感觉、感触、感想，在某种程度上，是“虚”的，但真实的触摸让他感到——“结结实实的”，也即通过触摸感受到了存在的真实。

二、

第二节——

有时候生命的体积太大
我的手握不住，
那就打开手掌/拍打或抚摸。

前面写到“小胳膊”“小身体”，现在写到“体积太大”的“生命”了。“生命”是有“体积”的，故而我们可以暂且认定此处的“生命”是“生命体”“有生命之物”（人，及包括人的万物），首个诗行里的“生命”亦是如此。面对大体积的生命，韩东变换了手的动作（“打开手掌”）以实现触摸（“拍打”或“抚摸”）。从小体积的生命到大体积的生命，从“握住”的动作到“打开手掌”，意象的递进结构意味着情境转移与展开——从“小世界”到“大世界”，于是诗人有了更多触摸的可能。

第三节——

有一次我骑在一匹马上
轻拍着它的颈肩
又热又湿，又硬，一整块肌肉
在粗实的皮毛下移动。

“有一次”意味着是回忆，韩东联想到、再次感知到、再次经历了“在场”。面对“体积较大”的马，韩东“打开手掌”，温柔地轻拍，以“手”为媒，感受着马的颈肩这个部位的“热”“湿”“硬”，并感受到马的肌肉在马“奋力爬上山坡”的过程中在“移动”，同时它的皮毛是“粗实”的。在另一首《心儿怦怦跳》中，韩东写了与父母去到田野并记录了一次新奇的摸牛的经历：“他在一堵墙壁似的水牛前面停下/爸爸让他摸牛。黑不溜秋的/颤抖的，移动的……难以言喻。/他有一点兴奋，又摸了一下/整张小手都埋在了那片粗粝的乱毛里。”《心儿怦怦跳》中韩东对牛的感知是“一堵墙壁似的”“黑不溜秋的”“颤抖的”“移动的”“难以言喻”“粗粝的乱毛”，除了触觉经验以外还有视觉经验。但《生命常给我一握之感》更加强调触觉经验，“马”只存在于他的手下，是完全的触觉经验。这四行诗几乎是立刻就将我们带到了清晰可见的在场，“我”骑马的经历、轻拍的动作、对马的肌肉的移动和粗实的皮毛的描写，让我们感受到真实存在的事物本身，将概念化的词语从诗歌中驱逐出境。

最后一节——

它正奋力爬上山坡——
那马儿，那身体，或者那块肌肉。
密林温和地握住我们
生命常给我一握之感。

“马儿”—“身体”—“肌肉”，层层解构，身体（物质）是马的一部分，肌肉是身体的一部分，韩东将对马的整体感知（马爬上山坡的行动）转回了局部感知（马的颈肩肌肉在整体运动中的移动）。“密林温和地握住我们”，诗人用“温和”来形容“握”的动作，当然，相较于“捏”“掐”“击打”等通过“手”来进行的其他动作，“握”是安全、无害、温柔、和缓的，在这里使用“温和”再合适不过。那么，“密林”，作为自然或者世界的象征，何以“握住我们”呢？援引申富英对加令顿的《触觉现代主义》中对“触觉”定义的译介：“一个开放性的词汇，用来指涉下列一种或多种体验：触摸（人类皮肤、皮下组织、脏器和相关神经末梢的主动的和被动的体验）、运动感觉（身体对自身运动的感觉）、本体感受（身体对自身的空间位置的感觉）以及前庭感觉（依赖于内耳的平衡感觉）等。”[③]这样，我们可以将“密林温和地握住我们”视为一种身体对空间位置的本体感受，即具身的“我们”被世界温柔地“握住”，即一种被紧密地包裹的感受。在这一个诗行，“触摸”被逆转了，从前面的主动的“触摸”转为被动的“本体感受”，人在渴望主动触摸以满足内在情感需求的同时，也渴望着被世界“触摸”。

然后，我们需要回答那些留待解决的问题了。首先是，“生命”指向什么？上文中有论述过第一个诗行、第五个诗行的“生命”所指称的是“生命体”“有生命之物”（人，及包括人的万物），而最后一个诗行的“生命”和标题中的“生命”当然是“生命体”“有生命之物”（人，及包括人的万物），同时应该是“统一的生命”，包括了“生命体”“生命力”“生命的本质”及“生命的意义”等绵延的一切。其次，这常有的“一握之感”则是诗人通过瞬间的、直接的、一握之间的触觉体验从而生发的“抑制”的、静水流深的情感和对生命的深切感受。

综之，《生命常给我一握之感》从形式上来看，第一、第三、第四节由四个诗行构成，第二节由三个诗行构成，每个诗行主要由两音顿、三音顿构成，在基础的两音顿、三音顿节奏中，韩东灵巧地做了变换，使诗歌并不显现为节奏感极强的音乐，而是沉静和缓的言说。从结构上来看，意象呈现为从“小”到“大”逐步发展，随着意象的渐“大”，诗的意义也渐“大”、渐广、渐深。此外，整首诗以“生命常给我一握之感”开头，最后一个诗行又再次回到了——“生命常给我一握之感”，由此形成了一个回环的、圆融的诗结构。整首诗是“温和”的，外在节奏与内在节奏调和一致，语言、节奏、情感与意义在诗行中自然地流淌。

三、

上文多次提道，韩东在这首诗中表达了对触觉经验的非同寻常的关注。现在，我们有必要将“触觉”作为一个重要议题，考察这首诗中的诗人“敏感”的触觉，并将这首诗与韩东的整体写作联系起来，探究触觉在其诗歌中的位置。

康斯坦斯·克拉森在《最深切的感觉：触觉文化史》一书中直截了当地说：“现代性的感性箴言是，可以看但不要摸。”④中世纪的生活具有“某种共同的特质”，在中世纪，“触觉不仅是与尘世（the Earth）相连的感觉，而且是地球上所有居民的共同沟通媒介”④p134，而从中世纪后期开始，触觉则逐渐脱离社会中心，“视觉凝视”取代了它的位置。现代文化也更加偏向视觉（甚至是“视觉中心”的）。克拉森也论述了现代文化中触觉的萎缩，这与城市感受密切相关。从十六世纪开始，现代性的核心由农村体验转移到城市体验，而现代城市的显著特征是陌生人的聚集，生活节奏加快，乡村生活体验的缺乏，“日益复杂和冷漠的社会网络在不断发展的城市中心演进”，“有关速度和进步的当代理想”强化了“反应无情、触感疏离”的工业感受，人们在现代性中对个人隐私的更加关注以至于更加抗拒接触，“被适当规训的身体”学会了控制触觉冲动而转变为敏感的“视听感知”④p218。总之，在种种因素的聚合作用之下，现代的感官价值体系中触觉是失落的。

在《起雾了》中，韩东敏感地捕捉了现代城市经验，在被“雾”和“烟尘”笼罩的城市中，现代人机械般地重复着昨天、今天、明天的“敷衍生活”和“应付世界”，“他们”对发生的事情漠不关心、对变化毫不“惊讶”、对自然的事物没有感知力，像“躲避着来往的车辆”一样抗拒与另一个个体的接触，人们处在孤立、冷漠、迟钝、麻木的状态之中。

面对这样的现实，韩东的选择是“接受我的现实，但不接受世界的现实。接受就是解放，不接受是希望所在”①p218。对触觉的“敏感”和“抑制”式表达成为韩东对现代性的人的“隔膜”、疏离、钝感的拒斥。韩东的触觉书写，隐含了对现代城市经验的否定和对世界恢复“接触”的希望。

我们知道，在“今天”这样“变化太快”的“可以看但不要摸”的现代社会中，触觉的失落，某种程度上也意味着，人类与动物的相当程度的疏离，人类个体与个体之间相当程度的疏离，人类群体与自然相当程度的疏离，人类群体与世界的相当程度的疏离。韩东的诗歌将这种“疏离”表现为：“我们和它们之间隔着一个形体”（《夜游新加坡动物园》）；“共处一室，各不相干”（《它是一条无人理睬的狗》）；“每一条孤独的路上都走着一个人或者一条狗。/这隔膜的游戏直到永远。”（《它是一条无人理睬的狗》）；“田野离我们很远/去往另一个世界。”（《心儿怦怦跳》）

从韩东的写作中，我们如此清晰地看到，他对这种疏离的“不接受”。像所有渴望恢复接触的灵魂一样，他渴望恢复接触，“触摸”带来的触觉经验是韩东诗歌中构建人与人的关系、抒发生命体验的重要因素，是对抗现代个体孤独的重要方式之一。《母亲的样子》中韩东通过触摸在病中的母亲的肚子，“隔着纸一样的皮”“抓住了一颗心”，由此表达了母亲对父亲的爱和对“我”的爱，展现了家庭中家人之间亲密的爱。《抚摸》中描写共度夜晚的亲密爱人之间通过相互抚摸而产生的热烈的爱。《大象皮》中将“触摸”作为感受生命存在和“告别”的一种方式，“隔着被子抱了抱他”“把头放在他的胸前”“握着他的手”“多想抚摸那双眼睛”，诗人通过触觉表达对分别的不舍、对生命的存在的真实感受。

《五万言》中有这样一句话：“在今天，由于没有时间，由于变化太快以及表达在场的必要，我们只有直接说出自己的思想了。直接成了我们的美学。”[①p55]我们不妨将这句话理解为：“今天”——现代；“没有时间”“变化太快”——现代性的特征；“表达在场”“直接美学”——诗学诉求，这或许能成为帮助我们定位韩东诗歌中触觉位置的重要坐标。

面对触觉，这种极度依赖肉体的，以真实、立体、在场为特性的感官，韩东在诗歌中将“恢复接触”转化为“表达在场”“直接美学”的诗学诉求。而对韩东来说，“在场”是直面“世界的现实”和“语言的现实”而必须采用的诗歌技艺和诗学观念。具体到诗歌创作，触觉，表现着这样一种积极的、真实的“在场”，也成为韩东诗歌中拒斥“世界的现实”的“希望所在”。在韩东那里，爱欲、生命、世界的真实，存在于一“握”之间。如梅洛-庞蒂所言，“世界实际上是在我们与世界的接触中呈现给我们的，而这与世界的接触正是知觉给予我们的”[⑤]，在陷入“速度神话”的现代社会，随着符号化、数字化、虚拟化、距离化的程度加深，我们愈加感到自己身处“隔膜的游戏”。韩东，或者说我们，正在内心隐秘地呼唤着“接触”。“触觉”能够消除自身的孤独感，能够重新发现真实存在的自我，能够重新建立起人的个体与个体、人与动物、人与自然、人与世界的联系。

注释【Notes】

①韩东：《五万言》，四川文艺出版社2020年版，第39页。以下只在文中标注页码，不再一一做注。

②[法]伊夫·博纳富瓦：《声音中的另一种语言》，广西人民出版社2019年版，第136页。

③申富英：《现代主义·触觉·自我——论加令顿的〈触觉现代主义〉》，载《外国文学》2017年第3期，第157页。

④[加]康斯坦丝·克拉森：《最深切的感觉：触觉文化史》，上海人民出版社2022年版，第253页。以下只在文中标注页码，不再一一做注。

⑤[法]莫里斯·梅洛-庞蒂：《知觉的世界》，江苏人民出版社2019年版，第20页。

语言的“甜”与时代的“甜”
——论张枣诗歌的“橘”意象

郝元丽

内容提要：张枣的诗歌兼具语言的纯粹性和诗思的现代性，他于汉语性和现代性之间寻找平衡点和互动机制，并期冀建立一个整合的“诗歌宇宙”。其中，“橘”这个意象在张枣诗歌中占据的地位不可忽视。从橘意象入手，可以窥见诗人对古典浪漫主义的承继，对宇宙中知音的觅寻，对现实中故国的思念，以及对可供栖息的“心居”的向往。橘的“甜香”和“圆润”使张枣的诗思得以具象化，在诗人“化古”与“化欧”的辩证融合中，彰显了汉语言的诗性之“甜”，并最终凝结为时代的哲思之“甜”。

关键词：张枣诗歌；橘子；甜

作者简介：郝元丽，华中科技大学人文学院中国现当代文学专业硕士研究生，主要从事中国现当代诗歌研究。

Title: The “Sweetness” of Language and Times — On the Image of “Orange” in Zhang Zao’s Poems

Abstract: Zhang Zao’s poetry combines the purity of language with the modernity of poetic thought. He seeks the balance point and interaction mechanism between the Chinese character and modernity, and hopes to build an integrated “poetic universe”. Among them, the image of “orange” in Zhang Zao’s poetry occupies a position that can’t be ignored. Starting from the image of orange, we can find the poet’s inheritance of classical romanticism, his search for bosom friend in the universe, his yearning for his homeland in reality, and his desire for the “heart house” to inhabit. The “sweetness”, “fragrance” and “roundness” of orange make Zhang Zao’s poetic thoughts embodied. The poet dialectically integrated the art of classical Chinese poetry and foreign modernist poetry, which manifested the poetic “sweetness” of the Chinese language and finally condensed into the “sweetness” of the times’ philosophy.

Key Words: Zhang Zao’s poetry; orange; sweetness

About Author: Hao Yuanli, Master student of Modern and Contemporary Chinese Literature, School of Humanities, Huazhong University of Science and Technology, mainly engaged in the study of modern and contemporary Chinese poetry.

张枣致力于词与物关系的探讨，一边充分发掘汉语性中与生俱来的“感物言志”“物我合一”，一边积极融入现代性的逻辑建构与独特演绎，开创自己独有的“物思”诗风。同时，他提出“元诗”的理念，以便显露写作者的思考者、观察者姿态，体现诗人对现实的映照和关怀。尤其是面对诗歌表达的空白和信仰的迷失，张枣努力进行语言的淬炼和诗意的拓展，形成自己独特的艺术风格，实现了传统与现代的进一步融合。

纵观张枣的诗文，可以发现“橘”这个意象频频出现，他对于“橘”有一种特殊的偏爱。可以说，“橘”这种水果在一定程度上承载了张枣的诗学理念，彰显了他独特的诗学追求。在2022年3月出版的诗人柏桦缅怀张枣的文字合辑中，柏桦以《橘颂——致张枣》为此书命名。在书中柏桦提道：“在我记忆中，你（张枣）第一次对我谈论诗意的橘子是1987年冬天某一天中午，当时我们正坐公共汽车途经重庆上清寺。冬天，既有丰满的橘子，宜于烤着吃，也有干瘪的小橘子，宜于放在桌上看。好像你对我谈起了这一节。橘子宜于梁朝，因梁朝是红的；也宜于唐朝，因唐朝黄得华丽，杜甫作《病橘》，白居易作《拣贡橘书情》，皮日休作《早春以橘子寄鲁望》。橘子当然也宜于你的诗，灯光下的红橘自有一种青春的好意。橘子使你平静吧……”①

张枣与橘意象，是两个相互印证的存在，难解难分。“橘”书写具有象征性：它言说了张枣试图弥补个体生存与时代洪流之间的裂缝，回归宇宙原初整全性个体的和整体的努力。本文即从张枣诗歌的橘意象入手，并结合诗人生平，来探索其创作特色。

一、树上的橘子，纸上的宇宙

古今中外，“橘”书写不乏少数，或精幽玄妙，或境界宏阔，各有深意。而“橘”意象的引人注目可追溯到屈原的《橘颂》：“独立不迁，岂不可喜兮。深固难徙，廓其无求兮。苏世独立，横而不流兮。闭心自慎，终不失过兮。秉德无私，参天地兮……”屈原将橘子塑造成了独立不羁、清醒专一、豁达脱俗的君子形象。柏桦以《橘颂——致张枣》命名对张枣的纪念性文字，无疑是对张枣的诗学贡献和诗艺风格的极大肯定。

在张枣的笔下，“橘”的“象中之意”得到了延展。诗人以“橘”意象为切入点，对人生境遇和诗歌创作进行了双重反思与表达，进而构建了新的“橘/诗/世”命名关系。“橘”意象寄托了诗人对古典浪漫主义的承继，对诗学知音的觅寻，对故土的思念，以及对平静完满心境的向往。以“橘”为镜，可以窥探诗人丰富深邃的心灵世界。

（一）“橘”与“树”：古典浪漫主义的回响

在组诗《断章》第七首中，诗人写道：

“树或许该清洁一点
因为它曾在未来的
河流中沐浴，鸣与命
经典的橘子沉吟着
内心的死讯。人朝向
过去，只为虚幻祭献
星星在堤岸上开花
人站起来，喃喃道歉”②

首先，“树”在这里指“文化之树”，是传统的渊源，“河流”就是指时间。传统不仅在现在，还在未来。我们所从事的一切活动都是对传统的修正、去弊或重塑，诗歌也不例外。诗歌所追求的就是对于词与物之间命名关系的把握，对于新时期的言说。而此诗中“经典的橘子”在这里是指文化中的经典，是古典浪漫主义的象征。虽然浪漫主义主张夸张性地放大自我、表现个性，在现代受到了不少诟病，但其初衷在于对过于强调理性而使个性受到沉重压抑的现实进行反叛，是一种对于主体自由的追求。不可否认，张枣的诗歌具有浓厚的浪漫主义色彩。但他所主张的并非完全回归古典的浪漫主义，而是结合现代主义的诗思与技法，为处于裂缝中的主体探索一种新的情感释放模式。接下来，“沉吟”表示声音微弱，没有朝气，是一种被疏离、冷落的状态，在宣告着“内心的死讯”。这里的“死讯”既是对经典浪漫主义而言，也是对现代人的苍白困乏而言的，双义同构。艾略特曾有言：神的缺在和价值的失落等导致现代人成为“空心人”，精神荒芜、意义缺失。人们对于过去的祭奠是虚幻的，徒有其表的，并未探及存在的本质。“星星在堤岸上开花”，这一句画面感很强，与凡·高的名画《罗纳河上的星夜》有异曲同工之妙。画作中，深蓝的天空上点缀了大大小小的星星，光晕围绕在星星周围，就像一朵朵绽放的黄色花朵。河面倒映的灯光与星光相映成趣，人仿佛行走在天河之中。但是我们并不能触及那稀有的绚烂，流水的阻隔，也象征着时空的距离。张枣在他的组诗《危险的旅程》中也曾提道：“星隔开你我星。”②p165因为现代文明的发展，人与人、人与物之间的交流越来越被各种因素阻隔，形成了一种隔膜的状态，所以人只能“喃喃道歉”。“站起来”则表明了主体意识的觉醒以及努力改变现状的姿态。

而对于一位诗人来说，张枣所追求的是“化古”与“化欧”的进一步融合。这里的“树”对于他来说就是中国传统文化之根，要尽力生长，去刺破天空的空白，等风吹起的时候，像一片叶子似的脱离树体，去接受西方现代性的熏陶，但叶落终究还是要归根，极端的汉语性和极端的纯西式的现代性都难以塑造出符合今天的言说。张枣就是按照这种“溯源—突破—重塑”的模式来丰富现代汉语诗歌森林的，他的诗句是被现代性淘洗过的浪漫表达。“经典的橘子沉吟着”又何尝不是张枣自身的状态呢？他也在角落里不断地用沉吟的方式言说着。

（二）“橘”与“香”：惺惺相惜的语言芬芳

在组诗《跟茨维塔伊娃的对话》（十四行组诗）中，张枣以一个中国人的身份与俄罗斯女诗人茨维塔伊娃展开了跨时空的对话。诗歌开头张枣以德语做了题词，翻译过来大致是：“你想要什么，所以你想要什么！——茨维塔伊娃和里尔克。”这首诗主要讲述的是茨维塔伊娃和里尔克之间的知音式交往。茨维塔伊娃一生颠沛流离，小女儿曾经被饿死，丈夫曾一度失去音信，在她一生中最后的时光里，经历了不堪忍受的精神和物质的双重危机，最后在深深的绝望中，她选择了自缢身亡。她憧憬爱，渴望爱，但不是肉体之爱，而是心灵之爱，类似于她和里尔克之间的交往。这种柏拉图式的精神爱恋，给茨维塔伊娃的生活带来了安慰与触动。

“东方既白，经典的一幕正收场：/俩知音一左一右，亦人亦鬼，/谈心的橘子荡漾着言说的芬芳，/深处是爱，恬静和肉体的玫瑰……”②p121所以，这里“谈心的橘子”指的就是知音式的语言，这种言说是互相了解的甜蜜，是心灵沟通的芬芳。这是一种超越世俗的，更接近精神本质的情感，是更深的爱。无论相隔多远，心灵上的联系，语言上的沟通也是可以准确叩响对方的心扉。

而张枣在他的文章《朝向语言风景的危险旅行——中国当代诗歌的元诗结构和写者姿态》中提道，中国当代诗歌的写作参与环球后现代性语境的同时也产生了生活与艺术脱节的弊端：

“它最终导向身份危机：依照‘词就是物’这样的信念固然可以保持一个西方意识上的纯写者姿态，并将语言当作终极现实，从而完成汉语诗歌对自律、虚构和现代性的追求。然而，这一过程可能带来如下逻辑后果：中国当代诗歌最多是一种迟到的用中文写作的西方后现代诗歌，它既无独创性和尖端，又没有能生成精神和想象力的卓然自足的语言原本，也就是说，它缺乏丰盈的汉语性，或曰：它缺乏诗。”③

所以从这个意义上，张枣说：“词，不是物，这点必须搞清楚，/因为首先得生活有趣的生活。”②p121语言不能代表终极现实，生活的有趣性需要“物我合一”“物语合抱”等抒情传统来建构。“景语”和“情语”相互勾连，而非纯粹的抽象符号和形而上表达。这里提道的“木兰花”一般象征着灵魂的崇高，是茨维塔伊娃和里尔克之间情感的象征，也是对诗人灵魂的礼赞。另外，张枣借助“木兰花”来表达自我意识，其实是在重拾丰盈的汉语性，重新建立起人与自然、人与他者的联系与象征。只有这样才能逐渐化解“词就是物”本身所蕴含的悖论性危机——当我们过于强调二者的对立关系时，可能忽略了“物”本身的丰盈万象和现实生活的大千面貌。最后两个诗行提道了“东方既白”，一方面写出了时间的变化，另一方面也是在指出诗歌的未来——天空是命名的“空白”，是诗意的存在。另外，“东方”也可能遥指中国文学的传统，对中国现代诗歌的未来进行了一定的畅想和期望。

“谈心的橘子荡漾着言说的芬芳”，这是茨维塔伊娃和里尔克之间的交往，也是张枣自我认证的诗学追求。张枣在多个场合进行自我介绍时都曾提道：“我是张枣，我是一个诗人。”④他始终以精英知识分子自居，以预言家的姿态走在时代的前沿。他的诗歌尽量从公共话语中抽离出来，而倾向于注重个体的表达，同时寻找着“知音者”之间的心灵契合。“我想我的好运气/终有一天会来临/我将被我终生想象着的/寥若星辰的/那么几个佼佼者/阅读，并且喜爱。”②p208张枣在《云天》里表达了类似的心声。而且张枣在写作时追求一种“满足自己”的写作姿态，他的诗歌作品并不多，一方面是因为英年早逝，另一方面则是因为他对自己的要求非常严苛。只要作品有一点儿不满意，他都会放弃，始终坚持着一种宁缺毋滥的态度来进行创作。他的写作就是在寻求“芬芳的谈心的橘子”，也即能与“寥若星辰的”“佼佼者”相互“阅读，并且喜爱”的作品。

（三）“橘”之“声”：思乡之“甜”

张枣有一首组诗《橘子的气味》，之前从未出现在任何张枣的诗集中，后来经过其学生颜炼军的四处搜寻，终于找到了该诗的全貌，并且编入《张枣诗文集》。

诗歌的开头写道：“一只剥开的橘子：弥漫的气味，周游世界的叮当声。”[②p268]这是一个嗅觉和听觉的双重描述，同时也是一种通感的手法，将橘子的气味（嗅觉）化作了叮当声（听觉），动静结合，写出了橘子的味道化作声音在天地之间不断地蔓延和充盈。“姑息者”指无原则宽恕别人的人，唯唯诺诺，苟且偷安，不做对抗与辩驳。所以，“激烈的信”在他手里也能化为平静。“你”在熟眠，梦中的老师叮嘱“你”试一试。试什么呢？其实还是对于传统文化的吸收和运用。“从前的老师”就是指之前诗歌的经典和创作方式。这里不论是“姑息者”还是“你”都是抒情主体的化身，张枣在这里描述的是屈服于西方现代性还是寻求传统汉语性的矛盾境地。

第二首写他人所带来的“影响的焦虑”，并且借1999年巴基斯坦政变事件来体现当代人的处境，“太阳”也变得落魄，这也是诗人流亡异地的困境。第三首进一步细化这种客居的感受，临窗眺望，寻找故土。第四首再次回到梦境中，思考着考题“甜”字，“橘子的气味弥漫着聪慧——”[②p269]。“你想呀，想：对，一定是/那种元素的甜，思乡的甜。”[②p269]橘子的气味是“甜”的，是家乡的味道。“你”，即抒情主体从橘子上细心地发现了家乡的影子，思绪也随着橘子漂洋过海，回到故土。但是，你的身体，在“纽约密楼顶的一间健身房里”[②p269]。灵魂与身体产生了分裂，这是一种漂泊的焦虑，是回不去的忧伤与孤独。最后一首，诗人提道：“我是靠偷偷修补天上的竖琴/而活下来的……”[②p270]这里其实是化用了“女娲补天”的神话，女娲运用五色石修补天空，还世人一个安宁的客观世界；而诗人则是用文字修补天道和人道，给世人一个平静的心灵世界。整首诗里的橘子，始终与一种天籁、人声和心音相呼应，用“闻”的双重含义“嗅”与“听”来表达对故乡最切己的思念和对漂泊无依生活的四处弥漫的厌倦。

另外，诗人在《父亲》这首诗里也提道过橘子，只不过这里的橘子是作为地域标志出现的：

“……

中午，他想去湘江边的橘子洲头坐一坐，
去练练笛子。
他走着走着又不想去了，
他沿着来路往回走，他突然觉得
总有两个自己，
一个顺着走，
一个反着走，
一个坐到一匹锦绣上吹歌，
而这一个，走在五一路，走在不可泯灭的
真实里。

他想，现在好了，怎么都行啊。
他停下。他转身。他又朝橘子洲头的方向走去。
他这一转身，惊动了天边的一只闹钟。
他这一转身，搞乱了人间所有的节奏。
他这一转身，一路奇妙，也

变成了我的父亲。”[②p282—283]

父亲有两个自己，一个顺着走，一个逆着走，世事的变化让他捉摸不定，内心充满了矛盾和纠结。理想和现实总是存在着冲突，他期盼自由地吹歌，却只能“走在不可泯灭的真实里”。最后他妥协了，他决定面对现实，决定用平常之心对待这个世界，所以他又走向了“橘子洲头”。也正因如此，父亲的生活出现了变化，时空流转，“他变成了我的父亲”。

“橘子洲头”是长沙的标志性地点，张枣本人就是长沙的，这里是一种地理意义上的回归。“橘子洲”古来以橘闻名，鲍照曾写道：“橘生湘水侧？菲陋人莫传。逢君金华宴？得在玉几前。”湖南盛产美橘，是橘的故乡。橙黄橘红的时节，是一片甜美和富庶的景象。同时，这个故乡也是内心的回归。父亲想去橘子洲头练练笛子，其实是为了调和理想和现实的矛盾，调整自身的情绪，获得一种精神上的平稳和安宁。而从诗歌的结尾，我们可以看出父亲最终在橘子洲头找到了心灵的归宿，并实现了生命的延续。二十世纪以来，每个人的故乡都在沦陷，我们都处于一种流浪的状态中，不断寻找着精神的原乡，这是新时期每个人的宿命。“从世界范围来说，二十世纪的政治和全球化造成了无数人的背井离乡。这些政治难民、经济移民、文化游民，怀着从母体撕裂的伤痛，彷徨挣扎于祖国与异国、母文化与在地文化之间，为身份认同与文化归属而焦虑。这些有着双重外在性的离散者，既不被故乡人承认，也不受移居国接纳。”⑤诗人张枣也是文化游民中的一员，他1986年赴德，孤身一人流浪海外，身份的、文化的、语言的危机等让他对故土、对母语产生了深深的依恋之情。他的创作不仅仅是在思念故土，也是在思念人类的精神家园。所以张枣曾说：“‘在人和人性的原乡，人和诗是分不开的’，‘故乡是一种诗歌心理’。”⑥

橘味的“闻”，在嗅，在听，更在于诗人的言说。

（四）“橘”之“圆”：平静完满的心境

就像柏桦提道的“橘子使你（张枣）平静”，归根结底，“橘子”所寄托的就是张枣所期望抵达的心居：一种平静完满之境。张枣在《哀歌》中敏锐地捕捉并预言了“死亡”的到来，同时也设置了一种对于“死亡”的接受和消解。这首诗将两种情况形成对比，通过对比来体现“死”之焦虑、严肃和悲痛：“一封信打开有人说/天已凉/另一封信打开/是空的，是空的/却比世界沉重……”②p77诗歌开篇将“日常问候”和“无人问津”形成对比，但是这“空”却蕴含了无限的意蕴，有更丰富的阐释，比世界还沉重。其次是“放声高歌”和“向死而生、虽死犹生”之间形成对比，诉说生命的坚强。之后是“安然入睡”和“爆笑不已”形成对比，一静一动，是生命的本真状态：“另一封信打开/你熟睡如橘/但有人剥开你的赤裸后说/他摸到了另一个你/另一封信打开/他们都在大笑/周身之物皆爆笑不已。”②p77接下来是“行云流水”的闲散自由和“黑暗”的孤幽沉闷形成对比，描述两者极端的生存状态。诗歌最后：“另一封信打开/皓月当空/另一封信打开后喊/死，是一件真事情。”②p78将“皓月”的美丽、永恒和月光的朦胧虚幻性与“死亡”的真实性、紧迫性形成对比，但是将死亡蒙上了月光的色彩，进行了一定的消解和虚构。面对时间的流逝、死亡的逼近，个体都会感觉到沉重，焦虑和忧郁。但是死亡本身是一件很普通、很平常的，真实的，每天都在上演的，随时都会发生的事情，“你熟睡如橘（静美的状态）”不失为一种平静完美地面对死亡的状态。“生”与“死”不是极端把对立，而是祥和转化，循环反复。

概言之，无论是“沉吟的经典的橘子”“芬芳的谈心的橘子”，还是“弥漫着智慧的橘子”，抑或是“橘子洲头”的“橘子”，都象征了诗人对幸福、真实和圆满境界的追求和塑造，都是“熟睡如橘”的“橘子”的化身。所以说，“橘子”是诗人平静完满心境的表征。

一只橘子的“狭窄的心”，却有“一个大的宇宙”（冯至语）！

二、橘象之意：语言的“甜”和时代的“甜”

张枣对“橘”的偏爱一方面可能是因为其成长环境中柑橘遍地，产量丰富；另一方面，生活于荆楚文化板块中，难免受到了屈原《橘颂》的影响；同时，西方文化中的“橘子”也给他带来了不一样的灵感。在西方的传统中，“橘子”一度被奉为“圣果”。柏桦的《橘颂——致张枣》中提道了里尔克关于橘子的格言：“跳橘子舞吧！那光芒橘子！”①p79史蒂文斯也多次提道橘子，例如：“自鸣得意的睡衣，洒满阳光的椅子上/迟迟未动的咖啡和橘子/地毯上一只自由的绿色鹦鹉/这一切合在一起，驱散/古代牺牲的神圣静谧……芬芳的橘子和明亮的绿翼/仿佛死者行列中的某些东西”[⑦]，“橘子”在慵懒和沉重的意象中漫延。还有“飞出雪松落在橘树上的红鸟也发出同样的/叮当声”[⑦p52]，色彩突出，动静结合。而“例如，卖橘子的老人/在篮子边睡着，打鼾，费劲地/呼吸”[⑦p147]，则也呈现了一种“沉睡如橘”的状态。而在聂鲁达的笔下，橘子更是多姿多彩：或是“它的彩虹由石油和橘子构成”[⑧]，或是“再会啦，手表或橘子的每一道光芒”[⑧p265]，或是“或者你手中捧着的一堆橘子：生命以雪和鹤嘴锄啄食/你的——亦即我的——生命”[⑧p274]，或是发出疑问——“橘子如何分割/橘树上的阳光？”[⑨]

张枣的橘子书写不乏前人的影响，而更重要的是，“橘之色”“橘之味”“橘之形”与张枣个人的诗学理想有许多契合之处。其中橘子的饱满圆润之“象”更是浸透了张枣的写作追求。朱良志认为“圆是中国文化中的一个重要精神原型，它与中国人的宇宙意识、生命情调等具有密切的关系，它也包含中国艺术生命精神的重要消息”[⑩]。中国古代强调“天人合一”“以物观物”“物我合一”，注重自然万物与人类社会的联系，这些都是“圆”的思想理念的体现。张枣的诗歌继承了中国古典诗学的意蕴，积极探索宇宙完整原初的“理想之圆”。他的作品中也多次描写到“圆”：“酒杯留下两个圆印，像指环交换着永恒”[②p96]（《断章》），“此刻的。圆。看的羊痫风。看。”[②p119]（《跟茨维塔伊娃的对话》），“忍着嬉笑的小偷翻窗而入，去偷她的桃木匣子；他闯祸，以便与我们/对称成三个点，协调在某个突破之中。圆。”[②p152]（《祖母》）其实，张枣的诗歌创作一直在努力促进主客体的深层次交融，回归存在的完整性，来弥补时代和生活的裂缝，拯救分裂的主体，这就是“圆”型思想的表达。同时，从他的写作风格上来看，不管是语言还是篇章结构，也是呈现出了流美圆转的特征。

综合来看，张枣的诗歌就是“橘”味的诗歌，灵动圆转，又含蕴深远。他很少下重笔，即使是涉及宏大的主题，也大多是从细腻的感受出发，于微小中见大义。用一个字概括，就是四两拨千斤的“甜”。张枣认为：

“诗歌是超越时空的、隐藏在我们的生存、动作、物品和文字之中最让人激动、最有道理的部分，也就是我们的世界为什么是这样的那个部分——当然，不是社会意义上的，对我来说诗歌具有某种与哲学意义上的认识论相关联的东西。当然，诗歌也许能给我们这个时代元素的甜，本来的美。这就是我对诗歌的梦想。”[⑪]

而张枣诗歌的“甜”主要体现在两个方面——语言的“甜”和时代的“甜”。语言的“甜”就是张枣诗歌融入极强个人色彩的汉语性。“汉语的‘甜’是一种元素的‘甜’，不是甜蜜、感伤，而是一种土地的‘甜’、绿色的‘甜’。”[⑫]自《诗经》以来，中国诗歌便承载了抒情和言志的传统，“名”与“物”之间形成了根土式的联系。汉语与宇宙万物之间是相互交融、互相凝视的，而非二元对立的关系，它具有超强的阐释力和包容性，并且凝结了生活的丰盈和有趣。而时代的“甜”则是指诗歌所传达的人文精神和人文价值，对应着时代的“真”和“美”。物欲的膨胀掩盖了事物的本质，导致了主客体的隔膜以及现代主体内部的分裂。所以张枣力图拨开云雾，来呈现存在的原初朴素形态，并且尽可能以丰盈灵动的多层次、多方面的镜像反映世界。张枣在实践“甜”之诗学的过程中最重要的手法，就是在充分运用现代语言本体论的同时深度挖掘传统的汉语性，营造一个具有现代风格又兼容中国古典诗艺理念的丰美勃发的语言花园，而不仅仅是将语言当作绝对的终极现实。“因为首先得生活有趣的生活。”[②p121]（《跟茨维塔伊娃的对话》）

当诗人独在异乡的时候，看到橘子，那就是故国的味道。橘子既寄托了张枣的孤独、忧愁，同时又是张枣的理想化身。橘意象的出现，使得诗人的孤独与忧愁不再是空无凭依的，而是具象化的存在了。橘的形象是主体的分形，也是主体间的自我对话。而橘子又是圆形的，巴什拉认为“浑圆的形象帮助我们汇聚到自身之中，帮助我们赋予自己最初的构造，帮助我们在内心里，通过内部空间肯定我们的存在”⑬。张枣借橘意象来强调自身的存在，并将思绪实体化展示出来，以表达自己的心境和追求，涵养了时代的“甜”。他的诗歌既有古典诗学的意味，又融合了现代性文化批判的精确性，将时代的模糊景观和疏离隔膜体验化为了关于真理与美的永恒再现，让我们面对现代生活的斑驳陆离时，获得一种情绪上的舒缓和心智的启迪。

三、结语

橘，一个特别诗意的存在，深受古今中外文学家的喜爱。海明威在“为写作准备灵魂”的时候，会坐在炉火边一边凝视火光，一边剥橘子皮。而据说，海子卧轨自杀时，身旁也放置了一个橘子。柏桦说：“橘子昂藏后含羞，养气后养空/多少年未遇之大变局啊，橘子——”[①p213]在张枣的诗歌生涯中，他始终以“橘”为理想的象征，并跳起“里尔克的光芒舞蹈”（柏桦语）。“橘子”使张枣平静，是他追求完满心境、回归宇宙原初整全性的体现，同时张枣以他的“橘味诗歌”，描绘和涵养了时代的“甜”。

注释[Notes]

①柏桦：《橘颂——致张枣》，江苏凤凰文艺出版社2022年版，第74—75页。以下只在文中注明页码，不再一一做注。

②张枣著，颜炼军编：《张枣诗文集（诗歌卷）》，四川文艺出版社2021年版，第98页。以下只在文中注明页码，不再一一做注。

③张枣著，颜炼军编：《张枣诗文集（诗论卷2·讲稿随笔）》，四川文艺出版社2021年版，第199—200页。

④⑤江弱水：《诗的八堂课》，商务印书馆2017年版，第168、第169页。

⑥[美]史蒂文斯：《史蒂文斯诗集》，西蒙、水琴译，国际文化出版公司1989年版，第28页。以下只在文中注明页码，不再一一做注。

⑦[智]聂鲁达：《二十首情诗和一首绝望的歌》，陈黎、张芬龄译，南海出版公司2014年版，第198页。以下只在文中注明页码，不再一一做注。

⑧[智]聂鲁达：《疑问集》，陈黎、张芬龄译，南海出版公司2015年版，第13页。

⑨朱良志：《中国艺术的生命精神》，安徽文艺出版社2020年版，第302页。

⑩张枣、颜炼军：《“甜”——与诗人张枣一席谈》，载《名作欣赏》2010年第10期，第5页。

⑪张枣著，颜炼军编：《张枣诗文集（书信访谈卷）》，四川文艺出版社2021年版，第182页。

⑫[法]加斯东·巴什拉：《空间的诗学》，张逸婧译，上海译文出版社2009年版，第267页。

认知视角下《红玫瑰与白玫瑰》的隐喻研究

谭　瑶

内容提要：《红玫瑰与白玫瑰》是张爱玲的经典作品，其小说风格极具审美特色。本文从认知以及思维的角度来看待这篇著名的小说作品，从而能够对于该作品具有更加深层次的解读与诠释。

关键词：《红玫瑰与白玫瑰》；颜色词；隐喻；思维方式

作者简介：谭瑶，中南民族大学文学与新闻传播学院中国少数民族语言文学专业硕士研究生，主要从事少数民族语言学及社会语言学研究。

Title: A Metaphorical study of *Red Rose and White Rose* from a Cognitive Perspective

Abstract: *Red Rose and White Rose* is a classic work of Eileen Chang, whose novel style has aesthetic characteristics. This paper views this famous novel from the perspective of cognitive mode and illustration of intention, so as to have a deeper interpretation and interpretation of this work.

Key Words: *Red Rose and White Rose*; color words; metaphor; way of thinking

About Author: Tan Yao, Master of Ethnic Languages and Literature at the School of Literature, Journalism and Communication, South-central University for Nationalities, majoring in ethnic linguistics and sociolinguistics.

过去，古人把隐喻归为修辞手法的某一小类，这是从修辞学的角度来对隐喻进行分析的，从认知语言学的角度看，隐喻则是与人们的认知思维挂钩。认知语言学的出现打破了以往的语言研究惯例，它不再过于强调研究话语篇章以及语言中的词汇、语法、语音等，而是从人的思维如何认知、如何理解出发来进行探讨与研究。《红玫瑰与白玫瑰》是著名作家张爱玲的经典小说，男主人公佟振保出身贫寒却远赴英国留学，在巴黎认识了自己的第一个情人玫瑰，后来又遇到了朋友之妻王娇蕊，最终自己与大家闺秀孟烟鹂结为夫妻，该小说讲述了振保与几位性格不同女性间的情感故事，小说语言极具特色，是张爱玲最为著名的小说之一。

认知语言学是建立在体验哲学之上的语言学，认知语言学认为人们的思想意识和行为动作都依托于根植在人们脑海之中的认知，人们如何经历也就相应地影响着人们如何认知，人们无法离开自己的生活体验、周遭环境，这些外在事物也在同样影响着人类的思维。该篇小说中，玫瑰是男主人公振保在巴黎遇到的第一个女人的名字，从此玫瑰这个意象开始在振保的心中与自己的情感挂钩，虽然玫瑰这个女人只是在文章的开头有所短暂提及，待到振保回国后就再也没有出现过，然而这个名字就代表着振保的初次恋爱，玫瑰这一个具体的事物也就与情感、爱恋、甜蜜等抽象的关键词联系了起来。小说中的红玫瑰就是指留学归来的朋友之妻王娇蕊。王娇蕊性格活泼开朗与红玫瑰的象征意义恰好相符合，白玫瑰则象征着纯洁与干净，小说里指的是振保最后娶的妻子大家闺秀孟烟鹂。该文章最出名的莫过于那句“也许每个男人全都有过这样两个女人，至少两个。娶了红玫瑰，久而久之，红的就变成了墙上的一抹蚊子血，白的还是床前明月光；娶了白玫瑰，白的便是衣服上粘的一粒饭黏子，红的却是心口上一颗朱砂痣”。该句话的意思其实也十分耐人寻味，即运用了这几种不同的事物来谴责男主人公佟振保的喜新厌旧的卑劣行为，但是又没有直接明说，这也正是张爱玲小说的一大亮点，即运用了大量的事物来隐喻，不在明面上表示，总得让人细细揣摩。在《红玫瑰与白玫瑰》的文本中也蕴含着大量的隐喻，下面对于这篇文本从认知语言学的角度对于其中的颜色词、空间隐喻等进行分析。

一、颜色词“红”与“白”的隐喻研究

认知语言学认为大千世界，事物与事物之间存在着解释与被解释的互动说明。红玫瑰与白玫瑰，蚊子血与饭黏子、朱砂痣与白月光是被解释的对象，热烈越轨和纯洁干净，两种不同的情感是要表达的情感，即解释。在男主人公振保的头脑中，热烈奔放的红玫瑰与清纯动人的白玫瑰在人们的头脑中形成相应的意象图式。

“红”与“白”是典型的颜色词，人类通过视觉系统感知到不同的颜色，颜色词在最初也是对于色彩这一事物的单一描写，但是由于语言和人们所处的环境、认知方式有很大的关系，颜色词渐渐被赋予了许多其他的意义。红色是血液的颜色，一切动物的肤色、内脏色、肉体色，故而带有恐惧的意思在其中。在西方国家的文化语境中，红色这个颜色是一个贬义相当强的词，它象征着残暴、流血、激烈的政治运动；在中国，红色则是与吉祥、如意、喜庆等美好的词语相挂钩。今天，在中国的传统文化中依然认为，红色是十分美好，象征着如意、吉祥等美好的成分，新婚嫁娶、孩童出生、老人祝寿等重要的事件都是用红色相关的事物来进行装饰或者庆贺。《红玫瑰与白玫瑰》这部作品全文围绕着红玫瑰、白玫瑰两位女性展开，故而颜色词“红色”与“白色”在小说中的意义极为重大，其中还包含了蕴含红、白两种颜色的其他词汇，例如“蚊子血”“朱砂痣”“白月光”“饭黏子”。在文章中，男主人公佟振保作为留学归来的穷学生，他的内心是传统而又保守的，然而在遇到朋友之妻王娇蕊之后，她的热情坦率深深地吸引了佟振保，此时的王娇蕊是“红玫瑰”。随后两人相爱，娇蕊为了振保选择离婚，当振保得到了娇蕊后却动摇了，此时“红玫瑰”变成了“蚊子血”；孟烟鹂是佟振保后来的妻子，符合振保心中的形象，大家闺秀且干净纯洁，然而当振保与烟鹂结婚后，他对孟烟鹂也开始表示不满并且开始思念此前被他抛弃的王娇蕊，在得与失的转换之间，“白玫瑰”成了“饭黏子”，“红玫瑰”变成了“朱砂痣”。

段丽琼在《民族语言基本颜色词的文化审视》①中提道白色，按五行学说，西方为白色，属阴，主凶，因此白色视为死亡之色，也总是与丧事、邪恶、低贱的意义相关联。故而，在传统的汉族人的思想中，白色是不好的带有贬义性质的词语。然而，在《红玫瑰与白玫瑰》中，白色则代表的是纯洁与干净，同时白色无色相，被认为是没有生气的颜色，具有一种虚无之感。白玫瑰是代表着主人公振保想要最终娶回家的女子，笔者认为这是由于振保在英国留学期间受到西方文化的影响，因而在振保的心中白色是干净单纯之意。认知语言学认为隐喻以经验和意象图式为基本，语言差异只是表象，究其实质，是由于体验上的差异与变化使得隐喻发生了不同的转换。小说男主人公振保，他生于中国却又赴英留学，在留学期间，深受西方文化的影响与熏陶，所以他心中的白便成为纯洁的象征；红色在他心中仍然保持着传统的中国色彩，而白色却因为他受到西方文化的影响，邪恶、低贱的象征意义已经转变为纯洁之意，这是由于经验上的差异而发生的变化。因此，我们的文化不是依赖隐喻而产生的，恰恰相反，隐喻的实现往往具有文化依赖性，根植于人们脑海中的不同的文化系统使人们对于不同的事物带有不同的主观性色彩，并且随着周遭事物环境的变化，人们心中的隐喻系统还会受到周边文化的影响。

下面来看有关于白色颜色词的基本例子：

她的白把她和周围的恶劣的东西隔开来了，像医院里的白屏风，可同时，书本上的东西也给隔开了，烟鹂进学校十年来，勤恳地查生字，背表格，黑板上有字必抄，然而中间总像隔了一层白色的膜。

这里的例子是关于“白玫瑰”孟烟鹂开篇的描述，她的“白”犹如医院里的“白屏风”，白屏风是

医院里用来隔绝病人之间的器材，除此之外，别无用处。这里的作者用具体的事物白屏风作为本体（始源域），把抽象的人物性格作为喻体（目标域），在这样的隐喻机制过程之中，抽象的人物性格开始变得具体而又易懂。这里的白就是没有生气带有贬义的白，白色可以象征纯洁，然而也可以意味着没有生命的气息、了无生趣的事物，白屏风作为始源域，通过文章的刻画与描述投射到了毫无趣味的，没有思想与见解的这个人物性格目标域之上。

二、概念隐喻、容器隐喻及本体隐喻

语言的搭配变异主要是指违反了人们在日常的生活中较为常用的搭配习惯的一种手法，搭配的变异使得人们日常所认识到的事物被赋予了一种新的意义。《红玫瑰与白玫瑰》在文章中间就运用了大量的不常见的搭配手法，使人读来感到陌生与新奇，增加了人们在传统的认知领域上对该事物的认知，拓宽了审美的弧度。作者同时也利用这种新的搭配方式手法形成了语义的新颖化，从而形成了隐喻，例子如下：

（1）看她的头发！到处都是——到处都是她，牵牵绊绊的。（概念隐喻）

（2）娇蕊把一只手按在眼睛上，笑道：“其实也无所谓，我的心是一所公寓房子。”

振保笑道：“那，可有空的房间招租呢。”（空间隐喻）

（3）许多叽叽喳喳的肉的喜悦突然静了下来。（本体隐喻）

这里例（1）用头发隐喻振保对于朋友之妻娇蕊的喜欢，凌乱的头发牵牵绊绊到处都是证实说明了振保此时的内心情感，头发是始源域，振保对于娇蕊特殊的感情是目标域。这里用散落一地到处都是的头发作为本体，振保此时对朋友之妻王娇蕊的不伦情感作为喻体，本体在喻体的隐喻机制之下被激活从而映射到目标域，即振保对于娇蕊的抽象的情感上，就如她的头发“到处都是，牵牵绊绊的”在例（2）中娇蕊将自己的心用房子来形容，心是人类身体器官的重要组成部分，但这里的心其实并不是指器官心脏，而是指抽象的心，同时后文振保谈到是否有空的房间招租。这里的一系列的描写就是典型的容器隐喻，把自己的心比为容器公寓房子，空的房子是本体，而娇蕊的内心则是喻体，运用具体的事物即空房子来隐喻抽象的内心的情感，这是小说中的容器隐喻。例（3）是本体隐喻，Lakoff 和 Johnson②认为本体隐喻就是把抽象的词看作一个实体，我们可以指称、量化它。喜悦本身是一个抽象的词语，但是用了动词“静”，这里把这样一个非自然的事物看成实体，让我们把喜悦这个词看成是有生命的实体，这里就是一个本体隐喻。

三、名字隐喻

除了上述隐喻，主人公的名字也有隐喻的成分存在，“佟振保”暗示了男主人公的自私性格，在小说中，振保出身贫寒努力读书，但是同时也可以为了保全自己而不顾一切，在对待自己的情妇和妻子的时候，他始终是自私的形象。“娇蕊”这个名字不免令人想到可爱、活泼等词语，“娇”在说文解字中的解释是“姿也。从女喬聲。舉喬切”，形容女子可怜可爱的姿态。“蕊”即是指花朵，所以“娇蕊”就有娇嫩的花朵之意，这也符合王娇蕊的性格。“烟鹂”，烟火与黄鹂，给人清冷之感，男女主人公的名字通过具体的事物映射到各自的人物形象上，从名字就可以在读者的脑海中呈现出不同的形象。

四、结语

从传统的文本分析角度来看，隐喻更多的是作为一种修辞手段来研究；从认知语言学的角度来分析小说中的隐喻，则应将具体的事物与抽象的思维和人物性格特点相联系，同时进行更加深层次的分析研究。另外，还可以这样说，小说中的隐喻在一定程度上也是作者思想的表达，从这个角度来分析该小说的艺术价值，可以促进小说研究迈向更加理性化的台阶。

注释【Notes】

①段丽琼：《民族语言中基本颜色词的文化审视》，中南民族大学2013年研究生论文，第22页。

②[美]乔治·莱考夫、[美]马克·约翰逊：《我们赖以生存的隐喻》，浙江大学出版社2015年版，第 26页。

困境与超越

——论吴潜的仕隐心态演变[1]

唐宣炜

内容提要：南宋文人常虑于仕宦之路的选择。入仕是读书人的梦想，致仕是官员迫不得已的抉择。吴潜是南宋著名的政治家和文学家，其政治经历坎坷不平，政治心态也从"货与帝王家"到"明哲保身"，最后发展为"尽人事以听天命"。吴潜的政治经历和心态在南宋具有高度的代表性，将其文学作品与宦海的沉浮相联系，剖析吴潜心态的变化，借以管窥南宋儒士在宦海中的生存状态，勾勒南宋大形势下文人的复杂心理。

关键词：儒家思想；入仕；致仕；顺命；吴潜

作者简介：唐宣炜，汕头大学文学院硕士生，研究方向为中国古代文学。

Title: Dilemma and Transcendence — On the Change of Wu Qian's Mindset of Being an Official or Retiring from Politics

Abstract: In the Southern Song Dynasty, literati often considered the choice of the path of officialdom. Joining the officialdom is the dream of a scholar, and the retirement is the worst choice of officials. Wu Qian is a famous politician and litterateur of the Southern Song Dynasty, his political experience is bumpy, and his political mentality has also changed from "work for the emperor" to "wise and self-protecting", and finally developed to "do his best and obey the fate", Wu Qian's political experience and mentality are highly representative in the Southern Song Dynasty. Linking his literary works with the ups and downs of the officialdom, analyzing the changes in Wu Qian's mentality, so as to peek into the living conditions of the Southern Song Confucians in the officialdom, and outline the complex psychology of people under the situation in the Southern Song Dynasty.

Key Words: Confucianism; work; retirement; obedience; Wu Qian

About Author: **Tang Xuanwei**, master student of Shantou University. Her research field: ancient Chinese literature.

吴潜，字毅夫，号履斋，宣州宁国（今属安徽）人，仕宦达四十年，在理宗后期曾两度为相，是南宋中晚期重要的政治家和文学家。他的诗词建树颇多，《四库全书总目提要》中评价："在南宋不失为佳手。"[2]作为南宋政坛和文坛的重要人物，吴潜具有南宋文学与政治交叉研究的特殊性。其普遍性又体现在他是正统儒士，仕宦期间多次起落，是南宋士大夫政治人生的典例。陶尔夫先生曾言："吴潜是宋末存词众多的一位词人，他比较全面地反映了他生活那一时代的政治风雨，以及自身在风雨中的真切感受。"[3]故此，观照吴潜人生历程的心态转变与仕宦抉择，能较真实具体地理解南宋士人的生存状态和复杂心理。

一、恪守儒家理念

吴潜有深厚的儒学背景，曾言："学必本六经，之谓正学，道必本尧舜、禹汤、文武、周公、孔孟，之谓正道。"[4]儒学思想塑造了吴潜的价值观，其作品呈现出儒士的行事准则：爱国情怀、个人使命感与民胞物与的仁爱思想。

"宋代文人大多'集官僚、文士、学者三位于一身'，官僚身份是最被看重的，他们怀有浓厚的官本位情怀。"[5]王国维指出："披我中国之哲学史，凡哲学家无不欲兼为政治家者……岂独哲学家而已？诗人亦然。”[⑥]吴潜的文学创作极具官本位念想。三十三岁（1227）时吴潜初入朝为官，试看此年作的《陪陈立道中书泛湖·其一》：“幽幽池馆锁苍苔，万朵芙蓉取次开。却似昭阳旧宫女，含娇只待翠华来。”[④p9]作者运用比兴寄托手法，将芙蓉比喻为等待翠华的宫女：芙蓉等待翠华与他等待君王，明写芙蓉暗写自身。“儒家学派的人生态度和政治追求之一是入仕干禄”[⑦]，儒家的政治理想是仕以天下为己任，儒士的集体政治意识诉求在于治天下，此诗明显体现吴潜进取功名的意识。他也有浓郁的仁民爱物思想，《陪陈立道中书泛湖·其二》直揭其家国情怀：“弦管丛中画舫行，都人一一贺升平。飞鸿不识人间事，犹作穷边肠断声。”[④p9]吴潜以超常的议政胆识将歌舞升平的京城贵族与只顾往边塞飞的鸿雁进行对比讽刺，体现了他作为士大夫的进取狂想和淑世情怀。是年“李全之乱”爆发，边陲岌岌可危，在亟须安边保境之时，京城的贵族们却在繁华的城市生活中流连忘返，他怒而发声，寄望改变内外交困之境。

吴潜也十分关注边事，如《再赋喜雪·其一》：“征人奔路昏投店，戍士乘城夜守陴。不识艰难惟党二，销金帐底饮羔儿。”[④p17]一面是赶路征人与深夜守城将士的辛劳，一面是纸醉金迷、荒淫失职的掌权者，艰难守国精神与疏忽职守行为的反差描写体现了作者的担当精神。高度的个体责任感一直贯彻在吴潜的从政生涯中，接到庆元任职命令时，吴潜百般抗拒，然而他在庆元任职的三年间从未敷衍了事，《开庆四明续志》载吴潜“三年治鄞民政、兵防、士习、军食，兴革补废，大纲小纪”[⑧]。他自己也说：“凡可以为此郡经久之计者，已无余策，自此凋郡，恐成乐国。”[④p418]如此高的行动热情，吴潜的责任意识于斯可见。

宋代士大夫深挚的政治热情与抱负使他们的人生与国运世情相互牵系，儒学复兴与政治革新使文人参政议政的热情更加高涨，以仁为核心的儒家内在情感便外显为仁民爱物行为。因此除在诗词中抒发感情外，吴潜在政治作为上也备竭勤劳。

居朝为官时，其建策彰显他以关怀民生疾苦为要务。如绍定四年，临安大火，死伤惨重，吴潜上书《奏论都城火灾乞修省以消变异》：“死者焦灼，生者暴露……臣愿陛下斋戒修省……毋徒曰减膳而已……毋徒曰撤乐而已！”[④p260]他大述百姓惨状，论致灾之由，希望能警醒君主戒奢戒欲、以实事为先。遍查当时文献，措辞如此激烈的未见第二例，吴潜谏君非的匡政取向和胆识可见一斑。执掌地方政务时，他事必躬亲，如上书《奏创养济院以存养鳏寡孤独之民》请求创建养济院，体现其体恤下民的执政理念：“近因省并都酒务一所，就行增添屋宇，改创房屋，共为七十余间收养鳏寡孤独之民二百人……”[④p402]他注意救济鳏寡孤独等弱势群体，普施仁政，体现了人道关怀。

吴潜时刻牢记自己亦官亦民的荣誉和责任，勤政亲民是儒家济世精神在他内心深处塑造的社会责任感。吴潜明言要做“安国家、利社稷、拯救生民、攘却夷狄”[④p256]的“君子宰相”，治民用心者，民之厚爱也，他的事功就是“为吏问民疾苦，为民立清臣之像”的最好体现。

二、弃置仕进之路

吴潜志向成为“君子宰相”，但他四十岁就提出乞辞，其乞辞之路也并非一帆风顺。

端平元年（1234）是吴潜心态的转折点，这年吴潜四十岁。朝廷欲进兵中原，他的谏阻言论导致自己第一次被劾落职。此次经历让吴潜意识到有心无力的痛苦，开始走上乞辞的道路。第二年，吴潜开始提交辞呈，此后对高官厚禄采取拒绝赴任及坚持请辞的态度，明哲保身。

理宗于端平二年重用吴潜，一年内连升两品。吴潜在其位，谋其职，负其责，尽其事。《吴潜年谱》载其任江西安抚司的业绩：“任职只半年多，减免租税、宽恤人户、革除虐民弊政，多达十五事，更上书《奏论计亩官会一贯有九害》等多道关于民生的奏札。”然而也正是同一年，他借口要为继母丁氏侍疾乞辞，虽然理宗再三驳回了吴潜的乞归，奈何他去意已决，期求从尔虞我诈的权力之争中自拔，之后的十多年频繁上书请求致仕，仅1240年便乞辞六次，可见吴潜归家之切。他的乞辞之路可谓是“不断乞辞、不断被拒”。

吴潜的奏札极体现其致仕想法。他在庆元三年任职期间十七次上奏请辞，简直达到不厌其烦的程度，从“伏望圣慈哀怜，俾令速归田里。”[④p374]“臣请词竭尽，惟陛下监察。”[④p377]到“臣无任瞻天望圣、激切屏营之至！”[④p420]“臣无任瞻天望圣、激切惶惧之至！”[④p422]“臣干冒宸严，无任激切恳祈之至！”[④p423]内容从“希望陛下批准”到“我惶遽不安，迫切想回家”的发展，可见吴潜辞官归乡之切。

了解吴潜“饱经风霜”的乞辞之路后，我们看其致仕之因。初入朝为官时，吴潜殚精竭虑地执政。但居危思安是人类的生存本能，被政治旋涡捆绑许久后，他萌发退意，心中的天平偏向保全自身。

南宋党争激烈，处在官场旋涡中的文人常进退维谷，有隐居想法不足为奇。吕思勉言：“宋朝人的党见，闹得太凶了。不论什么事情，都几乎只有意气，没有是非。”[⑨]“宋儒士大夫的气节确实是远胜于前代。但宋儒……意气过甚，则易陷入党争。”[⑩]喜同恶异、党同伐异使朝臣置大计于不顾，快一时恩仇而坚持或反对某项政策、支持或攻讦官员。对此，吴潜不满已久：“私憾可释也，国事不可不勉也。彼非人子耶？”[④p218]

有政绩的清臣难以在南宋朝廷安稳待下去。党争攻讦的危险和皇权制度的捆绑是他产生归家心理、提出乞祠的最大原因。他四十岁（1234）时理宗亲政，言各臣子要“尽言无隐”，于是吴潜上书多篇奏札谏阻北伐，然理宗正和丞相郑清之筹划北伐，希冀立下不世之功，吴潜被罢。三年后（1237）吴潜再次入朝，知平江府，转运判官攻击其治郡令，再遭罢免。再过三年（1240），吴潜被召入朝廷中枢，任职不到半年就被徐荣叟等台臣以临安兼任问题弹劾。1247年再次入朝，进入两府权力核心，不到一年就又遭政敌弹劾，被迫贬谪。1249年再次入朝，期间谏言不避利害，招致不满，两年后在君相合谋下被罢免。吴潜频繁被攻讦、贬谪甚至被罢免，官场上的风波使他不堪其扰，为革除台臣结党营私的弊端，他曾向理宗上书《奏论君子小人进退》。但建言并没有改善朝中的政治生态，反而使他屡次被罢黜。另一方面，皇帝常通过执政分权、厉行贬谪等方式，频繁升降出入官员，以确保政权集中于手。官员们因种种原因被贬谪，谪居之际，难免心有余悸，庆幸罪未及死的同时担心会有更大的祸患，便总处在如履薄冰、浮沉不定的状态中。[⑪]在这样的政治生态中，吴潜多次被位高者排挤，常居劣势、常遭弹劾，历经官场起落悲喜的反复交替，身心俱疲，心理负担之重不言而喻。

多次挫折后，吴潜已无心再起。五十七岁（1251）罢归后，蔡抗劝勉吴潜再出为相，他回复：“徒以有限之心为无穷之思虑，以有限之身为无穷之应接，虽欲对清风明月与良朋佳友，举三杯而不可，然则亦何乐于为宰相乎？”[④p256]南宋党争激烈，在朋党倾轧的时期，处于劣势的一方不仅前途堪忧，甚至生死难卜。[⑫]吴潜年未及而有意求退，说明政治上的风波让他重新斟酌自己的人生定位，希望提前致仕来规避风险，又或者是决策者的不重视让他失望透顶，不如脱冠而离。

致仕为官场失意的政治家提供了逃避抑或解决困境的方式。大多数南宋文人自幼受儒家教育，仕宦时仁民爱物、济世救民，然而在蝇营狗苟之辈成为主流的背景下，文人的宏伟抱负注定不能如愿以偿，他们的仕途最后充满坎坷和辛酸，只能抱恨终身[⑬]，致仕在这样的境遇中介入文人的内心世界，成为他们的出路。

吴潜虽提出请辞，致仕之路却不得如愿。于是，他既要经受党争的加害，又要忧愁乞祠能否被批准，为了摆脱这种处境，除了在行为上坚持乞祠，吴潜也反求于内，心态在省思中发生了转变。

三、行为的坚持与心态的顺命

乞辞想法不能如愿，吴潜的行为便体现为一边乞辞，一边振民育德，儒士的乞辞行为不影响济世救民。如端平元年八月（1234），陈卓前往襄州抗击蒙古。此时吴潜已因谏阻北进被免职闲居，他写下《满江红·送陈方伯上襄州幕府》一词送别：“蜀道尚惊鼙鼓后，神州正在干戈里。佐元戎，一柱稳擎天，襄之水。”④p80所谓仁民爱物即是“仁者以天地万物为一体”⑭，吴潜惦记军事形势及百姓，彰显了闲居之人的使命感。除此之外，“此去须期剿胡虏，丈夫勋业在安边”④p6“嫉恶吾方欠隐忍，锄奸君亦太分明”④p47等句都表明了吴潜忧国恤民之心。身在舍间，心念朝局，吴潜时刻观察并思考政治博弈的风云变幻与国家民族利益的得失。这些文字不仅是对好友的赠别和祝福，也是吴潜以天下社稷为己任、以忧国忧民为己怀念想的表白。

乞辞期间，吴潜的心态逐渐演变为“尽人事听天命”。“南宋士大夫继承了白居易的闲适思想，因此骨子里认同并效仿知足保和、适意自在的人格精神和风度意态”⑤p352，可以从白居易的安分知足中汲取精神力量。宋代文人内在精神领域中的独立主体意识可谓超越前人⑮，他们注重人格的自我完善，更多反求诸己。这种思维惯性使宋人能在喧嚣纷杂的世界中节制漫涌的情绪，调心适己，心灵归于中正平和。由此，不难理解他泰然对其命运、顺命自适，也不难体会其心态从急切乞辞到“尽其在我，听其在天”的转变。

他虽执着于致仕，却又无法掌控自己的命运，势不得去，非所敢望，只能用归家想象对抗仕宦烦恼，继而发展到万事随缘、安时处顺的境界，这既是无可奈何，也是对形势的适应。吴潜四十二岁时（1236）多次乞祠失败，他心知致仕与否的命运并不由自己掌控。恰逢好友魏了翁致信商量请辞一事，于是他作《八声甘州·和魏鹤山韵》安慰好友顺应天命：“何事东涂西抹，空遣鬓毛稀，矫首看鸿鹄，远举高飞……谩区区成败，蚁阵与蜗围。便掀天卷地勋业，怕山中、拍手笑希夷。如何是，一尊相属，万事休知。”④p100作者希望好友能如鸿鹄自由自在，但他们在纷纭的人间中无足轻重，那不如随顺变化，学学老庄的自适，秉持以万事变化为自然的生存态度，安身立命于现有生活罢吧！再如在送别吴泳时，吴潜作《满江红·送吴叔永尚书》劝告：“万事尽由天倒断，三才自有人撑抵。但多吟、康节醉中诗，频相寄。”④p84倘若无能为力，便从邵雍的理学思想中学会调心自适。上述词无不体现了知无可奈何而安之若命的思想，这种思想支持着吴潜度过一个个失落的日夜，让他能平静达观地对待在社会中受到的拘管和预定的遭际。

官场浮沉多年后，吴潜深刻理解了“守分安命，顺时听天”的含义，他晚年的诗词更多在感慨和确守顺命，透露出乐天知命的思想。他欲退而不得，于是借助诗词抚慰自己的身心：“万事转头空”④p130“休问坤牛乾马。大率人生且且”④p176“一场杂剧也好笑，来时无物去时空。”④p11从致仕到世间一切事其实都无从了结，若内心安定、心态平和，想得开亦看得开，则“此心安处是吾乡”。这又何尝不是体现了吴潜对自己人生境界的进一步认识、对人生价值和意义的进一步思考呢？

四、结论

重教入仕文化植根在士人心中，入仕是士人的社会责任和实现自我价值的方式，但他们又身不由己地卷入党争旋涡，壮志难酬，在悲愤绝望的情绪下选择致仕。然而致仕并不是一挥而就的事情，有才干的文臣往往会陷入致仕而不得的情形，在这种情况下，顺命心态的保持显得尤为可贵。

吴潜初入政坛时有公天下之心，怀抱海晏河清的理想；但在社会的压迫下，他不堪其扰而致仕，致仕不得后，心态最后演变为守分安命、顺时听天。在仕宦这条路上，他从积极到消极，从主动进取到渴求归家，最后保持在安时处顺的状态下。这既是吴潜思想的发展情况，也是南宋文人思想的发展之状，他们没有办法一直贯彻济世抱负的思想、任官匡救百姓，又无法如愿退居，便只能以顺命的人生观来调适人生矛盾，在两者的夹缝中寻找自己的出路，为自己的人生和心灵求得一份自适。

每个时代的文人都有大体相同的心态，这种心态是那个时代多方面、多角度交织影响而成的，也是时代社会万花筒在文人思想感情上的折射。因此，分析吴潜调心自洽的心路历程，我们得以填充宋型文化研究的脉络、领会南宋文人的复杂心理、获得一种积极的生活谕示。

注释【Notes】

① 本文系教育部人文社会科学基金项目“文学地理学视域下的南宋四明文学研究”（项目编号：16YJC751015）的阶段性研究成果。

②（清）永瑢：《四库全书总目提要》，中华书局影印本1965年版，第301页。

③ 陶尔夫、刘敬圻：《南宋词史》，黑龙江人民出版社1996年版，第406页。

④（宋）吴潜撰，汤华泉编校：《吴潜全集》，安徽大学出版社2020年版，第214页。以下只在文中标注页码，不再一一做注。

⑤丁楹：《文化视野下的南宋干谒风气与文学创作研究》，暨南大学出版社2016年版，第50页。

⑥ 姚淦铭、王燕编：《王国维文集 第3卷》，中国文史出版社1997年版，第7页。

⑦罗新慧：《试论先秦儒家入仕观念的演变与发展》，载《江海学刊》1998年3月，第105—111页。

⑧（宋）梅应发：《开庆四明续志》；宁波市地方志编纂委员会：《宋元四明六志》，宁波出版社2011年版，第3页。

⑨吕思勉：《白话本国史（上）》，上海古籍出版社2009年版，第390页。

⑩吕思勉：《中国通史》，中国商业出版社2012年版，第330页。

⑪张海鸥：《宋代文化与文学研究》，中国社会科学出版社2002年版，第197页。

⑫翟晓明：《略论中国古代的致仕制度》，载《山西师范大学学报（社会科学版）》1994年2月，第77—79页。

⑬李生龙：《道家及其对文学的影响》，岳麓书社2005年版，第342页。

⑭程颢、程颐：《二程集》，湖北人民出版社2018年版，第65页。

⑮王水照：《王水照自选集》，上海教育出版社2000年版，第4页。

辛弃疾信州词作的寺庙景观书写①

王新雨

内容提要： 地方是作家日常生活之处，也是他们诗文表达的对象。作家对地方的描写具有主观性，辛弃疾信州闲居时是壮志不得酬的人生低谷，因此信州的寺庙、山水林泉等景观出现在他这一时期的创作中，具有特别的意义。一方面，稼轩利用信州的寺庙景观与人交往、排遣忧愁；另一方面，他的作品为信州地方人文意蕴的积淀作出了重要贡献。

关键词： 辛弃疾；信州词；寺庙景观

作者简介： 王新雨，吉首大学文学与新闻传播学院古代文学专业硕士研究生，研究方向为唐宋诗词。

Title: The Temple Landscape in Xin Qiji's Lyrics About Xinzhou

Abstract: Places are where writers go about their daily lives and the object of their poetic expression. The writer's description of places is subjective. When Xin Qiji lives idle in Xinzhou, it is a trough of ambition. Therefore, the temples and other lands'capes of Xinzhou appeared in his poetry during this period, which is of special significance. On the one hand, Jiaxuan used the temple landscape of Xinzhou to communicate with people and relieve their worries; on the other hand, his works have made important contributions to the accumulation of local humanistic connotations in Xinzhou.

Key Words: Xin Qiji; Xinzhou poetry; temple landscape

About Author: Wang Xinyu, a master in the College of Literature & Journalism of JiShou University. Her research field: Ancient literature.

南宋建都临安，信州是浙西的门户，靠近都城临安，其地理位置的优越性可见一斑。因此，当时从中原南迁的文人士大夫，都喜欢定居信州。戴表元《稼轩书院兴造记》：“广信为江、闽、二浙往来之交，异时中原贤士大夫南徙，都侨居焉。”②如韩元吉、吕本中、晁谦之等。淳熙九年（1182），辛弃疾被罢官后抵达信州，开始闲居生活，在五十三岁至五十五岁期间，曾短暂被起用为官，此外二十余年，他完全被南宋朝廷遗忘。辛弃疾闲居信州时，前后共有两处居所。一是带湖，《辛弃疾全集校注》：“信州（今江西上饶市）府城北灵山下。湖水清澈，形长如带，因名带湖。”③可知带湖在信州城北门外。一是瓢泉，邓广铭认为辛弃疾庆元元年“期思新居落成”，二年“徙居铅山县期思市瓜山之下”④。上述观点，出自二十世纪40年代续修的《铅山鹅南辛氏宗谱》，谱中所载《宋兵部侍郎赐紫金鱼袋稼轩公历仕始末》云：“卜居广信带湖，为煨烬所变（焚），庆元丙辰，徙居铅山县期思市瓜山之下。”④刘克庄《后村集·诗境集序》中亦有“稼轩所居雪楼火”⑤的记载，可作为佐证。庆元二年，辛弃疾因带湖新居失火，徙居瓢泉是可以肯定的。

据统计，辛弃疾词作共629首，作于带湖228首，作于瓢泉225首，共453首，约为其生平词作的三分之二，可见闲居信州是辛弃疾词作的丰收期。作为居所的信州空间必然对辛弃疾的创作产生了诸多影响，信州寺庙在这一时期扮演了非常重要的角色。

一、辛弃疾游赏信州寺庙

辛弃疾描写信州寺庙的词作很多，可大致分为四类。一是涉及具体寺庙名称的：博山寺四首、鹅湖寺二首、崇福寺二首、祖印寺一首、女城祠一首。二是未写出具体寺庙名称的：山寺二首、龙安萧寺二首。三是不直写寺庙，但所写实有寺庙的：云岩三首、云洞二首、南岩一首。四是写寺庙周边山水的：博山七首、雨岩五首、鹅湖三首、西岩二首、清风峡一首。可以看出辛弃疾对于寺庙和景观的选择有自己的考虑，具体分析如下：

（一）辛弃疾游赏信州的寺庙选择：远近得宜

稼轩的寺庙游赏选择与寺庙地理位置密切相关，汲军教授认为，辛弃疾所游历信州山水都在自己居所周围，没有超过百里的距离。[⑥]距离太近的，可能由于“熟悉的地方无风景”而不在稼轩游赏的选择内，如广教寺，辛弃疾闲居信州初期，住在带湖，距离广教寺不过数里，其词作中却几乎没有关于此地的描写。距离太远的，往往需要借助交通工具，乘车或乘船，花费数日往返，因此也不被稼轩选择，如怀玉山，在玉山县北，朱熹曾在此地讲学，是一处著名景观，稼轩词中也几乎没有关于游赏此地风景的描写。

带湖时期，稼轩游赏范围稍广，遍布以上三县，所选景观多在百里之内。瓢泉时期，稼轩的游赏范围明显缩小，除博山寺外，几乎都集中在铅山境内。笔者推想，瓢泉时期，词人已然年老病弱，体力不济，因而产生这种变化。

（二）辛弃疾游赏寺庙的景观选择：山水林泉

由于宋代崇文抑武的政治氛围，文人普遍关心国事，但政治理想不如意使他们积郁难纾，通过游赏山水寺庙排遣忧愁。一般来说，寺庙由殿宇、亭台、佛造像、壁画等人文景观组成，但辛词中往往不涉及对寺庙人文景观的吟咏，而更偏好描摹山水泉林等自然景观。如《点绛唇·留博山寺，闻光风主人微恙而归，时春涨断桥》：“隐隐轻雷，雨声不受春回护。落梅如许……春水无情，碍断溪南路。”[⑦]轻雷，雨声，落梅，春水，断桥，词人将听觉与视觉充分调动起来，将自然界随处可见的意象综括成绝妙的“春水涨断桥”图，雷声、雨声，如在耳边，落梅、春水、断桥，如在眼前。

辛弃疾着墨最多的是博山寺，单单在标题中点明写于博山道中的就有五首之多，月夜和春夏秋冬四季之景都在词人笔下。如《丑奴儿近·博山道中效李易安体》写夏天，词人于博山道中观一场疾雨，云起雨落，没一会儿便雨停天晴了，此时博山道中可以看到斜阳远树，青旗沽酒，山光水色，风景如画；《江神子·博山道中书王氏壁》写冬天，词人独行于博山道，看到路旁梅花在雪后傲然绽放，比桃花源风景更胜；《清平乐·博山道中即事》写夜景，词人在博山道中月下观景，柳露打湿了征衣，白鹭栖宿在沙滩上，月光笼罩着浣纱的妇女，构成一幅恬淡的乡村美景，使人读来如在眼前。

不管身在寺庙，还是前往寺庙途中，即便是辛弃疾最为偏爱的博山寺，他都不曾对寺庙的人文景观有些许笔墨点染，可见其游赏寺庙重在描摹自然风物，寺庙本身反而成为工具，而不是目的。

二、辛弃疾情寄信州寺庙

稼轩游赏寺庙，寄情山水，涤荡官场沉浮的积怨，如《丑奴儿·书博山道中壁》：“提壶脱袴催归去，万恨千情。万恨千情。各自无聊各自鸣。”[⑦p240]写词人提着酒壶游览寺庙，可合理推想：出游饮酒，饮酒辄醉，醉后借宿。又如《临江仙·醉宿崇福寺，寄祐之弟，祐之以仆醉先归》：“被翻红锦浪，酒满玉壶冰。”[⑦p300]稼轩在寺庙游赏时与歌妓饮酒作乐，酒色禁戒这一佛门清规在寺庙让渡出来的空间中，似乎不再发生作用。有时稼轩也会将老庄超然物外寻求自然的思想熔铸词中，如《鹧鸪天·博山寺作》：“宁作我，岂其卿。人间走遍却归耕。一松一竹真朋友，山鸟山花好弟兄。”[⑦p244]稼轩投宿博山寺，“一松”句化用元结观点：“古人乡无君子，则与云山为友；里无君子，则与松竹为友；座无君子，则与琴酒为友。”[⑦p245]“山鸟”句则脱胎于杜甫“一重一掩吾肺腑，山鸟山花共友于”[⑦p245]。这两句读来超然闲逸，蕴含了受佛道思想影响的山水自然观念，也表达了他此刻逍遥世外的心情。

游赏寺庙往往会让辛弃疾有更多的思考空间，这种思考有时会带上禅的意味，但这绝不是皈依佛门的预兆，而是辛弃疾从痛苦矛盾的仕隐纠缠中寻求解脱的方式。《浪淘沙・山寺夜半闻钟》："万事皆空……老僧夜半误鸣钟。惊起西窗眠不得，卷地西风。"⑦p310写佛教重视空静虚无，认为人若能以空静之心对待尘世纷扰就能根绝一切欲望，超然物外。辛弃疾此时对佛道思想兴味正浓，也以佛教思想看待世间万物及自身，以期获得解脱。

纵向比较辛弃疾的词作可以发现，他与寺庙的关系是一个动态的过程，这一过程与他对待寺庙的态度息息相关。根据邓广铭先生的分析，可以将辛弃疾对待寺庙的态度分成以下五个阶段。第一阶段：江、淮、两湖时期，辛词中基本上没有出现寺庙及其相关内容。笔者推想，此时辛弃疾尚且是一身意气的勇猛将帅，以斗士的姿态挥洒汗水，期望实现北伐功业，因此不需要借助神佛聊做慰藉。第二阶段：带湖时期，辛弃疾被迫闲居，没有政事缠身，反思在宦海沉浮时的冷暖，开始以游寺遣怀。第三阶段：七闽时期，辛弃疾在福建做官，与第一阶段的为官心态大不相同。此时他仍然游赏寺庙，并且开始参禅悟道，可以看出这是他对寺庙佛教兴趣较为浓厚的阶段。第四阶段：瓢泉时期，辛弃疾再一次被弹劾归乡，开始了漫长的隐居生活。此时他大量参读佛经，游赏寺庙，但保持着客观而冷静的态度，以旁观者的身份将寺庙当作工具，以排遣报国无门的悲愤。第五阶段：两浙、铅山时期，辛弃疾晚期词作中尚有几首表达了佛道观点的词作，比起七闽时期，兴趣已然大幅下降。通过上述分析可以发现，辛弃疾对佛教思想、寺庙、僧侣等并未表现出绝对的宽容和热忱，这和白居易、苏轼等文人大不相同。寺庙这一佛道的载体，在辛弃疾的词作中始终是以工具的面目出现的，但其精神得以升华。

三、辛弃疾与信州寺庙的相互关系

辛弃疾与信州相互成就，寺庙在这一过程中发挥了特定作用。从当时来看，稼轩需要寺庙：辛弃疾调整心态，适应信州的自然景观与人文环境，借寺庙与人交往，排忧抒愤，满足他心理和生理的需求。从长久来看，信州更需要稼轩：辛弃疾吟咏的华章对信州寺庙，乃至信州文化的构建和人文意蕴的积淀都产生了重要影响。

（一）信州寺庙升华辛弃疾的闲居生活

由于强烈的政治责任意识，宋代文人大多背负着深重的理学枷锁，因此经常通过游山玩水排忧抒愤，在山水游乐中短暂遗忘家国人事。辛弃疾闲居信州时处于政治低谷，理想与现实的差距，让他非常抑郁。《丑奴儿・书博山道中壁》中"少年不识愁滋味"和"而今识尽愁滋味"⑦p241写词人年华逝去后识尽愁滋味，回忆过去的少年将帅身姿，不知愁为何物，今昔对照，尽是壮志难酬的悲怆和英雄落寞的感伤，因而借山水林泉排遣忧愁。《念奴娇・赋雨岩，效朱希真体》："近来何处有吾愁，何处还知吾乐。"⑦p247蕴含了欲说还休的忧愤，也表达了对追名逐利之辈的讥讽，下文直写"并竹寻泉，和云种树"⑦p247，以寄情山水涤荡在权力角逐中落败的积郁，寻找乡村生活的乐趣。

南宋朝廷在临安偏安、躺平于剩水残山，这样的政治背景下，辛弃疾的"带湖之什"中表现出强烈的孤独感。《生查子・独游雨岩》："高歌谁和余？空谷清音起。"⑦p251辛弃疾一直是坚定的主战一派，但南宋朝廷不思北伐，辛弃疾的志向得不到认同，这令他黯然神伤，因而产生孤独感。寺庙让渡出一部分空间给世俗生活，其中来往一些形形色色的尘世中人，这些人之中当然有稼轩交往的对象，同时，稼轩也借与僧侣交往明心见性，寻求精神解脱。

（二）辛弃疾丰富信州寺庙的人文内涵

首先，辛弃疾作为"文武双全"的名人，闲居信州时，与其他文人贤士的唱和交往，给当地带来了非常可观的正面效应。如《沁园春・和吴子似县尉》："我见君来，顿觉吾庐，溪山美哉。"⑦p625描写吴绍古的到访为词人居所增光添色，既是对访客的恭维，也表现了词人对居所美景的自得。《贺新郎・和徐斯远下第谢诸公载酒相访韵》："但笑指吾庐何许。门外苍官千百辈，尽堂堂八尺须髯古。谁载酒，带湖去。”⑦p545辛弃疾借带湖居所外隐于山林的松柏，劝慰落第的徐思远，并邀请他于带湖寄情山水，饮酒抒怀。类似篇章在稼轩信州词作中不胜枚举，也使博山、瓢泉、雨岩等景观在历史上留下浓墨重彩的一笔。

其次，稼轩信州闲居时期，对周边的山水风景取名，为它们注入了人文内蕴。由于雨岩形似观音，稼轩赋予它“观音补陀”⑦p249的意义，又因“雨岩有石状怪甚”⑦p250，稼轩根据《九歌》将其命名为“山鬼”。据载，淳熙十三年（1186），辛弃疾在铅山奇师村寻景访泉，找到了周氏泉，后将奇师改为“期思”，将周氏泉改为“瓢泉”⑦p283。除了取名，稼轩有大量对信州景观的吟咏。如《洞仙歌》：“飞流万壑，共千岩争秀。孤负平生弄泉手。”⑦p283词人访得瓢泉之后，喜出望外，诗兴大发，此词便是对瓢泉的赞美。又如，《千年调》题下序言：“开山径得石壁，因名曰苍壁，事出望外，意天之所，赐邪，喜而赋。”⑦p754结合《临江仙》题下序言：“苍壁初开，传闻过实。客有来观者，意其如积翠清风岩石玲珑之胜。既见之，乃独为是突兀而止也，大笑而去。主人戏下一转语，为苍壁解嘲。”⑦p755可知辛弃疾开山时发现一块石壁，将它命名为苍壁，写下《千年调》来歌咏它。又因这处风景除了词人再无旁人欣赏，写下《临江仙》为苍壁解嘲。寺庙周遭的山水林泉等本身是客观存在，稼轩对这些景观的吟咏、取名作为一种赋义行为，具有相当的主观性，对开掘它们的内在意蕴起到了较大作用，也丰富了当地自然景观的人文内涵。

最后，稼轩对信州寺庙的文化积淀贡献巨大。如凯文·林奇《城市意象》：“景观也充当一种社会角色。人人都熟悉的有名有姓的环境，成为大家共同的记忆和符号的源泉，人们因此被联合起来，并得以相互交流。为了保存群体的历史和思想，景观充当着一个巨大的记忆系统。”⑧稼轩信州词作为当地的景观增添了值得记忆的思想，强化了群体记忆，为信州寺庙及周边山水注入了新的人文意蕴。不仅如此，辛弃疾作为南宋文坛的“领军”人物，同在信州的文人、官员等以他为中心形成了文人集体，共赏美景，诗酒游乐，唱和寄情，使信州文学大放异彩。

总而言之，辛弃疾对信州寺庙的书写，满足了他生活与精神等多方面的需求。一方面，稼轩通过寄情山水纾解壮志难成的忧愤，排遣知音难有的孤独，同时借助信州寺庙与人交往。另一方面，稼轩闲居信州的作品，促进了信州寺庙作为公共空间的作用，也为信州的景观注入了人文意蕴，使信州文化之火生生不息，对信州文化的积淀发挥了重要作用。

注释【Notes】

①本文为吉首大学研究生科研创新项目资助（项目编号：JGY2022057）。

②戴表元：《戴表元集》，浙江古籍出版社2014年版，第6页。

③徐汉明：《辛弃疾全集校注》，华中科技大学出版社2012年版，第83页。

④邓广铭：《辛弃疾传·辛稼轩年谱》，生活·读书·新知三联书店2007年版，第117页。

⑤吴长庚：《辛弃疾在上饶》，载《文史知识》2008年11月，第99页。

⑥汲军：《辛弃疾信州词与信州生活》，光明日报出版社2010年版，第180页。

⑦邓广铭：《稼轩词编年笺注》，上海古籍出版社1993年版，第246页。以下只在文中注明页码，不再一一做注。

⑧[美]凯文·林奇：《城市意象》（第2版），华夏出版社2011年版，第95页。

"更遣何人佐盛时"
——曹松诗中的责任伦理解读①

吴红欣

内容提要：晚唐诗人曹松，诗歌创作一百多首，在众多诗词中，展现最多的还是责任伦理下的爱国情怀。通过对他诗歌的解读，我们得以窥见一位封建知识分子在爱国与责任、理想与抱负下的文人形象。结合托物言志的形式，显露出他不忘民间疾苦，厌恶战争，期待国泰民安的初心。

关键词：曹松；责任伦理；爱国情怀；托物言志

作者简介：吴红欣，无锡南洋职业技术学院素质部讲师，文学硕士。研究方向：中国现当代文学，中华诗词。

Title: "Who will be Sent to Serve His Country" — An Interpretation of the Responsibility Ethics in Cao Song's Poems

Abstract: Cao Song, a poet in the late Tang Dynasty, wrote more than one hundred poems. Among many poems, the patriotic feelings under the responsibility theory are the most popular. Through the interpretation of his poems, we can see the image of a feudal intellectual under patriotism and responsibility, ideal and ambition. Combined with the form of expressing his ambition by relying on things, he showed his original intention of not forgetting the sufferings of the people, hating war, and expecting peace and prosperity of the country.

Key Words: Cao Song; responsibility ethics; patriotism; to express one's ambition by asking for things

About Author: Wu Hongxin, Lecturer of Quality Department of Wuxi Nanyang Vocational and Technical College, Master of Arts Research direction: Chinese modern and contemporary literature, Chinese poetry.

一、引言

曹松，晚唐诗人，生卒年不详，字梦政，舒州（今安徽潜山）人。《唐摭言》卷八"放老条"云："松，舒州人也。"②《旧唐书》卷四一《地理志》五，"淮南道舒州同安郡，州治怀宁（今安徽省潜山县）"③，方胜在《晚唐诗人曹松生平事迹考略》中，结合着《康熙桐城县志》中"龙舒桐城"的相关记载，提出曹松籍贯有桐城与潜山两种说法。在《大清一统志》中载有"系龙舒桐城人"，推测曹松祖籍为桐城。

曹松，光化四年（901）中进士，这次考试被称为"五老榜"。"五老榜"在后世流传很广，《唐摭言》《容斋三笔》《唐诗纪事》《唐才子传》《郡斋读书志》等对此均有记载②p75，又据《唐摭言》："松、希羽甲子皆七十余。象，京兆人；崇、希颜，闽中人，皆以诗卷及第，亦皆年逾耳顺矣。时谓'五老榜'。"②p75—76曹松及第应当为七十余，正所谓"采得百花成蜜后，为谁辛苦为谁甜"，他早年曾避乱栖居洪都西山，后依附建州刺史李频。李死后，流落江湖。

诗人一生仕途坎坷，颠沛流离，但仍执着于忧国忧民的情怀，对社会充满了期待，对国家也充满了希望。希望君主像尧舜掌管天下之际，天下太平，国富民安。这样的情怀融入他的诗中，"明朝遥捧酒，先合祝尧君"，"大才必拟逍遥去，更遣何人佐盛时"。正因为有了这样的情怀，才有了后继者的一如既往，如陆游的“平生铁石心，忘家思报国”“位卑未敢忘忧国”，张载的“为天地立心，为生民立命，为往圣继绝学，为万世开太平”，范仲淹的“居庙堂之高，则忧其民；处江湖之远，则忧其君以及先天下之忧而忧，后天下之乐而乐”，林则徐的“苟利国家生死以，岂因祸福避趋之”，邓小平的“我是中国人民的儿子，我深情地爱着自己的祖国和人民”等，他们喊出的不仅是爱国情怀，还有社会价值心理、道德观念，更感召着我们以维护民族尊严、国家独立为己任的情怀。

二、先合祝尧君：责任伦理中的爱国情怀

“责任伦理”一词最早由德国伦理学家马克斯·韦伯提出，他说：“一切有伦理取向的行为都可能受两个准则中的一个支配，这两个准则分别是责任伦理与信念伦理。”④他还认为信念伦理注重的是行为动机，责任伦理看重的是行为后果。在行为主体施行伦理时，主体者必须是对道德规则拥有最起码的认知能力，且行为后果的自觉。韦伯还强调责任伦理要求行为主体的动机和出发点都出于“良知”，而“良知”有四项主要内容：明善恶、知羞耻、有恻隐之心、知恩图报。也即，通俗意义上的“良心”。在人伦的世界里，需要构建一套合理的行为规范来维持社会的稳定，形成个体内心的道德自觉。这样对自己、他人以及子孙后代，甚至生灵万物形成关联起来的内在负责感，有利于形成和谐共赢的社会共同体。

封建社会的君主，拥有至高无上的权力，也需要依责任伦理行事，拥有仁爱、忠信、尽职，心忧天下的广阔胸襟。为此，孟子说：“欲为君尽君道，欲为臣尽臣道。二者皆法尧舜而已矣。”⑤在其位谋其政，因此，处于一定的职位就得履行相应的职责，在其位要尽其职，治理天下都是其分内之责。但身处公元九世纪的曹松，与一直都是藩镇手中傀儡的掌权者，以及处于水深火热之中的百姓，谁该是行为的主体？面对无法实施抱负的现实，作为有一定责任感的封建士大夫，心中传统的社会责任感与政治参与欲在现实面前步步溃败时，诗歌便成了宣泄的出口，如《除夕》：“残腊即又尽，东风应渐闻。一宵犹几许，两岁欲平分。燎暗倾时斗，春通绽处芬。明朝遥捧酒，先合祝尧君。”这是一首在除夕之夜作的诗。寒冷的冬季已经过去，美好的春风已经吹来，一夜之间的变化都非常大且短，来年和去年还要将它平均分配，火把暗处瞬间照亮，通往春天的路上开满芬芳的花朵，诗人举酒祈祷，希望来年会像尧舜之际一样天下太平。但在现实生活中，大规模的农民起义以及藩镇割据，使得社会萧条，百姓流离失所。但诗人仍期待像尧一样的仁君出现，使得风俗淳化，人民安居乐业。

孟子对于君和臣的职责，概括为“天子适诸侯曰巡狩，巡狩者，巡所狩也”，“诸侯朝天子曰述职，述职者，述所职也”⑤p31。天子巡狩主要是视察百姓，感受乐民所乐、忧民所忧。有责任的君主必会为民排忧，满足百姓所愿。其实，百姓的底层愿望就是：社会安定、衣食足、父慈子孝、兄友弟恭、家庭和睦。孟子还说：“规矩，方圆之至也；圣人，人伦之至也。欲为君，尽君道；欲为臣，尽臣道。二者皆法尧舜而已矣。”⑤p150尧是仁君的典范。想当仁君需以尧为榜样，以“仁义”为道德的楷模。且施行于天下苍生，故而，“尧舜之道，不以仁政，不能平治天下”⑤p148。因此有仁德之君当行仁政，仁政之实现就在于其责任的实现。在责任伦理的指导下，作为仁政实施者的君主就应该心系百姓、为民所需，且安治百姓、避免战祸。

曹松作为君主的臣子，一方面，在社会现实面前，自感心有余而力不足，无力抵抗现实，另一方面，他又放不下自己满腔的爱国情怀，心怀苍生的悲悯之心，他肩上背负着对国家的忠诚与热爱以及为民请命的责任伦理。这样的情怀是封建士大夫的精神力量，也是他们鞠躬尽瘁，死而后已的不竭源泉。中国知识分子具有天然而持久的家国情怀。这种情怀来自中华传统文化中“修身、齐家、治国、平天下”的人生追求，“立德、立功、立言”“穷则独善其身，达则兼济天下”的人格标准，还有来自“自身而至于家国之下，制之为度数，发之为音容，莫非文也”（顾炎武《日之录》）的自觉。这

些都无形中滋养、熏陶，甚至教化着文学家与政治家于一身的曹松，他不自觉地把个人的人生价值、国家的命运前途、人民的荣衰哀乐结合在一起，以诗文的方式来展现他内心的历史使命感与社会责任感。在他的诗作《李郎中林亭》中："只向砌边流野水，樽前上下看鱼儿。笋蹊已长过人竹，藤径从添拂面丝。若许白猿垂近户，即无红果压低枝。大才必拟逍遥去，更遣何人佐盛时。"⑥作者去拜访李郎中，在李郎中的林亭，看到人工造就的池塘，潺潺的流水，一边喝酒一边看鱼的潇洒，这样的日子像笋长成竹一样长久。这样的场景，让作者不禁感叹：如果允许白猿接近住户，那果实还能等到成熟？暗喻朝廷小人当道的后果。如果有才能的人都以避世的方式，只顾着自己的逍遥快活，谁来辅佐国家，让国家达到盛世呢？诗人通过寄情于景的同时，也在以物观己，喊出了封建士大夫的责任伦理。因为，"学而优则仕"是读书人的责任，责无旁贷地用所学的知识报效国家，为国富民强添砖加瓦是曹松内心不可泯灭的责任伦理。为此，他应举数十年，即便不能及第，仍然不气馁。有史料记载：曹松久困科场，在天复元年（901）才考上进士，已有七十多岁。反观曹松一生执着科举之路的动机以及他的精神内核，无外乎四个字：责任伦理。但曹松爱的国是满目疮痍的晚唐，从开元盛世的唯才是举，到武则天时期的广纳贤才，晚唐的现状让士大夫有了幻灭感，由盛转衰的社会现实，使理想和生命在世事纷乱中被无情地消耗，他想报效国家，施展自己的理想与抱负都变得"困难重重"。因为，当时的晚唐，积压的社会痼疾太多。

中国唐代的法系是"人治""王制"抑或"朕即法律"的统治现实，皇帝是立法与司法的审判官，也是最高的立法者，他可以一言立法，也可以一言废法，他所发布的诏、令、敕、谕就是最权威的法律形式。但中国封建王朝的内在法系基础仍然是儒家的纲常伦理与道德，孔子的儒家思想核心是：引礼入法，伦理立法，规定了贵贱、尊卑，调整了家族、父子、夫妇等等级制度标准，确立了皇权、父权与男权为本位的封建专制主义制度，提倡"仁、义、礼、智、信、忠、孝、悌、节、恕、勇、让"的道德修养以及道德行为，用"礼"来规范人的行为，降低社会的管理成本，"刑不上大夫，礼不下庶民"的传统德治模式，是伦理法的典型形式。在人治与德治的统领下，社会等级森严，但由氏族与朋党形成的强藩借镇压黄巢之名，争城掠地、割据称雄、扩充实力。在唐僖宗广明元年（880），为避战乱的曹松以悲痛的笔写下《己亥岁二首》："泽国江山入战图，生民何计乐樵苏。凭君莫话封侯事，一将功成万骨枯。波间一战百神愁，两岸强兵过未休。谁道沧江总无事，近来长共血争流。"⑧p8237作者看到优美的山水笼罩在战云里，老百姓的基础生活，该受到多大的打扰？诗人以高屋建瓴的姿态残酷地道出了战争的罪恶，以及成就"一将"的功名与"万骨枯"的代价的不平等性。枉死的"万骨枯"也是一个个鲜活的生命，战争所带来功勋的幸存者——"一将"，为了成就自己的功名，牺牲数不清的士卒生命，凭的是什么？马克思说："作为确定的人，现实的人，你就有规定，就有使命，就有任务……这个任务是由于你的需要及其与现存世界的联系而产生的。"⑦作为"一将"，如果你只是为一己之利，不顾该有的规定、使命、任务，你就是荼毒生灵；作为"士子"，如果你没有做到以爱国为根本，以责任为方向，以人民为归宿的话，你就不配知识分子的称号。

三、忆归休上越王台：责任伦理中的托物言志

"托物言志"是中国的"土特产"，源于《诗经》中的比兴手法。是作者借助物的象征义来表达个人胸怀心志的一种艺术手法，也是中国古典美学思想的一个具体体现。它的核心是通过与"志"有共通之处的"物"来传达作者的思想情感。

在曹松的交游与咏怀诗中，最易窥见的是中国文学"托物言志"的传统。中国封建社会的知识分子，不敢或不愿把自己的政治见解及对现实的愤懑直白地说出来，故而，刻意地隐去真意，以"感

遇”“感怀”的作品形式，寄托自己的理想和追求。用托物言志的目的在于：一则“托物言志”是人的情感与万物属性的密切联系，它建立在人对世间万物“通感”的基础上，传达的是人与万物间的某种理解。二则“托物言志”借助一些相关的修辞手法，寓情于物、咏物抒怀的方式，更好地反映出创作者内在的心理品质。“在中国封建社会，知识分子由于社会遭遇的近似和精神生活的一致，形诸歌咏，常常通过类似的意象寄托大体差不多的情思。”⑧而“托物言志”便成了他们的精神生活寄托意象与情思的美学手法。如竹子代表正直，豺狼比喻奸臣，玫瑰代表爱情，青松比喻高洁，等等。

生活于晚唐末世的曹松，目睹了唐王朝日趋衰落、动荡的过程，在现世的悲欢与内心的责任之间，曹松选择了后者，他让内心的抱负与责任，化作了一句句直面社会现实、忧国哀民的愤懑诗句，把生命的智慧和当下的生活体验都融入“心中的责任”。康德认为：“伦理义务是广义的责任，而法权义务则是狭义的责任。”⑨广义的责任既是外部条件，也是社会制度对个体行为实施约束的结果，是个体发自自我内心，展示个人美德的伦理力量，责任主体的责任是合乎内心的活动过程和思维情感所经历的复杂纠葛，做到了文字不言而情动人。其“情”就是曹松内心个人美德的伦理力量，也即，对祖国和人民无限的爱与悲悯。

在《南海旅次》中，曹松写道：“忆归休上越王台，归思临高不易裁。为客正当无雁处，故园谁道有书来。城头早角吹霜尽，郭里残潮荡月回。心似百花开未得，年年争发被春催。”这首诗，结合曹松的人品和诗品，我们可以理解为：诗人以著名古迹越王台起笔，告诫世人也告诫自己，如果想着回家，就不要上越王台，因为越王勾践代表了卧薪尝胆、忍辱负重，代表了不忘国耻，奋发图强，诗人再次强调，自古的文人墨客，关于登高思归的文章数不胜数，大雁也好，家书也罢，但在国家危难之时，都是渺小的。羁旅他乡的曹松，沿途看到的都是满目疮痍的社会惨景，不免苦楚连连，一年又一年，年龄越来越大，但报效祖国的雄心壮志以及责任意识没有半点减弱。因为，他身上恪守着儒家文化的生命意义和责任，他希望自己能担负起责任的角色，明确责任伦理主体我与客体国家以及人民的关系，做到观照黎民百姓的生存和幸福。同时，责任伦理的人文实质以及价值取向都是“善”，且“善”的终极追求是“幸福”，曹松希望通过自己的才华抑或使命来为身处水深火热的大众谋取幸福的生活。正如康德所言，“行为之发生不仅合乎职责（按照适意的情感），而且出于职责，这必须是一切道德教育的真正目的”⑩。作为一个深受“修身、齐家、治国、平天下”思想影响的封建时代的读书人，传统的社会责任感与政治参与欲在他心中萌生的道德责任感，成了曹松对“功名”执着追求的内在动力。而“托物言志”是一种独有的艺术特征，以个人之“志”依托在某个具体之“物”上，来寄托创作者的某种感情、抱负、志趣的表现。

在《寒食日题杜鹃花》里，我们能窥见作者想通过艺术婉转地表达个人情绪，达到净化情感、平衡心理的目的。“一朵又一朵，并开寒食时。谁家不禁火，总在此花枝。”作者把寒食节与杜鹃花两个意象放在一起的寓意在于：首先，杜鹃花为中国十大名花之一，其名称的来由就是一个美丽的传说。相传古代周末蜀王杜宇，号望帝，他所统治的蜀地，连续几年洪水泛滥，民不聊生，望帝有幸请到一个死而复生，名叫鳖灵的人，他凿巫山，开三峡，除去了水患。隔了几年，望帝因他功高，就让位于他，号开明氏，自己入西山，隐居修道。但鳖灵即位后，自视功高，不顾民生，蜀地再次陷入混乱之中。望帝心急，前去劝谏，但鳖灵闭门不见，望帝悲痛不已，含恨而死，化身杜鹃鸟，飞到鳖灵的宫殿里，发出凄惨而悲切的啼叫声，鳖灵听后幡然悔悟，开始用心治理王朝，蜀地也转危为安。另外，寒食节是我国古代春季的节令，在清明前一日或后二日。相传晋文公为迫使大夫介之推入朝做官，曾放火烧介之推所隐居的山林，介之推坚决不从，抱树而死。为表示悼念之情，晋文公下令，介之推死日禁止生火煮食，只许吃冷食，故曰寒食。在诗中，曹松将寒食禁火的习俗与杜鹃花关联在一起，展开了一个美妙的联想：寒食之日，天下禁火，不被禁的只有开得像火一样的杜鹃花。诗歌借“寒食节”“杜鹃花”等意象，来抒写自己想超然物外的愿景。诗人一生都在为了实现自己的入仕理想而奔波，事实却是：空有理想，无人赏识。诗人也想像介子推那样，尝试着用隐逸方式，淡化心中的理想与抱负。然而，所有的尝试都无果而终，只有像“杜鹃花”一样火红的爱国情怀。

四、结语

曹松的作品，不仅折射出他的情怀，还渗透着他的思想感情。在他身上，我们看到了一位爱祖国与自己的责任完美结合在一起的文人形象，也让我们深切感受到“天下兴亡，匹夫有责”的民族献身精神以及甘愿牺牲自我的大爱无疆的胸襟。曹松的诗歌创作把个人命运与国家的前途联系起来，迸发着强烈的爱国主义情感。

注释【Notes】

①基金项目：2021年江苏高校哲学社会科学研究立项课题“德育与儒家文化在美育课堂教学中的融汇研究”（课题编号：2021SJB0479）。

②（五代）王定保撰：《唐摭言》卷八，中华书局1985年版，第75页。以下只在文中注明页码，不再一一做注。

③傅璇琮主编：《唐才子传校笺》(第4册)，中华书局1990年版，第414页。

④[德]马克斯·韦伯：《学术与政治》，冯克利译，上海三联出版社1998年版，第28页。

⑤杨伯峻：《孟子译注》，中华书局2010年版，第151页。以下只在文中注明页码，不再一一做注。

⑥（清）彭定求编.《全唐诗》卷七百一十七，中华书局1960年版，第8244页。以下只在文中注明页码，不再一一做注。

⑦马克思、恩格斯：《马克思恩格斯全集》（第3卷），人民出版社1960年版，第328页。

⑧陈植锷：《诗歌意象论——微观诗史初探》，中国社会科学出版社1990年版，第5页。

⑨[德]康德：《道德形而上学》，张荣、李秋零译注，中国人民大学出版社2003年版，第174页。

⑩[德]康德：《实践理性批判》，韩水法译，商务印书馆2005年版，第129页。

当代诗歌中的“民谣”因素及其审美价值

王冠含

内容提要：民谣对诗歌的影响由来已久，当代诗歌中的“民谣”因素主要体现在其作为老百姓的写作立场，关注现实生活和大自然，抒发真情实感；还体现在以音乐美为重要的审美目标，注重诗歌的节奏和韵律；在语言上表现为质朴的语言和修辞手法的运用。民谣因素在诗歌中具有提升诗歌艺术生命力、增强诗歌的音乐美和强化诗歌语言表现力的强大功能，因而具有重要的审美价值。

关键词：民谣；民间立场；音乐美；直言和弯语

作者简介：王冠含，华中师范大学文学院博士生，研究方向为比较文学与民间文学。

Title: The Factors of “Folk Songs” in Contemporary Poetry and Its Aesthetic Value

Abstract: The influence of folk songs on poetry has a long history. The “folk songs” factor in contemporary poetry is mainly reflected in the writing stand as a common people, paying attention to real life and nature, and expressing true feelings; It is also reflected in its aesthetic goal of musical beauty, focusing on the pace and rhythm of poetry; In terms of language, it is shown as the use of straightforward language and rhetorical devices. The factors of folk songs have powerful function in promoting the artistic vitality of poetry, enhancing the musical beauty of poetry and strengthening the expressive force of poetry language, so they are of important aesthetic value.

Key Words: folk songs; folk position; musicality; straightforward language and rhetorical language

About Author: Wang Guanhan, a doctoral student in literature section of Central China Normal University. Her research fields: folk literature and comparative literature.

民谣是篇幅短小、以抒情为主的韵文，是民间歌谣中不需配乐歌唱的部分。民间歌谣传统在中国源远流长，从《诗经》开始到明清时期的山歌、俗曲，一脉相承，源源不断。中国历代诗歌，无不与民间歌谣有着深厚的渊源关系，诗、词、曲等文体无不是先来自民间，后来被文人采用并得以发展。“五四”前后，中国文化界发起了歌谣学运动，对新诗的产生、发展起到了很大的催化作用。1942年延安文艺座谈会以后，许多诗人主动向民间歌谣学习，出现了李季、阮章竟、田间等民歌体诗人。二十世纪七八十年代以后，诗歌创作的个人化倾向日益明显，少有能激起一代人共鸣的诗歌发表。即使如此，阅读近年来的中国诗歌，仍能发现其中所蕴含的民间歌谣因素、所具有的民间歌谣的诸多特征。

一、以民间立场为基础

立场，是人们在认识问题和处理问题时所处的地位和所持的态度。人们的一切思想和行为都是有立场的，不管是自觉还是自发的。而且，立场与价值观、审美观密切相关①。民歌民谣就是立足民间立场的创作，是老百姓集体创作并反映他们思想情感的口头文学。新诗自诞生起，就有着向民谣学习，让诗歌大众化的民间基因。当代诗歌是百年新诗发展的最新阶段，民间立场同样是其重要特征。

（一）作为“老百姓”的写作。老百姓就是

一般的平民、大众，他们远离庙堂，身处民间，他们的写作是真正意义上的民间立场、民间写作。近年来涌现出的“打工诗人”“草根诗人”，就是老百姓自己的写作，其中也不乏优秀的诗人如张二棍、余秀华等。张二棍的诗歌《黄石匠》《草民》《娘说的，命》等，写出了底层社会人们的真实生存状态，虽然灰暗残酷，读来触目惊心，但其目的不在于批判，而是有着作为同类、作为其中一员的深深的悲悯，因此也感人至深。张二棍因此被称为“记录底层悲欢”②的诗人。余秀华的诗集《摇摇晃晃的人间》2018年获湖北文学奖，销量突破10万册，成为近十年来销量最大的诗集③。余秀华的诗大多是关于“自我”的，自我的乡村，村野的植物、庄稼，自我的情感和伤痛，自我的经历和想象等，因为语言的天然纯粹和深刻的表现力，她的很多诗已经超越了自我，仿若天籁的回响。如《横店村的下午》《日记：我仅仅存在于此》等。当然，“老百姓”的写作，并非仅就诗人的身份而言，不管何种身份，也不管是自发还是自觉，只要把自己当作老百姓的一员，感受普通人的生活和日子，表达普通人的真情与实感，就是作为“老百姓”的写作。

（二）关注生活与自然。具有民间立场的诗人，大多关注自己或周围人的生活，这种生活大多是底层民众的劳动或日常生活。如梁满仓的《脚手架上的鸟人》和《汗水》，写出了农民工的艰辛劳动。脚手架上高空作业的农民工“有鸟鸣没有鸟翅/上下跳荡闪展腾挪/铁管编成的网/每一个丝扣都紧固着一条命”④……这种工作不仅艰辛，而且十分危险，诗歌以平实的语言抓拍了底层民众这一危险的劳作状态，仿佛特写、泥雕般让人过目难忘。诗人们还表达了他们对自然万物的亲近和热爱，《春天的河流》：“我说/春天的河流多么像一杯浓情的咖啡/妻子说/它的波涛就是老太婆的皱纹/少年的儿子说/谁撒的一泡长尿/又浊又臭，一直流不完……”④p69面对同一条河流，不同的人有不同的感受和看法，而且差异非常大，正是在巨大的反差中体现出盎然的生趣，反映了不同性别、不同性格、不同年龄、不同层次的人各自的审美观。

（三）抒写真情实感。中国文论中有“诗缘情”的传统，而所谓的“情”必须是真情。有真情才有性灵，才有真诗，才有“天籁”。民歌之所以被称为“天籁”，就是因为民歌的作者们总是“感于哀乐，缘事而发”⑤，所以他们的作品是内心情感的直接流露。在当代中国诗歌中，只要以民间立场进行创作，表达自己的真实感受，即使不是所谓的“天籁”，也会具有强大的艺术感染力。赵野的《天命之诗》中写道：“春天，忽然想写一首诗/就像池塘生青草/杨树和柳树的飞絮/打开没有选择的记忆/鱼搅动池水，鸟搅动风/蜜蜂固执盘旋眼前/……”⑥整首诗以典雅的语言，把握住了春天带给人的心理悸动和情感变化，在幽深复杂的情感表现上，可谓传神。

二、以音乐美为审美目标

诗歌也许源于劳动，也许源于模仿，但最直接的来源则是人自身身体和情感所具有的节奏感。“原始民族用以咏叹他们的悲伤和喜悦的歌谣，通常也不过是用节奏的规律和重复等最简单的审美形式做这种简单的表现而已。”⑦钱锺书、朱光潜等也非常重视诗歌的音乐性。钱锺书说：“《谈艺录》第88则开篇谈白瑞蒙（Henri Brémond）关于诗通于乐的说法，接着铺陈诸诗家将音乐看成艺术造境的论述，由此谈中西的诗教主张均与音声之道关系极为密切。”⑧朱光潜则为诗歌下定义，认为诗是“具有音律的纯文学”。当代中国诗歌同样具有音乐美的遗传因子，具体表现为字词句的重叠反复和朗朗上口的押韵。

（一）重章迭唱显节奏。重章迭唱指诗歌中字、词、句、段的重复和叠用，其功能在于凸显诗歌的节奏感，使其具有音乐的节奏之美。胡粤泉的《月亮船》：“月亮弯弯像小船/我俩刚好坐上面/星星萤火殷勤来祝愿/银河水声哗哗奏乐/我俩荡着秋千/魂儿荡远天……”④p39诗歌借鉴了民谣的常用叠词，如“月亮弯弯”“星星萤火”“水声哗哗”，营造出舒缓而甜蜜的情调和节奏，与沉浸在甜蜜情感中的诗人的心理正好合拍。这也体现出音乐的节奏感源于我们自身情感的律动，是内在情感的外化和表现。还有一种重复散落在整首诗中但又不那么规则，或者说是更自由的字词或句子的重复，彭浣尘的《山坡羊》，全诗共21句，但“做一只羊”这样的句式重复了6次，有时是连续的，有时是间隔的，完全根据作者表达的需要而定。“做一只羊低头吃草抬头看云/做一只羊我不会咩咩地叫/它们都叫我也不咩咩地叫/做一只羊够幸福的了……”④p102通过句子的重复，诗人要表达的内容层层深入，很有高唱入云之感。最后以连续的“我静静地站在山坡上……”的句式重复，直抵诗歌主旨：原来，诗人之所以想做一只羊，之所以那么享受做羊的美好时光，是因为牧羊人曾是他的父亲，这是一首以巧妙的构思歌颂父爱的诗作。句子的重复同样在情感节奏和主旨表达上发挥了独特妙用。

（二）朗朗上口重韵律。民谣能朗朗上口，原因在于押韵。在当代诗歌中押韵较为自由，不像古诗那样有固定的模式，而以诗人内在情感的韵律而定。新诗中的经典篇目，基本都有朗朗上口的特点。当代诗人林师的《故乡，魂牵梦萦的地方》共三节，每节押同一韵，用词自然贴切，体现出一唱三叹的抒情和音乐美。第一节：“阔别的故乡/已不是记忆中的模样/小河瘦了/仍保持原本的流向/老屋还在/房梁上结满了蛛网/一只暮年的蜘蛛/守候着逝去的时光。”⑥p73诗人回到阔别已久的故乡，发现故乡不变中的变化。前两节都是隔句押韵，整齐自然，音韵和谐，最后一节稍有变化，在最后一句又押韵，首尾呼应，回环往复，极有音乐美，诗人的情感变化也得以完整体现。

三、“直言”和“弯语”的介入

在中国最早的诗歌总集《诗经》中，已经发展出了赋、比、兴的诗歌表现手法，成为民歌的常用手法。“赋是扎扎实实的直言，比和兴就是借物发端的弯语。比，较明显易见；兴，较隐约，多作微言大义之想；赋，则担负着点题、破题完成主旨的任务。”⑨我们这里说的直言主要指“赋”的诗歌表现手法，它既代表一种朴素自然的诗风，也包括散文化、口语化的语言特征；弯语，则主要指比兴的诗歌手法，它往往是含蓄的、夸饰的，具体体现为比喻、夸张、象征的运用。

（一）直言。直言就是白描，不借助他物而直接叙述或描写。北朝民歌《敕勒歌》、马致远的散曲《天净沙·秋思》是白描的代表作。当代诗歌中也不乏以直叙为主的诗歌，于平淡中见真情。木心红遍网络的一首诗《从前慢》：“记得早先少年时/大家诚诚恳恳/说一句是一句/……从前的日色变得慢/车、马、邮件都慢/一生只够爱一个人……”⑩全诗在回忆中展开，追忆了过去的好时光：人们善，日子慢，物件美。这种怀旧的情感，这种对真善美的向往，击中了网络时代众人的心，引发广泛共鸣。全诗几无技巧可言，既不押韵，也无修辞，情感也很淡，但正是这种天然的白描，这种质朴无华，揭示了时代的变化，表达了一位老人最朴素的向往。余秀华的诗以直言、白描为主。《写给阿乐的九十岁》：“我从家门前的柳树上/砍下粗细适中的一截/做我的拐杖/选一个晴好的日子，去看你/穿过城市的霓虹/穿过街角的那场风……”⑪全诗平白如话，不假雕饰，是诗人心声的直接流露，正因为情感的纯度和真实，虽是白描，却写出了超越时间和空间的深情，读来感人至深。

（二）“弯语”。所谓“弯语”，主要指比兴的修辞手法。在古典文论中，“比”的含义更宽泛，除了比喻的含义外，还有做比较，借物言志，以他物比拟此物等含义。“兴”，是借描述他物开始诗歌创作的方法，常用在诗歌开头，以引起下面所写之物。比、兴，都不是直接叙述、描写，而是间接地、借他物来写此物。拓展开去，拟人、夸张、象征等修辞手法都属弯语的范畴。东方浩《在国清寺遇见一朵凌霄花》于比兴中暗示主题，构思非常巧妙。“一朵凌霄花 不再凌霄开放/它凋落在一座藏经塔前的石碑上/潮湿的石碑 薄薄的苔藓托着花朵的红/雨滴多么晶莹 青石如此冰凉/众多的目光 忽略一朵落花/他们在辨认碑塔上曲曲弯弯的文字/和文字后面的故事 ……”⑥p15全诗以一朵“凌霄花”起兴开头，同时“凌霄花”也和石碑、枝条上的“凌霄花”形成鲜明的对比。诗人写的好像是一朵凋零的花，但通过和“石碑”“枝条上的花”的对照，似乎暗示出某种对已逝去的人或事的感怀。张烨的《音乐》，用了多重比喻，同样是一首构思精巧的短诗。“大海/一把扯碎/脖颈上的项链/发疯似的从窒息的蓝屋奔出/……月亮轻盈走来从一道突然开启的/天门/朝大海莞尔一笑如柔美的女护士/伸出润滑的手臂/给大海服一帖/镇静剂/一切归入病床的宁静。”⑥p25这首诗想象奇妙，把大海比作发疯的女人，把月亮比作女护士，女护士用一帖镇静剂，制服了女人的狂躁。而联系诗歌的标题“音乐”，则发现诗歌的本体不是大海也不是月亮，而是音乐。所以整首诗是一个比喻套比喻的结构，最外层的就是整体的比喻，是用大海、女妖、月亮来比喻音乐，将声音视觉化，形象地描述了音乐由奔腾狂放到轻柔婉约的转变过程，想象奇特，意境奇妙，诗意盎然。

四、民谣的审美价值与功能

民间歌谣的审美价值，已为历朝历代的诗人反复论证，并且践行之。当今的诗歌创作，也可继续向民歌学习，体会其民间立场和思想情感，借鉴其独特的艺术特征和表现手法，以提升自身的诗性和审美价值。

一是提升诗歌的艺术真实性，增强诗歌的鲜活生命力。真实是诗歌的生命，没有真情实感，就没有诗歌。这里的“真实”，主要指主体要有真情感，有真实的自我。因为民歌表达老百姓自己的喜怒哀乐，没有太多外界的影响和束缚，所谓“饥者歌其食，劳者歌其事”⑫，完全是民间的态度，民间的立场。学习民谣的民间立场，把自己当作老百姓中的一员，就不容易被外在的、暂时的身份、地位等所蒙蔽，或被某些社会潮流或话语系统所裹挟，就能保持自我。因为失去自我，则不会有真正的诗歌。当然，自我并非指“小我”，其内涵大小取决于诗人自己。即使是“小我”，只要是真实纯粹同样可以感人，引发共鸣。二是提升诗歌的音乐美感。诗歌本身就有内在的音乐性。新诗兴起以来，诗歌和音乐的关系虽有争议，但撇开时代原因，诗乐相通应该是更客观的结论。诗歌的音乐性，主要是通过字词句段的重复叠加和押韵实现的。字词句段的重叠，不能机械地运用，要符合情感和事物内在的节奏，否则就会显得做作。押韵最能体现诗歌的韵律，体现诗歌的音乐美。有韵律，就容易激发读者的情感，更易引发读者共鸣。韵律对于自由诗的发展，对于其审美价值的提升大有助益。三是提升诗歌的语言表现力。直言是新诗诞生以来诗歌的常用手法，运用直言，则诗歌明白如话，通俗易懂，郭沫若、胡适都是这方面的代表。如果能自带真情，内容美善，同样可以感人至深，成为经典。“弯语”，则含蓄婉转，是运用比兴、象征等修辞的艺术。弯语适合表现复杂隐晦的情感和难以言说的体悟，更能反映社会人心的复杂多样，更易抵达文学的某些内在本质。直言和弯语并不矛盾，可以综合运用。用通俗明白的语言，结合适当的修辞手法，形象生动地传达丰富的情感意蕴，就会有较高的审美价值，当代诗歌中也不乏这样的范例。

中国当代诗歌中的民谣倾向一直是存在的，特别是在二十世纪的二三十年代、四十到六十年代，由于特定的时代原因，许多诗人向民歌学习，从民歌中汲取思想与艺术营养，也创作出了不少杰出作品，如刘半农、李季、田间、贺敬之等。然而，也不能不指出的是，那一批诗人由于对外国诗歌的不熟悉，只是向民歌学习就造成了口味褊狭的缺点，这在中国新诗史上也相当突出。进入二十世纪之后，经济和文化“全球化”的进程加快，诗人开始全面地接受外来的文化与艺术，本土文化的影响被削弱，中国古典诗歌对于新诗创作的影响也不如从前。在此背景之下，中国传统文化的复兴也正式被提出来，并开始得到中国诗界的重视，民间的诗歌、诗人也不断被挖掘出来。诗歌发展的道路是多种多样的，诗歌艺术也会因此而丰富高远，我们相信在未来的日子里，中国诗歌的民谣倾向与现代倾向一样会受到重视，诗人们在此基础上会创作出更多无愧于时代和人民的伟大诗歌。

注释【Notes】

①晓苏：《当代小说与民间叙事》，湖南人民出版社2015年版，第13页。

②郭志英、张二棍：《像扶贫一样，用诗记录底层悲欢》，载《山西晚报》2020—09—02。

③秦芳：《余秀华诗集〈摇摇晃晃的人间〉畅销10万余册，同名纪录片长沙首映》[EB/OL].2017-07-03.https://hn.rednet.cn/c/2017/07/03/4345282.html.

④陶发美编：《中国诗歌民间读本》，长江文艺出版社2017年版，第72页。以下只在文中注明页码，不再一一做注。

⑤门岿编：《中国历代文献精粹大典·上》，学苑出版社1990年版，第345页。

⑥中国作协创研部：《2020年中国诗歌精选》，长江文艺出版社2021年版，第28页。

⑦格罗塞：《艺术的起源》，蔡慕晖译，商务印书馆1984年版，第166页。

⑧潘建伟：《钱锺书的诗乐关系观及其诗学意义》，载《中国现代文学研究丛刊》2020年第7期，第134页。

⑨吴超：《中国民歌》，浙江教育出版社1989年版，第141页。

⑩张贤明：《百年新诗代表作（1949—2017）》，现代出版社2018年版，第261页。

⑪余秀华：《我们爱过又忘记》，北京十月文艺出版社2020年版，第25页。

⑫王少毅编著：《国学句典》，中央翻译出版社2007年版，第376页。

陌生化
——论中国新诗语言的一个基本特质

袁　循

内容提要：“言不尽意”是诗歌写作中的一种普遍现象。对语言规则的破坏和对语言意义的重新组合，是诗克服言意矛盾的基本手段。语言的陌生化是中国新诗的一个基本属性。语言的陌生化，带来新诗表现题材的扩大、思想深度的掘进、表现手法的丰富与意象艺术的高度发展。而忽视诗歌语言的陌生化属性，则造成新诗诗意匮乏的问题。

关键词：陌生化；新诗语言；基本特性

作者简介：袁循，武昌理工学院讲师，主要研究英美文学与比较文学。

Title: Defamiliarization: A Basic Feature of the Language of Chinese New Poems

Abstract: “The word fails to convey the meaning” is a common phenomenon in poetry writing. The destruction of linguistic rules and the recombination of linguistic meaning, are the basic means for poetry to overcome the contradiction between words and meanings. Defamiliarization of language is a basic feature of modern Chinese poetry, which leads to the expansion of the subject, the excavation of thought, the enrichment of expression techniques and the development of image art of modern Chinese Poetry. Ignoring the defamiliarization of language leads to the lack of poetic quality in modern Chinese poetry.

Key Words: defamiliarization; the language of modern Chinese poetry; a basic feature

About Author: Yuan xun is a teacher in Wuchang University of Technology (Wuhan 430223, China).His research interest is British and American literature and Comparative Literature.

一、陌生化：新诗语言的一个基本属性

文学创作中，意义传达与语言总是构成矛盾。古今中外诸多理论家与创作家都不约而同地发现了这一事实，并深有体会。“子曰‘书不尽言，言不尽意。’”①“荃者所以在鱼，得鱼而忘荃；蹄者所以在兔，得兔而忘蹄；言者所以在意，得意而忘言。”②“情动于中而形于言，言之不足故嗟叹之，嗟叹之不足故永歌之，永歌之不足，不知手之舞之，足之蹈之也。”③“方其搦翰，气倍辞前；暨乎篇成，半折心始。”④胸中万千气象，下于笔端，却如几叶枯草；胸中情感激荡，却只好借助歌咏、手舞足蹈来倾吐，多么窘迫！可见语言的有限性常常置人们于多么尴尬无奈的境地。这一矛盾似乎直到今天也没有得以彻底解决，也许也不可能得以彻底解决。其往往造成的结果是此消彼长，一条腿长一条腿短，语言华丽而内容贫乏，汉大赋是典型；内容驳杂，而语言散漫结构松垮，三流小说便是如此。只有那些实现了言与意的高度统一、水乳交融的作品才真正流传下来，成为经典。

一般意义上，诗首先是个人的，是个人情感经验的集中升华，情感丰厚与否、经验深厚与否，直接决定了一首诗的品质的高低。与之相应，言与意的矛盾在诗的创作中会更为突出。因此，一首好诗，总需要诗人努力去调和言意之间的矛盾，实现两者的统一。从这个角度来讲，诗的历史几乎就是不断同语言搏斗的历史。以唐诗为代表的中国古代

诗歌，绝大多数优秀作品对语言的运用就达到了极致，能够从最有限的语言中传递出最丰富的情感。陈子昂《登幽州台歌》："前不见古人，后不见来者。念天地之悠悠，独怆然而涕下。"⑤用日常生活的"疯话"，造成一种空前的陌生感，孤独者形象和跨越时空的孤独之感也就呼之欲出。刘长卿《逢雪宿芙蓉山主人》："日暮苍山远，天寒白屋贫。柴门闻犬吠，风雪夜归人。"⑤p125从苍山到柴门，从日暮到夜归，由视角的转换，蕴含着时空的转换及对应的人的情感的变换。柳宗元《江雪》："千山鸟飞绝，万径人踪灭。孤舟蓑笠翁，独钓寒江雪。"⑤p149属想象之作，传达的是孤独无奈甚至虚无绝望，以及与之对立的不甘抗拒、孤高自持的复杂情感。三首诗，意义的丰富都达到了20个字可以容纳的最大限量。

优秀的诗总是以言意的高度统一为前提。那么如何实现言与意的高度统一呢？对以上诗作做进一步分析就会发现，诗歌中言与意的统一需要以语言的精致和陌生化为前提，一是因"意"的丰富常常难以找到对应的语言，"意"总是无限的，而"言"又总是有限的；二是因"意"的主观性、朦胧性，常常与"言"的明确性和逻辑性形成冲突。优秀的诗在语言选择、组织结构与思维上，都存在鲜明的打破常规的特点，与日常语言拉开了很大的距离，同其他文体的语言的特征拉开了很大的距离。正是这种对既定规则的破坏，语言的重新组合，带来了诗在结构上的跳跃性和感觉上的陌生化，带来诗以有限空间容纳无限情义的可能。今天，应当强调这样一个被人们所熟知，但又总被忽视的事实，那就是诗的语言应当是陌生化的，它要同日常语言保持相应距离，乃至对日常语言进行有意的"破坏"和重新组合。日常生活中，语言主要是工具，重在追求表达的准确完整，即便是出于特殊情况，故意把话说得不清楚，也会被人们贬斥为拐弯抹角，模棱两可。而诗恰恰相反。倘若用诗的语言写一张请假条，一定会引起反感，而反过来，用请假条的语言写一首"诗"，大半也会遭人讥讽。因此，诗的语言和日常语言不应等同，如果诗仅仅只是日常语言毫不加以修饰提炼、变形重组的分行排列，那么诗也就不复存在。

回顾中国二十世纪诗歌历史，大凡杰出的诗人，都是杰出的语言艺术家，都会形成独特的语言风格，大凡流传下来的经典作品，都有着很高的语言锻造之功，而绝不是日常语言的重复。郭沫若、闻一多、徐志摩、冯至、穆旦、艾青、洛夫、余光中、北岛、舒婷、顾城、杨炼、江河、芒克、西川、海子、臧棣、欧阳江河、于坚、翟永明等，这样的名字还可以列出很长一串。

享有"诗魔"之称的洛夫，在诗的语言的锻造之功和他在诗的意象上的成就高度一致，是构成他"魔"的诗美的一个关键因素。《石室之死亡》《长恨歌》《边界望乡》《烟之外》《金龙禅寺》《午夜削梨》等诗作，无不给人强大的冲击，这种冲击首先就来自其陌生化性的、个性化的语言。《长恨歌》中"他高举着那只烧焦了的手/大声叫喊：/我做爱/因为/我要做爱/因为/我是皇帝/因为/我们惯于血肉相见//他开始在床上读报，吃早点，看梳头，批阅奏折/盖章/盖章/盖章/盖章/从此/君王不早朝"⑥……"烧焦了的手"是欲望的灼热推向极致的陌生化性白描，三个"因为"是皇权的淫威推向极致的陌生化性抒写，四个"盖章"是堕落中的疯狂推向极致的陌生化性叙述。《床前明月光》："不是霜啊/而乡愁竟在我们的血肉中旋成年轮/在千百次的/月落处//只要一壶金门高粱/一碗碟豆子/李白便把自己横在水上/让心事/从此渡去。"⑥p118"不是霜"是对"疑是地上霜"的改写，李白是由"霜"，才引起"低头思故乡"的，可"不是霜"是说"我不需要霜"，乡愁在"我们的血肉中"已时时刻刻"旋"了千百次，疼痛得很！已经成了"年轮"，成了伴随岁月，从青年到老年，一刀一刀生长的永不磨灭的印记！继而是把自己披头散发"横"在水上"从此渡去"，而不是还有些主动求仙的"明朝散发弄扁舟"，一种消极绝望的情绪跃然纸上，弥漫开来。"旋""横"二字，两个动作精准惊奇，幅度不大，却极富力度，极妙，锻炼文字有功。一代人因时空隔绝而酿就的无尽乡愁，在诗人笔下达到极致，令人动容！此外，《石室之死亡》中“而我确是那株被锯断的苦梨/在年轮上，你仍可听清楚风声、蝉声……”⑦“棺材以虎虎的步子踢翻了满街灯火/这真是一种奇怪的威风”⑦p202，《边界望乡》“当距离调整到令人心跳的程度/一座远山迎面飞来/把我撞成了/严重的内伤”⑥p289，《与李贺共饮》“哦！好瘦好瘦的一位书生/瘦得/犹如一支精致的狼毫/……你激情的眼中/温有一壶新酿的花雕/自唐而宋而元而明而清/最后注入/我这小小的酒杯。”⑥p291《蚯蚓一节节丈量大地的悲情》“蚯/蚓饱食泥土的忧郁/……一寸一/丈地穿透坚如岩石的时间/量过了大草原，再量/大峡谷，天翻/地覆之后它仰起黯然/的头/悲怆，淡淡的/情感，土土的。”⑦p188《子夜读信》“子夜的灯/是一条未穿衣裳的/小河//你的信像一尾鱼游来/读水的温暖/读你额上动人的鳞片/读江河如读一面镜/读镜中你的笑/如读泡沫。”⑥p188，等等，一种陌生之感、惊奇之感，扑面而至，这种“惊奇”首先就是语言的“惊奇”，“诗魔”的“魔”首先就是语言的“魔”——洛夫的确称得上是语言艺术的大师。

当代朦胧诗之所以“朦胧”，除了意象因素之外，还在于语言的“朦胧”。顾城《简历》：“我是一个悲哀的孩子/始终没有长大/我从北方的草滩上/走出，沿着一条/发白的路，走进/布满齿轮的城市/走进狭小的街巷/板棚。每颗低低的心/我在一片淡漠的烟中/继续讲绿色的故事/我相信我的听众/——天空，还有/海上迸溅的水滴/它们将覆盖我的一切/覆盖那无法寻找的/坟墓。我知道/那时，所有的草和小花/都会围拢，在/灯光暗淡的一瞬/轻轻地亲吻我的悲哀。”⑧作为“童话诗人”，诗传达的是对以淳朴乡村为代表的“童话”世界的留恋，对城市文明的厌弃，以及由此而产生的悲哀与绝望情绪。诗之所以能够如此鲜明地将这种情绪传达出来，并不是因为诗人的“呐喊”或“怨怼”，而是因为借助了一系列陌生化性的语言组合，诸如路是“发白”的，城市是“布满齿轮”的，心“低低”的，故事是“绿色的”，烟是“淡漠”的，以及“水滴”“坟墓”“草和小花”“灯光”等。尤其是“低低”的“心”令人寻味，怎样才是“低低”的呢，暗含着诗人对城市人心怎样的体验，怎样的态度，怎样的情感呢？可以说，诗人将自己走进城市中，陌生的、敏感的、复杂的、多变的感受和体验全部塞进这两个字当中了。

即便是那些看起来不那么复杂的“小诗”，好的作品的语言同样是精致的，具有陌生化的特征。徐志摩《沙扬娜拉一首》：“最是那一低头的温柔，/像一朵水莲花不胜凉风的娇羞，/道一声珍重，道一声珍重，/那一声珍重里有蜜甜的忧愁——/沙扬娜拉!”⑨诗作除扑面而来的浪漫气息与东方审美趣味外，语言也相当精致，“温柔”“娇羞”“忧愁”，自然回旋，韵味无穷，一反常态的“三个珍重”连用与“沙扬娜拉”收尾，意义重复，音响却绵延不绝，回旋不断。当代诗人高旭旺《村上剪纸》“剪纸，走进村子的内心/门和窗棂上的蜂蝶，飞来飞去/神秘，出彩/奶奶的剪刀/母亲的指尖/折叠。雕刻/还原，一张张草纸的走向/窗花。门神。年画/时光的碎片，不停地/梳理村子的纹理/剪鸟，鸟鸣/剪蝶，蝶舞/剪牛，牛肥”⑩。诗以剪纸这种生活场景表现乡土的生机，多是短句，又间或夹杂句与句的对称、句子内部的对称，传达出欣喜和欢快。尤其是“剪鸟，鸟鸣/剪蝶，蝶舞/剪牛，牛肥”更是奇妙，让读者仿佛耳畔响起了鸟声，眼前见到了蝶的舞姿与牛的憨态，仿佛一把剪刀就剪出了一个生机勃勃的世界。

总而言之，陌生化性是诗的语言的一种基本属性，更是新诗语言的一种基本属性，忽视了这一点，也就在一定程度上忽视了诗同其他文体，同其他类型语言的根本区别，诗也就失去了其在语言上的边界。

二、语言陌生化与新诗的四个优势

在古代文学领域，文言表现传统文明已登峰造极，语言的包容度与承载力已经达到极致，诗也就自然不可能再回到这样的老路上去了。在古典诗的高峰之下，用现代汉语写就的新诗呈现出一些劣势和新变出来。其劣势表现在，现代汉语由白话文衍生而来，并走向一条欧化的道路，这就导致它一是和口语贴得太近，二是拥有了过分的逻辑感，从语言的工具属性来说，是一种进步的表现，但对于诗，却不尽然。诗言情、诗言志，诗要传达经验，诗是内在生命的爆裂，是难以言说的人生感受——这几乎是古今中外的共识，这就导致诗和概念性、逻辑性、科学性保持一定的距离，是主观的，甚至是非理性化的。清代叶燮就说过："可言之理，人人能言之，又安在诗人之言之；可征之事，人人能述之，又安在诗人之述之！必有不可言之理，不可述之事，遇之于默会意象之表，而理与事无不灿然于前者也。"⑪现代汉语的口语化和逻辑化，一定程度上并不利于诗的写作，不得不承认的是，许多新诗的经典，还是一定程度上借鉴了文言在表意上跳跃性、模糊性的特征。但是，伴随着古典诗歌发展到极致，在严格的形式的制约下，语言的陌生化几乎走向枯竭。

新诗语言的优势体现在哪里呢？古典诗歌，无外乎沿着"赋比兴"道路一路前行，因为形式的种类不足和严格要求，因为被士大夫赋予特殊使命（由"诗庄词媚"这一界定就可见一斑），其语言总是要受到各种限制。"自由"乃新诗的核心特征，学者就指出，新诗的优势突出表现在自由体的形式与技巧的丰富性上⑫。语言除了工具属性，从本体论说，还是一种文化精神、叙述模式与思维结构。新诗语言的解放，也就意味着诗在文化精神、叙述模式，与思维结构的解放。反过来，新诗语言的陌生化也就集中体现在表现题材、思想深度、表现手法与意象艺术四个方面。

（一）表现题材的扩大

现代汉语因吸收口语和西语，其词汇较文言更加丰富，更具时代气息，与此同时，新诗语言又往往是开放的，大多数时候几乎不存在禁区，这让新诗语言更具选择的自由度。

没有新诗语言的开放性，就不会出现冯至笔下由虫子的交媾到形而上的思索，艾青笔下由土地的苦难到鸟的嘶哑，穆旦笔下由爱情和性的欲望到宗教的依归，洛夫笔下从内在兽性的战栗到神性的诉求，芒克笔下由血淋淋的天空到与时代的对抗；更不会出现洛夫笔下专门以动物为题材的诗集《昨日之蛇》。《昨日之蛇》竟达百首，蝶、鱼、鸟、蟋蟀、河蚌、蛾、猿、蛇、灰蝉、浣熊、泥鳅、雪雁、乌鸦、蜘蛛、苍蝇、蚯蚓、蚕、蟹、螳螂、老鼠、老鹰、马等堂而皇之占据诗的主要位置，成为诗的主要表现对象，如蚯蚓一节一节丈量着大地的悲情，老鹰危崖上蹲着独与天地精神往来，蛇爬升及至舞成一朵蔷薇，猿以痴血把江水染成冷冷夕阳，这些动物题材的诗，都收到了极高的艺术效果，表达了诗人独特的生命体验。

正是诗在语言选择上的自由，让诗在题材上获得了极大的自由，让现代人的那些常常被自觉不自觉地忽视，或寓于灵魂深处的幽微体验，或难以言传的生命感受，在诗人笔下都获得了强烈的陌生感、新鲜感与震撼力。

（二）思想深度的掘进

二十世纪以来，从现代主义到后现代主义，西方形形色色的思潮不断涌入国内，新诗基本上是在此孕育中成长起来的。语言是思想的符号化，也就是说，思想的丰富实际上就是语言丰富的过程。更重要的是，语言不断丰富的过程，又是思想不断深入的过程，正是在这个意义上，新诗因其语言的包容度和开放性拥有了深度掘进的可能。

艾青对现实世界的介入和痛苦体验；冯至向形而上的探索；现代派诗人对民族精神与宗教情怀的追寻；洛夫对内在世界的开掘，对人的悲剧命运的体悟、反抗和超越；朦胧派诗人对时代和历史的怀疑和对抗；知识分子写作对精神高度的维护，民间写作对鲜活世界的深入，乡土写作对乡土文明的依恋，以及当代诗人对现代性的反思，对人类中心主义的诅咒，对回归自然的呼唤，等等，无不显示出新诗所具有的思想深度。

而新诗之所以能够容纳这样的深度，是同对语言的开掘和试验分不开的。"战栗、恐惧、爆炸、湿漉漉的、毛茸茸的、奔流的血管"这是内在感觉的细腻探索，"暴风雨所打击着的土地""黑色的眼睛""血淋淋的天空"这是时代的深度体验，"大地的伤口""不停复制死尸""杀戮的利刃”“煎熬的火候”这是对人类残酷本性的反思，“上帝、圣母、光、巨树、方舟”这是宗教情怀的苦苦追寻。这些丰富的探索、深入的体验、深刻的反思和苦苦的追寻，运用日常语言基本上不可能完整地传达和呈现出来，而是基于语言的陌生化，陌生化所造成的包容度与强烈冲击。

（三）艺术手法的丰富

因为语言形式的自由，诗人获得更大的空间对语言进行重新组织，这就导致诗的表现手法与艺术形式获得极大解放，对表现手法的运用趋向极致。对偶、重复、回环等自不必说，排比、隐喻、象征、畸联、通感等更是层出不穷。

有学者指出：“洛夫诗歌艺术的重要特征，体现为投射、转化、隐喻、畸联等诸多方面。”投射“是指诗人强烈的主观情志对于对象世界的‘霸道’……在移情中重构变形的世界”；转化“即在时空、运动形式、内宇宙与外宇宙以及现实与超现实之间所进行的巧妙置换处理”[⑬]；隐喻分为“并置隐喻、悖理性隐喻、典事隐喻、寓言式的强制隐喻”；畸联则是“畸形的搭配、嵌镶、组合”，如“大小畸联”“远近畸联”“虚实畸联”“因果畸联”“有限与无限畸联”[⑬p82]，由此构成整个完整的抒发情感与传达经验的意象思维结构。

洛夫对隐喻的手法就达到了空前的高度。早期的《烟囱》：“独立于淡淡的斜阳里/风撩起黑发，而瘦长的投影静止/那城墙下便有点冷，有点凄凉/我是一只想飞的烟囱//俯首望着那条长长的护城河/河水盈盈，流着千年前的那种蜿蜒/谁使我禁锢//每天下午我都在仰望/白云在天空留下的脚印//我想远游，哦！那长长的河，青青的山/如能化为一只逐云的野鹤/甚至一粒微尘//但我只是城墙下一片投影/——让人寂寞。”[⑥p23]诗在整体上就构成了一个完整的比喻系统，不单单写出了想飞而不得，更写出了由此而带来的从孤独、凄冷、焦虑到愤怒、不甘、渴望，又复归绝望、寂寞的情绪。在《午夜削梨》中，以剖开的梨比喻成深井，隐喻乡愁；在《长恨歌》中，以叠加的河流比喻唐明皇与杨贵妃交媾的躯体；在《边界望乡》中，将因乡愁而憔悴比喻成“凋残的杜鹃”[⑥p289]；在《与李贺共饮》中，将消瘦的李贺比成“一支精致的狼毫”[⑥p291]；在《未寄》中，以深山中骸骨的轰然倒塌，比喻诗人跌入谷底的寂寞失落心境；在《石室之死亡》中，以被锯断的苦梨的风声与蝉声，比喻诗人亲历战争的残酷与恐惧后的静默和战栗。这些比喻别出心裁而蕴含丰富，不单单是传统的那种由A到B的比喻，往往还是博喻，是动态的、连绵的、整体的、立体的，还是感觉互通的。

洛夫对通感艺术的自觉运用，同样值得关注。洛夫的感官系统极为发达，似乎总是能够贯通流动，使得其情感与经验的多个侧面可以从多个角度予以展现，浓烈的乡愁有大山飞峙的力量，死亡的恐惧有蝉声的哀泣，落寞的心境有轰然倒塌的声响，交媾的肉体有肥土腐烂的气息，灵魂的共振有千年杯酒的馨香等，无不令人获得感觉上的刺激。

再来看艾青的诗。“你用你厚大的手掌把我抱在怀里，抚摸我；/在你搭好了灶火之后，/在你拍去了围裙上的炭灰之后，/在你尝到饭已煮熟了之后，/在你把乌黑的酱碗放到乌黑的桌子上之后，/在你补好了儿子们的为山腰的荆棘扯破/的衣服之后，/在你把小儿被柴刀砍伤了的手包好之后，/在你把夫儿们的衬衣上的虱子一颗颗的/掐死之后，/在你拿起了今天的第一颗鸡蛋之后，/你用你厚大的手掌把我抱在怀里，抚摸我。”[⑭]中间是八个“你在”起头的句式，首尾是重复相同的句子，在这样一个独立的结构中，容纳着一个由八组画面构成的完整的生活场景。这大概就是艾青诗常见的一种手法和一种结构，情感在这样的手法和结构中得以回旋上升又得以有效节制。

总之，是结构与形式的进一步解放，让新诗语言拥有了打破常规、重新捏合的可能，内外世界的共振，瞬息情感的跳跃，微妙感觉的贯通，山海空间的腾挪，万古时间的跨越等，让新诗显得气象万千、丰富多彩，是那样鲜活而陌生，是那样富于生命色彩，具有了很强的表现力。

（四）意象艺术的自觉

语言是思维的外在表现，语言的解放实际上也就是思维的解放，新诗中就集中体现在意象思维和意象艺术的深入开掘上。

诗是语言的艺术，也是形象的艺术，需要寻求“客观对应物”，从而实现情感与经验的传达，这就是意象思维的基本内涵，也是诗，尤其是新诗的一种基本属性。尽管意象是中国古典文学的范畴，也获得了充分发展，但真正形成理论自觉与创作自觉，应当是在新诗当中。可以说，新诗的时代是“意象自觉”的时代，几乎所有的诗人都对意象艺术和象征艺术进行了苦心探索经营，而正是意象艺术和象征艺术的发展，使得诗具有了深度开掘的无限可能。正如一些学者所言：“隐喻作为现代诗重要的表达方式，其表达之外的深度指向存在着无限可能性。由于它最终必须依赖意象的中介，故有多少意象的创造翻新，也就有多少隐喻生发的可能。”⑬p81

古典诗歌中，随着意象艺术的发展，“意”与“象”逐渐形成对应性关系并固定下来，发展到极致，就出现了模式化的问题，思乡必月亮，高洁必松菊，实际上，这就是思维的固化，很难再出现新意。新诗由于对传统的打破和对新鲜事物的吸收，意象思维获得空前解放，大量具有时代气息的物象与舶来品，纷纷进入诗中，既新鲜又惊奇，既含蓄又深邃，诗人们可以根据表达的需要进行自由的选择，对意象进行自由组合，翻新出奇，可以是整体的，也可以是独立的；可以是连绵的，也可以是断断续续的；可以是流动的，也可以是静止的。总之，在意象艺术上，现代诗人对经验与情感的表现几乎不受限制，获得了极大的自由空间。

早期白话诗虽然还很不成熟，但因为对传统的打破，已经呈现出很多新的气象。沈尹默《月夜》：“霜风呼呼的吹着，/月光明明的照着。/我和一株顶高的树并排立着，/却没有靠着。”⑮虽然“霜风”“月光”还是有着古典诗的痕迹，但“树”在古典诗中似乎出现不多，被赋予了新的意义的“树”，在古典诗中更是没有出现过。诗由抒情主体与“树”构成对立关系，传达出寻求个性独立解放的时代气息出来，新鲜感扑面而至：这就是思维解放与意象重新组合所带来的结果。

在新诗的发展中，意象艺术获得了极大发展，意象的重新选择与重新组合，使得新诗极具冲击力、极具现代气息。郭沫若的“女神”“太阳”“炉中煤”，闻一多的“红烛”“死水”，徐志摩的“雪花”“风”“女郎”，艾青的“土地”“手推车”“屋檐”“灰白”“灰黄”，冯至的“小昆虫”“残壳”，穆旦的“火灾”“上帝”“我的主”“幽灵”“草场”及“巨树”。顾城的黑夜的“眼睛”、生命的“弧线”、城市的“齿轮”和绿色的“故事”，舒婷的“水车”“矿灯”“隧洞”“神女”“橡树”，北岛的“迷途”“森林”“冰川”“湖”“海”以及“判决”，芒克的“血淋淋的”的“天空”“囚徒一样被放逐”的“日子”“放肆地掠夺”的黑夜，海子的“麦地”“村庄”“青铜”，翟永明的“伤口”“疼痛”“分娩的声音”“五笔字型”“天上飞奔的语言”“短信息”“QQ”，都成为诗人极具个性化特征的思想与艺术标志。

虽然不能肯定这些诗人在很多年以后，还能在文学史上占据多么重要的位置，但可以肯定，是语言的解放与思维的解放，打开了意象突破常规、自由组合的大门，推动了意象艺术的空前发展，使得诗具有了走向深度，表现现代人复杂感受与经验的可能。

总而言之，“自由”乃新诗的核心特征，语言的开放性、包容度，打破常规，自由组合，带来新诗表现题材的扩大、思想深度的掘进、表现手法的丰富与意象艺术的高度发展。

三、“陌生化”之“陌生化”：诗性诗意匮乏的一个重要根源

当前掀起一阵传统文化热。据本人有限认知，许多在校学生愿意从事古体诗的创作而对新诗怀抱拒斥：这在今天来看，是一个令人不解的现象。许多人总是解释说，这是因为新诗发展到今天已经成

为小众艺术。从接受角度看，必须承认，尽管新诗取得了巨大成就，拥有了自己的传统与经典，但在今天确实出现了一些问题。

诸如《一个人来到田纳西》：“毫无疑问/我做的馅饼/是全天下/最好吃的。”[⑯]《热水瓶》：“一个打开盖的热水瓶/它的热一点点跑出来/它的热一点点跑出来/它的热一点点散尽/直到和空气的温度一模一样了。”[⑯p104]《月亮升起来了》：“月亮升起来了/月亮不是被人吊上去的/它看起来很从容/一点也不急/一点也不累/一点也不勉强/一点也不造作/一点也不煽情/一点也不难过。”[⑯p122]《傻瓜灯——我坚决不能容忍》：“我坚决不能容忍/那些/在公共场所/的卫生间/大便后/不冲刷/便池/的人。”[⑯p158]尽管批评家运用这样或那样的方法，对其做了这样或那样“高深”的阐释。对此姑且认可，但从阅读的实际体验来说，这些诗作真的颇具美感，颇具味道吗？似乎都不具备，这是无论如何都不应当忽视的事实。且不管今天的许多学者已经注意到，文学批评应当回到阅读感受本身，避免自说自话[⑰]。

回顾早期白话诗，应当承认“很多人还没有能力以白话自由体创作出诗性诗意的作品”[⑱]。从历史发展来看，白话文取代文言文，新诗取代旧诗，这是必然。但问题就在于，早期的白话诗人以斥责古典文学晦涩艰深的革命态度，在启蒙与救亡、革新民族精神和文学的重大前提下，无论是对文言的摒弃，对汉语的欧化，还是对口语、民间语的杂糅，他们的目标都很明确，那就是强调语言的工具属性，强调传播思想的功用，强调大众化与民间化，要让贩夫走卒、引车卖浆者读得懂、看得透，起到宣传思想、鼓舞人心的作用。以这样的思路颠覆和改造中国文学与诗，虽然有它的进步意义与时代因素，但也在一定程度上忽视了诗的语言所应当具有的特殊性。

新诗在初创期存在这样的问题，后期同样出现类似的问题。二十世纪五十年代的民歌运动就值得人们反思。在特殊的政治背景下，人们对诗提出了有些粗暴的要求，强调诗要向民歌学习，诗要走向民族化、大众化，民族化、大众化的路子，在特殊背景下无可厚非，但明显忽视了诗应当是个人的，诗的语言应当是个性化的、陌生化的。那些民歌运动中的诗作，现在来看，其语言确实有清新自然、鲜活朴素的一面，令人耳目一新，可是读来读去，除了这一面，还有哪些“面”呢，终究还是过于简单了一些，欠缺个性、深度和想象。郭沫若这一时期的诗，梁上泉等诗人的一些诗，几乎没什么诗的味道，自然也就湮没于文学史当中了[⑲]。

新诗从精神到形式的解放，这诚然带来新诗语言最大的优势，因为创作家有了更广阔的自由和空间，对诗的语言做这样或那样的尝试，这样或那样的试验，几乎不受限制，使得诗显得如此丰富多彩，如此新奇新鲜，如此富于深度和时代精神。但是这种试验绝不应当以放弃甚至拒绝诗的语言应当具备的一些基本属性为前提。如果诗的语言仅仅只是日常语言的分行排列，如果诗的语言仅仅只是情绪的简单宣泄，如果诗的语言仅仅只是日常生活的简单摹写，如果诗的语言缺少打破常规，变形重组的勇气，缺少向上的冲动、向内的探索、向远方的眺望，向高山大海、宇宙苍穹飞奔的力量，那么试问，这样的诗还会带给我们怎样的冲击，怎样的惊喜，怎样的感动，怎样的体验？而失去了这些的诗还会是好诗吗？

在新诗或多或少出现了一些状况的今天，必须强调，好诗的语言应当是陌生化的，不应当过于贫乏、琐碎、庸俗、干瘪、重复、平板，这是传达深厚情感与体验的需要，也是造成现代感、生命感、陌生感与惊奇感，唤醒读者阅读冲动的需要。

注释【Notes】

①陈鼓应、赵建伟注释：《周易今注今译》，商务印书馆2016年版，第639页。

②陈鼓应注释：《庄子今注今译》（下），中华书局2020年版，第726页。

③朱杰人、李慧玲整理：《毛诗注疏·上》，上海古籍出版社2013年版，第7页。

④王志彬译注：《文心雕龙》，中华书局2012年版，第322页。

⑤叶嘉莹等注评：《历代诗词精华集》，长江文艺出版社2019年版，第100页。以下只在文中注明页码，不再一一做注。

⑥洛夫：《洛夫诗全集·上集》，江苏文艺出版社2013年版，第174—175页。以下只在文中注明页码，不再一一做注。

⑦洛夫：《洛夫诗全集·下集》，江苏文艺出版社2013年版，第197页。以下只在文中注明页码，不再一一做注。

⑧顾城著，顾工编：《顾城诗全编》，生活·读书·新知三联书店1995年版，第230页。

⑨徐志摩著：《再别康桥 志摩诗文精选》，四川人民出版社2015年版，第5页。

⑩高旭旺：《还乡》，河南人民出版社2016年版，第3页。

⑪童庆炳、马新国主编：《文学理论学习参考资料新编·中》，北京师范大学出版社2005年版，第1398页。

⑫邹建军：《西方文学深刻影响下的百年新诗——对新诗成就、问题及其根源的一些思考》，载《星星》2017年第32期，第5—17页。

⑬陈仲义：《论洛夫诗歌的艺术型构》，载《台湾研究集刊》2011年第4期，第81页。以下只在文中注明页码，不再一一做注。

⑭艾青著，周良沛编选：《艾青诗选》，长江文艺出版社2003年版，第10页。

⑮臧棣、西渡主编：《北大百年新诗》，四川人民出版社2018年版，第8页。

⑯赵丽华著：《一个人来到田纳西》，吉林人民出版社2014年版，第22页。以下只在文中注明页码，不再一一做注。

⑰於可训：《回到文本 面向读者——关于当下文学批评的几点看法》，载《光明日报》2021年6月9日第16版。

⑱方长安：《百年新诗元问题重释》，载《学术月刊》2018年第7期，第148页。

⑲邹建军：《新诗〈民族化〉〈大众化〉理论的不可靠性——对一个诗歌发展道路伪命题的现代反思》，载《世界文学评论》（高教版）2017年第2期，第43—46页。

跨越千年的酬唱
——读邹惟山的拟寒山体诗

吴平安

内容提要：唐代诗僧寒山在内冷外热千年以后，近年又再次走进我国诗坛，但研究者多，模仿创作者少。邹惟山用心于拟寒山体诗写作，其质之高，其量之大，在当前旧体诗词写作大热的背景下，均高标独举，蔚为大观。本文分析了邹惟山走进寒山与走出寒山的创作历程，解读了其诗题材的广泛性，以及体现的宽阔视野及家国情怀，为“旧瓶装新酒”的旧体诗词写作提供了有益的经验。

关键词：拟寒山体；“入”与“出”；题材；视野；情怀

作者简介：吴平安，湖北省特级教师，中国文艺评论家协会会员，研究方向为中国当代文学。

Title: Response to Poems over One Thousand Years: On Zou Weishan’s Poems in the Style of Hanshan

Abstract: Han Shan, a poet monk in the Tang Dynasty, entered the poetry circle of his native country again after a thousand years of being cold inside and hot outside, but there were many researchers and few mimetic writers. Zou Weishan devoted himself to the writing of poems in the style of quasi-Hanshan, and his high quality and large quantity made him a great master in the context of the current hot writing of old-style poems. This paper analyzes the creation process of Zou Weishan’s walk into and out of Hanshan, and interprets the universality of his poetic themes, as well as the broad vision and national feelings, and provides useful experience for the old style poetry writing of“old bottle with new wine”.

Key Words: quasi-Han Shan style; “in” and “out”; theme; vision; feelings

About Author: Wu Ping ’an, special grade teacher of Hubei province, member of China Literary Critics Association, Specializnig in Chines Contemppeorarye Literature.

在学者邹惟山眼里，寒山诗是一种濒危文化物种，必须加以保护，而保护的最佳方式，不是将其作为“非遗”存留在人们的记忆里，甚至不仅仅是作为文学史讲述于大学讲坛，作为学术研究现身于专著和报刊，传统只有活在当下，与当下生活发生联系，才能获得绵延不绝的生命力。诗人邹惟山用心于拟寒山体诗写作，“以诗与世界对话，以诗与社会对话”①，让它像“宝玉”一样“发光”，是一种文化使命感的驱动。

寒山诗的内冷外热及反哺中国，是诗歌跨文化传播中一个耐人寻味的现象。通俗诗、白话诗是诗界对寒山诗的美学定位，这一定位决定了文化等级观念深入骨髓的士大夫阶层本能的疏离，是阳春白雪对下里巴人根深蒂固的轻慢，像“王秀才”那样，“嗤诮”其“不识蜂腰”“不会鹤膝”（寒山诗中语）的人，不在少数。然而优秀的诗人都是自信满满的，寒山回敬这帮冬烘文人为“下愚”和“中庸”，他把自己的诗视为文字般若，成佛之母，声言只有“上贤读我诗”，方能“把著满面笑”。

然而当寒山诗以译文的形式展现于欧美文人面前时，迥然不同的情况就出现了，西方彼时彼刻的社会语境与寒山诗的某种契合共鸣，是论者反复强调的接受背景，一个重要的因素却往往被忽略了：

诸如平仄、对仗、押韵、音节、结构，以及炼词、秀句等，这些我们通常将其归于“形式”，实则与“内容”水乳交融不可分割的成分，亦即构成旧体诗诗美的重要因素，在西方拼音文字的转换中就荡然无存了。寒山诗的不讲声律自由自在的通俗、白话形式，这一不入“高雅”文人青眼的文本呈现，此刻洗尽铅华素面朝天，如清风明月，自在自然，其内在机趣便凸显出来直指人心了。

至于寒山诗在日本的大红大紫热度空前，则别有一层姻缘，同为汉字文化圈自不待言，佛教禅宗的加持更拉近了一代诗僧与普通日本读者的距离，于是译者蜂起，笺注、论述者不绝如缕，进而旁及诗人身世探究，衍生出小说、戏剧、绘画等诸多艺术样式，乃至印刷到邮票上、日元上，寒山其人其诗在东土民间的传播与喜好程度，风头之健，压过众多主流诗人，为其故国难以想见。

当然，绝对的“内冷”，也不尽然，自唐宋以降，寒山诗即走出禅宗丛林，步入士林，白居易、王安石、苏东坡、陆游等一干“上贤”，均对寒山诗称赞有加，拟寒山体的写作，遂自成一体，一举而与宋玉以下的拟骚体比肩，只是曲高和寡，边缘局面，并未见根本改变，延至当代，说寒山诗渐已淡出普通读者视野，不为虚言。把邹惟山拟寒山体诗摆放到这一大背景下，其兴灭继绝的文化价值就显现出来了。

寒山有诗云：

有人笑我诗，我诗合典雅。不烦郑氏笺，岂用毛公解。不恨会人稀，只为知音寡。若遗趁宫商，余病莫能罢。忽遇明眼人，即自流天下。

这是一只出自幽谷迁于乔木的知更鸟，在嘤嘤鸣叫寻求知音，而终于等来了跨越千年时空的应答：

千载以后拟寒山，百年之前流温澜。俗言俗语甚有味，疯言疯语也可观。只要意象时时新，也需灵气瞬间闪。寒山不寒有暖意，诗情流布天地间。

邹惟山在寒山禅与诗的交融中品出了滋味，觉出了暖意，察出了意象，会出了灵气，这既是惺惺相惜相知的审美判断，也是为拟寒山体写作树立的美学标杆。

某年月日，邹惟山车过湖北黄梅。自达摩一苇渡江，佛教禅宗，遂在中土散枝开叶，黄梅乃四祖五祖住锡之地，衣钵传至六祖惠能，方最终完成外来佛教的本土化改造，与儒道并而为中国传统文化的一部分。邹惟山思接千载，一时心旌摇荡，当即口占拟寒山体一首，抒发对大哲先贤的高山仰止之情：

车过九江不见江，小池黄梅现佛光。五座大寺山中隐，天下祖庭云间藏。山环水绕燕窝地，雨遮雾升凤求凰。北望江山大别峰，南行永修小桥廊。

大凡禅门诗人，示法、开悟、启导、劝诫、颂古等是其诗偈的核心内容，对比一下“两山”同类旨意的诗篇，便不难看出前山对后山的启发点化之功，所谓心有灵犀，一点即通是也。

寒山：世间何事最堪嗟？尽是三途造罪楂。不学白云岩下客，一条寒衲是生涯。秋到任他林落叶，春来从你树开花。三界横眠无一事，明月清风是我家。

邹惟山：每日梳妆不可少，见到他人带微笑。从此不再怨人天，静心钻研佛与道。世上纠纷都看淡，人间瓜葛不再晓。善恶有报乃定律，哪管雨下雪又飘。

佛家修行，息心静坐，不动不摇，不委不倚，澄怀味道，是其常态，寒山则别有一种优游态度，这是禅宗与佛教其他门派比较的显著特点，而邹惟山则将其视作身心修养的一种境界，这在当下高度物化人心浮躁的社会，无疑具有积极意义。这种修养由己推人，便将寒山嘲讽世态劝诫众生的佛教立足点，转变为砭俗警顽的拳拳爱心。邹惟山看到“唐家修屋心情好，李家造房纠心窝。一寸小草也不让，九片圆叶又嫌多……”；“一家九口本和谐，只因小事就闹翻。你的小鸡啄我食，我的小鸭呷尔泉。昨夜你骂我两语，今早我还你三言。一道高墙院中起，从此阴阳两相牵”。凡此种种，是乡村社会中邻里纠纷的寻常物事，作为返乡后生，邹惟山呼吁“后退三步天也空，前行七尺海又阔”，“做事先要细思量，为人自当固本原”，虽皆有劝诫之意，但邹惟山以乡人一员，其苦口婆心的古道热肠，与寒山置身事外的冷眼旁观，还是有明显的时代区隔的。

作为生命度量的时间，从来是诗歌咏叹的永恒主题。

寒山：桃花欲经夏，风月催不待。访觅汉时人，能无一个在。朝朝花迁落，岁岁人移改。今日扬尘处，昔时为大海。

邹惟山：初冬刚至天就寒，慌忙加衣不择单。所有衣物找出来，并非所有都能穿。宽的已经变很窄，长的已经变很短。不想当年野小子，如今已然过中年。

从子在川上那一声千年之叹起，面对似水流年，儒家的总体精神是积极的，“天行健，君子以自强不息”，“士不可不弘毅，任重而道远”，字字千钧，掷地有声，这是对生命有限性的回应与超越。然而一部文学史却又告诉我们，占据了大多数篇页的，却是悲秋伤冬年华老去的喟叹，个中缘由，令人深思。

笃信三世因缘六道轮回的佛教，试图对人类这一永恒困惑给出解脱之法，寒山身虽未入沙门，诗却道尽人生无常的色空观念。

再看惟山诗，不是从花开花落草枯草荣中，而是从寒暑易节变换衣服上，感受到了韶光易逝，岁月不居，既没有青春不再的惆怅，也没有“中年危机”的困扰，得失随缘，心无增减，活泼风趣的语言，传达的是洒脱豁达的精神，虽处诸相包围中，却不计较，不执着，自然无碍，随心任运，这大概就是六祖所言“于相而离相”吧。

这种“于相而离相”的人生哲学，完满地解开了中国读书人困扰千载的“入世”或“出世”的心结，这即是“入世和出世不二”的醍醐灌顶般宣示，于是俗世与天国，此岸与彼岸，凡人与佛陀的遥不可及，至此便瞬间打通了。以出世之心做入世之事，成为在儒与道中浸淫日久的中国读书人又一抹精神底色，不妨说，这也是邹惟山拟寒山体诗篇的底色。

需要指出的是，邹惟山是一位多产的学者诗人，仅以拟寒山体诗为例，近年所作，粗略估算，即有千首以上。纵向地阅读这些诗篇，其诗风的变化是有迹可循的，这一变化，一言以蔽之，可以表达为“走进寒山”和“走出寒山”。古人读书做学问，讲究出入之法，陈善《扪虱新话》有言：“读书须知出入法。始当求所以入，终求所以出，见得亲切，此是入书法；用得透脱，此是出书法。盖不能入得书，则不知古人用心处；不能出得书，则又死在言下。”[①]读书如此，写作亦当如此，甚至更应当如此。对先贤的推崇敬重，绝不意味着拜倒其下亦步亦趋，启发学习阶段之后，便应当走出去用旧瓶装新酒，进而大展拳脚了，这才是对先贤，对传统更高层次的发扬光大。邹惟山拟寒山体诗中，有多首咏石诗，只要略加对比，即可看出“走出寒山”的足迹。

在中国传统文化中，石头扮演了重要角色，文人爱石，留下许多佳话。在古人眼里，奇石更多的只是一种文房清供，用以把玩，寄托江湖之思、林泉之意，倘能涤尘静心，怡情养性，便已是很高格调了。再看寒山，“重岩我卜居，鸟道绝人迹。庭际何所有，白云抱幽石”，“细草作卧褥，青天为被盖。快活枕石头，天地任变改”。石头在寒山那里，已经由雅到俗，与行起坐卧的日常生活融为一体了。这看似将石头实用化、工具化，却是由“隔”到“不隔”的转化，是一种“自然而然”的禅意的体现。

惟山的拟寒山诗，明显异于二者。

石头无限风光好，言论石头太奇妙。所有牢骚皆如水，一切诉说都变调。世上好事不出门，人间恶名顺风飘。不可因言而废人，天下民心早知晓。

不难看出，在邹惟山的诗中，石头走出了旧文人文房清玩孤芳自赏的小情调，洗汰了隐士禅僧隔绝红尘的孤清，诗人将“花能解语还多事，石不能言最可人”的名句反其意而用之，变“不能言”为能言，注入了许多社会的、政治的元素。寒山诗中，也不乏讥讽时态，警励流俗之作，但不仅涉及面窄，且立足点拘囿在佛家虚无的价值观上，故而怀抱着一种冷眼旁观的姿态。邹惟山扬弃了寒山的价值观，立足点有了根本的不同，眼界的扩大网罗了世间万象，从大国争雄，到虐杀弱女，从公权私权的界限到昼夜跑奖的学界乱象，他为青少年沉迷手机不读书忧心，为长江白鲟灭绝痛惜，字字都能感受到“知我者谓我心忧，不知我者谓我何求”的浓烈的家国情怀。

当邹惟山以“邹建军”本名名世时，是一位比较文学与世界文学教授，博士生导师，多年来从容游走于中外文学领域，尤其在文学地理学、文学伦理学等学科领域有开创性贡献，在诗歌理论方面，也建树颇丰。不同于单纯书生型学者，他一手创办了数家学术刊物，并且在学界影响日隆，又是诸多学术活动的发起人和主讲者，展现出过人的社会活动能力。当然，他首先是一位高校教师，教书育人是其本业。庚子之夏，又一批弟子学成毕业，如雏鹰腾翩，飞离桂子山（华中师范大学）了，邹惟山为8位弟子各赋诗一首以送别，总题为《拟寒山体贺比较文学专业8位研究生出山》，有诗云：人生在世五十七，高山流水皆生机。青龙游谷顺势为，黄鹤飞天逆云霓。学生三千分南北，贤人九十隐东西……想孔夫子杏坛执教并周游列国，终其一生，也不过贤人七十，弟子三千，而今教育繁荣，以五十七岁壮年之身，门生弟子之数，已超过先哲了，怎不令人“把酒临风，其喜洋洋者矣”。这种建立在入世基础上的乐观的、向上的情绪，是寒山诗绝对没有的。

当邹建军以“邹惟山”笔名吟诗作赋时，从踏入诗坛的第一步，就有了十分清醒的定位，即选择十四行诗体和拟寒山体，取“洋为中用”和“古为今用”，这两种特色鲜明的诗体，使其在新诗百年前后众语喧哗的诗界脱颖而出。当我扫描其数量不菲的拟寒山体诗时，一个耐人寻味的现象出现了，这个自言“四海五湖来讲诗，东南西北去旅行”的诗人，吟诵最多的地方，还是作者的家乡。

当我写下这段文字时，央视正在热播一部六集纪录片《文学的故乡》，将小说家莫言、贾平凹、阿来、迟子建、刘震云、毕飞宇的文学故乡一一道来，于是一个问题倏然跃上心间：诗人的故乡情结，与小说家有什么不同吗？莫言为其新著《晚熟的人》接受记者采访时，做出了小说家的回答：“家乡养育了作家，也养育了作家的文学……但作家的真实故乡和他笔下的故乡，区别是很大的。”在家乡养育作家、养育文学方面，作家与诗人皆同，但与作家通过叙述营造一个客观自足的世界，因而虚构是其不可或缺的手段不同，以言志缘情为己任的诗人，家乡在笔下的呈现必然更直接、更写实，因此必然另有一番景象。诗人邹惟山坦言：“从我自己来说，每一次文学写作几乎都不能离开俩母山地区的地理为我所提供的独特情愫与历史影像，最为主要的就是童年记忆。没有俩母山就没有我的诗，也没有部分散文。”

邹惟山乃四川省威远县越溪镇牟家村人氏，围绕省、市、县、镇、村、老屋，众多地名在其诗中星罗棋布，锦江、涪江、岷江、青城、成都、绵阳、蓉城、重庆、万州、峨眉、巴中、巴山、宝瓶、龙泉、华阳、仁寿……唐家沟、三观堰、桐树沟、青龙洞、三星桥、方田湾、万家沟、三耳沟、双河口、肩膀岩、碾盘坳、莲花寺、铁马桥……越溪、天马峰、笔架山、俩母山、青龙嘴、黄荆屋……连缀起来，便如同一组推拉摇移的电影镜头，由远趋近，由大及小，最后对准一座老屋；再反向由老屋延伸开来，空间又渐次扩大，与诗人成长同步，终至出川而行走天下。这一地名的集锦式迭现，为旧诗新诗所罕见，它是邹建军“要从地理识文学，又以文学探根深”美学思想的艺术实践，是多年潜心文学地理学研究打下的印记。

尤其令人感动的是，这种“艺术实践”并非只是在心头纸上做功夫，而是对家乡建设，尤其是文化建设的深度介入，修桥补路、栽花种树自不待言，他还攀岩扶藤，发现家乡“十里画廊”，并将巨石岩壁逐一编号；他将越溪古代对联、石刻一一踏勘，古诗、民谣一一评鉴。如此由近及远，由小到大，提出威远九龙溪国家湿地公园设计构想，俩母山世界穹窿地质公园景观设计规划，四方碑国家森林公园整体设计与景观布局等蓝图。这种知行合一的运作，当把殷殷桑梓情注入诗篇后，因为有诗外功夫的托底，便与走马观花式地吟咏风物不可同日而语了：

起自凤凰翅膀风，终于五通绿竹中。一直西向仰雪神，转身南去化云松。东林火烧都入石，千佛雨淋皆闻钟。九子并非十翰林，茫溪入峡分西东。

庚子春节，返乡过年的诗人因疫情滞留多日，留下一组《俩母山中拟寒山体》共七十三首，用浓浓亲情，触动了读者心中最柔软的部分：

大哥远在加拿大，微信老六笑哈哈。虽有十万八千里，近在咫尺看天涯。问候母亲第一位，兄弟情谊如长沙。反复交代要热闹，多陪母亲讲讲话。

金陵兄弟回黄荆，夜色朦胧至家门。南京特产三大袋，本村老人平均分。出川已经三十载，白发已有九千根。不至屋中先有笑，九十老母泪满襟。

走访乡党，问候旧朋故交，方知某某已经过世，不由得忆起小时淘气，曾扔土块其房门，惆怅中又悔恨少时恶行；忽见东沟湾口起一新楼，乃某某所建，当年则呼其“肖癞子”，惹得他拿起竹竿追打，却不见顽皮少年已藏身何处。乡情乡愁，乃人之共情，书写难在区分度，而触景生情，捡拾一二琐屑旧事，于真诚中见幽默，温暖中现谐趣，物是人非，便生出几多人生喟叹。

需要补充的是，自“仁寿男儿邹惟山，三十年前出西川”，“少年出蜀共龟蛇”始，他便把江城武汉视为第二故乡了，巴蜀文化的孕育之后，荆楚文化的滋养，也必定会融化于血脉，呈现于诗文中：

黄鹤楼上望九州，九天环宇云雾吼。两江交汇天地广，江汉朝宗东方寿。乘龙飞天巡南北，骑鲸潜水藏海口。昆虫细小何为昆，大鹏展翅击中流。

全诗襟抱天地，吐纳风云，其恢宏阔大之气，溢于言表，诗风大异于此前，这应该是大江大湖大武汉扩大了诗人的胸襟吧。很难从寒山诗中，寻找到如此诗风诗格，这很自然，但凡禅诗，虚静淡泊是其基调，飞扬峭拔是所大忌。邹惟山习古而不泥古，尊崇前辈而又超越前辈，在旧瓶中装入新酒，借寒山体赋予崭新的时代内容，正是在这个意义上，也只有在这个意义上，寒山体才活在了今天，旧体诗词才活在了今天。

2020年新年伊始，华中师范大学诗歌研究中心与中国诗歌编辑部，联合举办了《华大诗歌研究》公众号100期庆贺会和“拟寒山体”学术研讨会，邹惟山坦言：“我之所以拟寒山，并且热情不减，是因为我本有的性情和我对于诗的理解。自由、开阔、真诚、创新，就是我的性情。我认为，诗的存无不在于形式，而在于内容。同时，机趣、幽默、尖锐、真诚，也是绝对不可少的。而这也是寒山所开创的一种宝贵的传统。被扭曲、被异化，则不可能让诗存在。我们身边有不少人都已被严重扭曲，严重异化了，实在非常可怜。”

窃以为此番表白，足以令为诗者戒。

注释[Notes]

①陈善：《扪虱新话》，转引自《360百科》，baike.so.com.

在野性中张扬的“异数”
——论张二棍的诗

叶琼琼　李子怡

内容提要：张二棍的诗可以用一个“野”字来概括：内容上，诗人关注底层的“野蛮”生活，释放了无尽的人道主义关爱；技法上，诗人善用隐喻、反讽、戏剧化等手法，化腐朽为神奇，让诗歌产生巨大的张力；语言上，语码混杂，诗人不仅对词汇进行大胆的拆换、组合、挪用，还对诗行进行任性的切割，为读者带来新异之感。

关键词：张二棍；《入林记》；隐喻；反讽

作者简介：叶琼琼，武汉理工大学法学与人文社会学院副教授，文学博士，主要从事中国新诗研究；李子怡，武汉理工大学法学与人文社会学院，汉语国际教育专业学生。

Title: The “Difference” in the Wildness — On Zhang Ergun’s Poems

Abstract: Zhang Ergun’s poem can be summarized with a word “wild”. In terms of the content of his poems, due to his long years in the wilderness, the poet pays attention to the “barbaric” life at the bottom and releases endless humanitarian care. In terms of techniques, the poet makes good use of metaphor, irony, dramatization and other techniques to transform decadence into magic, so as to produce great tension in poetry. In terms of language, the code is mixed. The poet not only disassembles, combines and appropriates words boldly, but also cuts lines of poetry capriciously, bringing readers a sense of novelty.

Key Words: Zhang Ergun; *Into the Forest*; metaphor; irony

About Author: Ye Qiongqiong, Doctor of Literature, is an assistant professor at the School of Law, Humanities & Sociology, Wuhan University of Technology, Engaged in the Study of Chinese New Poetry. **Li Ziyi** is a student at the School of Law, Humanities & Sociology, Wuhan University of Technology, majoring in Teaching Chinese to Speakers of Other Languages.

一、引言

张二棍，本名张常春，1982年出生于山西代县，18岁进入地质队成为一名钻工，28岁开始尝试诗歌创作。作为地质队员，二棍常年跋山涉水，像一个“蛮族”，一个被流放的人一样行走在荒凉、广袤的山林荒野里。他看见了、接触了许多比想象中还要不幸和渺小的人，丰厚的生活积累让他对诗歌有着深刻、独特理解。凭借深厚的悲悯情怀、灵动的构思和奇崛的想象，二棍在当代诗坛异军突起，获得了广泛的关注。目前他已出版诗集《旷野》《入林记》，曾获《诗刊》2015年度青年诗歌奖、2016年度华文青年诗人奖、2019年度海子诗歌奖、2019年度赵树理文学奖等。无论官方还是民间，张二棍的诗歌成就都得到了承认。

“张二棍”，一个常被视为“畸零异数”的笔名。霍俊明说很多人看到“二棍”这个名字“会感到某种兴奋、诧异和戏剧性”，这个极其乡土化还带着几分痞气、蛮气与戏谑的称呼，与“诗人”这一身份，形成一种“割裂和悖谬”①。诗人夫子自道：“这个‘张二棍’恰恰也是我诗观的表现。如果以古诗的审美来看，现代诗主动背弃了结构与音韵，独自找寻反诗意的诗意，这多像‘张二棍’

啊，没有‘江梅伴幽独’的高冷，也不具‘吴钩霜月明’的侠气。‘张二棍’也是反诗意的……”[①] 诗如其名，二棍的诗就像他的名字，是扎根在泥土里的，在岁月的洗礼下，散发出野生的美感。

如果用一个字来概括二棍的诗，那就是——“野”，诗人在野，个性书写。张二棍曾自嘲是个“野诗人”，他在《写诗就是两小儿辩日》一文中自述“我以为，野，应该是一个诗人必须保持的精神状态。这种野性，是野渡无人舟自横的豁达，是野田人稀秋草绿的孤旷，也可以是野心勃勃。在诗歌这种文学作品里，野不野甚至决定一个诗人能不能够成立。野，容易犯错误，而诗歌恰恰是需要对惯常的语言、思维不断犯错、起义的。哪怕磕磕绊绊，哪怕无人喝彩，诗歌就要那种虽千万人吾往矣的野味儿”。本文拟谈谈张二棍诗歌特有的“野味儿”。

二、野蛮的生活

艺术源于生活。张二棍18岁就成为一名地质队钻工，他用双脚丈量过荒凉辽阔的旷野，他和他的同事们像流放的犯人一样，每天在云起云落风霜雨雪中埋头苦干。他目睹过无数卑微生灵在难以想象的困顿和不幸中挣扎求活，它们都成为看似微不足道实则渗入心灵的“事件”与生命体验，它们像一根根稻草，长久地缠绕在钻工张常春的身上。“张常春”希望“张二棍”可以“用字句把稻草背负到纸上”，减轻这沉重的苦痛，于是他“半路出家”，开始写诗。诗歌于他，是一瓶止痛药、一把拐杖、一柄伞。从此，他便背负起“地质队员”和“诗人”的双重身份，与底层现实“亲密结盟”。

特殊的工作性质和丰富的生活阅历给予二棍源源不断的养料，孕育出一个具有独特视角和审美风格的诗意空间。张二棍的目光始终自觉投向生活在社会最底层的普通人，时刻关注着他们的生存困境。翻阅张二棍的诗歌，从诗行中不断涌到眼前的是这样几个词：病痛、贫穷、失业、流浪、死亡……苦难犹如大浪一个接一个打过来。有人说，读张二棍的诗，似乎在挨打，只不过疼的位置不一样，有人肝肠寸断，有人心如刀绞，总之是伤痕累累。诗人苦难叙事的力度大，分量重，密度高，像悬崖上的一块巨石凌空砸下，让读者在惊讶、惊奇、惊吓中震撼不已。比如那个县医院里，疼痛难忍，拼命以头撞墙的孩子和一旁沉默的母亲[②]；那个双腿被砸断，只有和老母亲相依为命的矿工以及把残疾的儿子重新“抚养”一遍，在儿子的葬礼上哭泣的母亲[②p13]；那个倚在银行墙角，在秋衣里翻捡虱子的流浪汉[②p144]；那个一次次跪下，哭得荡气回肠，训练有素的哭丧人[②p58]……这些艺术形象无不被作者用蛮横的力量撞进读者的心里，留下难以磨灭的印记。诗人潜心塑造个体，也致力于描绘群像。诗人就像一个速写大师，寥寥几笔就勾勒出人间群像，匆匆几根线条便描摹出社会百态，底层生活的艰苦境况被他一笔一画、纤细入微地刻在字里行间，直逼读者的灵魂。在读者最漫不经心的时刻，这些被下了咒语的诗句释放出一个个被损害被侮辱的灵魂、麻木委顿的灵魂、苦苦挣扎的灵魂，它们有的喃喃自语，有的怯怯诉说，有的低低啜泣，有的欲说还休，有的摇头苦笑，还有的无声无息，只用哀愁的眼神定定地看着你。所有这些声音、形象，借助一个个哭号呼喊的字词，发出巨大的回声，在读者心里长久回响。这些卑微沉默的灵魂，终于借助二棍的文字，发出了属于自己的声音。

作为一个在旷野中行走的诗人，张二棍的底层书写和生态书写是糅合在一起的。在他笔下，生态与社会“照花前后镜，花面交相映”，共同组成一支“弱势书写二重奏”。不难发现，诗人对生态的观照更倾向于弱势的动植物。它们要么生来弱小，诸如蚂蚁、鱼虾、单薄的草、瘦削的树一类，要么由强变弱，例如被驯服的老虎、猴子以及受环境影响而濒危的江豚等。这些弱小生灵的苦难经历引发了诗人强烈的情感共振，于是他俯身写下一首首震颤灵魂的诗作。“它们光溜溜的样子/比衣不蔽体的穷人/还穷，还绝望/还傻/——总以为疼得瑟瑟发抖，也算反抗。”在诗人眼里，那些“光溜溜”的鱼就像“衣不蔽体”的穷人，它们被轻而易举地钓起，然后躺平在砧板上，痛得瑟瑟发抖，却毫无还手之力。这一幕是那么辛酸，又那么真实，这种“痛感”既是鱼的，更是人的。再如“说说韭菜吧。这无骨之物/一丛丛抱着，但不结党/这真正的草民/用一生的时间，顺从着刀子/来不及流血，来不及愈合/就急着生长，用雷同的表情/一茬茬，等待”。“草民”是古代平民的自称，但诗人用“草民”巧指“韭菜”，却远不止于“韭菜”。作为符号的表层意思，客观对应物的特征和诗人想要传达的深层意蕴之间有着巧妙的相似性。一丛丛、一茬茬的韭菜就像是生生不息的人类，它们“无骨”“顺从刀子”，有着“雷同的表情”。诗人的褒贬很模糊，却生动形象地描摹了底层老百姓的群像。此外，人与生态交织书写更为明显的例子——“他们从路边，到路心/扫啊扫。那挥动扫帚的样子/像一只只搁浅的江豚/挥动着尾巴，在车灯交织中/向夜深处，挣扎。”[②p35]诗人凭借奇特的想象力将拿着扫帚的清洁工与摇尾巴的江豚放在一起对照，受环境恶化而濒危的江豚和被生计“绑架”的清洁工是相像的，都是一样的处境艰难却束手无策，但清洁工的命运甚至不如江豚，他们过于普通、普遍和平凡，没能吸引大众的目光，他们依旧默默地在生活的缝隙里苦苦挣扎。当人们大多沉醉于科技文明的高歌猛进时，诗人却没有忽视这些隐蔽的痛点。他低下人类高贵的头颅，对卑微的一草一木都投以敬畏与悲悯的目光。他的书写不同于一般的生态诗歌，他挖掘出了自然生态与底层生活的高度相似性，在两相对照中，深刻揭示了底层生活的悲剧性甚至是人类命运的悲剧性。

诗人王征珂曾指出：“青年诗人张二棍诗歌的可贵之处在于：放下‘凌空高蹈’的姿态，发散‘人间烟火’的气息；远离‘伟大抽象’的主题，亲近‘渺小具体’的事物；摒弃‘矫揉造作’的情感，怀有‘质朴本真’的情怀……”[③]这道出了张二棍的诗歌深深打动读者，引起强烈情感涌动的重要原因。

“底层叙事”只是张二棍诗歌的表象，在表象背后所表现出来的，是许多学者都提道的“悲悯”情怀。但是诗人并不十分认可外界对他“悲悯”“济世”这类字眼的评价，他说“这样的词太压抑了，我宁愿置换成另外的表述，比如爱、关心、分担、同情”[④]。是的，仔细抚摸二棍的诗行，你会发现，二棍对底层的小人物，不是居高临下的悲怜，也不是隔着一段距离的作为“观众”的叙述，而是把他们看作自己的亲人，对他们的遭遇感同身受，血肉相连。他把自己的命运与这些小人物糅到了一起。如《我的侏儒兄弟》中，诗人以亲人的口吻，慰藉他们饱受生活伤害的灵魂。他亲切地将侏儒唤作兄弟，表达自己的理解与关怀：“兄弟，你必须/比我们，提前出发/并准备好，比我们/咽下更多的苦，接纳/更多的羞辱。”[②p15]面对侏儒，诗人忽视了生理上的差距，选择与他们站在平等的高度。他深情地说：“我生活在他们之中，我看见他们繁复的日常，感受他们的爱恨情仇，生老病死。他们之中藏有大善与小恶，藏有欢愉与忧伤。他们走在街头，慢慢老去，我怎能看不见，又怎能不记录啊。”[⑤]

海子曾说：“诗人必须有力量把自己从自我中救出来，因为人民的生存和天、地是歌唱的源泉，是唯一的真诗。‘人民的心’是唯一的诗人。”[⑥]张二棍就是这样的诗人。他是“忘我”的，他的内心崇高而细微，他把手中的笔聚焦在底层世界里，他用字里行间的同情、悲痛和怜悯，向世间释放了无尽的人道主义关爱。

诗人的温情和爱甚至并不局限于“人类”这个物种，他对所有的生灵都有一颗虔敬之心，在《怅然书》中，诗人解救了一只啄木鸟，喂食上药，悉心照料。对于自己这一善意的行径，诗人并不以恩人自居，他说：“当‘我’作为恩人出现的时候，我已经把人类的世俗功利，强加给一只啄木鸟。”[②p26]张二棍，是真正众生平等，胸怀大爱的人。

二棍是个矛盾的“异数”，一方面他用上帝的视角俯瞰茫茫苍生，另一方面对庞大的世界有一种近乎卑微的敬畏，他在《六言》中写道“因为拥有翅膀/鸟群高于大地/因为只有翅膀/白云高于群鸟/因为物我两忘/天空高于一切/因为苍天在上/我愿埋首人间”[②p9]，诗人对自己的定位是——渺小如草芥。对于人间疾苦，一方面他摇头叹息“你看看，这人间太过狰狞/如一面哈哈镜”，但另一方面依旧虔诚地“埋首”，继续咬紧了牙去“爱”和“恨”。正如罗曼·罗兰所说，“按世界本来的面目去看待它，并且爱它”，这是“一种英雄主义”。

三、“野蛮”的技法

读二棍的诗，惊讶地发现，虽然他在诗里放置的都是极寻常的现实画面，却能给读者“新异”之感。这一方面与诗人对生活的细致观察和深度思考有关，另一方面则归功于诗人采用的修辞手法和叙述方式。

二棍在诗歌中大量使用隐喻。隐喻有两个层次，一是在本体和喻体之间发现相似之处，一是在本体和喻体之间创造相似之处。前者因为特征明显，容易被发现，让读者很快失去新奇感。后者则需要天才的想象力与综合能力，这种相似性具有鲜明强烈的个人特征，给读者极其新奇诧异的感觉，初读甚至不能接受，但是越过障碍后，却恍然大悟，连声喊妙，回味无穷，余韵悠长。这样的隐喻因为强烈的个人性，在时态上是瞬间性的，是只属于某一首具体的诗和某个具体的情境，不具有公约性，更不太可能上升到集体无意识。一般人这种创造性大多有所欠缺，但是诗人这方面的才华是出众的，他们常常想落天外，创造出令人耳目一新的隐喻。张二棍的诗里有着大量这类极具“二棍”特色的隐喻。我们来看下面这组本体和喻体：

墙——母亲；神——木讷的孩子；父亲——铁轨；高出的星星——祖宗的牌位；云朵——纱布；珊瑚——寿衣

读者单看这本体与喻体，大概会感到茫然：本体与喻体之间看起来没有能产生关联的地方，但若是进入二棍的诗歌空间，你会由衷赞叹二棍出其不意的想象力，他用一种近乎野蛮的联想把毫不相关的事物或人与物紧密黏合到一起，你中有我，我中有你，不可分离。如《穿墙术》：“你有没有见过一个孩子/摁着自己的头，往墙上磕/我见过。在县医院/咚，咚，咚/他母亲说，让他磕吧/似乎墙疼了/他就不疼了/似乎疼痛，可以穿墙而过/我不知道他脑袋里装着/什么病。也不知道一面墙/吸纳了多少苦痛/才变得如此苍白/就像那个背过身去的/母亲。后来，她把孩子搂住/仿佛一面颤抖的墙/伸出了手。”[②p113]面对难忍的疼痛，孩子“咚咚咚”以头撞墙，母亲心如刀绞，如果撞墙可以减轻疼痛，她宁愿自己是那堵墙，替儿子承受一切苦痛。然而她什么都做不了，只能像墙一样，贫乏、苍白而沉默。墙的坚硬、沉默、包容、苍白冰冷与母亲的坚韧、隐忍、痛楚、无能为力之间产生了奇异的映射与关联，叠加成一个悲怆的底层受难者形象。

再看《在乡下，神是朴素的》：“在我的乡下，神仙们坐在穷人的/堂屋里，接受了粗茶淡饭。有年冬天/他们围在清冷的香案上，分食着几瓣烤红薯/而我小脚的祖母，不管他们是否乐意/就端来一盆清水，擦洗每一张瓷质的脸/然后，又为我揩净乌黑的唇角/呃，他们像是一群比我更小/更木讷的孩子，不懂得喊甜/也不懂喊冷。在乡下/神，如此朴素。”[②p54]高高在上的神，金碧辉煌的神，接受万千民众朝拜的神，奇异地化身为一群小小的、木讷的孩子。孩子是纯真的，需要人来庇护的，神是法力无边的，能够给人提供庇护的，这两个内涵中具有“逆向”元素的名词却被张二棍不由分说地组合到一起，庇护者和被庇护者的身份发生了置换。这个类比和置换，乍一看似乎带有浓重的亵渎神灵的“痞气”。然而，仔细品读，却格外温暖、安心。乡下人的生活是普通平凡的，也是踏实的，虔敬的，善良博爱的。贫穷和卑微并没有让乡下人的心灵贫瘠与冷漠，乡下人也有自己朴素无华的愿望、梦想和爱。这点愿望、梦想与爱犹如在辗转泥泞的尘世间点亮了一盏光线微弱的灯，虽然灯火摇曳，忽明忽暗，但足够让乡下人的心里永远藏着那么一点希望和勇气。祖母擦拭神的场景是一个庄严的仪式，是在用全身的力气擦拭心中最朴素的愿望：无病无灾，身体健康，吃饱穿暖，四季平安。在这么平实的愿望和虔诚的心灵面前，命运之神会让人如愿以偿吧？

再如《恩光》：“光，像年轻的母亲一样/曾长久抚养过我们/等我们长大了/光，又替我们，安抚着母亲/光，细细数过/她的每一尾皱纹，每一根白发/这些年，我们漂泊在外/白日里，与人钩心斗角/到夜晚，独自醉生梦死/当我们还不知道，母亲病了的时候/光，已经早早趴在/低矮的窗台上/替我们看护她，照顾她/光，也曾是母亲的母亲啊/现在变成了，比我们孝顺的孩子。”②p3这首诗的隐喻非常有特点。本体不变，喻体却是流动的，内涵也是变动的。“光”像年轻的母亲，给予我们爱，又像母亲的母亲，安抚孤独的母亲，还像孝顺的孩子，照顾生病的母亲。所有这些喻体又是相通的，前后勾连的，合起来表达人生的不完美，表达对母亲的思念和愧疚。

张二棍的诗歌利用隐喻将抽象和具象，自然与人生，无生命和有生命的事物紧密结合起来，来自两个不同概念域的词汇内涵相互映射，相互影响，发生化学反应，形成了“二棍”视域中的客观对应物。

除了隐喻，二棍也非常擅长使用反讽。反讽即所言非所指，也就是一个陈述的实际内涵与它表面意义相互矛盾。例如《庭审》：“来作证的两个受害者/一个，从山中来，有了法号/一个，从歌城来，有了艺名/在法庭上，她们没有嘶吼没有哭泣没有控诉/只有罪犯满面倦容，哆嗦着/讲述，那让人心悸的一幕幕/他语无伦次的样子/反而像极了，一个孤苦的受害者。”②p138受害人“没有嘶吼没有哭泣没有控诉”，为什么？因为她们的心已经死了，被毁坏的不只是生活，还有鲜活的灵魂。而加害者害人亦害己，他犯下的罪行，对自己，又何尝不是毁灭性伤害？再例如《安享》一诗中，老人蜷在长椅上，身旁只有一条狗为伴，长期病痛的折磨，让老人的晚年像药渣一样，苦涩又多余。这样凄凉苦寂的场景，诗人却将其命名为“安享”。

瑞恰兹说，反讽来自“对立物的均衡”，即通常互相冲突，互相排斥，互相抵消的方面，在诗中结合为一种平衡状态。二棍的诗歌中常常出现语义矛盾对立的词汇。例如，《老大娘》中“……太老了，就一个人/糊涂的活着/就羞涩的/把前些年/准备的寿衣/里里外外/又穿了一遍/仿佛出殡/也好像出嫁”②p143。两个具有对立性的词——“出嫁”与“出殡”，一红一白，一喜一悲，被诗人并置在诗句中，引起读者情感震颤和哲理思索：出嫁和出殡一样都是人生的某个阶段的结束与另一个阶段的开始，如果生命走向终点不可避免，何不把它看作另一次出嫁？老大娘的糊涂里有最原始的安天乐命，有本能的大智慧。在《矿工的葬礼》中：“只有老母亲，一直在/仿佛上帝派来的天使/她越活，越年轻/在他三十岁时，洗衣服/在他四十岁时，给他喂饭……于是，她又把他/重新抚养了一遍/现在，他死了/在葬礼上/她孤独地哭着/像极了一个嗷嗷的女儿。”②p13诗人将“老”与“年轻”，“母亲”与“女儿”并置在诗句中，将一位老母亲的艰难以一种貌似轻松的姿态道出，甚至是“越活越年轻”，这一句和后文的“哭泣的女儿”形成呼应，老母亲的无助、绝望在这矛盾的陈述中弥漫开来。诗人善于借助“反讽”，把现象原封不动地呈现在读者眼前，他并不站出来做一个字的评论。但是，当人们走进他的语境之中，一定会听到他的嘶哑而苍劲有力的呼喊。此外，诗人常常庄词谐用，谐词庄用，大词小用，小词大用，或者重大的事情平静地说，微不足道的事情郑重其事地说。如流浪汉捉虱子被描绘成“认真工作”，疯子的伤口结痂是“开一朵花”，小红被丈夫毒打，上吊自杀如此惨烈的事情却用极其冷静客观的语调道出，脚手架上的工人坠亡甚至用诗意的比喻“减去一个羽毛般/从松动的脚手架上，落下的人”。矛盾的语义或者陈述能够产生强大的张力，读者在悚然心惊中或心潮起伏，或掩卷沉思，或义愤填膺，或悲悯满怀。诗歌的作用是唤醒和共鸣，张二棍的诗做到了这一点。

张二棍的诗无论是隐喻还是反讽，都有一个独特的逆向思维方式，“看”与“被看”，施动者与受动者互换的叙述方式。比如砸断腿的矿工依靠母亲的照顾活着，而母亲则依靠这份“依赖”活着，矿工的去世意味着母亲失去了依赖，母亲刹那间像女儿一样无依无靠。比如黄石匠雕刻出一尊佛像是把一尊佛从石头里“解救出来”，人们向佛磕头，则是把一个人囚进石头里，然后人们也给这个囚徒磕头。比如出殡犹如再一次出嫁，而“出嫁”意味着人生某一个阶段“出殡”。再如受害人与罪犯，罪犯犯下的罪行，也让自己成为自己的受害对象；卖鸟人守着鸟笼，是人卖鸟，还是鸟卖人？这种置换视角的叙述方式常常产生许多独特的“发现”，带给读者十分新奇、惊异、顿悟的感觉。

张二棍诗歌还常采用戏剧化的方式来叙事和抒情。许多诗有情节，有高潮，有人物，有对话，有细节，还有结局。如《矿工的葬礼》《穿墙术》《故乡》《轻》《风，继续吹》等，这种叙述方式有意识地抑制自我直接抒情，制造“客观性”与“间离性”的效果，诗歌充盈了大量的细节和画面，人物、事件、事物、细节自身来说话，读者主动走入诗歌中，与诗歌中事件、人物打成一片，收获自己感情的潮汐和理性的判断。这比作者自己直接抒情和硬性输入价值判断更耐读，更符合诗歌含蓄多义的特质。

天才的想象力和独特的叙述方式让张二棍的诗焕然一新，产生类似于“陌生化”的效应。新奇的东西可以迅速唤起人们的兴趣，可以在新的视角、新的层面上发掘出自我本质力量的新的层次并进而保持它，“陌生化”正是变习见为新异，“化腐朽为神奇”的利器。张二棍在诗中，通过隐喻、反讽以及戏剧化营造陌生化效果，让诗歌产生强大的张力。

四、野性十足的语言

二棍说，野，容易犯错误，写诗就是对惯常语言和思维的一次次“起义”。作为一名野诗人，他常常在诗歌中酿出一个个美丽的“错误”。

首先体现在诗歌的语码混杂。诗人在选词入诗的时候，就像一个巧妇，他从不“挑三拣四”，山珍海味粗茶淡饭他都能“烹饪”。比如，他抓来方言词入诗：“总得有块疙针地，埋下囫囵人。”②p146“疙针”“囫囵”都是晋语词汇，在通篇的普通话中夹杂几个方言词，突兀地生出一种亲切质朴的美感。他也拿外来词入诗：“辛苦了，琥珀里的昆虫，雕像上的耶稣”②p34，“群峰斜披着绿袈裟/仿若已入定千年”②p141。“耶稣”“袈裟”，一个属英语词汇，一个是梵语，它们的出现从视觉上起到了变化、突出的效果，延长了读者的理解过程，增添了“新奇感”。他还请文言词入诗：“莫急，等我/咽下剩余的甜。等我/拈住线装的暗器。等我/拜完东坡李白。且看我/如何推开秋风/生擒，三千里银甲。”“莫急”“且看”“生擒”“三千里”“银甲”这些词的使用给诗歌营造了一种悠远庄雅的文化感，由于年代久远，充满“距离感”的词再现反而唤起了人们的新鲜感。但如此种种还不够，诗人竟把数学符号也放入诗中：“等于这个车厢，等于一粒汉字/加，另一粒汉字/等于，民+工。”②p94小小一个“+”，能把读者视觉上的好奇引向内涵上的追问，不可不谓之高明。以上都是诗人通过对语言风格的突然“施暴”，使读者在讶异中获得崭新的审美享受。

但诗人对词汇的“冒险”远不止于此。他常常大胆地“拆”词：“此刻，月光照谁是无关紧要的事/这盛世。照/或者耀，/随心所欲。”“草长过，莺也飞过。更多的爬虫/与走兽，生在此山中，死也在。”②p29“照耀”“草长莺飞”这些“成”语都被他野蛮地砍断，被他独立起来，去承担一份“诗性”的责任。诗人拆着词，同时也“组”着：“我还是瘦。我的胸腔里/依旧月光汩汩，屋瓦连绵。”②p30诗人创新地将月光与汩汩相搭，屋瓦和连绵相配，月光似水的清亮之状，屋瓦似山的起伏之态被瞬间凸显。他还勇敢地“换”字，例如《守字如玉》这一诗题，化用了成语“守身如玉”，别出心裁。这种化用耐人寻味：“字”我们每天都能见到，为什么还要“守”？“如玉”又透露出诗人怎样的追求和不满？它吸引着读者去诗中找寻答案。在现代词汇学中，这些“临时的、具有高度语境依赖性、未被语言体系接纳、没有进入词库的词语被称为‘生造词’（nonce words）”⑦。随着时间的推移，我们习见的许多词会慢慢“老去”，但好的诗人能运用他们天才的艺术创造力，将这些词以一种青涩的姿态在诗中复活。

张二棍就深谙这一“复活的艺术”。除了简单的拆、组、换，他更擅长于利用自己奇妙的思维去

“挪用”一些词造句，使诗歌迸发出新的生命力。比如《石匠》一诗，“他祖传的手艺/无非是，把一尊佛/从石头中/救出来/给他磕头/也无非是，把一个人/囚进石头里/也给他磕头”②p127。诗人选用一组语义对立的动词“救”“囚”来形容石匠的工作，“救”一字使石头瞬间有了灵性，石匠具有“点化”它的神圣使命，雕刻石佛突然具有刻不容缓的紧迫感，“囚”一字含蓄形象地道出人为自己造出的神所困住的荒谬与荒诞。诗人的这一妙用拉开人们与习见词语的距离，也实现了语义上的“一石二鸟”——既称赞了黄石匠手艺高超，能点石成佛，又感叹石像的艺术价值不为人所欣赏，反而沦为控制世人的工具。诗人的这种“挪用”呈现出一种语境上的“不协调”，实现了自己“虽千万人吾往矣”的艺术追求。

除了词语，诗人在句法上大胆尝试“分行”。白话导致大量复句入驻诗歌，“跨行”属于必然。面对这些冗长的句子，诗人采用了“粗暴野蛮”的方法——把一个长句砍成几截，让一行诗散落在两行，甚至是三行中，造成诗行外观上的破碎。诗人忘却了传统诗歌严遵句意的拘谨分行，也抛开传统诗人执行的“行的独立”和“行的匀配”原则。他这一“切断性排列”的过程，好比一堆零散的积木被重新组装，拥有多样造型的可能。典型的如《在乡下，神是朴素的》②p54，通过跨行，诗人选择“而”“就”“然后”“也”等虚词为诗行牵头，改变惯常节奏，偏离语法规范，跳脱出读者的审美习惯。这种跳跃性将语言从沉闷的状态中唤醒，变得抖擞起来。但这不过是二棍诗歌分行常规操作，特殊的一种是“化整为零”，即将一个整句肆意切割成零散的小单元，就像一串线穿的珠子突然散落一地，瞬间由拘谨变得自由，达到视觉上“形异”刺激的效果。例如《娘说的，命》②p128：

她昏花的老眼
流出了那么多的泪
停不下来
停！
不！
下！
来！

这种竖直的排列，看上去就像一串豆大的泪珠，砸在手心，砸在地上，砸在人的心里，一颗颗、一粒粒都散发出残酷而苦楚的诗意，使一种无声的力量得到完全释放。另外一种比较特殊的是：为突出分行中的某词某字，故意将其“独立出来”，例如《让我长成一棵草吧》：

从骨头里蔓延，由内而外的
青。这是一株草的底线
哪怕被秋风洗白，也请你
记住：我曾经青过，
白的，是我留在这尘世的
骨骼

本诗中，诗人将一个“青”字单摆在诗行的开头，这种“青”就被赋予了强调突出的意味。另外，将“骨骼”一词单独放置诗歌结尾，具有醒目的视觉效果，就像阅读中的一块绊脚石，让人心里“咯噔”一下。一般而言，在组织语言时要连贯，不能随意断裂，但这两处都一反诗歌的既定程式，具有极强的突兀感，呈现出一种新的面貌。张二棍诗中看似简单的分行，实则是诗人苦心孤诣，这种刻意安排旨在创造出突兀陌生又深刻复杂的艺术氛围。

许多人说张二棍是一位质朴的诗人。是的，他的诗歌几乎是没有枝蔓点缀的，诗里的每一个字我们都熟悉。张二棍有着自己的艺术原则和美学标准。他把那些来自生命感受、来自经验世界、来自知识系统的想象力和创造力化作笔下的魔法，魔法中潜伏着一种异乎寻常的、摄人心魄的力量。

随着张二棍的诗被大众越来越多地关注，被媒体越来越多地曝光，被学界越来越多地定义，诗人保持着清醒和警惕，他说：“那是‘他言’，而我需要‘自证’。一个严肃的写作者，应该不断主动放弃自己的身份、名誉、过往的作品。一首诗一旦写成，它就是一条独立的生命了，在每个阅读者那里，它拥有了自己的呼吸、心跳、腔调，它已经背弃了作者。所以我认为，‘底层’‘深渊’‘苦难’‘卑微’可能是某些诗歌的要义，而不是写作者的符号。我也可以写天使殿堂、发动机、大学。我觉得，可能因为我生活在山野中太久，睁眼闭眼就是穷乡、野店、泥泞小径，所以我写了一批那样的东西。”确实。诗人不应该过早地被“标签化”，未来张二棍的诗会走向哪一条道路，又会绽放出怎样的光芒，我们都在等，在期待。但诗人对生活坚定的“英雄主义”和对诗歌执拗的“野性”态度，就注定了他的文字将继续触动我们每个人敏感而纤细的神经。

注释[Notes]

①张二棍、霍俊明：《无非是，把一尊佛从石头中救出——张二棍访谈》，载《诗探索》，作家出版社2018年版，第81页。

②张二棍：《入林记》，中国青年出版社2018年版，第113页。以下只在文中注明页码，不再一一做注。

③王征珂：《评山西诗人张二棍诗歌》，载《特区文学》2014年第5期。

④李菁：《张二棍：砰！好诗人应该是一个狙击手》，中国作家网，2020-09-21，http://www.chinawriter.com.cn/n1/2020/0918/c429168-31867019.html.

⑤郭志英：《张二棍：像扶贫一样，用诗记录底层悲欢》，载《山西晚报》2020-09-02。

⑥海子著，西川编：《海子诗全集》，上海三联书店1997年版，第888页。

⑦张媛媛：《现代汉语诗歌“陌生化”的语言实现》，华中师范大学研究生论文，2013年，第37页。

叙事结构、文化符码和主题模式的多重聚焦

——《杀死比尔》地域文化融合现象

张　鸥

内容提要：《杀死比尔》是昆汀·塔伦蒂诺继《落水狗》《低俗小说》等一系列以暴力美学为主要看点作品之后的又一经典力作。与以往作品不同的是，《杀死比尔》系列影片中采用了大量的以中华文化和日本文化为代表的东方文化元素。本文将以《杀死比尔》为例，着重从叙事结构、文化符码和主题模式等多个角度分析影片中的地域文化融合现象。

关键词：杀死比尔；叙事结构；文化符码；主题模式；文化融合

作者简介：张鸥，山东师范大学国际交流与合作处科长、助教，文学硕士，主要从事英美社会文化、跨文化交流、高等教育国际化等研究。

Title: Multiple Focus of Narrative Structures, Cultural Codes and Thematic Patterns — A Brief Analysis of the Regional Cultural Integration Phenomenon in *Kill Bill*

Abstract: *Kill Bill* is another classic work by Quentin Tarantino after *Reservoir Dog*, *Pulp Fiction* and other works with aestheticization of violence as the main focus. Different from his previous works, *Kill Bill* series has adopted a large number of oriental cultural elements represented by Chinese culture and Japanese culture. This paper will take *Kill Bill* as an example to analyze the phenomenon of regional cultural integration in the film from the perspectives of narrative structures, cultural codes and thematic patterns.

Key Words: *Kill Bill*; narrative structure; cultural code; thematic pattern; cultural integration

About Author: Zhang Ou, Tutor, Section Chief, Office of International Exchange and Cooperation, Shandong Normal University, Master of Arts, mainly engaged in Anglo-American social culture, cross-cultural communication, internationalization of higher education, etc.

弗洛伊德认为，文明是人类生活区别于动物的全部成就和规范的总和。人类文明从野蛮中发展起来，同时也是从本能中升华而成，这种文明从来不是标准化或者统一模式的命名，从某种角度来说，无论是科技还是情感，无论是政治还是艺术，一种可以廓清的区域文明都源于人类生命本体和历史文化本土环境有关本能和理性的冲突性思考。在今天，人类历史遭遇前所未有的大挑战，全球化是否遭遇解体的讨论还在进行的背景下，思考人类不同地域文化的融合可能性就变得意味深长了。本文从一个“复仇”主题的叙事文本出发，浅析地域文化对话的条件和融合可能性。

《杀死比尔》的故事主线是围绕古老的复仇主题展开，导演昆汀·塔伦蒂诺运用了电影语言将这个文本讲述为一个摆脱俗套、大胆惊艳的故事。

一、叙事模式中的文化象征

（一）蒙太奇风格

《杀死比尔》导演昆汀·塔伦蒂诺本人从一个录像带出租店小伙计成为美国当代电影界知名导演，其身份变化本身就是一个不错的叙事文本。在运用电影语言上，昆汀有自己的一套独特风格。两

部《杀死比尔》在叙事大框架上使用了叙事文本常见的方式，即将故事内容按照相对独立的故事情节以非线性方式排列组合，形成一种特殊的逻辑节奏。同时，运用电影特有的蒙太奇语言将异时、异地、异事运用多种表现手法串联成一个有机整体，情节的切分和主题的统一默契一体，解构传统叙事模式同时结构一部“熟悉又陌生”的复仇故事。

《杀死比尔》蒙太奇手法凌厉干脆，直接简单的机位和简明干脆的节奏十分符合打斗杀戮的画面场景，其风格明显有向华语功夫片致敬的痕迹，例如第一部中The Bride与O-Ren Ishii决斗的场面，东方视觉审美元素烘托下的中国武术和日本武士道组合而成为崭新的画面，镜头切换并无惊人之笔，但是文化意味丰富饱满，不失为一段经典镜头。

基本上，影片里每一章节都有类似的镜头组接风格。这类蒙太奇在处理血腥杀戮的场景时具有特殊的效果，不禁让人联想起吴宇森式“暴力美学”风格，在残酷中美艳，在华丽中冷漠，在暴力里煽情，观众没有观影的感官不适，反而获得了一种特殊的审美感受。

（二）章回体结构

章回体结构是中国古典小说中常用的叙事方式。电影叙事主题运用章回体结构有很多，例如近年来以《我和我的祖国》《金刚川》《我和我的父辈》等为代表的主旋律电影都采用了章回体叙事①。单元化叙事对故事的逻辑线有更高的要求，串联单元的逻辑本身就能呈现导演对主题意蕴的理解。

《杀死比尔》系列分为上、下两部，拆解成十个单元——五人名单的第二人（第一章）、血溅五步的新娘（第二章）、御莲大姐大的背景（第三章）、从冲绳县来的人（第四章）、青叶屋的生死决战（第五章）、双松镇大屠杀（第六章）、宝拉舒尔茨的孤坟（第七章）、白眉的磨难试炼（第八章）、艾尔与我（第九章）、会面（第十章）。单元小标题有双重价值：区分叙事文本结构和连缀叙事内容。很明显，结构标记同时情节节奏符号，彰显了文本整体上复仇主题下多个暗线的编织，和影片内部多层文化色彩形成呼应，某种地域文化历时维度结构性和异域文化之间对话可能带来的解构性繁复交织，最终以一组有序逻辑诠释了导演本人对文化融合现象等命题的思考。

运用这种结构模式完美地叙述复杂的剧情，每一个叙事单元彼此构成多声部叙事调性，主人公复仇的单线上有序展示“量身定制”版的复仇杀戮手法，为彰显人物文化身份提供了更为立体的舞台。巴赫金的复调理论强调的正是多声部性、对话性和未完成性。而《杀死比尔》系列复调影片的多声部性与主人公的单一性并不矛盾，影片、多个单元的叙事结构安排只是纯然客观地描述人物之间的关系，把人物置于故事情节的演进及人物关系的发展中去产生对话，参与讨论并接受检验。

（三）文化拼接

昆汀曾表示他的每部戏都是“东抄西抄，然后把它们混在一起……”和文学文本一样，电影文本也遵循历史、文本、读者、电影语音的“对话”性。作为视觉艺术，视觉化对象必然包含了这种“对话”中不同文化、知识体系、价值标准和心理模式等现象。

《杀死比尔》第一部结尾东京都市Bride与石井尾莲对决这场戏，以惯常的类似场景使用的血腥暴力刺激着观众眼球同时加入了日本文化审美的经典元素，如日本庭院禅意文化元素，有典型的日式建筑，洁白照影的屏风与古意十足的日式推拉门。如日本传统服饰元素，有典型的日本和服和妆发，移步连响的木屐。如日本民族的传统色彩，有大红、橙黄等鲜艳的、一贯的大和民族的传统用色。场面调度更显视觉效果上的细腻，更追求视觉效果中文化意味的传达，很显然，导演并不满足于单纯的血腥暴力视觉效果，或者说，视觉上的刺激只是到导演手中的“一把剑”，真正指向的是这个场景所属的叙事主体试图阐述的文化主题。

在《杀死比尔》第一部中导演运用中国功夫文化与日本刀术文化打造视觉盛宴。袁和平招牌式武打设计充分表现了导演本人对东方武术难以释怀的迷恋，也从很大程度上印证了西方导演在东方传统文化中汲取视觉亮点的做法。

当然，《杀死比尔》系列是有着浓郁后现代主义色彩的动作片，整理结构和细节处理都与传统动作片有巨大差异，更值得注意的是对幽默的表达与传统好莱坞电影中的幽默表达也大相径庭，这同样也流露出文化拼接痕迹。

黑色幽默从某种意义上说是反传统的。如果说昆汀·塔伦蒂诺的电影中嗜血暴力是美的，那他的幽默就是黑色的。第一部“加州山蛇”前往医院刺杀复仇新娘，明明是让人极度恐惧的死亡窒息感，却因为刺杀者口中轻松欢快且节奏感十足的口哨声和画着红十字的白色眼罩分解掉了许多的恐惧，甚至想要合着口哨的节拍继续往下看。第二部艾尔驱车来到比尔弟弟巴德的房车，红色方形手提箱和里面的100万美钞本该形成强烈的物欲刺激。后面箱子中的毒蛇猝不及防地出现，给巴德面门来了几个死神之吻显然给观众带来一种物欲遭到自身反噬的复仇快感。原本的生命残忍逝去在忍俊不禁的艾尔照本宣科的蛇毒毒性科普中反转为黑色幽默，解构了死亡产生的观影窒息体验。

这种幽默处理摒弃了用语言和身体直抒的传统表达方式，而是混杂在血肉横飞的红色暴力中，用“消解中心”的方式去中和暴力带来的刺激，进而给观众带来一种恐惧与快乐并存的审美体验。

（四）“暴力美学”

“暴力美学”这个词最早出现在二十世纪80年代对中国导演吴宇森的作品风格的描述中。《杀死比尔》系列是一部糅合了B级片、中国功夫片、日本武士片和动画片等多重元素的暴力美学作品，是一部将暴力美学发挥到极致的电影。尤其是在第一部有诸如在日本与88人黑帮血腥混战等名场面。尽管血肉横飞，但镜头语言接近完美的精致消解了那噩梦般的暴力展示，高潮迭起，没有一刻冷场，让观影者只是沉浸其中展开一场血腥的复仇之旅，却丝毫不与野蛮联想在一起。萨义德在《东方主义》中指出西方中心主义虚构了一个“东方”，使得西方得以用猎奇和偏见的眼光看东方。在他们眼中的“东方”文化是落后的、粗俗的、野蛮的、丑恶的，而西方是发达的、文明的、先进的、美好的。从这个视觉思考文化身份，更进一步赋予身份丰富多面的意义，也打破了身份文明、野蛮的二元结构②。

二、象征符号组合中的跨文化现象

（一）象征的“树林”

所以称之为象征的“树林”而非“森林”，因为在影像世界不是传统意义上对现实的模仿，而是通过镜头蒙太奇语言表达复杂生存境遇各种可能性的艺术，这明显与纯粹语言文字符号虚构想象的空间不同。二十世纪70年代，李小龙和他的中国功夫开始在好莱坞崭露头角，“中国硬汉”形象进入大众视野。随着全球化以来，中西方文化不断地深入交流，中国功夫已经成为东方文化的一个象征符号，这个符号不断通过电影媒介被世界所熟知和接纳，《杀死比尔》在这方面比较成功。

影片中有一个完整的章节——“白眉的磨难试炼”，塑造了一个中国武林高手的形象。白眉的故事虽然只占据一个章节，但其象征的东方文化力量在许多情节都有所体现：复仇新娘在最后恰是用的白眉传授的“五步穿心”置比尔于死地；在墓地脱困场景中回忆的也是白眉锻炼她的赤手空拳击碎木板的功夫；在与艾尔的激烈打斗环节，最后决胜取出艾尔眼球的招式也是与当年白眉的招式如出一辙。另外一个文化经典象征符号是在主人公踏上日本复仇之路时就穿上了的“战袍”——李小龙经典象征。影片就这样将中国功夫象征的东方处世哲学融进西方传统的复仇故事里，最终，西方白人女性用东方剑术打败了在西方文化中成长的亚裔女性，在终章又用中国功夫绝杀了西方黑帮头目。用代表东方文化元素的剑、武术、点穴完成了一场西方传统的复仇。

（二）跨文化体验

进入全球化时代，诸多东方元素频繁在西方世界电影中出现，且有被追为时尚的趋势。长条桌代表的是东方文化里传统的等级观念，第一部日本黑社会开会的场景是大家围坐在一个长条桌边进行的，而非西方传统意义上推崇平等的圆桌。台阶在讲究尊卑有序的中国古代社会，是权力地位的象征。第二部复仇新娘拜白眉为师时，就是经由一级级台阶抵达白眉居住的地方。

故事巧合的是，复仇新娘在中枪醒来开始疯狂报复的四个仇人分布在世界不同的角落，要寻仇，就要走访日本和中国这两个典型东方文化的代表地。在昆汀的灵活运用下，影片故事跨越时间与空间的界限，在现代西方与古代中国之间来回穿梭。东西方传统文化的神韵也通过一个个现代之门被营造出独特的氛围感和审美力。这样的故事情节设定就为他文化的运用提供了合理性和可能性。

（三）移民和殖民的“忧郁”

移民文化的独特之处在于开放与兼容。对外来文化的接纳和融合，构成了移民文化的开放性；对本土文化的改造和再塑，构成了移民文化的兼容性。

后殖民主义研究学者认为，西方在殖民主义时期以西方文化和价值观为核心形成了一套评判体系与观察视角，用一种文化霸权的姿态对东方文化进行审视与控制，造成了文化理解的误差。萨义德在《东方主义》《文化与帝国主义》等著作中提出“东方主义”的概念，分析了西方社会对“东方”所展开的语言表征，认为西方出于对自身政治经济利益考量而施行了一套重构东方的策略，规定并误导着西方民众对于东方的理解，从而利用文本描摹的东方形象为其帝国主义军事政治服务。萨义德的研究促进了文化帝国主义研究的发展。

文化的征服是最彻底的征服，文化的屈从是最彻底的屈从。西方国家，不费一颗子弹，就能在他国掀起轩然大波，甚或导致政权更迭，这正是文化殖民的效用。“前事不忘，后事之师。”③西方一些国家推行的文化殖民，正在以更加隐蔽的形式向全球扩张。

三、文化“面纱”包裹的复仇主题

（一）“私人恩怨”里的性别文化

《杀死比尔》里的复仇新娘与比尔同属暗杀小组织成员，比尔是头目，小组成员另外有：巴德（比尔弟弟）、御莲（中日混血儿、日本黑帮头目——“百步蛇”）、艾尔（独眼“加州山蛇”）、弗妮塔（黑人女子）、苏菲（中法混血儿），共计7人。

从人物设定层面，作为一部并不新鲜的以女性视角为主的复仇电影，新娘要复仇的却是在婚礼上差点把自己杀死的丈夫与同伙的作案者们，这样的编剧方向足以给观众不错的新鲜感与好奇。昆汀用一个意料之外，又情理之中的结局，给了比尔一个痛快，如果说新娘在遇到比尔之前，昆汀用他极富个人特色的视听语言打造的血色江湖给观众带来的是感官冲击，那么最后平静地以情作结则在思想内核上给系列拔高了一个台阶，人置身于怨恨的湍流之中，爱或许会带来遗憾与不舍，但难舍难分的爱在“复仇”快感面前，仿佛不值得一提。

（二）“复仇模式”的复制性

圣经新约马太福音中有论报复一节，“你们听见有话说，以眼还眼，以牙还牙。只是我告诉你们：不要与恶人作对”。然而旧约出埃及记又明确说，“以眼还眼，以牙还牙，以手还手，以脚还脚”。类似的还有利未记的“以骨还骨，以眼还眼，以牙还牙。他怎样伤害别人，要照样被伤害”，申命记的“对于这种人，你们不必怜悯，应该以命偿命，以眼还眼，以牙还牙，以手还手，以脚还脚”。西方文学的经典里，很多又与复仇主题相关，英国有哈姆雷特，法国有基督山伯爵，中国有赵氏孤儿……在特定的社会角色看来，复仇不失为是自我价值实现的较佳形式，侠义武勇实行时主体心中有说不尽的愉悦，“快意恩仇”一语正偏重在诛恶杀仇的快意④。而欣赏复仇成功之作，又何尝不是一种审美的精神享受。

（三）“角色关系”的心理意蕴

复仇故事缘起于女主人公在一次执行任务时发现自己怀孕并自此决定结束打打杀杀的生活，结束任务后，不知所终。比尔在发现她非但没死还准备与别人结婚时，非常愤怒，以屠戮她的婚礼作为对她背叛自己的报复。一切本该结束了。当警察勘查现场时，看到血泊中的女主人公，无限怜悯唏嘘时，她突然睁开了眼睛，自此开启自己的复仇之旅。

汤显祖《牡丹亭》题词中写道："情不知所起，一往而深，生者可以死，死可以生。生而不可与死，死而不可复生者，皆非情之至也。"昆汀·塔伦蒂诺导演用魔幻主义和浪漫主义相互交错的风格编织了复仇新娘的整个生命轨迹。曾经，她与比尔跨越年龄的爱情也是"情之至"，意外怀孕让这份爱的不平等也暴露无遗，比尔选择在婚礼上对她和她自由择偶的权利进行屠戮，犹如一个魔王，是对她肉体和精神的双重压迫、折磨和禁锢。她靠着对女儿思念的"情之至"踏上复仇路，一路神挡杀神，佛挡杀佛，负伤累累，直至杀死比尔，结尾幽怨笛声响起时，让观众由衷地对快意恩仇的复仇女性的特质和自由赞颂。

（四）"复仇节奏"的视听效果

作为《杀死比尔》的原创配乐作者，创作了串联全片紧扣主题而又不落俗套的配乐。尤其是影片末尾，复仇新娘与石井御莲的黑帮血战青叶屋酒店一场，一曲白鹤的闪电（Grane-White Lightning），让人听得是血脉偾张。凭借本片的配乐，RZA获得了2004年第57届英国电影学院奖最佳原创音乐的提名。

四、小结：音乐和色彩

例如影片中音乐与叙事、打斗的完美融合也是成就这部影片的一个亮点。"The Lonely Shepherd"，如此西式的曲风与苍凉广袤的武侠意境如此相契，粗粝戈壁滩和无边无际的"独孤求败"式情结，颇有美国西部牛仔英雄气质。想象着阳关古道策马西风，无边落木萧萧下，既可涌起英雄的壮阔情怀，又感慨人生淡然，"喜乐悲愁，皆归尘土"。

另一处经典莫过于"加州山蛇"前往医院暗杀"黑曼巴"。起始镜头是"加州山蛇"轻快的步伐配合着哨音十分合拍，此刻的镜头按背影、鞋跟、伞柄、正脸的顺序切换，除了"加州山蛇"的眼罩所带来的惊悚之感一闪而过外，镜头的每次切换恰似哨音般轻快、干脆[⑤]。

此外，特别要说明一下的就是昆汀对于色彩应用极具个性。在第一部中，影片在契合复仇这一主题时运用了极其丰富的电影色彩，除了开头的回忆部分做了惯有的消色处理外，在第一章《五人名单的第二人》，女主角将要去复仇时，周围的环境为绿色的草皮，显现出一幅和谐的景象，然后她一进屋子，色彩变为黄色，烘托出气氛的紧张。另外在第五章《青叶屋的生死决战》中，主角身着李小龙黄加黑的经典造型借以辅助人物形象。打斗由一开始的彩色变为黑白，将观众的注意力集中在主角以一敌百的英勇上，同时也缓和了血腥的场面，十几分钟的打斗戏让观众在观影时毫无疲惫感。然而在最后的单独场面，则使整个画面处于偏蓝的色调中，虽然双方并没有过多的动作接触，却仍然给予人打斗紧张激烈的感觉。

电影就是电影，具有与其他艺术形式截然不同的表达说法，将感官刺激和意义共鸣充分结合。

《杀死比尔》系列影片在揭示中西文化差异的同时，也展现了文化融合的可能性和重要性[⑥]。剧中人物关系的冲突经由文化"非零和博弈——零和融合"模式赋予附着表面身份上的文化色彩，试图以此试探文化消解差异的可能性，从而为文化间的融合打通出路。对剧中人物文化身份的分析研究能够为如何使不同文化从冲突走向融合提供思考。

注释[Notes]

①周泓：《主旋律电影的微电影化与章回体叙事策略应用》，载《今传媒》2021年第12期，第89页。

②陶家俊：《形象学研究的四种范式》，中国社会科学出版社2019年版，第82页。

③陈曙光、李娟仙：《西方国家如何通过文化殖民掌控他国》，载《红旗文稿》2017年9月。

④刘卫英：《中国古代复仇精神的文化催奋力》，载《南通师范学院学报（哲学社会科学版）》2002年2月。

⑤王妍、王亚运：《〈杀死比尔〉与暴力审美》，载《南京师范大学文学院学报》2017年6月。

⑥李冬燕、李美杰：《从文化冲突到文化融合——电影〈刮痧〉中许大同一家文化身份研究》，载《科技风》2008年1月。

让-米歇尔·拉巴泰的"现代性"美学范式

——以《现代性的幽灵》为例[①]

姚　颖

内容提要： 让-米歇尔·拉巴泰是当代现代主义美学和文学批评的重要理论家，其现代主义系列论著自成体系，对当代现代主义的文学批评理论和实践产生重要影响。他的《现代性的幽灵》初版于西方学界"现代性"之争的第三阶段，从文学史出发考察美学现代性，是在后现代语境下对"现代性"的历时性、整体性的"重写"。拉巴泰突出现代性中的三大核心关系——现代性与历史、现代性与理性、现代性与现代主义和后现代主义，以其跨学科、全球化的视野探讨"现代性"的美学价值，推及现代性的整体观。对拉巴泰的现代性理论中多重幽灵的分析，是对其现代性理论中主要关系的梳理，将他在新历史语境中的现代性范式与其早期理论的主观倾向相关联，对于我们建设新时代具有中国特色的社会主义文学批评，有重要的启示意义。

关键词：《现代性的幽灵》；现代性；美学价值；历史语境；跨学科

作者简介： 姚颖，南通大学外国语学院讲师，苏州大学外国语学院英语语言文学专业博士，主要从事英美文学研究。

Title: An Aesthetic Paradigm of Modernity: On Jean-Michel Rabaté's *The Ghosts of Modernity*

Abstract: Jean-Michel Rabaté is an important theorist of contemporary modernist aesthetics and literary criticism, whose series of works on modernism has its own system and has an important influence on contemporary modernist literary criticism. *The Ghosts of Modernity,* published during the third stage of "the debate on modernity", is a diachronic and integral rewriting of modernity in the new historical context, focused on aesthetic modernity on the basis of literary history. From the interdisciplinary and globalized perspective, Rabaté analyzes the aesthetic value of modernity to reach its totality, with the emphasis on the core relationships between modernity and history, rationality, as well as modernism and postmodernism. In the theoretical context, this article sorts the alternating shades of ghosts in Rabaté's theory of modernity and his views on the major relations in modernity and also aims at his theoretical paradigm of modernity in the new historical context and at some implicit subjective tendencies of his early theories, which has an enlightenment to construct our literary criticism with Chinese characteristics in the new era.

Key Words: *The Ghosts of Modernity*; modernity; aesthetic value; historical context; interdisciplinary

About Author: Yao Ying, Lecturer in School of Foreign Languages, Nantong University, Ph.D. student in English language and literature of School of Foreign Languages, Soochow University.

一、背景

"现代性"（modernity）一直是最为含混又最多争议的人文学科概念之一。德语中的"dieModerne"、英语中的"modernism"与法语中"modernité"的意义部分重合，也从语言层面造成了西方对"现代性"的各种歧义与误解。康德以降，黑格尔、马克思、叔本华、尼采、弗洛伊德、波德莱尔等大师们都曾对现代性进行了反思和争辩。进入二十世纪，现代性问题在西方有过三波较大规模的讨论，先后发生于二十世纪20—

30年代、60—70年代以及80年代至今[②]。法籍美国著名文学理论家让-米歇尔·拉巴泰（Jean-Michel Rabaté）（1949—）便于"现代性"理论面临"十字路口的抉择"时出版了《现代性的幽灵》（*The Ghosts of Modernity*，1996）[③]。之后，他又出版《1913：现代主义的摇篮》（*1913：The Cradle of Modernism*，2007），主编文集《现代主义研究指南》（*Handbook of Modernism Studies*，2013）、《1922：文化、政治和文学》（*1922: Culture, Politics and Literature*，2015）、《理解德里达/理解现代主义》（*Understanding Derrida/Understanding Modernism*，2018）以及对乔伊斯、庞德、贝克特、伯恩哈德等现代主义大师的多部专题论著，成为这一波"现代性"之争不可小觑的人物。

二、让–米歇尔•拉巴泰其人

拉巴泰从博士论文以乔伊斯（James Joyce）、庞德（Ezra Pound)和布洛赫（Hermann Broch）等现代主义大师为题开始，"现代主义"就成为贯穿其研究的主线。1992年，他受聘到美国宾夕法尼亚大学英语与比较文学系任职教授，担任美国《现代文学杂志》（*Journal of Modern Literature*）执行编辑、费城斯劳特基金（Slought Foundation）的创始人之一和美国贝克特研究会会长，2008年当选为美国艺术与科学院院士，成为美国当下文学理论与批评的杰出代表之一。近期由国家出版基金资助、聂珍钊主编的"美国艺术与科学院院士文学理论与批评经典"学术翻译丛书选取了拉巴泰的《1913：现代主义的摇篮》在内的9本"在当今文学批评领域有杰出贡献的"力作，并将此书视作"现代主义研究的标志性成果"[④]。

同时，拉巴泰的法国身份，师从德里达（Jacques Derrida）与西苏（Helene Cixous）的经历与他一贯的英法双语创作习惯，更凸显了其全球化时代的学者身份。拉巴泰教授笔耕不辍，与很多美国学者不同，既关注当下，对文学领域内外的最新动态反应敏锐，他曾在"9·11"事件前夕撰书，并于2002年出版《理论的未来》（*The Future of Theory*），在二十世纪的理论反思热潮中做出自己独特的见解；他也喜欢在新的领域中不断尝试，"相信我能够从事自己不知道的领域的研究"[⑤]。2007年出版的《谎言的伦理》（*The Ethics of the Lie*）便是一例。他撰写并出版了专著20余部，主编学术论集18部，涉及现代主义、心理分析、当代艺术以及哲学等众多领域。然而，如此重量级的美国文学理论家直到近几年才逐渐出现在中国学者的视线中，上文所提的经典学术翻译丛书可以视作是拉巴泰"驶入"中国学界的里程碑，《外国文学研究》刊载的张跃军对拉巴泰的访谈（2012）和杨成虎的书评（2014）为之助力。

三、《现代性的幽灵》的多重性

拉巴泰在现代性第三波争论之初出版的《现代性的幽灵》，从其"幽灵"所指的多重性入手，阐释其现代性理论中的三大核心关系，一方面是对哈贝马斯等现代性论争的回应和批判，另一方面呈现了其早期现代性研究的研究思路、理论体系与潜在倾向。

拉巴泰的早期现代主义研究重心集中于以法国文学为中心的欧洲范畴，《现代性的幽灵》便是作为龚塔赫斯基（S.E.Gontarski）主编的《横流：欧洲文学与哲学的比较研究》（*Crosscurrents: Comparative Studies in European Literature and Philosophy*）系列丛书之一首次出版。全书除去序和结论部分，共九个章节，第一章到第七章逐个造访了乔伊斯、布雷顿（André Breton）、罗兰·巴特（Roland Barthes）、马拉美（Stéphane Mallarmé）、魏尔伦（Paul Verlaine）、布洛赫、贝克特（Samuel Beckett）等现代主义文学大师，第八章则延续第七章，生动地再现了贝克特在后现代电影作品中对拍摄角度的非理性追求。第九章则围绕四对"文学伴侣"艾略特（T.S.Eliot)和庞德、兰波（Arthur Rimbaud)和魏尔伦、格雷夫斯（Robert Graves）和赖丁（Laura Riding）以及斯泰因（Gertrude Stein）和托克拉斯（Alice Toklas）之间的合作与分歧展开。从其对研究对象的选取来看，拉巴泰视野中的“现代性”大致从1850年开始，现代主义文学也基本是同一时期。他的现代性研究更侧重现代主义文学与文化领域，但是，书中涉及的文学和历史关系错综复杂，呈现出现代性历史的多重性。

“现代性就是其过往或是未来的幽灵，又或者两者皆有之。”⑥拉巴泰结合哈贝马斯的“哲学话语”和康德的“启蒙的现代性”，如此定义“现代性”。那么，“幽灵”是什么？作者一方面强调“没有人能够说出关于幽灵本质的真相”，他们只存在于“好女人们的故事里，无一例外地通往想象，指向死者归来这世界的空茫之地”⑦，同时，又借由贝克特阐明自己的“幽灵”二元观：“历史被拒绝任何理性拆解的幽灵萦绕；现代性或是后现代性的本身就是鬼魅，不断地产生幽灵，随时趁未来毫无防备时通过一串虚拟的幻影横扫被冠以理性之名的一切。”⑦p230

这幽影重重的第一重是文本（textual）的“幽灵”意象。拉巴泰教授采用文本细读的方式，将近20位现代经典大家作品中形态各异的“鬼”故事呈现出来。书中所列的文本素材之多，首先构成数据翔实的“幽灵”文学史。拉巴泰运用了弗洛伊德的“哀悼”（mourning），将“归来的幽灵”解释为“没有通过哀悼得到处理（process）、吸纳（accommodate）并融入（incorporate）自我”，故而“失去客体的阴影仍旧投射于主体之上”⑦p xvi。第四章“马拉美的墓地”便是运用弗洛伊德“哀悼”理论结合作家主体经验进行的文本分析。马拉美在幼子去世后寥寥数笔写就的诗篇成就了“在完成哀悼的希望中向死亡做出的诗意的让步”⑦p86。作者认为，无意识产生的荒诞梦境在弗洛伊德处得到理性的解释，但是在马拉美的笔下具有了美学的价值，进而提出“哀悼的必要性和不可及性不仅仅适用于现代主义，而是上达启蒙运动，下及后现代史中的贝克特、布朗萧和德里达诸君，而在法国诗人马拉美那里达到了高潮”⑦p xvi。

来自文本间（intertextual）的第二重幽灵“用邈远陌生的声音喃喃低语已然生疏的名字”⑦p ix，也很自然地让人联想到哈罗德·布鲁姆的“逆反诗论”中的修正比之一“死者的归来”（apophrades）。同是阐释前驱与后辈诗人之间的关系，也都受到弗洛伊德的影响，拉巴泰却提出不同于布鲁姆的见解：现代主义作家之间或者他们与前世经典作家之间的关系并不是处在完全被动、彻底无望的状态。他借由艾略特的“理想秩序”，认为“现世的诗人被死去的诗人影响的同时也反过来影响了他们”，比如乔伊斯的《尤利西斯》对荷马的《奥德赛》进行积极的“重写”，以至于“《尤利西斯》之后读者再也不会对《奥德赛》有同样的解读了”⑦p xii。但是拉巴泰也并不完全赞同艾略特的“理想秩序”，认为这种修正主义的文化建构无法走出“西方”的疆域，走向更广阔的“全球”范围。

第三重幽灵来自文本之外（hypertextual），强调了文学与诸如绘画（尤其是色彩）、科学、数学、物理、哲学、心理学、电影、摄影等其他领域和学科之间的频繁互动，是真正的跨越疆域的幽灵之舞。在第一章“无所不知的颜色大师”（The Master of Colors that know）和第八章“灰色的幽影”（Shades of The Color Gray），作者倚重本雅明的“灵韵”理论，从“幽灵”（ghost）到“幻象”（phantom），将“灵韵”解释为充满宗教神秘与历史痕迹的“遥远的存在”，并通过“幽灵”（specter）和“光谱”（spectrum）的双关，利用色彩来辨别艺术创作中隐约可见的幽灵。牛顿的光学理论、歌德的《颜色的理论》（*Theory of Colors*）和黑格尔的色彩理论等改变了人们对颜色的认知。贝克特在拍摄电影的过程中，对摄像机拍摄角度的非理性追求则是后伽利略的科学现代性的幽灵的显现。拉巴泰如此将西方现代历史中各个孤立的学科领域联系起来，并建立保障长久交流的桥梁。

然而，贯穿全书始终的终极“幽灵”是语言。这明显带有德里达理论痕迹的语言本质主义“幽灵观”，凸显拉巴泰现代性理论的后结构主义色彩。由于拉巴泰自身的语言原因，语言的幽灵主要在法语与英语之间穿梭。在众多现代主义大师中，马拉美和贝克特始终位于焦点的中心，全书超过三分之一的篇幅用来分析两位作家，正是因为他们是彰显两种语言之间无穷无尽的交流和纠缠的重要例证。贝克特的双语写作无须多言，但是作者极力证明了马拉美在双语写作中的同样重要的地位：马拉美的文学创作受到英法两种语言之间的语言、文学和文化的交流甚至是“无法交流”的影响和塑造。从这个视角，全书的核心章节就是第五章“语言的天使与幽灵间的魏尔伦与马拉美”。这一章不仅位于全书的中心位置，更是直白地阐释了语言间的互动对现代性的塑形。更有趣的是，正如阿卡迪·普罗特尼茨基（Arkady Plotnitsky）所说，《现代性的幽灵》不仅“是两种语言与文化在现代性中交流繁密的产物（转喻），更是其意象（暗喻）”[⑥p271]，而拉巴泰本人也正是在英法双语的“翻译”中构建自己定义文学现代性的全球化学术视野。以英语为例，语言幽灵在不同文化与国度中穿行，比如爱尔兰、美国、英格兰……另外，除去英、法，德语、拉丁语、希腊语、希伯来语也是随处可见，充分体现了语言的“幽灵”与现代性的幽灵之间无穷无尽的相互影响。

拉巴泰的“现代性”具有含混的多面性，既具有哲学因素，又呈现语言的他者性，既是神秘的虚无（nothingness）和否定（negativity），又凸显新的历史语境下的聚合（constellation）和互联（interconnectedness）特征。虽然拉巴泰再三强调，他的概念“抵制直白的逻辑或是理论定义”[⑦p ix]，读者通过梳理其对布朗萧、拉康、巴特、德里达、阿尔都塞和福柯等法国后结构主义大师们的概念的借用和挪用，可以追寻出“幽灵”的能指与所指在不断地滑动中留下一道道痕迹。

四、新历史视野下的“现代性”重写

《现代性的幽灵》通过翔实深入的文本细读，结合诸多哲学概念和文学批评理论，从文学与文学史出发考察美学现代性，有语言层面上的探索，也有哲学层面的观照，更有对文学本体的思索，通过从不同的视角对美学现代性的探讨，欲推及现代性的整体观。拉巴泰几乎明确地告诉读者：现代性就是幽灵，不仅来自过去，来自未来，而且存在于现在。同时，现代性的幽灵又具有多重维度。因此，拉巴泰构建的“现代性”从单一的文学、文艺概念裂变出文艺、哲学和社会等的多重维度，是在新的历史视野下对现代性的历时的、整体性的“重写”。全书时间跨度长，上达苏格拉底之前，下及后现代大众影视；范围广，对马拉美、贝克特、布朗萧等十余位文学大师深入分析，并涉及如绘画、科学、数学、物理、哲学、心理学、电影、摄影在内的诸多领域。至此，拉巴泰教授在早期现代性理论著作中已初步呈现跨学科视野下的现代性图景，并在《1913：现代主义的摇篮》中得其大成，终于勾勒出了音乐、绘画、科技、哲学、数学、文学乃至性学与优生学“群鬼乱舞”的史诗画面。

究其理论基石，拉巴泰明言他“结合运用来自布朗萧、拉康、巴特、德里达、阿尔都塞和福柯的话语”[⑦p ix]，大体体现也符合法国理论大师主导二十世纪西方文学理论话语的现状，但拉巴泰也没有规避弗洛伊德、海德格尔、尼采、马克思、艾略特、布鲁姆，特别是黑格尔以德语系为主的理论影响。事实上，仔细推敲《现代性幽灵》，不难看出拉巴泰基于黑格尔的哲学逻辑，在本雅明的美学理论支持下，创造性地使用弗洛伊德的心理分析，逐步建构自己的现代性理论体系。正如他在《1913：现代主义的摇篮》中再三强调“现代主义的全球化特性”，西方各国理论的幽灵之间相互对话，构建了其现代性理论更丰富的图景。

然而，《现代性的幽灵》体现出的语言本质主义“幽灵观”使书中的核心概念晦涩暧昧，拒绝直白的逻辑和理论定义，明显受到了阿尔都塞和德里达的影响。事实上，《现代性的幽灵》的法语版与德里达发表《马克思的幽灵》的演讲就在同一年，后来在出版英译本时，作者在前言中强调这本书不仅仅是对已经出版的法语论文集的英语翻译，并把法语版的书名主标题[La Pénultième est Morte: Spectrographies de la Modernité(Mallarmé, Breton,

Beckett et Quelques Autres)]略去，缩简为《现代性的幽灵》，似乎是在致敬德里达。拉巴泰的概念运用还是保持了一定的理论性。他通过对文学作品、文学实践及作者的文学生涯的论述阐述这些理论性、逻辑性上不断游移的概念，让读者通过文学对现代性概念的介绍、发展和运用而有可能了解这些概念，引导读者带着疑惑重读经典作者。这种对文学史和现代性的多元解读重新构建他们之间的联系，但是书中某些关键词，让读者眼花缭乱，失了方向。另一方面，拉巴泰希望通过对马拉美等人的阐释向读者揭示“升华不在于崇高而在于……语言的否定性力量”[⑦p100]，然而现代主义对于纯粹语言和绝对之书的无望追求，似乎陷入了后现代的旋涡。

作者“主体性”选择在理论建构中的倾向性同样值得深入探寻。拉巴泰引人注目的法籍美国学者身份与英法双语的创作习惯，凸显了其全球化时代的学者立场。通过不同语言与文化的幽灵，拉巴泰在书中提出“不管我们在不在自己祖国，我们都从异国土壤中……独立地体验自己文化的传统”[⑦p109]。在他看来，现代主义大师们为了表现自己艺术上的爱国情怀，需要远离故土，体验流亡异乡。拉巴泰这种“世界的才是民族的”现代性价值观，值得商榷。毕竟以欧洲范围为主选取一帮流亡作家的自白性文学作品为对象，固然有历史语境的考量，同时也体现了理论家的主体性认同，在这样的阐释中建构起来的现代性价值体系是否具有全球化视野的客观性和距离感，又或者是以欧洲范式代替更大范围内的现代性呢？拉巴泰不就以同样的问题在前言中质疑了艾略特的“理想秩序”？

五、余论

《现代性的幽灵》可以说是拉巴泰教授从事文学理论与评论的第一个十年的总结。至此，他对现代性与现代主义的理解已然形成了自己独树一帜的观点，并且贯穿后二十年的学术研究，即运用超学科视野，从文学或者艺术的现代性出发，采用新历史主义的视角，论证文学或文学史对现代性的影响，进而重写西方现代性的历史。这种重写一方面是现实社会中新的文化实践本身提出了许多迫切需要解决的问题，另一方面也是学术研究自身的发展提出了反观全局的历史性任务。拉巴泰构建的现代性理论范式，重写现代性，也是西方学术界基于后现代衰落之后的由当代性、当下性向现代性的形式上的“回归”。

注释【Notes】

①本论文是教育部青年项目“田纳西·威廉斯作品的地域诗学研究”（项目编号：16YJC752026）阶段性成果。

②赵一凡：《现代性的多重阐释》，载《文艺研究》2000年第2期，第4—6页。

③Habermas, Jürgen. *The Philosophical Discourse of Modernity: Twelve Lectures*. Trans., Frederick G. Lawrence. Cambridge: MIT Press, 1987, p.86.

④[法]让-米歇尔·拉巴泰：《1913：现代主义的摇篮》，杨成虎等译，上海外语教育出版社2013年版，封底。

⑤Lauwers, Jeroen and Thomas Van Parys. “You Cannot Make a Living Just Being a Theoretician: an Interview with Jean-Michel Rabate.” *Parrhesia*, (5), 2008, Jan. 9, pp.1-9.

⑥Plotnitsky, Arkady. “Reviews of The Ghosts of Modernity.” *Modern Language Quarterly*, (60):2, June 1999, pp.270-276.以下只在文中标明页码，不再一一做注。

⑦Rabate, Jean-Michel. *The Ghosts of Modernity.* Gaineville,Fla: Library of Congress Cataloging-in-publication Data, 1996, p.228.以下只在文中标明页码，不再一一做注。

从马克思的“对象化”理论看审美感知[1]

温玉林

内容提要：马克思的对象化理论是特殊的思维方式。审美感知产生于人从事物中直观到生命的力量。艺术审美是带着形式感的审美，是审美意象的捕捉。审美中的感性需求与理性需求同时调和现象，其实是审美对象刺激了大脑的奖励机制，使得心理压力暂时释放。

关键词：审美；本质力量；形式；艺术审美

作者简介：温玉林，罗定职业技术学院教育系副教授，文学硕士，主要从事文艺理论研究与教学。

Title: Viewing the Aesthetic Perception from the Object Theory of Marxism

Abstract: Marxism's objectification theory is a special way of thinking. The aesthetic feeling originated from the percept on the life force of the object. The artistic aesthetic is the formal feeling aesthetic. It is catching the aesthetic image. The phenomenon of the perceptual and rational needs in aesthetics harmonize at the same time, in fact, are the aesthetic objects stimulate the reward mechanism of the brain and release the psychological pressure temporarily.

Key Words: aesthetic; essential power; form; artistic aesthetic

About Author: Wen Yulin, associate professor in the Department of Education of Luo-ding Vocational and Technical College, master's degree in literature and art, mainly engaged in the research and teaching of literary theory.

美感问题是美学研究争论得最为热烈的一个问题。因为美的本质和美感的本质都不是那么容易界定清楚的。马克思所说的“对象化”是美学对美的界定的一个关键概念。但是也是一个模糊的概念。什么是对象化，对象化与审美感知什么关系，这是值得研究的问题。

一、

“人的本质对象化”[2]是我们很熟悉的美学命题。但什么是对象化？马克思是有解释的，这还得回到马克思的文本语境中进行理解。“对象”“对象化”这些词在《1844年经济哲学手稿》中经常出现，马克思谈论植物和太阳的关系时曾说：“太阳是植物的对象……正像植物是太阳的对象……是太阳对象性的本质力量的表现一样。”[3]在谈到主体性时，马克思也说：“当现实的、肉体的、站在坚实的呈圆形的地球上呼出和吸入一切自然力的人通过自己的外化把自己现实的、对象性的本质力量设定为异己的对象时，设定并不是主体；它是对象性的本质力量的主体性，因此这些本质力量的活动也必定是对象性的活动。”[3p209]谈到人的创造时，马克思讲到“通过实践人创造对象世界”[3p162]。对象这个词在《1844年经济哲学手稿》中，首先应该是一种思维方式，是人与世界对立统一描述的思维方式。《1844年经济哲学手稿》讨论的是人和自然、人和社会的交换、交往。这种交换、交往怎么能运转起来呢？不同于认知哲学把事物抽象化，经济哲学首先考虑的是彼此之间成为对象，进行对象性的活动。只有在对象性活动中交往、交换才成为可能。所以，马克思就强调，“对象性的存在物进行对象性的活动”[③p209]。

其次，要进行交换、交往需要有能够交换起来的东西。这就是事物的本质力量。所以马克思又强调：“如果它的本质规定性中不包含对象性的东西，它就不进行对象性的活动。”[③p209]马克思谈“本质力量”这个概念不限定于人，而是任何能做得起交往、交换经济活动的事物。经济活动当然是人与人、人与自然的交往、交换，这里谈到的其实是经济生态。经济生态的存在：一是交换者的需求，二是供给。所以，饥饿的需要与满足能带来经济交往的需要。

但其实，经济交往最后会成为一个大的社会网，一个经济的生态系统，这就要从普遍联系这个规律来理解对象化这个理论。这样，我们可以思考出以下几层意思：（1）对象化的思维方式使得马克思对世界的认识产生了创新，他指出：“彻底的自然主义或人道主义，既不同于唯心主义，也不同于唯物主义，同时又是把这二者结合起来的真理。”[③p209]这就是我们今天讲的辩证唯物主义。（2）人作为一种“对象性”的存在物，不是孤立的个体。在这里马克思强调人是自然的，他和自然中其他的事物一起构成了对象性的世界，另一方面人通过自己的各种本质力量创造历史，改变历史并形成了特殊的“现实的历史关系”[③p193]，如工业。（3）人在对象化存在中发展了自己全部的感觉，马克思指出：“一方面为了使人的感觉成为人的，另一方面为了创造同人的本质和自然的本质的全部丰富性相适应的人的感觉，无论从理论方面还是从实践方面来说，人的本质对象化都还是必要的。”[③p192]受限于人的感官，人能知觉到的事物是有限的，红外线、紫外线都无法知觉到。但是人通过器械依然能捕捉到这些事物，进而实现人的本质对象化。这就是工业化的力量——超越于自己的感官而把自然对象化，从而发展自己的感官。

最后，人的本质力量对象化不能像实践论美学那样把“自然人化”理解为美的根本，美是人类本然的需要，不能理解为劳动收获快感的对象化。初升的旭日、春花秋月、浩瀚的星空等都使人感到快乐。人类的大脑有一个奖赏机制，自然事物其形式以及物质如光子刺激了这个奖赏机制就能给人类带来美感。人类按照真、善的规律改造自然，使自然符合是人的现实需要，也按照美的规律改造自然，使得自然更加满足人类的心理需求。

那么，从对象化角度如何来认识审美感知？人对美的感知又为什么会有变化？这就是我们要思考的下一个问题。

二、

从对象化角度看，人和对象在互相作用中产生了对象性关系。但这种对象性关系在现实中是什么关系却需要更为深入的研究。

对象性关系其实有多种关系，有纯粹的商业交换关系，也有审美的关系。审美之初是事物的形式显示其意义的过程。阿恩海姆曾提道：“一个大学讲堂上的讲师，如果通过详细地分析色彩、体积和方向是如何达到平衡……听众仍然只会得出这样的结论：所谓艺术，只不过是艺术家为了达到某种目的，把家庭主妇摆设家具的那一套本领加以发挥……因此，只有平衡帮助显示某种意义时，它的功能才能真正地发挥出来。”[④]这就需要从生理与人文的情况来审视审美的发生。对于美，席勒有两种解释：“第一种，以松懈的形式出现，美将会减少粗鲁的生活，为从感觉到思维铺好道路；第二种，美将会作为一种鲜活的印象，用感性的力量武装抽象的形式，然后把概念引领到抽象的法则上。”[⑤]从现代心理学角度思考，这两种形式都体现出人们知觉与思维之间的关系，第一种认为是感性知觉升华到理性的意蕴，美所起的作用；第二种是抽象的理念如何通过感性的情境来表现。美作为一种特殊的知觉，就在于它在知觉中通过图式体会到了人类普遍的意义。从这个角度来看，阿恩海姆谈艺术和席勒有相通的地方。阿恩海姆认为：“实验美学整个被抛进享乐主义心理物理学简便模式之中。”[④p57]按席勒的描述则是：“灵魂既不是身体上的压抑，亦不是精神上的压抑，如果我们把这种感觉状态称为意志物质、理性意志逻辑或精神意志逻辑，那么真正的状态和主动的状态叫作审美。”⑤p57审美体验中有感性与理性对立消解而带来的轻松，但是更有心灵得到归宿之后的宁静。这就是审美中人的身心释放。从现代脑科学的角度看，应该是审美对象刺激了人的大脑，奖励机制兴奋起来，使得人的生理和心理压力暂时被转移或释放，因此有一种超脱感。这就是很多美学家所说的感性需要和理性需要同时调和的最高状态。

那么怎样的审美对象能引起和谐的感受呢？费克纳认为：“审美体验依赖于它所激起的快感。不过，他拒不承认快感仅仅依赖于物理刺激量上的强弱……他坚持认为，审美效果是通过刺激形式的形式关系——一种被他称作和谐的条件——而产生。”⑥阿恩海姆进一步认为，美的体验与事物的张力结构有关系。

相应地，艺术的审美价值也在这个感性和理性独特的关系中。阿恩海姆认为：“知觉的范畴也不是中性的，它带有能够直接对价值评价产生影响的蕴意。”⑥p441的确，审美价值是个体生命需要，以及在此基础上的社会需要，由此而产生的艺术实践和社会实践确立的。这就需要进一步研究美与人的本质力量的关系。

三、

通过马克思的理论我们对审美感知进行了定性，从而把美与善进行了区别。那么人们是怎样知觉到美呢？知觉研究有很多流派，其中元素主义和格式塔流派影响很大。元素主义以为知觉的整体是感觉元素的总和，而格式塔流派以为整体大于部分之和。我们主要吸收的是格式塔流派的研究成果，并吸收了现代神经学的研究理论。我们认为人们从知觉到美其实首先是在对象中感受到生命的力量。

在具体的认知过程中，感性力量与理性力量不是分裂的力量，而是同时作用于模式识别。知觉和模式识别联系紧密。审美知觉与普通的模式识别不同的地方在于，它可以是含糊的识别，最为重要的是人从事物中直观到了生命力量，就确证了人的本质，就感觉到了美；从事物中体会到的是死亡力量的时候，我们就感到了丑，这才是现实生活中大多数人所经验到的审美感知。所以，有学者谈到维纳斯和《欧米哀尔》的区别时认为：“丰满的肌体，优美的曲线，和谐完美的韵律与律动，宁静高贵的神色，洋溢着一种青春的活力，使人产生一种喜悦之情。这是美感。后者干瘪丑陋的身躯，琐碎而扭曲的曲线，绝望、麻木的神色处处显示生命力的枯竭。”⑦车尔尼雪夫斯基也说：“假如说生活和它的显现是美，那么很自然，疾病和它的结果是丑。”⑧俄语、德语中，生活都带有“生命”的意思。其实车尔尼雪夫斯基也是意识到了美就是生命力的显现。正因为如此，“审美意义上的知觉是一种非常特殊的情形”⑥p15。

那么问题的关键在于怎样才是生命力量的体现？很显然，有不同的形态，有热情迸发的崇高美，也有恬淡无为的自在美。这种生命美感是怎么感知到的呢？事物的美主要体现在事物的结构中。阿恩海姆把对象结构的本质称为“表现性”。这种表现性是“艺术家传达意义时所依赖的主要媒介”④p615。阿恩海姆认为自然事物也有这种表现性。比如，垂柳有柔弱的样子，火焰有热烈的情状。知觉表现性的生理——心理的基础是心与物的同型性，即知觉主体的心理结构与知觉对象的外形结构的对应性。例如，对朋友的怀恋常与丝丝的杨柳相对应，壮美的情绪常寄托于高山大河。所以艺术的再现是多样性的现实与简化的形象之间产生的一种两极对立。它在现实中吸取营养，在简化中吸取智慧。因此，可以认为，“直觉可以适当地定义为知觉的特殊性质，即其直接领悟发生于某个‘场’或者‘格式塔’（Gestalt）情境中的相互作用之后果的能力”⑥p15。在这个过程中知觉不是与思维分离的，而在对艺术品或者美的知觉中，“通过视觉特征传达出作品的意义来”⑥p19。

由于人对事物的感知是以表象方式存在，学者大多都以“审美意象”作为美感的源头。“从审美的角度看，被感知的意象即是最终的事实，它与其物理承载者的关系并不构成一个问题。”⑥p411我国有学者认为“在中国古典美学中，‘意象’是一个标示艺术本体的概念”⑦p107。的确，事物在人的心理中引起的审美反应不仅仅是事物本身的情况，而和当时的情境有直接的关系。

艺术家的这种能力其实是一种捕捉审美意象的能力。阿恩海姆的《艺术心理学新论》通过实验发现人们在对于复杂的事物知觉时，“感知者所倚重的精神手段超出了视觉所倚重的基本构造……不同的人看到是不同的东西”⑥p412。这就是说不是所有的人看同一个物体意象都是一样的。这里有一个视觉接受的问题。这就提出了一个新问题，艺术审美知觉的问题。

四、

从马克思的对象化理论来看，“对于没有音乐感的耳朵来说，最美的音乐也毫无意义，不是对象”③p191。也就是说，要建立艺术的审美关系就需要有艺术素养。但仅仅有艺术素养还不够，艺术知觉，其实是化繁为简的过程。一篇几千万字的长篇小说为什么能被人记住，其实在读者那里已经简化为几个人物形象以及这些形象的性格、矛盾、冲突。由此而形成了令人揪心的悬念。

艺术审美的这种化繁为简的方式，在时间艺术和空间艺术之间有不同的表现。空间艺术是把形状转化为形式的过程。什么是形状呢？“形状是被眼睛把握到的物体的基本特征之一，它涉及的是除了物体之空间位置和方向等性质之外的外表形象。”④p56简单地说形状就是事物的轮廓。什么是形式呢？形式是艺术表现呈现内容的方式。“现实主义……通过运用投影（样相）手段把三度世界转化成平面形象，使创造形象与基本视觉概念发生了根本的分离。”④p158现代主义绘画其“形式”其实是一种组织视觉艺术的手段。通过抽象的手段呈现出一种怪异的美。因此形式主要指“文艺作品内部诸要素的组织方法、结构特点和表现技巧等，内容则是诸要素的总和”⑨。所以在空间艺术的审美中，我们直观到事物的生命力量时才能直观到事物的形式。也就是“动作的某一顷刻，最好是富有暗示性的、给想象留有余地的顶点前的顷刻，‘最有包孕的顷刻’”⑩。时间艺术美的知觉是动态美的知觉，莱辛的《拉奥孔》曾谈道：“文学追赶艺术描绘身体美的另一条路，就是这样：它把美转化作魅惑力。”⑪也就是说，文学作为时间艺术表现的是事物动态中最有张力的东西。无论文学还是音乐都会通过节奏、旋律、矛盾在回旋往复中营造出令艺术接受者令人心碎而又着迷的效果。“通过加强不平衡性和偏离简单式样来增加张力的趋向。”⑤p602张力理论这在生命活动中能更清晰地理解。朱光潜先生困惑于“康健圆满是人体美的要件，多病多愁的女子有时也显得美”⑫；此外，小鸡和小鸭，当它们嗒嗒走路的时候，我们普遍感到可爱、美；这就是张力。柔弱的事物努力地体现出生命的力量，也就显现着生命的力量，美感因此就产生了。

接下来的问题就是接受艺术教育后的审美感知的问题。

对于艺术的感知，不同的艺术教育会有不同的视觉感知，学过国画的人和没有学过国画的人对自然山水的感知会有很大的差别，看山看水他很自然地会想到披麻皴、斧劈皴等绘画技法。这就是国内文艺理论界所说的艺术反映是审美形式反映。这种形式性反映其实和人的神经系统有关系，人通过核酸和蛋白分子进行信息的处理，时间长了会形成某些路径，对特定的事物很敏感，对不熟悉的事物就缺乏感知。按照蔡仪先生的观点，就是美的观念会影响审美感知。

从更深层的角度讲：“美是生命活力的表征，具有历史的、客观的内涵，不仅强调了艺术应强调人的生命活力的伟力、崇高的人格精神、旨趣，而且也使读者可以更深一层地理解艺术所表现生活的现象的内涵意义。”⑬的确，对于生命，黑格尔认为：“肉体上各个器官之所以是它们那样，只是由于它们的统一性，并由于它们和统一性有联系。”⑭所以艺术形式也不是简单的艺术手段问题，而是对生命统一性关注和通过联想等手段重新发现生命整体的问题。所以，有些艺术家艺术手段不是很细腻，却显得大气磅礴。而有些艺术家虽然细腻精工，却不太能够具有吸引力，这就是对于人的本质力量缺乏把握。经过艺术教育，的确可以把人对于生命的感知，以及生命的社会、历史内涵有深刻而统一的把握。

那么马克思谈的“本质力量”与黑格尔所说的“生气灌注”的区别呢？黑格尔谈生命不是从唯物角度来思考的，他预设了一个精神实体，因而“生气灌注”就是概念向实体的依附，表现为普遍性与统一性。表现为外在形式就是“整齐一律，平衡对称”等情况。而这在其他文明看来还不算是艺术美，中国书法就反对“横平竖直，状如算子”的书写，追求险中求美。因为险才显示出生命力量。

注释[Notes]

①本文为广东省教育厅高校特色创新项目：《寻求文艺的担当精神——论马克思主义思想在中国文艺精神由虚转实过程中的作用》（项目编号：2019GWTSX111）；罗定市教育局研究课题：《小学语文单元教学整体设计有效性研究》（课题编号：LD2021-09）阶段性成果。

②李泽厚：《李泽厚十年集（第一卷）》，安徽文艺出版社1994年版，第468页。

③马克思：《马克思恩格斯文集（第一卷）》，人民出版社2009年版，第210页。以下在文中标注页码，不再一一做注。

④[德]鲁·阿恩海姆：《艺术与视知觉》，中国社会科学出版社1998年版，第40—41页。以下在文中标注页码，不再一一做注。

⑤[德]席勒：《席勒美学信简》，高燕、李金伟译，金城出版社2010年版，第49页。以下在文中标注页码，不再一一做注。

⑥[德]鲁·阿恩海姆：《艺术心理学新论》，商务印书馆1999年版，第59页。以下在文中标注页码，不再一一做注。

⑦叶朗：《现代美学体系》，北京大学出版社1999年版，第221页。

⑧董学文：《美学概论(第二版)》，北京大学出版社2013年版，第27页。以下在文中标注页码，不再一一做注。

⑨董学文：《马克思主义文论教程》，北京大学出版社2015年版，第108页。

⑩李醒尘：《西方美学史教程》，北京大学出版社1994年版，第275页。

⑪宗白华：《艺境》，北京大学出版社1999年版，第221页。

⑫朱光潜：《文艺心理学》，复旦大学出版社2009年版，第132页。

⑬袁世硕：《美是生命活力的表征》，载《文史哲》2016年第3期。

⑭[德]黑格尔：《小逻辑》，贺麟译，商务印书馆1980年版，第 405页。

《玛丽·巴顿》的情感美学研究①

耿　瑞

内容提要：《玛丽·巴顿》从十八世纪人类认知与道德情感的美学维度再现了英国维多利亚时代的社会情感特征，其中，同情的本能延续构成了当时工人阶级的主要传统。盖斯凯尔夫人在作品中主要展现了约翰·巴顿的情感悲剧，反映了英国工人阶级的情感宣泄和道德判断。盖斯凯尔夫人继承了十八世纪英国感伤主义文学传统，她与感伤主义不同的是这种情感注重对现实生活的捕捉，并用经验主义想象和宗教意识保证了道德判断的正确性。

关键词： 约翰·巴顿；情感；悲剧；同情；道德

作者简介： 耿瑞，北京外国语大学博士在读，研究方向为英美文学。

Title: A Study of Emotional Aesthetics in *Mary Barton*

Abstract: *Mary Barton* reproduces the emotional characteristics of British Victorian society from the aesthetic dimension of human cognition and moral emotion in the 18th century. The continuation of sympathetic instinct constitutes the main tradition of the working class. Mrs. Gaskell mainly showed the emotional tragedy through John Barton, and it reflects the emotional catharsis and moral judgment of British working class cognition. Mrs. Gaskell inherited the 18th century British sentimental literary tradition. Unlike sentimentalism, she paid attention to real lives and used empirical imagination and religious consciousness to ensure the correctness of moral judgment.

Key Words: John Barton; emotion; tragedy; sympathy; morality

About Author: **Geng Rui** is currently working on the doctoral program in Beijing Foreign Studies University, specializing in British and American Literature.

一、“悲剧诗”与事实剧

《玛丽·巴顿》的题材在学界普遍认为是工业小说，而盖斯凯尔夫人在她给爱德华·查普曼写的信中声称她希望这是“一部悲剧诗（tragic poem）”②，并且认为只有托马斯·卡莱尔先生能够读懂她的悲情。继十八世纪的感伤主义小说之后，《玛丽·巴顿》成为维多利亚早期小说中处理社会情感问题的先驱，“同情是小说的新艺术形式的关键”③，这种同情不只是停留在引起广泛的社会共鸣的层面，而且能促使所有遭受苦难的人进行换位思考，并借以告诉人们，救助和慰藉人间苦难完全仰赖于我们对贫穷与不幸者的怜悯。玛丽对杰姆的同情是一种“自然的同情”，进而产生依恋之情，是基于对他的善良品行的尊重和认同，并且杰姆的品行在长期的交往中得到了证实。当玛丽的情人杰姆被指控后，玛丽不断地逃避自己的悲伤，这和作者当时正处于失子之痛的情感体验有关，作为“公正的旁观者”，读者想必也能体验到作者当时的痛苦，这是悲剧的特殊功能，怜悯本不应该遭受的苦难。小说结尾的景物刻画，传递给读者的是一种乐观的情感，这正是盖斯凯尔夫人创作这部作品的情感基调——给人以希望，这便使得小说具有塑造我们认知的能力。亚里士多德认为理想的悲剧人物应该是既非大德至善，也不穷凶极恶，而是介乎这两者之间，约翰·巴顿即是亚氏所界定的悲剧人物。约翰精神上的道德崩溃值得同情，能够引起怜悯和恐惧，造成他的悲剧的原因不是他无法驾驭的命运，而是他自身的倔强、基于正直的斗争性格。他是罪人，但不是罪犯，小说中出现的谋杀是十九世纪40年代英国社会矛盾所激发的行为，是工人在压迫下的抑郁愤懑所表现的必然结果。盖斯凯尔同情约翰，也非常同情厂主卡森父亲的处境，卡森父亲也是指控错了人的罪人，而且把余生投入到了复仇的错误行为当中。盖斯凯尔对主要人物和次要人物的悲剧命运都报以同情，她没有为工人申冤，也没有对她看到的悲剧事实做任何裁判，而是基于事实完美地完成了一部悲剧的创作，成功地把历史事实真实而完整地呈现出来。

二、同情感与宣泄感

情感的核心是同情（sympathy），盖斯凯尔夫人对约翰·巴顿的关注从表面现象转向内心深处，并通过情景再现引入他的情感宣泄。像约翰·巴顿这样的工人阶级没有能力控制理性，他们悲剧性的背后蕴藏着宿命论，唯有诉诸病态的心智才能宣泄内心痛苦的情感，作品通过他们的哀苦人生抒发了作者对穷人们的同情。小说通过触目惊心的工人生活的事实描写控诉了资本主义制度的罪恶，约翰·巴顿谋杀卡森后曾一度失踪，这一情节将作者的情感态度表现得极为彻底，同时贯穿着玛丽为杰姆申冤的另一条主线使得约翰的悲剧场景即使不在眼前，也能通过玛丽·巴顿的恐惧激起读者对约翰的哀怜。盖斯凯尔诠释了两个阶级之间的对立情感，卡森先生和约翰·巴顿逐渐明白了他们并不是对工人阶级生活的无知，而是漠视，他们最终通过同情的心理结构，进行换位思考，获得了宣泄后的和解。约翰·巴顿的情绪既来自对穷人遭遇的同情，也包含着对自身行为的道德反思，通过“净化”的作用，压抑的谋杀行为所带来的畏惧和哀伤得到了宣泄。约翰的悲剧结局产生了一种无害的快感，这种快感同样是从对约翰的怜悯和恐惧的宣泄中产生的。约翰·巴顿是一个理想化的人物——可靠的工人、热心的邻居和宠溺的家长，其厄运并非命运使然，而是源自约翰自身性格的冲动，但成为政治杀人犯的他恐惧成疾，他向卡森多次宣泄了自己的罪过，甚至下跪求卡森“啊，朋友，请你赦免我犯的罪过”[④]，直到卡森对他的怜悯被激发出来，进而原谅了他，约翰的悔罪情感才得以宣泄。纵观全文，无论是卡森的原谅还是约翰的救赎，它们都是上帝的旨意，作品始终没有逃离宗教人道主义精神，它所表现的同情德行及其宣泄效应使人获得道德净化或道德意义上的心灵净化。

三、泛神论与道德论

《玛丽·巴顿》继承了十八世纪情感美学的中间派休谟和贝克莱之间的思想，即唯物主义和唯心主义之间，它是感伤主义传统的继承，审美观念的基础带有神学性。盖斯凯尔夫人深受托马斯·卡莱尔影响，她一方面怀疑社会道德秩序，另一方面则是卡莱尔式的泛神论者，“因为抛弃了中世纪的宗教信仰，盖斯凯尔夫人和卡莱尔都相信英国成了无神论的牺牲品……她像卡莱尔一样，以贫困产生贫困为理由来控诉穷人犯了叛国罪”[⑤]。她的主要目的不是宣扬基督教，约翰·巴顿身上在人本主义之外，还有作者妥协的自由主义。她的泛神论观点决定了她要把感官世界和理想世界相互调和，但因为她同时又继承了感伤主义传统，整部作品洋溢着同情、敏感和柔情，读者在阅读中不时受到道德感化，她的妥协和小说一笔勾销了实际苦难的结局就得益于如怨如诉的感伤主义。约翰·巴顿拥有英国哲学家贝克莱所说的“想象的快乐”和“感官的快乐”[⑥]，他从福音中汲取了知识，也曾是逆来顺受的理智快乐者，当宪章请愿失败后，他的理性快乐通过想象转化为同情。当他为了同胞进行谋杀后，内在感官完成了道德赋予的使命，同时也深受道义上的谴责而精神崩溃。约翰·巴顿的感官快乐是出于同情工人们的悲惨命运，同情成了违背社会道德的杀人动机。同情是德行的动机，正如休谟观念中所言“同情产生了我们对一切人为的德的道德感”[⑦]，因为看到他的同伴们深陷的悲惨苦难生活而感到不快，所以他对德性的热爱和对劳工阶级的同情越来越强烈，最终这种道德感只能诉诸谋杀来获得。他做出道德上的判断就是毫无顾忌地去领导斗争和反抗，诚然，“他实现了自己的宪章，这是不言而喻的”，但他的罪人身份不是由造物主的宽恕洗脱，而是由厂主卡森的同情而获得救赎，雇主和雇员的家庭惨遭同样的妻离子散，而约翰·巴顿得到卡森的同情而获得救赎后的死亡，是一种理想的结局，从而获得宗教意义上的幸福。同样，杰姆审判前的每一章节，每个人物都把希望寄托在上帝身上，认为只有上帝才能解决杰姆的清白问题，作者从怀疑论彻底转向了认同上帝的存在。

《玛丽·巴顿》在情节上通过道德劝善来改善社会现实，大团圆的结局很虚假和突然，结构框架遵循《旧约》的遭受灾难—脱离灾难—继而再起的模式，小说结尾通过玛丽和杰姆的移民来摆脱社会的现状明显是避世和逃避现实的浪漫主义特征，但并没有转向浪漫主义流派，而是把十八世纪情感小说中包含的同情认知在维多利亚时代小说中进行了充分的表现，通过悲剧宣泄实现了道德陶冶。

注释【Notes】

①本文系北京外国语大学学生科研创新项目研究成果（项目编号：2022JX003）。

②Gaskell, Elizabeth. *The Letters of Mrs. Gaskell*. edited by J.A.V. Chapple and Arthur Pollard， Harvard University Press, 1967，引自*Letter 37& Letter 42*.

③Chesterton, G.K. *The Victorian Age in Literature*. Oxford University Press, London, 1946. p.59.

④Gaskell, Elizabeth. *Mary Barton*. edited with an Introduction and Notes by Shirley Foster, Oxford University Press, 1967, p.236. 以下引文只标页码，不再一一做注。

⑤马克思、恩格斯：《论文学与艺术（第二卷）》，陆梅林辑注，人民文学出版社1983年版，第456页。

⑥陈昊：《情感与趣味——休谟经验主义美学思想研究》，北京大学出版社2017年版，第169、第301页。

⑦休谟：《人性论》第2卷，关文运译，商务印书馆1980年版，第661页。

后现代伦理视域下看《毒木圣经》对《圣经》的戏仿①

陶　晓

内容提要：美国当代作家芭芭拉·金索尔弗1998年出版的《毒木圣经》在语言、形式和主题上形成了对《圣经》的绝妙戏仿。这是一部有关女性人物自身成长和觉醒的《圣经》，也是一部谴责在刚果传教的过程中，权欲熏心、妄图同化他者、灵魂丧失的白人传教士内森心中已被扭曲了的《圣经》，更是一部谴责西方霸权主义的《圣经》，最终，它还是一部闪烁着关照他者、寻求异质共在的后现代伦理思想的《圣经》，对深陷现代性思维引发的内外危机的当今人类有着重大的启发意义。

关键词：后现代伦理；《毒木圣经》；《圣经》；戏仿；霸权；他者

作者简介：陶晓，北京邮电大学人文学院讲师，文学博士，主要从事美国文学及西方文学文化理论研究。

Title: The Parody of the Bible in *The Poisonwood Bible* Viewed from the Perspective of Postmodern Ethics

Abstract: *The Poisonwood* Bible by the contemporary American writer Barbara Kingsolver was published in 1998. It forms a superb parody of the Bible in language, form and theme. It is a Bible about the growth and awakening of the female characters, and a Bible that condemns the distorted Bible in the mind of the power-hungry and assimilationist white minister Nathan who has lost his soul in the missionary mission in Congo, and a Bible that condemns Western hegemony, and ultimately, a Bible that shines with the postmodern ethics of caring for the other and seeking heterogeneous coexistence. It has great inspiration for today's human beings who are mired in the internal and external crises caused by the mentality of modernity.

Key Words: postmodern ethics; *The Poisonwood Bible*; *The Bible*; parody; hegemony; the other

About Author: Tao Xiao, a lecturer at the School of Humanities, Beijing University of Posts and Telecommunications, Doctor of Literature, specializing in American literature and western literary and cultural theories.

美国当代著名作家芭芭拉·金索尔弗（Barbara Kingsolver，1955—）是一位生物学专业出身的跨界作家，自二十世纪80年代崭露头角以来，在美国当代文坛处于重要的位置。她最著名的一部小说《毒木圣经》（*The Poisonwood Bible*）在1998年一经出版便荣登畅销书排行榜，现已被翻译成20多种语言。《毒木圣经》以1960年的刚果危机为背景，描述了白人传教士内森一家在非洲土地上经历的文化冲突、战乱纷争、生死离别和内森妻女的觉醒。权欲熏心的内森与妻女和村民渐行渐远，而妻子奥利安娜和几个孩子却逐渐走上了拥抱他者文化、关注全球福祉的伦理道路。二十世纪60年代，美国对非政策此时开始从以资源掠夺为中心转向以战略和意识形态渗透为中心。美国一方面借助在刚果扶植的傀儡政权——蒙博托（Mobutu）政府——对刚果进行外交操控和经济压榨，另一方面，利用刚果国内矛盾操控联合国扶持蒙博托取代亲共的卢蒙巴政权（Lumumba），以便增强资本主义在非洲的影响②。刚摆脱了比利时殖民地身份的刚果又被卷入了冷战的意识形态斗争中，民不聊生，基层腐败滋生，土著居民甚至被迫走上乞讨的谋生道路。

美国白人传教士内森为了实现自己的宗教王国，主动请缨带领妻女来到这片土地，幻想着一步步让所有的村民都皈依基督教，臣服于他的脚下，没想到却由于语言障碍导致村民形成了“上帝是毒木”的诡异印象。其一意孤行的皈依政策也引发了儿童伤亡和小女儿的死亡事件，最终被愤怒的村民烧死。而妻子奥利安娜和女儿们则在异国他乡逐渐觉醒，与内森决裂，与土著居民建立了友好互助的关系，并投入了全球福祉事业之中，走出了一部属于自己的《圣经》故事。

而《毒木圣经》这部荣登《纽约时报》和《洛杉矶时报》年度图书、被希拉里和奥普拉推荐为每个家庭必备的“人生之书”的畅销作品，则在语言、形式和主题上形成了对《圣经》的绝妙戏仿。这不仅是一部有关女性人物自身成长和觉醒的《圣经》，也是一部谴责传教士内森心中已被扭曲了的《圣经》的《圣经》，最终，它还是一部闪烁着关照他者、寻求异质共在的后现代伦理思想的《圣经》，对深陷现代性思维带来的内外危机的当今人类有着重大的启发意义。

一、对传教士形象的戏仿：批判西方文化霸权

单从《毒木圣经》的标题来看，就可以看出金索尔弗巧妙的戏仿痕迹。此外，小说的章节题目也模仿了《圣经》的章节走向，但是又不完全吻合：“第一部 创世记/第二部 启示录/第三部 士师记/第四部 神与蛇/第五部 出埃及记/第六部 三童之歌/第七部 树之眼。”这是一部女性人物的《圣经》，也是一部有着生态关怀和他者伦理关怀的后现代《圣经》：金索尔弗借助几位白人女性人物所经历的从依附父权制家长内森到逃离，再到独立的天路历程展现了女性人物的精神成长过程，同时通过讲述独裁者式的传教士内森被村民赶出村庄并被烧死的故事结局，讽刺了唯基督教一元论的宗教主义，揭露了道貌岸然的传教士内森的伪善和人性堕落，消解了白人中心主义的权威和霸权。

与基督教崇尚的博爱与人文精神不同的是，内森只想借宗教征服刚果当地民众，成为文化独裁者。他不顾当地已有的宗教传统，执意要全部村民甚至包括他们的领袖皈依基督教。权欲熏心的他甚至为孩子们在鳄鱼出没的河水中强行进行浸礼仪式，造成了大量伤亡，本该是神圣和荣光的浸礼却变成了沾染血泪的暴行。浸礼仪式是内森眼中能够象征自己的宗教统治地位的重要环节，在他眼中，他人皆为他所利用的工具，对生命的敬畏已荡然无存。

内森的人文精神堕落从他对待妻女的态度上也可见一斑。内森不仅将妻子视作财产，对待妻子态度粗暴，而且当小女儿不幸中蛇毒死亡时，他也未表现出一丝伤感，只是遗憾没能给女儿施行浸礼。金索尔弗借助对浸礼仪式的描写讽刺了这位传教士的伪善面目，揭露了其专制暴君、精神丧失的形象，以此来影射冷战时期美帝国主义的自私及文化霸权行径。美国为蓄积资本主义的力量在非洲圈地，与共产主义的影响抗衡，然而却在刚果这片土地上欺压民众，搜刮掠夺宝贵的自然资源，导致民不聊生及基层腐败。《毒木圣经》对《圣经》的戏仿因而具有了强烈的政治批判色彩。

二、“光明”与“黑暗”的反讽意义：是光明还是黑暗?

在《毒木圣经》中，与《圣经》相关的“光明”与“黑暗”的意象反复出现，极具反讽之义，内森眼中的“光明”给他人带来的却是灾难，而他人的“黑暗”及所居之地的“黑暗”实则蕴含着非凡智慧和善良闪光的人性，内森非但没有带领一家人“走入光明之中”，也没有给当地社群带来多少上帝的“恩典”，反而给家人和土著村民们带来了伤亡和苦难。

在刚下飞机踏上刚果这片土地时，利亚描述道：父亲带着他们穿过椭圆形的舱道“走入了光明之中”[③]。土著社群的领袖带着村民们以鲜美的羊汤隆重迎接他们的到来，然而，还没等领袖说完邀请他致辞的开场白，内森便迫不及待地站起来发表了一番“暴风雨般的言辞”。“大家都仰头看着他，边笑边鼓掌，将胳膊挥着举过头顶和裸露的胸脯向他致敬。”然而，当地民众暴露又原始的穿着方式让内森心中已经开始充满了鄙夷，他怒目

而视，说上帝正在腾云驾雾地朝向埃及驶来，“朝向他的光芒尚未触及的地球上的每一个角落而来，他的光芒将点亮世界”，“上帝的使者惩罚了那些对他的出现无动于衷的有罪之人，那些赤身裸体、毫不留意的有罪之人”[③p31-32]。此时，村民们原先轻松热情的气氛已经开始变得紧张起来，内森毫不留情地用手指向人群中一位袒胸露乳的妇女，这位女性腰上还挎着一个孩子，她惊慌失措地看着众人齐刷刷投来的目光，最后只好转身拿起汤勺搅拌炖汤。内森不依不饶地继续训斥道：“赤裸，以及心灵的黑暗！倘若某个地方有罪之人的喧闹在上帝面前做得过头之时，我们将毁灭这个地方。”这时，全体村民已经被内森的厉声训诫吓得鸦雀无声。此处内森使用的是《圣经·创世记》中第19章的典故，然而他却张冠李戴地将刚果村民们洋溢着热情、欢迎与关爱的迎接盛典类比为第19章所描述的罪恶之地——所多玛城（Sodom）——的村民们面对两位陌生人的造访而聚众围攻和挑衅他们的气势汹汹的姿态。这两位陌生人的真实身份是天使的化身、神的使者，面对众人的排外和恶意的丑恶嘴脸，他们决意要惩罚罪恶的众人，于是他们特意保护了敞开大门善待他们的罗德（Lot）——亚伯拉罕的侄子——及家人，指引他们一家逃到山里藏起来之后，用熊熊烈火摧毁了整个罪恶之城[④]。金索尔弗将内森·普赖斯一家初到刚果基兰加地区的所见所闻一章命名为《创世记》，便是以亚伯拉罕奉上帝之意成为一个新民族的始祖、拯救天下万民的创世纪故事影射了以上帝派来刚果播撒文明种子的使者自居的传教士内森，显然这是对内森的讽刺，因为他从来没有像《圣经》所述亚伯拉罕一样的坚韧、仁爱和智慧，只体现出来了狂热的宗教专制之欲望、对刚果民众的无情及对万物众生的冷漠。内森在训诫完众人之后，又以较为柔和的语气向他们宣告：“站起来吧！让自己离开这黑暗之地！站起来，向前走入光明之土中去！”“啊上帝，让我们祈祷，请允许我们中的美德之人能够超越邪恶，从黑暗中走出，走入我们圣父的奇妙光芒之中吧。阿门。”[②p33]金索尔弗此时借大女儿蕾切尔之口描绘道：

> 所有的面庞仍在呆呆地望着我的父亲，似乎他们都是黑色的植物，而红头发的父亲就像是太阳一般，照亮了这些黑色植物。但是他们的表情慢慢地从喜悦变成困惑直至最后流露出了失望。这当口，父亲施加的符咒已破，众人收到这个解散的信号后，便喃喃地挪动起来。只见几位妇女努力地将自己身上的纱笼提了提，在胸前系好，以便遮盖住她们的乳房。其他女性则带着自己光屁股的孩子们走开，走入了黑夜之中。我猜她们大概是要舍弃这顿饭直接回家睡觉去了。
>
> 我们头上的空气变得无比的安静。在这幽深静谧的黑夜中，除了纺织娘的鸣声之外，再也听不到其他声音。[③p33]

可见，金索尔弗借对《圣经》中上帝之“光芒”与罪恶之“黑暗”的戏仿，以众人的反应形象展现了内森咄咄逼人却又扭曲《圣经》之本意的布道带来的可怕气氛，他在呼唤众人走向光明的同时，却封闭了众人之口，并以羞辱的讥讽给当地妇女蒙上了一层黑暗的心理阴影。她们感觉在众人面前受到了嘲弄和讥讽，颜面扫地，甚至以卑微的姿态开始怀疑自己的形象及价值所在，自觉自己配不上这顿招待客人的盛宴，于是以躲避的方式避免进一步给族群“蒙羞”。大多色泽艳丽的纱笼是非洲东部女性的传统服饰，而且由于当地经济条件的限制，她们并没有更好的衣服可以遮身。内森眼中只看到了当地民众的落后，因为这印证了他脑海中刚果缺乏“文明”的原初想象，而对于土著居民在饮食、草药、土地伦理等方面的智慧，则视而不见。他在现实中非但没有给基兰加地区带来“光明”，反而带来了各种各样的生存威胁与灾难：为获得经济利益而破坏当地作物；不顾当地冷藏技术的落后，用炸药炸死大量河里的鱼为村民提供食物却导致鱼体在河岸腐烂，引发环境恶化；其对宗教的专制、对当地文明的蔑视及侮辱激起了当地首领的敌意，从而间接引发小女儿的死亡悲剧；最后还因强制给孩童洗礼，引发鳄鱼咬死咬伤孩子们的事件的发生。

三、借助“罪恶”与“生存”的回文影射父亲版本的《圣经》

“罪恶”（evil）这个词在《毒木圣经》中也反复出现，常常被艾达以回文诗句的形式与《圣经》中的褒义词关联地抛出，酷爱狄金森诗歌的艾达还进一步给她独创的回文诗句披上了一层神秘的狄金森色彩。譬如，艾达曾在自己珍藏的《艾米丽·狄金森全集》的空白之处写道：“罪恶之行生生不息！”（Evil deed live！）③p637这句精彩的回文诗句将“罪恶”与“生存”（live）两个词巧妙地联结在了一起，读来回味无穷。艾达似在控诉内森的权欲之心及工具理性思维影响下对生命的漠视带来的罪恶对当地村民带来的是持久的影响，走火入魔的他已经无法接受任何异己的思想，只要他还活着，他的罪恶便不会结束。艾达评论道，“将虚妄的想象当作真理，成为我们脚底下的人行道。这就是我们所谓的文明”。其言下之意便是父亲内森将白人基督教文明视作唯一文明的一意孤行已经蒙蔽了他的心灵，对一元论真理的执念终将抹杀掉对他者的尊重、关爱和好客之心，也会使得自我与他者的敌对、划界及对立的思想更加稳固，这种“文明的”思维恰恰是应该被抛弃的。

金索尔弗进而借艾达这位极富语言天赋的女儿的视角，呈现了《圣经》中的误印现象，并且借助这些误印之处讽刺了父亲版本的《圣经》，也讽刺了父亲眼中的“罪恶”——刚果的落后及不皈依基督教便是罪恶——之荒唐，而真正的罪恶其实是内森带来的思想专制及对生命的漠视之恶。艾达回到美国成为一名生物医学专家后，开始喜欢上了收集旧书，尤其是有误印现象的旧书。因为她感觉“这里面可是有着无尽的反讽，尤其是《圣经》”③p638。旧时，由于印刷技术和规模的限制，一个常见现象便是《圣经》的某个印刷版本会在某个时间段成为广为流传的手中书，人们因此会对里面的内容滚瓜烂熟。其中的错误便会名扬于天下。小说提道，1823年，《旧约》中的一句诗“丽贝卡（Rebekah）于是和她的侍女们（damsels）一起站了起来，[她们骑上了骆驼，跟着这个人]（笔者根据詹姆斯国王版本《圣经》加）”，被印成了“丽贝卡于是和她的骆驼们（camels）一起站了起来”，这被人们戏称为《骆驼的圣经》。无独有偶，小说还提道了1804年的《狮子们的圣经》版本：詹姆斯国王版本《圣经》中“儿子会从你的腰子（loins）里生出来的”被印成了“你的儿子会从你的狮群（lions）里出来的”。而1801年还有一部《谋杀者的圣经》，这是因为“这些不遵从上帝安排的抱怨者（murmurers）”被印成了“这些不遵从上帝安排的谋杀者（murderers）”。此外，还有一部《站立的鱼的圣经》，金索尔弗揶揄道：渔夫们看到“从恩基底到恩尼格莱姆的渔夫们（fishers）都应该站在上面”被印成了“从恩基底到恩尼格莱姆的鱼（fishes）都应该站在上面”时，应该会惊讶得目瞪口呆。

小说还提道了其他诸如此类的版本，比如《糖蜜圣经》（the Treacle Bible）、《熊圣经》（the Bear Bible）、《臭虫圣经》（the Bug Bible）、《醋圣经》（the Vinegar Bible）等。其中，《臭虫圣经》指的是“Thou shall not nede to be afrayed for eny bugges by night”中的“bugges”（幽灵或鬼魂）被误印成“buggs”。在《继续作恶圣经》（the Sin-On Bible）中，约翰呼吁信众们“不要再做罪恶的事情了”（sin no more）被印成了“继续作恶”（sin on more）！③p638

具有语言天赋的艾达除了热爱收集这些颇具滑稽色彩的错印版《圣经》之外，还特别擅长回文诗句，她说如果我们把“哦，上帝啊！上帝的爱！”（Oh God! God’s love!）的英文字母首尾颠倒排列的话，便会得到“Evol的狗！狗嗬”！（Evol’s dog! Dog ho）②p638！“上帝”一词在艾达的回文文字游戏中变成了“狗”，形成了意义的突降，造成了滑稽可笑的效果，不禁让人们联想到内森布道时对“上帝”的混乱注解。而她继续说“这些误印造成不同版本的《圣经》不禁让我思考父亲在非洲书写的《圣经》属于哪个版本”，“我们来的时候便印刻着这些不同版本的印记，以至于我们无从得知哪些对我们造成了长久的影响”，“我很想知道，基兰加的人们在想到他的时候，会不会浮现出一幅他居高临下地站着面对他的教区民众大喊‘基督爸爸是珍贵的（Tata Jesus is bängala!）’的画面”[③p638]。艾达说她是会想起来这个景象的，而且一想起来父亲，脑海中便会出现这个画面。

在她看来，父亲内森总以为自己说的是“真理”，然而他在非洲书写的却是《毒木圣经》，因为“bängala”一词发音倘若略有不同，便可表达截然不同的意义：“珍贵的、宝贵的”或者“毒木”。试图以方言收买人心的内森没有学会“珍贵的”之义的正确发音，他在每周日布道结束后都会高呼“Tata Jesus is bängala”！他没有意识到的是，他把“bängala”一词用成了“毒木”的发音，刚果听众们听到的是“基督爸爸是有毒的”！因此教堂里的群众既吃惊又困惑，对毒木在内的自然力量的敬畏之心使得他们不由得心惊胆战。

因此，从金索尔弗的反讽叙事中可以看出，内森口中以上帝之名所做的传道之业已经偏离了《圣经》宣扬的友善对待邻人和陌生人、以崇敬上帝的姿态尊敬及关爱他者、平等对待及爱护每个生命的基本教义，在他的词典中，牧师的作用便是掌控所有人的思想，使人们皈依于其门下，对于非洲这种经济落后的地区来说尤其如此，刚果的本族宗教及文化在他眼里是一文不值的愚昧之物，是上帝斥责的“罪恶”。传播如此扭曲的《圣经》思想的人在非洲大陆上必然会招致当地特色植物“毒木”的报复。《毒木圣经》对内森在刚果土地上的罪行的反讽式控诉也体现了对“罪恶”一词的新的解释，那就是专制之恶及其引发的价值观和伦理的堕落。

四、从“黑暗”走向“光明”的女性版本《圣经》

在小说最后，金索尔弗让死去的小女儿鲁斯·梅发声，点明了女性人物在离开笼罩在头顶的内森之“黑暗”专制后从“黑暗”走向“光明”的希望和未来，为内森口中曲解的“光明”与“黑暗”进行了重新阐释。虽然距离鲁斯·梅的悲剧多年已过，幸存的奥利安娜和另外几个女儿都已经开始了新的生活并在不同的人生道路中实践着对“共同善”的维护及推进的理想，然而，母亲仍在因过去的经历导致小女儿死亡而内疚不已。小说结尾描述道，鲁斯·梅注视着时常陷入蚀骨般痛楚的悲伤和自责情绪的母亲，试图让她看到个更广阔的生命世界中的生死循环，她开导母亲“死亡并非比活着更坏，尽管死亡确实与活着是不同状态”，“但是可以说，应该以更广阔的视界来看待世界”[③p643]。正如刚果土著语言中，“人”一词具有多层含义，不仅指活着的和未出生的人，还指代死去了的和人们躯体中包裹着的灵魂。因此，她劝导母亲“将重担从肩上放下，继续向前走”：“你害怕你会忘记，但其实你不会的。所以你即使原谅了自己也还是会铭记这段经历的。小小的一片方地上缠绕落下的藤蔓就像是在我曾经的心房上低垂下来一样。这是你需要的我的安息之处的唯一标记。继续走下去吧。走进光明里去。”[③p649]

小说结尾最后这句话再次点出了“光明”这个重要的意象，不仅与开头普赖斯一家人刚下飞机时“走入光明之中”的描述遥相呼应，而且与前文所述“光明”与“黑暗”之争也形成了进一步的拓展，体现了金索尔弗想要传达的理念：思想的专制独裁是带不来“光明”的，只会带来人性的扭曲、灵魂的丧失，以及权欲之心驱使下对万物生命的漠视及工具性利用，奥利安娜和女儿们的重生之旅是在关爱他者生命、追求共同善的理念中进行的，她们于实际行动中重建了“光明”的图景和含义，打破二元对立界限、去除霸权中心并且重塑自我尊重他者、平等互助、为共同善而奋斗的后现代伦理关系才是未来希望之“光”照进现实的路径。而正如上文所述，不幸丧生的鲁斯·梅似乎也像刚果方言“人”的多层意义一般——既指活着的人，也指死去的人及灵魂一般的存在，其灵魂如树上的眼睛在注视着人间。

在内森误用当地方言传达了“上帝是毒木”的理念并给当地族群带来了困扰和惊恐之时，奥利安娜和女儿们则走上了勇敢的独立发展道路。无论是利亚选择留在刚果与丈夫安纳托尔为民族独立和振兴事业并肩作战的选择，还是艾达的病毒和微生物研究，奥利安娜种植花草及参加民权事业的探索，抑或是大女儿蕾切尔成为一个饭店的女经理，她们都做到了倾听、包容、尊重和关爱他者，为实现不同种族、民族之间的和谐做出了实际的努力。

五、关怀他者、异质共在：《毒木圣经》凸显的后现代伦理思想

用法国著名哲学家列维纳斯（Emmanuel Lévinas）"为他者"的伦理来看，金索尔弗笔下对于霸权的讽刺、对精神堕落的谴责及对人与自然、个体与社群之密切联系的揭露提醒我们自我压迫他者的二元对立的现代性伦理关系亟须变革。后现代主义并不是要在解构之后走向一种混乱、意义丧失、伦理消解的状态，而是要在消解中心和二元对立的同时，试图重构自我与他者之间的关系，建构起一种自我尊重他者并承担起对他者绝对责任的后现代伦理关系。二十世纪80年代，以列维纳斯、德里达（Jacques Derrida）、玛莎·努斯鲍姆（Martha Nussbaum）等为代表的一些理论家已经开始考虑重建"伦理批评"，使"文学与伦理"这个古老的话题以新的姿态回归到文学批评之中，力求在哲学探索中将消极的解构论引上积极的建构之途[⑤]。他们倡导消解权威和中心，承认差异，尊重他者，主张多元性及包容性，自觉承担起对他者的绝对责任，这些基本观念构成了后现代西方伦理学的思想基础。

传统的西方哲学认为责任源于"我"的自由，源于"我"在自由意志支配下的承诺、决定与行动，"我"之所以负有责任，当且仅当"我"是自由、自律和自为的。但是这种责任实质上并不是对他人的责任，而是"我"在为"我"的自由和行动负责，这种负责的最终目的则又是确保"我"在行动中、在"我"行动造成的后果中始终保持同一和自由。这其中并不存在纯粹的、绝对的为他人而为他人的责任。但是列维纳斯笔下为他人的责任则是在"我"的开端之外或之前，"成为责任者，就是在任何决定之前成为责任者"[⑥]。在"我"选择承担责任之前，为他人的责任已经在向我呼唤了，因而"善"也在呼唤"我"做出回应。

列维纳斯提道"他者与我相似，却是外在于自我的；自我与他者的关系是与神秘性的关系"[⑦]。他者由外部性/他性构成，完全不同于我。列维纳斯在《总体与无限》一书中提道他人之于"我"具有绝对的外部性（exteriority），而这种外部性使得存在的总体性或统一性（unity）破裂了，从而变得多元，而多元的存在才是伦理的存在。真正的外部只能经由他人才能通达，这种外部性"是绝对的、无限的外部性，即大写的他者的外部性，它不是空间性的，因为空间是大写同一的场域"[⑧]。这也即是说，他人具有"我"的意识之外的他性，超越了自我意识内部场域的他性。可以说，列维纳斯笔下的外部性与他性具有等同意义，他是借助外部性之概念进一步阐释了他人之他性的不可还原性。因此，具有他性的他者与我对视时便产生了不可消除的权威，自我对他者承担的责任是不求回报的自觉选择和回应，因此从自我到他者是一种非对称性的关系。

列维纳斯反对传统的同一性哲学中自我对他者的占有和统治，认为他者具有同等的主体性地位，对他者负责便是正义，在承担对他者的绝对责任的过程中主体性才得以构建。这种不求回报的非对称性伦理关系看似较难实现，却是我们彻底改变二元对立思维方式、在尊重他者差异性的基础之上实现自我与他者和谐共进的一剂良药，如此也才能在地球共同体中实现不同民族和谐共生的"神圣的正义"。

参照上述后现代思潮中有关自我与他者的伦理转向，可以看到《毒木圣经》对《圣经》的戏仿凸显了伦理层面的积极意义。借助对内森这位自诩为上帝代言人的传教士的嘲讽和对《圣经》各个部分小标题的戏仿，金索尔弗暴露了内森扭曲教义、灵魂丧失、压迫他族的"入侵者"形象及独裁者本质，消解了基督教的中心地位，甚至巧妙地借内森之口将基督描述为"有毒的"毒木一般的存在，批

判了内森从“我”的视角出发，对其他宗教群体的同化、压迫及控制态度。

同时，通过将内森与当地族群的紧张关系与前美国基督徒与基兰加地区人民的和谐关系的对比，《毒木圣经》还影射了不同文化及宗教群体之间本能实现的和平共处的景象。此外，艾达对不同误印版本《圣经》的阐释也解构了宗教一元论的神话，影射了不同宗教文化群体之间平等共存而非基督教独霸天下的理想。

而从“创世记”到“启示录”“士师记”“神与蛇”，再到“出埃及记”“三童之歌”及“树之眼”的各部分标题，则形象地体现了奥利安娜和女儿们的艰难重生之路。在刚果经历了疫病、政治动乱及小女儿丧生的悲剧后，奥利安娜觉醒后带领女儿们努力走出父权制家长内森的思想掌控，并最终在各自独立的发展中投入为非洲族群及整个地球共同体的福祉做贡献的事业之中。她们用自己的勇敢、独立和坚定信念写就了一部自己的《圣经》，一部有关在他族文化群体中生存、觉悟并重获新生的伦理《圣经》。

六、结语

金索尔弗在“共同善”理念的基础上对宗教主义的批判、解构，以及对不同宗教及文化群体之关系的重构式想象，凸显了从彼此敌对、互相划界、冲突隔阂到尊重他异性、超越二元对立边界、追求多元宗教及文化共同体共存的伦理关系。这种否定一元论霸权、打破二元对立关系、走向交融共生的共同体与共同体之关系与后现代主义去中心化、反对霸权、消解二元对立的解构思想紧密相关。但与此同时，金索尔弗并未陷入解构性的后现代主义思想潜在的价值废黜、意义崩溃、游戏导向及文字迷宫之中，她以自己曾在非洲短居的切身经历和体会在《毒木圣经》中对白人基督教家庭这个“外来者”和刚果土著群体的动态关系进行了一番细腻动人又颇具反讽和幽默效果的想象性描绘，传达了对个体与他族共同体之关系的反思和修正，于戏仿中谴责了深受宗教主义和白人中心主义掌控的传教士内森的灵魂堕落，歌颂了几位女性人物勇敢迈出关怀他者、寻求异质共生的伦理壮举。

注释【Notes】

① 基金项目：本文为中央高校基本科研业务费项目“芭芭拉•金索尔弗作品中的后现代伦理思想及与人类命运共同体思想的对比”（项目编号：2021RC68）的阶段性成果。

② Carole J. L. Collins. The Cold War Comes to Africa: Cordier and the 1960 Congo Crisis, *Journal of International Affairs*, 47.1 (1993), pp.243-269.

③ Barbara Kingsolver. *The Poisonwood Bible*, New York: An Imprint of Harper Collins Publishers, 1998, p.22. 以下只在文中注明页码，不再一一做注。

④ https://biblehub.com/bsb/genesis/19.html

⑤ 胡继华：《后现代语境中的伦理文化转向：论列维纳斯、德里达和南希》，京华出版社2005年版，第1—13页。

⑥ 朱刚：《多元与无端：列维纳斯对西方哲学中一元开端论的解构》，江苏人民出版社2016年版，第175页。

⑦ Emmanuel Lévinas. *Time and the Other [and additional essays]*, trans. Richard A Cohen, Pittsburgh: Duquesne UP, 1987, p.75.

⑧ 王嘉军：《存在、异在与他者》，上海社会科学院出版社2019年版，第187—188页。

论《华夏集》中庞德的“正名”观

邹　越　陈　晞

内容提要： 庞德在《诗章》第六十八章中提出“正名”，以期对“名”加以明晰，表达对战争的反对，对立国兴邦的渴望，以及对古代中国正派统治的认同。“正名”是孔子政治思想的核心，名正方能言顺，才能保证个人责任和义务的实现，进而推行仁政。庞德深染和倾慕中国儒家思想，采用“创造性叛逆”，完成译诗集《华夏集》。该诗集折射出孔子的“正名”思想，体现了庞德对“内部有序的正派统治”的认同、对良知驱使的“有耻且格”人伦观的推崇，以及对名实相符的“精准”美学的追求。

关键词：《华夏集》；“正名”；秩序；人伦；“精准”美学

作者简介： 邹越，湖南大学外国语学院英语语言文学专业硕士生，主要从事英美文学研究。陈　，湖南大学外国语学院教授，研究方向是英美文学、比较文学、文学伦理学批评。

Title: Ezra Pound's "Ascertaining the Language" Thought in *Cathay*

Abstract: Ezra Pound put forward the term "Ascertaining the Language" in his *Cantos* (Chapter 68), with an attempt to clarify the concept of "name", and showcased his hatred for war and desire for prosperity. Meanwhile, Pound expressed his approval for a society under the decent rule. As the core of Confucius' political thought, "Rectifying the Name" implies that only by rectifying one's name can speak for his substantiality, and that an individual's due responsibility can be assured to fulfill. Fully tinged with and enamored with Chinese Confucianism, Pound used "Creative Treason" technique to accomplish his *Cathay*, which displays order, ethics, and aesthetic of "precision". This collection adequately reflects "Rectifying the Name" or "Ascertaining the Language", in detail, his approval for an "decent ruler of internal order", his ethic outlook of "order out of shame" driven by conscience, and his pursuit for aesthetic "precision" marked by consistency of name and reality.

Key Words: *Cathay*; "Ascertaining the Names"; order; ethics; aesthetic of "precision"

About Author: Zou Yue, postgraduate majoring in English Language and Literature at the School of Foreign Languages, Hunan University, specializing in British and American literature. **Chen Xi**, Professor of School of Foreign Languages, Hunan University. Her research fields: British and American Literature, Comparative Literature, and Ethical Literary Criticism.

正名是卫国父子争国、名分紊乱之际孔子提出的主张，是儒家思想中的核心内容，即辨正名称和名分，以使名实相符，让君民明理知义，恪守本分，使社稷安定。庞德的《华夏集》体现了孔子的正名思想，其体现不仅不囿于政治领域，还辐射到家庭及社会的伦理层次，以及“言、意、象”的美学范畴。庞德鄙弃基督教屈尊上帝的虚伪，倾慕中国儒家思想对秩序和人伦的强调，认为“正名”是兴国安邦的基础。他选择了战争、离别、相思、闺怨等主题的古典律诗，采用“创造性叛逆”的技法译成《华夏集》。该诗集展示了庞德对正派统治和人伦秩序的渴望，以及同维多利亚时代残留的矫揉藻饰文风的抗争，即采用一种“事物的直接处理”和意象拼接的方式，描述事物本质，抨击和矫正颓靡感伤的抒情、抽象晦涩的说教、繁杂冗长的语言。

一、内部有序的“正派”统治

庞德提及孔子的“正名”思想，是在其长篇史诗《诗章》第68章中，他将其阐释为“弄清语言”（ascertain the language）。庞德提出“正名”的契机是对当时美国金融界及政府垄断货币、扰乱国家信誉的批判和对一战协约国之间在进出口货物上背信弃义的指责，如“谈判资金占2%、殡葬资金占2%、经纪人佣金占0.5%、印花票用纸占0.5%、共清偿三百万荷兰盾”。美国对内加强货币垄断增加了经济负担，而国民受到犹太人放高利贷的诱惑，欠债累累，形成了恶性循环。对此，他直言感叹“信贷不足”“这十年持续的战争对我们是沉重的负担”①。国家面临债务危机和威信丧失，庞德表示：“该时候提及‘正名’——这个展示语言明确性的重要概念了。”①p400表面看，庞德提出“正名”，是为了主张实用主义和节俭主义，但更深入的是表达他对母国在民生问题上态度消极的谴责以及对国家沉湎于战争的批判。在《诗章》第53章中，庞德明确提出了“内部有序的正派统治者（Decent rulers of internal order）”①p274，体现了他在经济危机、政治动荡的时代下对西方社会稳定和秩序统一的呼吁②。在一战期间，庞德在费诺罗萨的笔记中大量阅读了饱含人伦关怀的中国古典诗歌，选出了最有共鸣的19首诗，构成《华夏集》。这些诗刻画战争之残酷、边塞之孤寂、王朝之陨落、世态之炎凉、离别之伤感。庞德从众多诗篇中仅选择诸类题材的契机是他对“当时四分五裂的比利时和动荡不安的伦敦的忧虑”③。这些诗具有强烈的时代气息，体现出庞德“在战争冲突和社会动荡中疏离、孤独、忧愁的情绪”④，契合了一战中经受骚乱的西方人民怀念亲人、憎恶离别、反对战争的心境。

庞德在《华夏集》的“Lament of the Frontier Guard”（《古风十四・胡关》）中，直露表达对统治者的愤懑。他在原诗的基础上增加了多个反问，讽刺了无为野蛮的统治者对圣位的亵渎，指责统治者肆意征兵，造成民声哀苦、士气低落、国无安边的后果：“谁带来了这些灾难？/谁把愤怒带给了皇室？/谁给军队带来了战鼓？/是野蛮的君王。/慈爱的春天，变成了血迹斑斑的秋天。/战乱席卷了整个中原。”但庞德并非仅停留于对统治者无为的批判，而是更深入地表达了对一位信仰群众史观、追求内部秩序的统治者的希冀，以期国家能从“无序”变为“有序”。在“Old Idea of Choan by Rosoriu”（《长安古意》）中，庞德大量省去原诗中寄托情感的意象，重写原诗华艳富赡的文体风格，并进行大量改译：“带有花香翅膀的鸟儿，飞翔的蝴蝶/聚集在千门万户上，/树木如玉石般闪闪发光，/梯田涂着银色，/扑满无数色彩的种子，/构成了由棚架、走廊和游廊构成网状结构，/双塔，翼形屋顶，/是网状道路的界定线：/一个欢约相聚的地方。……/君主让高洁的金黄莲叶/来装拾他的滴滴露水。”该诗把天下贤士隐喻为蝴蝶和鸟儿，把贤明君主隐喻为满园的棚架和挂满宝玉的树。蝴蝶和鸟儿被美丽的棚架和宝玉树吸引，前来栖息，“愉快地相遇”，这正是儒家“学而优则仕”的隐喻，即良禽择木而栖，贤臣择主而侍。而“双塔、翼形屋顶”则是统领君民的上层建筑，这种上层建筑呈“网状”结构，象征内部有序的统治。双塔分别映射政治上层建筑（军队、监狱、政府部门等）和观念上层建筑（政治、法律、艺术、哲学等），是网状结构内部的具体构成。“无数彩色的种子”则暗指大众子民，这些子民在错落有致的“梯田”里茁壮生长，形成了一幅内部统治有序、社稷稳定、国家繁荣的理想蓝图。此外，庞德并没有停留在卢照邻的抒情，即含蓄地抒发怀才不遇的寂寥之感和批判长安城里权贵阶层骄奢淫逸的生活和内部的倾轧，而是把君子比作“高洁的金黄莲叶”，他收集“露珠”，广集天下贤士。慧眼识珠的贤明君主让怀才不遇变为怀才有遇，展现了一个统治有序、心系大众的正派君主形象。据评论家考证，庞德在一战爆发后主动写信给欧美政界人士，并借助杂志、电报等媒体发表言论，试图唤起大众和统治阶级的良知，然而他的声音没有得到上层的回应。因此，他着手创作诗歌，以揭示社会的真实境况。极具代表性的《诗章》被评论为1915年版《华夏集》的"厚重的棕色文稿堆"，映射了第一次世界大战的军事鼓动[⑤]。可见，《诗章》是象征主义代表作《华夏集》中精神寄托的具化。内部有序的正派统治是《诗章》中一个重要的主题思想。

在《诗章》第53章中，庞德赞同孔子依靠仁爱来实现内部秩序，即要求君主以仁治国，从而稳控社稷，实现国家统一。在仁爱思想下，负面思想能得以遏制："内部秩序的体面统治者/探寻五湖/接受礼品却没有盛气凌人/仲夏飘雪/十二月有雪，山峦无须护国/河流也不湍急，长江、黄河缓缓流过/没了篡夺、嫉妒、税收/贪婪、谋杀、嫉妒、税收和海关/死了商鞅/陨了苏秦，从此没了军备竞赛、战争鼓宣。"[①p274]又如在《诗章》第54章中，庞德描绘了一位通过减税来使人民由衷劳动的君主形象："特赦一整年不交税/'百姓在经济实力足够前，不交税'/'采石场垮了，武器就没用了'/'在我看来'，这位皇帝说，'那是/因为我看到了每个臣民的辛勤所为'。"[①p276]在儒家思想中，君主想要实现社会和谐统一，重点就在于对财富的分配和赋税的减轻，这是庞德与孔子"正名"思想的共鸣。《论语·子路篇》记载："子路曰：'卫君待子为政，子将奚先？'子曰：'必也正名乎！……故君子名之必可言也，言之必可行也。君子于其言，无所苟而已矣。'"可见，统治者应当首先自己定下名分，在制定国策上说得明白，行得通，以身作则，承担治理国家的责任，关怀天下，这样公民才会自觉效仿贤人，正如"其身正，不令而行；其身不正，虽令不从""苟正其身矣，于从政乎何有？不能正其身，如正人何"？此外，君主还需倾听知识分子的声音，这样才有天下贤士投身贡献，如在《诗章》第53章，庞德认同了君主同子民齐心、天人合一的儒家思想，表达了唯物主义的群众史观："人民就如同山峦和溪流，/才有了我们的汇集，/成为中国四海以内的君王，就是要让子民作诗演剧，/让史学者如实记录，/让子民说出赋税的罪恶。"[①p270]可见，庞德认为内部有序的正派统治需要君民二者的共同作用，即君子引领和宏观掌控，子民效仿和微观参与。

庞德在《华夏集》中表达出对君王压迫百姓、挑起战争的憎恨，借此影射对母国统治阶级在民生问题上消极态度的谴责和对一战的痛斥之情。但庞德并未停留在情感宣泄和政治批判上，而是大胆运用创造性叛逆，书写对"内部有序的正派统治"的期望，勾画出一幅领袖追求正名、贤明自治、引领民众、选贤举能，民众效仿领袖、万众一心参与生产和政治活动的理想蓝图。外在看，《华夏集》饱含时局批判和爱国主义精神；内在看，它是庞德受儒家正名思想启迪后的理想主义之作。

二、"有耻且格"的人伦思想

庞德在翻译《论语·为政篇》的"道之以德，齐之以礼，有耻且格"[⑥]时采用了创造性叛逆，在原文上增译，加深了"有耻且格"的内涵："通过让臣民（用良知）直视自己的内心并来管制他们，用礼制来维持秩序，他们的羞辱观就不仅能给自己带来外部的统一，还能带来有机的秩序。"庞德强调，公民需要以良知知耻辱、从礼制，这样社会的外在秩序与内部秩序才能有机统一。知耻辱体现了积极的人伦观，能为人们带来道德启示和教诲，这恰好符合文学的基本功能："文学从来就是人生的教科书，只有文学才能通过一系列道德事例和榜样达到教诲、奖励和惩戒的目的，从而帮助人完成择善弃恶而做一个有道德的人的伦理选择过程。"[⑦]《华夏集》中女子闺怨、世态炎凉、感伤离别等主题的诗句均流露出庞德的道德判断和人伦关照。

庞德在"The Beautiful Toilet"（《古诗十九首·青青河畔草》）中表达了对落寞女子的关怀。在翻译"荡子行不归，空床难独守"时，他切换了语句中"图形"和"背景"焦点："Who now goes drunkenly out/And leaves her too much alone"，把原文中的"空床"图形转换为"She"的人物视角，凸显了闺怨女子对游走丈夫的思念之情和寂寞之感，以及诗人对游走丈夫长期杳无音信、独留妻子空守闺房的责备。庞德看似陌生化的处理把一种泛时空的家庭伦理观跃然纸间，尽管西方读者无法全然理解，但能通过他“延展和（跨语言）平行的直觉”[⑧]感知到，因为“他总是愿意将外部物体转化为内心感受”[⑨]。据考证，由于一战期间西方众多男性远赴战场，众多女性被留置在家，“倍感孤独”，而庞德正是在创作《华夏集》期间，探索和评论了女性普遍遭受的情感伤害问题[④p41—42]。再如，在“The Jewel Stair’s Grievance”（《玉阶怨》）中，庞德增加了无人称主语“I”，使读者身临其境，感受女子在白露的玉阶下，袜子浸湿还苦苦等待爱人的孤独凄清之感，凸显出女子忠诚的高贵品质。从文学的本质来看，无论是在《古诗十九首·青青河畔草》表达对“抛妻”丈夫的道德谴责，还是在《玉阶怨》歌颂女子的忠贞品质，庞德都通过创造性叛逆，强化了对男女双方人物图形的聚焦，以呼吁民众承担家庭责任，实现了文学最基本的功能——道德教诲，也展现了“齐家”思想：“古之欲明明德于天下者，先治其国。欲治其国者，先齐其家。欲齐其家者，先修其身……”（《礼记·大学》）。该思想在《诗章》第13章中可寻迹一二：“如果一个人内心没有秩序/他就无法在其周围传播秩序/如果一个人内心没有秩序/他的家人就无法按照应有的秩序行事/如果王子内心没有秩序，他就无法在领地内建立秩序。”[①p59]可见，齐家——使家庭成员齐心协力、和睦相处是实现人伦之线相接的必然要求。这段诗节把家庭伦理中的个人秩序类比为君主的秩序，可见“齐家”是“正名”在个人层面上的微观要求，做到了这一点，才能实现“在邦无怨，在家无怨”（《论语·颜渊篇》）。为此，公民个人的自我约束势在必行。

在《古风十八·天津》（“Archaic18 Tianjin”）中，庞德运用创造性叛逆，表达对个人纵欲行为和享乐之风的强烈批判：“是琼楼玉宇和诱人羹肴/是香气和舞女/是她们清脆的笛声和歌声/是七十对男女的共舞/是庭苑里花痴的追逐。”庞德描绘了男女寻欢的纵欲场景，排比结构避免了单调的意象并置，五个铿锵有力的排比结构是对颓废的王宫贵族的强力鞭笞和讽刺，映射出对西方“爵士时代”奢靡之风的警示。如《论语：里仁篇》所云：“富与贵，是人之所欲也，不以其道得之，不处也；贫与贱，是人之所恶也，不以其道得之，不去也。君子去仁，恶乎成名？君子无终食之间违仁，造次必于是，颠沛必于是。”自律是正名的又一表现，任何时候民众都需要以仁德来处世，而仁德源自公民的良知，有良知才有审慎自律、厉行节俭。这是因为，孔子的正名主张不仅和他克己复礼的政治信念密切相连，还与他天下归仁的最高政治理想休戚相关[⑩]。而庞德对人的劣根性有深刻认识：“巧舌如簧，满嘴欺骗，牢记邪恶于心，还自甘沉沦于此。”[①p273]因此，庞德认可孔子“克己复礼”的治国理念，通过公民自然意志的一定规制，引导民众做出正确的伦理选择，弃恶扬善。庞德对礼制的认同在“Farewell to an Envoy on His Mission to Anxi”（《送元二使安西》）中尤能看出，该诗未独设英文标题，暗示王维与密友离别时的无言。整首诗静谧而凝重的情境，在“Light rain is on the light dust”中的静态表述中实现。大写抽象的“Go”对应原诗中的“阳关”，衬托出此景的庄严肃穆和前程的茫然未知，反衬出友情的厚重，刻画出一个珍重友谊的正人君子形象。孔子正名主张的初衷就是为了“正礼”，“礼”首先是一种处理人和人之间关系的处事原则，即相互关照和相互制约，有人类群居的地方就必然有“礼”的需要[⑩p73]。由此可见，庞德在该诗中的创造性叛逆便是对孔子“不知礼，无以立也”（《论语·尧曰篇》）的译写，这符合马克思主义中对人的属性的定义，即人的本质是所有社会关系的总和，人的完整意义应由个人意义和社会意义两部分共同构成。同时，该译诗歌颂的友谊之情，恰好和庞德当时人伦疏离的高度资本化社会形成鲜明对比，表达了他对人间疏离的忧虑。

“有耻且格”是庞德在《华夏集》中“正名”思想的又一体现，是对儒家“克己复礼”思想的重新阐释。这种思想同内部有序的“正派”统治融合并共同作用，从个人家庭层面到社会国家层面提出发挥理性意志作用的要求，由此助力实现内在的秩序和外在的统一，通过克己复礼，实现天下归仁。

三、名实相符的“精准”美学

庞德在《回顾》中提出：“我认为诗可以像树那样蔚然成型，可以像水悠缓流入瓶中那样，又坚韧（solid），又流畅（fluid），我相信艺术技法是一个人真诚的验金石，我致力于踏平那些阻碍和模糊规制之决意或‘精准’表达之热血的任何惯例。”[11]庞德推崇“精准”（precision）的意象主义和儒家的正名思想有很多共鸣之处。孔子认为，若谈为政，先要把文化思想导正，这是非常重要的。而要谈得清楚，则须摈除对事物的空洞晦涩表达。只有说话的可靠性有所保证，才能保证名分为他人接受，社会伦常能稳定维持，礼乐兴盛，国泰民安，才能避免礼崩乐坏、伦理失范，这便是“名正言顺”。在我国古代美学研究中，关于“言、意、象”关系的讨论不计其数，如有学者认为“象”的出现和形成脱离不了“言”，而“言”可解释为“正名”，“名”是把握“象”的基础[12]。可见，所谓“正名”，就是要定义、言说准确，持有高度的责任感，而非故作玄幻、置若罔闻，这样才能正确引导“意”，才能表征出清晰“精准”的“象”。

无独有偶，庞德在《回顾》中认同这种具有高度责任感的美学观念：“不要使用冗余的文字……不要使用类似‘祥和的昏暗土地’这种麻木意象的表达……不要觉得你在创作一篇散文佳作时，可以病恹恹地逃避表述的难言，把这种所谓的‘难处’拆成啰唆的数行，就能欺骗其他任何聪明的读者。”不仅如此，庞德在英译《论语·子路篇》的“名不正则言不顺”时，更是创造性增译，加入了他对“正名”的理解，流露出他对儒家等级秩序观念与语言“精准”表达之间紧密联系的认识：“如果单词（术语）不准确，则它们就无法按照规范执行或完成。”[6]p79可见，无论在《回顾》中还是在《论语》译作中，“精准”都十分突出，强调了庞德名实相符的精准美学观，凝结了庞德尝试信奉名正言顺来引领意象派和现代主义的良苦用心。二十世纪初战火中精神涣散的环境加速了庞德“正名”美学思想的觉醒，他说：“我认为我们应该把当下看作为一个相当模棱两可、混乱不堪、感伤四溢、矫揉造作的时期，我说出这话，并非自以为是、清高自满。”庞德意识到当下急需一种新的文学风格，来挽救语言使用不准的现状。幸运的是，当他阅读费诺洛斯的笔记时，他巧合地发现中国传统诗歌大多描绘了一种清新且易于辨认的物象，并受之熏陶。如庞德在“Farewell to an Envoy on His Mission to Anxi”（《送元二使安西》）中，用“Light rain”“light dust”“willows”“inn-yard”“greener and greener”“no friend about you”等看似低级直白的措辞，刻画了雨后清新的城中客栈之景：叙述者不再留恋不舍，而是理性地接受离别，劝君畅饮，用酒寄托友情之思。庞德的译诗完美贴合了原诗的气氛，措辞和语体上干练直爽，不带滥觞矫情，这符合庞德“对事物的直接处理”的诗学思想。干练的文字凸显了送别之景的肃穆庄严，忠实地还原了王维对送别友人的离别之苦，彰显出友谊之深。用最简单的文字体现人类最朴素的情感，这不仅是庞德对语言“经济性”的追求，也是他“坚韧”“流畅”的诗学思想，而“精准”的表达也符合儒家“名实相符”的处世态度。

庞德深受意象派前辈T.E.休姆的影响，他崇尚精准和明确的描述。正如休姆在《浪漫主义与古典主义》中所说：“想象（imagination）和幻想（fancy）这两个词变得如此平庸，以至于我们认为它们一定一直存在于语言中。”[13]不可否认，出生于十九世纪末的庞德多少浸染一丝维多利亚时代的诗情画意——不仅有华丽的浪漫主义象征符号，还有追求绝对客观的自然主义元素。但庞德从维多利亚时代的诗歌中汲取人文关怀，在这两种主义间采取了折中，创作了最著名的《在地铁站》。该诗生动描绘了庞德观察到的转瞬即逝的事物——快速移动的人潮。行人之快让他没有闲致构思复杂的词语，因此他选择缩短信息的长度，避免作品中的押韵和节奏[14]。此外，庞德也是浪漫主义的反对者：

“我甚至反对浪漫主义者，反对那种津津乐道接受的态度。我反对那种慵懒思维，即认为只有在抱怨、呻吟某物的时候，诗才是诗。”他也相信“美可能是小的、干的东西”。作为意象派的前身，休姆早已见证英国诗歌浪漫主义的僵化趋势，沦为无病呻吟的感伤主义。传统文学贫瘠的表达方式已无法适应现代生活的纷繁变化，而庞德作为休姆的继承者，更是把其信仰的古典主义推向了现代浪潮，形成了意象主义。在《华夏集》中，“坚韧”“流畅”的“精准”美学无处不在，如“白骨横千霜，嵯峨蔽榛莽”（Bones white with a thousand frosts,/ High heaps, covered with trees and grass）。不含谓语动词的表达体现出战争后的荒凉死寂。庞德用最简明的文字将情感物化，寄托在意象中，成为一种理智与情感的复合体，给读者带来强烈的画面冲击感，头韵和尾韵的非刻意追求体现了诗歌的节拍感。庞德在《回顾》中写道：“有时我能在《自由女神》中找到一个显著的韵律，就像任何伪斯文伯恩主义者一样陈旧和陈腐，有时作家们似乎不遵循任何音乐结构。但总的来说，耕耘这片土地是件好事。”摆脱陈旧和陈腐是庞德诗风转向“正名”的一丝迹象。事实上，他新诗学思想的孕生可以追溯到对前拉斐尔派的赞美和继承，该学派信奉“脱离说教的自由”或“脱离话语的自由”⑨p49，因此我们也不难理解庞德为何反对维多利亚晚期矫揉抒情、说教冗长的诗风。此外，庞德在创作《华夏集》时加强了中国古典律诗的阅读，敢于学习借鉴，努力创作符合时代特殊性的诗歌；敢为流派正名，用“坚韧”“流畅”的诗歌旨趣投身诗歌创作和翻译，为自身辩护，以实现“名实相符”，使他被誉为“那些蔑视模仿学派的人的避雷针”。⑮《华夏集》体现了庞德将儒家正名思想和他“意象的直接处理”之思想的巧妙融合，回应了本人主张的“语言能量观”：“要关注语言的表达品质，试图通过清晰、节奏、声音和形式而不是靠感觉来激发语言的活力的。”⑯这种能量观要求创作者主动激发能量，给意象增添活力，而非消极创造、随意感悟，以防重复感伤主义的泥潭，滥调抒情而名实不符。

T.S.艾略特曾说，庞德是“我们这个时代中国诗歌的发明者。”⑰肯纳也评论说：“最终，我们了解了庞德，对战争对这位现代艺术天才产生的影响感到震惊，通过影射一战的中国古典之镜，我们看见了战争多么徒劳；另外，由于庞德在《华夏集》中深刻挖掘出了时代急需的精神，因此他能从人群中脱颖而出。”③p204庞德成为二十世纪初崭露头角的伟大诗人，宏观上在于他诗歌中的爱国主义精神和文人气质，微观上在于他对孔子正名思想的认同，即对名实相符的“精准”美学的追求，对“坚韧”“流畅”诗风的推崇，对语言能量观的演绎和对文坛疾患的鞭笞和拯救。

四、结语

子曰：“为政以德，譬如北辰，居其所而众星共之。”庞德在《华夏集》中表达了对“内部有序的正派统治”的追求；子曰：“人而不仁，如礼何？人而不仁，如乐何？”庞德在《华夏集》重写了孔子“克己复礼”的思想，即要求公民从个人家庭社会等方面恪守职责，杜绝纵欲，保持良知，体现了庞德“有耻且格”的伦理观；子曰：“故君子名之必可言也，言之必可行也。君子于其言，无所苟而已矣。”庞德的《华夏集》体现了他名实相符的美学态度，表现为“坚韧”而“流畅”，彰显了他清醒刻画现实的刮骨疗毒品质，而这样的毒，来自维多利亚时代矫病滥情的文风，来自庞德时代人们对本真的弱视、对“正名”的忽视。《华夏集》中充满了对秩序、人伦、“精准”美学三类“正名”思想的具体思考，告诫人以良知来知耻辱，弃恶扬善，择善弃恶，尽个人和社会责任，实现个人和社会内外两部分的统一；希冀统治者以身作则，关怀天下，倾听知识分子的声音，推崇克己复礼、谨慎自律，把修身齐家、俭以养德、重视友谊等品质渗入子民心中。同时，对“名”的概念加以明晰，在为人、论述、创作上做到精准，名实相符，建立良好的人文思潮和社会秩序。《华夏集》中体现的“内部有序的正派统治”、良知驱使的“有耻且格”人伦思想，以及名实相符的“精准”美学引领着中西方有“仁”之士迈向精神健朗、深度自省的现代征途。

注释【Notes】

① Pound, Ezra. The Cantos of Ezra Pound. London: New Directions, 1999, p.400.文中引《诗章》的中文均为笔者自译，以下引用庞德原诗文、文论皆同，只在文中标注页码，不再一一做注。

②《诗章》第52—61章介绍了中国孔子的哲学、伦理及其所追求的和平昌盛的社会秩序。

③ Kenner, Hugh. The Pound Era. Berkeley: University of California Press, 1971, p.202.

④ Yao, Steven G. "to-day's men are not the men of the old days": Ezra Pound's Cathay and the Invention of Modernist Literary Translation. Translation and the Language of Modernism, 2002, p.34.

⑤ Sieburth, Richard. Introduction. Ezra Pound New Selected Poems and Translations. New Directions, 2010, p.292.

⑥ Pound, Ezra. Confucian Analects. Peter Owen Limited. 1956, p.13. 此处本义：用道德教化引导百姓，使用礼制去统一百姓的言行，百姓不仅会有羞耻之心，也会遵守规矩。

⑦ 聂珍钊：《文学伦理学批评导论》，北京大学出版社2014年版，第6页。

⑧ Ming, Xie. Elegy and Personae in Ezra Pound's Cathay. English Literary History, 1993, p.79.

⑨ Yip, Wai-lim. Precision or Suggestion: Pre-Cathay Obsessions. Ezra Pound's Cathay, 2015, p.49.

⑩ 陈学凯：《道德、伦理、政治的合二为一——孔子正名主张的思想意义》，载《西安交通大学学报》（社会科学版）2011年第6期，第73页。

⑪ Pound, Ezra. "A Retrospect" and "A Few Don'ts". Essay on Poetic Theory. 〈https://www.poetryfoundation.org/articles/69409/a-retrospect-and-a-few-donts〉.

⑫ 王珍珍：《“正名”与孔子美学思想》，载《中山大学学报》2005年第3期，第46—47页。

⑬ Hulme, T. E. Romanticism and Classicism. Essay on Poetic Theory. 〈https://www.poetryfoundation.org/articles/69477/romanticism-and-classicism〉.

⑭ Abdulqudr, Kizhan Salar., et al. Ezra Pound's Poetry between Victorianism and Modernism: A Historical-Biographical Analysis. Technium Social Sciences Journal, 2021, p.829, 831.

⑮ Logan, William. Pound's China-Pound's Cathay. New Criterion, 2019, p.8.

⑯ Munday, Jeremy. Introducing Translation Studies (4th edition). Routledge, 2016, p.167.

⑰ 艾略特：《庞德研究文集》，蒋洪新编选，译林出版社2014年版，第243页。

论超验主义思想对《小妇人》中四姐妹的性格影响

李　姗

内容提要：《小妇人》是一本描述女性角色，强调了个人意识独立的小说。作者奥尔科特深受超验主义思想的影响，以细腻的叙事手法生动形象地描写了美国南北战争时期马奇四姐妹的成长历程。在《小妇人》一书中，超验主义超灵观在四姐妹个性塑造中的体现、自然观在四姐妹喜乐哀痛境遇时环境匹配的描写、个人观在四姐妹人生道路选择时的表现，都体现得非常明显，甚至是淋漓尽致。这些不仅增添了《小妇人》的趣味，也赋予四姐妹无限的人格魅力，从而让这本书自发行以来获得了无数好评。

关键词：《小妇人》；奥尔科特；爱默生；超验主义；马奇四姐妹

作者简介：李姗，江汉大学人文学院教育硕士，研究方向为历史教学、外国文学等。

Title: The Influence of Transcendentalism on the Personalities of the Four Sisters in *Little Women*

Abstract: *Little Women* is a novel about female characters that stresses the autonomy of personal consciousness. The four March sisters' development throughout the American Civil War is delicately described by the author Alcott, who is heavily influenced by transcendentalist beliefs. The transcendentalist views of Over-Soul in *Little Women* is very evident and almost oozing in how the four sisters' personalities are shaped, the views of Nature in how the sisters' happy and sorrowful circumstances are shown, and the views of an Individual in how the sisters decide on their paths in life.These not only increase *Little Women*'s intrigue but also give the four sisters unique personalities, earning the novel several accolades since its publication.

Key Words: *Little Women*; Alcott; Emerson; transcendentalism; the four March sisters

About Author: Li Shan, Master of Education, College of Humanities, Jianghan University, with research interests in history teaching and foreign literature.

美国小说家路易莎·梅·奥尔科特的著作《小妇人》以美国南北战争时期为背景，围绕十九世纪一个平凡的美国家庭，描绘四姐妹的日常生活。小说分上下两部分，第一部分是《小妇人》，讲述梅格、乔、贝丝、艾米四姐妹在母亲的引导下，怎样克服自己的缺点；第二部分是《好妻子》，展现了四个姊妹的成长历程。小说自1868年问世以来，一直广受追捧，2019年还被拍成电影，也取得了不俗的票房业绩。《小妇人》作者奥尔科特从小就受到爱默生超验主义的影响，超验主义包含了超灵观、自然观和个人观三个部分，这三个部分在《小妇人》中都有很好的体现，全书也正是通过超验主义思想的指导，刻画了四姐妹身上的美好品质和自我独立的精神，赋予了她们无限的人格魅力，增添了小说的趣味。

一、超验主义超灵观对四姐妹的性格塑造作用

爱默生超验主义思想中，世界是一个有机的整体，其中超灵不但是万物之源，更是万物之家。爱默生把他的自然宗教思想扩展到了整个社会：心灵的上帝，即人类的良知；上帝外在的力量，即宇宙的灵魂。他十分注重良知的作用，将个人美德与内在良心相结合。从根本上讲，一个人内心的良知就是一种美德，所以人们要避免作恶。在道德人生的

正确道路上，他把道德情感发展成超灵观的根基，就像他在一次神学院演说中所说的："道德感情的直觉就是对心灵法则的完美理解。"①

爱默生认为，只有通过自己的良心，才能与神交流。他着重指出，要有一种高尚的道德觉悟。《小妇人》一书的人物经历和性格，鲜明地表现了这一点。为了减少家庭开支，乔外出照料马奇姑姑且努力写作，成为一名作家；梅格则成为一名家庭教师以此补贴家用，为了和布鲁克先生结婚，放弃了马奇姑姑的财产；贝丝天真烂漫，不计回报地帮助他人；艾米古灵精怪，坚持对艺术的追求。马奇姐妹清醒而自由地选择了人生的道路，尽管结局不同，但获得了自立的品格。

乔为了补贴家用，把自己宝贵的秀发卖了25美元。乔说："我是自己赚来的，我想你一定不会责备我，我只是卖掉了自己的东西。"②传统来说，女人要留长发，但乔决定把自己的头发剃光，用这笔钱来资助她的家庭。于她而言，帮助家庭要比个人的外貌更有魅力。这一点也体现了乔的良知。一个人的良知是一种美德，所以她能够容忍他人的异样眼光。这种牺牲就是一种美德。在超验主义观中，人要相信自己，顺从自己的直觉，坦诚地对待自己，但是不能以贪污或盲从旧律为代价。

艾米请乔陪她去参加社区活动，乔没有像其他女性一样打扮自己。她说："要是人们更在乎我的衣服而不是我这个人，我就不愿见他们。你可以尽心尽意打扮得优雅，让人们喜欢你，喜欢你的衣服。你觉得这样挺值，我却不然，裙饰只能让我烦。"②p255

乔总是对自己的直觉深信不疑，倾听着自己的心声。从她的言谈中，我们可以看到乔对传统女性的打扮漠不关心。当大家怂恿着乔要穿成"标准女性"的样子，她不但对此婉言谢绝，还会凭本能行事。在书中，路易莎明确地表达了她对于超灵观的理解：人们以自己的良知生活，关注自己生命的品质，意识到自己的存在。

二、超验主义自然观中"自然"四姐妹之间的关系

爱默生超验主义自然观是一种精神或神的符号，它着重于对人类的本质的关怀。大自然是灵魂和神的象征，美丽、活泼、神秘。人要遵守自然规律，不然就要受到相应的惩罚。超验主义自然观告诉人们怎样感知大自然，并鼓励人们主动地去拥抱大自然。

读者阅读《小妇人》，都会从奥尔科特的作品中感受到女性最喜爱的对象是大自然。当女人们开心时，她们会到自然中放松，找寻自己内心的宁静。在九月的一个下午，四姊妹相约去爬山："这果然是一幅漂亮的小图画。只见四姐妹一起坐在树荫一角，斑驳的日影在她们身上摇曳不定，清风撩起她们的发梢，吹凉她们炽热的脸颊。"②p127作者给我们描绘了一幅宁静的自然环境，让我们能够从文字中感觉到大自然的美丽。超验主义的"自然"，除了太阳、月亮、树木、花朵、动物、湖泊和海洋之外，还包括一些其他的东西——超验主义者近乎宗教般的崇拜。他们仿佛能从大自然中感受到人的精神与宇宙的密切关系，也能从大自然中感受到神的权能和神的存在。所以，超验主义者认为，自然的灵性是一种神性的显现。人的各种思想状态也可以用自然的方式表现出来，如在一片宁静的景色中，你会感觉到一种宁静、纯净的自然之美；在一种忧郁心情的作用下，人对眼前的自然景色也会附上哀怨的神思。大自然以不同的方式传递着人们的意识。

出于善意，马奇太太让四个女儿帮忙照料赫梅尔一家。小女儿贝丝发现赫梅尔家的小孩罹病，赶紧过去帮忙，却不幸染上了猩红热。贝丝生病后一直很虚弱，马奇一家都笼罩在悲伤的阴霾中。"十二月一日对他们来说是个名副其实的严冬。这天寒风呼啸，大雪纷飞，似乎预示着这一年气数已尽。"②p305自然环境也因为贝丝的处境而显得灰暗无力。更糟糕的是，寒风并未吹散马奇一家人的忧愁，贝丝的病情急转直下。在自然面前，她像一个脆弱的小孩，只得紧紧地握着她的双手。大自然更

像是一种精神力量，轻柔地指引着贝丝从死亡的幽谷中穿过，把她拉到自己的怀里。

奥尔科特采取了人文主义的方式，把更多的感情融入大自然中，点明人与环境之间的亲密关系。同时，由于人的觉知状态发生了改变，大自然也会有不同的意义，而精神状态也会不断地给人以启示。

三、超验主义个人观对四姐妹个人选择的引导作用

爱默生超验主义个人观认为，每个人都具有独一无二的才能，但是，如果他们不坚定地相信自己的观点、态度和倾向，那么，他们就毫无意义。爱默生《论自助》一书中对天才下了定义："相信自己的思想，相信每个人心中的真实都是对的，这是一个天才。"[③]他鼓励人们不要依赖于常识和经验，而是要跳出传统的思维模式。一个人所掌握的绝对力量都是截然不同的，只有他本人有权利去了解他的能力。爱默生强调，不管人们有多大的才能，都要经过刻苦的实践才能得到。爱默生这些东西在《小妇人》姊妹个人选择方面表现得淋漓尽致。

首先，梅格婚姻中的自立。梅格的超验主义显著体现在年纪轻轻的她战胜了物欲，并打破了"女性应当以婚姻来改变自己的人生"这一传统观念。她深深爱上了一个贫穷但充满活力的人约翰·布鲁克，但遭到了姑姑的坚决反对。马奇姑姑对她说，如果只是为了爱情而嫁给这种穷小子，那她休想分到一分钱。但梅格依然坚信自己的选择，毅然决然地拒绝了马奇姑姑的施舍。而后，马奇姑姑直接评价她的婚姻是失败的。梅格则用自己的态度进行反击："我不会为钱而嫁，我的约翰更不会为钱而娶。我们愿意自食其力，也打算等待。我不怕穷，因为我一直都很快乐。"[②p207]她认为嫁给富人并不是生活的全部，靠着美貌跻身上层的那些女人也有自己难渡的关。梅格精神上的成长让她不再惧怕马奇姑姑的恐吓，至此，她选择了勇敢地追逐自我，而非沉溺于物质财富。

婚后，梅格的朋友过着奢华挥霍的生活，相比之下，她的拮据暴露得一览无余。书中不断描写着她的心理斗争，最后积攒已久的矛盾终于在与丈夫的争执中爆发。夫妻二人促膝长谈，最终找到了一条解决问题的出路，二人相伴相扶，让梅格坚信自我的选择是正确的，他们夫妻二人的坚贞爱情远比优裕的物质条件更令她满足。贫穷并非毫无优势可言的，在困苦的生活之下，梅格的丈夫磨炼出了坚毅的人格品质，获得了包容一切的胸怀，给饱受他人非议的梅格提供了一个坚实的臂膀。纵使生活贫苦，但梅格拥有一个支持她的爱人，锤炼出了一颗纯净的心灵，获得了更灿烂的人生。至此，梅格从一个追逐奢华享乐生活的女人蜕变成一个幸福的妻子及母亲。随着她对超验主义观的认识加深，她的心灵变得更加独立，不再盲目地顺从社会大众，而是遵循自己的本能进行抉择。

其次，乔的自立——对写作的追求与婚姻的选择。书中，乔一直渴望成为一名优秀作家，但她不得不去写庸俗作品来养家糊口。当她出版自己的小说时，为迎合大众，出版商建议她删除接近三分之一的部分，她只好妥协，迫于无奈删除了她最引以为傲的章节。小说出版后，大家对她的评价褒贬不一，她为此陷入了迷茫无奈的困境之中，她认为应该写有意义、有价值的小说而非盲从大流。随后，乔找到出版商进行争论，但残酷的现实让她再一次低下了头。好在巴尔教授将她及时地从泥潭中拉了出来，他认为写作应凸显个人想要表达的思想，而非盲目跟风制造庸俗的垃圾。超验主义者认为，人应当追寻自己的内心，通过自助成为一个自立的人。巴尔教授对低俗作品的态度就阐明了他是一个不惧世俗之想，期望乔勇于表达自我的观点的超验主义者。人要保持心灵上与道德上的纯洁，保存对于理想不懈追求的动力。在接受巴尔教授的建议后，乔豁然开朗："是的，这是那种易燃废品的最好去处。我想，我宁愿把房子烧了，也不愿别人用我的火药炸毁自己。"[②p315]从那以后，她不再为了追求轰动效应而创作，转而去写她真正想写并热爱的东西。至此，她完成了心灵上的蜕变，意识到在

创作中，自己的声音必须得以保留，要给社会创造出一些有价值的东西。

在写作上，乔保留了个人尊严获得了个人独立，充分凸显了超验主义个人观。对于乔的婚姻而言，大部分读者为乔与劳伦斯的爱情无果感到唏嘘，但事实上，乔对劳伦斯的求婚做出了严密的思考，她也曾考虑是否应当遵循社会主流，答应嫁给劳伦斯，从此闭门不出做一个相夫教子的传统妻子。彼时，她的作家身份也便不复存在，她只得以劳伦斯妻子的身份活着。“我不喜欢优雅的社会而你喜欢，你会讨厌我乱写乱画，而我没这些不能过。我们会感到不幸福，会希望我们没这样做。一切都会令人不敢想象！”[②p323]在百般思忖后，她决定要追求属于自己的人生。最后，她发现巴尔教授是初见时就让她倍感钦慕的人，面对当代的思想，他勇于捍卫基督教的原则并且默默帮助乔，支持她进行文学创作。巴尔教授尊重乔保持独立人格的同时给予她帮助，是乔的最佳伴侣人选。

乔无论是在个人工作的选择或婚姻的抉择上都透露出她不愿意屈服当下社会，明白什么是自己真正所需，敢于追求个人所想，超越了当下的社会观念，成为一个超验主义者。

总之，超验主义者认为，美德是神圣本质的化身，自然是人类与上帝交流的最佳途径，通过与自然建立联系，可以与上帝直接交流，并追求人生的终极意义，自立是人生的宝贵品质。路易莎•奥尔科特在《小妇人》一书中刻画了四姊妹的鲜活个性，同时强调了她们共同的善良本性；《小妇人》多次描绘大自然的景色，并与姐妹们的喜乐哀痛境遇相匹配，保持着一种和谐的联系；《小妇人》通过叙述乔对事业与爱情的抉择以及梅格勇于放弃生活享乐、大胆追求爱情的经历，刻画了姐妹们自立的个性。可以说，超验主义思想在《小妇人》姐妹身上得到了充分的体现。

注释[Notes]

①Emerson, Ralph Waldo. “From Nature”. Writing New England: An Anthology from the Puritans to the Present, edited by Andrew Delbanco, Cambridge, MA and London, England: Harvard University Press, 2013, p.110.

② [美]路易莎・梅・奥尔科特：《小妇人》，译林出版社2017年版，第147页。

③ Emerson, Ralph Waldo. Self-Reliance, the Over-Soul, and Other Essays[M]. Claremont, California: Coyote Canyon Press, 2010, p.135.

《进入黑夜的漫长旅程》中的疾病书写与戏剧治疗

陈舒婷

内容提要：疾病书写是文学场域中的重要主题，是作家创作的独特审美视角。尤金　奥尼尔在戏剧《进入黑夜的漫长旅程》中对“疾病”做出医学意义上的病理描写，蕴含了剧作家对个体生存处境的探索和对民族社会的思考和体悟。以“疾病”为切入点，力图阐释历史文明进程中人物的精神和心理状态，剖析奥尼尔的创作成因，企图对人类与社会开展戏剧治疗层面的观照与疗救。运用桑塔格的疾病隐喻理论阐释奥尼尔戏剧创作的深层动因，洞见奥尼尔在时代语境下的社会责任感，助推了医学与人文学的跨学科研究。

关键词：尤金　奥尼尔；《进入黑夜的漫长旅程》；疾病书写；危机意识；戏剧治疗

作者简介：陈舒婷，湖南理工学院硕士研究生，主要从事跨文化跨学科研究。

Title: Disease Writing and Theatre Therapy in *Long Day's Journey into Night*

Abstract: Disease writing is an important theme in the literary field and a unique aesthetic perspective of writers' creation. Eugene O'Neill's play *Long Day's Journey into Nigh* makes a pathological description of disease in the medical sense, which contains the playwright's exploration of individual survival situation and his thinking and understanding of national society. Taking "disease" as the starting point, this paper attempts to explain the spiritual and psychological state of the characters in the process of historical civilization, analyze the causes of O'Neill's creation, and try to carry out dramatic treatment on human and society. This paper uses Sontag's disease metaphor to explain the deep motivation of O'Neill's drama creation, gain insight into O'Neill's sense of social responsibility in the context of the times, and promote the interdisciplinary research of medicine and humanities.

Key Words: Eugene O'Neill; *Long Day's Journey into Night*; disease writing; crisis awareness; drama therapy

About Author: Chen Shuting is from Hunan Institute of Science and Technology, specializing in Cross-cultural studies and Transdisciplinarity.

《进入黑夜的漫长旅程》描述的是二十世纪之初美国社会一个普通家庭因日常琐事引发一系列情感风波的故事。自作品问世以来，学者多从作品悲剧性、与古希腊悲剧之关系、戏剧节奏等方面对它进行解读，而戏剧中的疾病书写极少引起研究者的注意。实则还有诸多亟待思考解决的问题，例如剧中人物的疾病表现如何？作家创作缘何会描写人类生命与疾病的互动？戏剧又是如何发挥它的治愈功效的呢？以下拟从剧作中的疾病症候、奥尼尔的创作动机以及戏剧的疗治功能三个方面对“疾病”现象进行尝试性的文学叙说。

一、剧作中的疾病症候

从医学范畴上来讲，人类的疾病类型主要分为生理性疾病与心理性疾病两种。生理性疾病一般是指一些人体正常的生理因素所导致的疾病，若是身体异常发生病理损伤，代表人体的合理病变很可能已经患病，则需要采取适当的治疗措施。而心理上的疾病是由于内、外致病因素作用于人而造成脑功能障碍，基本症状是精神活动紊乱。文本里的母子玛丽与埃德蒙是家庭矛盾的中心。埃德蒙确诊了肺结核，是身体层的疾病体验；而玛丽长期被神经炎所困扰。亲人的淡漠、现代文明的发展和生活节奏的增快等都是造成他们久病不愈的推手，使其越发脱离一种自然属性，致使身体内部的正常秩序被疾病所干扰。

埃德蒙正式确诊肺结核的“漫长”过程贯穿了戏剧始末，人物的内在状态也在随着戏剧情节的跌宕起伏有起有落。幕启时从玛丽与蒂隆的谈话中得知埃德蒙在咳嗽，从而引出埃德蒙出场。整篇剧目中共有三处提及埃德蒙咳嗽，从“我感到身体很不舒服”①到“我自己难受自己心里最清楚，晚上热度一高直打寒战”①p461，肺结核一直在侵蚀埃德蒙的病躯，由疾病引发的负面情绪也在不断积压。虚弱不堪的埃德蒙借着醉意说道：“心已经死了”①p527，自认为如同行尸走肉般，在这世上苟延残喘。更惨的是，当面对父亲吝惜为自己出钱寻找医术高明的医生来医治时，他只能对着父亲无奈地怒吼：“天啦……真要发疯了！……现在关系到你儿子害肺病的事，你居然做出这副守财奴的寒碜相！”①p540人类的生命就这样在金钱面前遭到了漠视，亲缘关系也不过如此。与父亲沟通无果失望透顶的埃德蒙无奈接连感叹“我在笑人生。这疯癫的人生”①p547，叹息自己的人生已经到达“最后一个港口”了，将不再恐惧人生的丑恶与贪婪，人生的希望和梦想，这一切都是幻灭。肺结核是对埃德蒙人生进程的一种破坏，扼杀了埃德蒙对未来美好生活的向往。

从上述对埃德蒙的症候叙述中，我们可以看到生理性疾病带给人类的痛苦。生命一旦遭受疾病的摧残，便到了痛不欲生的地步，精神病类患者玛丽亦是如此。剧作中的女主人公玛丽长期患病：神经质、风湿病还有毒瘾。这些病症伴随着她的日常生活而存在。玛丽托凯瑟琳去药房配药，与其交谈时恍恍惚惚地说：“你在说什么！什么药房药方的？你是说治我手上风湿痛的药。”①p502此外，蒂隆对妻子玛丽怨声载道“你一吸上毒就什么人都怪，只是不怪自己”①p509，但最令人窒息的是玛丽令家人唾弃厌烦且无孔不入的神经质，埃德蒙居然称自己的母亲为“一个冤魂”①p548，玛丽时常就像丢了魂似的，她的这种病态并不被家庭包容。尽管这些病症带给她身体上以及心理上的折磨和痛苦，尽管是生次子埃德蒙时落下的病根，却得不到家人丝毫的体谅与照顾。家人长期的极度冷漠致使玛丽只想回到幻梦中去，“对不起，我只想回忆过去生活中的快乐的那段时光”①p512。此外，过于孤寂也是造成玛丽罹患精神病的诱因之一。剧作中共计六处自述她的孤单，其中第三幕中，蒂隆与埃德蒙相继回家后，玛丽说道“我一直坐在这儿，那么孤单，那么凄凉”①p507。心理疾病和家庭不幸吞噬了玛丽健康的体魄，最终酿成了不可挽救的悲剧。疾病带来的悲剧性对人性的寂灭和腐蚀更具有毁灭性。幕终时，玛丽凝视着前方，沉浸在忧郁的梦幻中。疾病与健康一样，有其存在的合理性和必然性，有一种从自身内部出现而建构的秩序，符合疾病的本体论意义。出于对个体生命的尊重，人类理应尊重这种内部秩序。但在蒂隆的家里，好像并不是这样。于他们而言，玛丽不是妻子，不是母亲，而是一个生命发生异常的疾病患者，她在给家庭制造焦虑，增添徒劳的负担。在奥尼尔的笔下，病人面临着“生存还是毁灭”的困境，他们的生命进程接近于无序。作家本人缘何要花费笔墨在自己的自传体剧本里重点刻画这类病态人物呢？

二、疾病书写的成因

奥尼尔热衷疾病书写，实与他自身的身体状况还有所处的社会空间有着不可分割的联系。“他的身体和精神状况之所以不好，不仅是由于个人因素，同时也是当时世界局势造成的。”②这种观点指明了疾病与个体内部的身体秩序有关联，同时人类也与社会脱不开关系，疾病发生且暴露于特定的社会形态之中，这中间的政治、经济因素会影响社会群体的生活方式和特定人群的写作方式。

奥尼尔本人饱受痼疾的困扰。“在创作《进入黑夜的漫长旅程》期间，奥尼尔受生理和心理的双重折磨。”③得以看出奥尼尔创作过程中身体已然在不同程度上深受疾病的困扰。疾病持久侵袭着奥尼尔的身体，使之无比痛苦。1909年在中美洲探险时，奥尼尔“感染了疟疾”，到了1912年年末又身患肺结核入院，“我的身体垮了下来，在一个肺结核疗养院待了六个月之久”[①p584]。曾在西方社会中有这样一种流行说法，那些敏感消极，对生活缺乏热望的人是结核病的不二人选，换言之，在当时看来，肺结核作为时代的一种流行传染病，患上此病的人身体里必然有极度敏感的因子存在。这种疾病带来的敏感气质，使他能够洞察到正常人无法理解的体验和心理感受，人在深层次沉睡着的心理原动力也被唤醒。“奥尼尔心中的愤怒需要有发泄的渠道和对象。”[④]因此，情感郁结于心也是剧作家创作的灵感来源。作者在创作某部作品时往往会受到内心情感的驱动与牵制，便产生一种强烈的想法要投入到戏剧创作中去。在与疾病抗衡的过程中，精神上也遭受莫大的痛苦，从作品中的迷惘与迷离便可以看出。奥尼尔借埃德蒙之口说自己“感到孤独，迷失在雾海中”，“跌跌撞撞不知往何处去好”，又时常“感到自己是个局外人，找不到一个安身的家”，发出“我不需要什么，也不被人家所需要”[①p550]的呐喊。物质带给人的膨胀感导致人本体异化。奥尼尔对这种现象嗤之以鼻，但又寻不到良方。精神和肉体双重的痛苦使他审视着社会的现实生活，决心创作戏剧鼓舞人心。

我们可以借用弗洛伊德的观点来讨论奥尼尔戏剧创作的动机何在。首先弗洛伊德认为文学作品的诞生如同白日梦一样，接着他又指出：“幻想是我们的病人抱怨的苦恼症状的直接心理预兆。”[⑤]从非理性的角度而言，作家以幻想的方式来创造个人想象世界，这个创造的过程就类似于白日梦幻想的过程，此时人无意识的精神活动是在幻想中完成的，所以这种无意识能够助推作家完成创作，在创作中满足自己的欲望。奥尼尔因罹患肺结核被迫进入疗养院，在身体极为虚弱的状态下仍坚持创作，长期的疗养生活也为他提供了足够的创作空间。疾病压抑了奥尼尔的情感，奥尼尔需要从幻想中释放压抑，将幻想以戏剧作品的形式表达出来，而这个作品就是“白日梦”的衍生物。但需要强调的是，无意识本能的创作活动是在现有生活经验的积累下完成的，也就是说奥尼尔的疾病书写除了情感郁结于心、“白日梦幻想”之外还有其他因素，诸如个人疾病体验做了铺垫。

同时，社会危机成因说也负一定的道德责任。苏珊•桑塔格认为“疾病常常被用作隐喻，来使对社会腐败或不公正的指控显得活灵活现”[⑥]。疾病进入文学视野后纷纷被作家赋予更深层次的精神意义。奥尼尔发挥了疾病书写的隐喻功能，由缺乏信仰的个体直指患病的民族。个体患病是由时下社会条件造成，而毫无灵魂的个体会对社会产生危机。他把疾病作为一种具有批判性质的隐喻，透过戏剧中呈现出的病态形象表达对现行社会混乱秩序的不满。

奥尼尔透过疾病问题隐喻病态的社会，进而追溯背后存在的深层社会现实问题，凸显了社会环境对人类造成的恶性影响。二十世纪初，美国高度商业化导致信仰缺失的人民陷入金钱的牢笼里，人们对物质和名利的需求逐渐加深，给人们带来肉体上的疾病疼痛和精神上的心理挫伤。玛丽在剧中这样抱怨道，“我们大家都一样，生活使我们变成这样”，面对生活的苦状，“我们只能听天由命，毫无办法”，当做出了错误的选择之后，也只能“一误再误，到最后误了终身”，最可悲的是“自己心里想的事倒一件也实现不了”，会“永远违背自己的心愿”[①p466]。玛丽受到重重压抑，她的信仰仿佛被生活偷走，人格上的缺失会造成人的心理机制塌陷。基于弗洛伊德人格结构理论来看，本我追求快乐原则，没有条框限制而只需满足个人欲望；超我遵循道德原则，对人的欲望有条件限制，而自我则生存在本我与超我的“夹缝间”，必须协调两个极端的矛盾和冲突。三者处于相互调节并相互制衡的关系之中，若这种平衡一旦被打破，埋藏在人心深处的人格便经不住考量，进而影响人类的身心健康发展。玛丽长期处于一种孤独的境地中，又由于过分神经质，在周旋中个体潜意识机制无力控制自己的思想，所以玛丽会带着病态心理活在自我幻想中。

人类信仰塌陷也会对社会造成一定程度上的

危机。维拉·波兰特说："疾病在文学中的最大功用正是用来隐喻，作家正是用这种隐喻化的表达来说明自己与周围世界的特殊关系。"⑦这与桑塔格的疾病隐喻论不谋而合："任何一种病因不明、医治无效的重疾，都充斥着意义。内心最深处所恐惧的各种东西全都与疾病画上了等号。疾病本身变成了隐喻。"⑥p53从另一种角度来看，人处在复杂的社会关系之中，病人群体的情绪也能影响到社会的发展。奥尼尔透过发生在小人物身上的事件以及小人物身上所展现出的疾病状态，以此来影射二十世纪初美国社会追求工业化发展的同时暴露出的各种社会矛盾，警醒当局者要提高危机意识，避免人们尤其是病患的精神信仰陷入混沌状态里，由此引发家庭矛盾、社会矛盾。文本里的不和谐声音诸多，例如杰米鄙夷地质问埃德蒙"那个吸毒鬼上哪儿去了"①p557？面对自己的母亲不用敬语，反称其"吸毒鬼"。另外蒂隆对玛丽也是充满了不耐烦"你这两天老是有点神经过敏"①p427。整个家庭的气氛都笼罩在一种阴沉沉的乌云之下。无论是情感裂缝还是个体疾病，都是构成家庭不稳定关系的"元凶"。家庭里的密切关爱能使女性得到情绪上的满足，女性的情绪价值能在无形中转化成更高的价值，从而有利于家庭的延续和社会的发展。构筑融洽的家庭关系是家庭幸福、社会和谐的前提和保障。

三、从疾病书写走向戏剧治疗

奥尼尔在给友人巴利特·克拉克的书信中说道："也许我能讲清我对蕴藏在生活后面那股强劲而又无形的力量的感受。我的创作抱负就是要在我的剧本中能多多少少地显示出这股无形的力量。"⑧虽然他的戏剧大多是悲剧，但人们自始至终能够感受到悲剧带来的深沉的力量，这股力量不可捉摸而又富有治愈性效果。二十世纪五十年代，在西方国家逐渐发展了一种新型艺术治疗模式即戏剧治疗。戏剧与治疗的结合主要体现在三个方面：在康健场所举办的一些戏剧活动；戏剧成为其他心理治疗的辅助治疗形式；戏剧利用自身的美学特点和宣泄作用，成为一种独立的治疗形式。具体来看，一方面戏剧对创作者有强烈的治疗作用，对身患疾病或信仰塌陷的人来讲有内省及救赎的作用；另一方面，戏剧有助于重构精神文明，对整个现代社会的文明进程发展也有积极探索意义。整个社会在应对这场现代物质危机与精神危机的较量时，更应当体现对人类终极的人文关怀。

奥尼尔曾说过："唯有借助于芸芸众生之遭受苦难而令自身感同身受，自身方能自我拯救。"⑨在疾病与心理激烈碰撞的过程中，激发了他内心潜在的创作欲望。家庭的遭遇、童年的体验旁敲侧击地触动着他的内心，疾病书写是他向外界宣泄情绪的窗口。《进入黑夜的漫长旅程》是奥尼尔带有自传性质的传世力作。他的妻子卡洛塔在回忆奥尼尔创作时曾说："他那时身体已经不好，晚上经常失眠……他向我解释他不能不写这部关于他青年时代和他家庭的戏。这些往事就像幽灵一样纠缠着他，逼着他非写不可。"①p11奥尼尔通过写自传体戏剧的方式记录个人生命体验，而他在创作过程中也不断去和疾病做斗争，在和文学对话的频道里向观众展示自己的内心世界，以这种方式重新审视自己的家庭以及释放自我。尼采说"一切艺术都发挥着滋补全身之功效，能够增强力量，激发快感，引发一切更精细的陶醉记忆"⑩。可见，艺术本身具有强烈的感染性，能够唤醒人类浑然不觉地袒露内心情感，从而发挥着净化人类心灵的作用。

社会是人与人关系的总和，而疾病存在于具有社会属性的人身上，因此无论是慢性疾病还是精神疾病都会使社会产生严重的精神危机。从戏剧治疗的角度来说，戏剧治疗这种模式能对人产生积极的治疗效果，因为它"强调来访者在与咨询者建立信任关系的前提下，以戏剧表演为媒介，通过审视自身问题，促进自我的重新整合和个性的再次发展，以达到治愈心理问题的目的"⑪。除此之外，过程中建立信任关系尤为重要。荣格说："灵魂的治疗只能在谈话的静谧中进行，在完全信任的健康氛围中进行。用灵魂来治理灵魂，逐一打开那些阻止通往内心最深处的大门。"⑫当一个家庭蒙上一层疾病的阴云之后，更应该有直击灵魂深处的沟通和相处，这样才能重拾亲密感。但随着日暮降临，家庭矛盾日益加深，疾病带来的痛苦日益沉重。埃德蒙幻想“孤零零一人，在这高高的桅楼上，远离尘世的喧嚣。[①p549]”药物麻痹着玛丽的神经，“这药能带着你往回走——回到很远很远的往昔，直到再也不觉得痛苦为止。只有过去那些快乐的日子才是真的，其余都是假的”[①p503]。究其原因，剧作中关于对玛丽和埃德蒙的疾病书写很大程度上背后蕴藏着社会指向，暗示着缺失信仰的人类精神危机，隐喻着缺少人文关怀的社会现状。

那么，疗治现代精神危机是全社会亟待解决的问题。剧本中的蒂隆、玛丽等人都是由于丧失信仰引起了内在焦虑，停滞在眼前的障碍中不能创造新生活。医学界一直在试图攻破、更新技术来解决人类的疾病问题，但从另一方面来看，过于关注疾病自身和原始秩序，以及把病人当作非正常人来看待会导致忽略掉患者的主观意志和个人情感，而恰巧戏剧演出能够弥补他们缺失的部分情感。“戏剧治疗终极指向人性与心理，契合临床医学，关注生存质量，追求人文学科的终极价值。”[⑬]因此，从奥尼尔的疾病书写中能够彰显戏剧的人文关怀。二十世纪七十年代，美国确立了医学人文学，带有批判性质的医学人文学既能了解病人治疗情况，又能关注社会建构，从而吁请社会对病残群体的人文关怀。

四、结语

全剧围绕玛丽的神经质与次子埃德蒙的结核病这两个矛盾冲突点铺陈开来。从社会伦理学的角度来看，奥尼尔作为疾病体验者，通过书写个人患病经历，表达个人生命困境以及对社会文明进程的思考。从作家的创作理论来看，结核病、风湿病、疟疾等疾病激发了奥尼尔的戏剧创作。他把个人情绪倾注在作品里，进而熔铸成一种创作的激情。不仅于此，更重要的是透过个体疾病书写看清了这个“支离破碎”而又毫无信仰的社会的真实面目，当人类的心灵与肉体更加依赖社会条件时，社会带给人类的人文关怀便成了终极目标。时下心理问题频发，创作者对人物进行疾病书写能够引发人们的深思，同时医学人文学的兴起，能更有效地“对症下药”。从疾病书写的角度出发，对奥尼尔的戏剧进行跨学科研究不仅能了解剧作家的创作契机，还为当下如何实现社会福祉提供历史启发。在当代戏剧史上，尤金·奥尼尔的《进入黑夜的漫长旅程》是一部不朽之作。他通过疾病书写揭示了人类所面临的精神危机，到了二十一世纪的今天仍旧是我们大家共同需要面临的问题。他对人类对社会的深刻反思，时至今日仍有特别的意义和价值。

注释【Notes】

①[美]尤金·奥尼尔：《天边外》，荒芜、汪义群等译，漓江出版社1984年版，第450页。以下只在文中注明页码，不再一一做注。

②[美]路易斯·谢弗：《尤金·奥尼尔传》，刘永杰、王艳玲译，商务印书馆2018年版，第3页。

③ArthurGelb, BarbaraGelb, ed., O'Neill, Harper & Brothers, 1962, p.5.

④[美]克洛斯维尔·鲍恩：《尤金·奥尼尔传》，陈渊译，浙江文艺出版社1988年版，第359页。

⑤[奥]西格蒙德·弗洛伊德：《创作家与白日梦》，侯国良译，载《文艺理论研究》1981年第3期。

⑥[美]苏珊·桑塔格：《疾病的隐喻》，程巍译，上海译文出版社2003年版，第65页。以下只在文中注明页码，不再一一做注。

⑦[德]维拉·波兰特：《文学与疾病——比较文学研究的一个方面》，载《文艺研究》1986年第1期。

⑧[美]尤金·奥尼尔著，郭继德编：《奥尼尔文集》，人民文学出版社2006年版，第213页。

⑨Travis Bogard, ed., Contour in Time: The Plays of Eugene O'Neill, Oxford University Press, 1988.

⑩[德]尼采：《权力意志》，孙周兴译，上海人民出版社2016年版，第391页。

⑪李晓辉、张大均：《戏剧治疗的回顾与展望》，载《医学与哲学（人文社会医学版）》2012年第6期。

⑫[瑞士]卡尔·古斯塔夫·荣格：《精神分析与心灵治疗》，康蕾译，中国法制出版社2018年版，第105页。

⑬吴宗会：《戏剧治疗、道家思想与异化空间：奥尼尔戏剧疾病书写史研究》，载《同济大学学报（社会科学版）》2019年第2期。

视野、领域与方法

——论《华文文学的跨语境传播研究》的价值

陈诗婕

内容提要：颜敏的《华文文学的跨语境传播研究》由中国社会科学出版社出版，该书在扎实的史料基础之上，立足于媒介过程论、语境论和网络论，对1980年以来华文文学跨语境传播现象进行了多维分析与解读，进一步拓展了华文文学传媒研究的视野，提出了“跨域解读”“跨域想象”“文类跨域”“跨域经典”“理论跨域”等新的现象与命题，展现了华文文学研究在方法论上走向整合、比较的可能性与现实性。

关键词：华文文学；跨语境传播；语境论

作者简介：陈诗婕，福建师范大学文学院在读博士，主要研究中国现当代文学。

Title: Vision, Fields and Methods — On the Value of *Research on Cross-Context Communication of Chinese Literature*

Abstract: Yan Min's *Research on Cross-context Communication of Chinese Literature* was published by China Social Sciences Press. Based on solid historical data, this book makes a multi-dimensional analysis and interpretation of the phenomenon of cross-context communication of Chinese literature since the 1980s based on media process theory, context theory and network theory. It further expands the vision of Chinese literature media research, and puts forward new phenomena and propositions such as “cross-domain interpretation” “cross-domain imagination” “genre cross-domain” “cross-domain classics” and “theoretical cross-domain”. It shows the possibility and reality of the integration and comparison of Chinese literature research in methodology.

Key Words: Chinese literature; cross context communication; contextual theory

About Author: Chen Shijie, studying for a doctor's degree of Arts, Fujian Normal University, specializing in Literature of Taiwan, Hong Kong, Macao and overseas Chinese literature.

一、跨越与整合的尝试：跨语境传播中的华文文学研究

在《华文文学的跨语境传播》中，作者将华文文学作为一个整体来分析其与媒介传播发生联结的节点，甚至在书中提出“重写文学史的可能性”。这本身体现出作者对于华文文学的动态理解：将华文文学视为一种动态、包容、开放的文学空间。用媒介整合的视角回答了以往有关华文文学是中心还是边缘的问题，另辟蹊径地给出了第三种答案，即用动态、包容、开放的媒介视角去看待华文文学的整合与流动。

从离散理论、空间诗学到传媒研究，学界对华文文学的关注呈现一种动态的变化。作者突破传统纸媒研究，运用跨文化诗学的研究范式提出“跨语境传播”，从主导媒介、文学文本、文学生态重建三个层面分析华文文学的跨语境传播流变与影响。所谓的“跨”，笔者认为有“打破”“突破”“创造”三个含义：“打破”指打破华文文学原有的区域性，不再以固定的地域去区分华文文学的特质与流变，从而使得整个华文文学成为一个新生的媒介空间；“突破”体现在对文学创作的传播、交流的追踪与探讨，如对同一主题的传播嬗

变、对理论术语“离散”的跨域旅行研究等；“创造”体现在积极建立以媒介为核心的华文文学网络，通过分析学者的传播与影响力经验的个案研究为华文文学提供新的参考借鉴。从跨语境传播视角出发，既是对传统媒介研究的延续，又在一定程度上视为对饶芃子先生“跨文化和比较方法”的具体实践之一。对于华文文学的方法论，饶芃子早在二十世纪90年代在《海外华文文学与比较文学》中便提出要“把比较文学的理论和方法引进海外华文文学研究领域”，并指出：“海外华文文学作为一种世界性的文学现象，在未来世纪，如能借鉴比较文学的理论和方法，将会使海外华文文学这一现象的生成和深化，得到多方面的理论的诠释。”①2007年，刘登翰在对“华文文学”的定义中提道：“华文文学是超越政治空间的想象，它打破疆域，是超地理和超时空的整合性的想象。”②王列耀在海外华文文学与海内外华文传媒的双向互动、海外华文文学与中国影视界的跨媒体转化等“跨界”现象中积极提炼海外华文文学的本质内核③。颜敏在继承前人的研究成果的基础上，提出“华文文学的跨语境传播”这一新概念。他对“华文文学”名称的选用，有三个维度的考虑：一是历史（经验）的维度：“以华文替代汉语、中文以避免汉族中心主义与中国中心主义意识。”④二是美学（艺术）的维度：华文文学更强调“文学语言形态与在地生存经验融合”④p7，从而丰富华文文学共同体。三是从思维（方法）的维度：华文文学本身具有跨区域性质和世界性视野。在华文文学基础之上的跨语境传播研究，指的是“通过华文文学在国家内部、区域与区域、国家与国家之间的流通过程来考察华文世界的内部循环机制及其影响”④p10。

具体到华文文学与华文传媒研究，其实早在二十世纪80年代，就有学者通过挖掘文学传媒上承载的作品与事件进行梳理、考证、阐释，最终完成建构或者重建文学史的任务。可以说，华文文学史一开始就是建立在文学传媒的基础之上，通过传媒中的内容作为历史的史料与佐证，串联起整个文学史的场域问题。《海外华文文学史》作为学科标志的文学史著述，陈贤茂在其中也提道文学与传媒的关系，充分说明文学史依赖传媒记载。然而这种传媒研究并没有突破媒介工具论，现代传播论提出媒介不是中介的理论，为华文文学传媒研究提供了新的方向。传媒作为一种存在，成为研究的对象而非工具。这种媒介思想的转变影响到二十世纪90年代乃至二十一世纪，一些学者积极借鉴传播学的研究思路，重新进入华文文学研究场域。李志在《境外的新文学园地——五四时期南洋地区文艺副刊〈新国民杂志〉研究》中通过对《新国民杂志》的梳理⑤，透过传媒分析海外华文文学最初的传播范式。王列耀则自觉确立了“传媒制造”的理论制高点，在暨南大学“华语传媒与海外华文文学研究中心”取得了一系列的研究成果。华文文学跨语境传播正是在动态、发展、变化的文学研究与文学史研究中兴起，成为当下文学与传媒研究的又一力证。

二、媒介作为方法：华文文学跨语境传播现象的多维探索

《华文文学的跨语境传播研究》中将媒介的传播定义为社会互动过程。“在我看来，媒介的两种定位思路并不冲突，媒介集传播渠道和关系重构于一身，传递信息的过程也是以人为主体展开的社会互动性……媒介既是中介，又可能是信息、关系、情境、公共空间和实践区。媒介具体所指既可以是物质场所，也可以是虚拟空间；既可以是外在于人的实体，也可以是人本身。”④p14在这段话中，作者分析了媒介本身的特性，具体概括为一种动态、开放、综合的以人为主体的社会互动关系。作者正是基于这种动态、开放、综合的媒介作为入口梳理华文文学跨语境传播所涉及的现象，包括路径、动力、规律和影响等方面。在路径方面，以人的文学交流活动为中心，包括学者、作家、评奖者等；在动力方面，关注文学外部的学术、经济、政治等的推动力，乃至人本身的私人情感；在过程方面，按照文学与媒介关系的阶段性发展进行典型个案分析；在规律方面，既看到区域与区域间的不对等，

又看到其在整体语境下与社会外力的对抗与融合；在影响方面，给华文文学是中心还是边缘提出了第三种答案，即拥抱一种开放、包容、动态的媒介视角，而非禁锢于中心与边缘的二元对立中。作者将华文文学跨语境传播中的媒介定位为一般意义上的传媒（如报刊、影视、网络等）、组织与机构（学术会议、学会、评奖机构、研究机构、作家协会等）、处于流动状态的人（如学者、作家、编辑、新闻工作者），这些媒介构成传播网络，从而形成华文文学跨语境传播生态系统。

作者立足媒介过程论，依次梳理了二十世纪80年代到二十一世纪后的四个媒介时期：纸质媒介、影视媒介、网络传媒、多媒体时期的流变趋势。以纸媒时期、影视化时期和多媒体时期为例：纸媒时期，以《四海》《世界华文文学》为例，专栏设置中以留学生的离愁别绪为主题材，虽然作品主体上呈现出世界各地的开放性，然而在主题上呈现出对中国意识的变奏和合唱，体现出一种中国意识的限制与指引。影视化时期，从《余震》和《金陵十三钗》的影视化改编中发现这些海外华文文学作品在媒介传播中丧失了原有的离散美感，更多靠近小说叙事本身，脱离了其原有的海外创作语境，被剥离成一个具有传奇性的故事。融合媒介时期，电视节目“开卷八分钟”拓宽了受众对于华文文学的视野，从华文文学中选取经典作品进行传播，然而由于媒介本身的限制，容易将受众引导向一个固定的理解方向。微信时期，随着人的流动与开放，文学也通过微信群、微信公众号、微信文章等方式呈现出新的特征：简洁性、新闻性、有效性。这些特性与文学本身的诗性在一定程度上相互对抗，从而在传播的过程中磨灭了文学本身的诗学特性。在媒介过程论中，华文文学以媒介的更替与转换呈现出动态发展的趋势，透过作者的论述，可以观察到华文文学本身内部与传媒的紧密关系，同时也可以看到媒介作为内容正在影响华文文学。

在梳理华文文学跨语境传播的流变趋势后，作者立足媒介语境论，分析文学本体在跨语境中出现的新问题、新现象，其中跨域解读和文类的跨域发展体现了跨语境传播与研究的“学者视野”。跨域解读中以《乡愁》为个案分析这首广为流传的乡愁诗歌如何被经典化、固化，乃至成为诗人余光中的一张名片，在大陆读者心中烙下了深深的乡愁诗人形象。作者回到当时《乡愁》通过学术实现经典化的历史语境，指出之后赵稀方在2004年以《中国图书商报》为阵地批判余光中，却依旧没有中止大众盲目的“余光中热”。作者依次从作品如何进入大陆，又如何进入学术及政界，最后如何被教育体制固化成经典主题进行分析。相比何敏芳在《余光中诗歌在大陆的接受研究》中以普通读者的接受视角研究“余光中热”是如何通过书籍、杂志以及网络文章进行传播的过程[⑥]，作者以余光中的《乡愁》探析被凝固的主题现象更侧重于文学学术的传播视角。除此之外，作者还通过文学的内外部研究相结合的个案来探索华文文学学术的传播视角。在区域互动部分，以儿童科幻小说为例，既具体分析三位作家文本内部的儿童形象、叙事策略的差异，又立足于不同区域分析三位作家创作背后的文体跨域与区域互动现象。

作者将“跨语境传播”视为“引发华文文学生态调整的重要力量”，试图从生态重建的角度分析华文文学的构造与关系，从纸媒传播策略分析华文文学的世界性与本土性，从传媒的角度折射出华文文学生态重建的媒介阻力和语境阻力。除此之外，学术会议承载了学界对于华文文学作品、思潮、理论关注的转向功能和记录功能，作者将学术会议视为一个文学场域，通过分析学术会议的举办情况、参与情况和影响情况，细致地指出华文文学共同体中制度化和生活化两种想象逻辑，为重建和调整华文文学提供新的可能性。在传媒视野下，王德威作为华文文学研究跨语境传播的典范，积极以“现代性”的观念融合不同区域的华文文学，参与建构华文文学想象共同体。王德威广泛借助媒介的力量，积极传播相关的文学议题，用主动沟通、交流、引导的方式，为华文文学学界加入新的活力。总的来说，媒介网络论作为过程论和语境论的延伸，为华文文学的跨语境传播提供了现实空间，在错综复杂的学者、会议、奖项等选择与设置背后，隐含着深层的政治、历史、文化因素。华文文学的跨语境传播正在这些条件中得到实现，同时也是在这些条件中被限制。

三、反思的力量：有关华文文学跨语境传播的重要观点

跨语境传播在“跨媒体传播”“媒介融合”的基础上为文学与媒介提出了一个新的范式：对本身就具有区域性、差异性和对抗性的华文文学提供一种新的空隙。区别于任何一个区域之内的文学，华文文学所诉求的整合与流动，迫切地需要数字传播、评奖导向等外在方式来扩大它的影响力与学科化进程。在这个意义上，跨语境传播视角为华文文学研究提供了一个新的思考方式，即从媒介的本身、媒介与文学的关系窥探华文文学形成与流变现象。

华文文学跨语境传播作为现象，呈现出主导媒介的阶段性发展与变化。这既与媒介本身的物性力量有关，也与媒介作为选择机制有关。对媒介的选择投射出政治、社会、文化等多重力量，在看待华文文学乃至整个文学现象的时候，要以媒介背后的政治、社会、文化力量为根源，去厘清跨越多个区域而自成一体的华文文学当中的问题和现象。当媒介以一种飞速的数字化方式呈现在我们眼前，并改变着我们的生存方式时，跨语境传播就不止于华文文学的内部传播，甚至有关华文文学在世界语境中扮演着什么角色？为华文/华人提供了一种怎样的书写语境？等等。都是我们可以继续从跨语境传播研究中继续关照的面向。在书中，作者对“语境”的定义进行了辨析：“语境原本是指言语活动的上下文，随着后现代哲学对语境论的重视及演绎，语境的所指越来越宽泛，包括了影响人类认知与实践活动的外在生存空间与内在心理空间，可细化为情境、言语、区域、国家、社会或文化语境。所谓不同语境，则是上述某个层面表现出来的差异以及由此带来的边界。”[④p9-10]从作者对语境概念的厘清出发，除了上述提道的区域、个人甚至缩小到每一次交流产生的情境变化与流动，都可以理解为跨语境传播的具体实践。因此，对待作者提出的“跨语境传播”概念，我们需要在华文文学学科当中继承前人的文学遗产去思考其中的区域性、媒介性话题，也需要在华文文学之外泛化地去理解跨语境传播现象。

具体而言，在媒介与文学的关系中，作者从两个层面提出了自己的思考。在文本分析层面，提出“跨域解读”“跨域想象”“文类跨域”“跨域经典”“理论跨域”等新命题，从文本跨域解读发现主题的固化与窄化现象；跨域想象作为作家主体性及创作语境的综合投射而出现；文类跨域中横向移植比纵向继承要复杂；跨域经典形成具有二元张力、重复倾向、精英立场等特质；理论跨域反映了各区域研究语境及其存在问题。在文学生态重建层面，作者将跨语境传播视为一种趋同的力量，促使华文文学共同想象的催生。“想象的共同体因时、因地、因组织而发生能指与所指的变化，新的中心意识可能替代了旧的中心意识，边缘与中心的微妙张力始终存在，使之对华文文学生态的作用方式是微调而非裂变……跨语境传播涉及文学生产与全球化语境的角力与依存关系，直面边缘与中心、身份政治、文化抵抗等多种权力运作形式，敞开了世界性的华文文学体系重建过程的复杂性。”[④p251]基于这样的媒介与文学关系，华文文学“本身就是跨语境传播的产物，且需在跨语境传播中才能丰富发展”[④p251]。

华文文学跨语境传播研究，在史料的搜集与整理基础上呈现出由文学作品的具体阐释向整体诗学建构、整合、比较的视野。文学传播本身作为网状结构，如何建构以及怎样建构的问题意识，势必将其中的读者、作家、文本、世界综合进来。“对跨语境传播现象的研究，是将华文文学的研究视野从华文（重视国家、种族、文化意识）、文学（叙事、母题、原型）转向‘世界性’纬度，尝试从对象客体到结构关系、从单一区域研究向比较整合性研究的转换。”[④p253]华文文学的跨语境传播，无疑是文学与传媒互动关系研究的又一力证，同时也为

华文文学研究带来新的思考面向。如何在已经发生的媒介影响中，探究文本与媒介作为过程与语境对文本创作与阅读造成的影响，而这种影响如何在媒介所勾连的现实传播中得以实现，抑或是反过来限制文本自身。《华文文学的跨语境传播》通过对文本与媒介的细致梳理，已经勾勒出华文文学跨语境传播内循环这一新现象，如何透过华文文学跨语境传播，向外扩展为对创作主体、阅读主体乃至传播区域的外循环⑦，应该是《华文文学的跨语境传播》为我们提供的另一种思考面向。

四、结语

《华文文学的跨语境传播研究》系统梳理了二十世纪80年代以来华文文学跨语境传播的过程，以媒介过程论、媒介语境论、媒介网络论来分析华文文学在媒介的传播流变中出现的跨语境传播现象，提出了“跨域解读”“跨域想象”“文类跨域”“跨域经典”“理论跨域”等新现象，探讨了跨语境传播与华文文学生态体系重建的关系。作者主张将区域华文文学互动视为传播内循环，华文文学与其他语种文学的互动视为外循环，该书侧重于探讨华文文学的内部互动，作者在该书的最后提出了未来以华文文学的外部互动为新面向，继续探讨华文文学跨语境传播的世界性、现代性，以此深化“华文文学跨语境传播研究”。

注释[Notes]

①饶芃子：《海外华文文学与比较文学》，载《暨南学报（哲学社会科学）》2000年第1期。

②刘登翰：《华文文学：跨域的建构》，载《文艺报》2007—12—13华馨版。

③王列耀：《海外华文文学“跨界”动向与意义》，载《福建论坛（人文社会科学版）》2020年第7期。

④颜敏：《华文文学的跨语境传播研究》，中国社会科学出版社2021年版，第7页。以下只在文中注明页码，不再一一做注。

⑤李志：《境外的新文学园地——五四时期南洋地区文艺副刊〈新国民杂志〉研究》，载《中国现代文学研究丛刊》2004年第4期。

⑥何敏芳：《余光中诗歌在大陆的接受研究》，安徽师范大学硕士论文2016年第6期。

⑦颜敏在该书中主张将区域华文文学互动视为传播内循环，华文文学与其他语种文学的互动视为外循环，强调该书侧重于探讨华文文学的内部互动。

喜剧面具之下的奥德修斯
——论伯纳德特对《奥德赛》的解读

黄安琪

内容提要： 伯纳德特早年在博士论文《阿喀琉斯与赫克托尔：荷马史诗的主人公》中得出，奥德修斯是一个擅长佩戴面具的喜剧英雄，智谋无双，所到之处如履平地。晚年他在《弓与琴》中则得出，奥德修斯的智计有其局限性。本文尝试通过对比伯纳德特上述两部作品，梳理其后期对《奥德赛》的理解， 看他是如何在文本细读的过程中一步步揭下奥德修斯的喜剧面具，展露出属人的不完满性。

关键词：《奥德赛》；瑟特伯纳德特；荷马史诗

作者简介： 黄安琪，上海大学上海美术学院硕士，主要从事艺术史及古典语文学研究。

Title: Odysseus Beneath the Mask of Comedy: On Bernadette's Reading of *Odyssey*

Abstract: In Benardete's early doctoral dissertation, *Achilles and Hector: The Homeric Hero*, *The Homeric Hero*, he concluded that Odysseus was a hero who excelled in wearing a comic mask, he is a man full of intrigue, and goes easy wherever he went. Later in life, in *The Bow and the Lyre*, he concluded that Odysseus' intrigue has its limits. This essay attempts to compare the two works of Benardete and to sort out his later understanding of *Odyssey*, to see how he unmasks Odysseus' comedy in the course of a close reading of the text, revealing the incompleteness of the human person.

Key Words: *Odyssey*; Seth Bernadette; Homeric poetry

About Author: Huang Anqi , M.A., Shanghai Academy of Fine Arts, Shanghai University. Her research fields：Art history and Classics.

曼斯斐尔德在《纪念伯纳德特》一文中说，伯纳德特可谓是学界隐士，不为公共知识分子所知，亦未打算跻身其间，一生于书斋中默默耕耘，写书论述古希腊诗歌和哲学。其中荷马史诗在他的研究生涯中则是类似节点的存在，1955年伯纳德特于芝加哥大学社会思想委员会获得哲学博士学位，博士论文题为《阿喀琉斯与赫克托尔：荷马史诗的主人公》，此文亦是他深入解读古典作品的第一次大规模尝试，在此文中他已然意识到柏拉图对话可以作为理解荷马史诗的向导，并关注了神意、神义、爱欲等重要问题[①]，四十余年后，伯纳德特再次回到荷马的世界，于1997年出版解读《奥德赛》的力作《弓与琴》，在诗歌与哲学、神义与人义、史诗主人公与史诗作者荷马的关系方面进行了深入思考，与先前的《阿喀琉斯与赫克托尔》遥相辉映。

在伯纳德特学术生涯早期，他认为与《伊利亚特》阿喀琉斯之死的结局相比，《奥德赛》算是一部结局圆满的喜剧，奥德修斯是一位“喜剧英雄”，他顺利返回故乡，妻儿康健且未曾因时间的流逝将他遗忘，最后与其子特勒马科斯、牧猪奴欧迈奥斯、牧牛奴联手杀死求婚人，重掌伊塔卡王权，可以说圆满之至。而奥德修斯本人又是如此足智多谋、步步为营，他“精心算计每一步，并没有给偶然留下什么东西”[①p17]，在讲述自己故事时自称“我就是那个拉埃尔特斯之子奥德修斯，平生智谋多为世人称道，声名达天宇”②，与“不会使用技艺”的阿喀琉斯形成了鲜明的对比。

然而，在四十多年后的《弓与琴》中，伯纳德特显然剥去了先前挡在自己眼前的面纱，看出了《奥德赛》结局圆满表象下的悲剧意味，伊塔卡暂时和平背后的重重危机，奥德修斯引以为傲之机警、谋略、知识在人世生活中的有限性，看出了神义论得以建立的根由是人义的脆弱，而强大的神义也终究要受时间的制约。本文将通过细读伯纳德特《弓与琴》一文，梳理其学术生涯后期对《奥德赛》悲剧性的认知，以及从《阿喀琉斯与赫克托尔》到《弓与琴》，伯纳德特对奥德修斯的理解具体发生了哪些方面的转向。

一、奥德修斯对知识的欲求及其有限性

细读《奥德赛》可知，奥德修斯的最大的欲求是知识，他每到一个地方，都会派遣部下，或是亲自探察此地的地理及风俗，他在费埃克斯人那里讲述自己的故事时，便四次提道“探察”这个词，第一次是到达洛托法戈伊人的国土时，在吃喝完毕后他“决定派遣几个同伴去探察情况，在这片土地上吃食的是什么人”②p155。第二次是到达库克洛普斯人居住的小岛时，此地物产丰富，他们本可以在收获颇丰后安全离开，然而奥德修斯对知识的欲求是如此强烈，他说：“我要带着我的那条船和船上的同伴们，前去探察那岛上居住的是些什么人，他们是强横、野蛮、不讲正义的族类，还是些尊重来客、敬畏神明的人们。”②p158第三次是他们来到莱斯特律戈涅斯人的特勒皮洛斯时，纵使先前因为奥德修斯的好奇心，多人命丧波吕斐摩斯之口，然而这位足智多谋之人依旧不改那份对知识的欲求，他再次“派遣同伴们前去探察情况，在这片土地上吃食的是些什么人”②p176……而这次又导致几位同伴命丧食人族之口。第四次则是到达基尔克岛屿时，彼时奥德修斯已然为其好奇心付出了巨大的代价，然而他“探询”事务的热情依旧，他说：“这时我的心里和智慧正这样思虑，是否该前去察看，既然有闪光的炊烟。我心中思虑，觉得这样做更为合适：我首先返回快船，在海边让同伴们饱餐一顿，再派遣他们前去察访。”②p178最能体现奥德修斯欲求知识这一性格特点的是他缚身聆听塞壬歌声的故事，赛壬的歌声充满诱惑，这份诱惑便是“全知”的诱惑。

纵使先前基尔克已然提醒奥德修斯塞壬歌声的致命危险，但当他亲身聆听时依旧深陷其中，“我心想聆听，命令同伴们给我松绑，向他们蹙眉示意，他们仍躬身把桨划”。伯纳德特认为经此一难，“奥德修斯发现，他最强烈最深沉的欲望不是返家，而是知识。奥德修斯能够抵挡住卡吕普索让他不朽这一蛊惑人心的言辞，但无法抵挡‘全知’的蛊惑，而且为了抓住这样的机遇，他愿意放弃自己的生命”③。这份对知识的欲求使奥德修斯不同于阿喀琉斯及其他人，让他具有了某种哲人的特性，然而仅凭他的知识与机敏能够妥善处理人世间的种种难题吗？早年的伯纳德特也许会觉得可以，他在博士论文中称奥德修斯凭借这份机敏，可以根据自己的需要，戴上诸多面具，可以撒谎，亦精通克制与隐藏，他会告诉波吕斐摩斯自己的名字是“无人”，克制自己杀他的冲动，静静等待合适的时机，而后顺利走出独眼巨人的洞穴④。然而他晚年在写作《弓与琴》时显然否认了这点，他在《弓与琴》末尾指出：“他（奥德修斯）现在应该知道，他命中注定要建立的不是知识，而是信仰。”③p225

伯纳德特解读《奥德赛》的一大思路是将情节的发生归因于两条线索，一是神明安排的一切，二是凡人所为，其中包括机遇、心智与意志③p75。由于奥德修斯的足智多谋，“心智”在《奥德赛》故事中熠熠生辉，以至于遮蔽了另外一条线索，容易使人产生《奥德赛》是一部奥德修斯的智谋喜剧，凭借智谋他一往无前，无往不胜，连伯纳德特早年都受此蒙蔽，直到晚年在《弓与琴》中，才向公众一一揭露奥德修斯知识的局限，一如他在《索福克勒斯的〈俄狄浦斯王〉》中揭露俄狄浦斯作为“纯粹心智”的局限⑤。

奥德修斯知识的局限主要体现在两次放弃知识、智谋，听天由命上，第一次是在离开卡吕普索海岛，遭遇海神波塞冬掀起的海难时，第二次是听

从雅典娜、宙斯的吩咐，与求婚人的亲属达成和解，自己再次孤身远航。奥德修斯离开卡吕普索，选择返乡，选择做一个有死的凡人，这是他深思熟虑的结果，归途中海神波塞冬制造的海难在彼时的奥德修斯看来是十足的偶然事件，在《阿喀琉斯与赫克托尔》中，伯纳德特尚认为奥德修斯的心智是自足的，和神明的世界一样秩序井然，他“精心计算每一步，并没有给偶然留下什么东西”①。而在《弓与琴》中，伯纳德特关注到了奥德修斯在此次遭难中的六次自言自语，并指出这些自言自语的产生都出自受挫，他并非是偶然性的主人，“奥德修斯建造的精美木筏和三思而来的抉择，都不足以让他对付他所面对的偶然性”[③p61]。在这种几近绝望的境况下，奥德修斯对自己有了一点点认识，他明确了自己参加特洛伊战争的目的意义以及一生所向象征荣耀的礼葬与英名的传世。伯纳德特指出彼时奥德修斯明白了离开卡吕普索、返回家乡的选择意味着什么，他此前则并不知道这一点， 但这份自知并非来源于奥德修斯本人的知识，而是波塞冬的逼迫，“波塞冬逼得奥德修斯承认自己的失败”[③p61]，进而促使他去思考自己一生的意义，认识自己。由此可见，认识自己并非是仅凭个人心智所能抵达的境地，它需要某种高于个人心智的指引，或是某种经历某种境遇，在这种境遇中冲破个人心智的桎梏，对更高和更广阔的领域有所理解。

另一处体现奥德修斯知识有限性之处是伊塔卡短暂和平的生成，从《奥德赛》第二十四卷《神明干预化解仇怨君民缔和平》之名便可看出，伊塔卡“和平”的生成有赖于“神明干预”，此处便有一个疑问，彼时伊塔卡的情况难道比波吕斐摩斯的洞穴还要可怕，以至于奥德修斯无法再一次施展无双智巧，缔结和平，不得不倚仗神助？伯纳德特提醒我们，纵使奥德修斯足智多谋，却似乎缺乏缔结和平的知识。他向我们指明，荷马在卷八开头就给奥德修斯起了一个新的别称，第一次把他叫作“攻略城市的人”[②p129]，这一称谓在此后的故事中共出现了八次。在杀死求婚人，与前来寻仇的求婚人长辈们作战的过程中，奥德修斯也并未想要缔结和平，而是想要清理这些反对他统治之人。

伯纳德特在此借助《法义》的故事来理解此处的种种冲突，为了将伊塔卡的统治权安稳地交到特勒马科斯手中，奥德修斯需要处理伊塔卡一部分人对他深重的怨愤，因他带走了岛上整整一代精英，最终却只有他孤身返乡，其他人客死在外。彼时奥德修斯有三条路，第一条是彻底清除对他怀有怨愤之人，第二条是让这些人活着并自愿接受特勒马科斯的统治，第三条则是谁也不杀，靠指定法律缔结和平，调节之后的日子，并保证他们互相都称谓朋友。伯纳德特指出，“奥德修斯自己似乎是在追求第一种统治方式，但诸神命令他走第三条道路”[③p19]。若按奥德修斯的想法，走第一条路，那么伊塔卡往后的和平不保，所谓冤冤相报何时了。在暂时的和平盟誓缔结完成后，奥德修斯即将再次远行，他对于其父与子所要面临的政治问题似乎并没有考虑过如何解决。伯纳德特认为彼时的“奥德修斯已经听天由命了”[③p206]，似是暗指奥德修斯已然认识到了自身知识的局限性，将更重要的问题，即缔结和平，交给了诸神。

二、神义与人义

上节提道，奥德修斯虽然足智多谋，求知欲强也拥有许多知识，然而在认识自己、缔结和平这种关键问题上，仅凭他的知识无法完成，不得不呼唤某种更高的存在，伯纳德特认为《奥德赛》不仅仅是奥德修斯的求知之旅，亦是其建立信仰之旅[③p225]。然则奥德修斯生性多疑，拥有哲人擅于怀疑的秉性，并非是轻信诸神之人，尤其是在他困于卡吕普索岛的那些年，诸神未曾眷顾他，建立信仰谈何容易。伯纳德特认为奥德修斯在最后听从诸神、顺应命运，是因为神义终究高于人义，奥德修斯不得不选择肯定并选择神义。

神义即神的正义，属于神明世界，这个世界的主要特征在于它永远秩序井然，希罗多德说诸神一词被用来指那些将一切整理得秩序井然者[③p106]。而人世生活显然是其反面，是各种元素混杂交织的。

由此可见人世生活处于鱼龙混杂的低处，好坏交织意味着良好秩序的受限，而人义，即人的正义与人世生活一样，常常是有限度的正义。奥德修斯自海外归来，杀死在他家吃喝玩乐的求婚人，在他看来这些求婚人相当不义，在他尚在人世期间纠缠其妻，甚至有人试图谋害其子特勒马科斯，然而伯纳德特提醒我们注意雅典娜要求奥德修斯考察求婚人德行的情节，通过考察可知，这些求婚人的德行有高有低，罪孽深重者是少数，甚至不乏心存良善之人，伯纳德特指出这次考察的结果是"除了安提诺奥斯之外，每个人都有某种意义的正直，安提诺奥斯甚至还广受同为求婚同伴的训斥"③p23。求婚人中的大部分人罪不至死，甚至刺杀特勒马科斯的计划也出于雅典娜幕后的推动，伯纳德特进而指出奥德修斯刺杀求婚人的行为并非是全然的正义，他说：

奥德修斯采取了这种极端的标准是要报复一系列明显微不足道、累加起来还根本构不成犯罪的冒犯，这些小小的冒犯无法使他们遭受惩罚的正当性不证自明。③p197

如果说奥德修斯考察求婚人德行这一情节向我们揭露，求婚人中有好有坏，奥德修斯一举而全杀的正义性存疑，那么他最初在内心建立刺杀求婚人乃正义行动的过程，则再次揭露人义的有限性。奥德修斯心里真正下定刺杀求婚人的决心，是在第二十卷中，当他尚未下定决心未来该怎么做时，向宙斯祈求关于未来的预兆，彼时一个磨面女奴的祈求让奥德修斯决定要报复求婚人，来看当时女奴是怎么说的：

但愿求婚人今天是最后、最末一次
在奥德修斯的厅堂上享用如意的饮宴，
他们派我干磨面的重活，把我累得
肢节瘫软，愿这是最后一次设筵。②p377

奥德修斯听了这话后感到惊喜，正式下定决心报复求婚人。伯纳德特提醒我们注意，此处女奴的祈求并非出于普遍的正义，或者说公义，而奥德修斯却把她的个人祈求理解成了是普遍正义的祈求，抽离了此处祈求的特殊根据，这证明了奥德修斯正义的有限性。伯纳德特亦点明，"值得注意的是，并不是每一个伊塔卡人都会承认，奥德修斯成功实施了计划就足以让他自己的正义变得不证自明。结果是安提诺奥斯高估了人们对特勒马科斯的善意。他对自己的争议性丝毫没有概念。最后只得由他的父亲来伸张他的正义"③p203。在伯纳德特看来，求婚人亦有着某种正义，只不过他们没有认识到，而奥德修斯的正义并不是全然的正义。

若人人都认为自己拥有某种正义，战争便一触即发。奥德修斯在报复求婚人时阐述了自己的正义。此处奥德修斯的正义是求婚人侵犯自己的王权与财产，而当求婚人亲属欧佩特斯决定前往拉埃尔特斯所住的乡下，与奥德修斯一家对峙前，亦对众人阐述了以求婚人为代表的对奥德修斯心怀怨愤之人的正义，他说：

朋友们，想那奥德修斯对阿开奥斯人
恶贯满盈，用船只载走无数的勇士，
结果丧失了空心船，也丧失了军旅，
他归来又杀死这许多克法勒涅斯显贵。②p453

奥德修斯离乡远征20年，带走了伊塔卡一代精英，最后却孤身返乡，这些精英的亲属出于自身的正义向奥德修斯问罪可以说理所应当。然而正如上文所说，人人都有自己特殊的正义，人义因其有限性必带来纷争，造成更多、更大的不义，于是当人义走到尽头，必将求助于神义，为了伊塔卡的和平，双方必须认识到各自正义的有限性，达成和解，然而这并非人力可以企及，荷马将伊塔卡短暂和平的生成归因于神明，宙斯最后发话：

既然奥德修斯业已报复求婚人，
便让他们立盟誓：
奥德修斯永远为君，
让我们使这些人把自己的孩子和兄弟被杀的仇恨忘记，
让他们和好如初，充分享受财富和安宁。②p455

由此，在宙斯和雅典娜的介入下，伊塔卡暂时恢复了平静，双方似乎取得了圆满，早年的伯纳德特认为奥德修斯是一个"喜剧英雄"，《奥德赛》的结局是和平，是一部有着欢乐余韵的喜剧。然而在《弓与琴》中，伯纳德特完成了某种转向，这个结局不再令他欢欣，伊卡塔政权的继任者特勒马科斯统治下的基调，以及结尾处这份和平的短暂性，伯纳德特对此都抱有悲观态度。

三、伯纳德特的转向

伯纳德特在写作博士论文《阿喀琉斯与赫克托尔》时便关注到两部史诗的主人公，阿喀琉斯、奥德修斯之间的关系，以及他们与史诗作者荷马本人的关联，这是极为重要的问题，可见伯纳德特眼光之机敏，他早年认为相较于阿喀琉斯，奥德修斯可以说是位“不需要荷马的缪斯”，他会自己诉说自己的故事，同时又与故事中的自己保持距离，拥有极强的独立性，具体分析如下：

荷马的阿喀琉斯与阿喀琉斯本人是重合的，不存在非荷马的阿喀琉斯；但没有荷马也会有奥德修斯。奥德修斯部分地讲述了自己的故事，并在费埃克斯人中度过了一个晚上，篡夺了荷马的角色。他既与荷马不同又与荷马相同；但阿喀琉斯雇用了荷马，让他成为自己的记录者。他是行动者，荷马是诉说者。如果荷马唱的是另一个人的故事，阿喀琉斯就根本不可能千古留存。除了一个致命的例子，即阿喀琉斯并不为自己的声名而烦恼。而奥德修斯则是唱着自己的赞歌，不需要荷马的缪斯。他比阿喀琉斯更独立，他立足于自己的诗歌之外，他并不是完全由诗歌构造出来的。悲剧英雄的本质是与他的诗人不可分割，而喜剧英雄甚至远离他虚构的自我（his fictitious）而存在[⑥]。

然而在《弓与琴》中，伯纳德特认识到奥德修斯与阿喀琉斯一样，并非是一位独立于荷马的喜剧英雄，纵使在《奥德赛》中，荷马慷慨给予奥德修斯整整4卷的篇幅，让他向费埃克斯人以及读者讲述自己离开特洛亚战场之后在海上的漂泊故事，后来当牧猪奴欧迈奥斯、妻子佩涅洛佩先后询问他是谁、来自何方时，他又编织了许多关于自身经历的故事，告诉他们。这些故事的制作技巧极其高明，奥德修斯的讲述确实如最优秀的歌者，令人惊叹其命运之颠簸，但奥德修斯本人自述的故事并非不是《奥德赛》的全部，晚年伯纳德特反复提醒我们这一点，理解这点的关键需要注意三点，一是奥德修斯先后三次详细讲述自身故事，分别对费埃克斯人、欧迈奥斯及佩涅洛佩，这些故事间有着细微的区别；二是奥德修斯讲述故事的时间与故事实际发生时间之间的时间差；三是他讲述这些故事时自身所处的情境。奥德修斯向费埃克斯人讲述自己在海上的经历时，他与故事中的自己隔着七年时光，这七年他都在卡吕普索的孤岛上度过，有足够的时间反思这些经历。他向欧迈奥斯讲述往事时，已到达自己的故土，着手重新夺取政权。当他向佩涅洛佩讲述自身故事时，已与特勒马科斯父子相认，与牧猪奴、牧牛奴结盟，离重掌伊塔卡政权仅一步之遥，情境、时间在转换，奥德修斯对过往经历、当下处境的理解也在转换，因而他编织的故事看似都以自身海上经历为“原型”，却细节各异。晚年伯纳德特从这三点出发，对《奥德赛》展开了细致解读，终得出奥德修斯自己所讲的故事均是他对自身经历的理解，而荷马则对整个奥德修斯故事进行了因果叙述，他对此的总结如下：

“奥德修斯讲了一个故事，说他花了七年的时间来反思，并终有所成。这不是奥德修斯的直接经验，而是他对自己经验的理解……但随着故事的开展，其行动所具有的不同性质表明，不管奥德修斯最终的理解是什么，都没有用来抹去他当时在行动中展示出的理解。奥德修斯的行为无非是用以更正事后认识中几乎不可避免的歪曲。从另一方面来说，奥德修斯的经历并没有结束于他自己的故事，他将要体验的以及他将对那种体验做出的理解，都会再次成为荷马史诗的故事。”[③p93]

伯纳德特在晚年重新确立了荷马作为《奥德赛》作者的超然地位，得出荷马超越了奥德修斯的个人视角，看到了整个故事的全貌，并处理了正义与虔敬，即神义论问题[③p94]，而奥德修斯若脱离荷马做独立的缪斯，《奥德赛》也将不复存在。接下来笔者将尝试跟随伯纳德特的思路，看奥德修斯是如何一步步认识自己，荷马是如何一步步建立神义的正当性。

首先来看奥德修斯第一次讲述自己的故事，集中于《奥德赛》第九至十二卷，费埃克斯人之王阿尔基诺奥斯率众在场倾听。在这段长长的讲述中，奥德修斯共抱怨了诸神四次，第一次是在离开伊利昂，攻破伊斯马罗斯，当地的基科涅斯人趁奥德修斯一行人不备搬来临族救兵时，奥德修斯将此归咎于宙斯，“显然是宙斯的恶愿降临于不幸的我们，让我们遭受无数的苦难”②p153-154。第二次是当他们离开基科涅斯人的土地，在海上遇到风暴时，奥德修斯再次称这风暴是由宙斯唤起，“这时集云神宙斯唤起强烈的北风，带来狂风暴雨，顷刻间浓密的云翳笼罩大地和海面，黑夜从天降临。船只被风暴刮走，一头扎进波涛，狂风的威力把船舶三片四片地撕碎”②p154。第三次是在离开库克洛普斯人之后，奥德修斯称自己的献祭未被神明接纳，“我在海边把它祭献给克罗诺斯之子、统治一切的集云神宙斯，把腿肉焚烧，但神明没有接受献祭，仍然谋划如何让排桨精良的船只和我的那些忠实同伴们全部遭毁灭”②p171。第四次是在同伴们趁奥德修斯睡着，偷食太阳神的牛群时，彼时奥德修斯大声怨诉：“天神宙斯和其他永生常乐的众神明，你们让我沉沉睡去，加害于我，我的同伴们留下，犯了严重的亵渎。”②p234并把随之而来同伴们遭遇的灾祸再次归咎于宙斯，称“神明使他们不得返家园”②p236。伯纳德特指出，彼时的奥德修斯已经不再相信神明，放弃了从前的信仰。放弃信仰的原因并非是因为神明不义，而是想掩盖自己的责任。信仰被放弃的同时，正义在某种意义上也被放弃，伯纳德特如此分析：

“在莱斯特律戈涅斯人粉碎了奥德修斯现在对政治生活所需的正义也许还保留着的最后一丝希望。库克洛普斯人已经让奥德修斯对正义和秩序的联系不抱任何幻想，而莱斯特律戈涅斯人又让他对正义和共同体的联系不抱希望。”③p127

再来看奥德修斯就自己经历讲的第二个故事，彼时他已踏上伊塔卡故土，讲述对象是牧猪奴欧迈奥斯。伯纳德特提醒我们，在这个故事中“宙斯”与“诸神”共出现了十八次，奥德修斯让自己看起来像是得到了宙斯的天宠，并把其他每个人的死亡归结为神明的惩罚。这种情形看似是奥德修斯重新信仰诸神，相信神义，但细究下来并非如此，伯纳德特认为他最终的目的是在各种事件中发现道德，为自己重新夺取伊塔卡政权寻找道德根基，为自己孤身返乡、同伴俱死寻找解释，从而摆脱责任、逃避惩罚。在这个故事中奥德修斯处处标榜自己道德，“我的忠实的伴侣们连续会饮六天，我为他们宰杀了难于胜计的牲出，既用作祭献神明，也供他们饮宴”②p262。又将同伴的死亡归咎于他们自身的罪恶与神明的惩罚。

不仅如此，他还试图为自己孤身返乡寻找道德上的正当解释，称自己得以生还是因为宙斯的庇佑。无怪乎伯纳德特认为，奥德修斯讲的这一故事说明，他处心积虑想让自己之后杀死求婚人、重夺政权之事看起来像是在替天行道。

而他第三次讲自己的故事，讲述对象为妻子佩涅洛佩，此时他已不再像之前那般详细说明同伴之死的因由，只草草说：“不过他酒色的海上失去了亲爱的伙伴和空心船，在他离开特里那基亚时，宙斯和太阳神对他生气，同伴们宰杀了太阳神的牛群。他的所有同伴都在喧嚣的大海上丧命。”②p359在这个故事中，奥德修斯的重点转移到财富上，他反复提及“财物”“礼物”“财富”等词，强调“奥德修斯聚集的财物，那些财物足够供应十代人享用”②p360。

由此可得，在奥德修斯讲这些往日故事时，已经放弃了对诸神以及正义的信仰，所以后来他虽然探察出求婚人秉性各异，并非每个都罪孽深重，却选择一律杀死，并试图杀死所有前来讨说法的求婚人亲戚。但荷马的故事不止于此，伯纳德特指出荷马史诗在开头就支持了宙斯对人类责任的总体评论，即人的遭难应当归咎于自身的不义，而非诸神。在荷马的故事中，奥德修斯并不会像他理解的那样，同伴俱死后孤身返乡，杀死求婚人重夺政权，继而能稳定延续他之前一贯的统治。正如本文第二节所说，伊塔卡短暂和平的生成倚靠诸神的介入，而要使这种和平稳固，必然要求奥德修斯再次离开故土，从而平息人们的怨恨。

到此，从《阿喀琉斯与赫克托尔》到《弓与琴》，伯纳德特完成了第一重转向，他不再认为奥德修斯是独立于荷马的缪斯，而是承认荷马作为《奥德赛》作者的崇高地位及奥德修斯个人叙事的有限性。第二重转向是关于《奥德赛》结局的认知，在《阿喀琉斯与赫克托尔》中，伯纳德特认为《奥德赛》结局圆满，而到《弓与琴》中，他认识到伊塔卡短暂和平的缔结依靠的是神明介入与重重恐惧，第一重恐惧是墨冬言辞引起的普遍恐惧，第二重恐惧是哈利特尔塞斯言辞造成的愧疚感，这份愧疚感同样会导向恐惧，第三重恐惧是神明与伊塔卡人的盟誓，雅典娜威吓求婚人的亲戚放下武器，也用宙斯的愤怒来威胁奥德修斯。而这结局最深层的恐惧与悲凉之处在于，雅典娜让神明参与了盟誓，神明支持奥德修斯和他的敌人重修旧好，但神明既没有更为正式地建立起他们之间的友谊，也没有保证那个盟誓不会在稍后某个时间就被摧毁。[③p210]结尾处伊塔卡的和平是如此脆弱，晚年的伯纳德特认识到《奥德赛》结尾处的悲剧性，叹道：“不管宙斯怎么说，伊塔卡再不复往昔。”[③p211]

四、结语

阅读是没有止境的，理解一本书至深处，往往已是人书俱老。在面对《奥德赛》这部古书时，伯纳德特早年认为奥德修斯机敏无双，凭自身智谋便可走出独眼巨人的洞穴，晚年认识到奥德修斯的智计并非全知，恰恰是当他在凶险万分的海上随巨浪起起伏伏、无计可施时，方知除了知识之外，自己灵魂中最高的欲求是得到礼葬、英名永传。同时在奥德修斯与荷马的关系上，伯纳德特先是认为奥德修斯是独立于荷马，有能力歌唱自己的故事，不需要专门的记述者，而在多年之后，他认识到奥德修斯和奥德修斯讲的每一个故事都是荷马故事中的一环，奥德修斯在不同的时间、场合，对不同的人诉说自己的故事，是对自身经历的反思，同时包含着对讲述时自身境况的考量，但这些故事彼此之间无法相互勾连，呵成一气，最终得靠荷马用一张可串起一切因果的大网将他的故事一一兜住，方勾勒出整个奥德修斯的故事，并处理其中的神义论问题。而关于《奥德赛》的结局，伯纳德特也不再认为是皆大欢喜的喜剧，而是充满恐惧的悲剧，造成悲剧的根由是人义的有限性与神义的脆弱性，人人都有自己的正义，共同体的正义便无法建立，求之诸神，诸神纵能缔结和平，却无法使人们之间建立友谊，随着时间的流逝，神定的盟约也将岌岌可危。行文至此，笔者尝试梳理了伯纳德特是如何在既有理解的基础上完成“第二次起航”，阅读过程本身也如奥德修斯之旅，在起航与回返之间往复，意义便在这循环往复中生成。

注释【Notes】

①赵山奎：《神意的模型与英雄的肃剧论伯纳德特对〈伊利亚特〉的解读》，载《国外文学》2012年8月，第11—19页。以下只在文中注明页码，不再一一做注。

②荷马：《荷马史诗·奥德赛》，王焕生译，人民文学出版社2020年版，第152页。以下只在文中注明诗行所在书页，不再一一做注。

③伯纳德特：《弓与琴从柏拉图解读〈奥德赛〉》（重订本），程志敏译，黄薇薇、王芳校，华夏出版社2016年版，第152页。以下只在文中注明页码，不再一一做注。

④伯纳德特在《阿喀琉斯与赫克托尔》中对比了阿喀琉斯与奥德修斯，称阿喀琉斯为悲剧英雄，奥德修斯为喜剧英雄，他写道：“悲剧英雄有性格（character），喜剧英雄有个性（personality）。前者是一个人被打上了某些属性的烙印，铸成了一个单一的模子；另一个人则根据自己的需要，戴上了许多面具。喜剧英雄可以撒谎，而悲剧英雄必须说出他认为的事实。他不会从一个场景转移到另一个场景，但他纵使带着自己的全部。他不能克制（suppress）也不能隐藏（conceal）。他永远不会成为一个伪君子（hypocrite）。他对机运压根儿没有察觉：他从不屈服于技艺（craft）。尽管阿喀琉斯是一位艺术作品中的人物，但他自己不会使用艺术。他不可能告诉波吕斐摩斯他的名字是“无人”，也不可能克制自己不杀他。悲剧英雄永远被困在了独眼巨人的洞穴里。”见Seth Benardete: Achilles and Hector: The Homeric Hero, Edited by Ronna Burger, Preface by Michael Davis, ST. AUGUSTINE'S PRESS, South Bend, Indiana, 2005, p.134.

⑤刘小枫主编：《索福克勒斯与雅典启蒙》，华夏出版社2007年版，第146页。

⑥Seth Benardete: Edited by Ronna Burger, Preface by Michael Davis, ST. AUGUSTINE’S PRESS, South Bend, Indiana, 2005, p.134.

论《中国文论与西方诗学》的比较研究

王玉华

内容提要：《中国文论与西方诗学》采用中国文论与西方诗学相互比较的研究方法。比较研究是文艺学视野下必不可少的一环，其主要是探寻中国与西方背景下的文学理论的相同之处与相异之处并进行相互比较，寻找到其文论背后的普遍规律与特殊规律，因此文论的中西比较研究是具有现实意义的问题。通过“之间意识”对中国文论与西方诗学进行比较研究，厘清文论与诗学的概念，深入理解把握文论与诗学的意义，最终把握中西方不同哲学观下的不同文学理论生成样式。但是在其阐释过程之中，又陷入了某种不可逃避的阐释悖论，在阐释悖论的阴影下，如何阐释中国本土文化成为一个值得深思的问题。

关键词：余虹；《中国文论与西方诗学》；比较研究；现象学还原

作者简介：王玉华，西华师范大学文学院文艺学专业硕士研究生，主要研究文学理论。

Title: On the Comparative Study of *Chinese Literature and Western Poetics*

Abstract: *Chinese Literature and Western Poetics* adopts the research method of comparing Chinese literary theory and Western poetics. Comparative study is an indispensable part of the perspective of literature and art, which mainly explores the similarities and differences between Chinese and Western literary theories in the background and compares with each other, and finds the universal laws and special laws behind their literary theories. Through the comparative study of Chinese literary theory and Western poetics, the concepts of literary theory and poetics are clarified, the significance of grasping literary theory and poetics are deeply understood, and finally the different literary theory generation styles under different philosophical views of China and the West are grasped. However, in the process of interpretation, it fell into an inescapable paradox of interpretation, and under the shadow of the paradox of interpretation, how to explain the local culture of China has become a question worth pondering.

Key Words: Yu Hong; *Chinese Literature and Western Poetics*; comparative studies; phenomenological reduction

About Author: Wang Yuhua, a master’s degree candidate in literature and art at the School of Arts, China West Normal University, mainly studies literary theory.

一、三步走的比较研究法

余虹在《中国文论与西方诗学》一书之中选取了三步走的比较研究法，第一步是破除中西文论诗学的同一性假设，第二步是现象学还原，第三步是最终还原，采用“之间意识”。

第一，同一性假象。中西方文论的比较研究通常被称为中西比较诗学，但是余虹在《中国文论与西方诗学》的绪论中便反对了这一命名，并且探寻到比较诗学这一命名背后的“西方中心主义”，即“西方‘诗学’是一种真理话语，具有普遍性，因而在逻辑上可以推断非西方文化圈中也应有类似的思想话语，至少可以用‘诗学’来命名相关的思想话语。”[①]这种以“诗学”来统一命名全部的文学理论的方式并不只是受到余虹的非难，厄尔·迈纳在《比较诗学：文学理论的跨文化研究随笔》一书中就指出：从全球眼光来看，西方式的对文学的理解并不是规律，并不具有普遍性，因而也并不必然处于解释的中心。并且这种以“诗学”来统称所有文论的行为，在厄尔·迈纳看来不但是一种不稳定的文学批评，还是一种对现代性的深切渴求，“非西方批评家认为西方的标准具有普遍性，表达了他们所渴望的现代性，因此，他们用西方标准来论证他们自身文化的文学实践，实际上所有这些努力都建立在一种不稳定的前提之上”②。在余虹看来，中国文论与西方诗学本身都拥有不同的理论体系和发展脉络，根本不可能以“诗学”来统一命名，也不能以“文论”来统一命名，西方中心主义与中国中心主义都是不客观的不平等的，因此余虹反对采取这两种比较研究的方式，并且在此书中采用了“第三者”的“之间意识”来进行比较研究。

所以，为了中国文论与西方诗学比较研究的真正有效性，就必须破除中西比较诗学的同一性，这样中国文论才能在比较研究之中寻找到自身的理论生发点与理论位置，这样中西文论诗学的比较研究才是真正意义上的“比较研究”（comparative study）。

第二，现象学还原。中国文论与西方诗学的比较研究，余虹认为“中国文论的‘文’与西方诗学之‘诗’指述两大意识系统的意向对象，同时也指述两大思想话语的论述对象”①p13。余虹从定义溯源开始入手，从西方诗学和中国文论的源头开始，采用现象学还原的方式，一步一步地厘清其理论定义的发展脉络，为研究者呈现了理论的生长过程。

就诗学而言，余虹追溯到亚里士多德那里，寻找到诗学能成为诗学的可能性。余虹从西方诗学与技艺的关系入手，寻找到了诗与技艺对立统一的关系。从古希腊时认为最初的诗人是神的代言人，诗歌是“神谕”的神话诗论到柏拉图推崇理性反对神性，强调诗歌的非理性特征，将诗与技艺对立起来。神话诗论是推崇神性之诗的并认为神性之诗高于人性之艺，而柏拉图诗论则是认为诗是非理性的产物因而不是一门理性所能指导的技艺，因此诗歌与技艺未达成对立统一之关系。诗与技艺的统一关系在亚里士多德《诗学》之中才成为一种真正的可能，柏拉图将诗人驱逐出理想国的原因是诗的非理性，于是亚里士多德为了证明诗歌的合法性，先阐释技艺的理性本质再将诗归为技艺再以“诗”或者“诗艺”③作为《诗学》的写作对象，换句话说，《诗学》即诗歌写作的方法技巧。到了西方现代的文学理论就是美学视域下艺术与文学概念的狭义化及艺术与文学（诗）的关系史①p25。在查理斯·巴托的《论美的艺术的界限与共性原理》之中，他将诗歌定义为“美的艺术”开启了从艺术的门类下划分诗歌的先河。经过鲍姆嘉通、康德和黑格尔对此概念的发展，诗歌和文学被定义为艺术，艺术又被认为是“理性的感性显现”。在此过程中，文学（诗歌）被定义为审美的语言艺术，于是文学（诗歌）被作为艺术的一个门类来进行研究，并且由此形成了文学理论，“文学（诗）是一门语言艺术”。

与此相似，余虹也从《文心雕龙》入手梳理了中国古代文论的流变。余虹从《文心雕龙》的关键词“弥纶群言”开始来分析古代文论体大虑周的特点，首先“群言”便已表明中国古代文论中的“文”是作为大共名的“文”，所有的人文都是心之言。因此，《文心雕龙》所论述的对象是所有文体，也就是章学诚先生说的“《文心》笼罩群言”④。其次，余虹还发现了《文心雕龙》总体文论与诸体文论的二度空间，即在以总体的“文”作为一般泛论之下，又以各体言述之“文”的具体考辨论说。“文以体分——诸体文论；体以文合——总体文论；这便是《文心雕龙》广义文论原为基本的两度空间之关系。”①p43最后，《文心雕龙》还以依经论文和归本宗经为其主要论文依据与指导思想。但是在广义宗经文论之外，中国古代文论还依托“缘情说”开辟了另一条狭义文论，狭义文论主要以魏晋南北朝时期的“文笔之辩”彰显，其目的主要是厘清文与非文的界限。

总而言之，中国文论与西方诗学两者不可通约，首先是二者研究对象不同，一般来说中国古代文论所论之“文”是指一切言述文本，基本上对应的是西语中文学的广义（Literature）相对等，但是西方诗学所研究的是一小部分以审美为主的狭义文学，主要是诗歌、戏剧和小说三大样式，就是中国古代的狭义文论与西方诗学的研究对象也不同，中国古代的狭义文论所论述的是“文笔之辩”即诗歌用韵与否的问题而非以审美为主的狭义文学。其次二者的论域空间也不同。中国古代文论主要是在道之文的主导下展开的，主要关注的是道与文之间直接的关系，西方诗学则是在一系列分类之下建构起来的，诗从属于艺术，诗学又和其他艺术研究相并列，再加之其本身的审美性语言特征，诗学就是在种种划分之下才寻找到了自身的位置。

第三，最终还原。前面梳理了中国文论与西方诗学的不可通约性，破除二者的同一性假象，但是这并不意味着二者的不可比较，为了采取一种真正意义上平等的比较，余虹选择站在中国文论与西方诗学之间来进行比较研究，以现代汉语的二元语义空间来进行阐释论证。中国文论和西方诗学两者都不应该是比较的立足点或参考坐标，因为它们两者都是比较视域下的被比较之物，因此两者都不能霸占某一方的阐释效力，对于此两者的比较必须以“之间意识”为出发点，寻找到更基本的思想话语和知识框架作为阐释的立足点。

中国文论与西方诗学有着不可直接等同的关系，但是这并不意味着两者之间毫无关系不可比较，因为两者从本质上来说都有着同一个基础——语言，无论两者具体论述区别有多大，中国文论和西方诗学都指涉同一个“语言事实”。“现代语言理论曾从不同角度揭示了语言的三维性：工具性、审美性和真理性。”[①p70]在余虹看来，中国文论和西方文学理论都是在工具性和审美性这两个维度上理解“文”或“文学”的，因而从实用工具主义和审美形式主义的角度可以来把握文论和诗学的发展历史。概而言之，西方诗学是从工具理性向内转为审美心理主义，“诗学的任务由建立一部无所不包的普遍诗艺法典转向了建立一门能说明艺术创造机能的艺术心理学”[①p75]。中国文论则是以“诗言志”的用诗的实用工具与“诗缘情”的创作审美心理相互交织而成。在此之中，我们发现了中西方文学理论的共同入思方式，即对诗之工具性与审美性的偏执，而且通过进一步分析，余虹发现了西方语言论下三大入思方式，即“语词与实在——古典主义诗学和浪漫主义诗学；语词与语词——形式主义诗学相结构主义诗学；语词与意义——存在论诗思”[①p96]。在此之中，余虹发现了中国文论与西方诗学都没有超出传统的“语言与实在”和“语言与语词”两个维度，并且一直在这两个维度之中运思，因此中国文论与西方诗学的可比性就在于此两大维度之中。

在此之后，余虹追溯到文论与诗学最初制定其大致标准和影响之后发展方向的源头，以孔子删诗与柏拉图非诗，庄子非文与荷尔德林忧诗为其论证证据，孔子删诗与柏拉图非诗都是从理性角度来规范诗歌的非理性特质，试图以理性来塑造诗歌从而塑造一个理想的社会；庄子非文与荷尔德林忧诗则是从理性特质之外另辟一条自然和神性之路从而来寻找在理性之外的诗歌自然或神性本质。通过这些例子，余虹发现了中国文论与西方诗学传统中存在的一种双重关系，“一是主流文论诗学内部的二元对立关系（理性与感性、正统与异端），二是主流文论诗学和非主流文论诗学的二元对立关系（自然与人为或神性与人性）”[①p129]。

二、现象学还原及“第三者”支点

通过对中国文论与西方诗学的溯源性分析，余虹找到了两者之间可供比较的专题，分别是叙事论、抒情论、形上论和审美论，在这四个框架之下开始展开中国文论与西方诗学真正可比性的研究并为后来者深入理解文论与诗学提供了可能性。叙事论、抒情论、形上论和审美论四个专题的选择并非是随心所欲的，而是根据总体性比较研究中对于中国文论与西方诗学的溯源性探究的其根本的内在相似性来进行专题性比较的，叙事论、抒情论和形上论便是根据“语词与实在”的关系作为参考坐标，而审美论则是以“审美与入诗”为其参考坐标。于是在其四个专题比较研究中，余虹采取现象学还原的方法，以《文心雕龙》和《诗学》为个案进行研究分析来还原文论与诗学的原初本义，并以“之间意识”处在中国文论与西方诗学之中，在“现代语言论”和“现代生存论”之中寻找到中西方文论诗学比较研究的“第三者”文论空间。

中国文论与西方诗学在本体论上都是从“语词与实在”的关系展开的，并因为“实在中心主义”主要思考的是语词所表达“实在”的问题。“语词所表达的‘实在’即语词之言述对象，对叙事理论而言，即诗所叙之‘事’，因此，中西传统叙事理论基本上是一种遗忘了‘言’之本体功能的‘事论’，而对‘事’的理解又是在‘文学’和‘哲学’的眼界中进行的。”①p138在这种“实在中心主义”的影响下，中西方的文学都不得不向史学和哲学寻找其自身存在之合理性，于是在中国古代文论中便出现了诗史的分野，“诗言志”⑤与“史，记事者也”⑥的区分，而哲学则在中国古代文论的最初趋于隐身；西方诗学之中则认为史记录的是个别已然偶然之事，诗歌记录的才是一般可然必然之事，并且亚里士多德认为诗比历史更具有“哲学意味”。那么，由此就发展出了中西方文学理论的两条不同路线，在中国古代是“依史论文”，在西方则是“依哲论诗”，但是这两条路线发展到最后都有着一样的风险，文学理论自身的独立性被消解，文学理论沦为历史或哲学的附庸。文学理论要想获得自身的独立性便不得不寻找自身合理性的理论，直到文学进入现代性的背景下，在叙事学那里，文学理论才回到了自身，文学所言说的“事”本身不再重要，人们关注的是文学如何“言说”的问题。也就是余虹所说的“正是从以‘事’为中心对文学叙事理论的阐述到以‘叙’为中心对文学叙事理论的阐述，标志着文学叙事理论的‘现代转向’”①p152。甚至，在以“叙”为中心的叙事学理论发展到后期，历史与哲学反而成为某种被言说的东西，“历史叙事和哲学叙事在本质上都是文学叙事”①p152，历史与哲学反而反过来依托文学叙事来寻找其自身的合法地位，这不能不说是一种反讽。

在抒情论之中，中西方文学理论主要关注的是语词表达情感的问题，用余虹的话说来就是“如果说在叙事论中，中西传统思想将‘语词与实在’中的‘实在’设定为外在之‘事’的话，在抒情论中，此一‘实在’放置换成内在之‘情’了”①p158。这也就是说，在抒情论之中，中西方文学理论都以抒情诗如何表达情感来探求这种情感表达的规律。

余虹将中国古代文论中的抒情论定位为兴论，而将西方诗学定位为艾布拉姆斯在《镜与灯》中提出的表现论。通过对兴起与入情、兴会与想象、兴喻与隐喻、兴咏与天才、兴象与象征及兴趣与趣味的种种比较，余虹梳理了每一个兴论和表现论术语的渊源与发展，发现了中西方抒情论中共同假定的“诗是作者情感意念的抒发与表达”，具体在中国文论中体现为“在心为志，发言为诗”，在西方文学理论中表现为“一切好诗都是强烈情感的自然流露”。但是在语言学转向下的现代的文学理论视野下，诗歌可能并非是抒情论中的真实，比如罗兰·巴特提出的“作者之死”，维姆萨特和比尔兹利提出的“意图谬误”，更多的可能是语言论中的真实，即“‘诗’不是一种‘心理事实’而是一种‘语言事实’”①p192。之前中西方抒情论发展的基础就是对语言的遗忘，这种遗忘也正是基于对语言的误解，即对“人与言关系的误解”，具体来说便是“这种误解认为‘言’是被‘人’随意支配的工具，是人用以表达心声的工具”①p193。进一步来说，便是认为“情意”本身是先于“语言”存在的，即语言是用来表达情意的工具，这种情意本身是前语言的、非语言的和超语言的，比如中国文论中的“只可意会，不可言传”，同样的西方诗学中也是将“我思”置于“言说”之前。

中西方的抒情论从本质上来说都是一种“写作心理学”，它将“诗的存在”看成一种“心理事实”，于是顺其自然地，诗歌变成了写作心理活动。于是，诗歌本身的存在被遮蔽为情感表达的结果，而非自身的独立存在。

刘若愚在《中国的文学理论》中说：“各种理论，只要它以文学是宇宙原理的显现这一观念为其基础，便都可以纳入形而上的范畴之内。”⑦按照刘若愚的说法，指向宇宙原理的理论都可以称为形上理论，中西方文学理论都有关于形上理论的说法，《文心雕龙·原道》中说："辞之所以鼓天下者，乃道之文也。"黑格尔《美学》一言以蔽之，"美是理念的感性显现"。刘勰所说的"道"和黑格尔所说的"理念"都不同程度地指涉宇宙原理，因而这可以称为形上理论。按照海德格尔在《什么是形而上学？》中的说法，形而上学是人的本性，即所谓人之为人，就在于他能站出并总被抛到一切存在者(包括作为存在者的人自身)之外，处身虚无。换句话说，形而上学也就是人本身能够超越所有外在事实的束缚，处于虚无之中而去思考人与其他存在物之间自由的意义关系。

中西文论诗学乃是各自形而上学史的衍生物和组成部分。在中国古代的思想之中的"道"一般被认为"无"，正是这种"无"也就构成了"道"的形而上基础，并且由于"无"也就是"道"，那么"道"生万物也就是从"无"中生"有"。用余虹的话来说就是"中国古人对形上之'道'（无）的思考也就是对'万有'(存在者)之存在基础(本源、本根、本体)的思考"[①p202-203]。在中国，形上道论无疑是形上文论的基础，不同的形上文论只是形上道论不同的形而下的旨趣所致。余虹以为中国的形上文论主要有两大形态：原道—宗经文论，原道—自然文论。这两大形而下文论形态都是源于共同的以"道"论文的，原道以论文，并且有文为"道"之文的形而上信念，不同点在于前者注重"道"与"经"的同一性，故"依经立义"而论文，后者则相信"道"与"自然"的同一性，故"比附自然"而论文。同样地，西方的诗学也同样是基于其形而上的理论，其两大文论形态为：其一为"理念—显现诗学"，其二为"理念—象征诗学"。这两大诗学的形上性也基于它们共同的形而上信念：诗乃理念之诗，及其共同的形而上原则：依理念而论诗，其不同乃在于两者对理念展开自身的逻辑选择以及理念展开自身的中介之设定有不同。

审美是文学（特别是诗歌）中必不可少的一维度，尤其是在文学理论之中，中西方文论诗学甚至将诗歌问题定义于审美问题，其内在的深层逻辑是："诗性艺术活动的持定目标是审美，而审美的前提条件是'审美距离'，因此，诗性艺术活动的'诗性'保证是'审美距离'。"[①p244]这里的问题在于审美的遮蔽性，美独占了诗歌，而我们并不能简单地将诗歌定义为某种美，美可以是诗歌生成和阅读过程中必不可少的一部分，但是美不能是成为诗歌真正的目的。如果审美是诗歌的目的，那么阿多诺提出来的"奥斯维辛之后写诗是野蛮的"，便成为某种意义上的真理，并且作为最高的诗悲剧的审美异化便是有迹可循的，以及当代流行的审丑主义与游戏主义都是可以被谅解的，凡此种种，皆是以审美为诗歌目的的结果。

诗歌最终应该从审美的遮蔽之中逃脱出来，进入其诗性本质，即对于真的追求，正如里尔克所说真正伟大的诗篇都有一种巨大的牵引力，伟大的诗篇是一个引力中心，在这里"中心"不是一个实在之点，而是类似于海德格尔讲的"林中空地""敞开之域"和"澄明之所"——真。余虹将其理解为"意义之原韧敞开之域"。[①p245]从诗歌回归其真正本质的角度来说，在这个时代写诗不仅不是野蛮的，更应该是必须的，在这个充斥着各种虚假与混乱的年代，诗歌以其入诗之真介入其中还原成其最初的本真。

三、视角选取下的悖论

余虹对中西方文论诗学进行了比较研究，主要是从总体性和专题性开展比较研究，呈现出了中国文论与西方诗学相同相通的入诗方式——从"语词与实在"的关系入手以及对于审美的不自觉追求，也呈现了中西方文论诗学不同相异之处主要是内在性的研究对象和研究内域的不同。余虹总体上是给中国文论与西方诗学的比较研究选取了一条较为公正的路，即先前所说的摈弃"西方中心主义"也不选择"中国中心主义"，选择在两者之中选取一个平衡点——"之间意识"。通过之前的论述分析，余虹所说的"之间意识"其实就是以"现代语言论"和"现代生存论"作为居于之间的第三者，但是事实上第三者恰好不是居于之间而是二居其一。余虹的海德格尔的现象学为论述支点，那么这就说明余虹是在认同人类普遍公理的前提下，相信西方海德格尔等的现象学理论可以用来阐释清楚中国文论。实际上，这里的“现代”“现象学”和海德格尔都是西方现代的理论，那么余虹所关于“之间意识”的界定与论述支点的选取上都蕴含着某种价值偏向。在此，一个视野选取下的悖论就出现了，一方面余虹写作本书的目的就是消除文学理论比较研究批评当中的“西方中心主义”，另一方面他自身所选取的理论支点是相信可以以海德格尔现象学理论来还原阐释中国古代文论，从而又默认了西方中心主义。

在当下的文化背景之下，这一悖论实际上是整个中国思想界所不能规避的悖论。在全球化的背景下，中国思想进入必须纳入世界的思想体系之下，而现在全球的思想体系的话语权又牢牢地把握在西方国家的手上，那么中国的思想就不得不为了进入这套话语体系而有意或无意地对中国思想进行某种删减或增加。但是在这一过程之中，学者们发现这种迎合会带来文化一体化和文化帝国主义，于是为了抵抗这种文化霸权而产生了自主的民族身份认同，“失语症”“中国学派”和“反西方中心主义”等一系列问题的提出都是中国学者意识到西方文化的压制后做出的有意识反拨。这种有意识的反拨表面上守护的是民族本位文化立场，实际上是一种对于民族身份的焦虑，这种焦虑反应在文化领域便是对文化本土化的追求，如同余虹所提出的“中国文论”。但是这些反对西方文化霸权的努力常常会陷入某种悖论之中，如余著中就算将其“之间意识”所蕴含的某种价值取向所抛开，回到其在此书中具体阐释中国文论的话语：“在中国古代，人们不仅将感官愉悦混同于审美愉悦，也将理性愉悦混同于审美愉悦，后者即是儒家正统诗论的审美经验的基础。”余虹在阐释时也决然没有想到“理性愉悦”和“审美愉悦”本身就是汉译的西方概念的基本话语，实际上就是一种“西化汉语”。用这种“西化”的汉语来阐释中国古代文论实际上就是有悖于余虹试图重建中国本土化文论的目的的。反对西方，但又不得不借助西方话语来表达自身，处于西方的强大阴影背景之中，这一代学者处于中西方文化交融发展的特殊时期，他们既有民族文化的觉醒和身份认同的焦虑，又有西方文化的渗透与西方的霸权；他们既想坚守中国本土文化立场，又不得不学习西方的先进文化，在这种矛盾的背景之下，悖论的出现是必然、不可避免的。因此，在当前复杂纷乱的全球化环境下，新一代的学者们应该思考如何把握本土文化与西方文化之间的关系而不陷入某种阐释悖论之中，如何在西方话语权主导的世界下彰显中国的文化并获得某种阐释权力，只有牢记习近平总书记的教诲“讲好中国故事，传播好中国声音”，我们才能在全球化的视域下寻找到中国文化自身的独特性，开掘出中国文化的独特魅力。

注释[Notes]

①余虹：《中国文论与西方诗学》，生活·读书·新知三联书店1999年版，绪论第4页。以下只在文中注明页码，不再一一做注。

②泰持罗：《文本人类学》，北京大学出版社1996年版，第59—60页。

③《诗学》原文为 Aristotlous Peri Poietikēs, “peri poietikēs” 作“关于诗的技艺”解，poiētikē 等于 poiētike tekhnē（诗的技艺）。参见陈中梅译《诗学》第一章注1、注2。

④章学诚：《文史通义·诗话》，见《中国历代文论选》第一册，上海古籍出版社1988年版，第322页。

⑤《尚书·尧典》，见《中国历代文论选》第一册，上海古籍出版社1988年版，第1页。

⑥许慎：《说文解字》，中华书局1978年版，第65页。

⑦刘若愚：《中国的文学理论》，四川人民出版社1987年版，第26页。

"聆察""音景"与"重听"经典
——读傅修延教授的《听觉叙事研究》①

吴静之

内容提要： 叙事学领域对视觉文化的高度关注逐渐成为一种视觉霸权。相比之下，听觉文化在印刷术流行后则逐渐流于末端，形成了视听失衡的感知方式。傅修延教授的新作《听觉叙事研究》为"听"正名，在中西叙事传统的比较视野中更倾向于认同中国传统的"闻声听情"，希望借助"聆察"和"音景"来"重听"经典，体悟作品的艺术价值和思想意义，实现从"重视倾听"到"视听兼顾"的听觉转向。听觉叙事作为一种方法论，坚持以文本为中心，为叙事研究提供了新的研究范式。

关键词： 傅修延；《听觉叙事研究》； 聆察； 音景

作者简介： 吴静之，南开大学文学院博士生，主要从事俄国文学研究。

Title: "Auscultation""Soundspace" and "Re Listening" Classics — after Reading Professor Fu Xiuyan's *Research on Acoustic Narration*

Abstract: In the field of narratology, high attention to visual culture has gradually become a visual hegemony. In contrast, after the popularity of printing, auditory culture gradually flows to the end, forming a perception mode of audio-visual imbalance. Professor Fu Xiuyan's new work *Research on Acoustic Narration* is to correct the name of "listening". In the comparative field of Chinese and Western narrative traditions, he is more inclined to identify with the Chinese traditional "listening to the sound and feeling". He hopes to "re listen" to the classics with the help of "auscultation" and "soundscape", understand the artistic value and thinking significance of the works, and realize the auditory turn from "paying attention to listening" to "giving consideration to hearing and hearing". As a methodology, acoustic narration insists on taking text as the center, which provides a new research paradigm for narrative research.

Key Words: Fu Xiuyan; *Research on Acoustic Narration;* auscultation; soundscape

About Author: Wu Jingzhi, doctoral student, School of Literature, Nankai University, specializing in Russian literature.

在当下的"读图时代"，人们高度依赖眼睛这一感觉器官来获得所需，导致视觉文化过度膨胀，由此忽略了听觉文化的重要性。傅修延教授经过近十年的学术探索，将其所思所想整理成《听觉叙事研究》（2021年）并付梓出版。作者视"重听"经典为听觉叙事（acoustic narrative）研究的重要任务，并开门见山地指出了其研究意义，即"通过阐扬听觉的艺术价值，针砭文学研究的'失聪'痼疾"。②

一、打破束缚与针砭痼疾

傅修延教授针对文学研究的"失聪痼疾"，对听觉叙事进行了重新定义——"叙事作品中与听觉感知相关的表达与书写。"也就是说，听觉叙事不同于声音叙事，后者仅仅突出声音，而前者则既包括声音也包括对声音的感知，还将"没有声音发出的事件和状态"囊括在内。因此，听觉叙事所涉范围更广泛，指涉的意义层面也更全面，而且它侧重的是听觉而非视觉，"听觉转向"有利于打破感官文化主导下的视觉霸权。

目前的叙事学界最常用的是与视觉相关的文论术语，比喻“视角”“聚焦”“审视”等。这些语汇背后都体现了以眼睛为感觉核心的认知方式，使得研究者观察问题时过于强调视觉效果而忽视了“聆察”（auscultation）与“音景”（soundscape）。为了更通透地研究听觉叙事，作者主要回答了如下问题：

首先，既然故事的细胞是事件本身，而叙事即诉诸听觉的“讲故事”行为，那么，声音是如何制造事件的呢？对此，作者厘清了听觉信号与事件信息的关联机制，而声音和事件在逻辑关系上主要体现为因果关系——事件是因，声音是果。

其次，声音事件是如何叙述的呢？与图像相比，声音具有一定的模糊性和不确定性，致使产生了许多错误的感知和推断，因为“感知的不确定必定造成表达的不确定”[③]。但是，正是这种不确定性也激发了故事讲述者的创作灵感。

再次，听觉叙事的表现形态有哪些表现？实际上，在叙事领域中，“类声”与“类形”并不存在明显的界限，甚至作者在创作过程中也没有刻意将二者分割开来。但是，“听声类形”是听觉叙事的高级境界，因为它打通了视觉与听觉之间的隔阂，具有更强烈的艺术表现力。

在此基础上，作者重审其思考立场——“重听”经典而非“重读”经典。“重听”的重要前提并非简单聆听，而是“听”出声音背后的情感指向。而“重听”的对象既可以是某部作品，也可以是多部作品的有效组合。在“听”的过程中甚至可以分门别类地归纳整理相应作品。

二、研究方法与体例设置

傅修延教授不仅对视觉优先原则进行了质疑，更对“耳听为虚”的传统认知模式进行了否定。因为固化的叙事模式、传统认知和僵化的批评模式不仅无助于解读听觉叙事与情节发展的密切关系，还形成了一种思想禁锢，阻碍我们深化对听觉叙事的客观认识和再理解。

在研究方法上，作者采用内部研究与外部研究并重的批评方式，理论探讨与文本细读相结合，运用中国古代的传统文论与西方的理论资源共同阐发自己的学术思想。在论证听觉叙事的重要性时，作者详细地论述了听觉长期被忽略的历史原因和文化动因。

从体例设置看，作品在结构上共分为六大部分。第一部分针对文学研究的“失聪”痼疾，初步探讨了听觉叙事的相关问题，认为“聆察”和发现被遮蔽的“音景”是听觉叙事的研究工具，而听觉叙事的重要任务是“重听”经典。第二部分和第三部分结合中国古代文论解释了“听”与“讲”“景”与“聆”的关系。第三部分主要以《国王在听》为文本依托，挖掘其中的听觉书写与“语音独一性”的启示。第四部分则辩证地阐发了音景的不可或缺性。第五部分重点论述的是“听”的分类与目的。作者将不确定的听觉感知——幻听、聆听和偶听纳入叙事范畴进行讨论，肯定了它们之于文学叙事的艺术贡献。对听觉事件的细读、分类和比较有助于读者体悟作品的价值和意义。第六部分则运用比较研究的思路对“听觉人”进行了中西对比，肯定了麦克卢汉对“中国人是听觉人”的判断，尤其注重“闻声听情”。在最后一部分中，作者认为：“叙事一开始就是一种生产听觉空间的行为，今人采用的叙事手段越来越丰富，但从实质上说仍未摆脱对听觉交流的模仿。”[④]因此，通过诵读将文字转化为声音，有助于矫正当代感官文化中的视听失衡现象。

三、理论创新与学术影响

综合看来，傅修延教授在叙事学领域的开拓是跨文化、多纬度的：不仅涉及西方经典叙事学和后经典叙事学研究，还囊括了对中国叙事传统的思考与运用，甚至多次将中西叙事传统和叙事差异进行比较研究。近年来，作者对“听觉叙事”的关注和阐发不断地激发起国内学者的研究兴趣，并运用该研究范式“重听”经典文本。可以说，作者在常态化的叙事范式中，发现了经常被忽略、被遮蔽的听觉叙事，以期弥补视觉叙事的偏颇和缺失，具有独特的创新价值。

第一，从文学艺术研究的关注对象看，作者则将“听”的对象从物理属性上升到了文化属性：“听觉沟通中传递的声音与气息发自人的肺腑深处，带有强烈的个性色彩和感性特征，是文学艺术研究应当特别关注的对象。”⑤可见，对听觉感知的关注和研究拓宽了文学艺术的研究范围。

第二，在感知体验的方面，作者创建了与“观察”平行的概念——“聆察”。前者以“看”为主，而后者则以“听”为主。目前，学界的阅读习惯普遍以前者为本，忽视了对文学作品的细致聆察，造成了一种重“看”轻“听”的状况。作者认为从“听”的角度“重读文学作品乃至某些艺术作品，有助于扭转视觉霸权造成的感知失衡”⑥。

第三，通过中西叙事传统的比较，将“闻声听情”引入叙事研究中，实现了研究范式的创新运用。而“语音独一性”有可能把我们“引向话语创新的高端即研究方式的转换”⑦。因而对听觉叙事的研究也帮助我们更好地了解了自身的叙事传统。

总之，傅修延教授为我们贡献了一种行之有效的新范式和新方法。值得注意的是，作者重视“听”的艺术价值并不等同于轻视“看”的艺术作用，因为“听觉转向”希望达成一种视听平衡状态——从“重视倾听”到“视听兼顾”。在此过程中，“文本中心主义”的原则必须保持不变，否则便沦为技术型的非文学研究路径了。因此，“听觉转向”作为一种方法论，为叙事研究提供了新的研究范式。

注释【Notes】

①本文为天津市研究生科研创新项目“俄罗斯大文化语境中的阿列克谢耶维奇研究”（项目编号：2021YJSB064）的研究成果。重庆对外经贸学院2020年度校级教育教学改革研究项目“‘国学+’创新实验班人才培养模式的研究与实践”（项目编号：JG2020016）的研究成果。

②傅修延：《听觉叙事初探》，载《江西社会科学》2013年第2期，第220页。

③傅修延：《幻听、灵听与偶听——试论叙事中三类不确定的听觉感知》，载《思想战线》2017年第3期，第99页。

④傅修延：《听觉叙事研究》，北京大学出版社2021年版，第329页。

⑤傅修延：《“你”听到了什么——〈国王在听〉的听觉书写与“语音独一性”的启示》，载《天津社会科学》2017年第4期，第119页。

⑥傅修延：《论聆察》，载《文艺理论研究》2016年第1期，第33页。

⑦傅修延：《听觉叙事研究的缘起、话语创新与范式转换》，载《中国文学批评》2021年第4期，第95页。

青年黄仁宇的抗日战地报道

——《缅北之战》评析

许家铭

内容提要： 1943—1945年，青年黄仁宇随中国远征军参加了缅北反攻战役，期间写下多份战地笔记，并将自己所写文章向《大公报》等报刊投稿。1946年，上海大东书局选择了他发表的12篇文章，将其整理后出版，书名为《缅北之战》。《缅北之战》不仅是黄仁宇在缅甸战场上的战地笔记，同时也为历史学家研究缅甸的抗日战争提供了宝贵的一手历史资料。《缅北之战》有四个突出的特点：强烈的爱国情怀、向下的新闻视角、逼真的战场、深刻的人道关怀。阅读《缅北之战》，不仅可以看到中国远征军在缅甸作战的实际情况，也可以进入青年黄仁宇这个未来历史学家心路历程的出发点。

关键词： 黄仁宇；《缅北之战》；战地报道；抗日战争

作者简介： 许家铭，江汉大学人文学院中国史专业研究生，研究方向为中国近现代史。

Title: Battlefield Report of Youth Ray Huang During the War of Resistance against Japanese Aggression — Review of *The Battle in Northern Burma*

Abstract: Young Ray Huang, a member of the Chinese Expeditionary Army, took part in the counteroffensive battle in northern Burma from 1943 to 1945. During this time, he composed a number of field notes and sent them as letters of war to publications like *Ta Kung Pao*. These essays were collected and published as *The Battle of Northern Burma* in 1946 by Shanghai Daitung Book Company. *The Battle of Northern Burma* is a first-hand historical source for research on the war in northern Burma as well as Ray Huang's war report from the time of the conflict and a chronicle of the Chinese Expeditionary Army's battle there. Four aspects of *The Battle of Northern Burma* stand out: fervent patriotism, a pessimistic journalistic viewpoint, a realistic battlefield, and intense humanitarian concern.When reading *The Battle of Northern Burma*, one may experience the beginning of the voyage of the young Ray Huang, a future historian, as well as observe the actual scenario in which the Chinese Expeditionary Army was fighting in Burma.

Key Words: Ray Huang; *The Battle of Northern Burma*; battlefield coverage; the War of Resistance against Japanese Aggression

About Author: Xu Jiaming, is a researcher in Chinese history at the College of Humanities, Jianghan University, specializing in modern Chinese history.

《缅北之战》是美籍华人、著名历史学家黄仁宇先生的第一部著作。提起黄仁宇先生，大家自然会想到《资本主义与二十一世纪》《万历十五年》《从大历史的角度读蒋介石日记》《中国大历史》等一批耳熟能详的著作，这些是黄仁宇在人生中年以后，在大洋彼岸从事历史教学和研究时日积月累所作。在青年时代，黄仁宇也是一名热血男儿。七七事变后，黄仁宇便从南开大学辍学，加入军队，后加入中国远征军，任上尉参谋。1943—1945年，黄仁宇随军队参加了缅北反攻。在缅北反攻时期，黄仁宇保持了自己勤于笔耕的爱好和特长，写下了多份战地笔记，并将自己所写文章向《大公报》等报刊投稿。1946年，上海大东书局选择了他发表的12篇文章，将其整理后出版，书名为《缅北之战》。2008年，新星出版社再版《缅北之战》，新版书增加了台湾联经出版公司发行人兼总编辑林载爵撰写的序言《战地记者黄仁宇》，并把《黄河青山：黄仁宇回忆录》一书中第一部分内容“印度与缅甸”作为附录放在书后，题为“黄仁宇回忆”。

在缅北之战中，黄仁宇既是一个战斗参与者，也是一个“业余新闻记者”。黄仁宇目睹了浴血搏杀的战斗，经受了枪林弹雨的袭击，《缅北之战》文章大部分完成于前线指挥所中，以黄仁宇参加过的战斗经历为叙事线索，以记事的方式讲述了缅北反击战的战斗场面和战争细节。书中可以看到远征军下级军官和普通士兵的日常生活、连营级战斗单位的战斗动作、缅北战局的瞬息万变，以及看似宁静美丽、实则危险遍布的丛林，把读者带回了那个“一寸山河一寸血，十万青年十万军”的年代。可以说，《缅北之战》不仅是黄仁宇在缅北战场上的战地笔记，同时也为研究缅北战役提供了宝贵的一手历史资料。阅读《缅北之战》，不仅可以看到中国远征军在缅甸作战的实际情况，也可以进入青年黄仁宇这个未来历史学家心路历程的出发点。笔者看来，《缅北之战》有四个特点值得关注。

一、强烈的爱国情怀

中国抗战艰苦卓绝，抗战时期，中国人民颠沛流离，中国军队除缅甸作战以外，败仗居多。《缅北之战》全书以爱国抗日为主线，全书以正面报道为主，战争素材全部取自中国军队取得胜利的几场战役。黄仁宇这样叙述显然是为了凝聚人心，鼓舞士气，激发抗战意志力，用黄仁宇自己的话来讲，即“强调光明面”[①]。文中对于中国军人的描写多是积极向上的，让我们看到他们的坚强、乐观和勇敢。《拉班追击战》中写道：“他们并没有把战斗当作不得了的工作，仅仅只是生活的另一面。”[②]《老腊戍和新腊戍》中描写受伤的士兵“最糟糕的，伤口在河里浸了两次，因为这边陈连长又要火箭——这次是我第五次负伤，前后轻重伤负伤五次，都在本营里，叙述完了他又张开嘴笑”[②p128]。相比之下，书中对于日军的描写则是多以贬义色彩，《孟关之捷》中描写日军“痰盂形的军帽上有一颗亮晶晶的金星；前面两个搜兵笨头笨脑地经过设伏的位置；这批敌兵都是矮小愚笨的样子”，将日军形象描写得“笨头笨脑”[②p15-16]。通过这些截然相反的词汇，我们可以明显地感受到黄仁宇的立场和态度，而这些在当时无疑可以提升民众的抗日信心。

书中对于战场形势的描写，也让人们对胜利充满希望。《加迈孟拱战役》写道：“战役结束了，大家对敌军的估价：第十八师团总算还不错，以一对一还能和我们支持半年。可是这一次终于被歼灭。第二师团和第五十三师团未免太差劲了。”[②p83]这两句简短的语言，足以让人精神振奋，这种战争优势在战争开始时是想象不到的，而这种情况的转变，无疑让国内民众对于战胜日本帝国主义、赢得战争的胜利充满信心。

二、向下的新闻视角

黄仁宇在书中写道：“我自己有这么一个癖好：我想在文字里注意营以下的动作，而极力避免涉及高级官长。”[②p144]文章将大部分焦点对准了基层士兵，通过普通士兵的视角，描写出前线官兵最真实的一面，以小见大。即使出现了高级长官，也是再三考虑过的。

军人给普通百姓的形象停留在宣传中，而最真实的军人生活则是要深入部队内部，与基层士兵生活在一起才能体会、观察得到的。《拉班追击战》中有一段文字：“我发现窦营长有一个奇怪的习惯，他喜欢把钢盔在布军帽上重叠地戴着，到了没有敌情顾虑的时候，就把钢盔拿下来，用不着再找布帽。”[②p25]钢盔布帽重叠着戴对于军容严谨的军队来说并不符合规范，但这是在前线，在作战任务繁重的基层部队，一些条条框框自然不会那么严谨。从这一处细节，可以看出作者真真切切地深入到基层士兵中，而书中这样的描写还有很多。

如何描述战场环境才能让读者有身临其境的感觉？黄仁宇通过对基层士兵的描述，将前线的恶劣环境立体地展示出来。《加迈孟拱战役》写道：“军长于六月十八日到加迈，慰问各单位官兵时发现很多弟兄两月之内不曾脱过鞋袜，并且长久浸在泥浆水泽内，再脱下鞋袜时，脚上的皮肤附在袜子上整个地被撕下来。”②p81此处细节描写将前线战士战斗环境之艰难生动地展示给读者，也正是将视角对准了基层士兵，才能将读者拉入那场艰苦卓绝的战争中。

战斗之余、休息状态下的基层士兵是个什么样的状态？这也是人们好奇的一个问题。黄仁宇在与基层士兵相处时，发现士兵也有洁净的一面。《拉班追击战》写道：“起先，我总奇怪，这些弟兄们作战这么久，怎么一身这么洁净？后来我才知道，他们任务稍为清闲或者调作预备队的时候，就抽出时间洗衣，一路晾在树枝上，随着攻击前进，至晒干为止。”②p32这些琐碎的小事看起来微不足道，但正是对这些琐事的关注，才使缅北战场上官兵们鲜活的形象跃然纸上。抗战士兵战斗时和休息时两种状态的对比，让读者既看到了他们的浴血沙场、艰苦作战，也看到了他们的从容不迫、谈笑风生。

黄仁宇为何着重关注基层官兵，书中也给出了答案。黄仁宇说：“我很羡慕很多美国记者的办法：他们的战地通讯，不提及战略战术；他们自己和第一线战斗兵共同生活，晚上睡自己掘的掩蔽部。所以他们的文字，是战斗兵的行动、战斗兵的生活与战斗兵的思想。”②p145正是基于这种理念，《缅北之战》所讲述的篇章中才有兵的样子、兵的状态。

三、逼真的战场描写

青年黄仁宇是远征军的一员，上过真正的战场。《缅北之战》正是这种亲身经历中的记述，所以对于战争场面的描写，才显得别具一格。书中两次战车攻击、一次负伤、飞机轰炸和几次步兵战斗，显得尤为鲜活生动，也特别珍贵。书中对于战斗场面的描写具体而微，逼真鲜活，让读者身临其境。《随车出击记》写道：“空统！咖咖咖咖咖，楔形的尖端已经发现了敌人，开始射击，视界很开阔，连长车上的无线电指挥着战斗队形。啪啪啪啪啪，敌人的机关枪也向战车还击了，我们赶紧缩进炮塔。”②p38文章通过枪声的描绘，加大了文章的紧张气氛，让读者有种亲临战场的感受，同时也烘托出战争的残酷。《拉班追击战》写道：“步兵勇士连续以手榴弹投入敌人掩体的火口内，但是被敌人在未爆发的瞬间投掷回来。”②p22文章通过描写战场上千钧一发的紧张时刻，来展现战争的凶险和惨烈，也给人深刻印象。

《缅北之战》一书中，战场上不仅有激烈的战斗，还有尸横遍野的残酷画面。《随车出击记》写道：“二十四小时内，他们所看到的尽是血和肉：碾平在履带下的血肉，被榴霰弹推倒在地上的血肉，下战车时伏在公路上的血肉，和被敌军四七破甲弹突贯，在驾驶座位上成仁的血肉。”②p36黄仁宇通过这样对于细节的描写来展现了战斗后的景象，画面更为真实，不需要图片的衬托，作者就将血腥的战场呈现给了读者。

缅北别样的自然环境，书中也有多处描写。《孟关之捷》有一段描写：“三月五日早上，寒气未散，视界朦胧，但是树梢顶上透过来的晴光，又可以断定今天是一个大晴天。孟关的十英里内外都是平原，平原上长着小丛林，林内片片林空，林空上面生着丛草。”②p17缅北的森林是可怕的，《加迈孟拱战役》写道：“从飞机上望下去：下面是水和树，树和水，浸在水中的树，和淌在树中的水。这种景象，如入鬼乡。”②p75这些描写，具有强烈的画面感，再加上生动的基层官兵形象，缅北战场自然而然变得生动立体，让人感受到真实的战地实况。

四、深刻的人道关怀

林载爵在《缅北之战》再版序言《战地记者黄仁宇》中写道：“尽管是纪实报道，但读者已经可以深刻感觉到黄仁宇的小说技巧，每篇文章都有情节、有鲜活的人物、有高潮迭起的戏剧性发展、有作者的感怀与意念。透过这本书，我们一定会有同感：黄仁宇日后深具魅力的历史写作方式原来是其来有自。”①序p2确实，黄仁宇给人深刻印象的地方不仅在于他记录历史的小说技巧，而且更在于他

"感怀与意念"的人道关怀。

抗日战争是中日两个民族的生死厮杀，是爱好和平的人们和法西斯势力之间的生死较量。作为中国军人，黄仁宇对日本士兵也是切齿痛恨的，但是看到战场的惨景，他也有对普通士兵生命消逝以及由此引发的生与死的思考。《拉班追击战》描写了一个日本士兵被击毙，尸体倒在桥下，头被水浸泡着，身上的物品被一位中国军官挂在树上晾晒的场景。这段文字中没有让人看到愤怒，反而让读者感受到一种平静，同时包含着同情。这些文字在当时的情况和语境下，是一种罕见而超前的人道关怀。《缅北之战》结集出版时，黄仁宇有了更多的思考："无需多久，我就发现死者和我有许多共通点，属于同样的年龄层，有类似的教育背景。在死前一天，他还努力温习他的英文！谁敢说他不是大学学生，脱下黑色的学生装，换上卡其军装？想想看，要养大及教育他得花多少心力，接受军事训练得花多少时间，然后他在长崎或神户上船，经过香港……种种事由之所以发生，是由于他出生在黄海的另一边。"[①p41—42]经历了战场的生死考验，黄仁宇对人生有了新的感悟，对自己的职业生涯有了新的想法。缅甸战场的生死离别对于他从一名职业军人转变为历史学家有着较大的影响，黄仁宇的人生观和历史观在《缅北之战》出版后发生了较大变化。

结语

总之，《缅北之战》的十二篇战地报道，将战场的激烈残酷和生命的转瞬即逝深深刻进了我的脑海。远征军将士身处战斗激烈的前线，面对着穷凶极恶的敌人、恶劣的雨林环境，他们依旧气定神闲，用血肉之躯将日寇抵挡在了国境线以外，把自己的热血倾洒在了缅甸的那片丛林中，保卫了祖国的大后方。现在读起这段70多年前的远征军抗战历史，内心仍然为之震撼，在此奉上对那些在缅甸战场上为国捐躯的烈士英灵应有的敬礼。

注释【Notes】

①[美]黄仁宇：《黄河青山：黄仁宇回忆录》，张逸安译，三联书店2001年版，第41页。以下只在文中注明页码，不再一一做注。

②[美]黄仁宇：《缅北之战》，新星出版社2008年版，第32页。以下只在文中注明页码，不再一一做注。

外国文学研究书系

为了展现高等院校在外国文学和比较文学研究领域的最新成果，促进学术研究的繁荣与发展，加强合作与交流，世界图书出版广东公司学术出版中心（武汉）本着“把世界介绍给中国，把中国介绍给世界”的宗旨，策划出版《外国文学研究书系》。此书系力图顺应学术发展潮流，既重视对外国经典作家作品的解读，也重视对当代文学前沿问题的研究，以期扩展视野，为外国文学与比较文学研究者提供借鉴。

一、主编简介

邹建军，又名邹惟山，华中师范大学文学研究所副所长、文学院教授、博士生导师，《华中学术》副主编、《中国诗歌》副主编。主要研究英美文学、比较文学、中国现当代文学与文学地理学。在《文艺研究》《求是》《中国比较文学》《外国文学研究》《当代外国文学》等发表论文与文学批评300余篇，其论文多次为《新华文摘》《高校文科学术文摘》等全文转载，出版《“和”的正向与反向：谭恩美长篇小说中的伦理思想研究》《多维视野中的比较文学研究》《江山之助——邹建军教授讲文学地理学》《现代诗学》（与龙泉明合著）等，主编《外国文学作品精选》《世界百首经典诗歌》《易卜生诗剧研究》《中国学者眼中的华裔美国文学》《中国当代文学作品选读》等教材与论文集。

二、收录著作

《外国文学研究书系》第一辑已经由世界图书出版公司出版发行：《易卜生诗剧研究》（邹建军主编）、《小说翻译中的异域文化特色问题》（杨晓荣著）、《文学地理学视野下的易卜生诗歌研究》（邹建军、胡朝霞编著）、《超文本文学之兴：从纸介质到数字化》（李洁著）、《创作小说的技术与阅读小说的技术——以〈外国小说欣赏〉为例》（何永生著）、《〈红楼梦〉与〈源氏物语〉时空叙事比较研究》（杨芳著）、《文本形式的政治阐释——詹姆逊文学批评思想研究》（杜明业著）、《多恩的内在承继与思辨书写》（张缨著）等。

图书在版编目（CIP）数据

世界文学评论．第17辑／《世界文学评论》编辑部编．-- 武汉 ：长江文艺出版社，2023.7

ISBN 978-7-5702-3133-1

Ⅰ．①世… Ⅱ．①世… Ⅲ．①世界文学－文学评论－文集 Ⅳ．① I106-53

中国国家版本馆 CIP 数据核字（2023）第 091029 号

世界文学评论．第17辑

SHIJIE WENXUE PINGLUN DI 17 JI

责任编辑：杨　阳　王洪智　　　　责任校对：毛季慧

装帧设计：黑眼圈工作室　　　　　责任印制：邱　莉

出版：长江出版传媒｜长江文艺出版社

地址：武汉市雄楚大街 268 号　　　邮编：430070

发行：长江文艺出版社

http://www.cjlap.com

印刷：武汉开心印印刷有限公司

开本：710 毫米 ×1000 毫米　1/16　　　印张：15.5

版次：2023 年 7 月第 1 版　　　2023 年 7 月第 1 次印刷

字数：415 千字

定价：78.00 元
